# 世界の児童文学
## 登場人物索引

**単行本篇**

## 2005-2007

# An Index

## of

## The Characters

## in

## Foreign Children's Literature

Published in 2005-2007

# 刊行にあたって

　本書は、小社の既刊 「児童文学登場人物索引アンソロジー篇　2003-2014　日本と世界のお話」 の姉妹版にあたるものである。

　また、先に刊行した「世界の児童文学登場人物索引　単行本篇　上下」に続く継続版にあたるものである。

　採録の対象期間は 2005（平成 17）〜2007（平成 19）年とし、その 3 年間に国内で翻訳刊行された海外の児童文学の単行本作品の中から主な登場人物を採録し、登場人物から引ける索引とした。

　前刊「世界の児童文学登場人物索引　単行本篇 上下」と同様、図書館の児童書架に置かれた書籍群の中から翻訳された外国人作家による文学作品を採録対象として主な登場人物を拾い出し、名前、年齢や短いプロフィールを抜き出して、人物名から作品を探せる索引とした。

　この索引は、外国の児童文学の作品の中から登場人物の名をもとに目当てのものを探すための索引である。しかし、何らかの目的を持った探索だけでなく、これらの豊富な作品群の中から、読んでみたい、面白そう、内容に興味が涌く、といった作品の存在を知り、そしてまったく知ることのなかった作品に思いがけず出会うきっかけにもなり得る一覧リストである。

　学校内で子どもたちが読書をする場所や、図書館のレファレンスの現場で利用していただきたい。

　そして、これ自体も一つのブックガイド、または登場人物情報として、児童であれ成人であれ、まだ知らない児童文学作品や物語を知ることのきっかけになればとも望んでいる。

　既刊の「日本の児童文学登場人物索引」（アンソロジー篇・単行本篇）、「世界の児童文学登場人物索引」（アンソロジー篇・単行本篇）、続刊予定の登場人物索引などと合わせて活用いただけることを願ってやまない。


2017 年 11 月


DBジャパン編集部

# 凡例

## 1. 本書の内容

　本書は国内で翻訳刊行された海外の児童文学（絵本、詩を除く）の単行本に登場する主な登場人物を採録した人物索引である。

## 2. 採録の対象

　2005 年（平成 17 年）〜2007 年（平成 19 年）の 3 年間に日本国内で翻訳刊行された海外の児童文学の単行本 1,018 作品に登場する主な登場人物のべ 3,634 人を採録した。

## 3. 記載項目

　登場人物名見出し ／ 人物名のよみ

　学年・身分・特長・肩書・職業 ／ 登場する単行本の書名 ／ 作家名；訳者名；挿絵画家名 ／出版者（叢書名） ／ 刊行年月

（例）

**アリプッラ姉妹（ハリセ・アリプッラ） ありぷっらしまい（はりせありぷっら）**

カッティラコスキ家のお隣さん、アリプッラ姉妹のひとり 「麦わら帽子のヘイナとフェルト靴のトス-なぞのいたずら犯人（ヘイナとトッスの物語）」 シニッカ・ノポラ&ティーナ・ノポラ作；末延弘子訳；佐古百美絵 講談社（青い鳥文庫） 2005 年 10 月

　　1) 登場人物名に別名がある場合は（ ）に別名を付し、見出しに副出した。
　　2) 人物名のよみ方が不明のものについては末尾に＊（アステリスク）を付した。

## 4. 排列

　　1) 登場人物名の姓名よみ下しの五十音順とした。「ヴァ」「ヴィ」「ヴ」

「ヴェ」「ヴォ」はそれぞれ「バ」「ビ」「ブ」「ベ」「ボ」とみなし、「ヲ」は「オ」、「ヂ」「ヅ」は「ジ」「ズ」とみなして排列した。

2) 濁音・半濁音は清音、促音・拗音はそれぞれ一字とみなして排列し、長音符は無視した。

## 5. 採録作品名一覧

巻末に索引の対象とした作品名一覧を掲載。

（並び順は児童文学作家の姓の表記順→名の順→出版社の字順排列とした。）

# 登場人物名目次

## 【あ】

| | |
|---|---|
| アイアンクロー | 1 |
| アイク | 1 |
| アイーシャ | 1 |
| アイナ | 1 |
| アイハル | 1 |
| アイヴァン・ザ・インクレディブル | 1 |
| アイヴィー | 1 |
| アイリス | 1 |
| アイリス | 2 |
| アイリーン | 2 |
| アイロンズ氏（マックスウェル・アイロンズ）　あいろんずし（まっくすうぇるあいろんず） | 2 |
| アウジェーイチ | 2 |
| 青い犬　あおいいぬ | 2 |
| 青牙王　あおきばおう | 2 |
| アガサ・ウォン | 3 |
| アカネ | 3 |
| 赤の王　あかのおう | 3 |
| 赤の女王さま　あかのじょおうさま | 3 |
| アキンボ | 3 |
| アグネス先生　あぐねすせんせい | 3 |
| 悪魔　あくま | 3 |
| アクロイド氏　あくろいどし | 3 |
| アーサー | 4 |
| アーサー（エクター） | 4 |
| アーサー（グレイ・アーサー） | 4 |
| アーサー（師アーサー）　あーさー（まいすたーあーさー） | 4 |
| アーサー・スパイダーウィック | 4 |
| アーサー・ヘイスティングズ大尉（ヘイスティングズ）　あーさーへいすてぃんぐずたいい（へいすてぃんぐず） | 4 |
| アザラ | 4 |
| あしながおじさん | 5 |
| アジャ・キリアン | 5 |
| アシュリー・ヘギ | 5 |
| アストリッド | 5 |
| アスラン | 5 |
| アスラン（ライオン） | 5 |

| | |
|---|---|
| アゼナ | 5 |
| アタ（アタおじさま） | 5 |
| アタおじさま | 6 |
| アタスン弁護士　あたすんべんごし | 6 |
| アダ・ハリス | 6 |
| アダム | 6 |
| アダム・エキノックス | 6 |
| アダム・ニェズグトカ | 6 |
| アーチン | 6 |
| アッカ | 6 |
| アッシュ | 6 |
| アッシュ | 7 |
| アッホ氏　あっほし | 7 |
| アッホ夫人　あっほふじん | 7 |
| アディタ・ラム | 7 |
| アディン | 7 |
| アテン | 7 |
| アドゥーナ | 7 |
| アドバン | 7 |
| アート・ブラストサイド | 7 |
| アドラス | 7 |
| アナ | 7 |
| アナキン・スカイウォーカー | 8 |
| アナクグリ | 8 |
| アナスタシア | 8 |
| アナビウス・トルクヴァル・マサリア（マサリア将軍）　あなびうすとるくばるまさりあ（まさりあしょうぐん） | 8 |
| アナベス・チェイス | 9 |
| アナベル・ティーグ | 9 |
| アナベル・ドール | 9 |
| アナルダスおじさん | 9 |
| アナンカ・フィッシュバイン | 9 |
| アニー | 9 |
| アニー | 10 |
| アニーナ（アーニャ） | 10 |
| アーニャ | 10 |
| アーノ・ブラント | 10 |
| アーノルド・ウィギンズ | 10 |
| アーバクルおじいちゃん（ヒキガエル） | 10 |
| アバークロンビー | 11 |
| アバラー | 11 |
| アバリスター | 11 |

(1)

| | |
|---|---|
| アビー | 11 |
| アビー（アビゲイル・クーパー） | 12 |
| アビゲイル | 12 |
| アビゲイル・クーパー | 12 |
| アビー・マラード | 12 |
| アビリーン・テュレイン | 12 |
| アブドゥル | 12 |
| アブドゥル・ガサツィ（ガサツィさん） | 12 |
| アブナー・ケイン | 12 |
| アフリカゾウ（ゾウ） | 12 |
| アボイェイ・バー | 12 |
| アマンダ | 12 |
| アマンダ・アンダソン | 12 |
| アミナ | 12 |
| アームストロング医師　あーむすとろんぐいし | 13 |
| アームピット | 13 |
| アメル先生　あめるせんせい | 13 |
| アモス・ダラゴン | 13 |
| アモス・ダラゴン | 14 |
| アーラ | 14 |
| アライグマ | 14 |
| アラジン | 14 |
| アラビス | 14 |
| アラベラ | 14 |
| アランナ | 15 |
| アラン・ミッツ | 15 |
| アリ | 15 |
| アリー | 15 |
| アリ（アリソン・キャサリン・ミラー） | 15 |
| アリ（アリソン・キャサリン・ミラー） | 16 |
| アリアン（アリー） | 16 |
| アリエグ | 16 |
| アリエッティ | 16 |
| アリス | 16 |
| アリス・ウィスク | 17 |
| アリス・ターンバウ | 17 |
| アリス・ピネリ | 17 |
| アリス姫　ありすひめ | 17 |
| アリソン・キャサリン・ミラー | 17 |
| アリプッラ姉妹（ハリセ・アリプッラ）<br>ありぷっらしまい（はりせありぷっら） | 17 |

| | |
|---|---|
| アリプッラ姉妹（ハリセ・アリプッラ）<br>ありぷっらしまい（はりせありぷっら） | 18 |
| アリプッラ姉妹（ヘルガ・アリプッラ）<br>ありぷっらしまい（へるがありぷっら） | 18 |
| アル・カポネ | 18 |
| アルグル | 18 |
| アルコン | 18 |
| RJ　あーるじぇい | 18 |
| アルジャン・ムーンブラウ（ジャン） | 19 |
| アルセーヌ・ルパン（ラウール・ダベルニー） | 19 |
| アルセーヌ・ルパン（ラウール・ダンドレジー） | 19 |
| アルセーヌ・ルパン（ルパン） | 19 |
| アルテミス・ファウル | 19 |
| アルハ（テナー） | 19 |
| アルバス・ダンブルドア（ダンブルドア） | 19 |
| アルファベータガンマ（アルベガ） | 19 |
| アルフィー | 19 |
| アルフレッド・アスキュー卿　あるふれっどあすきゅーきょう | 19 |
| アルベガ | 19 |
| アルベルト | 19 |
| アルベルト | 20 |
| アルマ | 20 |
| アルマンゾ・ワイルダー | 20 |
| アレイスターおじさん（オールド・クリーピー） | 20 |
| アレク | 20 |
| アレクサ・デイリー | 20 |
| アレクトス | 20 |
| アレックス | 20 |
| アレックス・ホーンビー | 20 |
| アレン | 20 |
| アロナックス教授　あろなっくすきょうじゅ | 20 |
| アロナックス教授　あろなっくすきょうじゅ | 21 |
| アロンゾー | 21 |
| アン | 21 |
| アンガス | 21 |
| アンガス | 22 |
| アンガス・オーグ | 22 |

(2)

| | |
|---|---|
| アンケ | 22 |
| アン・コーフ | 22 |
| アンジェリカ | 22 |
| アン・シャーリー | 22 |
| アンソニー・ジェイムズ・マーストン | 22 |
| （マーストン） | |
| アンダース・バーグストローム教授 | 23 |
| （バーグストローム教授）　あんだー | |
| すばーぐすとろーむきょうじゅ（ばーぐ | |
| すとろーむきょうじゅ） | |
| アン・ダロウ | 23 |
| アンデス・ベングトソン | 23 |
| アンデルセン | 23 |
| アントーニオ | 23 |
| アンドルーおじ | 23 |
| アンドレ | 23 |
| アントン | 23 |
| アントン | 24 |
| アントン・ゴロジェツキイ | 24 |
| アンナ | 24 |
| アンナ | 25 |
| アンナ・ジョンソン | 25 |
| アンニカ | 25 |
| アンネ | 25 |
| アンバー | 25 |
| アンヤ | 25 |
| アンリエット | 25 |
| アンリ・ピエール | 25 |
| アン・ルン | 26 |

## 【い】

| | |
|---|---|
| イイダ・サダム | 26 |
| イエルク | 26 |
| イエローファング | 26 |
| イェンス・ペーター | 26 |
| イーガー | 26 |
| イギー（イグナティウス・ソルヴォ・コロ | 26 |
| マンデル） | |
| イグナティウス・ソルヴォ・コロマンデ | 26 |
| ル | |
| イグノ・フォン・ラント | 27 |
| イーゴ | 27 |
| イゴール | 27 |

| | |
|---|---|
| イサ | 27 |
| イザベラ | 27 |
| イザベラ・ダンカン | 27 |
| イザベル・アルマン | 27 |
| イザベル・サリバン | 27 |
| イーサン・ケイン | 28 |
| イシ | 28 |
| 意志　いし | 28 |
| イジー | 28 |
| EGR3（イーガー）　いーじーあーるす | 28 |
| りー（いーが一） | |
| イジキエル・ブルーア | 28 |
| 石目のサム　いしめのさむ | 28 |
| 李鐘海　いじょんへ | 28 |
| いじわるミミ | 28 |
| イーゼグリム | 28 |
| イチゴ（天馬）　いちご（てんば） | 29 |
| イーディ | 29 |
| 李都行　いどへん | 29 |
| イドリス | 29 |
| いにしえの主　いにしえのぬし | 29 |
| イヌ | 29 |
| イネス | 29 |
| イヴァン・イヴァヌィチ | 29 |
| イヴァン・ボウルダーショルダー | 29 |
| イブリス | 29 |
| イヴェット | 29 |
| イポリット・ド・シャサニュ（シャサニュ | 30 |
| 公爵）　いぽりっとどしゃさにゅ（しゃさ | |
| にゅこうしゃく） | |
| イメナ | 30 |
| いもうと | 30 |
| イ・ユンシック（ユンボギ） | 30 |
| イライアス・ブランデンバーグ | 30 |
| イライザ・トンプソン | 30 |
| イルリル・セレニアル | 30 |
| イルンジー一アタマ・オトオ　いるんじあ | 31 |
| たまおとお | |
| イレーヌ | 31 |
| イレーヌ・シャルレ | 31 |
| イレーネ | 31 |
| イレーネ・ゲルラッハ（ゲルラハ嬢） | 31 |
| いれーねげるらは（げるらはじょう） | |

(3)

| | |
|---|---|
| イロネル・ノヴェンドット | 31 |
| イワン | 31 |
| イングリッド・レヴィン・ヒル | 31 |
| インゲリド | 31 |
| インゲル | 31 |
| インディア | 31 |
| インディア | 32 |
| インディゴ・カッソン | 32 |
| インディゴ・チャールズ | 32 |
| インドの紳士　いんどのしんし | 32 |

### 【う】

| | |
|---|---|
| ウィギンズ | 32 |
| ウィギンズ（アーノルド・ウィギンズ） | 32 |
| ウィリー | 32 |
| ウィリー | 33 |
| ウィリー | 34 |
| ウィリアム・デイヴィーズ | 34 |
| ウィリアム・ヘンリー・ブロア（ブロア） | 34 |
| ウィリー・ワンカ | 34 |
| ウィリー・ワンカ氏　ういりーわんかし | 34 |
| ウィル | 34 |
| ウィル（A・ウィリアム・ワグナー）<br>ういる（えいういりあむわぐなー） | 34 |
| ウィル・スタントン | 34 |
| ウィルソン刑事　ういるそんけいじ | 34 |
| ウィルソン刑事　ういるそんけいじ | 35 |
| ウィル・ターナー | 35 |
| ウィルバー | 35 |
| ウィルモット・コリソン卿　ういるもっと<br>こりそんきょう | 35 |
| ウィング | 35 |
| ウィンター・レイヴン | 35 |
| ウェイン | 35 |
| ウェズレー・カッサンド | 35 |
| ウェンディ | 35 |
| ウェンディ・ダーリング | 35 |
| ウェントワース | 36 |
| ウォーカー | 36 |
| ウォーグレイヴ判事　うぉーぐれいぶ<br>はんじ | 36 |
| ウォートン | 36 |

| | |
|---|---|
| ウォープルスドン卿（パーシー伯父さ<br>ん）うぉーぷるすどんきょう（ぱー<br>しーおじさん） | 36 |
| ウォーヴォルド | 36 |
| ウォルター | 36 |
| ウォルター | 37 |
| ウスタレス | 37 |
| ウズミール | 37 |
| ウッズ氏　うっずし | 37 |
| ウッラ | 37 |
| ウーナ・ウォン | 37 |
| ウヌボレッチ | 37 |
| ウマガラス | 37 |
| 海魔女　うみまじょ | 37 |
| ウラシム | 37 |
| ウーリー・フォン・ジンメルン | 37 |
| ウリ・フォン・ジンメルン | 37 |
| ウルナルダ | 38 |
| ウルフ | 38 |
| ウルフィー | 38 |
| ウルフガー | 38 |
| ウルメル | 38 |
| ウルル | 38 |
| ウルル | 39 |
| ウレシーナ（ガチョウ） | 39 |
| ウンチャイ | 39 |
| ウンドワート将軍　うんどわーとしょう<br>ぐん | 39 |

### 【え】

| | |
|---|---|
| A・ウィリアム・ワグナー　えいういり<br>あむわぐなー | 39 |
| 英子　えいこ | 39 |
| エイディ（エイドリアン） | 39 |
| エイドリアン | 39 |
| エイナール | 39 |
| エイナール | 40 |
| エイブロン | 40 |
| エイベル・ジャクソン | 40 |
| エイミー | 40 |
| エイミー・ブラウン | 40 |
| エイミー・フレミング | 40 |

| | |
|---|---|
| エオラキ・コーク | 40 |
| エオ・ラハーリア（ハーリア） | 41 |
| エクター | 41 |
| エグランタイン | 41 |
| ケティ姫　えけていひめ | 41 |
| エジルリブ | 41 |
| エスター | 41 |
| エスタリオル（カラスノエンドウ） | 41 |
| エセル | 41 |
| エセル・ロジャーズ | 41 |
| X・レイ　えっくすれい | 41 |
| エックマン氏　えっくまんし | 41 |
| エディ・C　えでいしー | 42 |
| エディー・シュワブ | 42 |
| エドガー | 42 |
| エドバ・ヴームズ | 42 |
| エドマンド | 42 |
| エドモンド | 42 |
| エドワード・ジョージ・アームストロング（アームストロング医師）えどわーどじょーじあーむすとろんぐ（あーむすとろんぐいし） | 43 |
| エドワード・テュレイン | 43 |
| エドワード・ハイド | 43 |
| エニド | 43 |
| エヴァ先生　えばせんせい | 43 |
| エーヴァ・ロッタ・リサンデル | 43 |
| エヴァン・マッゴーワン | 43 |
| エヴィ | 43 |
| ABC　えーびーしー | 43 |
| エビット大おじさん　えびっとおおおじさん | 43 |
| エビット大おじさん　えびっとおおおじさん | 44 |
| エフィーム・タララースィチ・シェヴェリョフ（タラースィチ） | 44 |
| エマ | 44 |
| エマ・シッケタンツ夫人　えましっけたんつふじん | 44 |
| エマニエル | 44 |
| エマ・ルー・イッピー | 44 |
| エミリー | 44 |
| エミリー（エミリア） | 44 |
| エミリー（エム） | 45 |

| | |
|---|---|
| エミリア | 45 |
| エミリー・アロー | 45 |
| エミリー・キャロライン・ブレント（ミス・ブレント） | 45 |
| エミリー姫　えみりーひめ | 45 |
| エム | 45 |
| エムリス | 45 |
| エムリス（マーリン） | 45 |
| エ.メラルディア　えめらるでぃあ | 45 |
| エラ | 45 |
| エラゴン | 46 |
| エラリーヌ | 46 |
| エリ | 46 |
| エリー | 46 |
| エリオット・デ・ミル | 47 |
| エリオン | 47 |
| エリカ | 47 |
| エリカ（エリック） | 47 |
| エリカ（エリック） | 48 |
| エリサ・ケルトナー | 48 |
| エリザベス（デイジー） | 48 |
| エリザベス（ベス） | 48 |
| エリザベス・スワン | 48 |
| エリザベス・ペニーケトル（リズ） | 48 |
| エリザベス・マリー・ホール（リズ） | 48 |
| エリー・サンダーズ | 48 |
| エリサンドラ・ハルシング | 48 |
| エリセイ・ボードロフ | 48 |
| エリック | 49 |
| エリック（オペラ座の怪人）えりっく（おぺらざのかいじん） | 49 |
| エリック・ヒンクル | 49 |
| エリック・ヒンクル | 50 |
| エリー・ブラウン | 50 |
| エル・ガトー | 50 |
| エルキュール・ポアロ（ポアロ） | 50 |
| エルキュール・ポワロ（ポワロ） | 50 |
| エルキュール・ポワロ（ポワロ） | 51 |
| エルシー・ファンショー | 51 |
| エルスペス | 51 |
| エルズワース | 51 |
| エルダ | 51 |

エル・パトロン（御大）　えるぱとろん　51
（おんたい）

エルプセ　51

エルベレス　51

エルミーヌ　51

エルモ・ジンマー　51

エルモ・ジンマー　52

エルンスト・エックマン（エックマン氏）52
　えるんすとえっくまん（えっくまんし）

エレイサ　52

エレイン・ハリソン（エリー）　52

エレナ　52

エレモン　52

エレン　52

エレン（ブランウェン）　52

エレン・ライト　52

エロディ　52

エンキ　53

エンジェル　53

袁紹　えんしょう　53

エンネ・ゲープハルト　53

エンヒェン　53

エンメルカール　53

## 【お】

王（スタングマー）　おう（すたんぐ　53
まー）

王（ノーベル）　おう（のーべる）　53

オーウェン・ウェルズ　53

王様　おうさま　53

王さま（プンポネル王）　おうさま（ぷ　53
んぽねるおう）

王子　おうじ　53

王子　おうじ　54

王子さま　おうじさま　54

オーエン　54

オオカミ　54

オオカミ（ウルフ）　54

オオカミ男　おおかみおとこ　54

大喰らい　おおぐらい　54

オオトリ様（シゲル様）　おおとりさま　54
（しげるさま）

オーガー　54

お母さん　おかあさん　54

お母さん（ジュリー）　おかあさん　54
（じゅりー）

オーギュスタン　54

奥方（ロア）　おくがた（ろあ）　55

おくさん　55

オグデン教授　おぐでんきょうじゅ　55

オケラ　55

おじいさん　55

おじいちゃん　55

オジオン　55

オジオン（アイハル）　55

おじさん（ヴィルヘルム・バウマン）　55

おじさん（ベン）　55

お師匠さま　おししょうさま　55

オスカン　55

オスヴァルト・フォン・ケーニヒスヴァ　56
ルト

オソロシ・スクリーマー　56

オットー　56

オットー・ハッシュ　56

オッレ　56

オデッサ　56

お父さん　おとうさん　56

お父さん（バック・クラック）　おとうさ　56
ん（ばっくくらっく）

お父さん（バーナード）　おとうさん　56
（ばーなーど）

お父さん（フランキー）　おとうさん（ふ　57
らんきー）

おどけの兄弟　おどけのきょうだい　57

男（透明人間）　おとこ（とうめいにん　57
げん）

男の子　おとこのこ　57

オドリス　57

オノバル　57

おばあちゃん　57

おばあちゃん（ジェシカ）　57

おばあちゃん（ジェシカ・ビレアーズ）　58

おばあちゃん（シャスティンおばあちゃ　58
ん）

おばさん（エレナ）　58

オバダイア・デマラル（デマラル）　58

(6)

| | | | |
|---|---|---|---|
| おばちゃん（イヴェット） | 58 | 母さん　かあさん | 63 |
| オパール・コボイ | 58 | カイ | 63 |
| オビガード | 58 | カイ | 64 |
| お姫さま　おひめさま | 58 | 蚕　かいこ | 64 |
| オービル・ライト | 58 | ガイヤーマイヤー | 64 |
| オビ・ワン・ケノービ | 58 | カイラ・デレオン | 64 |
| オビ・ワン・ケノービ | 59 | カイル | 64 |
| オフィーリア | 59 | カエデ（シラカワの姫）　かえで（しらかわのひめ） | 64 |
| オペラ座の怪人　おぺらざのかいじん | 59 | カオス（カバ） | 64 |
| オーベロン | 59 | かかし | 64 |
| オマール | 59 | カギマワールマン | 64 |
| オマールおじさま | 59 | 影　かげ | 64 |
| 親父（タウンゼンド）　おやじ（たうんぜんど） | 59 | ガサツィさん | 64 |
| | | カシオペイア | 64 |
| オーラ | 59 | カシタンカ（ティヨートカ） | 64 |
| オーラ | 60 | ガス・ジェンキンズ | 64 |
| オラフ伯爵　おらふはくしゃく | 60 | カースティ・テイト | 65 |
| オーリー | 60 | カースティ・テイト | 66 |
| オリー（オリヴィア・クリスティ） | 60 | カースティ・テイト | 67 |
| オリガ | 60 | ガストン | 67 |
| オリー・スパークス | 61 | ガストン・ブロドー | 67 |
| オリバー | 61 | ガスパー卿　がすぱーきょう | 67 |
| オリヴァー・スミス | 61 | カスバート・ババーコーン | 67 |
| オリヴィア | 61 | カスバート・ババーコーン | 68 |
| オリビア・キドニー | 61 | ガスパール・マック・キティキャット | 68 |
| オリヴィア・クリスティ | 61 | カスピアン | 68 |
| オリヴィエ | 61 | カスピアン王子　かすぴあんおうじ | 68 |
| オルガ | 61 | 火星人　かせいじん | 68 |
| オルタンス | 62 | カダバー | 68 |
| オールド・クリーピー | 62 | カダリー | 68 |
| オールド・ノシー（ノシー） | 62 | ガチョウ | 68 |
| オルフェュス・マク・ボット | 62 | カッレ・ブルムクヴィスト | 69 |
| オレック | 63 | ガーディ | 69 |
| オレック・カスプロ | 63 | カティ（ナ・カモン・ポドジャナウィット） | 69 |
| オーロラ姫　おーろらひめ | 63 | カドギ | 69 |
| 御大　おんたい | 63 | カート・マックレー | 69 |
| 女幽霊　おんなゆうれい | 63 | カドミニウム・ゴールド（キャディー） | 69 |
| オンニョニ | 63 | カトリーナ・マートン（キャット） | 69 |
| オンブラ | 63 | ガートルード王妃　がーとるーどおうひ | 69 |
| | | ガナー | 69 |
| 【か】 | | カナダ人　かなだじん | 69 |

| | | | |
|---|---|---|---|
| カナリア | 69 | カルロス・フェレイラ | 74 |
| カニ | 69 | カルロットー | 74 |
| カニンダ | 70 | カレ | 74 |
| ガネーシュ | 70 | ガレン・マルン | 74 |
| カーネル（コーネリアス・フレック） | 70 | カレン・ミルズ | 74 |
| カノック・カスプロ | 70 | カーロー | 74 |
| カバ | 70 | カーロッタ・ブラウン | 75 |
| ガヴィン・ベル | 70 | カロリーヌ | 75 |
| ガブガブ | 70 | カローン | 75 |
| ガープ・ティースグリット | 70 | 関羽　かんう | 75 |
| カーフュー子爵　かーふゅーししゃく | 70 | ガンス博士　がんすはかせ | 75 |
| ガブリエル | 70 | ガンニィ | 75 |
| ガブール | 70 | ガンハウス | 75 |
| カマ | 70 | | |
| カマソッソ（ソッソ） | 70 | **【き】** | |
| カミー | 70 | | |
| ガメッチ叔母　がめっちおば | 71 | キーア姫　きーあひめ | 75 |
| ガメリー | 71 | キカンボ | 75 |
| カメロン | 71 | キキ・ストライク | 75 |
| カモ | 71 | ギータ | 76 |
| カラス | 71 | ギタ | 76 |
| カラスノエンドウ | 71 | ギダ | 76 |
| カーリー | 71 | 北の歌姫　きたのうたひめ | 76 |
| ガーリ | 71 | キツネ坊や　きつねぼうや | 76 |
| カリオストロ伯爵夫人　かりおすとろ | 71 | キティ・ジョーンズ | 76 |
| はくしゃくふじん | | ギデオン | 76 |
| ガリト | 71 | キト | 76 |
| カリバン・ダル・サラン | 72 | キノウォック | 76 |
| カリーム・アブーディ | 72 | キハール | 76 |
| カル（カリバン・ダル・サラン） | 72 | キプリオス | 76 |
| カール・アンダーソン | 72 | キプリオス | 77 |
| カール・コレアンダー | 72 | 金先生　きむせんせい | 77 |
| カルコン・カ・ドーロ | 72 | キム ソヨニ　きむ・そよに | 77 |
| ガールスカウトたち | 72 | キム・トンシギ（金先生）　きむとんし | 77 |
| カルステン・ラーデマッハー（ラディッ | 72 | ぎ（きむせんせい） | |
| ち） | | キム・ラルセン | 77 |
| カールソン | 73 | キャサリン・アーンショー（キャシー） | 77 |
| ガルダ―　がるだ― | 73 | キャシー | 77 |
| カルヴィン | 73 | キャッティー・ブリー | 77 |
| カール・ヘルタント | 73 | キャット | 77 |
| カール・ヘルタント | 74 | ギャッファー | 77 |
| カルマカス | 74 | キャディー | 77 |
| カルメン | 74 | ギャヴィン・スナーク | 77 |

| | | | |
|---|---|---|---|
| キャリー・ベル | 78 | グライ・バーレ | 81 |
| キャリン | 78 | クラウス・ポップ（コイレ） | 81 |
| キャロリン | 78 | クラウス・ボードレール | 81 |
| Q　きゅー | 78 | クラウドキット | 81 |
| キューリー | 78 | クラウドポー | 81 |
| 姜維　きょうい | 78 | クラーク・フライズリー | 82 |
| キラ・クラウスミュラー | 78 | グラディス・サンダーズ | 82 |
| ギリー | 78 | グラディス・ヒルマン | 82 |
| キリギリス | 78 | クラドメッサ | 82 |
| キリン | 78 | グラニー・グリーンティース | 82 |
| キルシオン・バイサス | 78 | グラブス（グルービッチ・グレイディ） | 82 |
| キルト | 78 | グラムソン | 82 |
| キン | 78 | クララ | 82 |
| 禁煙さん　きんえんさん | 79 | クラリオン女王　くらりおんじょおう | 82 |
| 金魚　きんぎょ | 79 | クラリス・デティーグ | 83 |
| | | グランタ・オメガ | 83 |
| **【く】** | | グランプス | 83 |
| | | クリオ | 83 |
| クィグリー | 79 | グリシュマク・ブラッド・ドリンカー | 83 |
| クイーニー | 79 | クリス | 83 |
| クイニー | 79 | クリスタル | 83 |
| クィル | 79 | クリスチーヌ | 83 |
| クインシー | 79 | クリスティ教授　くりすてぃきょうじゅ | 83 |
| クィーン・リー（クラリオン女王）くぃー 79<br>んりー（くらりおんじょおう） | | クリスティーン | 83 |
| | | クリステン | 83 |
| グウィネス | 79 | クリストファー・マラン（クリス） | 83 |
| グウィラナ | 79 | クリス・パウエル | 84 |
| クウィンティニウス・ヴェルジニクス | 79 | クリスピン | 84 |
| クウィント（クウィンティニウス・ヴェル 80<br>ジニクス） | | グリフィン | 84 |
| | | グリフィン・シルク | 84 |
| グウェン | 80 | グリム・グリムソン | 84 |
| クエンティン・クエステッド（Q）　くえん 80<br>てぃんくえすてっど（きゅー） | | グリムバート | 84 |
| | | クリリックス | 84 |
| グ・オッド | 80 | グリンドール | 85 |
| 郭・天雄　ぐおてぃえんしょん | 80 | グリンブル | 85 |
| グステル | 80 | クルーズくん | 85 |
| クッキー | 80 | グルービッチ・グレイディ | 85 |
| クート教授　くーときょうじゅ | 80 | グルール | 85 |
| クモ | 80 | クレア・リチャードソン | 85 |
| グライ | 80 | クレイ | 85 |
| クライディ | 80 | グレイ・アーサー | 85 |
| クライディ | 81 | クレイグ・ウェスタリー | 85 |
| クライディッサ・スター（クライディ） | 81 | クレイジー・レディ | 85 |

(9)

| | | | | |
|---|---|---|---|---|
| クレイン | 86 | ケイティおばあちゃん（ケイティ・エリン・フラナガン） | 90 |
| クレクス先生　くれくすせんせい | 86 | | |
| グレゴリー | 86 | ケイト | 90 |
| グレゴリー少佐（鯉少佐）　ぐれごりーしょうさ（こいしょうさ） | 86 | ケイト・コグラン | 90 |
| | | ケイト・ダイアー | 90 |
| グレゴワール | 86 | ケイト・デヴリース | 90 |
| グレゴワール・デュボスク（トト） | 86 | ケイト・パーマー | 90 |
| グレージ・グロイムル（グロイムル） | 86 | ゲイレン | 90 |
| グレース | 86 | ケイロン | 91 |
| グレース・キング | 87 | ケオプス王　けおぷすおう | 91 |
| グレーストライプ | 87 | ゲシュタポ・リル | 91 |
| グレッグ・ケントン | 87 | ケッセルバッハ夫人　けっせるばっはふじん | 91 |
| グレッグ・バンクス | 87 | | |
| グレーテルおばさん | 87 | ゲド（ハイタカ） | 91 |
| グレフ | 87 | ケラック | 91 |
| クレメント（牧師）　くれめんと（ぼくし） | 87 | ゲルダ | 91 |
| グロイムル | 87 | ケルナー夫人　けるなーふじん | 91 |
| クロウ | 87 | ゲルラハ嬢　げるらはじょう | 91 |
| クロエ | 87 | ケン王　けんおう | 91 |
| クローエ | 88 | ケンガー | 92 |
| クローカ博士　くろーかはかせ | 88 | ケンゾウ博士　けんぞうはかせ | 92 |
| クロー船長　くろーせんちょう | 88 | ケント | 92 |
| クロチルド捜査官　くろちるどそうさかん | 88 | ケントリー・ウーブルレット（ケント） | 92 |
| クローディアス | 88 | **【こ】** | |
| グローニン | 88 | | |
| グローバー・アンダーウッド | 88 | 小悪魔　こあくま | 92 |
| 黒ひげ　くろひげ | 88 | 鯉少佐　こいしょうさ | 92 |
| グローリア | 88 | コイレ | 92 |
| グローン・ティースグリット | 88 | コウノトリ兄さん　こうのとりにいさん | 92 |
| クワイ・ガン・ジン | 89 | コオロギ | 92 |
| **【け】** | | 小型鰐　こがたわに | 92 |
| | | ココ | 92 |
| ゲアリー | 89 | ゴゴ | 92 |
| ケイシー | 89 | ココ（テレーズ） | 93 |
| ケイシャ | 89 | ココアおくさん | 93 |
| ケイティー | 89 | ココナッツ | 93 |
| ケイディ・ウィントン | 89 | ゴス | 93 |
| ケイティ・エリン・フラナガン | 89 | コゼット | 93 |
| ケイティーおばあちゃん | 89 | コディ・マーヴェリック | 93 |
| ケイティーおばあちゃん | 90 | コデックス | 93 |
| | | ゴードー・ゴールドアックス | 93 |

(10)

| | |
|---|---|
| コドフロワ・デティーグ男爵（デティーグ男爵）　こどふろわでてぃーぐだんしゃく（でてぃーぐだんしゃく） | 93 |
| 子どもたち　こどもたち | 93 |
| コニー・ライオンハート | 93 |
| コーネリアス・フレック | 93 |
| ゴハ | 94 |
| コパカ | 94 |
| コビィー・フラッド | 94 |
| コピー・ケック | 94 |
| コヒツジ | 94 |
| 小人たち　こびとたち | 94 |
| コビトノアイ（ノモノ） | 94 |
| ゴブリン | 94 |
| ゴブリン | 95 |
| コボエ | 95 |
| コボルト | 95 |
| コメット | 95 |
| コヨーテじいさん | 95 |
| コーラ | 95 |
| コリー | 95 |
| コリエル・ハルシング（コリー） | 95 |
| コリーナ | 95 |
| コーリャ | 95 |
| コリン | 95 |
| コリン | 96 |
| コーリン王子　こーりんおうじ | 96 |
| コリン・クラムワージー | 96 |
| コリン・クレイヴン | 96 |
| コリン・チャールズ・ケネディ | 96 |
| コリン・ブラッカム（ブラッカム） | 96 |
| ゴール | 96 |
| コル（コリン・クラムワージー） | 96 |
| ゴールディ | 96 |
| コルテス | 96 |
| ゴールドムーン | 96 |
| コルヌビック | 96 |
| コルネリウス博士　こるねりうすはかせ | 97 |
| コレクター | 97 |
| コレット | 97 |
| ゴロ | 97 |
| コロンブ | 97 |

| | |
|---|---|
| コング | 97 |
| コンスタンティン | 97 |
| コンスタント・ドラッケンフェルズ | 97 |
| コンセイユ | 98 |
| コンセーユ | 98 |
| コンラート | 98 |

### 【さ】

| | |
|---|---|
| サイ（サイラス） | 98 |
| サイモン | 98 |
| サイモン・グレース | 98 |
| サイモンさん | 98 |
| サイモン・ショウ | 98 |
| サイラス | 98 |
| サイラス・ヒープ | 98 |
| ザカリー | 98 |
| ザカリア（ザック） | 98 |
| サー・ゲリット | 99 |
| サーシャ | 99 |
| サー・ジャック | 99 |
| サスティ姫　さすてぃひめ | 99 |
| ザック | 99 |
| ザッチ | 99 |
| サディ・グリーン | 100 |
| サトール | 100 |
| ザナ・マーティンデイル | 100 |
| サニー | 100 |
| サニー・チャン | 100 |
| サニー・ボードレール | 100 |
| サフィー | 101 |
| サフィラ | 101 |
| サフラン | 101 |
| サフラン（サフィー） | 101 |
| サマー | 101 |
| サマンサ・キーズ（サミー） | 101 |
| サマンサ・シャテンバーグ | 101 |
| サミー | 101 |
| サミュエル・パディントン | 101 |
| サミュエル・ラチェット | 101 |
| サミーラ | 102 |
| サミール | 102 |
| サム | 102 |

| | |
|---|---|
| サム（サマンサ・シャテンバーグ） | 102 |
| サム（サム・スコット） | 102 |
| サム・スコット | 102 |
| サムソン | 102 |
| サラ | 102 |
| ザーラ | 102 |
| サライ | 102 |
| サライ | 103 |
| サライユ（サライ） | 103 |
| サラ・エミリー | 103 |
| サラの樹　さらのき | 103 |
| サラマンカ・ツリー・ヒドル（サラ） | 103 |
| サリーおばさん | 103 |
| サリー・ショー | 103 |
| サリラ | 103 |
| サリー・ロックハート | 103 |
| サル | 103 |
| サルター・ガルヴァ | 104 |
| サルティガン（お師匠さま）　さるてぃがん（おししょうさま） | 104 |
| ザンジ | 104 |
| ザンス・フィラーティン | 104 |
| サンソン・パーシバル | 104 |
| サンソン・パーシバル | 105 |
| サンダー | 105 |
| サンタ・クロース（ニコラス・クロース） | 105 |
| サンディ・グラント | 105 |
| サンディー・マンソン | 105 |
| サンドストーム | 105 |

## 【し】

| | |
|---|---|
| じいさん | 105 |
| ジェイ（J・A・ドルトン）　じぇい（じぇいえーどるとん） | 105 |
| J・A・ドルトン　じぇいえーどるとん | 105 |
| ジェイコブ・クレイン（クレイン） | 105 |
| ジェイコブ先生　じぇいこぶせんせい | 106 |
| JJ・リディ　じぇいじぇいりでぃ | 106 |
| ジェイディス（女王）　じぇいでぃす（じょおう） | 106 |
| ジェイド | 106 |
| ジェイムズ | 106 |

| | |
|---|---|
| ジェイムズ君（ジェイムズ・ヘンリー・トットコ）　じぇいむずくん（じぇいむずへんりーとっとこ） | 106 |
| ジェイムズ・シェパード | 106 |
| ジェイムズ・フック（フック船長）　じぇいむずふっく（ふっくせんちょう） | 106 |
| ジェイムズ・ヘンリー・トットコ | 106 |
| ジェイムズ・モリアーティ（モリアーティ教授）　じぇいむずもりあーてぃ（もりあーてぃきょうじゅ） | 106 |
| ジェインおばさん | 106 |
| シェーカ | 106 |
| ジェシー | 107 |
| ジェシー | 108 |
| ジェシー（ジェシカ） | 108 |
| ジェシー（ジェシカ） | 109 |
| ジェシー（ヘクター・ド・シルヴァ） | 109 |
| ジェシー・アーロンズ | 109 |
| ジェシカ | 109 |
| ジェシカ | 110 |
| ジェシカおばあちゃん | 110 |
| ジェシカ・ビリー（ジェス） | 110 |
| ジェシカ・ビレアーズ | 110 |
| ジェシカ・フィーニー | 110 |
| ジェシー・シャープ | 110 |
| ジェシー・シャープ（エリー・サンダーズ） | 110 |
| ジェス | 111 |
| ジェス・ジョーダン | 111 |
| シェード | 111 |
| ジェナ・ウィリアムズ | 111 |
| ジェナス | 111 |
| ジェニー | 111 |
| ジェニファー・ゴールド | 111 |
| シェパード中尉　しぇぱーどちゅうい | 112 |
| シェフィー | 112 |
| ジェフ・ヒックス | 112 |
| ジェフ・ファリントン | 112 |
| ジェフリー | 112 |
| ジェフリー・ロックウッド（ロックウッド氏）　じぇふりーろっくうっど（ろっくうっどし） | 112 |
| ジェミー（白いキリン）　じぇみー（しろいきりん） | 112 |

(12)

| | |
|---|---|
| ジェミニ・スマインターグ | 112 |
| シェム先生　しぇむせんせい | 112 |
| ジェラード・ウス・モンダール | 112 |
| ジェラルド・ダレル（ダレル） | 112 |
| シェリー | 112 |
| ジェリク | 113 |
| ジェリー・マンスフィールド | 113 |
| ジェレミー・ゴールデン | 113 |
| ジェローム・エルマ | 113 |
| ジェローム・キルディー（ジェロームじいさん） | 113 |
| ジェロームじいさん | 113 |
| ジェーン | 113 |
| ジェン | 113 |
| ジェン | 114 |
| ジェンナ・ヒープ | 114 |
| シェン・ファット | 114 |
| ジェーン・マープル（ミス・マープル） | 114 |
| シオン | 114 |
| ジキル博士（ヘンリー・ジキル博士）じきるはかせ（へんりーじきるはかせ） | 114 |
| ジーク | 114 |
| シグリド | 115 |
| シグルド | 115 |
| シゲル様　しげるさま | 115 |
| シーザー | 115 |
| ジザニア・タイガー | 115 |
| ジジ | 115 |
| シーシュース | 115 |
| システィン・ベイリー | 115 |
| ジップ | 115 |
| シドニー・T・メロン・ジュニア　しどにーてぃーめろんじゅにあ | 115 |
| シドラック | 115 |
| ジーニー | 115 |
| 死に神　しにがみ | 115 |
| ジニー・マクドナルド | 115 |
| ジフ | 116 |
| ジーヴス | 116 |
| ジミー・クイックスティント | 116 |
| ジミー・ストカー | 116 |
| シム | 116 |
| シャイナー | 116 |

| | |
|---|---|
| シャギー | 116 |
| シャーク | 116 |
| ジャクソン・ハルシング | 116 |
| ジャコモ | 116 |
| シャサニュ公爵　しゃさにゅこうしゃく | 117 |
| シャスタ | 117 |
| ジャスティス・ストラウス | 117 |
| シャスティン | 117 |
| ジャスティン | 117 |
| シャスティンおばあちゃん | 117 |
| ジャスミン | 117 |
| ジャスミン | 118 |
| ジャスミン・カリーロ | 118 |
| ジャッキー・ヴェラスコ | 118 |
| ジャック | 118 |
| ジャック | 119 |
| ジャック・アームストロング | 120 |
| ジャックおじさん | 120 |
| ジャック・サンダーズ | 120 |
| ジャック・ジェンキンズ | 120 |
| ジャック・シモンズ | 120 |
| ジャック・ストールワート | 120 |
| ジャック・スパロウ | 121 |
| ジャック・ドリスコル | 122 |
| ジャック・バートレット | 122 |
| ジャック・ハボック | 122 |
| ジャック・フロスト | 122 |
| ジャック・マンデルバウム | 122 |
| ジャック・ラヴレス | 122 |
| ジャック・レイモンド・キャロル（ジャックおじさん） | 122 |
| シャドガー | 122 |
| シャドガー | 123 |
| シャドラック | 123 |
| ジャニス・ムッチリボトム | 123 |
| ジャネット | 123 |
| シャバヌ | 123 |
| ジャファー | 123 |
| ジャマール | 123 |
| シャーミラ | 124 |
| シャーリー | 124 |
| シャーリ・ウォーカー | 124 |
| ジャール | 124 |

| | |
|---|---|
| シャルル・フィリップ | 124 |
| シャルル・ル・シアン（チャーリー） | 124 |
| シャルロッテ | 124 |
| ジャレッド・グレース | 124 |
| シャーロック・ホームズ | 124 |
| シャーロック・ホームズ | 125 |
| シャーロット | 125 |
| シャーロット姫　しゃーろっとひめ | 125 |
| ジャロード・ソーントン | 125 |
| ジャン | 125 |
| シャーン・スルエリン | 125 |
| ジャン・デュシャルム | 125 |
| ジャン・バルジャン（マドレーヌ） | 125 |
| ジャン・ピエール | 126 |
| シャンボア | 126 |
| ジュエル・ラムジー | 126 |
| シュガーフット | 126 |
| シュゴテン | 126 |
| 守護天使（シュゴテン）　しゅごてんし（しゅごてん） | 126 |
| ジュディ・アボット | 126 |
| ジュディ・モード | 126 |
| ジュディ・モード | 127 |
| シューティングスター | 127 |
| シュテフィ・ラーデマッハー | 127 |
| ジュード・ダイヤモンド | 127 |
| ジューニー・スワン | 127 |
| ジュニパー | 127 |
| シュヌッパーマウル | 127 |
| ジュヌビエーブ | 127 |
| ジュヌビエーブ | 128 |
| ジュヌビエーブ・エルヌモン | 128 |
| ジュヌヴィエーヴ・デュドネ | 128 |
| ジュヌヴィエーヴ・デュドネ（ジュネ） | 128 |
| ジュネ | 128 |
| シュヴァルテンフェーガー先生　しゅばるてんふぇーがーせんせい | 128 |
| シュライバー夫人　しゅらいばーふじん | 128 |
| ジュリ | 128 |
| ジュリー | 128 |
| ジュリー（ジュリエット・モーガン） | 128 |
| ジュリア | 128 |

| | |
|---|---|
| ジュリア・フェアウェイ | 129 |
| ジュリア・ルケイン | 129 |
| ジュリアン | 129 |
| ジュリエット | 129 |
| ジュリエット・バトラー | 129 |
| ジュリエット・モーガン | 129 |
| ジュリ・ルービン | 129 |
| ジュール | 129 |
| シュレック | 129 |
| シュレック | 130 |
| ジョー | 130 |
| ジョー（ジョアンナ） | 130 |
| ジョー（ジョゼフィン） | 130 |
| ジョー（ジョゼフ・ラングリー） | 130 |
| ジョアオ | 130 |
| ジョアンナ | 130 |
| ジョーイ | 130 |
| ジョーイ・ピグザ | 130 |
| ジョウじいちゃん | 130 |
| 少女（ピン）　しょうじょ（ぴん） | 130 |
| 少年（月の子）　しょうねん（つきの | 130 |
| 少年兵四一二号　しょうねんへいよんいちにごう | 131 |
| 松露とり　しょうろとり | 131 |
| 女王　じょおう | 131 |
| 女王（キン）　じょおう（きん） | 131 |
| 女王さま（赤の女王さま）　じょおうさま（あかのじょおうさま） | 131 |
| 女王さま（白の女王さま）　じょおうさま（しろのじょおうさま） | 131 |
| 諸葛 孔明　しょかつ・こうめい | 131 |
| ジョー・カローン（カローン） | 131 |
| ジョク | 131 |
| ジョージ | 131 |
| ジョージ | 132 |
| ジョージー | 132 |
| ジョージア・オグレディ | 132 |
| ジョージ・クラッグズ | 132 |
| ジョージ・ダーリング | 132 |
| ジョージ・チャップマン | 132 |
| ジョシュ | 132 |
| ジョシュ | 133 |
| ジョシュ・ウェルズ | 133 |

| | | | | |
|---|---|---|---|---|
| ジョセフ | 133 | | シーリア | 136 |
| ジョゼフィーヌ・バルサモ（カリオストロ | 133 | | ジリアン | 137 |
| 伯爵夫人）　じょぜふぃーぬばるさも | | | シリウス | 137 |
| （かりおすとろはくしゃくふじん） | | | 死霊使い（ネクロマンサー）　しりょう | 137 |
| ジョゼフィン | 133 | | つかい（ねくろまんさー） | |
| ジョゼフ・ライアン | 133 | | 死霊の売人　しりょうのばいにん | 137 |
| ジョゼフ・ラングリー | 133 | | シリン・フリア・ストロング・イン・ジ・ | 137 |
| ジョゼフ・レマソライ・レクトン（レマソラ | 133 | | アーム・リンデンシールド | |
| イ） | | | ジル・サイモン | 137 |
| ジョーディ（ジョージ・クラッグズ） | 134 | | シルバー | 137 |
| ショナ | 134 | | シルヴァーストリーム | 137 |
| ジョナサン | 134 | | シルヴァノシェイ | 137 |
| ジョナサン・ウェルズ | 134 | | シルバー夫人　しるばーふじん | 137 |
| ジョナ・バイフォード | 134 | | シルバーミスト | 137 |
| ジョニー | 134 | | シルビー | 137 |
| ジョニー（ヨーナタン・トロッツ） | 134 | | シルビア | 138 |
| ジョニー（ヨナタン・トロッツ） | 134 | | ジルフィー | 138 |
| ジョーニ・ブートロス | 134 | | ジル・ポール | 138 |
| ジョー・ピネリ | 134 | | 白いキリン　しろいきりん | 138 |
| ショーヘイ・オリアリー | 135 | | 白い魔女　しろいまじょ | 138 |
| ジョリー | 135 | | シロニー先生　しろにーせんせい | 138 |
| ジョン・イーランド | 135 | | 白の女王さま　しろのじょおうさま | 138 |
| ジョン・クリストファー | 135 | | ジーン | 138 |
| ジョン・グレゴリー | 135 | | シンキューバ | 138 |
| ジョン・ゴードン・マッカーサー（マッ | 135 | | シンキューバ | 139 |
| カーサー将軍）　じょんごーどんまっ | | | ジンジャー | 139 |
| かーさー（まっかーさーしょうぐん） | | | ジンジャーブレッド | 139 |
| ジョン・ゴーント | 135 | | シンダーペルト | 139 |
| ジョーンズ | 135 | | シンダーポー | 139 |
| ジョン・スミス（あしながおじさん） | 135 | | シン チソニ　しん・ちそに | 139 |
| ジョン・ディクソン（ジョニー） | 136 | | シンデレラ | 139 |
| ジョン・ドリトル（ドリトル先生）　じょん | 136 | | シーン・ドガーティ | 139 |
| どりとる（どりとるせんせい） | | | シンバ | 139 |
| ジョン・ハリソン | 136 | | | |
| ジョン・ベイズウォーター（ベイズ | 136 | | 【す】 | |
| ウォーターさん） | | | | |
| ショーン・マグレガー | 136 | | スイッピー | 139 |
| ジョン・マシュー | 136 | | スイッピー | 140 |
| ジョン・マンドレイク | 136 | | スイート夫人　すいーとふじん | 140 |
| シラカバ・ラルス（ラルス） | 136 | | スカイ | 140 |
| シラカワの姫　しらかわのひめ | 136 | | スカイ・メドウズ | 140 |
| シーラ・グラント | 136 | | スカージ | 140 |
| シーラス | 136 | | スカーティ・マーム（マーム） | 140 |
| 白雪姫　しらゆきひめ | 136 | | | |

(15)

| | | | |
|---|---|---|---|
| スカーティ・マーム（マーム） | 141 | スパーキー | 145 |
| スカルダガリー・プリーザント | 141 | スパークス先生　すぱーくすせんせい | 145 |
| スカーレット | 141 | | |
| スカンピン | 141 | スパルタン | 145 |
| スキナー | 141 | スパロー | 146 |
| スキャンパー | 141 | スピラー | 146 |
| スーザン | 141 | スープ | 146 |
| スーザン | 142 | スペイダー | 146 |
| スザンナ・サイモン（スーズ） | 142 | スヴェトラーナ・ナザーロヴァ | 146 |
| スーザン・メルバリー | 142 | スポッツィー | 146 |
| スージー | 142 | スポッティドリーフ | 146 |
| スーシン影役人　すーしんかげやくにん | 142 | スミス船長（ローラ）　すみすせんちょう（ろーら） | 146 |
| スーシン影役人　すーしんかげやくにん | 143 | スモークリース | 146 |
| | | スラッピー | 146 |
| スーズ | 143 | スランク | 146 |
| スタインベック | 143 | スーリー | 147 |
| スターリング | 143 | スリエン師　すりえんし | 147 |
| スタングマー | 143 | | |
| スーちゃん | 143 | **【せ】** | |
| スチュ・フライズリー | 143 | | |
| スティッチ | 144 | セアラ・クルー | 147 |
| スティーヴン | 144 | セアラ・ベラミー | 147 |
| スティーブン（ペザント） | 144 | 聖ジョージ　せいじょーじ | 147 |
| スティーヴン・カーティス | 144 | 背高尻尾なし　せいたかしっぽなし | 147 |
| スティーヴン・ラインハート（ライノ） | 144 | セイバー船長（ビリー・セイバー）　せいばーせんちょう（びりーせいばー） | 147 |
| スティーヴン・ローズ | 144 | | |
| ステッグ | 144 | 聖母（マリアさま）　せいぼ（まりあさま） | 147 |
| ステフ | 144 | | |
| ステファニー（ステフ） | 144 | セイント・デイン | 147 |
| ステファニー・アルパート | 144 | セイント・デイン | 148 |
| ステファニー・エッジレイ | 144 | セウ | 148 |
| ステファニー・ナイトリー | 144 | セオドア・ジョンスン（アームピット） | 148 |
| ステファン | 144 | セオドア・ルーズベルト（テディ） | 148 |
| ステラ | 145 | ゼーク・トパンガ | 148 |
| ストーム | 145 | セシリア | 148 |
| ストリーカ | 145 | セシリア・ホーンビー | 148 |
| ストローガール | 145 | セシル | 148 |
| ストーン先生　すとーんせんせい | 145 | セシル・フレデリック | 148 |
| スナイダー博士　すないだーはかせ | 145 | セス・ブランチ（ブランチ先生）　せすぶらんち（ぶらんちせんせい） | 148 |
| スネークウィード | 145 | | |
| スノーボール | 145 | セト | 148 |
| スパイダー | 145 | ゼニシブリ | 148 |

| | |
|---|---|
| ゼノ先生　ぜのせんせい | 148 |
| セバスチアン | 149 |
| セバスチャン | 149 |
| セバスチャン | 149 |
| ゼバスチャン・フランク | 149 |
| ゼバスティアーン・フランク | 149 |
| セブルバ | 150 |
| ゼブルン・ウィンドロー | 150 |
| セミヨン | 150 |
| ゼリー | 150 |
| セルゲイ | 150 |
| ゼルダ・ヒープ | 150 |
| セルニーヌ公爵　せるにーぬこうしゃく | 150 |
| ゼルノック | 150 |
| セレナ | 150 |
| セレニア | 150 |
| セレニア | 151 |
| ゼレファント | 151 |
| 先生（マーガレット・ジョンソン）　せんせい（まーがれっとじょんそん） | 151 |
| 船長　せんちょう | 151 |
| 船長（フッツロイ・マッケンジー船長）　せんちょう（ふっつろいまっけんじーせんちょう） | 151 |
| ゼンドリック | 151 |

## 【そ】

| | |
|---|---|
| ソアラ・アンタナ | 151 |
| ゾーイ・ナイトシェイド | 151 |
| ゾウ | 151 |
| 曹操　そうそう | 151 |
| ゾーエ | 152 |
| ソッソ | 152 |
| ソニー | 152 |
| ソニア | 152 |
| ソニア・ルーイン | 152 |
| ソフィ | 152 |
| ソフィー | 152 |
| ソフィー | 153 |
| ソフィー（ソフィア・シャテンバーグ） | 153 |
| ソフィー（フィオーナ・スコット） | 153 |

| | |
|---|---|
| ソフィア | 153 |
| ソフィア・シャテンバーグ | 153 |
| ソフィア姫　そふぃあひめ | 153 |
| ソフィー・マーディンガー | 153 |
| ソールダッド | 153 |
| ゾルバ | 153 |
| ソレス（ファイ・トア・アナ） | 154 |
| ソーレン | 154 |
| 孫堅　そんけん | 154 |
| 孫権　そんけん | 154 |

## 【た】

| | |
|---|---|
| タイ | 154 |
| ダイアナ・バリー | 155 |
| ダイアー博士　だいあーはかせ | 155 |
| タイガー | 155 |
| タイガー・アン・パーカー | 155 |
| タイガークロー | 155 |
| タイソン | 155 |
| タイタス | 155 |
| 大天使ガブリエル　だいてんしがぶりえる | 155 |
| 大統領　だいとうりょう | 156 |
| タイバーン | 156 |
| タイバーン（ハンドレイク） | 156 |
| タイラント | 156 |
| タウゼントシェーン | 156 |
| タウンゼント | 156 |
| タカ | 156 |
| たから石　たからいし | 156 |
| ダーク | 156 |
| ダグ | 157 |
| ダグ・アーサー | 157 |
| ダグダ | 157 |
| ダグラス・マッケンジー（ダグ） | 157 |
| タケオ（トマス） | 157 |
| タシ | 157 |
| ダース・ヴェイダー（アナキン・スカイウォーカー） | 157 |
| タッスル・ホッフ | 157 |
| タッスル・ホッフ | 158 |
| ダッチ | 158 |

| | |
|---|---|
| ダッドリー・マーティン | 158 |
| タップ | 158 |
| タデウス・ティルマン・トルッツ | 158 |
| ダドウィン | 158 |
| ダーナ・フウェイラン | 158 |
| ダニー | 158 |
| ダニー・アンダーソン | 158 |
| ダニエル | 158 |
| ダニエル・ガウワー | 159 |
| ダニカ | 159 |
| ダニー・ガルデラ | 159 |
| タネット | 159 |
| ダヴァセアリ（ダヴ） | 159 |
| ダービッシュおじさん（ダービッシュ・グレイディ） | 159 |
| ダービッシュ・グレイディ | 159 |
| タフー | 160 |
| ダーブ | 160 |
| ダヴ | 160 |
| ダブダブ | 160 |
| タムナスさん | 160 |
| ダムノリックス | 160 |
| タム・リン | 160 |
| タモ・ホワイト | 160 |
| タラ | 160 |
| タラス | 160 |
| タラースィチ | 161 |
| タラ・ダンカン | 161 |
| ダラ・テル・タニス | 161 |
| ダラマール・アージェント | 161 |
| タリン | 161 |
| タル | 161 |
| ダルコス | 161 |
| ダルシー | 162 |
| 達磨岩　だるまいわ | 162 |
| タレイア | 162 |
| ダレル | 162 |
| タロア | 162 |
| ダンカン | 162 |
| タンク・エバンス | 162 |
| タンクレード | 162 |
| ダンザ | 162 |
| ダンブルドア | 162 |

### 【ち】

| | |
|---|---|
| 強強　ちあんちあん | 162 |
| チェーザレ・モンタルバーニ | 163 |
| チェスコ | 163 |
| チェスニー氏　ちぇすにーし | 163 |
| チェズニー氏　ちぇずにーし | 163 |
| チェリー | 163 |
| チェルレ・ヒエル | 163 |
| チキン・ジョー | 163 |
| チキン・リトル・クラック | 163 |
| チーチー | 163 |
| 父　ちち | 163 |
| 父（カノック・カスプロ）　ちち（かのっくかすぷろ） | 163 |
| ちっちゃなお話　ちっちゃなおはなし | 163 |
| チヌーク | 163 |
| ちびっこトゥートゥー | 163 |
| ちびポップ | 164 |
| チャイナ | 164 |
| チャウダー | 164 |
| チャーミング王子　ちゃーみんぐおうじ | 164 |
| チャーリー | 164 |
| チャーリー・アシャンティ | 164 |
| チャーリー・バケツ | 164 |
| チャーリー・ピースフル | 164 |
| チャーリー・ボーン | 164 |
| チャーリー・ボーン | 165 |
| チャールズ | 165 |
| チャールズ・クート教授（クート教授）ちゃーるずくーときょうじゅ（くーときょうじゅ） | 165 |
| チャールズ・マーフィー（シャーク） | 165 |
| チャングム（大長今）　ちゃんぐむ（でじゃんぐむ） | 165 |
| チュッテギ | 165 |
| チュニ | 165 |
| 中宗王　ちゅんじょんおう | 165 |
| 張飛　ちょうひ | 165 |
| チリアン | 166 |
| チルダーマス教授　ちるだーますきょうじゅ | 166 |

| | | | |
|---|---|---|---|
| チンタン | 166 | デイビィ・ジョーンズ | 169 |
| | | デイヴィ・ジョーンズ（ジョーンズ） | 169 |
| **【つ】** | | デイヴィッド | 169 |
| | | デイビッド・ペルザー | 169 |
| ツイードさん | 166 | デイビッド・ペルザー | 170 |
| 月の子　つきのこ | 166 | ティファニー・エイキング | 170 |
| 土螢　つちぼたる | 166 | ティファニー・ファンクラフト | 170 |
| ツッカ | 166 | ティブ・ダグラス | 170 |
| | | ティブルス | 170 |
| **【て】** | | デイブレイク | 170 |
| | | ディミートリアス | 170 |
| ディアオ | 166 | ティム・ダレン | 170 |
| ディアドリ・シャノン | 166 | ティム・テンテンソバカス | 170 |
| ティウリ | 167 | ティム・フレミング | 170 |
| ディエゴ・ベラスケス | 167 | ティヨートカ | 171 |
| ディクシー・ダイヤモンド | 167 | ディーランド | 171 |
| ディグズ夫妻　でいぐずふさい | 167 | ティリー・メニュート | 171 |
| ディグビー | 167 | ティルスさん | 171 |
| ディゴリー・カーク | 167 | ティル船長　てぃるせんちょう | 171 |
| ディゴリー卿　でぃごりーきょう | 167 | ティルヤ | 171 |
| ディコン | 167 | ティンカ | 171 |
| デイジー | 167 | ティンカー・ベル（ティンク） | 171 |
| DJ（ドナ・ジョー）　でぃーじぇー（どな じょー） | 167 | ティンカー・ベル（ティンク） | 172 |
| DJ・ウォルターズ　でぃーじぇいうぉ るたーず | 168 | ティンク | 172 |
| | | ディングル | 172 |
| D.J.ルーカス　でぃーじぇーるーかす | 168 | ティンパ | 172 |
| デイジー・キッド | 168 | テオ | 172 |
| デイジー姫　でいじーひめ | 168 | 大長今　でじゃんぐむ | 172 |
| ティスロック | 168 | 大長今　でじゃんぐむ | 173 |
| ティタス・ペティボーン | 168 | テス | 173 |
| ティタニア女王　てぃたにあじょおう | 168 | テック | 173 |
| ティック・ヴァーダン | 168 | テッド（テディ） | 173 |
| ディッタ | 168 | テッド・バーガー | 173 |
| ディディ | 168 | デデ | 173 |
| ディディ・モーロック | 168 | テディ | 173 |
| ディート | 168 | テディ | 174 |
| ティナ | 168 | デティーグ男爵　でてぃーぐだんしゃ く | 174 |
| ディバック・ザッハトルテ（バック） | 169 | デトレフ・ジールック | 174 |
| ティバトング教授　てぃばとんぐきょう じゅ | 169 | テナー | 174 |
| | | テナー（ゴハ） | 174 |
| ティビー | 169 | テハヌー | 174 |
| デイヴィ（デイヴィッド） | 169 | デーヴィ | 174 |

(19)

| | |
|---|---|
| デビー | 174 |
| デービッド・レイン | 174 |
| デーヴィッド・ロス | 174 |
| デボラ・ワインストック（デビー） | 175 |
| デマラル | 175 |
| テミストクレス | 175 |
| 大ヨンギ　てよんぎ | 175 |
| テルー | 175 |
| デルバート・アームストロング | 175 |
| テレーズ | 175 |
| テレンス | 175 |
| デングウィ | 175 |
| テンダイ | 175 |
| テントウ虫　てんとうむし | 175 |
| 天馬　てんば | 175 |
| デンホルム | 176 |

### 【と】

| | |
|---|---|
| トーアウェヌア | 176 |
| トーアウェヌア・ホーディカ | 176 |
| トーアオネワ | 176 |
| トーアオネワ・ホーディカ | 176 |
| トーアヌジュ | 176 |
| トーアノカマ | 176 |
| トーアノカマ | 177 |
| トーアノカマ・ホーディカ | 177 |
| トーアマタウ | 177 |
| トーアマタウ・ホーディカ | 177 |
| トーアワカマ | 177 |
| トーアワカマ・ホーディカ | 177 |
| ドイツ皇帝　どいつこうてい | 177 |
| トウイッター | 177 |
| トウイードルダム | 178 |
| トウイードルディー | 178 |
| ドウェイン・コマック | 178 |
| 父さん　とうさん | 178 |
| 父さん（チャールズ）　とうさん（ちゃーるず） | 178 |
| 父さん（ブルワー博士）　とうさん（ぶるわーはかせ） | 178 |
| 父さん（ユ スンウ博士）　とうさん（ゆ・すんうはかせ） | 178 |

| | |
|---|---|
| 父さん狐　とうさんぎつね | 178 |
| ドゥードル | 178 |
| 動物たち　どうぶつたち | 178 |
| 動物たち　どうぶつたち | 179 |
| 透明くん　とうめいくん | 179 |
| 透明人間　とうめいにんげん | 179 |
| トゥーメン | 179 |
| トゥルーディー | 179 |
| トゥルー・ヴェルド | 179 |
| トガリー叔母　とがりーおば | 179 |
| トーキル・ガリガリ・モージャ | 179 |
| トーキル・ガリガリ・モージャ | 180 |
| ドクター・ブラウン（ギャヴィン・スナーク） | 180 |
| トジョミ | 180 |
| ドーズさん | 180 |
| ドック・ハドソン | 180 |
| トッス | 180 |
| ドッズさん（ドッドマン） | 180 |
| トッド・マーサー | 180 |
| ドッドマン | 180 |
| どでかい鰐　どでかいわに | 181 |
| トートー | 181 |
| トト | 181 |
| ドド | 181 |
| ドナ・ジョー | 181 |
| トニ・V　とにぶい | 181 |
| ドハーティ神父　どはーてぃしんぷ | 181 |
| ドビー | 181 |
| トビおじさん | 181 |
| トプラ | 181 |
| トマス | 181 |
| トマス | 182 |
| トーマス・ウォーヴォルド（ウォーヴォルド） | 182 |
| トーマス・エバリー | 182 |
| トーマス・J・ウォード　とーますじぇいうぉーど | 182 |
| トマス・バリック | 182 |
| トーマス・ピースフル（トモ） | 182 |
| トマス・ロジャーズ | 182 |
| トマドイ | 182 |
| トミー | 183 |

(20)

| | |
|---|---|
| ドミニク | 183 |
| ドミニク神父　どみにくしんぷ | 183 |
| ドミノ | 183 |
| トム | 183 |
| トム（トーマス・J・ウォード）　とむ | 183 |
| （とーますじぇいうぉーど） | |
| トム・ゴールデン | 183 |
| トムテ | 183 |
| ドムニダニエル | 184 |
| トム・ベンダー | 184 |
| トム・モイステン | 184 |
| トム・リー | 184 |
| トム・レヴィン | 184 |
| トム・ロング | 184 |
| トメック | 184 |
| トモ | 184 |
| 友だち　ともだち | 185 |
| ドモボイ・バトラー | 185 |
| トラ | 185 |
| トラウトシュタイン | 185 |
| トラウトマン（トラウトシュタイン） | 185 |
| トラク（背高尻尾なし）　とらく（せいた | 185 |
| かしっぽなし） | |
| ドラゴドン | 185 |
| ドラ・ジャクソン（母さん）　どらじゃくそ | 185 |
| ん（かあさん） | |
| ドラスティック | 185 |
| ドラスト | 185 |
| トラックの運転手　とらっくのうんてん | 186 |
| しゅ | |
| ドラン | 186 |
| トランプキン | 186 |
| 鳥（トリ・サムサ・ヘッチャラ）　とり（と | 186 |
| りさむさへっちゃら） | |
| トリガー | 186 |
| トリ・サムサ・ヘッチャラ | 186 |
| ドリス | 186 |
| トリース卿　とりーすきょう | 186 |
| ドリスコル | 186 |
| ドリッズト・ドゥアーデン | 186 |
| ドリトル先生　どりとるせんせい | 187 |
| ドリニアン卿　どりにあんきょう | 187 |
| ドリーム・マスター | 187 |

| | |
|---|---|
| ドルー | 187 |
| トルスティ・タッタリJr.　とるすてぃたっ | 187 |
| たりじゅにあ | |
| トール・3・エルゴン（ハドソン・ブラウ | 187 |
| ン）　とーるすりーえるごん（はどそん | |
| ぶらうん） | |
| トルネード | 187 |
| ドルフ・ヴェーハ（ルドルフ・ヴェーハ・ | 187 |
| ファン・アムステルフェーン） | |
| ドレイク・エヴァンズ | 187 |
| トレイシー | 187 |
| トレイシー・ヒラード | 188 |
| トレイ・ベック | 188 |
| トレジャー | 188 |
| トレバー | 188 |
| トレヴァー・フルーム | 188 |
| トレヴィル | 188 |
| ドレム | 188 |
| トーレンツ船長　とーれんつせんちょ | 188 |
| う | |
| 泥足にがえもん　どろあしにがえもん | 188 |
| トロイ・ビリングズ | 188 |
| ドロレス・ケッセルバッハ（ケッセル | 188 |
| バッハ夫人）　どろれすけっせるばっ | |
| は（けっせるばっはふじん） | |
| ドローレス・ハーパー | 189 |
| トワイライト・スター | 189 |
| ドーン | 189 |
| ドンキー | 189 |
| ドンさん | 189 |
| ドン・パーカー | 189 |
| ドーン・バックル | 189 |
| ドン・ヴェラスケス（ヴェラスケス） | 189 |
| ドーン・ボスコ | 189 |

## 【な】

| | |
|---|---|
| ナイジェル | 189 |
| ナイラ | 189 |
| ナ・カモン・ポドジャナウィット | 190 |
| ナクシモノ・フレディ | 190 |
| ナクソス | 190 |
| 嘆きのジェーン　なげきのじぇーん | 190 |
| ナサニエル（ジョン・マンドレイク） | 190 |

| | | | |
|---|---|---|---|
| ナスアダ | 190 | ニヌー | 195 |
| ナタリー | 190 | ニノ | 195 |
| ナタン・ポラック | 190 | ニムエ | 195 |
| ナック | 190 | ニムロッドおじさん | 195 |
| ナック・マック・フィーグルズ（フィーグ | 190 | ニュワンダー | 195 |
| ルズ） | | ニール | 195 |
| ナディア | 190 | ニール・クローガー | 195 |
| ナディアおばさん | 191 | ニルシオン・バイサス | 195 |
| ナディラ | 191 | ニルス・ホルゲンソン | 195 |
| ナナ・ウェーバー | 191 | ニルソンくん | 195 |
| ナナ・ウォン | 191 | 人魚　にんぎょ | 196 |
| ナミ | 191 | | |
| ナワト（カラス） | 191 | **【ぬ】** | |
| ナン | 191 | | |
| ナンシー・キングトン | 191 | ぬいぐるみの王様　ぬいぐるみのお | 196 |
| ナンシー・ドルー | 191 | うさま | |
| | | ヌクテーばあさん | 196 |
| **【に】** | | ヌードル | 196 |
| | | | |
| ニア | 192 | **【ね】** | |
| ニコ | 192 | | |
| ニコ・ヒープ | 192 | ネイサン | 196 |
| ニコラ | 192 | ネクソン・ヒュリチェル | 196 |
| ニコラ | 193 | ネクロマンサー | 197 |
| ニコライ | 193 | ねこ | 197 |
| ニコラース | 193 | ネッド・ランド | 197 |
| ニコラス・クロース | 193 | ネッド・ランド（カナダ人）　ねっどらん | 197 |
| ニコラス・デュー（ファルコ） | 193 | ど（かなだじん） | |
| ニコラス・ペルトゥサト | 193 | ネットル | 197 |
| ニコラス・ユレブック（ユレブック） | 193 | ネトル | 197 |
| ニコラ・フラメル | 193 | ネバークラッカー | 197 |
| ニコル | 193 | ネヴィル | 197 |
| 西の歌姫　にしのうたひめ | 193 | ネファリアン・サーパイン | 197 |
| ニース | 193 | ネプチューン | 197 |
| ニース | 194 | ネミアン | 197 |
| ニッキ | 194 | ネモ艦長　ねもかんちょう | 197 |
| ニッキー | 194 | ネモ船長　ねもせんちょう | 197 |
| ニック・コンテリス | 194 | ネリー | 197 |
| ニック・サイモン | 194 | ネリー | 198 |
| ニック・デリー（ニッキー） | 194 | ネルバル | 198 |
| ニードル | 194 | ネレ・グール | 198 |
| ニーナ・デ・ノービリ | 194 | | |
| ニーナ・デ・ノービリ | 195 | | |

## 【の】

| | |
|---|---|
| ノア | 198 |
| のうなしあんよ | 198 |
| ノシー | 198 |
| ノジャナイ | 199 |
| ノーベル | 199 |
| ノボル・ナカタニ（ナック） | 199 |
| ノモノ | 199 |
| ノラ（ノラ・レアーネ・エスリン） | 199 |
| ノラ・レアーネ・エスリン | 199 |
| ノラ・ローリー | 199 |
| ノリス牧師　のりすぼくし | 199 |
| ノリーン | 199 |
| ノリントン | 199 |

## 【は】

| | |
|---|---|
| ハイイロリス | 200 |
| ヴァイオレット | 200 |
| ヴァイオレット | 201 |
| バイオレット・バターフィールド（バターフィールドおばさん） | 201 |
| ヴァイオレット・ボードレール | 201 |
| ハイジ | 201 |
| 歯医者さん　はいしゃさん | 201 |
| 海・正標　はいじゃんぴぁお | 202 |
| ハイタカ | 202 |
| ハイド氏（エドワード・ハイド）　はいどし（えどわーどはいど） | 202 |
| ハイナー・ポップ（ちびポップ） | 202 |
| パイパー | 202 |
| 海・伯来　はいぼーらい | 202 |
| ハイラム・ホリデー（ホリデー） | 202 |
| ハイロ | 202 |
| バイロン・ファーガソン（ファーギー） | 202 |
| パウルおじさん | 202 |
| パウル・ヴィンターフェルト | 203 |
| パウル・ファウスティノ | 203 |
| パオロ | 203 |
| 伯爵夫人　はくしゃくふじん | 203 |

| | |
|---|---|
| バーグストローム教授　ばーぐすとろーむきょうじゅ | 203 |
| ハグマイヤー先生　はぐまいやーせんせい | 203 |
| ハケット | 203 |
| パーシー伯父さん　ぱーしーおじさん | 203 |
| パーシー・ジャクソン | 203 |
| パーシー・ジャクソン（ペルセウス） | 203 |
| パーシー・ジャクソン（ペルセウス・ジャクソン） | 203 |
| パーシヴァル・ボナパルト・プリーストリー | 203 |
| 馬車屋　ばしゃや | 203 |
| バジル | 204 |
| バージン | 204 |
| ハース | 204 |
| ハスク | 204 |
| バステ | 204 |
| バーソロミュー夫人　ばーそろみゅーふじん | 204 |
| バターフィールドおばさん | 204 |
| ハチャンス | 204 |
| バック | 204 |
| パック | 205 |
| バック・クラック | 205 |
| ハッサン | 205 |
| パッテギ | 205 |
| パット | 205 |
| バッド・ボーイズ | 205 |
| ハティ | 205 |
| バーティー | 205 |
| パディさん | 205 |
| パディ・マクタビッシュさん（パディさん） | 205 |
| バーティミアス | 205 |
| パディントン | 205 |
| パディントン | 206 |
| バード（ダグ・アーサー） | 206 |
| バドゥール姫　ばどぅーるひめ | 206 |
| バードさん | 206 |
| ハドソン・ブラウン | 206 |
| バドラ | 206 |
| バートラム・ウースター（バーティー） | 206 |
| パトリシア・サリバン（パット） | 206 |

| | | | |
|---|---|---|---|
| パトリス | 207 | ハリー | 211 |
| ハナ | 207 | ハーリア | 211 |
| バナーテイル | 207 | ハリエット・チャンス | 211 |
| バーナード | 207 | バリカ | 211 |
| バーナビー　ばーなびー? | 207 | ヴァリガル | 211 |
| 花姫　はなひめ | 207 | ハリスおばさん（アダ・ハリス） | 211 |
| ハニー | 207 | ハリスおばさん（アダ・ハリス） | 212 |
| バーニー | 207 | ハリセ・アリプッラ | 212 |
| ハヌル（アダム） | 207 | ハリドン | 212 |
| バーヌンク博士　ばーぬんくはかせ | 208 | ハリー・ニューウェル | 212 |
| ヴァネッサ・ブルーム | 208 | バリー・B・ベンソン　ばりーびーべん | 212 |
| ヴァーノン | 208 | そん | |
| ハーパー | 208 | ハリー・ポッター | 212 |
| バーバ | 208 | バリマグ | 212 |
| パパ | 208 | パリン・マジェーレ | 212 |
| 母（メル）　はは（める） | 208 | パリン・マジェーレ | 213 |
| ハーバート・ダンジョンストーン | 208 | パール | 213 |
| ババヤガ | 208 | ハル・スレイター | 213 |
| バーバラ | 208 | バルダ | 213 |
| バーバラ | 209 | バルディアグ | 213 |
| パーヴィス・コッチャー | 209 | ヴァルデマール・ヴィルヘルム・ヴィヒ | 213 |
| パフ | 209 | テルトート | |
| パーフェクタ姫　ぱーふぇくたひめ | 209 | バルテレミー | 213 |
| バーブロ | 209 | バルトル | 213 |
| パホーム | 209 | バルドル・グリムソン | 213 |
| ハーマイオニー・グレンジャー | 209 | バルトロメ | 214 |
| パーマネント・ローズ | 209 | バルトロメ・カラスコ | 214 |
| パーマネント・ローズ（ローズ） | 209 | パルパティーン | 214 |
| ハーマン | 209 | バルバラ | 214 |
| ハミー | 209 | バルボッサ | 214 |
| ハーミア | 210 | ヴァレリー・クロチルド（クロチルド捜 | 214 |
| パム | 210 | 査官）　ばれりーくろちるど（くろちる | |
| ハム・ドラム | 210 | どそうさかん） | |
| ハムレット | 210 | ヴァレリー・モンクトン | 214 |
| バヤガヤ | 210 | ハロルド | 214 |
| ハラ | 210 | ハロルド国王　はろるどこくおう | 214 |
| バラクラーマ | 210 | ハロルド・スネリング | 214 |
| ヴァラミンタ・ガリガリ・モージャ（ミン | 210 | ハロルド・ターンバウ | 214 |
| ティ） | | ヴァーン | 214 |
| ヴァラミンタ・ガリガリ・モージャ（ミン | 211 | バン | 215 |
| ティ） | | 韓貞熙　はんじょんひ | 215 |
| ハラルド（青牙王）　はらるど（あおき | 211 | ハンス・クリスチャン・アンデルセン | 215 |
| ばおう） | | （アンデルセン） | |

ヴァンダー・モードセット大公（モード　215
セット）　ばんだーもーどせっとたいこ
う（もーどせっと）
ヴァンダー・モードセット大公（モード　215
セット大公）　ばんだーもーどせっとた
いこう（もーどせっとたいこう）
パンチート　　　　　　　　　　　215
ハンドレイク　　　　　　　　　　215
ハンナ　　　　　　　　　　　　　215
ハンナ・カッティラコスキ　　　　215
ハンナ・カッティラコスキ　　　　216
ハンナ・クエステッド　　　　　　216
ハンナとジョー　　　　　　　　　216
ハンナ・フェアチャイルド　　　　216
ハンニバル　　　　　　　　　　　216
韓及温　はんねおん　　　　　　　216
ハンノキ（ハラ）　　　　　　　　216
ハンプシャー公爵　はんぷしゃーこう　216
しゃく
ハンプティ・ダンプティ　　　　　216
ハンフリ・グラント　　　　　　　216
バンブルウィ　　　　　　　　　　216
ハン ミンテ　はん・みんて　　　　216

【ひ】

ピー　　　　　　　　　　　　　　217
ビー（ブリジット）　　　　　　　217
ビアック　　　　　　　　　　　　217
ビアトリス・デール　　　　　　　217
ビアンカ・ディ・アンジェロ　　　217
ビィニー　　　　　　　　　　　　217
ピー・ウィー・アンダソン（フランク）　217
ピエール　　　　　　　　　　　　217
ピエール・アロナックス教授（アロナッ　218
クス教授）　ぴえーるあろなっくすきょ
うじゅ（あろなっくすきょうじゅ）
ヒエロニュムス・ヴィンターフェルト　218
ビーおばさん（ビアトリス・デール）　218
ヒキガエル　　　　　　　　　　　218
ビグウィグ　　　　　　　　　　　218
ヴィクター・グリンドール（グリンドー　218
ル）
ヴィクラム・スピアグラス　　　　218

ピケル・ボウルダーショルダー　　　218
ピケル・ボウルダーショルダー　　　219
ヴィゴ　　　　　　　　　　　　　219
ヴィジャヨ　　　　　　　　　　　219
ヒスイ　　　　　　　　　　　　　219
ビースト　　　　　　　　　　　　219
ビースト（リチャード・ベスト）　　219
ピーター　　　　　　　　　　　　219
ピーター　　　　　　　　　　　　220
ピーター・キートン　　　　　　　220
ピーター・グラント　　　　　　　220
ピーター・ショック　　　　　　　220
ピーター・パン　　　　　　　　　220
ピーターパン　　　　　　　　　　220
ピーター・ピートさん　　　　　　220
左足のルイ　ひだりあしのるい　　220
ヒタン・ウィリアム　　　　　　　221
ヴィッキー　　　　　　　　　　　221
ピッグ　　　　　　　　　　　　　221
ビッグZ（ゼーク・トパンガ）　びっぐ　221
ぜっど（ぜーくとぱんが）
ビッグ・ベン　　　　　　　　　　221
ピッコロ夫妻　ぴっころふさい　　221
ピッピ　　　　　　　　　　　　　221
ヴィディア　　　　　　　　　　　221
ビディ・アイルモンガー　　　　　221
ピトゥス　　　　　　　　　　　　222
ピーニョ　　　　　　　　　　　　222
ビーヴァー　　　　　　　　　　　222
ビーバーさん　　　　　　　　　　222
ビビ　　　　　　　　　　　　　　222
ビビラス　　　　　　　　　　　　222
ピブ　　　　　　　　　　　　　　222
ピープス　　　　　　　　　　　　222
ピメ　　　　　　　　　　　　　　222
百王の王　ひゃくおうのおう　　　222
ヒューゴ・ペッパー　　　　　　　222
ビヨルン　　　　　　　　　　　　222
ヒリー　　　　　　　　　　　　　223
ビリー　　　　　　　　　　　　　223
ビリー・ゲイツ　　　　　　　　　223
ビリー・スプリーン　　　　　　　223
ビリー・セイバー　　　　　　　　223

ビルE（ビリー・スプリーン）　びるいー 223
（びりーすぷりーん）
ヴィルジニー・シャトーヌフ 223
ヒルダ 223
ヒルデ 223
ヒルデ 224
ヴィルニクス・ポムポルニウス 224
ビルバート 224
ビールバラ提督　びーるばらていとく 224
ビル・ハリス 224
ヒルベル（カルロットー） 224
ヴィルヘルム・バウマン 224
ビル・メルバリー 224
ピン 224
ヴィンセント 224
ヴィンセント・ヴァン・ダイク（ガンニィ） 224
ビンティ 224

## 【ふ】

フア 225
ファイアフライア 225
ファイティング・プローン 225
ファイ・トア・アナ 225
ファイバー 225
ファイヤハート 225
ファイヤポー 225
ファーガル・バムフィールド 225
ファーギー 225
ファークアード卿　ふぁーくあーど 226
きょう
ファシュネック 226
ファナ・ウジェ・イス 226
ファビ 226
ファヒール 226
ファフニエル（竜）　ふぁふにえる（りゅ 226
う）
ファフニール・フォルジャフー 226
ファブリス・ド・ブゾワ・ジロン 226
ファラガット艦長　ふぁらがっとかん 226
ちょう
ファルコ 226
ファルコ・ディ・キミチー 226

ファーン 227
フアン・カラスコ 227
ファンティーヌ 227
フィオーナ 227
フィオーナ・スコット 227
フィオナ姫　ふぃおなひめ 227
フィオーレ 227
フィーグルズ 227
フィッシュ 227
フィッツウィリアム 227
フィッツウィリアム 228
フィーディナンド 228
フィービー 228
フィービィ・ウィンターボトム 228
フィラ 228
フィラ（モス） 228
フィリッパ・ゴーント 229
フィリップ 229
フィリップ王子　ふぃりっぷおうじ 229
フィリップ・ロンバード（ロンバード大 229
尉）　ふぃりっぷろんばーど（ろんばー
どたいい）
フィロメーヌ 229
フイン 229
フィン・マッゴーワン 229
フィンレー・マッケイン 229
フウランキー・ラグルズ・DBNT　ふう 229
らんきーらぐるずでぃびいえぬてい
フェアリー・アンガラ 229
妖精のゴッドマザー　ふぇありーの 229
ごっどまざー
フェザー 229
フェラス・オリン 230
フェラーズ夫人　ふぇらーずふじん 230
フェラン・ウィラン 230
フェリクス・フェニックス 230
フェリシアン・シャルル 230
フェリックス・サンダーズ 230
フェリックス・ロッド 231
フォーガス・クレイン 231
フォス 231
フォスチーヌ・コルチナ 231
フォースティン・ンゲンシ 231

| | |
|---|---|
| フォラオ | 231 |
| フォルトゥナータ | 231 |
| フォーン | 231 |
| ブーク | 231 |
| ブクゼニ | 231 |
| フクロウ | 231 |
| フーさん | 231 |
| フーさん | 232 |
| フチ・ネドバル | 232 |
| フチ・ネドバル | 233 |
| フック船長　ふっくせんちょう | 233 |
| ブッツ | 233 |
| プッツ | 233 |
| フッツロイ・マッケンジー船長　ふっつ | 233 |
| ろいまっけんじーせんちょう | |
| プニ | 233 |
| ブブ | 233 |
| プフ | 233 |
| フーホー | 233 |
| ブボ | 234 |
| ブヨブク | 234 |
| ブーラー | 234 |
| ブラァン・ディヴィーズ | 234 |
| ブラァン・デイヴィーズ | 234 |
| ブライ | 234 |
| ブライアン | 234 |
| フライデー | 234 |
| ブライト | 234 |
| ブラウンさん | 234 |
| ブラッカム | 234 |
| フラッシュ | 235 |
| フラニー・K・シュタイン　ふらにー | 235 |
| けーしゅたいん | |
| フラビウス | 235 |
| フラピッチ | 235 |
| ブラン | 235 |
| ブランウェル・ビフマイヤ | 235 |
| ブランウェン | 236 |
| ブランウェン（エレン） | 236 |
| フランキー | 236 |
| フランク | 236 |
| フランク（馬車屋）　ふらんく（ばしゃ | 236 |
| や） | |
| フランク・ビリー | 236 |
| フランク・プルイット（プルイット教授） | 236 |
| ふらんくぷるいっと（ぷるいっときょう | |
| じゅ） | |
| フランクリンさん | 236 |
| フランコ | 236 |
| フランシスコ・セラフィン | 236 |
| フランシスコ・ヒメネス（パンチート） | 236 |
| フランシス・ロバーツ | 236 |
| フランソワさん | 237 |
| ブランチ先生　ぶらんちせんせい | 237 |
| ブランディ | 237 |
| ブリジット | 237 |
| ブリジットおばさん | 237 |
| ブリーシング（ラグナロク） | 237 |
| ブリーズ | 237 |
| フリーダ | 237 |
| プリッシー | 237 |
| ブリッタ | 238 |
| フリッツ（フリーデリケ） | 238 |
| フリーデリケ | 238 |
| フリートヘルム | 238 |
| ブリーミル | 238 |
| プリラ | 238 |
| プリンス・ヴェナリオン・イラール・カス | 238 |
| レム・イドロス（ヴェン） | |
| プリンス・ヴェナリオン・イラール・カス | 239 |
| レム・イドロス（ヴェン） | |
| プリンセス・ソールダッド（ソールダッ | 239 |
| ド） | |
| ブルー | 239 |
| プルー | 239 |
| プルイット教授　ぷるいっときょうじゅ | 239 |
| ブルースター | 239 |
| ブルース・ルナルディ | 240 |
| フルダ | 240 |
| プルーデンス・アーノルド | 240 |
| プルーデンス・キング | 240 |
| ブルーノ | 240 |
| ブルーノ・バトルハンマー | 240 |
| ブルーバック | 240 |
| ブルワー博士　ぶるわーはかせ | 240 |
| ブレー | 240 |

| | | | | |
|---|---|---|---|---|
| プレイ・アティーム | 240 | ヘザー | 246 |
| プレイズワージィ | 240 | ベサニー・ハミルトン | 246 |
| フレイヤ | 240 | ペザント | 246 |
| フレッド | 240 | ベス | 246 |
| フレッド | 241 | ペスキー | 246 |
| フレッド・パーソンズ | 241 | ヘスター | 246 |
| フレミング | 241 | ペーター | 246 |
| フレンチー | 241 | ベタメッシュ | 246 |
| フロー | 241 | ベッカ | 246 |
| ブロア | 241 | ベッキー | 246 |
| フロス | 241 | ヘック | 246 |
| プロスペロー | 241 | ベック | 247 |
| プロズロー大佐　ぷろずろーたいさ | 241 | ベッシー・セッツァー | 247 |
| ブロム | 241 | ベッチナ | 247 |
| ブロム | 242 | ペッテリ | 247 |
| フローラ・バーンズ（フロス） | 242 | ベット | 247 |
| フローリア | 242 | ベッポ | 248 |
| フローリーおばちゃん | 242 | ベティ・ベント | 248 |
| フローレンス・クレイ | 242 | ペティボーン博士（ティタス・ペティ | 248 |
| プンプ | 242 | ボーン）　ぺてぃぼーんはくし（てぃた | |
| プンポネル王　ぷんぽねるおう | 242 | すぺてぃぼーん） | |
| | | ヴェードゥア | 248 |
| 【へ】 | | ベトニー | 248 |
| | | ペトルス | 248 |
| ペイサー | 242 | ベニー | 248 |
| ベイズウォーターさん | 243 | ベニー | 249 |
| ヘイスティングズ | 243 | ペニー | 249 |
| ヘイスティングズ大尉　へいすてぃん | 243 | ベニー・スピンクス | 249 |
| ぐずたいい | | ペネロピー・モーチャード（ペニー） | 250 |
| ヘイズル | 243 | ペネロペミュート | 250 |
| ヘイゼル | 243 | ベノー | 250 |
| ヘイナ | 243 | 蛇　へび | 250 |
| ヘイリー | 243 | ベラ | 250 |
| ベイン | 243 | ヴェラ・エリザベス・クレイソーン | 250 |
| ペイン | 243 | ヘラクレス | 250 |
| ベオルフ・ブロマンソン | 243 | ヴェラスケス | 250 |
| ベオルフ・ブロマンソン | 244 | ベラナバス | 250 |
| ペガサス | 244 | ベラミー | 250 |
| ベーカー先生　べーかーせんせい | 244 | ベリー | 250 |
| ペギー | 244 | ヘリオトロープ先生　へりおとろーぷ | 250 |
| ペギー・スー・フェアウェイ | 245 | せんせい | |
| ヘクター・ド・シルヴァ | 245 | ヘリカーン | 251 |
| ヘクラ | 245 | ペリカン | 251 |

(28)

| | |
|---|---|
| ペリー・D　ぺりーでぃー | 251 |
| ベル | 251 |
| ペール・ウルフソン | 251 |
| ヘルガ・アリブッラ | 251 |
| ペルシア人　ぺるしあじん | 251 |
| ペルセウス | 252 |
| ペルセウス・ジャクソン | 252 |
| ヘルダー | 252 |
| ベルチーナ姫　べるちーなひめ | 252 |
| ベルトラン・レセップス | 252 |
| ヘルムート・ゲープハルト | 252 |
| ヘレ（ヘルムート・ゲープハルト） | 252 |
| ヘレナ | 252 |
| ヘレン | 252 |
| ヘレン・リディ | 252 |
| ヴェン | 252 |
| ヴェン | 253 |
| ベン | 253 |
| ベン（ベンジャミン・クリストファー・アーノルド） | 253 |
| ベン・ウェザスタッフ | 253 |
| ベンジャマン | 253 |
| ベンジャミン卿　べんじゃみんきょう | 253 |
| ベンジャミン・クリストファー・アーノルド | 253 |
| ベン・シュースター | 253 |
| ベン・スディルマン | 253 |
| ヘンダ先生　へんだせんせい | 254 |
| ペンドラゴン（ボビー・ペンドラゴン） | 254 |
| ヘンドリアリ | 254 |
| ペンペン（ペネロペミュート） | 254 |
| ヘンリー | 254 |
| ヘンリー | 255 |
| ヘンリエッタ・シュライバー（シュライバー夫人）　へんりえったしゅらいばー（しゅらいばーふじん） | 255 |
| ヘンリエッタ・ポップルホフ | 255 |
| ヘンリー・ジキル博士　へんりーじきるはかせ | 255 |
| ヘンリー・シュガー | 256 |
| ヘンリー・ハギンズ | 256 |
| ヘンリー・ブラウン | 256 |
| ヘンリー・ユービーム | 256 |

## 【ほ】

| | |
|---|---|
| ポアロ | 256 |
| ホイッスラー | 256 |
| 牧師　ぼくし | 256 |
| ホクロのおじいさん | 256 |
| ホコリ指　ほこりゆび | 256 |
| ヴォ・スペイダー（スペイダー） | 256 |
| ポック | 257 |
| ヴォックス・ヴァーリクス | 257 |
| ボッセ | 257 |
| ポッド | 257 |
| ホッパー | 257 |
| ポッピー | 257 |
| ホッピー氏　ほっぴーし | 257 |
| ポティラ | 257 |
| ポトリックス | 257 |
| ボニー・リジー（リジー） | 257 |
| ホノリア・グローブ | 258 |
| ボーヒー | 258 |
| ボビー | 258 |
| ボビー（ロバート・バーンズ） | 258 |
| ボビイ | 258 |
| ボビー・ペンドラゴン | 258 |
| ボブ | 258 |
| ボブ・ビッカスタフ | 258 |
| ホミリー | 258 |
| ボラース | 258 |
| ホリー | 258 |
| ポリー | 258 |
| ポリー | 259 |
| ホリー・アンダーソン | 259 |
| ボーリガード・ブルースター | 259 |
| ホリー・クロース | 259 |
| ホリー・ショート | 259 |
| ホリデー | 259 |
| ポリネシア | 259 |
| ポリー・プラマー | 259 |
| ポルエー氏　ぽるえーし | 259 |
| ポール・スレーター | 259 |
| ポール・スレーター | 260 |

| | |
|---|---|
| ヴォルデモート卿　ぼるでもーどきょう | 260 |
| ボルドヴァ先生　ぼるどばせんせい | 260 |
| ホルヘ・パスケル | 260 |
| ボールペン・ビル | 260 |
| ポワロ | 260 |
| ポンス兄さん　ぽんすにいさん | 260 |

## 【ま】

| | |
|---|---|
| マイク | 260 |
| マイク | 261 |
| マイク・カマラ | 261 |
| マイク・コスタ（マカロニ・ボーイ） | 261 |
| マイケル・ウェブスター | 261 |
| マイケル・ダーンズ | 261 |
| マイケル・ベイカー | 261 |
| マイケル・ワーナー | 262 |
| 師アーサー　まいすたーあーさー | 262 |
| マイスター・ホラ | 262 |
| マイヤー先生　まいやーせんせい | 262 |
| マイヤ・フェルトマキ | 262 |
| マイラス | 262 |
| マイルド・アイ | 262 |
| マーウィン | 262 |
| 前田 花子　まえだ・はなこ | 262 |
| マエルストローム | 262 |
| マーカス | 262 |
| マーカス・アウレリウス・カロシウス | 262 |
| マガモ | 262 |
| マーガレット | 262 |
| マーガレット（メグ） | 263 |
| マーガレット・ジョンソン | 263 |
| マカロニ・ボーイ | 263 |
| マギー | 263 |
| マキシ | 263 |
| マキシン・フルーター（クレイジー・レディ） | 263 |
| 魔魚　まぎょ | 263 |
| マグ | 263 |
| マーク・カントレル | 263 |
| マクシム（野人）　まくしむ（やじん） | 263 |
| マーク・シンガー | 263 |

| | |
|---|---|
| マーク・セッツァー（モシエ） | 263 |
| マクータ | 263 |
| マグダ | 264 |
| マグナス | 264 |
| マクナルティー | 264 |
| マグノリア（マグ） | 264 |
| マクベス | 264 |
| マクベス夫人　まくべすふじん | 264 |
| マザー | 264 |
| マーサ・コクラン | 264 |
| マザー・ダブ | 264 |
| マザー・マルキン | 264 |
| マサリア将軍　まさりあしょうぐん | 264 |
| マサリア将軍　まさりあしょうぐん | 265 |
| マジコ | 265 |
| マシュー・カスバート | 265 |
| マシュー・ジャクソン | 265 |
| マシュー・フラナガン | 265 |
| マシュー・ロックハート | 265 |
| 魔女　まじょ | 265 |
| 魔女（ヒルダ）　まじょ（ひるだ） | 265 |
| 魔女狩り長官　まじょがりちょうかん | 265 |
| 魔女モルガン　まじょもるがん | 266 |
| マーストン | 266 |
| マータグ | 266 |
| マダム・コベール | 266 |
| マダム・ブレンダ | 266 |
| マダム・ミヌイット | 266 |
| マダム・ルル | 266 |
| 馬・強（強強）　まーちあん（ちあんちあん） | 266 |
| マチルダばあや | 266 |
| 魔使い（グレゴリー）　まつかい（ぐれごりー） | 266 |
| 魔使い（ジョン・グレゴリー）　まつかい（じょんぐれごりー） | 266 |
| マッカーサー将軍　まっかーさーしょうぐん | 267 |
| マックス | 267 |
| マックスウェル・アイロンズ | 267 |
| マックス・ブライアント | 267 |
| マックス・レミー | 267 |
| マッコーモ | 267 |

(30)

| | | | |
|---|---|---|---|
| マッシーモ | 267 | マリア・ド・シルヴァ | 272 |
| マッティ・カッティラコスキ | 267 | マリア・メリウェザー | 272 |
| マット | 268 | マリアンネ | 272 |
| マッド | 268 | マリウス | 272 |
| マット・クルーズ | 268 | マリエル | 272 |
| マット・クルーズ（クルーズくん） | 268 | マリオ | 272 |
| マッド・ヘルガ | 268 | マリオン・フレミング | 272 |
| マディ | 268 | マーリー・キャロル（モナ・フロイド） | 272 |
| マティアス | 268 | マリス・パリタクス | 272 |
| マティアス・ゼルプマン | 268 | マリーナ | 272 |
| マディソン・マーコウィッツ（マッド） | 268 | マリラ・カスバート | 272 |
| マティルダ | 268 | マーリン | 273 |
| マーティーン | 268 | マリン | 273 |
| マーティーン・ダイヤモンド | 268 | マーリン（エムリス） | 273 |
| マーティン・モウルド | 268 | マルガリータ | 274 |
| マテウシ | 269 | マルク | 274 |
| マテオ・アラクラン（マット） | 269 | マルク・アキンブル | 274 |
| マデライン | 269 | マルコ | 274 |
| マード・ミーク | 269 | マルコ・キャンベル | 274 |
| マートル | 269 | マルコ・リヒト | 274 |
| マドレーヌ | 269 | マルコルム | 274 |
| マトロ | 269 | マルシア・オーバーストランド | 274 |
| マニー（マンジット） | 269 | マール・ストーン | 274 |
| マヌエル | 269 | マール・ストーン | 275 |
| マネリトゥス | 269 | マルセル | 275 |
| マノリート | 269 | マルタ | 275 |
| マノリート | 270 | マルタザール | 275 |
| マノロ・ガルシア・モレノ（マノリート） | 270 | マルティナ | 275 |
| マヒタベルおばさん | 270 | マルティン・アウジェーイチ（アウ | 275 |
| マーヴィン | 270 | ジェーイチ） | |
| マーフィー | 270 | マルティン・ターラー | 275 |
| マーフィ教授　まーふぃきょうじゅ | 270 | マルヴァ姫　まるばひめ | 275 |
| ママ | 270 | マレク | 275 |
| 継母　ままはは | 270 | マレフィセント | 275 |
| マーム | 270 | マローラム | 275 |
| マーム | 271 | マローラム | 276 |
| 豆タンク　まめたんく | 271 | マロリー・グレース | 276 |
| マーラ・ウォーターズ | 271 | マーロン | 276 |
| マーリー | 271 | マンジット | 276 |
| マリー | 271 | マンディ・ラッシュトン | 276 |
| マリア | 271 | マンブル | 276 |
| マリーア | 272 | マンフレッド・ブルーア | 276 |
| マリアさま | 272 | | |

## 【み】

| | |
|---|---|
| ミーガン | 276 |
| ミーガン | 277 |
| ミーガン・ミード | 277 |
| ミシェル | 277 |
| ミーシャ（ミハイル・メシンスキー） | 277 |
| ミズ・エイムズ | 277 |
| ミスター | 277 |
| ミスター・ウッド | 277 |
| ミスター・フー | 277 |
| ミスター・ラクシャサス | 277 |
| ミス・ティック | 277 |
| ミストラル | 277 |
| 水の精　みずのせい | 277 |
| ミス・パースピケイシア・ティック（ミス・ティック） | 277 |
| ミス・ヒッコリー | 278 |
| ミス・プリングル | 278 |
| ミス・ブレント | 278 |
| ミス・マープル | 278 |
| ミーズル・スタッブズ | 278 |
| ミセス・シェパード | 278 |
| ミセス・ボロボロ | 278 |
| ミセス・マナリング | 278 |
| ミセス・リトル | 278 |
| 道の長（サルター・ガルヴァ）　みちのおさ（さるたーがるば） | 278 |
| ミッキー | 278 |
| ミッコ | 279 |
| 三つ子　みつご | 279 |
| ミッチェル | 279 |
| ミーナ | 279 |
| 南の歌姫　みなみのうたひめ | 279 |
| ミネルヴァ・シャープ | 279 |
| ミノー | 279 |
| ミハイル | 279 |
| ミハイル・メシンスキー | 279 |
| ミミ（いじわるミミ） | 279 |
| ミミズ | 279 |
| ミュゲット | 280 |
| ミラ | 280 |
| ミラース | 280 |
| ミラベル・アンウィン | 280 |
| ミランダ | 280 |
| ミリ | 280 |
| ミリエル司教　みりえるしきょう | 280 |
| ミルコ | 280 |
| ミルドレッド・ラトルダスト | 280 |
| ミロ | 281 |
| ミンチン先生　みんちんせんんせい | 281 |
| ミンティ | 281 |
| ミンティーおばさん | 281 |
| ミーンリー | 281 |

## 【む】

| | |
|---|---|
| 百足　むかで | 281 |
| ムース（マシュー・フラナガン） | 281 |
| ムッシー | 281 |
| ムルコニャ親方　むるこにゃおやかた | 282 |
| ムンク | 282 |

## 【め】

| | |
|---|---|
| メー | 282 |
| メアリー | 282 |
| メアリー・ジェイン | 282 |
| メアリー・マーヴェル | 282 |
| メアリ・レノックス | 282 |
| メイッパイゾウ | 283 |
| メイビー | 283 |
| メイベル | 283 |
| メーガン | 283 |
| メギー | 283 |
| メグ | 283 |
| メークエン・バーリタン | 283 |
| メーター | 283 |
| メタルビーク | 283 |
| メダン元帥　めだんげんすい | 284 |
| メドゥーサ | 284 |
| メマー・ガルヴァ | 284 |
| メラニー | 285 |
| メラニー・ビービ（メル） | 285 |

| | |
|---|---|
| メリッサ・アンダソン | 285 |
| メリマン・リオン | 285 |
| メリマン・リオン（ガメリー） | 285 |
| メル | 285 |
| メルテリュス | 285 |
| メルフィー　めるふぃー | 285 |
| メルヴェト | 285 |
| メル・モイステン | 286 |
| メルラン・ギレスピー | 286 |
| メロディ | 286 |
| メンダックス | 286 |
| メンダックス（ティブルス） | 286 |

## 【も】

| | |
|---|---|
| モー | 286 |
| モア | 287 |
| モイラ | 287 |
| モウルディ（マーティン・モウルド） | 287 |
| モーガン・パークス | 287 |
| モーガン夫妻　もーがんふさい | 287 |
| モーキー・ジョー | 287 |
| モグラ | 287 |
| モシエ | 287 |
| モス | 287 |
| モットモット一伯　もっともっとーはく | 287 |
| モーディ | 287 |
| モード | 288 |
| モードセット | 288 |
| モードセット大公　もーどせっとたいこう | 288 |
| モードレッド校長　もーどれっどこうちょう | 288 |
| モートン | 288 |
| モナ・フロイド | 288 |
| モモ | 288 |
| モーラ・ショー | 288 |
| モリー・アスター | 288 |
| モリアーティ教授　もりあーていきょうじゅ | 288 |
| モリアーティ教授　もりあーていきょうじゅ | 289 |

| | |
|---|---|
| モリー・シボーン・マクファーソン（メイビー） | 289 |
| モーリス | 289 |
| モリー・スティーブンス | 289 |
| モーリッツ | 289 |
| モリー・フェイス | 290 |
| モリー・ベーカー | 290 |
| モルテン | 290 |
| モンキー | 290 |
| モンスター・ナゼステター | 290 |
| モンタギュー・エクアドル・サラアライ三世　もんたぎゅーえくあどるさらあらいさんせい | 290 |

## 【や】

| | |
|---|---|
| ヤイプス | 290 |
| ヤコブ | 290 |
| ヤサルとハシム | 290 |
| 野獣　やじゅう | 290 |
| 野人　やじん | 290 |
| 山高帽の男　やまたかぼうのおとこ | 290 |
| ヤン | 291 |

## 【ゆ】

| | |
|---|---|
| 幽霊　ゆうれい | 291 |
| 雪の女王　ゆきのじょおう | 291 |
| ユージーン・オーガスタス・モンゴメリー・ハロルド・バートン（ハリー） | 291 |
| ユースチス・クラレンス・スクラブ | 291 |
| ユースチス・スクラブ | 291 |
| ユ スンウ博士　ゆ・すんうはかせ | 291 |
| ユニコーン | 291 |
| ユ ヘラム　ゆ・へらむ | 291 |
| ユレブック | 291 |
| ユンボギ | 292 |

## 【よ】

| | |
|---|---|
| 妖精　ようせい | 292 |
| 妖精たち　ようせいたち | 292 |
| ヨコシマ | 292 |

| | |
|---|---|
| ヨシイエ | 292 |
| ヨーシュ | 292 |
| ヨシュカ | 292 |
| ヨーナタン・トロッツ | 292 |
| ヨナタン・トロッツ | 292 |
| ヨーヌ公　よーぬこう | 292 |
| ヨハネス・リッター | 292 |
| ヨーラン | 293 |
| ヨーリス | 293 |
| 燕山王　よんさんおう | 293 |

## 【ら】

| | |
|---|---|
| ライアン | 293 |
| ライオン | 293 |
| ライサンダー | 293 |
| ライトニング・マックィーン | 293 |
| ライネケ | 293 |
| ライノ | 293 |
| ライラ | 293 |
| ライラ・コビントン | 294 |
| ラウラ | 294 |
| ラウル | 294 |
| ラウール・ダベルニー | 294 |
| ラウール・ダンドレジー | 294 |
| ラーク | 294 |
| ラグナロク | 294 |
| ラジャシンハ | 294 |
| ラシュトン | 294 |
| ラスカル | 294 |
| ラスキン | 294 |
| ラース刑事　らーすけいじ | 294 |
| ラスモンク | 294 |
| ラチェット・クラーク | 294 |
| ラックスベリー先生　らっくすべりーせんせい | 295 |
| ラッセ | 295 |
| ラッティ | 295 |
| ラディッチ | 295 |
| ラーデマッハー（ラディッチ） | 295 |
| ラーナ | 295 |
| ラニー | 295 |
| ラニー | 296 |

| | |
|---|---|
| ラニ・アリーカイ | 296 |
| ラバー | 296 |
| ラバダシ王子　らばだしおうじ | 296 |
| ラヴィニア・ルクレティア・マクスクリュー（ゲシュタポ・リル） | 296 |
| ラファー | 296 |
| ラフィー・サドラー | 296 |
| ラブダ | 296 |
| ラブデイ・ミネット | 296 |
| ラヴォッロ | 296 |
| ラモーナ・クインビー | 297 |
| ララ | 297 |
| ラリー | 297 |
| ラリー・デリー | 297 |
| ラルス | 297 |
| ラルフ・エイリクソン | 297 |
| ラーン | 297 |
| ラーン（エリ） | 297 |
| ランスロットキョウ | 297 |
| ランスロット卿　らんすろっときょう | 297 |
| ランディ | 297 |
| ラント | 298 |
| ランドフォークさん | 298 |
| ランドル（ランディ） | 298 |
| ランプ | 298 |
| ランプの精（オマールおじさま）　らんぷのせい（おまーるおじさま） | 298 |

## 【り】

| | |
|---|---|
| リア | 298 |
| リアノン | 298 |
| リアム | 298 |
| リアンノン（リア） | 299 |
| リコ | 299 |
| リーサ | 299 |
| リジー | 300 |
| リジー・ジェームズ | 300 |
| リース | 300 |
| リズ | 300 |
| リストリディン騎士　りすとりでぃんきし | 300 |
| リーズ・ブララン | 300 |

| | | | | |
|---|---|---|---|---|
| リズ・フリー | 300 | リリアン・カタンズ | 307 |
| リスベス女帝　りすべすじょてい | 301 | リリー・スイート | 307 |
| リーゼ | 301 | リングイニ | 307 |
| リゼッタ（リッリ） | 301 | リンダ・ブラッドレー | 307 |
| リタガウル | 301 | リンディ・パウエル | 307 |
| リタ・ネビル | 301 | リンデン・フランクリン | 307 |
| リチャード | 301 | リンマ | 307 |
| リチャード・ベスト | 301 | | |
| リッキー | 301 | 【る】 | |
| リッシ | 302 | | |
| リッチェル・ブリンクレイ | 302 | ルー | 307 |
| リッチョ・ランツァ | 302 | ルー | 308 |
| リップル | 302 | ルーイ | 308 |
| リッリ | 302 | ルイーザ・レバウディ（レバウディさ | 308 |
| リッレブルール | 302 | ん） | |
| リッレブルール | 303 | ルイス | 308 |
| リディア | 303 | ルイーゼ・パルフィー | 308 |
| リトル・ゴールディ・ガール | 303 | ルイーゼロッテ（ケルナー夫人）　る | 308 |
| リトル・ジーニー | 303 | いーぜろって（けるなーふじん） | |
| リトル・ジョン | 303 | ルガ | 308 |
| リトル・メアリー　りとるめあり― | 303 | ルーカス | 308 |
| リナ・オズ | 304 | ルーキン | 308 |
| リーネ・マケヴィー | 304 | ルーク | 308 |
| リヴィアーニ・サルノ | 304 | ルーク | 309 |
| リーピチーブ | 304 | ルーク・スカイウォーカー | 309 |
| リーピチープ | 304 | ルーク・スタントン | 309 |
| リーフ | 304 | ルーク・バークウォーター | 309 |
| リベッタ夫人　りべったふじん | 304 | ルーコラ | 309 |
| りゅう | 304 | ルーシー | 309 |
| 竜　りゅう | 304 | ルシア・ナタシェ | 309 |
| 劉備　りゅうび | 304 | ルシアン | 309 |
| 劉備　りゅうび | 305 | ルーシィ | 310 |
| リュック・シャンボア（シャンボア） | 305 | ルーシー・ペニーケトル（ルース） | 310 |
| リュディガー | 305 | ルーシー・ペベンシー | 310 |
| リュディガー | 306 | ルシンダ | 310 |
| リュディガー（ルドルフ） | 306 | ルース | 310 |
| リューン王　りゅーんおう | 306 | ルーダカ | 310 |
| リリー | 306 | ルチアーノ・クリナモルテ（ルシアン） | 310 |
| リリアーナ | 306 | ルツ・ロペス | 310 |
| リリア・ランドフォーク（ランドフォークさ | 306 | ルディ | 310 |
| ん） | | ルートヴィヒ・パルフィー | 311 |
| リリアン | 306 | ルドルフ | 311 |
| リリアン王妃　りりあんおうひ | 307 | ルドルフ・ケッセルバッハ | 311 |

(35)

| | |
|---|---|
| ルドルフ・ヴェーハ・ファン・アムステ | 311 |
| ルフェーン | |
| ルナ | 311 |
| ルノマン部長　るのまんぶちょう | 311 |
| ルパン | 311 |
| ルビー | 311 |
| ルーピー | 311 |
| ルーファス | 311 |
| ルベン・バード | 311 |
| ルーベン・ワインストック | 311 |
| ルル・ベイカー（ヌードル） | 312 |

### 【れ】

| | |
|---|---|
| レア | 312 |
| レイ | 312 |
| レイチェル | 312 |
| レイチェル・ウォーカー | 312 |
| レイチェル・ウォーカー | 313 |
| レイチェル・ウォーカー | 314 |
| レイチェル・ウォーカー | 315 |
| レイナ | 315 |
| レイナ・クイル | 315 |
| レイニー | 315 |
| レイヴンポー | 315 |
| レオさん | 315 |
| レオナ | 315 |
| レオナルド・フィボナッチ・ダ・ピサ | 315 |
| レオン | 315 |
| レオンおじいちゃん | 315 |
| レオン・ザイセル | 316 |
| レギス | 316 |
| レクトロ | 316 |
| レザ | 316 |
| レジーナ | 316 |
| レスリー・バーク | 316 |
| レダ | 316 |
| レックス | 316 |
| レッド | 317 |
| レディ・グランダスミス | 317 |
| レーナ | 317 |
| レニ | 317 |
| レニー | 317 |

| | |
|---|---|
| レバウディさん | 317 |
| レバンネン | 317 |
| レバンネン | 318 |
| レフティ（ノア） | 318 |
| レベッカ（ベッキー） | 318 |
| レベッカ・マッケンジー（ベッカ） | 318 |
| レマソライ | 318 |
| レミ | 318 |
| レミー | 318 |
| レン | 318 |

### 【ろ】

| | |
|---|---|
| ロア | 318 |
| ロイ・ブラウン | 319 |
| 老悪魔　ろうあくま | 319 |
| ローガン・ムーア | 319 |
| ロキ | 319 |
| ロクシー | 319 |
| ローサー・ゲルト（ローフ） | 319 |
| ロージー | 319 |
| ロージー | 320 |
| ロシェル・ダイヤモンド | 320 |
| ロジャー・アクロイド（アクロイド氏） | 320 |
| ろじゃーあくろいど（あくろいどし） | |
| ローズ | 320 |
| ロゼッタ | 320 |
| ロックウッド氏　ろっくうっどし | 320 |
| ロッタ | 320 |
| ロッチェ | 320 |
| ロッテ・ケルナー | 320 |
| ロデリック・チルダーマス（チルダーマ | 320 |
| ス教授）　ろでりっくちるだーます（ち | |
| るだーますきょうじゅ） | |
| ロドニー | 321 |
| ロード・ロス | 321 |
| ロナルド | 321 |
| ロニー・パーカー | 321 |
| ロバータ・エリス（ボビイ） | 321 |
| ロバータ・クインビー | 321 |
| ロバート・ハウフォース卿　ろばーと | 321 |
| はうふぉーすきょう | |
| ロバート・バーンズ | 321 |

| | |
|---|---|
| ロバート・マラン | 321 |
| ローハン | 321 |
| ロバン・マンジル | 321 |
| ロビン | 321 |
| ロビン・グッドフェロー（パック） | 322 |
| ロビンソン・クルーソー | 322 |
| ロビンソン夫人　ろびんそんふじん | 322 |
| ロビン・フッド | 322 |
| ローフ | 322 |
| ロブ | 322 |
| ロブコヴィッツ | 322 |
| ロブ・ホートン | 323 |
| ロベルト | 323 |
| ロボフラニー | 323 |
| ロボママ | 323 |
| ロマン・カルブリス | 323 |
| ロミオ | 323 |
| ローラ | 323 |
| ローラ・インガルス | 323 |
| ローラ・インガルス | 324 |
| ローラ・サンチェス | 324 |
| ローラン | 324 |
| ロランド・ガブレル | 324 |
| ローランド・ダッチ・リヴァース（ダッチ） | 324 |
| ロリア | 324 |
| ロリア | 325 |
| ローリ・テイラー | 325 |
| ローリー・ファイヤーボール | 325 |
| ロレンス・ジョン・ウォーグレイヴ | 325 |
| （ウォーグレイヴ判事）ろれんすじょ | |
| んうぉーぐれいぶ（うぉーぐれいぶは | |
| ロン | 325 |
| ロン・ウィーズリー | 325 |
| 龍・山泰　ろんしゃんたい | 325 |
| ロン・ダンザ（ダンザ） | 325 |
| ロンバード大尉　ろんばーどたいい | 325 |

## 【わ】

| | |
|---|---|
| 若ライオン　わからいおん | 325 |
| ワトソン先生　わとそんせんせい | 325 |
| 鰐（小型鰐）　わに（こがたわに） | 326 |

| | |
|---|---|
| 鰐（どでかい鰐）　わに（どでかいわに） | 326 |
| ワンダ・ペトロンスキー | 326 |

# 登場人物索引

# 【あ】

**アイアンクロー**
異界のとロム山に住む獰猛なブラズル、ワシとライオンを足して二で割ったような動物
「フェリックスと異界の伝説2 世にも危険なパズル」エリザベス・ケイ作、片岡しのぶ訳;佐竹美保画 あすなろ書房 2005年7月

**アイアンクロー**
異界のとロム山に住む獰猛なブラズル、ワシとライオンを足して二で割ったような動物
「フェリックスと異界の伝説3 禁断の呪文」エリザベス・ケイ作;片岡しのぶ訳;佐竹美保画 あすなろ書房 2006年3月

**アイアンクロー**
不思議な世界へワープした少年フェリックスが出会ったワシとライオンを足して二で割ったような動物、獰猛なブラズル 「フェリックスと異界の伝説1 羽根に宿る力」エリザベス・ケイ作;片岡しのぶ訳;佐竹美保画 あすなろ書房 2005年3月

**アイク**
「ぼく」が孤独だった少年時代にいっしょに猟をした不思議なラブラドール 「いつもそばに犬がいた」ゲイリー・ポールセン作;はらるい訳;かみやしん絵 文研出版（文研じゅべにーる）2006年7月

**アイーシャ**
善悪を超えたジン全体のリーダー「バビロンのブルー・ジン」、最高位のジンである老女 「ランプの精2 バビロンのブルー・ジン」P.B.カー著;小林浩子訳 集英社 2006年4月

**アイナ**
海の上を駆けることができる能力をもつミズスマシのひとり、ショルフェン海溝にあらわれた美しい少女 「海賊ジョリーの冒険3 深海の支配者」カイ・マイヤー著;遠山明子訳;佐竹美保画 あすなろ書房 2007年7月

**アイハル**
ル・アルビの大魔法使い、元巫女のテナーの親代わり 「ゲド戦記Ⅳ 帰還」ル=グウィン著;清水真砂子訳 岩波書店 2006年5月

**アイヴァン・ザ・インクレディブル**
マジックマスターとよばれる史上最強最高のマジシャンの男 「シークレット・エージェント ジャック ミッション・ファイル02」エリザベス・シンガー・ハント著;田内志文訳 エクスナレッジ 2007年12月

**アイヴィー**
色を奪われすべてが灰色になってしまった不思議な国に住む七色に輝く美しい髪をもつ少女 「ジェレミーと灰色のドラゴン」アンゲラ・ゾマー・ボーデンブルク著;石井寿子訳;ペテル・ウルナール画 小学館 2007年12月

**アイリス**
ネバーランドにある妖精の谷・ピクシー・ホロウに住む植物の妖精 「ダルシーの幸せのケーキ」ゲイル・ヘルマン作;小宮山みのり訳 講談社（ディズニーフェアリーズ文庫）2007年3月

**アイリス**
ネバーランドにある妖精の谷・ピクシー・ホロウに住む植物の妖精 「呪われたシルバーミスト」ゲイル・ヘルマン作;小宮山みのり訳 講談社（ディズニーフェアリーズ文庫）2007年9月

あいり

**アイリス**
自分の庭はもたずに他人の庭を飛びまわってノートに情報を書き集めている植物の妖精
「リリーのふしぎな花」キルステン・ラーセン作;小宮山みのり訳;ジュディス・ホームス・クラーク＆ディズニーストーリーブックアーティストグループ絵 講談社（ディズニーフェアリーズ文庫）2006年2月

**アイリーン**
少女ルルの家に住んでいるオーストラリア人のお手伝いさん 「夢をかなえて!ウィッシュ・チョコ─魔法のスイーツ大作戦3」フィオナ・ダンバー作;露久保由美子訳;千野えなが絵 フレーベル館 2007年2月

**アイロンズ氏（マックスウェル・アイロンズ） あいろんずし（まっくすうぇるあいろんず）**
「マイティー・マフラー」のあたらしい工場長、社長のスタルギス夫人が出張のあいだかわって仕事をしている男 「ピザのなぞ（ボックスカー・チルドレン33）」ガートルード・ウォーナー原作;小中セツ子訳 日向房 2005年8月

**アウジェーイチ**
仕事ぶりがしっかりしている靴屋、福音書を読み神様のためにいきることにした年寄り 「愛あるところに神様あり」レフ・トルストイ著;北御門二郎訳 あすなろ書房（トルストイの散歩道5）2006年6月

**青い犬　あおいいぬ**
テレパシー能力がある青みがかった犬、ペギー・スーの相棒 「ペギー・スー 2蜃気楼の国へ飛ぶ」セルジュ・ブリュソロ著;金子ゆき子訳 角川書店（角川文庫）2005年9月

**青い犬　あおいいぬ**
テレパシー能力がある青みがかった犬、ペギー・スーの相棒 「ペギー・スー 3幸福を運ぶ魔法の蝶」セルジュ・ブリュソロ著;金子ゆき子訳 角川書店（角川文庫）2005年11月

**青い犬　あおいいぬ**
テレパシー能力がある青みがかった犬、ペギー・スーの相棒 「ペギー・スー 4魔法にかけられた動物園」セルジュ・ブリュソロ著;金子ゆき子訳 角川書店（角川文庫）2006年3月

**青い犬　あおいいぬ**
テレパシー能力がある青みがかった犬、ペギー・スーの相棒 「ペギー・スー5黒い城の恐ろしい謎」セルジュ・ブリュソロ著;金子ゆき子訳 角川書店（角川文庫）2006年6月

**青い犬　あおいいぬ**
テレパシー能力がある青みがかった犬、ペギー・スーの相棒 「ペギー・スー6宇宙の果ての惑星怪物」セルジュ・ブリュソロ著;金子ゆき子訳 角川書店（角川文庫）2006年12月

**青い犬　あおいいぬ**
テレパシー能力がある青みがかった犬、ペギー・スーの相棒 「ペギー・スー6宇宙の果ての惑星怪物」セルジュ・ブリュソロ著;金子ゆき子訳;町田尚子絵 角川書店 2005年3月

**青い犬　あおいいぬ**
テレパシー能力がある青みがかった犬、ペギー・スーの相棒 「ペギー・スー7ドラゴンの涙と永遠の魔法」セルジュ・ブリュソロ著;金子ゆき子訳;町田尚子絵 角川書店 2007年1月

**青い犬　あおいいぬ**
テレパシー能力がある青みがかった犬、ペギー・スーの相棒 「ペギー・スー8赤いジャングルと秘密の学校」セルジュ・ブリュソロ著;金子ゆき子訳;町田尚子絵 角川書店 2007年7月

**青牙王　あおきばおう**
北の海に浮かぶ大きな島が中心の王国を治める王 「アモス・ダラゴン3　神々の黄昏」ブリアン・ペロー作;高野優監訳;橘明美訳 竹書房 2005年8月

あくろ

**アガサ・ウォン**
ジョン・Q・アダムズ中学校七年生、積極的で好奇心旺盛な少女 「名探偵アガサ&オービル ファイル1」ローラ・J.バーンズ作;メリンダ・メッツ作;金原瑞人訳;小林みき訳;森山由海画 文溪堂 2007年7月

**アガサ・ウォン**
ジョン・Q・アダムズ中学校七年生、積極的で好奇心旺盛な少女 「名探偵アガサ&オービル ファイル2」ローラ・J.バーンズ作;メリンダ・メッツ作;金原瑞人訳;小林みき訳;森山由海画 文溪堂 2007年7月

**アガサ・ウォン**
ジョン・Q・アダムズ中学校七年生、積極的で好奇心旺盛な少女 「名探偵アガサ&オービル ファイル3」ローラ・J.バーンズ作;メリンダ・メッツ作;金原瑞人訳;小林みき訳;森山由海画 文溪堂 2007年8月

**アガサ・ウォン**
ジョン・Q・アダムズ中学校七年生、積極的で好奇心旺盛な少女 「名探偵アガサ&オービル ファイル4」ローラ・J.バーンズ作;メリンダ・メッツ作;金原瑞人訳;小林みき訳;森山由海画 文溪堂 2007年9月

**アカネ**
ノルスクの小学校でエルフのニコライと同級生の人間の女の子 「ヤング・サンタクロース」ルーシー・ダニエル=レイビー著;桜内篤子訳 小学館 2007年12月

**赤の王　あかのおう**
伝説の魔術師、ふしぎな力を受け継いだ「めぐまれし者たち」の祖先 「海にきらめく鏡の城(チャーリー・ボーンの冒険4)」ジェニー・ニモ作;田中薫子訳;ジョン・シェリー絵 徳間書店 2007年5月

**赤の女王さま　あかのじょおうさま**
アリスが鏡のむこうへ行って会った女王さま 「鏡の国のアリス」ルイス・キャロル作;生野幸吉訳 福音館書店(福音館文庫) 2005年10月

**アキンボ**
アフリカの動物保護区のパトロール隊長をしているお父さんをもつ男の子 「アキンボとアフリカゾウ」アレグザンダー・マコール・スミス作;もりうちすみこ訳;広野多珂子絵 文研出版(文研ブックランド) 2006年5月

**アキンボ**
アフリカの動物保護区のパトロール隊長をしているお父さんをもつ男の子 「アキンボとライオン」アレグザンダー・マコール・スミス作;もりうちすみこ訳;広野多珂子絵 文研出版(文研ブックランド) 2007年6月

**アグネス先生　あぐねすせんせい**
アラスカの小さな村にある学校に赴任してきた女の先生 「こんにちはアグネス先生 アラスカの小さな学校で」K.ヒル作;宮木陽子訳;朝倉めぐみ絵 あかね書房(あかね・ブックライブラリー) 2005年6月

**悪魔　あくま**
土地さえあれば悪魔だってこわくないと高慢心を起こした百姓パホームをやっつけようと考えた悪魔 「人にはたくさんの土地がいるか」レフ・トルストイ著;北御門二郎訳 あすなろ書房(トルストイの散歩道3) 2006年6月

**アクロイド氏　あくろいどし**
イギリスのキングズアボット村にあるファンリーパーク荘の主人、大成功をおさめた実業家 「アクロイド氏殺害事件」アガサ・クリスティ作;花上かつみ訳 講談社(青い鳥文庫) 2005年4月

## あさ

**アーサー**
タイムソルジャーのロブたちが古代イングランドで出会った少年 「キング・アーサー(タイムソルジャー4)」 ロバート・グールド写真;キャスリーン・デューイ文;ユージーン・エプスタイン画;MON訳 岩崎書店 2007年8月

**アーサー**
怪物・シュレックと並ぶもう一人の「遠い遠い国」の王位継承者、気の小さい高校生 「シュレック3」 キャサリン・W.ゾーイフェルド作;杉田七重訳 角川書店(ドリームワークスアニメーションシリーズ) 2007年5月

**アーサー**
月の近くに浮かぶ宇宙住居「ラークライト」で暮らすもうすぐ十二歳になる少年、マートルの弟 「ラークライト伝説の宇宙海賊」 フィリップ・リーヴ著;松山美保訳;デイヴィッド・ワイアット画 理論社 2007年8月

**アーサー**
十字軍に従軍した少年騎士 「ふたりのアーサー 3 王の誕生」 ケビン・クロスリー=ホランド著;亀井よし子訳 ソニー・マガジンズ 2005年1月

**アーサー**
体長ニミリの種族ミニモイ王国のプリンス、冒険心と勇気あふれる十歳の少年 「アーサーとマルタザールの逆襲」 リュック・ベッソン著;松本百合子訳 角川書店 2005年7月

**アーサー**
体長ニミリの種族ミニモイ王国の王女のセレニアと結婚した冒険心と勇気あふれる十歳の少年 「アーサーとふたつの世界の決戦」 リュック・ベッソン著;松本百合子訳 角川書店 2006年3月

**アーサー(エクター)**
魔法の力をもつマーリンが「おそれ沼」で出会った少年 「マーリン4 時の鏡の魔法」 T.A.バロン著;海後礼子訳 主婦の友社 2005年10月

**アーサー(グレイ・アーサー)**
11歳のトムの「見えないともだち」になることを決めたなにをやってもダメなさえないオバケ 「グレイ・アーサー1 おばけの友だち」 ルイーズ・アーノルド作;松本美菜子訳;三木謙次画 ヴィレッジブックス 2007年7月

**アーサー(グレイ・アーサー)**
さえない灰色のオバケ、11歳のトムの「見えない友だち」 「グレイ・アーサー2 おばけの訓練生」 ルイーズ・アーノルド作;松本美菜子訳;三木謙次画 ヴィレッジブックス 2007年11月

**アーサー(師アーサー) あーさー(まいすたーあーさー)**
妖精の女王ボティラを助けた内気な少年 「ボティラ妖精と時間泥棒」 コルネーリア・フンケ著;浅見昇吾訳 WAVE出版 2007年11月

**アーサー・スパイダーウィック**
「妖精図鑑」の作者 「スパイダーウィック家の謎 第5巻 オーガーの宮殿へ」 ホリー・ブラック作;トニー・ディテルリッジ絵 文渓堂 2005年1月

**アーサー・ヘイスティングズ大尉(ヘイスティングズ) あーさーへいすてぃんぐずたいい(へいすてぃんぐず)**
イギリスで活躍しているベルギー人の私立探偵ポワロの友人 「ABC殺人事件」 アガサ・クリスティ作;百々佑利子訳 ポプラ社(ポプラポケット文庫) 2005年10月

**アザラ**
まほうの歌声で空とぶじゅうたんをあやつることができる古代ペルシャのプリンセス 「リトル・プリンセス ささやきのアザラ姫」 ケイティ・チェイス作;日当陽子訳;泉リリカ絵 ポプラ社 2007年3月

あた（

### あしながおじさん
ジョン・グリア孤児院の運営委員長、孤児のジュディに奨学金をおくる紳士 「私のあしながおじさん」 ジーン・ウェブスター原作;藤本信行文 文溪堂(読む世界名作劇場) 2006年3月

### アジャ・キリアン
悪の化身セイント・デインを追うスペース・トラベラー　のボビーの仲間、異次元空間「ヴィーロックス」のトラベラー 「ペンドラゴン見捨てられた現実」 D.J.マクヘイル著;法村里絵訳 角川書店 2005年8月

### アシュリー・ヘギ
人の十倍の速さで年をとってしまう病「プロジェリア」に侵されている十四歳のカナダ人少女 「アシュリー」 アシュリー・ヘギ著 フジテレビ出版 2006年2月

### アストリッド
スウェーデンに住む9才の女の子、認知症にかかるシャスティンおばあちゃんの孫 「おばあちゃんにささげる歌」 アンナ・レーナ・ラウリーン文;ネッテ・ヨワンソン絵;ハンソン友子訳 ノルディック出版 2006年11月

### アスラン
あらゆる王たちの王である偉大なライオン 「朝びらき丸東の海へ(ナルニア国ものがたり3)」 C.S.ルイス作;瀬田貞二訳 岩波書店 2005年10月

### アスラン
ナルニア国にいる黄金色のたてがみと威厳のある王者の目をもったライオン 「ライオンと魔女(ナルニア国ものがたり1)」 C.S.ルイス作;瀬田貞二訳 岩波書店 2005年4月

### アスラン
ナルニア国にユースチスとジルを呼びよせた大きなかがやく色のライオン 「銀のいす(ナルニア国ものがたり4)」 C.S.ルイス作;瀬田貞二訳 岩波書店 2005年10月

### アスラン
ナルニア国の偉大なライオン 「カスピアン王子のつのぶえ(ナルニア国ものがたり2)」 C.S.ルイス作;瀬田貞二訳 岩波書店 2005年10月

### アスラン
ナルニア国を終わりにした黄金色の偉大なライオン 「さいごの戦い(ナルニア国ものがたり7)」 C.S.ルイス作;瀬田貞二訳 岩波書店 2005年10月

### アスラン
ナルニア国を創造した偉大なライオン 「魔術師のおい(ナルニア国ものがたり6)」 C.S.ルイス作;瀬田貞二訳 岩波書店 2005年10月

### アスラン
偉大なライオン、ナルニア国の一の王たちのその上の王 「馬と少年(ナルニア国ものがたり5)」 C.S.ルイス作;瀬田貞二訳 岩波書店 2005年10月

### アスラン(ライオン)
ナルニア国の創造主で偉大なる王、豊かな金色のたてがみをもったライオン 「ナルニア国物語ライオンと魔女」 C.S.ルイス原作;間所ひさこ訳 講談社(映画版ナルニア国物語文庫) 2006年2月

### アゼナ
いつもペギー・スーを見守っている赤毛の妖精 「ペギー・スー1魔法の瞳をもつ少女」 セルジュ・ブリュソロ著;金子ゆき子訳 角川書店(角川文庫) 2005年7月

### アタ(アタおじさま)
アフリカのアラク族のプリンス・イメナの魔術師のおじさん 「リトル・プリンセス 雨をよぶイメナ姫」 ケイティ・チェイス作;日当陽子訳;泉リリカ絵 ポプラ社 2007年9月

5

あたお

## アタおじさま
アフリカのアラク族のプリンス・イメナの魔術師のおじさん 「リトル・プリンセス 雨をよぶイメナ姫」ケイティ・チェイス作;日当陽子訳;泉リリカ絵 ポプラ社 2007年9月

## アタスン弁護士　あたすんべんごし
親友のジキル博士からあやしげな遺言状を預かっていた弁護士 「ジキル博士とハイド氏」ロバート・ルイス・スティーブンソン作;百々佑利子訳 ポプラ社(ポプラポケット文庫) 2006年12月

## アダ・ハリス
シュライバー夫人についてニューヨークへ行くことになったロンドンのそうじ婦、六十一歳の未亡人 「ハリスおばさんニューヨークへ行く」ポール・ギャリコ著;亀山龍樹訳 ブッキング(fukkan.com) 2005年5月

## アダ・ハリス
ディオールのドレスを買うためにロンドンからパリにやってきた未亡人のそうじ婦、六十ちかい小がらなおばさん 「ハリスおばさんパリへ行く」ポール・ギャリコ著;亀山龍樹訳 ブッキング(fukkan.com) 2005年4月

## アダ・ハリス
ロンドンでくらす未亡人のそうじ婦、六十ちかい小がらなおばさん 「ハリスおばさん国会へ行く」ポール・ギャリコ著;亀山龍樹訳 ブッキング(fukkan.com) 2005年6月

## アダ・ハリス
ロンドンンのそうじ婦、六十ちかい未亡人で小がらなおばさん 「ハリスおばさんモスクワへ行く」ポール・ギャリコ著;亀山龍樹訳;遠藤みえ子訳 ブッキング(fukkan.com) 2005年7月

## アダム
生命工学者になる夢を持つヘラムの未来の自分が作ったコピー人間 「秘密の島」ペソウン作;金松伊訳;キムジュヒョン絵 汐文社(いま読もう!韓国ベスト読みもの) 2005年3月

## アダム・エキノックス
コンピューターゲームの世界・カラザンに入ってしまった12歳の孤児の少年 「カラザン・クエスト1」V.M.ジョーンズ作;田中奈津子訳;小松良佳絵 講談社 2005年4月

## アダム・ニェズグトカ
顔じゅうそばかすだらけのクレクス先生の生徒、十二歳の男の子 「そばかす先生のふしぎな学校」ヤン・ブジェフバ作;ヤン・マルチン・シャンツェル画;内田莉莎子訳 学研 2005年11月

## アーチン
リスとカワウソとモグラとハリネズミが平和に暮らすミストマントル島の三司令官に仕えるリスの少年 「ミストマントル・クロニクル1 流れ星のアーチン」マージ・マカリスター著;高橋啓訳 小学館 2006年11月

## アーチン
リスとカワウソとモグラとハリネズミが平和に暮らすミストマントル島の従士、三司令官のひとりのパドラに仕えているリスの少年 「ミストマントル・クロニクル2 アーチンとハートの石」マージ・マカリスター著;嶋田水子訳 小学館 2007年5月

## アッカ
北をめざして旅をするガンのむれの隊長、名高いガンの大将 「ニルスのふしぎな旅上下」セルマ・ラーゲルレーヴ作;菱木晃子訳;ベッティール・リーベック画 福音館書店(福音館古典童話シリーズ) 2007年6月

## アッシュ
十歳の少年ハドソンの親友、ちょっとこわがりだがとてもかしこい少年 「モーキー・ジョー1 宇宙からの魔の手」ピーター・J・マーレイ作;木村由利子訳;新井洋行絵 フレーベル館 2005年7月

あな

**アッシュ**
少年ハドソンの親友、ちょっとこわがりだがとてもかしこい中学生の少年 「モーキー・ジョー2 よみがえる魔の手」 ピーター・J・マーレイ作;木村由利子訳;新井洋行絵 フレーベル館 2005年10月

**アッホ氏　あっほし**
アッホ夫妻の夫、毛むくじゃら顔で生まれつきのアホの六十歳の男 「ロアルド・ダールコレクション9 アッホ夫妻」 ロアルド・ダール著クェンティン・ブレイク絵;柳瀬尚紀訳 評論社 2005年9月

**アッホ夫人　あっほふじん**
アッホ夫妻の夫人、若いころはかわいかったが年じゅう醜いことを考えているうちに醜い顔になってしまった女 「ロアルド・ダールコレクション9 アッホ夫妻」 ロアルド・ダール著クェンティン・ブレイク絵;柳瀬尚紀訳 評論社 2005年9月

**アディタ・ラム**
ゾウ使い、インドの古い方言を話せる老人 「タリスマン4 パールヴァティーの秘宝」 アラン・フレウィン・ジョーンズ著;桜井颯子訳;永盛綾子絵 文溪堂 2006年12月

**アディン**
七部族を統合したデルトラ王国の初代国王、むかしデルの街で鍛冶屋をしていた正直で思慮深い男 「デルトラの伝説」 エミリー・ロッダ作;神戸万知訳;マーク・マクブライド絵 岩崎書店 2006年9月

**アテン**
サイの夢の中で古代エジプトのファラオの墓に入れられていた少年 「ドリーム・アドベンチャー」 テレサ・ブレスリン作;もりうちすみこ訳;かじりみな子絵 偕成社 2007年4月

**アドゥーナ**
ザルマ族の村長の末娘、夫のコボエと幼い子のイサを連れて干ばつに見舞われたウイナイア村から夫の故郷のイン・テグイーグ村に向かった妻 「消えたオアシス」 ピエール・マリー・ボード作;井村順一・藤本泉訳 鈴木出版(鈴木出版の海外児童文学) 2005年4月

**アドバン**
創造主・エリオンが作った生き物、エリオン国を破壊しすべてを支配しようとする邪悪な存在 「エリオン国物語2 ダークタワーの戦い」 パトリック・カーマン著;金原瑞人・小田原智美訳 アスペクト 2006年12月

**アドバン**
創造主・エリオンが作った生き物、エリオン国を破壊しすべてを支配しようとする邪悪な存在 「エリオン国物語3 テンスシティの奇跡」 パトリック・カーマン著;金原瑞人・小田原智美訳 アスペクト 2007年3月

**アート・ブラストサイド**
女海賊モリーの十六歳の娘、すらりとした男装の麗人 「パイレーティカ 女海賊アートの冒険 上下」 タニス・リー著;築地誠子訳;渡瀬悠宇絵 小学館(小学館ルルル文庫) 2007年7月

**アドラス**
男の嵐の精、魔法の国アイニールのモンスター 「セブンスタワー3 魔法の国」 ガース・ニクス作;西本かおる訳 小学館(小学館ファンタジー文庫) 2007年12月

**アドラス**
魔法の国アイニールの男の嵐の精 「セブンスタワー6 紫の塔」 ガース・ニクス作;西本かおる訳 小学館 2005年3月

**アナ**
行方不明のジョナの友だちのジョーが溝にはまりこんだ子羊を届けた農地に住む女性 「ミッシング」 アレックス・シアラー著;金原瑞人訳 竹書房 2005年8月

7

あなき

**アナキン・スカイウォーカー**
シスの暗黒卿、ジェダイ・ナイトであるオビ・ワンの元弟子 「スター・ウォーズ/ラスト・オブ・ジェダイ1 危険なミッション」 ジュード・ワトソン著;西村和子訳 オークラ出版(LUCAS BOOKS) 2006年8月

**アナキン・スカイウォーカー**
シスの暗黒卿、ジェダイ・ナイトであるオビ・ワンの元弟子 「スター・ウォーズ/ラスト・オブ・ジェダイ2 闇の警告」 ジュード・ワトソン著;西村和子訳 オークラ出版(LUCAS BOOKS) 2006年8月

**アナキン・スカイウォーカー**
シスの暗黒卿、ジェダイ・ナイトであるオビ・ワンの元弟子 「スター・ウォーズ/ラスト・オブ・ジェダイ3 アンダーワールド」 ジュード・ワトソン著;西村和子訳 オークラ出版(LUCAS BOOKS) 2007年4月

**アナキン・スカイウォーカー**
シスの暗黒卿、ジェダイ・ナイトであるオビ・ワンの元弟子 「スター・ウォーズ/ラスト・オブ・ジェダイ4 ナブーに死す」 ジュード・ワトソン著;西村和子訳 オークラ出版(LUCAS BOOKS) 2007年6月

**アナキン・スカイウォーカー**
抜きんでた才能を持つ十四歳のジェダイ修行生、ジェダイ・ナイトであるオビ・ワンの弟子 「スター・ウォーズ/ジェダイ・クエスト1 冒険のはじまり」 ジュード・ワトソン著;西村和子訳 オークラ出版(LUCAS BOOKS) 2006年12月

**アナキン・スカイウォーカー**
抜きんでた才能を持つ十四歳のジェダイ修行生、ジェダイ・ナイトであるオビ・ワンの弟子 「スター・ウォーズ/ジェダイ・クエスト2 師弟のきずな」 ジュード・ワトソン著;西村和子訳 オークラ出版(LUCAS BOOKS) 2006年12月

**アナキン・スカイウォーカー**
抜きんでた才能を持つ十四歳のジェダイ修行生、ジェダイ・ナイトであるオビ・ワンの弟子 「スター・ウォーズ/ジェダイ・クエスト3 危険なゲーム」 ジュード・ワトソン著;西村和子訳 オークラ出版(LUCAS BOOKS) 2007年4月

**アナキン・スカイウォーカー**
抜きんでた才能を持つ十四歳のジェダイ修行生、ジェダイ・ナイトであるオビ・ワンの弟子 「スター・ウォーズ/ジェダイ・クエスト4 ダークサイドの誘惑」 ジュード・ワトソン著;西村和子訳 オークラ出版(LUCAS BOOKS) 2007年8月

**アナクグリ**
人間の家の壁のなかに住んでいる家族思いのハツカネズミの父さん 「ネズミ父さん大ピンチ!」 ジェフリー・ガイ作;ないとうふみこ訳;勝田伸一絵 徳間書店 2007年12月

**アナスタシア**
魔女のババヤガののろいで城じゅうの人たちが氷にされてしまったロシアのプリンセス 「リトル・プリンセス氷の城のアナスタシア姫」 ケイティ・チェイス作;日当陽子訳;泉リリカ絵 ポプラ社 2007年12月

**アナビウス・トルクヴァル・マサリア(マサリア将軍)　あなびうすとるくばるまさりあ(まさりあしょうぐん)**
「見えざる者」が見えるペギー・スーに助けを乞いに来た惑星カンダルタの軍隊の将軍 「ペギー・スー6宇宙の果ての惑星怪物」 セルジュ・ブリュソロ著;金子ゆき子訳 角川書店(角川文庫) 2006年12月

**アナビウス・トルクヴァル・マサリア(マサリア将軍)　あなびうすとるくばるまさりあ(まさりあしょうぐん)**
「見えざる者」が見えるペギー・スーに助けを乞いに来た惑星カンダルタの軍隊の将軍 「ペギー・スー6宇宙の果ての惑星怪物」 セルジュ・ブリュソロ著;金子ゆき子訳;町田尚子絵 角川書店 2005年3月

あに

**アナベス・チェイス**
女神アテナの十三歳になる娘、ポセイドンの息子パーシーの仲間の少女「パーシー・ジャクソンとオリンポスの神々 2魔海の冒険」リック・リオーダン作;金原瑞人訳;小林みき訳 ほるぷ出版 2006年11月

**アナベス・チェイス**
女神アテナの十四歳の娘、ハーフ訓練所の長期訓練生の少女「パーシー・ジャクソンとオリンポスの神々 3タイタンの呪い」リック・リオーダン作;金原瑞人訳;小林みき訳 ほるぷ出版 2007年12月

**アナベス・チェイス**
女神アテナの娘、ハーフ訓練所の長期訓練生「パーシー・ジャクソンとオリンポスの神々 1盗まれた雷撃」リック・リオーダン作;金原瑞人訳 ほるぷ出版 2006年4月

**アナベル・ティーグ**
オールデンきょうだいのおじさんの友人、グリーンフィールド・ドッグショーに参加した女の人「ドッグショーのなぞ(ボックスカー・チルドレン35)」ガートルード・ウォーナー原作;小野田央訳 日向房 2005年12月

**アナベル・ドール**
百年も前にイギリスからアメリカにわたってきたアンティーク人形、人形のふりをして生きている陶製の女の子「アナベル・ドールと世界一いじのわるいお人形」アン・M.マーティン作;ローラ・ゴドウィン作;三原泉訳;ブライアン・セルズニック絵 偕成社 2005年5月

**アナルダスおじさん**
元気な子ウサギ・ジョージーの家族の巣穴でいっしょにくらすおじさんウサギ「ウサギが丘のきびしい冬」ロバート・ローソン作;三原泉訳 あすなろ書房 2006年12月

**アナンカ・フィッシュバイン**
「イレギュラーズ」のメンバー、ひいおじいさんの遺産でアタランタ女子学院に通う少女「キキ・ストライクと謎の地下都市」キルステン・ミラー作;三辺律子訳 理論社 2006年12月

**アニー**
ペンシルバニア州に住む九歳、マジック・ツリーハウスからアーサー王のいるキャメロットへ行った女の子「ドラゴンと魔法の水－マジック・ツリーハウス15」メアリー・ポープ・オズボーン著;食野雅子訳 メディアファクトリー 2005年11月

**アニー**
ペンシルバニア州に住む九歳、マジック・ツリーハウスに乗って兄のジャックとバクダッドへふしぎな旅をした女の子「アラビアの空飛ぶ魔法－マジック・ツリーハウス20」メアリー・ポープ・オズボーン著;食野雅子訳 メディアファクトリー 2007年6月

**アニー**
ペンシルバニア州に住む九歳、マジック・ツリーハウスに乗って兄のジャックとパリ万博へふしぎな旅をした女の子「パリと四人の魔術師－マジック・ツリーハウス21」メアリー・ポープ・オズボーン著;食野雅子訳 メディアファクトリー 2007年11月

**アニー**
ペンシルバニア州に住む九歳、マジック・ツリーハウスに乗って兄のジャックとふしぎな旅をした女の子「オオカミと氷の魔法使い－マジック・ツリーハウス18」メアリー・ポープ・オズボーン著;食野雅子訳 メディアファクトリー 2006年11月

**アニー**
ペンシルバニア州に住む九歳、マジック・ツリーハウスに乗って兄のジャックとふしぎな旅をした女の子「聖剣と海の大蛇－マジック・ツリーハウス17」メアリー・ポープ・オズボーン著;食野雅子訳 メディアファクトリー 2006年6月

9

あに

**アニー**
ペンシルバニア州に住む九歳、マジック・ツリーハウスに乗って兄のジャックとベネチアへふしぎな旅をした女の子 「ベネチアと金のライオン－マジック・ツリーハウス19」 メアリー・ポープ・オズボーン著;食野雅子訳 メディアファクトリー 2007年2月

**アニー**
ペンシルバニア州に住む七歳、マジック・ツリーハウスに乗って兄のジャックとハワイ島へふしぎな冒険をした女の子 「ハワイ、伝説の大津波－マジック・ツリーハウス14」 メアリー・ポープ・オズボーン著;食野雅子訳 メディアファクトリー 2005年6月

**アニー**
ペンシルバニア州に住む七歳、マジック・ツリーハウスに乗って兄のジャックとブリテンへふしぎな旅をした女の子 「幽霊城の秘宝－マジック・ツリーハウス16」 メアリー・ポープ・オズボーン著;食野雅子訳 メディアファクトリー 2006年2月

**アニー**
ペンシルバニア州に住む七歳、マジック・ツリーハウスに乗って兄のジャックと中部アフリカへふしぎな旅をした女の子 「愛と友情のゴリラ－マジック・ツリーハウス13」 メアリー・ポープ・オズボーン著;食野雅子訳 メディアファクトリー 2005年2月

**アニー**
悪気はないがいつもとんでもないことをしでかす生まれつきひょうきんな十一歳の少女 「秘密のチャットルーム」 ジーン・ユーア作;渋谷弘子訳 金の星社 2006年12月

**アニー**
極北地方にある氷におおわれた島の恐竜の谷でひとりさまよっていた少女 「ノーチラス号の冒険4 恐竜の谷」 ヴォルフガング・ホールバイン著;平井吉夫訳 創元社 2006年10月

**アニーナ（アーニャ）**
セバスチャン山で暮らすシーラスとユリーヌの幼い娘、頑固で非常に気の強い子 「シーラス安らぎの時－シーラスシリーズ14」 セシル・ボトカー作;橘要一郎訳 評論社（児童図書館・文学の部屋） 2007年9月

**アーニャ**
セバスチャン山で暮らすシーラスとユリーヌの幼い娘、頑固で非常に気の強い子 「シーラス安らぎの時－シーラスシリーズ14」 セシル・ボトカー作;橘要一郎訳 評論社（児童図書館・文学の部屋） 2007年9月

**アーノ・ブラント**
アメリカ人実業家で億万長者のジョン・スピロのボディガード 「アルテミス・ファウル－永遠の暗号」 オーエン・コルファー著;大久保寛訳 角川書店 2006年2月

**アーノルド・ウィギンズ**
ロンドンで暮らす十四歳くらいの少年、浮浪児集団〈ベイカー少年探偵団〉の一番年嵩でホームズからの信頼も厚いリーダー 「ベイカー少年探偵団1－消えた名探偵」 アンソニー・リード著;池央耿訳 評論社（児童図書館・文学の部屋） 2007年12月

**アーノルド・ウィギンズ**
ロンドンで暮らす十四歳くらいの少年、浮浪児集団〈ベイカー少年探偵団〉の一番年嵩でホームズからの信頼も厚いリーダー 「ベイカー少年探偵団2－さらわれた千里眼」 アンソニー・リード著;池央耿訳 評論社（児童図書館・文学の部屋） 2007年12月

**アーバクルおじいちゃん（ヒキガエル）**
大事にしていた金時計をカラスから取りもどすため"ぺたんこ山"にむかったヒキガエルのおじいさん 「ウォートンとカラスのコンテスト－ヒキガエルとんだ大冒険7」 ラッセル・E・エリクソン作;ローレンス・ディ・フィオリ絵;佐藤涼子訳 評論社（児童図書館・文学の部屋） 2007年12月

あび

**アバークロンビー**
魔女島の元女王、もうすぐ千歳になろうかという悪魔のようにずるがしこいむらさき魔女 「いたずら魔女のノシーとマーム 3 呪われた花嫁」 ケイト・ソーンダズ作;トニー・ロス絵;相良倫子訳;陶浪亜希訳 小峰書店 2006年2月

**アバークロンビー**
魔女島の魔女の頂点に立つ女王、もうすぐ千歳になろうかという悪魔のようにずるがしこいむらさき魔女 「いたずら魔女のノシーとマーム 1 秘密の呪文」 ケイト・ソーンダズ作;トニー・ロス絵;相良倫子訳;陶浪亜希訳 小峰書店 2005年9月

**アバークロンビー**
魔女島の魔女の頂点に立つ女王、もうすぐ千歳になろうかという悪魔のようにずるがしこいむらさき魔女 「いたずら魔女のノシーとマーム 2 謎の猫、メンダックス」 ケイト・ソーンダズ作;トニー・ロス絵;相良倫子訳;陶浪亜希訳 小峰書店 2005年9月

**アバークロンビー**
魔女島を追放されたふたりの魔女・ノシーとマームに盗まれたパワーハットを探している魔女島の元女王 「いたずら魔女のノシーとマーム 4 魔法のパワーハット」 ケイト・ソーンダズ作;トニー・ロス絵;相良倫子訳;陶浪亜希訳 小峰書店 2006年4月

**アバークロンビー**
魔女島を追放されたふたりの魔女・ノシーとマームに盗まれたパワーハットを探している魔女島の元女王 「いたずら魔女のノシーとマーム 5 恐怖のタイムマシン旅行」 ケイト・ソーンダズ作;トニー・ロス絵;相良倫子訳;陶浪亜希訳 小峰書店 2006年6月

**アバラー**
ある日街角で小学三年生のヘンリーに拾われたあばら骨がすけて見えるくらいやせている犬 「がんばれヘンリーくん(ゆかいなヘンリーくんシリーズ)」 ベバリイ・クリアリー作;アラン・ティーグリーン画;松岡享子訳 学習研究社 2007年6月

**アバラー**
小学三年生のヘンリーの飼犬、行くさきざきでさわぎをおこす犬 「ヘンリーくんとアバラー(ゆかいなヘンリーくんシリーズ)」 ベバリイ・クリアリー作;アラン・ティーグリーン画;松岡享子訳 学習研究社 2007年6月

**アバリスター**
邪悪な〈毒の女神〉教団の魔術師、シルミスタのエルフの森侵略を開始したタロウナ教団の実質的支配者 「クレリック・サーガ 2 忘れられた領域 森を覆う影」 R.A.サルバトーレ著;安田均監修;笠井道子訳;池田宗隆画 アスキー 2007年10月

**アビー**
コブタの世話をするペットシッター、動物がだいすきな女の子 「アビーとテスのペットはおまかせ!3 コブタがテレビをみるなんて!」トリーナ・ウィーブ作;宮坂宏美訳;しまだしほ画 ポプラ社(ポップコーン・ブックス) 2006年5月

**アビー**
トカゲの世話をするペットシッター、動物がだいすきな女の子 「アビーとテスのペットはおまかせ!2 トカゲにリップクリーム?」トリーナ・ウィーブ作;宮坂宏美訳;しまだしほ画 ポプラ社(ポップコーン・ブックス) 2006年2月

**アビー**
フロリダ諸島のとある島に暮らしている少女、兄のノアと一緒に留置場にいる父を助けようとした妹 「フラッシュ」 カール・ハイアセン著;千葉茂樹訳 理論社 2006年4月

**アビー**
金魚の世話をするペットシッター、動物がだいすきな女の子 「アビーとテスのペットはおまかせ!1 金魚はあわのおふろに入らない!?」トリーナ・ウィーブ作;宮坂宏美訳;しまだしほ画 ポプラ社(ポップコーン・ブックス) 2005年8月

あび(

## アビー(アビゲイル・クーパー)
霊能力を持つサイキックの三十一歳、能力を使って依頼人にアドバイスする超能力カウンセラー 「超能力(サイキック)カウンセラーアビー・クーパーの事件簿」 ヴィクトリア・ローリー著;小林淳子訳 マッグガーデン 2006年12月

## アビゲイル
ゴブリンのイタズラを止めようとしているフェアリーランドの風の妖精 「風の妖精(フェアリー)アビゲイル(レインボーマジック)」 デイジー・メドウズ作;田内志文訳 ゴマブックス 2007年2月

## アビゲイル・クーパー
霊能力を持つサイキックの三十一歳、能力を使って依頼人にアドバイスする超能力カウンセラー 「超能力(サイキック)カウンセラーアビー・クーパーの事件簿」 ヴィクトリア・ローリー著;小林淳子訳 マッグガーデン 2006年12月

## アビー・マラード
中学生のチキン・リトルの親友、アヒルの女の子 「チキン・リトル」 アイリーン・トリンブル作;橘高弓枝訳 偕成社(ディズニーアニメ小説版) 2005年11月

## アビリーン・テュレイン
陶器でできたうさぎのエドワードの持ち主、黒い髪をした十歳の女の子 「愛をみつけたうさぎ」 ケイト・ディカミロ作;バグラム・イバトゥーリーン絵;子安亜弥訳 ポプラ社 2006年10月

## アブドゥル
プリンセス・アザラの声をとって王国をのっとったランプの魔人 「リトル・プリンセス ささやきのアザラ姫」 ケイティ・チェイス作;日当陽子訳;泉リリカ絵 ポプラ社 2007年3月

## アブドゥル・ガサツィ(ガサツィさん)
家の庭園の戸口に「犬を中に入れてはいけない」という注意書きを出した男の人 「魔術師アブドゥル・ガサツィの庭園」 C.V.オールズバーグ絵と文;村上春樹訳 あすなろ書房 2005年9月

## アブナー・ケイン
中学生の便利屋「ティーン・パワー」に仕事を依頼した有名なホラー作家 「ティーン・パワーをよろしく7 ホラー作家の悪霊屋敷」 エミリー・ロッダ著;岡田好惠訳 講談社 (YA!entertainment) 2006年6月

## アフリカゾウ(ゾウ)
象牙を高く売ろうと密猟者がねらう動物保護区のアフリカゾウ 「アキンボとアフリカゾウ」 アレグザンダー・マコール・スミス作;もりうちすみこ訳;広野多珂子絵 文研出版(文研ブックランド) 2006年5月

## アボイェイ・バー
ルージュ河の百王国連合の言語大臣、明敏な頭脳と鋭い洞察力をそなえた小男 「蒼穹のアトラス3 アルファベット二十六国誌－ルージュ河むこうの百王国連合から葦原の郷ズィゾートルまで」 フランソワ・プラス作;寺岡襄訳 BL出版 2006年1月

## アマンダ
古ぼけた屋敷に引っ越してきた一家の十二歳の娘、ジョシュの姉 「恐怖の館へようこそ(グースバンプス1)」 R.L.スタイン作;津森優子訳;照世絵 岩崎書店 2006年7月

## アマンダ・アンダソン
両親が旅行中にサリーおばさんと一週間を過ごしたアンダソン家の三人姉弟の次女、八歳の女の子 「サリーおばさんとの一週間」 ポリー・ホーヴァス作;北條文緒訳 偕成社 2007年4月

## アミナ
砂漠に囲まれたアル・カルアスに住む十四歳、魔法のランプを手に入れた天涯孤独の少女 「Wishing Moon月に願いを上下」 マイケル・O.タンネル著;東川えり訳 小学館(小学館ルルル文庫) 2007年8月

あもす

### アームストロング医師　あーむすとろんぐいし
イギリスデヴォン州の孤島の邸宅に招待されやってきた医師 「そして誰もいなくなった」 ア
ガサ・クリスティー著;青木久惠訳　早川書房（クリスティー・ジュニア・ミステリ1）2007年12月

### アームピット
テキサスの造園会社でバイトするアフリカ系アメリカ人、かつて矯正施設・グリーン・レイク・
キャンプにいた若者 「歩く」 ルイス・サッカー作;金原瑞人・西田登訳　講談社　2007年5月

### アメル先生　あめるせんせい
戦争によってフランス領からドイツ領へとかわったアルザス地方の学校のフランス語教師
「最後の授業」 アルフォンス・ドーデ作;南本史訳　ポプラ社（ポプラポケット文庫）2007年
6月

### アモス・ダラゴン
人魚の女王クリヴァンニアに「仮面を持つ者」として選ばれたオメイン王国に住む頭のいい
12歳の少年 「アモス・ダラゴン1　仮面を持つ者」 ブリアン・ペロー作;高野優監訳;野澤真
理子訳　竹書房　2005年6月

### アモス・ダラゴン
世界の善と悪の平衡を取りもどす『仮面を持つ者』となった十五歳の少年 「アモス・ダラゴ
ン11エーテルの仮面」 ブリアン・ペロー作;高野優監訳;河村真紀子訳　竹書房　2007年7
月

### アモス・ダラゴン
世界の善と悪の平衡を取りもどす『仮面を持つ者』となった十三歳の少年 「アモス・ダラゴ
ン6エンキの怒り」 ブリアン・ペロー作;高野優監訳;荷見明子訳　竹書房　2006年3月

### アモス・ダラゴン
世界の善と悪の平衡を取りもどす『仮面を持つ者』となった十三歳の少年 「アモス・ダラゴ
ン7地獄の旅」 ブリアン・ペロー作;高野優監訳;野澤真理子訳　竹書房　2006年7月

### アモス・ダラゴン
世界の善と悪の平衡を取りもどす『仮面を持つ者』となった十四歳の少年 「アモス・ダラゴ
ン10ふたつの軍団」 ブリアン・ペロー作;高野優監訳;宮澤実穂訳　竹書房　2007年4月

### アモス・ダラゴン
世界の善と悪の平衡を取りもどす『仮面を持つ者』となった十四歳の少年 「アモス・ダラゴ
ン8ペガサスの国」 ブリアン・ペロー作;高野優監訳;臼井美子訳　竹書房　2006年10月

### アモス・ダラゴン
世界の善と悪の平衡を取りもどす『仮面を持つ者』となった十四歳の少年 「アモス・ダラゴ
ン9黄金の羊毛」 ブリアン・ペロー作;高野優監訳;橘明美訳　竹書房　2006年12月

### アモス・ダラゴン
世界の善と悪の平衡を取りもどす土の大陸の仮面を持つ者となった十五歳の少年 「アモ
ス・ダラゴン 12運命の部屋」 ブリアン・ペロー作;高野優監訳;荷見明子訳　竹書房　2007
年10月

### アモス・ダラゴン
世界の善と悪の平衡を取り戻す「仮面を持つ者」となった12歳の少年 「アモス・ダラゴン2
ブラハの鍵」 ブリアン・ペロー作;高野優監訳;臼井美子訳　竹書房　2005年7月

### アモス・ダラゴン
世界の善と悪の平衡を取り戻す「仮面を持つ者」となった12歳の少年 「アモス・ダラゴン3
神々の黄昏」 ブリアン・ペロー作;高野優監訳;橘明美訳　竹書房　2005年8月

### アモス・ダラゴン
世界の善と悪の平衡を取り戻す「仮面を持つ者」となった12歳の少年 「アモス・ダラゴン4
フレイヤの呪い」 ブリアン・ペロー作;高野優監訳;宮澤実穂訳　竹書房　2005年1月

あもす

## アモス・ダラゴン
世界の善と悪の平衡を取り戻す「仮面を持つ者」となった12歳の少年 「アモス・ダラゴン5 エル・バブの塔」ブリアン・ペロー作;高野優監訳;河村真紀子訳 竹書房 2005年12月

## アーラ
砂浜のゴミでひれを切ってしまったアザラシの子ども 「マーメイド・ガールズ 5 エラリーヌとアザラシの赤ちゃん」ジリアン・シールズ作;宮坂宏美訳;田中亜希子訳;つじむらあやこ絵 あすなろ書房 2007年9月

## アライグマ
ヒキガエルのきょうだいモートンとウォートンをつかまえて食べようとしたアライグマ 「ウォートンとモートンの大ひょうりゅう—ヒキガエルとんだ大冒険6」ラッセル・E・エリクソン作;ローレンス・ディ・フィオリ絵;佐藤涼子訳 評論社(児童図書館・文学の部屋) 2007年11月

## アラジン
アグラバーでくらしている人を引きつける魅力をもった貧しい若者 「アラジン」アラビアンナイト原作;鈴木尚子訳 汐文社(ディズニープリンセス6姫の夢物語) 2007年2月

## アラビス
継母の決めた結婚がいやでものいう馬フインに乗って逃げだしたカロールメン国の領主の娘 「馬と少年(ナルニア国ものがたり5)」C.S.ルイス作;瀬田貞二訳 岩波書店 2005年10月

## アラベラ
コルテスの剣を求めてバーナクル号で航海を続けたジャックの相棒の女の子 「パイレーツ・オブ・カリビアンジャック・スパロウの冒険 4 コルテスの剣」ロブ・キッド著;ジャン=ポール・オルピナス絵;ホンヤク社訳 講談社 2006年11月

## アラベラ
コルテスの剣を求めて航海しているジャックの相棒の女の子 「パイレーツ・オブ・カリビアンジャック・スパロウの冒険 3 海賊競走」ロブ・キッド著;ジャン=ポール・オルピナス絵;ホンヤク社訳 講談社 2006年8月

## アラベラ
コルテスの剣を求めて航海をしているジャックの相棒の女の子 「パイレーツ・オブ・カリビアンジャック・スパロウの冒険 2 セイレーンの歌」ロブ・キッド著;ジャン=ポール・オルピナス絵;ホンヤク社訳 講談社 2006年7月

## アラベラ
バーナクル号で冒険の航海に出たジャックの相棒、母親を海賊にさらわれた少女 「パイレーツ・オブ・カリビアンジャック・スパロウの冒険 5 青銅器時代」ロブ・キッド著;ジャン=ポール・オルピナス絵;ホンヤク社訳 講談社 2006年12月

## アラベラ
バーナクル号の一等航海士、死んだはずの母親に再会した少女 「パイレーツ・オブ・カリビアンジャック・スパロウの冒険 6 銀の時代」ロブ・キッド著;ジャン=ポール・オルピナス絵;ホンヤク社訳 講談社 2007年3月

## アラベラ
バーナクル号の一等航海士、女海賊になっていた母親・ローラに連れ去られた少女 「パイレーツ・オブ・カリビアンジャック・スパロウの冒険 7 黄金の都市」ロブ・キッド著;ジャン=ポール・オルピナス絵;ホンヤク社訳 講談社 2007年4月

## アラベラ
父親が経営している酒場で働かされていた娘、母親を海賊にさらわれた少女 「パイレーツ・オブ・カリビアンジャック・スパロウの冒険 1 嵐がやってくる!」ロブ・キッド著;ジャン=ポール・オルピナス絵;ホンヤク社訳 講談社 2006年7月

あり（

**アランナ**
敵国の奴隷となってしまった少女・アリーの厳格な母、伝説の女騎士にして王の擁護者
「アリーの物語1 女騎士アランナの娘－きまぐれな神との賭けがはじまる」タモラ・ピアス作
;本間裕子訳 PHP研究所 2007年7月

**アラン・ミッツ**
留守番を頼まれた家の犬を散歩につれていった少年 「魔術師アブドゥル・ガサツィの庭
園」C.V.オールズバーグ絵と文;村上春樹訳 あすなろ書房 2005年9月

**アリ**
ジョセフという殺し屋とともに違法入国して逃走中の男 「スパイ・ガール2 なぞのAを探せ」
クリスティーヌ・ハリス作;前沢明枝訳 岩崎書店 2007年9月

**アリー**
女騎士アランナと元盗賊の王ジョージの娘、家を飛び出したが敵国に奴隷として売られて
しまった十六歳の少女 「アリーの物語1 女騎士アランナの娘－きまぐれな神との賭けがは
じまる」タモラ・ピアス作;本間裕子訳 PHP研究所 2007年7月

**アリー**
女騎士アランナと元盗賊の王ジョージの娘、敵国のバーリタン一家の奴隷となった十六歳
の少女 「アリーの物語2 女騎士アランナの娘－守るべき希望」タモラ・ピアス作;久慈美
貴訳 PHP研究所 2007年8月

**アリー**
女騎士アランナと元盗賊の王ジョージの娘、敵国のバーリタン一家の奴隷となった十六歳
の少女 「アリーの物語3 女騎士アランナの娘－動きだす運命の歯車」タモラ・ピアス作;
久慈美貴訳 PHP研究所 2007年10月

**アリー**
女騎士アランナと元盗賊の王ジョージの娘、敵国のバーリタン一家の奴隷となった十六歳
の少女 「アリーの物語4 女騎士アランナの娘－予言されし女王」タモラ・ピアス作;久慈
美貴訳 PHP研究所 2007年11月

**アリ（アリソン・キャサリン・ミラー）**
おばあちゃんにフリーマーケットで古いラバ・ランプを買ってもらったガラクタずきの四年生
の少女 「ランプの精リトル・ジーニー1」ミランダ・ジョーンズ作;宮坂宏美訳;サトウユカ絵
ポプラ社 2005年12月

**アリ（アリソン・キャサリン・ミラー）**
ランプの精のリトル・ジーニーのごしゅじんさま、モンゴメリー小学校に通う四年生の少女
「ランプの精リトル・ジーニー2」ミランダ・ジョーンズ作;宮坂宏美訳;サトウユカ絵 ポプラ社
2006年3月

**アリ（アリソン・キャサリン・ミラー）**
ランプの精のリトル・ジーニーのごしゅじんさま、モンゴメリー小学校に通う四年生の少女
「ランプの精リトル・ジーニー3」ミランダ・ジョーンズ作;宮坂宏美訳;サトウユカ絵 ポプラ社
2006年6月

**アリ（アリソン・キャサリン・ミラー）**
ランプの精のリトル・ジーニーのごしゅじんさま、モンゴメリー小学校に通う四年生の少女
「ランプの精リトル・ジーニー4」ミランダ・ジョーンズ作;宮坂宏美訳;サトウユカ絵 ポプラ社
2006年9月

**アリ（アリソン・キャサリン・ミラー）**
ランプの精のリトル・ジーニーのごしゅじんさま、モンゴメリー小学校に通う四年生の少女
「ランプの精リトル・ジーニー5」ミランダ・ジョーンズ作;宮坂宏美訳;サトウユカ絵 ポプラ社
2007年4月

あり（

## アリ（アリソン・キャサリン・ミラー）
ランプの精リトル・ジーニーのごしゅじんさま、モンゴメリー小学校に通う四年生の少女
「ランプの精リトル・ジーニー 6」 ミランダ・ジョーンズ作;宮坂宏美訳;サトウユカ絵 ポプラ社
2007年8月

## アリ（アリソン・キャサリン・ミラー）
ランプの精リトル・ジーニーのごしゅじんさま、モンゴメリー小学校に通う四年生の少女
「ランプの精リトル・ジーニー 7」 ミランダ・ジョーンズ作;宮坂宏美訳;サトウユカ絵 ポプラ社
2007年12月

## アリアン（アリー）
女騎士アランナと元盗賊の王ジョージの娘、家を飛び出したが敵国に奴隷として売られて
しまった十六歳の少女 「アリーの物語 1 女騎士アランナの娘－きまぐれな神との賭けがは
じまる」 タモラ・ピアス作;本間裕子訳 PHP研究所 2007年7月

## アリアン（アリー）
女騎士アランナと元盗賊の王ジョージの娘、敵国のバーリタン一家の奴隷となった十六歳
の少女 「アリーの物語 2 女騎士アランナの娘－守るべき希望」 タモラ・ピアス作;久慈美
貴訳 PHP研究所 2007年8月

## アリアン（アリー）
女騎士アランナと元盗賊の王ジョージの娘、敵国のバーリタン一家の奴隷となった十六歳
の少女 「アリーの物語 3 女騎士アランナの娘－動きだす運命の歯車」 タモラ・ピアス作;
久慈美貴訳 PHP研究所 2007年10月

## アリアン（アリー）
女騎士アランナと元盗賊の王ジョージの娘、敵国のバーリタン一家の奴隷となった十六歳
の少女 「アリーの物語 4 女騎士アランナの娘－予言されし女王」 タモラ・ピアス作;久慈
美貴訳 PHP研究所 2007年11月

## アリエグ
ペガサスの国クジャク族の少女、少年アモスに助けられ恋に落ちたイカロスの民の娘 「ア
モス・ダラゴン 8ペガサスの国」 ブリアン・ペロー作;高野優監訳;臼井美子訳 竹書房
2006年10月

## アリエッティ
やかんにのって川をくだり新しい旅にでた小人の一家の女の子 「川をくだる小人たち」 メ
アリー・ノートン作;林容吉訳 岩波書店（岩波少年文庫） 2005年4月

## アリス
オールデンきょうだいのしんせきの夫婦の奥さん、グリーンフィールドの古いやしきにひっこ
してくることになった女の人 「うたうゆうれいのなぞ（ボックスカー・チルドレン31）」 ガート
ルード・ウォーナー原作;小野玉央訳 日向房 2005年3月

## アリス
鏡を通り抜けて鏡のなかの部屋へ行った女の子 「鏡の国のアリス」 ルイス・キャロル作;生
野幸吉訳 福音館書店（福音館文庫） 2005年10月

## アリス
十二歳の少年・トムの友だち、とんがった靴をはいたかわいい女の子 「魔使いの呪い（魔
使いシリーズ）」 ジョゼフ・ディレイニー著;金原瑞人・田中亜希子訳 東京創元社（sogen
bookland） 2007年9月

## アリス
魔女ボニー・リジーの姪っ子、とんがった靴をはいたかわいい女の子 「魔使いの弟子（魔
使いシリーズ）」 ジョゼフ・ディレイニー著;金原瑞人・田中亜希子訳 東京創元社（sogen
bookland） 2007年3月

**アリス・ウィスク**
魔女島を追放されたふたりの魔女・ノシーとマームと仲良しの若い牧師見習いババーコーンと結婚することになった若い女性 「いたずら魔女のノシーとマーム 3 呪われた花嫁」ケイト・ソーンダズ作;トニー・ロス絵;相良倫子訳;陶浪亜希訳 小峰書店 2006年2月

**アリス・ターンバウ**
母親から虐待を受けて育ったデイビッドを里子として受け入れた夫婦の妻 「"It(それ)"と呼ばれた子-ジュニア版3」デイヴ・ペルザー著;百瀬しのぶ監訳 ソニー・マガジンズ 2005年7月

**アリス・ピネリ**
ミスティック劇場の管理運営をまかされることになったピネリ夫妻の妻、ビーおばさんの友人 「幽霊劇場の秘密(双子探偵ジーク&ジェン6)」ローラ・E.ウィリアムズ著;石田理恵訳 早川書房(ハリネズミの本箱) 2007年1月

**アリス姫　ありすひめ**
りっぱなお姫さまを育てる「お姫さま学園」の生徒、キッチンメイドになりすましてちらかった庭のかたづけをはじめた姫 「アリス姫と魔法の鏡(ティアラ・クラブ4)」ヴィヴィアン・フレンチ著;岡本浜江訳;サラ・ギブ絵 朔北社 2007年8月

**アリソン・キャサリン・ミラー**
おばあちゃんにフリーマーケットで古いラバ・ランプを買ってもらったガラクタずきの四年生の少女 「ランプの精リトル・ジーニー 1」ミランダ・ジョーンズ作;宮坂宏美訳;サトウユカ絵 ポプラ社 2005年12月

**アリソン・キャサリン・ミラー**
ランプの精のリトル・ジーニーのごしゅじんさま、モンゴメリー小学校に通う四年生の少女 「ランプの精リトル・ジーニー 2」ミランダ・ジョーンズ作;宮坂宏美訳;サトウユカ絵 ポプラ社 2006年3月

**アリソン・キャサリン・ミラー**
ランプの精のリトル・ジーニーのごしゅじんさま、モンゴメリー小学校に通う四年生の少女 「ランプの精リトル・ジーニー 3」ミランダ・ジョーンズ作;宮坂宏美訳;サトウユカ絵 ポプラ社 2006年6月

**アリソン・キャサリン・ミラー**
ランプの精のリトル・ジーニーのごしゅじんさま、モンゴメリー小学校に通う四年生の少女 「ランプの精リトル・ジーニー 4」ミランダ・ジョーンズ作;宮坂宏美訳;サトウユカ絵 ポプラ社 2006年9月

**アリソン・キャサリン・ミラー**
ランプの精のリトル・ジーニーのごしゅじんさま、モンゴメリー小学校に通う四年生の少女 「ランプの精リトル・ジーニー 5」ミランダ・ジョーンズ作;宮坂宏美訳;サトウユカ絵 ポプラ社 2007年4月

**アリソン・キャサリン・ミラー**
ランプの精のリトル・ジーニーのごしゅじんさま、モンゴメリー小学校に通う四年生の少女 「ランプの精リトル・ジーニー 6」ミランダ・ジョーンズ作;宮坂宏美訳;サトウユカ絵 ポプラ社 2007年8月

**アリソン・キャサリン・ミラー**
ランプの精のリトル・ジーニーのごしゅじんさま、モンゴメリー小学校に通う四年生の少女 「ランプの精リトル・ジーニー 7」ミランダ・ジョーンズ作;宮坂宏美訳;サトウユカ絵 ポプラ社 2007年12月

**アリプッラ姉妹(ハリセ・アリプッラ)　ありぷっらしまい(はりせありぷっら)**
カッティラコスキ家のお隣さん、アリプッラ姉妹のひとり 「トルスティは名探偵(ヘイナとトッスの物語2)」シニッカ・ノポラ&ティーナ・ノポラ作;末延弘子訳;佐古百美絵 講談社(青い鳥文庫) 2006年8月

ありぷ

**アリプッラ姉妹（ハリセ・アリプッラ）　ありぷっらしまい（はりせありぷっら）**
カッティラコスキ家のお隣さん、アリプッラ姉妹のひとり「大きいエルサと大事件（ヘイナと
トッスの物語3）」シニッカ・ノポラ&ティーナ・ノポラ作;末延弘子訳;佐古百美絵　講談社（青
い鳥文庫）　2007年11月

**アリプッラ姉妹（ハリセ・アリプッラ）　ありぷっらしまい（はりせありぷっら）**
カッティラコスキ家のお隣さん、アリプッラ姉妹のひとり「麦わら帽子のヘイナとフェルト靴
のトッスーなぞのいたずら犯人（ヘイナとトッスの物語）」シニッカ・ノポラ&ティーナ・ノポラ
作;末延弘子訳;佐古百美絵　講談社（青い鳥文庫）　2005年10月

**アリプッラ姉妹（ヘルガ・アリプッラ）　ありぷっらしまい（へるがありぷっら）**
カッティラコスキ家のお隣さん、アリプッラ姉妹のひとり「トルスティは名探偵（ヘイナとトッス
の物語2）」シニッカ・ノポラ&ティーナ・ノポラ作;末延弘子訳;佐古百美絵　講談社（青い鳥
文庫）　2006年8月

**アリプッラ姉妹（ヘルガ・アリプッラ）　ありぷっらしまい（へるがありぷっら）**
カッティラコスキ家のお隣さん、アリプッラ姉妹のひとり「大きいエルサと大事件（ヘイナと
トッスの物語3）」シニッカ・ノポラ&ティーナ・ノポラ作;末延弘子訳;佐古百美絵　講談社（青
い鳥文庫）　2007年11月

**アリプッラ姉妹（ヘルガ・アリプッラ）　ありぷっらしまい（へるがありぷっら）**
カッティラコスキ家のお隣さん、アリプッラ姉妹のひとり「麦わら帽子のヘイナとフェルト靴
のトッスーなぞのいたずら犯人（ヘイナとトッスの物語）」シニッカ・ノポラ&ティーナ・ノポラ
作;末延弘子訳;佐古百美絵　講談社（青い鳥文庫）　2005年10月

**アル・カポネ**
刑務所の島・アルカトラズ島に収容されたシカゴの暗黒街に君臨したギャング「アル・カポ
ネによろしく」ジェニファ・チョールデンコウ著;こだまともこ訳　あすなろ書房　2006年12月

**アルグル**
移住の民・ハルタ族のリーダー「ウルフ・タワー　第一話　ウルフ・タワーの掟」タニス・リー
著;中村浩美訳　産業編集センター　2005年3月

**アルグル**
移住の民・ハルタ族のリーダー、「ハウス&ガーデン」で奴隷としてそだったクライディの恋
人「ウルフ・タワー　第二話　ライズ　星の継ぎ人たち」タニス・リー著;中村浩美訳　産業編
集センター　2005年3月

**アルグル**
移住の民・ハルタ族の元リーダー、「ハウス&ガーデン」で奴隷としてそだったクライディの
恋人「ウルフ・タワー　最終話　翼を広げたプリンセス」タニス・リー著;中村浩美訳　産業編
集センター　2005年5月

**アルグル**
移住の民・ハルタ族の元リーダー、「ハウス&ガーデン」で奴隷としてそだったクライディの
恋人「ウルフ・タワー　第三話　二人のクライディス」タニス・リー著;中村浩美訳　産業編集
センター　2005年5月

**アルコン**
ガルニシ国の高官、結婚式前夜に逃亡したマルヴァ姫を助けた教育係「マルヴァ姫、海
へ!ーガルニシ国物語　上下」アンヌ・ロール・ボンドゥー作;伊藤直子訳　評論社（児童図書
館・文学の部屋）　2007年8月

**RJ　あーるじぇい**
冬眠中のグリズリーベアーの食べ物を盗もうとした流れ者のアライグマ「森のリトル・ギャン
グ」ルイーズ・ギカウ著;河井直子訳　角川書店（ドリームワークスアニメーションシリーズ）
2006年7月

あるべ

**アルジャン・ムーンブラウ（ジャン）**
聖なる丘に住むユニコーン一族の王・コーアの息子、宿敵の異種族・ワイヴァーンと戦う戦士 「夏星の子 ファイアブリンガー3」 メレディス・アン・ピアス著;谷泰子訳 東京創元社（sogen bookland）2007年1月

**アルセーヌ・ルパン（ラウール・ダベルニー）**
大金を所持する老人に目をつけパリ近郊の別荘を手に入れることにした怪盗、中年紳士 「カリオストロの復讐」 モーリス・ルブラン作;長島良三訳 偕成社（偕成社文庫）2005年9

**アルセーヌ・ルパン（ラウール・ダンドレジー）**
デティーグ男爵の娘クラリスを愛する二十歳の青年 「カリオストロ伯爵夫人」 モーリス・ルブラン作;竹西英夫訳 偕成社（偕成社文庫）2005年9月

**アルセーヌ・ルパン（ルパン）**
死んだと思われていた有名な怪盗紳士 「813 アルセーヌ・ルパン」 モーリス・ルブラン作;大友徳明訳 偕成社（偕成社文庫）2005年9月

**アルセーヌ・ルパン（ルパン）**
謎の人物『L・M』の手によって刑務所に放り込まれた有名な怪盗 「続813アルセーヌ・ルパン」 モーリス・ルブラン作;大友徳明訳 偕成社（偕成社文庫）2005年9月

**アルテミス・ファウル**
伝統的な犯罪一家に生まれた十三歳の天才少年 「アルテミス・ファウルー永遠の暗号」 オーエン・コルファー著;大久保寛訳 角川書店 2006年2月

**アルテミス・ファウル**
伝統的な犯罪一家に生まれた十四歳の天才少年 「アルテミス・ファウルーオパールの策略」 オーエン・コルファー著;大久保寛訳 角川書店 2007年3月

**アルハ（テナー）**
アチュアンの墓所の暗黒の地下迷宮を守る巫女の少女 「ゲド戦記Ⅱ こわれた腕環」 ル＝グウィン著;清水真砂子訳 岩波書店 2006年4月

**アルバス・ダンブルドア（ダンブルドア）**
魔法族の少年ハリーポッターの恩師、偉大な魔法使いでホグワーツ魔法学校の校長 「ハリー・ポッターと謎のプリンス上下」 J.K.ローリング作;松岡佑子訳 静山社 2006年5月

**アルファベータガンマ（アルベガ）**
ヨミキリ族の小人、異世界ファンタージエン図書館のトルッツ館長の助手 「ファンタージエン」 ラルフ・イーザウ著;酒寄進一訳 ソフトバンククリエイティブ 2005年10月

**アルフィー**
未亡人のシルバー夫人が飼っている小さな亀 「ロアルド・ダールコレクション18 ことっとスタート」 ロアルド・ダール著クェンティン・ブレイク絵;柳瀬尚紀訳 評論社 2006年3月

**アルフレッド・アスキュー卿　あるふれっどあすきゅーきょう**
イングランドの旗ノ湖でのボートを禁止した湖の小島の持ち主、旗ノ湖屋敷の主人で大地主 「この湖にボート禁止」 ジェフリー・トリーズ作;多賀京子訳;リチャード・ケネディ画 福音館書店（福音館文庫）2006年6月

**アルベガ**
ヨミキリ族の小人、異世界ファンタージエン図書館のトルッツ館長の助手 「ファンタージエン」 ラルフ・イーザウ著;酒寄進一訳 ソフトバンククリエイティブ 2005年10月

**アルベルト**
コロンビアのまずしい連中ばかり集まるメデジンに住む少年、ソニーの親友 「ボーイ・キルズ・マン」 マット・ワイマン作;長友恵子訳 鈴木出版（鈴木出版の海外児童文学）2007年5月

19

## あるべ

### アルベルト
スペイン・コルドバの裕福な家・フェレイラ家の召し使い、キリスト教徒のおじいさん 「コルドバをあとにして」ドリット・オルガッド作;樋口範子訳 さ・え・ら書房 2005年2月

### アルマ
ユニコーン一族の創造主、すべてを導いてくれる母なる女神 「夏星の子 ファイアブリンガー3」メレディス・アン・ピアス著;谷泰子訳 東京創元社(sogen bookland) 2007年1月

### アルマンゾ・ワイルダー
ニューヨーク州北部の農場にすんでいた少年、四人きょうだいの末っ子 「農場の少年」ローラ・インガルス・ワイルダー作;足沢良子訳 草炎社(大草原の小さな家) 2006年12月

### アレイスターおじさん(オールド・クリーピー)
少年ベンのしんせきのおじさん、秘密の国アイドロンを支配しようともくろんでいた男 「アイドロン1 秘密の国の入り口」ジェーン・ジョンソン作;神戸万知訳;佐野月美絵 フレーベル館 2007年11月

### アレク
学校がきらいな小学二年生、テレビゲームとアメフトがすきな男の子 「ヘンダ先生、算数できないの?ーきょうもトンデモ小学校」ダン・ガットマンさく;宮坂宏美やく;すずめくらぶ画 ポプラ社 2007年9月

### アレクサ・デイリー
エリオン国にあるラスベリーという町の町長の娘、十三歳の女の子 「エリオン国物語 2 ダークタワーの戦い」パトリック・カーマン著;金原瑞人・小田原智美訳 アスペクト 2006年

### アレクサ・デイリー
エリオン国にあるラスベリーという町の町長の娘、十二歳の女の子 「エリオン国物語 1 アレクサと秘密の扉」パトリック・カーマン著;金原瑞人訳 アスペクト 2006年10月

### アレクサ・デイリー
エリオン国にあるラスベリーという町の町長の娘、十二歳の女の子 「エリオン国物語 3 テンスシティの奇跡」パトリック・カーマン著;金原瑞人・小田原智美訳 アスペクト 2007年3月

### アレクトス
ローマ皇帝の側近 「第九軍団のワシ」ローズマリ・サトクリフ作;猪熊葉子訳 岩波書店(岩波少年文庫) 2007年4月

### アレクトス
ローマ皇帝マーカス・アウレリウス・カロシウスの側近 「銀の枝」ローズマリ・サトクリフ作;猪熊葉子訳 岩波書店(岩波少年文庫) 2007年10月

### アレックス
兄のハリーと霧で閉ざされた森のなかのスピリットムーン・キャンプに参加した十一歳の弟 「ゴースト・ゴースト(グースバンプス8)」R.L.スタイン作;津森優子訳;照世絵 岩崎書店 2007年1月

### アレックス・ホーンビー
クリスマスが近づいたある夜に中世の騎士そのままの姿の不思議な若者に出会った姉弟の弟 「海駆ける騎士の伝説」ダイアナ・ウィン・ジョーンズ作;野口絵美訳;佐竹美保絵 徳間書店 2006年12月

### アレン
エンラッドとエンレイド諸島を治めるモレド家を引き継ぐ王子 「ゲド戦記III さいはての島へ」ル=グウィン著;清水真砂子訳 岩波書店 2006年4月

### アロナックス教授　あろなっくすきょうじゅ
パリ博物館の博物学教授で海外科学調査員 「海底二万海里 上下」J.ベルヌ作;清水正和訳;A・ド・ヌヴィル画 福音館書店(福音館文庫) 2005年5月

## アロナックス教授　あろなっくすきょうじゅ

フランスの博物学者、パリ博物館教授 「海底二万里 上下」ジュール・ヴェルヌ作;私市保彦訳 岩波書店(岩波少年文庫) 2005年8月

## アロンゾー

正統なミラノ王・プロスペローを陰謀にかけたナポリ王 「こどものためのテンペスト」ロイス・バーデット著;鈴木扶佐子訳 アートデイズ(シェイクスピアっておもしろい!) 2007年7月

## アン

築二百年の古い家にとじこめられている四人の子どもの幽霊の一人、猩紅熱で死んだ十四歳の少女 「ゴーストハウス」クリフ・マクニッシュ著;金原瑞人・松山美保訳 理論社 2007年5月

## アンガス

ペットシッターの女の子・アビーが世話をするトカゲ 「アビーとテスのペットはおまかせ!2 トカゲにリップクリーム?」トリーナ・ウィーブ作;宮坂宏美訳;しまだしほ画 ポプラ社(ポップコーン・ブックス) 2006年2月

## アンガス

モードレッド校長のおいっ子、ウィリーのともだちでくいしんぼうの男の子 「ドラゴン・スレイヤー・アカデミー 2-1 ドラゴンになっちゃった」ケイト・マクミュラン作;神戸万知訳;舵真秀斗絵 岩崎書店 2006年8月

## アンガス

モードレッド校長のおいっ子、ウィリーのともだちでくいしんぼうの男の子 「ドラゴン・スレイヤー・アカデミー 2-2 かえってきたゆうれい」ケイト・マクミュラン作;神戸万知訳;舵真秀斗絵 岩崎書店 2006年8月

## アンガス

モードレッド校長のおいっ子、ウィリーのともだちでくいしんぼうの男の子 「ドラゴン・スレイヤー・アカデミー 2-3 こわーい金曜日」ケイト・マクミュラン作;神戸万知訳;舵真秀斗絵 岩崎書店 2006年10月

## アンガス

モードレッド校長のおいっ子、ウィリーのともだちでくいしんぼうの男の子 「ドラゴン・スレイヤー・アカデミー 2-4 ケン王の病気」ケイト・マクミュラン作;神戸万知訳;舵真秀斗絵 岩崎書店 2006年12月

## アンガス

モードレッド校長のおいっ子、ウィリーのともだちでくいしんぼうの男の子 「ドラゴン・スレイヤー・アカデミー 2-5 ふたごのごたごた」ケイト・マクミュラン作;神戸万知訳;舵真秀斗絵 岩崎書店 2007年2月

## アンガス

モードレッド校長のおいっ子、ウィリーのともだちでくいしんぼうの男の子 「ドラゴン・スレイヤー・アカデミー 2-6 ドラゴンじいさん」ケイト・マクミュラン作;神戸万知訳;舵真秀斗絵 岩崎書店 2007年4月

## アンガス

モードレッド校長のおいっ子、ウィリーのともだちでくいしんぼうの男の子 「ドラゴン・スレイヤー・アカデミー 2-7 ドラゴン・キャンプ」ケイト・マクミュラン作;神戸万知訳;舵真秀斗絵 岩崎書店 2007年7月

## アンガス

モードレッド校長のおいっ子、ウィリーのともだちでくいしんぼうの男の子 「ドラゴン・スレイヤー・アカデミー 3 お宝さがしのえんそく」ケイト・マクミュラン作;神戸万知訳;舵真秀斗絵 岩崎書店 2005年1月

あんが

**アンガス**
モードレッド校長のおいっ子、ウィリーのともだちでくいしんぼうの男の子 「ドラゴン・スレイヤー・アカデミー 5 あこがれのヒーロー」 ケイト・マクミュラン作;神戸万知訳;舵真秀斗絵 岩崎書店 2005年3月

**アンガス**
モードレッド校長のおいっ子、ウィリーのともだちでくいしんぼうの男の子 「ドラゴン・スレイヤー・アカデミー 6 きえたヒーローをすくえ」 ケイト・マクミュラン作;神戸万知訳;舵真秀斗絵 岩崎書店 2005年3月

**アンガス**
モードレッド校長のおいっ子、ウィリーのともだちでくいしんぼうの男の子 「ドラゴン・スレイヤー・アカデミー 7 のろいのルーレット」 ケイト・マクミュラン作;神戸万知訳;舵真秀斗絵 岩崎書店 2005年5月

**アンガス**
モードレッド校長のおいっ子、ウィリーのともだちでくいしんぼうの男の子 「ドラゴン・スレイヤー・アカデミー 8 ほろびの予言」 ケイト・マクミュラン作;神戸万知訳;舵真秀斗絵 岩崎書店 2005年5月

**アンガス**
モードレッド校長のおいっ子、ウィリーのともだちでくいしんぼうの男の子 「ドラゴン・スレイヤー・アカデミー 9 ドラゴンがうまれた!」 ケイト・マクミュラン作;神戸万知訳;舵真秀斗絵 岩崎書店 2005年8月

**アンガス**
モードレッド校長のおいっ子、ウィリーのともだちでくいしんぼうの男の子 「ドラゴン・スレイヤー・アカデミー 10 きょうふのさんかん日」 ケイト・マクミュラン作;神戸万知訳;舵真秀斗絵 岩崎書店 2005年8月

**アンガス**
雲の上に住む男、シャカ・カンダレクの元住民 「ペギー・スー 3幸福を運ぶ魔法の蝶」 セルジュ・ブリュソロ著;金子ゆき子訳 角川書店(角川文庫) 2005年11月

**アンガス・オーグ**
"永遠なる若さの国"ティル・ナ・ノグの住人、フィルド奏者の青年 「時間のない国で 上下」 ケイト・トンプソン著;渡辺庸子訳 東京創元社(sogen bookland) 2006年11月

**アンケ**
廃車おき場のおんぼろバスで雨やどりをした四人の子どものうちのひとり 「ホラーバス 恐怖のいたずら1・2」 パウル・ヴァン・ローン作;岩井智子訳;浜野史子絵 学研 2007年9月

**アン・コーフ**
出版業者、母親の誕生日プレゼントに時間を買いたいというJJを"永遠なる若さの国"ティル・ナ・ノグに案内した女の人 「時間のない国で 上下」 ケイト・トンプソン著;渡辺庸子訳 東京創元社(sogen bookland) 2006年11月

**アンジェリカ**
少年のジャコモにしか見えない鏡の中の謎の少女 「鏡の中のアンジェリカ」 フランチェスコ・コスタ作;高畠恵美子訳;森友典子絵 文研出版(文研じゅべにーる) 2007年4月

**アン・シャーリー**
カナダのプリンスエドワード島で暮らすマシュー兄妹に引き取られた孤児、十一歳の夢見る少女 「赤毛のアン」 ルーシー・モード・モンゴメリ原作;ローラ・フェルナンデス絵;リック・ジェイコブソン絵;西田佳子訳 西村書店 2006年12月

**アンソニー・ジェイムズ・マーストン(マーストン)**
イギリスデヴォン州の孤島の邸宅に招待されやってきた車好きの青年 「そして誰もいなくなった」 アガサ・クリスティー著;青木久惠訳 早川書房(クリスティー・ジュニア・ミステリ1) 2007年12月

**あんだーすばーぐすとろーむきょうじゅ（ばーぐすとろーむきょうじゅ）**

アンダース・バーグストローム教授（バーグストローム教授）　あんだーすばーぐすとろーむきょうじゅ（ばーぐすとろーむきょうじゅ）
小説を書く青年デービッドと恋人ザナの大学の指導教官　「炎の星－龍のすむ家3」　クリス・ダレーシー著;三辺律子訳　竹書房　2007年8月

**アン・ダロウ**
ニューヨークの女優、映画の撮影でおとずれた髑髏島でコングの生贄にされそうになった女性　「キング・コング」　メリアン・C.クーパー原案 エドガー・ウォーレス原案 ローラ・J・バーンズ、メリンダ・メッツ著 澁谷正子訳;　偕成社　2005年12月

**アンデス・ベングトソン**
スウェーデンの田舎町にある靴屋の息子、白バラ団の団長で陽気で活動的な少年　「カッレくんの冒険」　アストリッド・リンドグレーン作;尾崎義訳　岩波書店（岩波少年文庫）　2007年2月

**アンデルセン**
一八〇五年にデンマークのオーデンセで生まれ迷信深く空想的なことにうごかされやすく育った少年　「ぼくのものがたり－アンデルセン自伝」　アンデルセン著;高橋健二訳;いわさきちひろ絵　講談社　2005年2月

**アントーニオ**
ミラノ大公プロスペローの弟、自分がミラノ大公になるためナポリ王とともにプロスペローを陰謀にかけた男　「こどものためのテンペスト」　ロイス・バーデット著;鈴木扶佐子訳　アートデイズ（シェイクスピアっておもしろい!）　2007年7月

**アンドルーおじ**
ディゴリーのおじさんでへんてこな実験をやっている魔術師　「魔術師のおい（ナルニア国ものがたり6）」　C.S.ルイス作;瀬田貞二訳　岩波書店　2005年10月

**アンドレ**
廃車おき場のおんぼろバスで雨やどりをした四人の子どものうちのひとり　「ホラーバス　恐怖のいたずら1・2」　パウル・ヴァン・ローン作;岩井智子訳;浜野史子絵　学研　2007年9月

**アントン**
ナチス政権下のドイツで暮らしていた障害者、右腕が不自由でどもりがひどい少年　「アントン─命の重さ」　エリザベート・ツェラー著;中村智子訳　主婦の友社　2007年12月

**アントン**
吸血鬼のお話が大好きな人間の男の子、吸血鬼の子ども・リュディガーの友だち　「リトルバンパイア 1　リュディガーとアントン」　アンゲラ・ゾンマー・ボーデンブルク作;川西芙沙訳;ひらいたかこ絵　くもん出版　2006年1月

**アントン**
吸血鬼のお話が大好きな人間の男の子、吸血鬼の子ども・リュディガーの友だち　「リトルバンパイア 10　血のカーニバル」　アンゲラ・ゾンマー・ボーデンブルク作;川西芙沙訳;ひらいたかこ絵　くもん出版　2006年12月

**アントン**
吸血鬼のお話が大好きな人間の男の子、吸血鬼の子ども・リュディガーの友だち　「リトルバンパイア 11　真夜中の診察室」　アンゲラ・ゾンマー・ボーデンブルク作;川西芙沙訳;ひらいたかこ絵　くもん出版　2007年3月

**アントン**
吸血鬼のお話が大好きな人間の男の子、吸血鬼の子ども・リュディガーの友だち　「リトルバンパイア 12　清澄館のなぞ」　アンゲラ・ゾンマー・ボーデンブルク作;川西芙沙訳;ひらいたかこ絵　くもん出版　2007年5月

**アントン**
吸血鬼のお話が大好きな人間の男の子、吸血鬼の子ども・リュディガーの友だち　「リトルバンパイア 13　まぼろしの婚約指輪」　アンゲラ・ゾンマー・ボーデンブルク作;川西芙沙訳;ひらいたかこ絵　くもん出版　2007年7月

あんと

## アントン
吸血鬼のお話が大好きな人間の男の子、吸血鬼の子ども・リュディガーの友だち 「リトルバンパイア 2 地下室のかんおけ」アンゲラ・ゾンマー・ボーデンブルク作;川西芙沙訳;ひらいたかこ絵 くもん出版 2006年1月

## アントン
吸血鬼のお話が大好きな人間の男の子、吸血鬼の子ども・リュディガーの友だち 「リトルバンパイア 3 きけんな列車旅行」アンゲラ・ゾンマー・ボーデンブルク作;川西芙沙訳;ひらいたかこ絵 くもん出版 2006年1月

## アントン
吸血鬼のお話が大好きな人間の男の子、吸血鬼の子ども・リュディガーの友だち 「リトルバンパイア 4 モンスターの巣くつ」アンゲラ・ゾンマー・ボーデンブルク作;川西芙沙訳;ひらいたかこ絵 くもん出版 2006年1月

## アントン
吸血鬼のお話が大好きな人間の男の子、吸血鬼の子ども・リュディガーの友だち 「リトルバンパイア 5 魅惑のオルガ」アンゲラ・ゾンマー・ボーデンブルク作;川西芙沙訳;ひらいたかこ絵 くもん出版 2006年1月

## アントン
吸血鬼のお話が大好きな人間の男の子、吸血鬼の子ども・リュディガーの友だち 「リトルバンパイア 6 悪魔のなみだ」アンゲラ・ゾンマー・ボーデンブルク作;川西芙沙訳;ひらいたかこ絵 くもん出版 2006年5月

## アントン
吸血鬼のお話が大好きな人間の男の子、吸血鬼の子ども・リュディガーの友だち 「リトルバンパイア 7 ぶきみなヤンマー谷」アンゲラ・ゾンマー・ボーデンブルク作;川西芙沙訳;ひらいたかこ絵 くもん出版 2006年6月

## アントン
吸血鬼のお話が大好きな人間の男の子、吸血鬼の子ども・リュディガーの友だち 「リトルバンパイア 8 ひみつの年代記」アンゲラ・ゾンマー・ボーデンブルク作;川西芙沙訳;ひらいたかこ絵 くもん出版 2006年8月

## アントン
吸血鬼のお話が大好きな人間の男の子、吸血鬼の子ども・リュディガーの友だち 「リトルバンパイア 9 あやしい患者」アンゲラ・ゾンマー・ボーデンブルク作;川西芙沙訳;ひらいたかこ絵 くもん出版 2006年10月

## アントン・ゴロジェツキイ
モスクワに住む「光」の側の超能力者、闇を監視するナイト・パトロール隊隊員 「ナイト・ウォッチ」セルゲイ・ルキヤネンコ著;法木綾子訳 バジリコ 2005年12月

## アンナ
いつもいつもしっぱいをしてパパやママにおこられるドジな女の子 「ちび魔女メルフィードジはせいこうのもと」アンドレアス・シュリューター作;佐々木田鶴子訳;佐竹美保絵 旺文社(旺文社創作児童文学) 2006年4月

## アンナ
ミーラという村のお百姓さんにひきとられたみなし子の小さな兄妹の妹 「赤い鳥の国へ」アストリッド・リンドグレーン作;マリット・テルンクヴィスト絵 徳間書店 2005年11月

## アンナ
吸血鬼の子ども・リュディガーの妹、人間の子ども・アントンのことが大のお気にいりの子 「リトルバンパイア 2 地下室のかんおけ」アンゲラ・ゾンマー・ボーデンブルク作;川西芙沙訳;ひらいたかこ絵 くもん出版 2006年1月

あんり

## アンナ
吸血鬼の子ども・リュディガーの妹、人間の子ども・アントンのことが大のお気にいりの子
「リトルバンパイア 8 ひみつの年代記」 アンゲラ・ゾンマー・ボーデンブルク作;川西芙沙
訳;ひらいたかこ絵 くもん出版 2006年8月

## アンナ
小さなやかまし村にすむ6人の子どもたちのひとり、北屋敷のブリッタのいもうと 「やかまし
村の子どもたち」 アストリッド・リンドグレーン作;大塚勇三訳 岩波書店 (岩波少年文庫)
2005年6月

## アンナ
小さなやかまし村にすむ6人の子どもたちのひとり、北屋敷のブリッタのいもうと 「やかまし
村の春・夏・秋・冬」 アストリッド・リンドグレーン作;大塚勇三訳 岩波書店 (岩波少年文庫)
2005年12月

## アンナ
小さなやかまし村にすむ6人の子どもたちのひとり、北屋敷のブリッタのいもうと 「やかまし
村はいつもにぎやか」 アストリッド・リンドグレーン作;大塚勇二訳 岩波書店 (岩波少年文
庫) 2006年12月

## アンナ
母親ががんになったダニエル兄弟のめんどうを毎日みていた女の子 「川かますの夏」
ユッタ・リヒター著;古川まり訳 主婦の友社 2007年7月

## アンナ・ジョンソン
クレア学院二年生のふたりいる級長のひとり、三年生に進級できなかったなまけ者の少女
「おちゃめなふたごの新学期」 エニド・ブライトン作;佐伯紀美子訳 ポプラ社 (ポプラポケッ
ト文庫) 2006年5月

## アンニカ
ピッピの家「ごたごた荘」のすぐとなりの家のおぎょうぎがいい女の子 「長くつ下のピッピ」
アストリッド・リンドグレーン作;ローレン・チャイルド絵;菱木晃子訳 岩波書店 (岩波少年文
庫) 2007年10月

## アンネ
ミュンヘン市郊外の一軒家で暮らす家族の六歳になる長女 「パパにつける薬」 アクセル・
ハッケ文;ミヒャエル・ゾーヴァ絵;那須田淳訳;木本栄訳 講談社 2007年11月

## アンバー
フェアリーランドで呪いをかけられて追放された虹の妖精のひとり、オレンジの妖精 「オレ
ンジの妖精 (フェアリー) アンバー (レインボーマジック)」 デイジー・メドウズ作;田内志文訳
ゴマブックス 2006年9月

## アンヤ
通り抜けができない森に守られている谷にくらすウルラスドウター家の次女、森の声をきくこ
とができる少女 「ザ・ロープメイカー」 ピーター・ディッキンソン作;三辺律子訳 ポプラ社
(ポプラ・ウイング・ブックス) 2006年7月

## アンリエット
バレリーナを夢みるイレーヌの同じ年のいとこ、いじわるでお高くとまっている美少女 「ピン
クのバレエシューズ」 ロルナ・ヒル作;長谷川たかこ訳 ポプラ社 (ポプラポケット文庫)
2005年10月

## アンリ・ピエール
パリのルーブル美術館から盗まれたモナリザ盗難事件の主任捜査官 「シークレット・エー
ジェントジャック ミッション・ファイル03」 エリザベス・シンガー・ハント著;田内志文訳 エクス
ナレッジ 2007年12月

あんる

## アン・ルン
中国の考古学者のフォン・チョ・ホイ博士の息子、十二歳の中国人の少年 「タリスマン2 嫦娥の月長石」 アラン・フレウィン・ジョーンズ著;桜井颯子訳;永盛綾子絵 文溪堂 2006年9月

# 【い】

## イイダ・サダム
残忍なトウハン国領主、オオトリ国の嫡男・シゲルを憎む男 「オオトリ国記伝 1 魔物の闇」 リアン・ハーン著;高橋佳奈子訳 主婦の友社 2006年6月

## イエルク
ヤンマー谷というぶきみな谷にいた吸血鬼、気のみじかい男 「リトルバンパイア 7 ぶきみなヤンマー谷」 アンゲラ・ゾンマー・ボーデンブルク作;川西芙沙訳;ひらいたかこ絵 くもん出版 2006年6月

## イエローファング
森のサンダー族の看護猫、かつてシャドウ族を追い出された年老いた雌猫 「ウォーリアーズ〔1〕-2 ファイヤポー、戦士になる」 エリン・ハンター作;金原瑞人訳;高林由香子訳 小峰書店 2007年2月

## イエローファング
森のサンダー族の看護猫、かつてシャドウ族を追い出された年老いた雌猫 「ウォーリアーズ〔1〕-4 ファイヤハートの挑戦」 エリン・ハンター作;金原瑞人訳;高林由香子訳 小峰書店 2007年6月

## イエローファング
森のどこの部族にも属さない年老いた雌猫、シャドウ族を追い出された看護猫 「ウォーリアーズ〔1〕-1 ファイヤポー、野生にかえる」 エリン・ハンター作;金原瑞人訳 小峰書店 2006年11月

## イェンス・ペーター
いつもまじめな男の子 「イェンス・ペーターと透明くんⅡ 絶体絶命の大ピンチ」 クラウス・ペーター・ヴォルフ作;アメリー・グリーンケ画;木本栄訳 ひくまの出版 2006年9月

## イェンス・ペーター
いつもまじめな男の子 「イェンス・ペーターと透明くんⅢ タイムマシンに乗る」 クラウス・ペーター・ヴォルフ作;アメリー・グリーンケ画;木本栄訳 ひくまの出版 2007年3月

## イェンス・ペーター
ごくふつうの「おりこうさん」な小学校の男の子 「イェンス・ペーターと透明くん」 クラウス・ペーター・ヴォルフ作;アメリー・グリーンケ画;木本栄訳 ひくまの出版 2006年1月

## イーガー
ベル一家のもとへやってきた未来の世界で初めて誕生した感情を持つロボット 「EGR3」 ヘレン・フォックス著;三辺律子訳 あすなろ書房 2006年4月

## イギー（イグナティウス・ソルヴォ・コロマンデル）
「ドッズ・ペット百貨店」で少年のベンに話しかけた金色の目をしたネコ 「アイドロン1 秘密の国の入り口」 ジェーン・ジョンソン作;神戸万知訳;佐野月美絵 フレーベル館 2007年11月

## イグナティウス・ソルヴォ・コロマンデル
「ドッズ・ペット百貨店」で少年のベンに話しかけた金色の目をしたネコ 「アイドロン1 秘密の国の入り口」 ジェーン・ジョンソン作;神戸万知訳;佐野月美絵 フレーベル館 2007年11月

いざべ

**イグノー・フォン・ラント**
精神科医・シュヴァルテンフェーガー先生の治療をうける吸血鬼 「リトルバンパイア 12 清澄館のなぞ」 アンゲラ・ゾンマー・ボーデンブルク作;川西芙沙訳;ひらいたかこ絵 くもん出版 2007年5月

**イーゴ**
パリじゅうのレストランからおそれられている毒舌家のレストラン評論家 「レミーのおいしいレストラン」 キティ・リチャーズ作;しぶやまさこ訳 偕成社(ディズニーアニメ小説版) 2007年6月

**イゴール**
マッドサイエンティストのフラニーの犬、実験の助手 「キョーレツ科学者・フラニー 2」 ジム・ベントン作;杉田七重訳 あかね書房 2007年6月

**イゴール**
マッドサイエンティストのフラニーの犬、実験の助手 「キョーレツ科学者・フラニー 3」 ジム・ベントン作;杉田七重訳 あかね書房 2007年6月

**イゴール**
マッドサイエンティストのフラニーの犬、実験の助手 「キョーレツ科学者・フラニー 4」 ジム・ベントン作;杉田七重訳 あかね書房 2007年9月

**イゴール**
マッドサイエンティストのフラニーの犬、実験の助手 「キョーレツ科学者・フラニー 6」 ジム・ベントン作;杉田七重訳 あかね書房 2007年11月

**イゴール**
マッドサイエンティストのフラニーの助手、サヨナラバクダンを食べてしまった犬 「キョーレツ科学者・フラニー 5」 ジム・ベントン作;杉田七重訳 あかね書房 2007年11月

**イゴール**
モスクワに住む強力な能力を秘めた少年 「ナイト・ウォッチ」 セルゲイ・ルキヤネンコ著;法木綾子訳 バジリコ 2005年12月

**イサ**
コボエとアドゥーナのおさないむすこ 「消えたオアシス」 ピエール・マリー・ボード作;井村順一・藤本泉訳 鈴木出版(鈴木出版の海外児童文学) 2005年4月

**イザベラ**
ドラゴンのセドリックをペットにしているタネローン王国のプリンセス 「リトル・プリンセス おとぎ話のイザベラ姫」 ケイティ・チェイス作;日当陽子訳;泉リリカ絵 ポプラ社 2007年3月

**イザベラ・ダンカン**
十四歳のタラの祖母、人間とドラゴンの国であるランコヴィ王国から地球に送りこまれた高等魔術師 「タラ・ダンカン 4 ドラゴンの裏切り 上下」 ソフィー・オドゥワン・マミコニアン著;山本知子訳 メディアファクトリー 2007年8月

**イザベル・アルマン**
パリからロイヤルバレエスクール中等部へやってきた自信家で傲慢な新入生 「ロイヤルバレエスクール・ダイアリー3 パーフェクトな女の子」 アレクサンドラ・モス著;阪田由美子訳 草思社 2006年10月

**イザベル・サリバン**
イギリスにあるクレア学院の一年生、パットとふたごの姉妹 「おちゃめなふたごの探偵ノート」 エニド・ブライトン作;佐伯紀美子訳 ポプラ社(ポプラポケット文庫) 2006年2月

**イザベル・サリバン**
パットのふたごの姉妹、きびしい校風のクレア学院になじめないわがままな十四歳の少女 「おちゃめなふたご」 エニド・ブライトン作;佐伯紀美子訳 ポプラ社(ポプラポケット文庫) 2005年10月

27

いさん

**イーサン・ケイン**
ジョシュの母・ナターシャの恋人、カルフォルニアでコンピューター会社を経営する億万長者「タリスマン2 嫦娥の月長石」アラン・フレウィン・ジョーンズ著;桜井颯子訳;永盛綾子絵 文渓堂 2006年9月

**イーサン・ケイン**
ジョシュの母・ナターシャの恋人、カルフォルニアでコンピューター会社を経営する億万長者「タリスマン3 キリャの黄金」アラン・フレウィン・ジョーンズ著;桜井颯子訳;永盛綾子絵 文渓堂 2006年10月

**イーサン・ケイン**
ジョシュの母・ナターシャの恋人、カルフォルニアでコンピューター会社を経営する億万長者「タリスマン4 パールヴァティーの秘宝」アラン・フレウィン・ジョーンズ著;桜井颯子訳;永盛綾子絵 文渓堂 2006年12月

**イシ**
ザントラ星の赤毛の魔女 「ペギー・スー7ドラゴンの涙と永遠の魔法」セルジュ・ブリュソロ著;金子ゆき子訳;町田尚子絵 角川書店 2007年1月

**意志 いし**
大魔法使いドラッケンフェルズが残した仮面に宿る生き物「ウォーハンマーノベル2 吸血鬼ジュヌヴィエーヴ」ジャック・ヨーヴィル著;藤沢涼訳;小林尚海訳;朝月千晶訳 ホビージャパン(HJ文庫G) 2007年1月

**イジー**
フェアリーランドで呪いをかけられて追放された虹の妖精のひとり、あい色の妖精「あい色の妖精(フェアリー)イジー(レインボーマジック)」デイジー・メドウズ作;田内志文訳 ゴマブックス 2006年11月

**EGR3(イーガー) いーじーあーるすりー(いーがー)**
ベル一家のもとへやってきた未来の世界で初めて誕生した感情を持つロボット「EGR3」ヘレン・フォックス著;三辺律子訳 あすなろ書房 2006年4月

**イジキエル・ブルーア**
ブルーア学園の校長の祖父、いつも悪事をたくらんでいる邪悪な老人「海にきらめく鏡の城(チャーリー・ボーンの冒険4)」ジェニー・ニモ作;田中薫子訳;ジョン・シェリー絵 徳間書店 2007年5月

**イジキエル・ブルーア**
ブルーア学園の校長の祖父、いつも悪事をたくらんでいる邪悪な老人「時をこえる七色の玉(チャーリー・ボーンの冒険2)」ジェニー・ニモ作;田中薫子訳;ジョン・シェリー絵 徳間書店 2006年2月

**石目のサム いしめのさむ**
エスケレティカ島で戦士たちを率いていた海賊、昔に死んだはずの男「パイレーツ・オブ・カリビアンジャック・スパロウの冒険 9 踊る時間」ロブ・キッド著;ジャン=ポール・オルピナス絵;ホンヤク社訳 講談社 2007年12月

**李鐘海 いじょんへ**
宮中の内医院で参謀の位につく医員、賢いオンニョニの師匠「チャングムの誓い―ジュニア版1」キムサンホン原作;金松伊訳;金正愛さし絵 汐文社 2006年11月

**いじわるミミ**
自分は本物のプリンセスだと思っているいばりんぼのプリンセス人形、世界一いじのわるいお人形「アナベル・ドールと世界一いじのわるいお人形」アン・M.マーティン作;ローラ・ゴドウィン作;三原泉訳;ブライアン・セルズニック絵 偕成社 2005年5月

**イーゼグリム**
ならずものの狐・ライネケにひどい目にあわされたという狼「きつねのライネケ」ゲーテ作;上田真而子編訳;小野かおる画 岩波書店(岩波少年文庫) 2007年7月

28

### イチゴ（天馬） いちご（てんば）
ロンドンの辻馬車屋の馬、ナルニア国でものいう力とつばさをあたえられた馬 「魔術師のおい（ナルニア国ものがたり6）」 C.S.ルイス作;瀬田貞二訳 岩波書店 2005年10月

### イーディ
「グリント」という過去を見る能力をもつロンドンの少女 「ストーンハート」 チャーリー・フレッチャー著;大嶌双恵訳 理論社（THE STONE HEART TRILOGY） 2007年4月

### 李都行 いどへん
捕盗庁の従事官、国王陛下の食事に毒を入れた罪で逮捕したチャングムに対し守ってあげたいという感情が芽生え始めた二十四才の青年 「チャングムの誓い―ジュニア版3」 キムサンホン原作;金松伊訳;金正愛さし絵 汐文社 2007年2月

### イドリス
魔法のランプを手に入れた少女・アミナに使用人として雇われることになった少年 「Wishing Moon月に願いを上下」 マイケル・O.タンネル著;東川えり訳 小学館（小学館ルルル文庫） 2007年8月

### いにしえの主 いにしえのぬし
妖精の王国『フェアリー・レルム』の星くず山のほらあなにいる年をとった星の妖精 「フェアリー・レルム 7 星のマント」 エミリー・ロッダ著;岡田好惠訳;仁科幸子絵 童心社 2006年11月

### イヌ
イヌという名の犬、人間の子どもたちにふしぎなお話を語ったしゃべるノラ犬 「黄色いハートをつけたイヌ」 ユッタ・リヒター作;松沢あさか訳;陣崎草子絵 さ・え・ら書房 2007年9月

### イネス
少年サッカーチーム「ブルーイエローSC」のゴールキーパー・メメットの弟 「キッカーズ! 6 めざせ、優勝だ!」 フラウケ・ナールガング作;ささきたづこ訳 小学館 2007年9月

### イヴァン・イヴァヌィチ
栗色のやせた子犬・カシタンカの仲間、おしゃべりなガチョウ 「小犬のカシタンカ」 アントン・チェーホフ作;難波平太郎訳;田村セツ子画 新風舎 2006年12月

### イヴァン・ボウルダーショルダー
ドワーフ兄弟ピケルの弟、若き天才僧侶カダリーの友人で皮肉屋 「クレリック・サーガ 1 忘れられた領域 秘密の地下墓地」 R.A.サルバトーレ著;安田均監修;笠井道子訳;池田宗隆画 アスキー 2007年4月

### イヴァン・ボウルダーショルダー
ドワーフ兄弟ピケルの弟、若き天才僧侶カダリーの友人で皮肉屋 「クレリック・サーガ 2 忘れられた領域 森を覆う影」 R.A.サルバトーレ著;安田均監修;笠井道子訳;池田宗隆画 アスキー 2007年10月

### イブリス
悪いジンのなかでももっとも凶悪なジン、双子のジンの兄妹ジョンとフィリッパの宿敵 「ランプの精 2 バビロンのブルー・ジン」 P.B.カー著;小林浩子訳 集英社 2006年4月

### イブリス
悪いジンのなかでももっとも凶悪なジン、双子のジンの兄妹ジョンとフィリッパの宿敵 「ランプの精 3 カトマンズのコブラキング」 P.B.カー著;小林浩子訳 集英社 2006年11月

### イヴェット
小学生のベンジャマンが毎日乗る通学バスの女運転手、男だといううわさまであるおばちゃん 「バスの女運転手」 ヴァンサン・キュヴェリエ作;キャンディス・アヤット画;伏見操訳 くもん出版 2005年2月

いぽり

**イポリット・ド・シャサニュ（シャサニュ公爵）　いぽりっとどしゃさにゅ（しゃさにゅこうしゃく）**
ロンドンのそうじ婦ハリスおばさんがディオールのショーで出会ったいかめしい顔の老紳士、フランス外務省移民局事務局長　「ハリスおばさんパリへ行く」ポール・ギャリコ著;亀山龍樹訳　ブッキング（fukkan.com）2005年4月

**イポリット・ド・シャサニュ（シャサニュ公爵）　いぽりっとどしゃさにゅ（しゃさにゅこうしゃく）**
ロンドンのそうじ婦ハリスおばさんと仲のよいいかめしい顔の老紳士、アメリカへフランス大使として赴任している侯爵　「ハリスおばさん国会へ行く」ポール・ギャリコ著;亀山龍樹訳　ブッキング（fukkan.com）2005年6月

**イポリット・ド・シャサニュ（シャサニュ公爵）　いぽりっとどしゃさにゅ（しゃさにゅこうしゃく）**
ロンドンのそうじ婦ハリスおばさんと仲のよい老紳士、アメリカへフランス大使として赴任することになった侯爵　「ハリスおばさんニューヨークへ行く」ポール・ギャリコ著;亀山龍樹訳　ブッキング（fukkan.com）2005年5月

**イポリット・ド・シャサニュ（シャサニュ公爵）　いぽりっとどしゃさにゅ（しゃさにゅこうしゃく）**
ロンドンのそうじ婦ハリスおばさんと仲のよい老紳士、フランス外務省の外交問題顧問役　「ハリスおばさんモスクワへ行く」ポール・ギャリコ著;亀山龍樹訳;遠藤みえ子訳　ブッキング（fukkan.com）2005年7月

**イメナ**
うつくしいダンスで雨をふらせることができるふしぎな力をもつアフリカのアラク族のプリンセス　「リトル・プリンセス　雨をよぶイメナ姫」ケイティ・チェイス作;日当陽子訳;泉リリカ絵　ポプラ社　2007年9月

**いもうと**
「わたし」のわがままでやんちゃないもうと、となりの家におとまりした子　「きかんぼのちいちゃいいもうと　その2　おとまり」ドロシー・エドワーズさく;渡辺茂男やく;酒井駒子え　福音館書店（世界傑作童話シリーズ）2006年4月

**いもうと**
「わたし」のわがままでやんちゃないもうと、ともだちがおおぜいいる子　「きかんぼのちいちゃいいもうと　その3　いたずらハリー」ドロシー・エドワーズさく;渡辺茂男やく;酒井駒子え　福音館書店（世界傑作童話シリーズ）2006年9月

**いもうと**
「わたし」のわがままでやんちゃないもうと、歯がぐらぐらになった子　「きかんぼのちいちゃいいもうと　その1　ぐらぐらの歯」ドロシー・エドワーズさく;渡辺茂男やく;酒井駒子え　福音館書店（世界傑作童話シリーズ）2005年11月

**イ・ユンシック（ユンボギ）**
ガムを売って生計を立てひとりで弟や病気の父親の世話をしている小学四年生　「あの空にも悲しみが。－完訳「ユンボギの日記」」イ・ユンボック著;塚本勲訳　評言社　2006年8月

**イライアス・ブランデンバーグ**
シカゴの私立ベシュティゴ校七年生、ある実験結果に疑惑をもたれ生徒法廷の被告になった少年　「ニンジャ×ピラニア×ガリレオ」グレッグ・ライティック・スミス作;小田島則子訳;小田島恒志訳　ポプラ社（ポプラ・リアル・シリーズ）2007年2月

**イライザ・トンプソン**
夏にハンプトンズの超高級リゾート地で住み込み家政婦をすることにした少女、セレブだったが破産した家の娘　「ガールズ!」メリッサ・デ・ラ・クルーズ著;代田亜香子訳　ポプラ社　2005年6月

**イルリル・セレニアル**
透きとおるような白い肌に黒い瞳と黒い髪をもつ美しいエルフ　「ドラゴンラージャ2　陰謀」イ・ヨンド作;ホン・カズミ訳;金田榮路絵　岩崎書店　2005年12月

30

いんで

**イルンジ―アタマ・オトオ　いるんじあたまおとお**
ティティブー島に来てティバトング教授たちを惑星フトウラに招待した宇宙人　「ウルメル宇宙へゆく(URMEL 2)」マックス・クルーゼ作;エーリヒ・ヘレ絵;加藤健司訳　ひくまの出版
2005年5月

**イレーヌ**
いなかに住むしんせきにあずけられることになった十四歳のみなし子、パリ育ちのバレリーナを夢見る少女　「ピンクのバレエシューズ」ロルナ・ヒル作;長谷川たかこ訳　ポプラ社(ポプラポケット文庫)　2005年10月

**イレーヌ・シャルレ**
憧れのパリ・オペラ座のバレエ学校に入学したみなし子、バレリーナを夢みる少女　「バレリーナの小さな恋」ロルナ・ヒル作;長谷川たかこ訳　ポプラ社(ポプラポケット文庫)　2006年4月

**イレーネ**
少年のジャコモの別居中のパパとイタリア南部のカラブリア州ベルヴェデーレで暮らす恋人・アダの娘　「鏡の中のアンジェリカ」フランチェスコ・コスタ作;高畠恵美子訳;森友典子絵　文研出版(文研じゅべにーる)　2007年4月

**イレーネ・ゲルラッハ(ゲルラハ嬢)　いれーねげるらは(げるらはじょう)**
パルフィー氏が結婚しようとしている人、ウィーンのホテル・インペリアルのオーナーの令嬢　「ふたりのロッテ」エーリヒ・ケストナー作;池田香代子訳　岩波書店(岩波少年文庫)　2006年6月

**イロネル・ノヴェンドット**
「シティ」を支配する「ウルフ・タワー」の女長老、「ハウス&ガーデン」の女長老・ジザニアとは旧知の仲　「ウルフ・タワー　第一話　ウルフ・タワーの掟」タニス・リー著;中村浩美訳　産業編集センター　2005年3月

**イワン**
裕福な百姓の息子、妹の唖娘と家に残り骨身を惜しまず働いていた馬鹿な男　「イワンの馬鹿」レフ・トルストイ著;北御門二郎訳　あすなろ書房(トルストイの散歩道)　2006年5月

**イングリッド・レヴィン・ヒル**
プレスコット劇団の団員の中学生、名探偵シャーロック・ホームズを尊敬している少女探偵　「カーテンの陰の悪魔(イングリッドの謎解き大冒険)」ピーター・エイブラハムズ著;奥村章子訳　ソフトバンククリエイティブ　2006年10月

**イングリッド・レヴィン・ヒル**
プレスコット劇団の団員の中学生、名探偵シャーロック・ホームズを尊敬している少女探偵　「不思議の穴に落ちて(イングリッドの謎解き大冒険)」ピーター・エイブラハムズ著;奥村章子訳　ソフトバンククリエイティブ　2006年4月

**インゲリド**
ノールウェイの農場の子どもたち4人きょうだいの上の女の子　「牛追いの冬」マリー・ハムズン作;石井桃子訳　岩波書店(岩波少年文庫)　2006年2月

**インゲル**
オーラとエイナールが森で会った女の子、ほかの牧場の牛追いをしている子　「牛追いの冬」マリー・ハムズン作;石井桃子訳　岩波書店(岩波少年文庫)　2006年2月

**インディア**
「メジャー・プロダクツ」の取締のお父さんと子ども服のデザイナーのお母さんの娘、アンネ・フランクが大好きな少女　「シークレッツ」ジャクリーン・ウィルソン作;小竹由美子訳;ニック・シャラット絵　偕成社　2005年8月

いんで

## インディア
フェアリーランドにいる七人の宝石の妖精たちのひとり、ムーンストーンの妖精 「ムーンストーンの妖精(フェアリー)インディア(レインボーマジック)」 デイジー・メドウズ作;田内志文訳 ゴマブックス 2007年11月

## インディゴ・カッソン
イギリスに住んでいるカッソン家の長男、学校でワルガキ連の赤毛のリーダーにいじめられている少年 「インディゴの星」 ヒラリー・マッカイ作;冨永星訳 小峰書店(Y.A.Books) 2007年7月

## インディゴ・チャールズ
両親が画家のカッソン家の長男で養女サフィーの二つ下の弟、姉妹をまもるただひとりの男の子 「サフィーの天使」 ヒラリー・マッカイ作;冨永星訳 小峰書店(Y.A.Books) 2007年1月

## インドの紳士　いんどのしんし
ロンドンにある少女セアラの寄宿学校のとなりにインドから引っ越してきた紳士、重い病気にかかっているイギリス人 「小公女」 フランセス・エリザ・ホジスン・バーネット作;秋川久美子訳 ポプラ社(ポプラポケット文庫) 2007年1月

# 【う】

## ウィギンズ
古い領主館にひきとられた孤児マリアの美しいスパニエル犬 「まぼろしの白馬」 エリザベス・グージ作;石井桃子訳 岩波書店(岩波少年文庫) 2007年1月

## ウィギンズ(アーノルド・ウィギンズ)
ロンドンで暮らす十四歳くらいの少年、浮浪児集団〈ベイカー少年探偵団〉の一番年嵩でホームズからの信頼も厚いリーダー 「ベイカー少年探偵団 1－消えた名探偵」 アンソニー・リード著;池央耿訳 評論社(児童図書館・文学の部屋) 2007年12月

## ウィギンズ(アーノルド・ウィギンズ)
ロンドンで暮らす十四歳くらいの少年、浮浪児集団〈ベイカー少年探偵団〉の一番年嵩でホームズからの信頼も厚いリーダー 「ベイカー少年探偵団 2－さらわれた千里眼」 アンソニー・リード著;池央耿訳 評論社(児童図書館・文学の部屋) 2007年12月

## ウィリー
コネティカット州にある「ウサギが丘」という丘で暮らす野ネズミ、子ウサギのジョージーの友だち 「ウサギが丘のきびしい冬」 ロバート・ローソン作;三原泉訳 あすなろ書房 2006年12月

## ウィリー
しあわせの国にある人形の家「バラやしき」でくらしているいたずらがだいすきな人形の男の子 「ふしぎなロシア人形バーバ」 ルース・エインズワース作;ジョーン・ヒクソン画 福音館書店(世界傑作童話シリーズ) 2007年1月

## ウィリー
ドラゴン・スレイヤー・アカデミーの生徒、ドラゴンをたおして勇者になるのが夢のおくびょうな男の子 「ドラゴン・スレイヤー・アカデミー 3 お宝さがしのえんそく」 ケイト・マクミュラン作;神戸万知訳;舵真秀斗絵 岩崎書店 2005年1月

## ウィリー
ドラゴン・スレイヤー・アカデミーの生徒、ドラゴンをたおして勇者になるのが夢のおくびょうな男の子 「ドラゴン・スレイヤー・アカデミー 4 ウィリーのけっこん!?」 ケイト・マクミュラン作;神戸万知訳;舵真秀斗絵 岩崎書店 2005年1月

うぃり

**ウィリー**
ドラゴン・スレイヤー・アカデミーの生徒、ドラゴンをたおして勇者になるのが夢のおくびょう
な男の子「ドラゴン・スレイヤー・アカデミー 5 あこがれのヒーロー」ケイト・マクミュラン作;
神戸万知訳;舵真秀斗絵 岩崎書店 2005年3月

**ウィリー**
ドラゴン・スレイヤー・アカデミーの生徒、ドラゴンをたおして勇者になるのが夢のおくびょう
な男の子「ドラゴン・スレイヤー・アカデミー 6 きえたヒーローをすくえ」ケイト・マクミュラン
作;神戸万知訳;舵真秀斗絵 岩崎書店 2005年3月

**ウィリー**
ドラゴン・スレイヤー・アカデミーの生徒、ドラゴンをたおして勇者になるのが夢のおくびょう
な男の子「ドラゴン・スレイヤー・アカデミー 7 のろいのルーレット」ケイト・マクミュラン作;
神戸万知訳;舵真秀斗絵 岩崎書店 2005年5月

**ウィリー**
ドラゴン・スレイヤー・アカデミーの生徒、ドラゴンをたおして勇者になるのが夢のおくびょう
な男の子「ドラゴン・スレイヤー・アカデミー 8 ほろびの予言」ケイト・マクミュラン作;神戸
万知訳;舵真秀斗絵 岩崎書店 2005年5月

**ウィリー**
ドラゴン・スレイヤー・アカデミーの生徒、ドラゴンをたおして勇者になるのが夢のおくびょう
な男の子「ドラゴン・スレイヤー・アカデミー 9 ドラゴンがうまれた!」ケイト・マクミュラン作;
神戸万知訳;舵真秀斗絵 岩崎書店 2005年8月

**ウィリー**
ドラゴン・スレイヤー・アカデミーの生徒、ドラゴンをたおして勇者になるのが夢のおくびょう
な男の子「ドラゴン・スレイヤー・アカデミー 10 きょうふのさんかん日」ケイト・マクミュラン
作;神戸万知訳;舵真秀斗絵 岩崎書店 2005年8月

**ウィリー**
ドラゴン・スレイヤー・アカデミーの生徒、ドラゴンをたおして勇者になるのが夢の小さくて気
の弱い男の子「ドラゴン・スレイヤー・アカデミー 2-1 ドラゴンになっちゃった」ケイト・マク
ミュラン作;神戸万知訳;舵真秀斗絵 岩崎書店 2006年8月

**ウィリー**
ドラゴン・スレイヤー・アカデミーの生徒、ドラゴンをたおして勇者になるのが夢の小さくて気
の弱い男の子「ドラゴン・スレイヤー・アカデミー 2-2 かえってきたゆうれい」ケイト・マク
ミュラン作;神戸万知訳;舵真秀斗絵 岩崎書店 2006年8月

**ウィリー**
ドラゴン・スレイヤー・アカデミーの生徒、ドラゴンをたおして勇者になるのが夢の小さくて気
の弱い男の子「ドラゴン・スレイヤー・アカデミー 2-3 こわーい金曜日」ケイト・マクミュラン
作;神戸万知訳;舵真秀斗絵 岩崎書店 2006年10月

**ウィリー**
ドラゴン・スレイヤー・アカデミーの生徒、ドラゴンをたおして勇者になるのが夢の小さくて気
の弱い男の子「ドラゴン・スレイヤー・アカデミー 2-4 ケン王の病気」ケイト・マクミュラン作
;神戸万知訳;舵真秀斗絵 岩崎書店 2006年12月

**ウィリー**
ドラゴン・スレイヤー・アカデミーの生徒、ドラゴンをたおして勇者になるのが夢の小さくて気
の弱い男の子「ドラゴン・スレイヤー・アカデミー 2-5 ふたごのごたごた」ケイト・マクミュラ
ン作;神戸万知訳;舵真秀斗絵 岩崎書店 2007年2月

**ウィリー**
ドラゴン・スレイヤー・アカデミーの生徒、ドラゴンをたおして勇者になるのが夢の小さくて気
の弱い男の子「ドラゴン・スレイヤー・アカデミー 2-6 ドラゴンじいさん」ケイト・マクミュラン
作;神戸万知訳;舵真秀斗絵 岩崎書店 2007年4月

うぃり

### ウィリー
ドラゴン・スレイヤー・アカデミーの生徒、ドラゴンをたおして勇者になるのが夢の小さくて気の弱い男の子 「ドラゴン・スレイヤー・アカデミー 2-7 ドラゴン・キャンプ」ケイト・マクミュラン作;神戸万知訳;舵真秀斗絵 岩崎書店 2007年7月

### ウィリアム・デイヴィーズ
イギリスの貿易商の娘ナンシーの二歳年上の幼なじみ、海軍の将校 「レディ・パイレーツ」セリア・リーズ著;亀井よし子訳 理論社 2005年4月

### ウィリアム・ヘンリー・ブロア（ブロア）
イギリスデヴォン州の孤島の邸宅にやってきた元ロンドン警視庁の警部 「そして誰もいなくなった」アガサ・クリスティー著;青木久惠訳 早川書房（クリスティー・ジュニア・ミステリ1）2007年12月

### ウィリー・ワンカ
世界一広大で世界一有名なチョコレート工場の持ち主、ガラスの大エレベーターで宇宙へいった男 「ロアルド・ダールコレクション5 ガラスの大エレベーター」ロアルド・ダール著;クェンティン・ブレイク絵;柳瀬尚紀訳 評論社 2005年7月

### ウィリー・ワンカ氏　うぃりーわんかし
チャーリーが住んでいる町にある世界一広大で世界一有名なチョコレート工場の持ち主、菓子業界の天才 「ロアルド・ダールコレクション2 チョコレート工場の秘密」ロアルド・ダール著;クェンティン・ブレイク絵;柳瀬尚紀訳 評論社 2005年4月

### ウィル
シークレット・セブンの子どもたちがつくったひみつ基地に勝手に侵入していた男の子「シークレット・セブン3 ひみつクラブとツリーハウス」エニド・ブライトン著;浅見ようイラスト;草鹿佐恵子訳 オークラ出版 2007年10月

### ウィル（A・ウィリアム・ワグナー）　うぃる（えいうぃりあむわぐなー）
ワグナー提督の息子、アヴァロン・ハイスクールに通う成績優秀で人気者の三年生 「アヴァロン 恋の〈伝説学園〉へようこそ!」メグ・キャボット作;代田亜香子訳 理論社 2007年2月

### ウィル・スタントン
十一歳の誕生日に〈古老〉としてめざめ六つの〈光のしるし〉を捜し出すことになったイングランドの少年 「闇の戦い 1光の六つのしるし」スーザン・クーパー著;浅羽英子訳 評論社（fantasy classics）2006年12月

### ウィル・スタントン
十一歳の誕生日に〈古老〉としてめざめ六つの〈光のしるし〉を捜し出すことになったイングランドの少年 「闇の戦い 2みどりの妖婆」スーザン・クーパー著;浅羽英子訳 評論社（fantasy classics）2006年12月

### ウィル・スタントン
十一歳の誕生日に〈古老〉としてめざめ六つの〈光のしるし〉を捜し出すことになったイングランドの少年 「闇の戦い 3灰色の王」スーザン・クーパー著;浅羽英子訳 評論社（fantasy classics）2007年3月

### ウィル・スタントン
十一歳の誕生日に〈古老〉としてめざめ六つの〈光のしるし〉を捜し出すことになったイングランドの少年 「闇の戦い 4樹上の銀」スーザン・クーパー著;浅羽英子訳 評論社（fantasy classics）2007年3月

### ウィルソン刑事　うぃるそんけいじ
「ミスティック灯台ホテル」へいつもやってくるミスティック警察の元刑事 「波間に消えた宝（双子探偵ジーク&ジェン2）」ローラ・E.ウィリアムズ著;石田理恵訳 早川書房（ハリネズミの本箱）2006年2月

うぇん

**ウィルソン刑事　うぃるそんけいじ**
「ミスティック灯台ホテル」へいつもやってくるミスティック警察の元刑事　「魔のカーブの謎（双子探偵ジーク＆ジェン1）」ローラ・E.ウィリアムズ著;石田理恵訳　早川書房(ハリネズミの本箱)　2005年10月

**ウィル・ターナー**
ポート・ロイヤルのかじ職人、海賊を憎んでいる青年　「パイレーツ・オブ・カリビアン　呪われた海賊たち」アイリーン・トリンブル作;橘高弓枝訳　偕成社(ディズニーアニメ小説版)　2006年1月

**ウィル・ターナー**
海賊のジャック・スパロウを逃がした罪で逮捕された青年、ジャマイカ総督の娘エリザベスの婚約者　「パイレーツ・オブ・カリビアン　デッドマンズ・チェスト」アイリーン・トリンブル作;橘高弓枝訳　偕成社(ディズニーアニメ小説版)　2006年7月

**ウィル・ターナー**
海賊を父にもつ若者、ジャマイカ総督の娘エリザベスを愛するかじ職人　「パイレーツ・オブ・カリビアン」T.T.サザーランド作;橘高弓枝訳　偕成社(ディズニーアニメ小説版)　2007年5月

**ウィルバー**
タイムマシンで未来から現代に来て発明好きなルイスの前にあらわれた少年　「ルイスと未来泥棒」アイリーン・トリンブル作;メアリー・オーリン作;しぶやまさこ訳　偕成社(ディズニーアニメ小説版)　2007年11月

**ウィルモット・コリソン卿　うぃるもっとこりそんきょう**
イギリス不動産業界の大物で政治では中央党の黒幕、そうじ婦ハリスおばさんと運転手ベイズウォーターさんの雇い主　「ハリスおばさん国会へ行く」ポール・ギャリコ著;亀山龍樹訳　ブッキング(fukkan.com)　2005年6月

**ウィング**
妖精の王国『フェアリー・レルム』にすむ水の妖精の長老　「フェアリー・レルム 8　水の妖精」エミリー・ロッダ著;岡田好惠訳;仁科幸子絵　童心社　2007年3月

**ウィンター・レイヴン**
「ハウス＆ガーデン」で奴隷として育ったクライディの母と噂されるトワイライト・スターの娘　「ウルフ・タワー　第三話　二人のクライディス」タニス・リー著;中村浩美訳　産業編集センター　2005年5月

**ウィンター・レイヴン**
レイヴン・タワーの主であるトワイライト・スターの娘　「ウルフ・タワー　最終話　翼を広げたプリンセス」タニス・リー著;中村浩美訳　産業編集センター　2005年5月

**ウェイン**
カナダの高校生、幼稚園の頃から非行少年で悪だくみに関しては頭が回る少年　「アクセラレイション」グラム・マクナミー著;松井里弥訳　マッグガーデン　2006年12月

**ウェズレー・カッサンド**
十七歳の少女・ノリーンの恋人、ブランドンに住み建設会社に勤める青年　「ハートレスガール」マーサ・ブルックス作;もりうちすみこ訳　さ・え・ら書房　2005年4月

**ウェンディ**
不思議な少年・ピーターパンの夢を見たロンドンにすむ女の子　「ピーターパンの冒険」J.M.バリー原作;雪室俊一文　文溪堂(読む世界名作劇場)　2005年4月

**ウェンディ・ダーリング**
大人になったもと女の子、悪い夢によびだされて「もと男の子」たちとネヴァーランドへもどることにした女性　「ピーター★パンインスカーレット」ジェラルディン・マコックラン作;こだまともこ訳　小学館　2006年12月

うぇん

## ウェントワース
女王に連れていかれた男の子、大きくなったら魔女になろうと決めた少女ティファニーの小さな弟 「魔女になりたいティファニーと奇妙な仲間たち」テリー・プラチェット著;冨永星訳 あすなろ書房 2006年10月

## ウォーカー
カリブ海一の速さを誇る船の船長、いかさま師 「海賊ジョリーの冒険1 死霊の売人」カイ・マイヤー著;遠山明子訳;佐竹美保画 あすなろ書房 2005年12月

## ウォーカー
ロンドン中の彫像に追われる身となった少年・ジョージを監視している不気味な男 「ストーンハート」チャーリー・フレッチャー著;大嶌双恵訳 理論社(THE STONE HEART TRILOGY) 2007年4月

## ウォーグレイヴ判事　うぉーぐれいぶはんじ
イギリスデヴォン州の孤島の邸宅に招待されやってきた退職したばかりの判事 「そして誰もいなくなった」アガサ・クリスティー著;青木久惠訳 早川書房(クリスティー・ジュニア・ミステリ1) 2007年12月

## ウォートン
モートンのきょうだい、そうじがだいすきなヒキガエル 「ウォートンとカラスのコンテストーヒキガエルとんだ大冒険7」ラッセル・E・エリクソン作;ローレンス・ディ・フィオリ絵;佐藤涼子訳 評論社(児童図書館・文学の部屋) 2007年12月

## ウォートン
モートンのきょうだい、そうじがだいすきなヒキガエル 「ウォートンとモートンの大ひょうりゅうーヒキガエルとんだ大冒険6」ラッセル・E・エリクソン作;ローレンス・ディ・フィオリ絵;佐藤涼子訳 評論社(児童図書館・文学の部屋) 2007年11月

## ウォープルスドン卿(パーシー伯父さん)　うぉーぷるすどんきょう(ぱーしーおじさん)
イギリスの海運王、バーティーのスティープル・バンプレイに住む義理の伯父 「ジーヴスと朝のよろこび」P.G.ウッドハウス著;森村たまき訳 国書刊行会(ウッドハウス・コレクション) 2007年4月

## ウォーヴォルド
エリオン国にある四つの町の創設者、町を結ぶ道路の両側に高い壁を築いた男 「エリオン国物語1 アレクサと秘密の扉」パトリック・カーマン著;金原瑞人訳 アスペクト 2006年10月

## ウォーヴォルド
エリオン国にある四つの町の創設者、町を結ぶ道路の両側に高い壁を築いた男 「エリオン国物語2 ダークタワーの戦い」パトリック・カーマン著;金原瑞人・小田原智美訳 アスペクト 2006年12月

## ウォーヴォルド
エリオン国にある四つの町の創設者、町を結ぶ道路の両側に高い壁を築いた男 「エリオン国物語3 テンスシティの奇跡」パトリック・カーマン著;金原瑞人・小田原智美訳 アスペクト 2007年3月

## ウォルター
コールドハーバーに住んでいる心やさしい巨人の少年 「シルバーチャイルド2 怪物ロアの襲来」クリフ・マクニッシュ作;金原瑞人訳 理論社 2006年5月

## ウォルター
コールドハーバーに住んでいる心やさしい巨人の少年 「シルバーチャイルド3 目覚めよ!小さき戦士たち」クリフ・マクニッシュ作;金原瑞人訳 理論社 2006年6月

うりふ

**ウォルター**
荒れはてたゴミの街・コールドハーバーへとつぜんめざしはじめた六人の子どもの一人、体が巨大化していった少年 「シルバーチャイルド 1 ミロと6人の守り手」 クリフ・マクニッシュ作;金原瑞人訳 理論社 2006年4月

**ウスタレス**
「ライズ」宮殿のプリンス・ヴェンとハルタ族の元リーダー・アルグルの母 「ウルフ・タワー 最終話 翼を広げたプリンセス」 タニス・リー著;中村浩美訳 産業編集センター 2005年5月

**ウスタレス**
魔法の宮殿のプリンス・ヴェンが9歳の時に出ていった母親 「ウルフ・タワー 第二話 ライズ 星の継ぎ人たち」 タニス・リー著;中村浩美訳 産業編集センター 2005年3月

**ウズミール**
遊牧民バイグールの指導者、黒覆面の戦士に襲われたマルヴァ姫と小間使いのフィロメーヌを救った男 「マルヴァ姫、海へ!−ガルニシ国物語 上下」 アンヌ・ロール・ボンドゥー作;伊藤直子訳 評論社(児童図書館・文学の部屋) 2007年8月

**ウッズ氏　うっずし**
子ネコのスポッツィーの飼い主、タッカー小路のはずれの大きな石づくりの家に住んでいる人間ぎらいな男 「ネコのなぞ(ボックスカー・チルドレン42)」 ガートルード・ウォーナー原作;小野玉央訳 日向房 2006年11月

**ウッラ**
ナチスに占領されたデンマークに暮らす十二歳、ユダヤ人救出に同行した少女 「ウッラの小さな抵抗」 インゲ・クロー作;枇谷玲子訳;杉田幸子画 文研出版(文研じゅべにーる) 2005年2月

**ウーナ・ウォン**
「イレギュラーズ」のメンバー、偽造の達人でコンピュータ・ハッカー 「キキ・ストライクと謎の地下都市」 キルステン・ミラー作;三辺律子訳 理論社 2006年12月

**ウヌボレッチ**
ドラゴン・スレイヤー・アカデミーの生徒、学校対抗ちえくらべ大会のドラスレチームのリーダー 「ドラゴン・スレイヤー・アカデミー 7 のろいのルーレット」 ケイト・マクミュラン作;神戸万知訳;舵真秀斗絵 岩崎書店 2005年5月

**ウマガラス**
セバスチャン山で暮らすシーラスの妻、アーニャの母親 「シーラス安らぎの時−シーラスシリーズ14」 セシル・ボトカー作;橘要一郎訳 評論社(児童図書館・文学の部屋) 2007年9月

**海魔女　うみまじょ**
少年ハドソンと親友モリーを助けてくれた超能力レベル3の魔女 「モーキー・ジョー 3 最後の審判」 ピーター・J・マーレイ作;木村由利子訳;新井洋行絵 フレーベル館 2006年1月

**ウラシム**
奴隷となった少女アリーが仕えるバーリタン家の召使い頭、ラカ陰謀団のリーダー 「アリーの物語 4 女騎士アランナの娘−予言されし女王」 タモラ・ピアス作;久慈美貴訳 PHP研究所 2007年11月

**ウーリー・フォン・ジンメルン**
キルヒベルクにあるギムナジウム(寄宿学校)に入っている少年5人のひとり 「飛ぶ教室」 エーリヒ・ケストナー作;池田香代子訳 岩波書店(岩波少年文庫) 2006年10月

**ウリ・フォン・ジンメルン**
キルヒベルクのギムナジウム(高等学校)の寄宿舎の四年生、体が小さく気が弱い金髪の少年 「飛ぶ教室」 エーリヒ・ケストナー作;若松宣子訳;フジモトマサル絵 偕成社(偕成社文庫) 2005年7月

37

うるな

## ウルナルダ
魔法の島フィンカイラの小人族(ドワーフ)の女王 「マーリン3 伝説の炎の竜」 T.A.バロン著;海後礼子訳 主婦の友社 2005年7月

## ウルフ
にいちゃんと遊びたくていつもあとをつけまわしていた八歳の弟 「ガイコツになりたかったぼく」 ウルフ・スタルク著;菱木晃子訳;はたこうしろう画 小峰書店(ショート・ストーリーズ) 2005年5月

## ウルフ
六〇〇〇年前のヨーロッパ北西部でオオカミ族の少年トラクと兄弟のように過ごしていたオオカミの子 「クロニクル千古の闇2 生霊わたり」 ミシェル・ペイヴァー作;さくまゆみこ訳;酒井駒子絵 評論社 2006年4月

## ウルフ
六〇〇〇年前のヨーロッパ北西部にいたオオカミ族の少年トラクの弟分、生後二十か月のオオカミ 「クロニクル千古の闇3 魂食らい」 ミシェル・ペイヴァー作;さくまゆみこ訳;酒井駒子絵 評論社 2007年4月

## ウルフィー
アメリカ陸軍の軍用犬に提供された若いジャーマンシェパード、少年マークの愛犬 「ウルフィーからの手紙」 パティ・シャーロック作;滝沢岩雄訳 評論社 2006年11月

## ウルフガー
たたかいの末にドワーフ族の老戦士・ブルーノーにたすけられた野蛮人バーバリアン、優しい若き戦士 「アイスウィンド・サーガ2 ドラゴンの宝」 R.A.サルバトーレ著 アスキー 2005年1月

## ウルフガー
たたかいの末にドワーフ族の老戦士・ブルーノーにたすけられた野蛮人バーバリアン、優しい若き戦士 「アイスウィンド・サーガ3 水晶の戦争」 R.A.サルバトーレ著 アスキー 2005年7月

## ウルメル
ティティブー島でティバトング教授たちと暮らすしゃべる古代動物 「ウルメル海に潜る(URMEL 3)」 マックス・クルーゼ作;エーリヒ・ヘレ絵;加藤健司訳 ひくまの出版 2005年8

## ウルメル
ティティブー島に流れついた氷河期の氷のなかから現れた古代動物 「ウルメル氷のなかから現われる(URMEL 1)」 マックス・クルーゼ作;エーリヒ・ヘレ絵;加藤健司訳 ひくまの出版 2005年1月

## ウルメル
ティバトング教授たちと地球のふたご惑星フトウラへの冒険の旅に出た古代動物 「ウルメル宇宙へゆく(URMEL 2)」 マックス・クルーゼ作;エーリヒ・ヘレ絵;加藤健司訳 ひくまの出版 2005年5月

## ウルル
「コーラル王国」の大事な仕事をするためにえらばれた「マーメイド・ガールズ」の人魚 「マーメイド・ガールズ1 マリンのマジック・ポーチ」 ジリアン・シールズ作;宮坂宏美訳;田中亜希子訳;つじむらあやこ絵 あすなろ書房 2007年7月

## ウルル
「コーラル王国」の大事な仕事をするためにえらばれた「マーメイド・ガールズ」の人魚 「マーメイド・ガールズ2 サーシャと魔法のパール・クリーム」 ジリアン・シールズ作;宮坂宏美訳;田中亜希子訳;つじむらあやこ絵 あすなろ書房 2007年7月

えいな

**ウルル**
あみに引っかかったイルカを助けることにした「マーメイド・ガールズ」の人魚 「マーメイド・ガールズ 3 スイッピーと銀色のイルカ」 ジリアン・シールズ作;宮坂宏美訳;田中亜希子訳;つじむらあやこ絵 あすなろ書房 2007年8月

**ウルル**
コーラル女王と海の生き物のためにたたかう「マーメイド・ガールズ」の人魚 「マーメイド・ガールズ 6 ウルルと虹色の光」 ジリアン・シールズ作;宮坂宏美訳;田中亜希子訳;つじむらあやこ絵 あすなろ書房 2007年9月

**ウルル**
ゴミにおおわれた砂浜をきれいにしようとした「マーメイド・ガールズ」の人魚 「マーメイド・ガールズ 5 エラリーヌとアザラシの赤ちゃん」 ジリアン・シールズ作;宮坂宏美訳;田中亜希子訳;つじむらあやこ絵 あすなろ書房 2007年9月

**ウルル**
仕事のとちゅうで伝説の難破船を見にいった「マーメイド・ガールズ」の人魚 「マーメイド・ガールズ 4 リコと赤いルビー」 ジリアン・シールズ作;宮坂宏美訳;田中亜希子訳;つじむらあやこ絵 あすなろ書房 2007年8月

**ウレシーナ（ガチョウ）**
びんぼうで運の悪いワビシーネ農場の主人スカンピンさんのところに生まれた金のガチョウ 「ワビシーネ農場のふしぎなガチョウ」 ディック・キング=スミス作;三原泉訳 あすなろ書房 2007年9月

**ウンチャイ**
隣国ジャイファン国のスパイ、十七歳のフチたちの首都を目指す旅に捕虜として同行することになった男 「ドラゴンラージャ3 疑念」 イ・ヨンド作;ホン・カズミ訳;金田榮路絵 岩崎書店 2006年2月

**ウンドワート将軍　うんどわーとしょうぐん**
力ずくで村の指導者に収まった獰猛なウサギ、ウサギの数が増えすぎていることに頭をなやませているエフラファの将軍 「ウォーターシップ・ダウンのウサギたち 上下」 リチャード・アダムズ著;神宮輝夫訳 評論社(fantasy classics) 2006年9月

## 【え】

**A・ウィリアム・ワグナー　えいうぃりあむわぐなー**
ワグナー提督の息子、アヴァロン・ハイスクールに通う成績優秀で人気者の三年生 「アヴァロン 恋の〈伝説学園〉へようこそ!」 メグ・キャボット作;代田亜香子訳 理論社 2007年2月

**英子　えいこ**
おとうさんが長いあいだ病気でねたきりのため貧しい暮らしをしている小学四年生の日本人の少女 「悲しい下駄」 クォンジョンセン作;ピョンキジャ訳;高田勲画 岩崎書店 2005年7月

**エイディ（エイドリアン）**
インド系イギリス人の少年・マニーの親友、インド人 「インド式マリッジブルー」 バリ・ライ著;田中亜希子訳 東京創元社(海外文学セレクション) 2005年5月

**エイドリアン**
インド系イギリス人の少年・マニーの親友、インド人 「インド式マリッジブルー」 バリ・ライ著;田中亜希子訳 東京創元社(海外文学セレクション) 2005年5月

**エイナール**
ノールウェイの農場に住む4人きょうだいの二ばん目の8歳の牛追いの男の子 「小さい牛追い」 マリー・ハムズン作;石井桃子訳 岩波書店(岩波少年文庫) 2005年10月

えいな

**エイナール**
ノールウェイの農場の子どもたち4人きょうだいの小さい男の子 「牛追いの冬」 マリー・ハムズン作;石井桃子訳 岩波書店(岩波少年文庫) 2006年2月

**エイブロン**
妖精の王国『フェアリー・レルム』に住む誰かをさがすための魔法の杖『虹の杖』の持ち主 「フェアリー・レルム 10 虹の杖」 エミリー・ロッダ著;岡田好惠訳;仁科幸子絵 童心社 2007年11月

**エイベル・ジャクソン**
オーストラリアの人里離れた入江で母親と暮らす少年、海の大好きな十歳の子 「ブルーバック」 ティム・ウィントン作;小竹由美子訳;橋本礼奈画 さ・え・ら書房 2007年7月

**エイミー**
フェアリーランドにいる七人の宝石の妖精たちのひとり、アメジストの妖精 「アメジストの妖精(フェアリー)エイミー(レインボーマジック)」 デイジー・メドウズ作;田内志文訳 ゴマブックス 2007年12月

**エイミー**
マーチ家四人姉妹の末っ子、つねに上流社会のマナーを忘れないように気をつけている十二歳の少女 「若草物語」 ルイザ・メイ・オルコット作;小林みき訳 ポプラ社(ポプラポケット文庫) 2006年6月

**エイミー・ブラウン**
エリーのママでオックスフォード大学の教授、多発性硬化症を患う母親 「ロイヤルバレエスクール・ダイアリー1 エリーの挑戦」 アレクサンドラ・モス著;阪田由美子訳 草思社 2006年9月

**エイミー・フレミング**
ヴァージニア州にある厩舎ハートランドのホース・レディ、母親を事故で失くした十五歳の少女 「長い夜―ハートランド物語」 ローレン・ブルック著;勝浦寿美訳 あすなろ書房 2007年11月

**エイミー・フレミング**
ヴァージニア州にある厩舎ハートランドのホース・レディ、母親を事故で失くした十五歳の少女 「別れのとき―ハートランド物語」 ローレン・ブルック著;勝浦寿美訳 あすなろ書房 2006年10月

**エイミー・フレミング**
母親を事故で失くした少女、ヴァージニア州の厩舎ハートランドではたらく十五歳の娘 「強い絆―ハートランド物語」 ローレン・ブルック著;勝浦寿美訳 あすなろ書房 2007年1月

**エイミー・フレミング**
母親を事故で失くした少女、ヴァージニア州の厩舎ハートランドではたらく十五歳の娘 「吹雪のあとで―ハートランド物語」 ローレン・ブルック著;勝浦寿美訳 あすなろ書房 2007年2月

**エイミー・フレミング**
母親を事故で失くし罪悪感に苛まれている少女、ヴァージニア州の厩舎ハートランドではたらく十五歳の娘 「わたしたちの家―ハートランド物語」 ローレン・ブルック著;勝浦寿美訳 あすなろ書房 2006年9月

**エイミー・フレミング**
幼いころから馬に親しんでいる少女、ヴァージニア州にある厩舎ハートランドの十五歳になる娘 「15歳の夏―ハートランド物語」 ローレン・ブルック著;勝浦寿美訳 あすなろ書房 2006年9月

**エオラキ・コーク**
火の大陸の仮面を持つ者、ヤマアラシ族の十五歳の少年 「アモス・ダラゴン 12運命の部屋」 ブリアン・ペロー作;高野優監訳;荷見明子訳 竹書房 2007年10月

えっく

**エオ・ラハーリア（ハーリア）**
魔法の島フィンカイラのメルウィン・ブリ・ミース族の青年エレモンの妹、鹿人族「マーリン3 伝説の炎の竜」T.A.バロン著;海後礼子訳 主婦の友社 2005年7月

**エオ・ラハーリア（ハーリア）**
魔法の島フィンカイラの鹿人族であるメルウィン・ブリ・ミース族の娘「マーリン4 時の鏡の魔法」T.A.バロン著;海後礼子訳 主婦の友社 2005年10月

**エオ・ラハーリア（ハーリア）**
魔法の島フィンカイラの鹿人族であるメルウィン・ブリ・ミース族の娘「マーリン5 失われた翼の秘密」T.A.バロン著;海後礼子訳 主婦の友社 2006年1月

**エクター**
魔法の力をもつマーリンが「おそれ沼」で出会った少年「マーリン4 時の鏡の魔法」T.A.バロン著;海後礼子訳 主婦の友社 2005年10月

**エグランタイン**
勇者となるための修行を積むメンフクロウの男の子・ソーレンの妹「ガフールの勇者たち3 恐怖の仮面フクロウ」キャスリン・ラスキー著;食野雅子訳 メディアファクトリー 2007年3月

**エグランタイン**
勇者となるための修行を積むメンフクロウの男の子・ソーレンの妹「ガフールの勇者たち5 決死の逃避行」キャスリン・ラスキー著;食野雅子訳 メディアファクトリー 2007年12月

**ケティ姫　えけてぃひめ**
りっぱなお姫さまを育てる「お姫さま学園」の生徒、〈おねがいのクラス〉で自分のためでなく学園のためのねがいごとをした姫「ケティ姫と銀の小馬（ティアラ・クラブ2)」ヴィヴィアン・フレンチ著;岡本浜江訳;サラ・ギブ絵 朔北社 2007年6月

**エジルリブ**
伝説の木・ガフールの神木の洞の中のにいる老フクロウ、気象学の教授「ガフールの勇者たち2 真の勇気のめざめ」キャスリン・ラスキー著;食野雅子訳 メディアファクトリー 2006年12月

**エスター**
内気な少年アーサーが預けられている叔母さんの隣の家の赤い髪をした女の子「ポティラ妖精と時間泥棒」コルネーリア・フンケ著;浅見昇吾訳 WAVE出版 2007年11月

**エスタリオル（カラスノエンドウ）**
少年ゲドがロークの学院で出会った武骨者、ゲドと心からの友情をもった若者「ゲド戦記I 影との戦い」ル=グウィン著;清水真砂子訳 岩波書店 2006年4月

**エセル**
ルシンダとふたごのおばあちゃんドラゴン「ドラゴン・スレイヤー・アカデミー 2-5 ふたごのごたごた」ケイト・マクミュラン作;神戸万知訳;舵真秀斗絵 岩崎書店 2007年2月

**エセル・ロジャーズ**
イギリスデヴォン州の孤島の邸宅の持ち主であるオーエン夫妻に雇われた執事・トマスの妻「そして誰もいなくなった」アガサ・クリスティー著;青木久惠訳 早川書房（クリスティー・ジュニア・ミステリ1) 2007年12月

**X・レイ　えっくすれい**
黒人の若者・アームピットの仲間、かつて矯正施設・グリーン・レイク・キャンプにいた男「歩く」ルイス・サッカー作;金原瑞人・西田登訳 講談社 2007年5月

**エックマン氏　えっくまんし**
「ありえない美の館」というギャラリーを経営する醜い姿の芸術家「スノードーム」アレックス・シアラー著;石田文子訳 求龍堂 2005年1月

えでい

**エディ・C　えでぃしー**
自動車博物館にあったおんぼろバス・ホラーバスの中にいた不思議な少年 「ホラーバス
呪われた部屋1・2」 パウル・ヴァン・ローン作;岩井智子訳;浜野史子絵 学研 2007年12月

**エディ・C　えでぃしー**
廃車おき場のおんぼろバスで雨やどりをした四人の子どものうちのひとり 「ホラーバス　恐
怖のいたずら1・2」 パウル・ヴァン・ローン作;岩井智子訳;浜野史子絵 学研 2007年9月

**エディー・シュワブ**
サンフランシスコの住む大家族・タナー家の隣に引越してきた九年生の男の子 「フルハウ
ス１テフ＆ミシェル」 リタ・マイアミ著;キャシー・E.ドゥボウスキ著;リー玲子訳;大塚典子訳
マッグガーデン 2007年2月

**エドガー**
ノッズリムズの町のはずれで双子の姉・エレンとふたりで暮らす男の子、スーパー悪ガキコ
ンビの双子 「エドガー＆エレン　観光客をねらえ」 チャールズ・オグデン作;リック・カートン
絵;松山美保訳 理論社 2006年3月

**エドガー**
ノッズリムズの町のはずれで双子の姉・エレンとふたりで暮らす男の子、スーパー悪ガキコ
ンビの双子 「エドガー＆エレン　世にも奇妙な動物たち」 チャールズ・オグデン作;リック・
カートン絵 理論社 2005年3月

**エドバ・ヴームズ**
女海賊モリーの部下の一人、体力・気力・人間性に優れたエジプト出身の黒人 「パイレー
ティカ女海賊アートの冒険　上下」 タニス・リー著;築地誠子訳;渡瀬悠宇絵 小学館（小学
館ルルル文庫） 2007年7月

**エドマンド**
チリアン王がひきあわされたナルニア国の王 「さいごの戦い（ナルニア国ものがたり7）」
C.S.ルイス作;瀬田貞二訳 岩波書店 2005年10月

**エドマンド**
ナルニア国によびもどされたペベンシー家の4人きょうだいの子どもたちのひとり 「カスピア
ン王子のつのぶえ（ナルニア国ものがたり2）」 C.S.ルイス作;瀬田貞二訳 岩波書店 2005
年10月

**エドマンド**
ナルニア国の王、スーザンの弟 「馬と少年（ナルニア国ものがたり5）」 C.S.ルイス作;瀬田
貞二訳 岩波書店 2005年10月

**エドマンド**
ロンドンから疎開したおやしきにあった衣装だんすを通ってナルニア国に行ったペベン
シー家の4人きょうだいの子どもたちのひとり 「ライオンと魔女（ナルニア国ものがたり1）」
C.S.ルイス作;瀬田貞二訳 岩波書店 2005年4月

**エドマンド**
ロンドンから地方へ疎開したペベンシー家4人きょうだいの二男、自立心が強い少年 「ナ
ルニア国物語ライオンと魔女」 C.S.ルイス原作;間所ひさこ訳 講談社（映画版ナルニア国
物語文庫） 2006年2月

**エドマンド**
妹のルーシィといとこにあたるユースチスもろとも絵の中に吸い込まれてナルニア国にも
どったペベンシー家の男の子 「朝びらき丸東の海へ（ナルニア国ものがたり3）」 C.S.ルイ
ス作;瀬田貞二訳 岩波書店 2005年10月

**エドモンド**
アメリカから来たいとこ・デイジーと暮らすことになったイギリス人の十四歳の男の子 「わた
しは生きていける」 メグ・ローゾフ作;小原亜美訳 理論社 2005年4月

えびっ

**エドワード・ジョージ・アームストロング（アームストロング医師）　えどわーどじょーじあーむすとろんぐ（あーむすとろんぐいし）**
イギリスデヴォン州の孤島の邸宅に招待されやってきた医師 「そして誰もいなくなった」アガサ・クリスティー著;青木久惠訳　早川書房（クリスティー・ジュニア・ミステリ1）2007年12月

**エドワード・テュレイン**
持ち主の女の子アビリーンとひきはなされ旅に出ることになった陶器のうさぎの人形 「愛をみつけたうさぎ」ケイト・ディカミロ作;バグラム・イバトゥーリーン絵;子安亜弥訳　ポプラ社 2006年10月

**エドワード・ハイド**
ジキル博士がせわをしているうすきみ悪くすざまじく異常な人相の小男 「ジキル博士とハイド氏」ロバート・ルイス・スティーブンソン作;百々佑利子訳　ポプラ社（ポプラポケット文庫）2006年12月

**エニド**
ベルドレーヌ家の甘えんぼで好奇心旺盛な五女、九歳の少女 「ベルドレーヌ四季の物語 夏のマドモアゼル」マリカ・フェルジュク作;ドゥボーヴ・陽子訳　ポプラ社（ポプラポケット文庫）2007年7月

**エニド**
ベルドレーヌ家の甘えんぼで好奇心旺盛な五女、九歳の少女 「ベルドレーヌ四季の物語 秋のマドモアゼル」マリカ・フェルジュク作;ドゥボーヴ・陽子訳　ポプラ社（ポプラポケット文庫）2006年11月

**エニド**
ベルドレーヌ家の甘えんぼで好奇心旺盛な五女、九歳の少女 「ベルドレーヌ四季の物語 春のマドモアゼル」マリカ・フェルジュク作;ドゥボーヴ・陽子訳　ポプラ社（ポプラポケット文庫）2007年4月

**エニド**
ベルドレーヌ家の甘えんぼで好奇心旺盛な五女、九歳の少女 「ベルドレーヌ四季の物語 冬のマドモアゼル」マリカ・フェルジュク作;ドゥボーヴ・陽子訳　ポプラ社（ポプラポケット文庫）2007年2月

**エヴァ先生　えばせんせい**
スウェーデンの小学校の教師、小学六年生・クリスティーンの元担任 「エヴァ先生のふしぎな授業」シェシュティン・ガヴァンデル［著］;川上邦夫訳　新評論 2005年11月

**エーヴァ・ロッタ・リサンデル**
スウェーデンの田舎町にあるパン屋の娘、白バラ団の隊員で活発でおてんばな少女 「カッレくんの冒険」アストリッド・リンドグレーン作;尾崎義訳　岩波書店（岩波少年文庫）2007年2月

**エヴァン・マッゴーワン**
七人兄弟の次男、高校のスターで背が高くて超セクシーなスポーツ系少年 「ボーイズ♥レポート」ケイト・ブライアン作;露久保由美子訳　理論社 2007年4月

**エヴィ**
霧の羽をとりもどしにフェアリーランドから人間の世界にきた霧の妖精 「霧の妖精（フェアリー）エヴィ（レインボーマジック）」デイジー・メドウズ作;田内志文訳　ゴマブックス 2007年4月

**ABC　えーびーしー**
イギリスで活躍しているベルギー人の私立探偵ポワロに挑戦するなぞの殺人犯 「ABC殺人事件」アガサ・クリスティ作;百々佑利子訳　ポプラ社（ポプラポケット文庫）2005年10月

**エビット大おじさん　えびっとおおじさん**
闇の国の最下位のレッド階級にぞくする消民の老人 「セブンスタワー1 光と影」ガース・ニクス作;西本かおる訳　小学館（小学館ファンタジー文庫）2007年10月

43

えびっ

**エビット大おじさん　えびっとおおおじさん**
闇の国の選民タルの大おじさん、最下位のレッド階級にぞくする消民の老人「セブンスタワー 2 城へ」ガース・ニクス作;西本かおる訳　小学館(小学館ファンタジー文庫) 2007年11月

**エビット大おじさん　えびっとおおおじさん**
闇の国の選民タルの大おじさん、最下位のレッド階級にぞくする消民の老人「セブンスタワー 6 紫の塔」ガース・ニクス作;西本かおる訳　小学館 2005年3月

**エフィーム・タラースィチ・シェヴェリョフ（タラースィチ）**
裕福で真面目な百姓、エリセイと古い都エルサレムへおまいりに出かけた老人「二老人」レフ・トルストイ著;北御門二郎訳　あすなろ書房(トルストイの散歩道4) 2006年6月

**エマ**
三匹のテリアにくわえ新しく大きなシェパードを飼うことになった女の子「シェフィーがいちばん」カート・フランケン文;マルテイン・ファン・デル・リンデン絵;野坂悦子訳　BL出版 2007年12月

**エマ・シッケタンツ夫人　えましっけたんつふじん**
義理姉妹のティンカとリッシが訪ねた七十七番地に住むふしぎなおばあさん「男の子おことわり、魔女オンリー 1 きのうの敵は今日も敵？」トーマス・ブレツィナ作;松沢あさか訳　さ・え・ら書房 2006年3月

**エマニエル**
サンタクロースのユレブックといっしょにいる男の天使「サンタが空から落ちてきた」コルネーリア・フンケ著;浅見昇吾訳　WAVE出版 2007年12月

**エマ・ルー・イッピー**
石工のジェロームじいさんが住む山の北がわのふもとにあるイッピー家の末娘「キルディー小屋のアライグマ」ラザフォード・モンゴメリ作;松永ふみ子訳;バーバラ・クーニー画　福音館書店(福音館文庫) 2006年7月

**エミリー**
コールドハーバーに住んでいるフリーダと双子で虫のように地面をはいまわる少女「シルバーチャイルド 2 怪物ロアの襲来」クリフ・マクニッシュ作;金原瑞人訳　理論社 2006年5月

**エミリー**
コールドハーバーに住んでいるフリーダと双子で虫のように地面をはいまわる少女「シルバーチャイルド 3 目覚めよ! 小さき戦士たち」クリフ・マクニッシュ作;金原瑞人訳　理論社 2006年6月

**エミリー**
フェアリーランドの宝石の妖精のひとり、エメラルドの妖精「エメラルドの妖精(フェアリー) エミリー(レインボーマジック)」デイジー・メドウズ作;田内志文訳　ゴマブックス 2007年11月

**エミリー**
荒れはてたゴミの街・コールドハーバーへとつぜんめざしはじめた六人の子どもの一人、フリーダと双子で虫のように地面をはいまわる少女「シルバーチャイルド 1 ミロと6人の守り手」クリフ・マクニッシュ作;金原瑞人訳　理論社 2006年4月

**エミリー**
水の中に入ったときだけ人魚になるもうすぐ13歳の女の子「エミリーのひみつ」リズ・ケスラー著;矢羽野薫訳　ポプラ社 2005年11月

**エミリー（エミリア）**
フランスの大司教ジャン・ドゥ・クランの館にいた謎の美少女「騎士見習いトムの冒険 2 美しきエミリア！」テリー・ジョーンズ作 マイケル・フォアマン絵;斉藤健一訳　ポプラ社(ポプラ・ウイング・ブックス) 2005年1月

えら

### エミリー（エム）
自分のことを妹と弟と同じようにかわいがってくれる新しいお父さんのことが大好きな十歳の女の子 「クリスマス・ブレイク」 ジャクリーン・ウィルソン作;尾高薫訳 理論社 2006年11月

### エミリア
フランスの大司教ジャン・ドゥ・クランの館にいた謎の美少女 「騎士見習いトムの冒険 2 美しきエミリア！」 テリー・ジョーンズ作 マイケル・フォアマン絵;斉藤健一訳 ポプラ社（ポプラ・ウイング・ブックス） 2005年1月

### エミリー・アロー
ポークストリート小学校の二年生、小さなゴム製のユニコーンをおまもりにもつ女の子 「あたしの赤いクレヨン」 パトリシア・ライリー・ギフ作;もりうちすみこ訳;矢島眞澄絵 さ・え・ら書房（ポークストリート小学校のなかまたち4） 2007年4月

### エミリー・アロー
ポークストリート小学校の二年生、小さなゴム製のユニコーンをおまもりにもつ女の子 「きえたユニコーン」 パトリシア・ライリー・ギフ作;もりうちすみこ訳;矢島眞澄絵 さ・え・ら書房（ポークストリート小学校のなかまたち2） 2006年11月

### エミリー・アロー
ポークストリート小学校の二年生、小さなゴム製のユニコーンをおまもりにもつ女の子 「ぼくはビースト」 パトリシア・ライリー・ギフ作;もりうちすみこ訳;矢島眞澄絵 さ・え・ら書房(ポークストリート小学校のなかまたち1) 2006年11月

### エミリー・キャロライン・ブレント（ミス・ブレント）
イギリスデヴォン州の孤島の邸宅に招待されやってきた老婦人 「そして誰もいなくなった」 アガサ・クリスティー著;青木久惠訳 早川書房（クリスティー・ジュニア・ミステリ1） 2007年12月

### エミリー姫　えみりーひめ
りっぱなお姫さまを育てる「お姫さま学園」の生徒、両親から学年さいごの大集会に着るためのりっぱなドレスを送ってもらった姫 「エミリー姫と美しい妖精 (ティアラ・クラブ6)」 ヴィヴィアン・フレンチ著;岡本浜江訳;サラ・ギブ絵 朔北社 2007年9月

### エム
自分のことを妹と弟と同じようにかわいがってくれる新しいお父さんのことが大好きな十歳の女の子 「クリスマス・ブレイク」 ジャクリーン・ウィルソン作;尾高薫訳 理論社 2006年11月

### エムリス
魔法の島フィンカイラの「死衣城」の王スタングマーと地上人エレンのひとり息子、大魔術師トゥアーハの孫 「マーリン2 七つの魔法の歌」 T.A.バロン著;海後礼子訳 主婦の友社 2005年4月

### エムリス（マーリン）
十二歳で恐るべき力がめばえ失った記憶と自分をさがす旅に出た少年 「マーリン1 魔法の島フィンカイラ」 T.A.バロン著;海後礼子訳 主婦の友社 2005年1月

### エメラルディア　えめらるでぃあ
ランプの精のリトル・ジーニーのクラスメイト、ジーニー・スクールに通う自慢話ばかりする女の子 「ランプの精リトル・ジーニー 6」 ミランダ・ジョーンズ作;宮坂宏美訳;サトウユカ絵 ポプラ社 2007年8月

### エラ
科学者の母を持つロンドンに住む女の子 「マックス・レミースーパースパイ Mission2 悪の工場へ潜入せよ!」 デボラ・アベラ作;ジョービー・マーフィー絵;三石加奈子訳 童心社 2007年10月

えらご

**エラゴン**
青きドラゴン・サフィアのライダー、帝国アラゲイジアの圧政とたたかう十五歳の旅人「エラゴン 遺志を継ぐ者(ドラゴンライダー3)」クリストファー・パオリーニ著;大嶌双恵訳 ヴィレッジブックス 2006年10月

**エラゴン**
青きドラゴン・サフィアのライダーとなって旅をする十五歳の少年「エラゴン 遺志を継ぐ者(ドラゴンライダー2)」クリストファー・パオリーニ著;大嶌双恵訳 ヴィレッジブックス 2006年10月

**エラゴン**
青き竜・サフィアのライダー、赤い名剣ザーロックの使い手の旅する少年「エルデスト―宿命の赤き翼 上下(ドラゴンライダー2)」クリストファー・パオリーニ著;大嶌双恵訳 ソニー・マガジンズ 2005年11月

**エラゴン**
農村・カーヴァホールのはずれで暮らしていた少年、青きドラゴン・サフィアのライダーとなった十五歳「エラゴン 遺志を継ぐ者(ドラゴンライダー1)」クリストファー・パオリーニ著;大嶌双恵訳 ヴィレッジブックス 2006年1月

**エラリーヌ**
「コーラル王国」の大事な仕事をするためにえらばれた「マーメイド・ガールズ」の人魚「マーメイド・ガールズ 1 マリンのマジック・ポーチ」ジリアン・シールズ作;宮坂宏美訳;田中亜希子訳;つじむらあやこ絵 あすなろ書房 2007年7月

**エラリーヌ**
「コーラル王国」の大事な仕事をするためにえらばれた「マーメイド・ガールズ」の人魚「マーメイド・ガールズ 2 サーシャと魔法のパール・クリーム」ジリアン・シールズ作;宮坂宏美訳;田中亜希子訳;つじむらあやこ絵 あすなろ書房 2007年7月

**エラリーヌ**
あみに引っかかったイルカを助けることにした「マーメイド・ガールズ」の人魚「マーメイド・ガールズ 3 スイッピーと銀色のイルカ」ジリアン・シールズ作;宮坂宏美訳;田中亜希子訳;つじむらあやこ絵 あすなろ書房 2007年8月

**エラリーヌ**
コーラル女王と海の生き物のためにたたかう「マーメイド・ガールズ」の人魚「マーメイド・ガールズ 6 ウルルと虹色の光」ジリアン・シールズ作;宮坂宏美訳;田中亜希子訳;つじむらあやこ絵 あすなろ書房 2007年9月

**エラリーヌ**
ゴミにおおわれた砂浜をきれいにしようとした「マーメイド・ガールズ」の人魚「マーメイド・ガールズ 5 エラリーヌとアザラシの赤ちゃん」ジリアン・シールズ作;宮坂宏美訳;田中亜希子訳;つじむらあやこ絵 あすなろ書房 2007年9月

**エラリーヌ**
仕事のとちゅうで伝説の難破船を見にいった「マーメイド・ガールズ」の人魚「マーメイド・ガールズ 4 リコと赤いルビー」ジリアン・シールズ作;宮坂宏美訳;田中亜希子訳;つじむらあやこ絵 あすなろ書房 2007年8月

**エリ**
漁師の若者ビヨルンとアザラシ女だとうわさされる美しい妻チェルスティンの赤ちゃん「トロール・ミル 下 ふたたび地底王国へ」キャサリン・ラングリッシュ作;金原瑞人訳;杉田七重訳 あかね書房 2005年11月

**エリー**
両親とも歴史学者の娘、アヴァロン・ハイスクールに転校してきた高校二年生「アヴァロン 恋の〈伝説学園〉へようこそ!」メグ・キャボット作;代田亜香子訳 理論社 2007年2月

46

## エリオット・デ・ミル

「季刊ホタル」の編集長 「ヒューゴ・ペッパーとハートのコンパス（ファニー・アドベンチャー）」 ポール・スチュワート作;クリス・リデル絵;唐沢則幸訳 ポプラ社 2007年4月

## エリオン

この世のなにもかもが見えるという秘密の場所・テンスシティに住む創造主 「エリオン国物語 3 テンスシティの奇跡」 パトリック・カーマン著;金原瑞人・小田原智美訳 アスペクト 2007年3月

## エリカ

少年のふりをしてドラゴン・スレイヤー・アカデミーにしのびこんだ王女、ウィリーのともだち 「ドラゴン・スレイヤー・アカデミー 2-3 こわーい金曜日」 ケイト・マクミュラン作;神戸万知訳;舵真秀斗絵 岩崎書店 2006年10月

## エリカ

少年のふりをしてドラゴン・スレイヤー・アカデミーにしのびこんだ王女、ウィリーのともだち 「ドラゴン・スレイヤー・アカデミー 2-4 ケン王の病気」 ケイト・マクミュラン作;神戸万知訳;舵真秀斗絵 岩崎書店 2006年12月

## エリカ

少年のふりをしてドラゴン・スレイヤー・アカデミーにしのびこんだ王女、ウィリーのともだち 「ドラゴン・スレイヤー・アカデミー 2-6 ドラゴンじいさん」 ケイト・マクミュラン作;神戸万知訳;舵真秀斗絵 岩崎書店 2007年4月

## エリカ

少年のふりをしてドラゴン・スレイヤー・アカデミーにしのびこんだ王女、ウィリーのともだち 「ドラゴン・スレイヤー・アカデミー 2-7 ドラゴン・キャンプ」 ケイト・マクミュラン作;神戸万知訳;舵真秀斗絵 岩崎書店 2007年7月

## エリカ（エリック）

少年のふりをしてドラゴン・スレイヤー・アカデミーにしのびこんだ王女、ウィリーのともだち 「ドラゴン・スレイヤー・アカデミー 2-1 ドラゴンになっちゃった」 ケイト・マクミュラン作;神戸万知訳;舵真秀斗絵 岩崎書店 2006年8月

## エリカ（エリック）

少年のふりをしてドラゴン・スレイヤー・アカデミーにしのびこんだ王女、ウィリーのともだち 「ドラゴン・スレイヤー・アカデミー 2-2 かえってきたゆうれい」 ケイト・マクミュラン作;神戸万知訳;舵真秀斗絵 岩崎書店 2006年8月

## エリカ（エリック）

少年のふりをしてドラゴン・スレイヤー・アカデミーにしのびこんだ王女、ウィリーのともだち 「ドラゴン・スレイヤー・アカデミー 3 お宝さがしのえんそく」 ケイト・マクミュラン作;神戸万知訳;舵真秀斗絵 岩崎書店 2005年1月

## エリカ（エリック）

少年のふりをしてドラゴン・スレイヤー・アカデミーにしのびこんだ王女、ウィリーのともだち 「ドラゴン・スレイヤー・アカデミー 6 きえたヒーローをすくえ」 ケイト・マクミュラン作;神戸万知訳;舵真秀斗絵 岩崎書店 2005年3月

## エリカ（エリック）

少年のふりをしてドラゴン・スレイヤー・アカデミーにしのびこんだ王女、ウィリーのともだち 「ドラゴン・スレイヤー・アカデミー 7 のろいのルーレット」 ケイト・マクミュラン作;神戸万知訳;舵真秀斗絵 岩崎書店 2005年5月

## エリカ（エリック）

少年のふりをしてドラゴン・スレイヤー・アカデミーにしのびこんだ王女、ウィリーのともだち 「ドラゴン・スレイヤー・アカデミー 8 ほろびの予言」 ケイト・マクミュラン作;神戸万知訳;舵真秀斗絵 岩崎書店 2005年5月

えりか

**エリカ（エリック）**
少年のふりをしてドラゴン・スレイヤー・アカデミーにしのびこんだ王女、ウィリーのともだち「ドラゴン・スレイヤー・アカデミー10 きょうふのさんかん日」ケイト・マクミュラン作;神戸万知訳;舵真秀斗絵　岩崎書店　2005年8月

**エリカ（エリック）**
少年のふりをしてドラゴン・スレイヤー・アカデミーにしのびこんだ王女、ランスロット卿ファンクラブの会員「ドラゴン・スレイヤー・アカデミー 5 あこがれのヒーロー」ケイト・マクミュラン作;神戸万知訳;舵真秀斗絵　岩崎書店　2005年3月

**エリサ・ケルトナー**
家出の常習犯の七歳の少女、少女探偵サミーだけにはなついている問題児「少女探偵サミー・キーズと小さな逃亡者」ウェンデリン・V.ドラーネン著;加藤洋子訳　集英社　2005年2月

**エリザベス（デイジー）**
四人のいとこたちがいるイギリスのおばさんの家を訪ねた十五歳のアメリカ人の女の子「わたしは生きていける」メグ・ローゾフ作;小原亜美訳　理論社　2005年4月

**エリザベス（ベス）**
マーチ家四人姉妹の三女、内気で人見知りな十三歳の少女「若草物語」ルイザ・メイ・オルコット作;小林みき訳　ポプラ社（ポプラポケット文庫）　2006年6月

**エリザベス・スワン**
ジャマイカの総督の二十歳の娘、海賊たちにさらわれたイギリス人「パイレーツ・オブ・カリビアン 呪われた海賊たち」アイリーン・トリンブル作;橘高弓枝訳　偕成社（ディズニーアニメ小説版）　2006年1月

**エリザベス・スワン**
ジャマイカ総督の男まさりで行動力がある二十歳の娘「パイレーツ・オブ・カリビアン」T.T.サザーランド作;橘高弓枝訳　偕成社（ディズニーアニメ小説版）　2007年5月

**エリザベス・スワン**
海賊のジャック・スパロウを逃がした罪で逮捕された娘、かじ職人・ウィルの婚約者「パイレーツ・オブ・カリビアン デッドマンズ・チェスト」アイリーン・トリンブル作;橘高弓枝訳　偕成社（ディズニーアニメ小説版）　2006年7月

**エリザベス・ペニーケトル（リズ）**
小説を書く青年デービッドの大家さん、陶器の龍に命を吹き込む力を持った陶芸家「炎の星－龍のすむ家3」クリス・ダレーシー著;三辺律子訳　竹書房　2007年8月

**エリザベス・マリー・ホール（リズ）**
時間がどんどんさかのぼる不思議な世界"ドコカ"で暮らすことになった交通事故で死んだ十五歳の少女「天国からはじまる物語」ガブリエル・ゼヴィン作;堀川志野舞訳　理論社　2005年10月

**エリー・サンダーズ**
秘密組織C2の中で育てられてきた天才児の12歳の少女「スパイ・ガール3 見えない敵を追え」クリスティーヌ・ハリス作;前沢明枝訳　岩崎書店　2007年11月

**エリサンドラ・ハルシング**
呪い師見習いの少女コリーの母親違いの姉、オーバーン王子ブライアンの婚約者「オーバーン城の夏上下」シャロン・シン著;東川えり訳;黒百合姫絵　小学館（小学館ルルル文庫）　2007年12月

**エリセイ・ボードロフ**
裕福でも貧乏でもない善良で快活な男、タラースィチと古い都エルサレムへおまいりに出かけた老人「二老人」レフ・トルストイ著;北御門二郎訳　あすなろ書房（トルストイの散歩道4）　2006年6月

えりっ

**エリック**
さまざまな人種の人々が暮らすニューヨークのブルックリンで麻薬中毒の母とかしこい弟と三人で暮らしている喧嘩っ早い黒人の少年 「天国(ヘヴン)にいちばん近い場所」E.R.フランク作;冨永星訳 ポプラ社 2006年9月

**エリック**
プチ・ミネ夫妻のこどもたちの一人、二番目のいたずら好きな茶色い髪の男の子 「飛んでった家」クロード・ロワさく;石津ちひろやく;高畠那生え 長崎出版 2007年7月

**エリック**
少年のふりをしてドラゴン・スレイヤー・アカデミーにしのびこんだ王女、ウィリーのともだち 「ドラゴン・スレイヤー・アカデミー 2-1 ドラゴンになっちゃった」ケイト・マクミュラン作;神戸万知訳;舵真秀斗絵 岩崎書店 2006年8月

**エリック**
少年のふりをしてドラゴン・スレイヤー・アカデミーにしのびこんだ王女、ウィリーのともだち 「ドラゴン・スレイヤー・アカデミー 2-2 かえってきたゆうれい」ケイト・マクミュラン作;神戸万知訳;舵真秀斗絵 岩崎書店 2006年8月

**エリック**
少年のふりをしてドラゴン・スレイヤー・アカデミーにしのびこんだ王女、ウィリーのともだち 「ドラゴン・スレイヤー・アカデミー 3 お宝さがしのえんそく」ケイト・マクミュラン作;神戸万知訳;舵真秀斗絵 岩崎書店 2005年1月

**エリック**
少年のふりをしてドラゴン・スレイヤー・アカデミーにしのびこんだ王女、ウィリーのともだち 「ドラゴン・スレイヤー・アカデミー 6 きえたヒーローをすくえ」ケイト・マクミュラン作;神戸万知訳;舵真秀斗絵 岩崎書店 2005年3月

**エリック**
少年のふりをしてドラゴン・スレイヤー・アカデミーにしのびこんだ王女、ウィリーのともだち 「ドラゴン・スレイヤー・アカデミー 7 のろいのルーレット」ケイト・マクミュラン作;神戸万知訳;舵真秀斗絵 岩崎書店 2005年5月

**エリック**
少年のふりをしてドラゴン・スレイヤー・アカデミーにしのびこんだ王女、ウィリーのともだち 「ドラゴン・スレイヤー・アカデミー 8 ほろびの予言」ケイト・マクミュラン作;神戸万知訳;舵真秀斗絵 岩崎書店 2005年5月

**エリック**
少年のふりをしてドラゴン・スレイヤー・アカデミーにしのびこんだ王女、ウィリーのともだち 「ドラゴン・スレイヤー・アカデミー10 きょうふのさんかん日」ケイト・マクミュラン作;神戸万知訳;舵真秀斗絵 岩崎書店 2005年8月

**エリック**
少年のふりをしてドラゴン・スレイヤー・アカデミーにしのびこんだ王女、ランスロット卿ファンクラブの会員 「ドラゴン・スレイヤー・アカデミー 5 あこがれのヒーロー」ケイト・マクミュラン作;神戸万知訳;舵真秀斗絵 岩崎書店 2005年3月

**エリック(オペラ座の怪人) えりっく(おぺらざのかいじん)**
パリのオペラ座の地下室にすみついたみにくい顔の男 「オペラ座の怪人」G.ルルー作;K.マクマラン文;岡部史訳;北山真理絵 金の星社(フォア文庫) 2005年3月

**エリック・ヒンクル**
地下室の階段の下の不思議な世界「ドルーン」を友だちといっしょに見つけた少年 「秘密のドルーン 1&2」トニー・アボット著;飯岡美紀訳 ダイヤモンド社 2005年12月

えりっ

**エリック・ヒンクル**
地下室の階段の下の不思議な世界「ドルーン」を友だちといっしょに見つけた少年 「秘密のドルーン 3&4 呪われた神秘の島・空中都市の伝説」トニー・アボット著;飯岡美紀訳 ダイヤモンド社 2006年2月

**エリー・ブラウン**
寄宿制のロイヤルバレエスクール中等部一年生の女の子 「ロイヤルバレエスクール・ダイアリー2 信じて跳んで」アレクサンドラ・モス著;阪田由美子訳 草思社 2006年9月

**エリー・ブラウン**
寄宿制のロイヤルバレエスクール中等部一年生の女の子 「ロイヤルバレエスクール・ダイアリー3 パーフェクトな女の子」アレクサンドラ・モス著;阪田由美子訳 草思社 2006年10月

**エリー・ブラウン**
寄宿制のロイヤルバレエスクール中等部一年生の女の子 「ロイヤルバレエスクール・ダイアリー4 夢をさがして」アレクサンドラ・モス著;阪田由美子訳 草思社 2006年11月

**エリー・ブラウン**
寄宿制のロイヤルバレエスクール中等部一年生の女の子 「ロイヤルバレエスクール・ダイアリー5 トップシークレット」アレクサンドラ・モス著;阪田由美子訳 草思社 2006年12月

**エリー・ブラウン**
寄宿制のロイヤルバレエスクール中等部一年生の女の子 「ロイヤルバレエスクール・ダイアリー6 ステージなんかこわくない」アレクサンドラ・モス著;阪田由美子訳 草思社 2007年1月

**エリー・ブラウン**
寄宿制のロイヤルバレエスクール中等部二年生の女の子 「ロイヤルバレエスクール・ダイアリー7 新しい出会い」アレクサンドラ・モス著;阪田由美子訳 草思社 2007年2月

**エリー・ブラウン**
寄宿制のロイヤルバレエスクール中等部二年生の女の子 「ロイヤルバレエスクール・ダイアリー8 恋かバレエか」アレクサンドラ・モス著;阪田由美子訳 草思社 2007年3月

**エリー・ブラウン**
生まれ故郷のシカゴからイギリスへひっこしてきたバレエが大好きな六年生の女の子 「ロイヤルバレエスクール・ダイアリー1 エリーの挑戦」アレクサンドラ・モス著;阪田由美子訳 草思社 2006年9月

**エル・ガトー**
南米の奥地で生まれ育った当代一の名ゴールキーパー、ワールドカップ大会でチームを優勝に導いたサッカー選手 「キーパー」マル・ピート著;池央耿訳 評論社 2006年5月

**エルキュール・ポアロ(ポアロ)**
豪華寝台列車オリエント急行で起きた殺人事件を調査することになったベルギー人の名探偵 「オリエント急行の殺人」アガサ・クリスティー著;山本やよい訳 早川書房(クリスティー・ジュニア・ミステリ2) 2007年12月

**エルキュール・ポワロ(ポワロ)**
イギリスで活躍しているベルギー人の私立探偵 「ABC殺人事件」アガサ・クリスティ作;百々佑利子訳 ポプラ社(ポプラポケット文庫) 2005年10月

**エルキュール・ポワロ(ポワロ)**
イングランドの田舎キングズアボット村に住みはじめた私立探偵、ベルギー人の元花形捜査官 「アクロイド氏殺害事件」アガサ・クリスティ作;花上かつみ訳 講談社(青い鳥文庫) 2005年4月

えるも

**エルキュール・ポワロ（ポワロ）**
元ベルギー警察捜査員、イギリスの私立探偵　「名探偵ポワロとミス・マープル 4 安すぎるマンションの謎 ほか」アガサ・クリスティー原作;新井眞弓訳;宮沢ゆかり絵　汐文社　2005年3月

**エルキュール・ポワロ（ポワロ）**
元ベルギー警察捜査員、イギリスの私立探偵　「名探偵ポワロとミス・マープル 6 西洋の星盗難事件 ほか」アガリ・クリスティー原作;中尾明訳;宮沢ゆかり絵　汐文社　2005年3月

**エルシー・ファンショー**
クレア学院二年生のふたりいる級長のひとり、三年生に進級できなかった意地悪な少女　「おちゃめなふたごの新学期」エニド・ブライトン作;佐伯紀美子訳　ポプラ社（ポプラポケット文庫）　2006年5月

**エルスペス**
超能力をもった少女、突然変異「ミスフィット」の疑いをかけられて研究施設に送られた少女　「ミスフィットの秘密」イゾベル・カーモディー著;東川えり訳　小学館（小学館ルルル文庫）　2007年11月

**エルズワース**
夏のあいだ父さんの親戚が住む家が並ぶ広場・ザ・スクエアに行った十三歳の男の子　「最後の宝」ジャネット・S.アンダーソン著;光野多恵子訳　早川書房（ハリネズミの本箱）　2005年6月

**エルダ**
魔法使いダークの末娘、魔術師を目指し魔法学校に入学した少女　「グリフィンの年 上下」ダイアナ・ウィン・ジョーンズ著;浅羽英子訳　東京創元社（sogen bookland）　2007年11月

**エル・パトロン（御大）　えるぱとろん（おんたい）**
オピウム国を支配する百四十八歳の麻薬王、マテオ・アラクラン本人　「砂漠の王国とクローンの少年」ナンシー・ファーマー著;小竹由加里訳　DHC　2005年1月

**エルプセ**
ちびポップの兄さんの友だち、二回落第している乱暴者　「ちびポップの決断」B.ブルードラ著;森川弘子訳　未知谷　2005年5月

**エルベレス**
〈叡智の図書館〉を訪れたシルミスタの森の誇り高きエルフ王子　「クレリック・サーガ 2 忘れられた領域 森を覆う影」R.A.サルバトーレ著;安田均監修;笠井道子訳;池田宗隆画　アスキー　2007年10月

**エルミーヌ**
プチ・ミネ夫妻のこどもたちの一人、一番年上の金髪の女の子　「飛んでった家」クロード・ロワさく;石津ちひろやく;高畠那生え　長崎出版　2007年7月

**エルモ・ジンマー**
中学生の仲良しグループが開業した便利屋「ティーン・パワー」株式会社のメンバー、町の新聞社『ペン』の社長の一人息子　「ティーン・パワーをよろしく6 テルティス城の怪事件」エミリー・ロッダ著;岡田好惠訳　講談社（YA!entertainment）　2005年12月

**エルモ・ジンマー**
中学生の仲良しグループが開業した便利屋「ティーン・パワー」株式会社のメンバー、町の新聞社『ペン』の社長の一人息子　「ティーン・パワーをよろしく7 ホラー作家の悪霊屋敷」エミリー・ロッダ著;岡田好惠訳　講談社（YA!entertainment）　2006年6月

**エルモ・ジンマー**
中学生の仲良しグループが開業した便利屋「ティーン・パワー」株式会社のメンバー、町の新聞社『ペン』の社長の一人息子　「ティーン・パワーをよろしく8 危険なリゾート」エミリー・ロッダ著;岡田好惠訳　講談社（YA!entertainment）　2007年2月

51

えるも

**エルモ・ジンマー**
中学生の仲良しグループが開業した便利屋「ティーン・パワー」株式会社のメンバー、町の新聞社『ベン』の社長の一人息子 「ティーン・パワーをよろしく9 犬のお世話はたいへんだ」 エミリー・ロッダ著;岡田好惠訳 講談社(YA!entertainment) 2007年6月

**エルンスト・エックマン(エックマン氏)　えるんすとえっくまん(えっくまんし)**
「ありえない美の館」というギャラリーを経営する醜い姿の芸術家 「スノードーム」 アレックス・シアラー著;石田文子訳 求龍堂 2005年1月

**エレイサ**
タカに両目をついばまれ目が見えなくなってしまった少女、鳥のことばを理解する力がある 「羽根の鎖」 ハンネレ・フオヴィ作;末延弘子訳 小峰書店(Y.A.Books) 2006年9月

**エレイン・ハリソン(エリー)**
両親とも歴史学者の娘、アヴァロン・ハイスクールに転校してきた高校二年生 「アヴァロン 恋の〈伝説学園〉へようこそ!」 メグ・キャボット作;代田亜香子訳 理論社 2007年2月

**エレナ**
姪のマックスを夏の間あずかることになったミンダワラに住むおばさん、ベンの妻 「マックス・レミースーパースパイ Mission1 時空マシーンを探せ!」 デボラ・アベラ作;ジョービー・マーフィー絵;三石加奈子訳 童心社 2007年10月

**エレモン**
魔法の島フィンカイラのメルウィン・ブリ・ミース族の青年、鹿人族 「マーリン3 伝説の炎の竜」 T.A.バロン著;海後礼子訳 主婦の友社 2005年7月

**エレン**
ノッズリムズの町のはずれで双子の弟・エドガーとふたりで暮す女の子、スーパー悪ガキコンビの双子 「エドガー&エレン 観光客をねらえ」 チャールズ・オグデン作;リック・カートン絵;松山美保訳 理論社 2006年3月

**エレン**
ノッズリムズの町のはずれで双子の弟・エドガーとふたりで暮す女の子、スーパー悪ガキコンビの双子 「エドガー&エレン 世にも奇妙な動物たち」 チャールズ・オグデン作;リック・カートン絵 理論社 2005年3月

**エレン**
高校で一番人気の女の子グループ「プリティ・リトル・デビル」のメンバー、ちょっとダサいけどやさしい少女 「プリティ・リトル・デビル」 ナンシー・ホルダー著;大谷真弓訳;鯨堂みさ帆絵 マッグガーデン 2006年12月

**エレン**
小さいときの記憶を失っている少年エムリスといっしょに暮らす女性 「マーリン1 魔法の島フィンカイラ」 T.A.バロン著;海後礼子訳 主婦の友社 2005年1月

**エレン(ブランウェン)**
魔術師の心をもつ少年マーリンの地上人の母親 「マーリン2 七つの魔法の歌」 T.A.バロン著;海後礼子訳 主婦の友社 2005年4月

**エレン・ライト**
アスペルガー症候群のオービルの母親、「明るいプラシド町を守る会」の会員 「名探偵アガサ&オービル ファイル4」 ローラ・J.バーンズ作;メリンダ・メッツ作;金原瑞人訳;小林みき訳;森山由海画 文溪堂 2007年9月

**エロディ**
一九三〇年代のモンマルトル・ラバ通りの住人、みなしごのオリヴィエが身を寄せた夫婦の妻 「ラバ通りの人びと」 ロベール・サバティエ作;堀内紅子訳;松本徹訳 福音館書店(福音館文庫) 2005年8月

おうじ

### エンキ
みずからを唯一神と名乗る巨大な力を持つ神 「アモス・ダラゴン 6エンキの怒り」 ブリアン・ペロー作;高野優監訳;荷見明子訳 竹書房 2006年3月

### エンジェル
ラッキーフィールドと呼ばれる村の崖の上に立つ古い民家で旅人たちと同居する不思議なネコ 「星の降る村」 パティ・C.ウィリス著;腰本文子訳 樹心社 2005年5月

### 袁紹　えんしょう
二世紀後半中国の漢王朝の名門・袁家の出で冀州に領土を持つ男 「三国志2 臥竜出廬の巻」 渡辺仙州編訳;佐竹美保絵 偕成社 2005年4月

### 袁紹　えんしょう
二世紀後半中国の漢王朝の名門・袁家の出の男、曹操の幼なじみ 「三国志1 英傑雄飛の巻」 渡辺仙州編訳;佐竹美保絵 偕成社 2005年3月

### エンネ・ゲープハルト
一九四五年ナチ独裁のベルリン市で暮らす十二歳の少女、強制収容所に入っている父・ヘレの娘 「ベルリン1945」 クラウス・コルドン作;酒寄進一訳 理論社 2007年2月

### エンヒェン
第二次世界大戦末期ドイツの農村で出会った外国人労働者・セルゲイと逃亡しロシアをめざした十四歳の少女 「ふたりきりの戦争」 ヘルマン・シュルツ作;渡辺広佐訳 徳間書店 2006年9月

### エンメルカール
シュメール国の大司祭、唯一神エンキを祀る塔で王のような権力が与えられていた男 「アモス・ダラゴン 6エンキの怒り」 ブリアン・ペロー作;高野優監訳;荷見明子訳 竹書房 2006年3月

## 【お】

### 王（スタングマー）　おう（すたんぐまー）
魔法の島フィンカイラの東の「闇の丘」の奥深くにある「死衣城」の王 「マーリン1 魔法の島フィンカイラ」 T.A.バロン著;海後礼子訳 主婦の友社 2005年1月

### 王（ノーベル）　おう（のーべる）
動物たちの国の王さま、狐のライネケにだまされたライオン王 「きつねのライネケ」 ゲーテ作;上田真而子編訳;小野かおる画 岩波書店(岩波少年文庫) 2007年7月

### オーウェン・ウェルズ
時間がどんどんさかのぼる不思議な世界"ドコカ"で捜査官として働く二十六歳で亡くなり現在は十五歳の少年 「天国からはじまる物語」 ガブリエル・ゼヴィン作;堀川志野舞訳 理論社 2005年10月

### 王様　おうさま
おとなたちが消えた街の支配をすすめる奇妙な人物、赤いローブをまとった少年 「レベル42 再び子どもたちの街へ」 アンドレアス・シュリューター作;若松宣子訳 岩崎書店(新しい世界の文学) 2007年2月

### 王さま（プンポネル王）　おうさま（ぷんぽねるおう）
古代動物・ウルメルを捕えようとティティブー島にやってきた小国プンポロニエンの国王 「ウルメル氷のなかから現われる(URMEL 1)」 マックス・クルーゼ作;エーリヒ・ヘレ絵;加藤健司訳 ひくまの出版 2005年1月

### 王子　おうじ
白雪姫に恋をした青年、どこかの国のとてもすてきな王子 「白雪姫」 グリム兄弟原作;神田由布子訳 汐文社(ディズニープリンセス6姫の夢物語) 2006年12月

53

おうじ

## 王子　おうじ
舞踏会でシンデレラに恋をしたすてきな王子さま「シンデレラ」シャルル・ペロー原作;神田由布子訳　汐文社(ディズニープリンセス6姫の夢物語)　2007年2月

## 王子さま　おうじさま
きれいなバラとの仲がこじれたのをきっかけに旅立って星から星を巡っているという王子さま「星の王子さま」アントワーヌ・ド・サンテグジュペリ著;池澤夏樹訳　集英社　2005年8月

## オーエン
イギリスデヴォン州の兵隊島という孤島の邸宅に年齢も職業もばらばらの十人の男女を招待したなぞの人物「そして誰もいなくなった」アガサ・クリスティー著;青木久惠訳　早川書房(クリスティー・ジュニア・ミステリ1)　2007年12月

## オオカミ
冬のふしぎなお祝い・クリスマスのはなしをカナリアからきいたオオカミ「オオカミとコヒツジときいろのカナリア」ベン・カウパース作;のざかえつこ訳;ふくだいわお絵　くもん出版　2005年12月

## オオカミ(ウルフ)
六〇〇〇年前のヨーロッパ北西部でオオカミ族の少年トラクと兄弟のように過ごしていたオオカミの子「クロニクル千古の闇2 生霊わたり」ミシェル・ペイヴァー作;さくまゆみこ訳;酒井駒子絵　評論社　2006年4月

## オオカミ(ウルフ)
六〇〇〇年前のヨーロッパ北西部にいたオオカミ族の少年トラクの弟分、生後二十か月のオオカミ「クロニクル千古の闇3 魂食らい」ミシェル・ペイヴァー作;さくまゆみこ訳;酒井駒子絵　評論社　2007年4月

## オオカミ男　おおかみおとこ
ホラー作家・オノバルが変身してなったオオカミ男「ホラーバス 1・2」パウル・ヴァン・ローン作;岩井智子訳;浜野史子絵　学研　2007年7月

## 大喰らい　おおぐらい
惑星カンダルタの地下深くに棲む巨大なタコのような怪物「ペギー・スー6宇宙の果ての惑星怪物」セルジュ・ブリュソロ著;金子ゆき子訳　角川書店(角川文庫)　2006年12月

## 大喰らい　おおぐらい
惑星カンダルタの地下深くに棲む巨大なタコのような怪物「ペギー・スー6宇宙の果ての惑星怪物」セルジュ・ブリュソロ著;金子ゆき子訳;町田尚子絵　角川書店　2005年3月

## オオトリ様(シゲル様)　おおとりさま(しげるさま)
隠者の少年・トマスの命を救いハギへ連れていったオオトリ国の嫡男「オオトリ国記伝 1 魔物の闇」リアン・ハーン著;高橋佳奈子訳　主婦の友社　2006年6月

## オーガー
妖精ドワーフの敵「スパイダーウィック家の謎 第5巻 オーガーの宮殿へ」ホリー・ブラック作;トニー・ディテルリッジ絵　文渓堂　2005年1月

## お母さん　おかあさん
九歳のカティのお母さん、五年前にALSと診断された三十八歳の女性「タイの少女カティ」ジェーン・ベヤジバ作;大谷真弓訳　講談社(講談社文学の扉)　2006年7月

## お母さん(ジュリー)　おかあさん(じゅりー)
十歳のエミリーの美容師のお母さん「クリスマス・ブレイク」ジャクリーン・ウィルソン作;尾高薫訳　理論社　2006年11月

## オーギュスタン
ベルドレーヌ家の三女ベッチナがキャンプで出会った十六歳くらいの物静かな少年「ベルドレーヌ四季の物語 夏のマドモアゼル」マリカ・フェルジュク作;ドゥボーヴ・陽子訳　ポプラ社(ポプラポケット文庫)　2007年7月

54

おすか

**奥方（ロア）　おくがた（ろあ）**
グラミスの将軍マクベスの夫人 「三番目の魔女」 レベッカ・ライザート著;森祐希子訳 ポプラ社 2007年5月

**おくさん**
イギリスのある村のどっさり子どものいる家族のおくさん、子どもたちのことになるとすこしおバカさんになってしまうやさしいお母さん 「マチルダばあやといたずらきょうだい」 クリスティアナ・ブランド作;エドワード・アーディゾーニ絵;こだまともこ訳 あすなろ書房 2007年6

**オグデン教授　おぐでんきょうじゅ**
未来の世界で初めて誕生した感情を持つロボット・ERG3を発明した教授 「EGR3」 ヘレン・フォックス著;三辺律子訳 あすなろ書房 2006年4月

**オケラ**
コオロギの弟分になったオケラ、旅が大すきな気持ちのいい若者 「コオロギ少年大ぼうけん」 トー・ホアイ作;岡田真紀訳 新科学出版社 2007年11月

**おじいさん**
孫である少女・ハイジと二人でアルプスの山で暮らすおじいさん 「アルプスの少女ハイジ」 ヨハンナ・スピリ作;池田香代子訳 講談社（青い鳥文庫） 2005年12月

**おじいちゃん**
イタリア系の小学生・マイクの年をとってときどきわけがわからなくなるおじいちゃん 「マカロニ・ボーイ 大恐慌をたくましく生きぬいた少年と家族」 キャサリン・エアーズ著;齋藤里香[ほか]共訳 バベルプレス 2006年12月

**おじいちゃん**
九歳のカティの祖父、タイの国じゅうに名が知れわたるほど一流の弁護士 「タイの少女カティ」 ジェーン・ベヤジバ作;大谷真弓訳 講談社（講談社文学の扉） 2006年7月

**おじいちゃん**
毎年クリスマスを都会からやってくる孫の男の子とすごすいなかに住むおじいちゃん 「ニッセのボック」 オーレ・ロン・キアケゴー作;スベン・オットー絵;枇谷玲子訳 あすなろ書房 2006年11月

**オジオン**
ル・アルビの大魔法使い、不思議な力がそなわった少年・ゲドの師匠 「ゲド戦記Ⅰ　影との戦い」 ル=グウィン著;清水真砂子訳 岩波書店 2006年4月

**オジオン（アイハル）**
ル・アルビの大魔法使い、元巫女のテナーの親代わり 「ゲド戦記Ⅳ　帰還」 ル=グウィン著;清水真砂子訳 岩波書店 2006年5月

**おじさん（ヴィルヘルム・バウマン）**
学校に行くとちゅうでヤンが知り合ったホームレスのおじさん 「友だちになろうよ、バウマンおじさん」 ピート・スミス作;佐々木田鶴子訳 あかね書房（あかね・新読み物シリーズ） 2005年10月

**おじさん（ベン）**
姪のマックスを夏の間あずかることになったミンダワラに住むおじさん、エレナの夫 「マックス・レミースーパースパイ Mission1 時空マシーンを探せ!」 デボラ・アベラ作;ジョービー・マーフィー絵;三石加奈子訳 童心社 2007年10月

**お師匠さま　おししょうさま**
三つ編みにしたあごひげをマフラーのように首に巻いている謎の老人 「アモス・ダラゴン3 神々の黄昏」 ブリアン・ペロー作;高野優監訳;橘明美訳 竹書房 2005年8月

**オスカン**
伝説の白魔女ホワイト・アニスの息子、魔法使いの少年 「アイスマーク赤き王女の剣」 スチュアート・ヒル著;金原瑞人訳;中村浩美訳 ヴィレッジブックス 2007年6月

55

おすば

### オスヴァルト・フォン・ケーニヒスヴァルト
大魔法使いドラッケンフェルズを討伐したオストランド選帝侯の子息で公太子 「ウォーハンマーノベル1 ドラッケンフェルズ」 ジャック・ヨーヴィル著;待兼音二郎訳;崎浜かおる訳;渡部夢霧訳 ホビージャパン(HJ文庫G) 2007年1月

### オソロシ・スクリーマー
おそろしい悲鳴をあげる真っ黒な影のようなオバケ「スクリーマー」、「見えない友だち」訓練生 「グレイ・アーサー2 おばけの訓練生」 ルイーズ・アーノルド作;松本美菜子訳;三木謙次画 ヴィレッジブックス 2007年11月

### オットー
イギリス北部にある小さな町の化学工場に出る老人の幽霊 「クリスマスの幽霊」 ロバート・ウェストール作;ジョン・ロレンス絵;坂崎麻子訳 徳間書店(Westall collection) 2005年9月

### オットー
ホイーラ・フォールズの町で有名な幽霊屋敷「ヒルハウス」のツアーガイド 「ぼくの頭はどこだ(グースバンプス4)」 R.L.スタイン作;津森優子訳;照世絵 岩崎書店 2006年9月

### オットー・ハッシュ
ふしぎに満ちた町「樹木市」に住む男の子、空を飛ぶふたごの妹たちの兄 「オットーと空飛ぶふたご」 シャルロット・ハブティー作;石田文子訳 小峰書店(オットーシリーズ1) 2005年6月

### オッレ
小さなやかまし村にすむ6人の子どもたちのひとり、南屋敷の男の子 「やかまし村の子どもたち」 アストリッド・リンドグレーン作;大塚勇三訳 岩波書店(岩波少年文庫) 2005年6月

### オッレ
小さなやかまし村にすむ6人の子どもたちのひとり、南屋敷の男の子 「やかまし村の春・夏・秋・冬」 アストリッド・リンドグレーン作;大塚勇三訳 岩波書店(岩波少年文庫) 2005年12月

### オッレ
小さなやかまし村にすむ6人の子どもたちのひとり、南屋敷の男の子 「やかまし村はいつもにぎやか」 アストリッド・リンドグレーン作;大塚勇三訳 岩波書店(岩波少年文庫) 2006年12月

### オデッサ
オオカミ、ノーウッド山に住むオオカミ・ダライアスの妻 「エリオン国物語 2 ダークタワーの戦い」 パトリック・カーマン著;金原瑞人・小田原智美訳 アスペクト 2006年12月

### お父さん　おとうさん
少女マーリーの戦争で心に深い傷をおったお父さん 「メープルヒルの奇跡」 ヴァージニア・ソレンセン著;山内絵里香訳; ほるぷ出版 2005年3月

### お父さん　おとうさん
少年のアルマンゾの父、ニューヨーク州北部の地方の有力者で農場主 「農場の少年」 ローラ・インガルス・ワイルダー作;足沢良子訳 草炎社(大草原の小さな家) 2006年12月

### お父さん　おとうさん
綿菓子のようにふわふわな巻き毛のフローラのお父さん、「チャーリーズ・カフェ」の経営者 「キャンディ・フロス」 ジャクリーン・ウィルソン作;尾高薫訳 理論社 2007年12月

### お父さん(バック・クラック)　おとうさん(ばっくくらっく)
チキン・リトルのお父さん、中学時代に野球チームのエースだったニワトリ 「チキン・リトル」 アイリーン・トリンブル作;橘高弓枝訳 偕成社(ディズニーアニメ小説版) 2005年11月

### お父さん(バーナード)　おとうさん(ばーなーど)
十四歳のプルーデンスの父親、経営する古書店は倒産寸前で偏屈でがんこな男 「ラブ・レッスンズ」 ジャクリーン・ウィルソン作;尾高薫訳 理論社 2006年7月

おばあ

**お父さん（フランキー）　おとうさん（ふらんきー）**
十歳のエミリーの新しいお父さん、妖精グッズの店「フェアリーランド」のオーナーもしている売れない俳優　「クリスマス・ブレイク」ジャクリーン・ウィルソン作;尾高薫訳　理論社　2006年11月

**おどけの兄弟　おどけのきょうだい**
SSユーフォニア号に乗船した五人の奇妙な紳士たち　「コービィ・フラッドのおかしな船旅（ファニー・アドベンチャー）」ポール・スチュワート作;クリス・リデル絵;唐沢則幸訳　ポプラ社　2006年9月

**男（透明人間）　おとこ（とうめいにんげん）**
イギリスの田舎町の宿屋にあらわれたからだじゅう包帯だらけの奇妙な男　「透明人間」H.G.ウェルズ作;段木ちひろ訳　ポプラ社（ポプラポケット文庫）　2007年9月

**男の子　おとこのこ**
ひつじかいの夫婦の子ども、りゅうと友だちになったかしこい男の子　「のんきなりゅう」ケネス・グレアム作;インガ・ムーア絵;中川千尋訳　徳間書店　2006年7月

**男の子　おとこのこ**
毎年クリスマスが近づくとおじいちゃんの住むいなかでおひゃくしょう見習いをしている八歳の男の子　「ニッセのポック」オーレ・ロン・キアケゴー作;スベン・オット一絵;枇谷玲子訳　あすなろ書房　2006年11月

**オドリス**
女の嵐の精、魔法の国アイニールのモンスター　「セブンスタワー 3 魔法の国」ガース・ニクス作;西本かおる訳　小学館（小学館ファンタジー文庫）　2007年12月

**オドリス**
魔法の国アイニールの女の嵐の精　「セブンスタワー 6 紫の塔」ガース・ニクス作;西本かおる訳　小学館　2005年3月

**オノバル**
子どもたちにホラー話を聞かせるホラー作家の男　「ホラーバス 1・2」パウル・ヴァン・ローン作;岩井智子訳;浜野史子絵　学研　2007年7月

**オノバル**
子どもたちにホラー話を聞かせるホラー作家の男　「ホラーバス 恐怖のいたずら1・2」パウル・ヴァン・ローン作;岩井智子訳;浜野史子絵　学研　2007年9月

**オノバル**
子どもたちにホラー話を聞かせるホラー作家の男　「ホラーバス 呪われた部屋1・2」パウル・ヴァン・ローン作;岩井智子訳;浜野史子絵　学研　2007年12月

**おばあちゃん**
九歳のカティの祖母、めったなことで笑わないが料理がとても上手なおばあちゃん　「タイの少女カティ」ジェーン・ベヤジバ作;大谷真弓訳　講談社（講談社文学の扉）　2006年7月

**おばあちゃん（ジェシカ）**
人間の世界へやってきた妖精の王国『フェアリー・レルム』のもと女王、ジェシーの祖母　「フェアリー・レルム 4 妖精のりんご」エミリー・ロッダ著;岡田好惠訳;仁科幸子絵　童心社　2005年11月

**おばあちゃん（ジェシカ）**
人間の世界へやってきた妖精の王国『フェアリー・レルム』のもと女王、ジェシーの祖母　「フェアリー・レルム 5 魔法のかぎ」エミリー・ロッダ著;岡田好惠訳;仁科幸子絵　童心社　2006年3月

57

おばあ

**おばあちゃん(ジェシカ・ビレアーズ)**
人間の世界へやってきた妖精の王国『フェアリー・レルム』のもと女王、ジェシーの祖母
「フェアリー・レルム 6 夢の森のユニコーン」 エミリー・ロッダ著;岡田好惠訳;仁科幸子絵
童心社 2006年7月

**おばあちゃん(シャスティンおばあちゃん)**
アストリッドの真夜中に家をぬけだしたりとんちんかんなことをするおばあちゃん 「おばあ
ちゃんにささげる歌」 アンナ・レーナ・ラウリーン文;ネッテ・ヨワンソン絵;ハンソン友子訳 ノ
ルディック出版 2006年11月

**おばさん(エレナ)**
姪のマックスを夏の間あずかることになったミンダワラに住むおばさん、ベンの妻 「マック
ス・レミースーパースパイ Mission1 時空マシーンを探せ!」 デボラ・アベラ作;ジョービー・
マーフィー絵;三石加奈子訳 童心社 2007年10月

**オバダイア・デマラル(デマラル)**
ソープ教区の牧師、暗黒の神ピラテオンを崇拝し魔法の〈ケルヴィム〉の力で全世界を支配
しようとしている男 「シャドウマンサー」 G.P.テイラー著;亀井よし子訳 新潮社 2006年6月

**おばちゃん(イヴェット)**
小学生のベンジャマンが毎日乗る通学バスの女運転手、男だといううわさまであるおばち
ゃん 「バスの女運転手」 ヴァンサン・キュヴェリエ作;キャンディス・アヤット画;伏見操訳 くも
ん出版 2005年2月

**オパール・コボイ**
天才的頭脳をもつピクシー、妖精社会でもっとも悪名高い億万長者 「アルテミス・ファウル
－オパールの策略」 オーエン・コルファー著;大久保寛訳 角川書店 2007年3月

**オビガード**
半吸血鬼のロフトウィング族の男、ダリッチ宮殿の雇われ調査員 「イルムア年代記 2 女神
官ラークの陰謀」 デイヴィッド・L.ストーン著;日暮雅通訳 ソニー・マガジンズ 2005年6月

**お姫さま　おひめさま**
魔女に呪いをかけられてふわふわ浮いてしまうお姫さま 「かるいお姫さま」 マクドナルド作
;脇明子訳 岩波書店(岩波少年文庫) 2005年9月

**オービル・ライト**
ジョン・Q・アダムズ中学校七年生、コンピューターなみの頭脳を持つアスペルガー症候群
の少年 「名探偵アガサ&オービル ファイル1」 ローラ・J.バーンズ作;メリンダ・メッツ作;金
原瑞人訳;小林みき訳;森山由海画 文溪堂 2007年7月

**オービル・ライト**
ジョン・Q・アダムズ中学校七年生、コンピューターなみの頭脳を持つアスペルガー症候群
の少年 「名探偵アガサ&オービル ファイル2」 ローラ・J.バーンズ作;メリンダ・メッツ作;金
原瑞人訳;小林みき訳;森山由海画 文溪堂 2007年7月

**オービル・ライト**
ジョン・Q・アダムズ中学校七年生、コンピューターなみの頭脳を持つアスペルガー症候群
の少年 「名探偵アガサ&オービル ファイル3」 ローラ・J.バーンズ作;メリンダ・メッツ作;金
原瑞人訳;小林みき訳;森山由海画 文溪堂 2007年8月

**オービル・ライト**
ジョン・Q・アダムズ中学校七年生、コンピューターなみの頭脳を持つアスペルガー症候群
の少年 「名探偵アガサ&オービル ファイル4」 ローラ・J.バーンズ作;メリンダ・メッツ作;金
原瑞人訳;小林みき訳;森山由海画 文溪堂 2007年9月

**オビ・ワン・ケノービ**
十四歳のジェダイ修行生アナキンの師、ジェダイ・ナイト 「スター・ウォーズ/ジェダイ・クエ
スト1 冒険のはじまり」 ジュード・ワトソン著;西村和子訳 オークラ出版(LUCAS BOOKS)
2006年12月

おら

**オビ・ワン・ケノービ**
十四歳のジェダイ修行生アナキンの師、ジェダイ・ナイト「スター・ウォーズ/ジェダイ・クエスト2 師弟のきずな」ジュード・ワトソン著;西村和子訳 オークラ出版(LUCAS BOOKS) 2006年12月

**オビ・ワン・ケノービ**
十四歳のジェダイ修行生アナキンの師、ジェダイ・ナイト「スター・ウォーズ/ジェダイ・クエスト3 危険なゲーム」ジュード・ワトソン著;西村和子訳 オークラ出版(LUCAS BOOKS) 2007年4月

**オビ・ワン・ケノービ**
十四歳のジェダイ修行生アナキンの師、ジェダイ・ナイト「スター・ウォーズ/ジェダイ・クエスト4 ダークサイドの誘惑」ジュード・ワトソン著;西村和子訳 オークラ出版(LUCAS BOOKS) 2007年8月

**オビ・ワン・ケノービ**
生き残りのジェダイ・ナイト、ダース・ヴェイダーとなったアナキンのかつての師 「スター・ウォーズ/ラスト・オブ・ジェダイ1 危険なミッション」ジュード・ワトソン著;西村和子訳 オークラ出版(LUCAS BOOKS) 2006年8月

**オビ・ワン・ケノービ**
生き残りのジェダイ・ナイト、ダース・ヴェイダーとなったアナキンのかつての師 「スター・ウォーズ/ラスト・オブ・ジェダイ2 闇の警告」ジュード・ワトソン著;西村和子訳 オークラ出版(LUCAS BOOKS) 2006年8月

**オフィーリア**
若い王子ハムレットがいつも愛の言葉をかけている内大臣ポローニアスの娘 「こどものためのハムレット」ロイス・バーデット著;鈴木扶佐子訳 アートデイズ(シェイクスピアっておもしろい!) 2007年6月

**オペラ座の怪人　おぺらざのかいじん**
パリのオペラ座の地下室にすみついたみにくい顔の男 「オペラ座の怪人」G.ルルー作;K.マクマラン 文;岡部史訳 北山真理絵 金の星社(フォア文庫) 2005年3月

**オーベロン**
王妃とけんかばかりしている妖精の国の王さま 「こどものための夏の夜のゆめ」ロイス・バーデット著;鈴木扶佐子訳 アートデイズ(シェイクスピアっておもしろい!) 2007年6月

**オマール**
十八歳の少女・シャバヌの初恋の相手、アメリカからパキスタンに帰ってきた青年 「シャバヌ ハベリの窓辺にて」スザンネ・ステープルズ作;金原瑞人・築地誠子訳 ポプラ社(ポプラ・ウイング・ブックス) 2005年5月

**オマールおじさま**
天涯孤独の少女・アミナが手に入れた魔法のランプに宿っていた魔神 「Wishing Moon月に願いを上下」マイケル・O.タンネル著;東川えり訳 小学館(小学館ルルル文庫) 2007年8月

**親父(タウンゼンド)　おやじ(たうんぜんど)**
第二次世界大戦下ドイツ軍と戦ったイギリス空軍の大尉、中年のアイルランド人 「ブラッカムの爆撃機」ロバート・ウェストール作;金原瑞人訳 岩波書店 2006年10月

**オーラ**
ノールウェイの農場に住む4人きょうだいの一ばん年上の10歳の牛追いの男の子 「小さい牛追い」マリー・ハムズン作;石井桃子訳 岩波書店(岩波少年文庫) 2005年10月

**オーラ**
ノールウェイの農場の子どもたち4人きょうだいの上の男の子 「牛追いの冬」マリー・ハムズン作;石井桃子訳 岩波書店(岩波少年文庫) 2006年2月

おら

### オーラ
魔法の島ネバーランドのマーメイド・ラグーンに住む優雅できれいな人魚 「マーメイド・ラグーンのラニー」 リサ・パパディメトリュー作;小宮山みのり訳;ディズニーストーリーブックアーティストグループ絵 講談社(ディズニーフェアリーズ文庫) 2006年3月

### オラフ伯爵　おらふはくしゃく
孤児であるボードレール三姉弟妹の後見人だった男、ボードレール家の遺産をねらう悪党 「世にも不幸なできごと 10 つるつるスロープ」 レモニー・スニケット著;宇佐川晶子訳 草思社 2006年3月

### オラフ伯爵　おらふはくしゃく
孤児であるボードレール三姉弟妹の後見人だった男、ボードレール家の遺産をねらう悪党 「世にも不幸なできごと 11 ぶきみな岩屋」 レモニー・スニケット著;宇佐川晶子訳 草思社 2006年12月

### オラフ伯爵　おらふはくしゃく
孤児であるボードレール三姉弟妹の後見人だった男、ボードレール家の遺産をねらう悪党 「世にも不幸なできごと 12 終わりから二番めの危機」 レモニー・スニケット著;宇佐川晶子訳 草思社 2007年8月

### オラフ伯爵　おらふはくしゃく
孤児であるボードレール三姉弟妹の後見人だった男、ボードレール家の遺産をねらう悪党 「世にも不幸なできごと 9 肉食カーニバル」 レモニー・スニケット著;宇佐川晶子訳 草思社 2005年6月

### オーリー
少年サッカーチーム「ブルーイエローSC」のフォワード 「キッカーズ! 5 練習場が見つからない」 フラウケ・ナールガング作;ささきたづこ訳 小学館 2007年6月

### オーリー
少年サッカーチーム「ブルーイエローSC」のフォワード 「キッカーズ! 6 めざせ、優勝だ!」 フラウケ・ナールガング作;ささきたづこ訳 小学館 2007年9月

### オーリー
少年サッカーチーム「ブルーイエローSC」のフォワード、けがをしてサッカーを休んでいた少年 「キッカーズ! 4 仲間われの危機」 フラウケ・ナールガング作;ささきたづこ訳 小学館 2007年3月

### オリー(オリヴィア・クリスティ)
考古学のクリスティ教授の娘、十二歳のイギリス人 「タリスマン1 イシスの涙」 アラン・フレウィン・ジョーンズ著;桜井颯子訳;永盛綾子絵 文渓堂 2006年7月

### オリー(オリヴィア・クリスティ)
考古学のクリスティ教授の娘、十二歳のイギリス人 「タリスマン2 嫦娥の月長石」 アラン・フレウィン・ジョーンズ著;桜井颯子訳;永盛綾子絵 文渓堂 2006年9月

### オリー(オリヴィア・クリスティ)
考古学のクリスティ教授の娘、十二歳のイギリス人 「タリスマン3 キリャの黄金」 アラン・フレウィン・ジョーンズ著;桜井颯子訳;永盛綾子絵 文渓堂 2006年10月

### オリー(オリヴィア・クリスティ)
考古学のクリスティ教授の娘、十二歳のイギリス人 「タリスマン4 パールヴァティーの秘宝」 アラン・フレウィン・ジョーンズ著;桜井颯子訳;永盛綾子絵 文渓堂 2006年12月

### オリガ
モスクワにいる「光」の超能力者・アントンの相棒、フクロウの姿をした女魔術師 「ナイト・ウォッチ」 セルゲイ・ルキヤネンコ著;法木綾子訳 バジリコ 2005年12月

おるが

**オリー・スパークス**
ボルドヴァ先生の弟、昔「ブルーア学園」の屋根裏でまいごになった男の子 「空色のへび のひみつ(チャーリー・ボーンの冒険3)」ジェニー・ニモ作;田中薫子訳;ジョン・シェリー絵 徳間書店 2006年3月

**オリバー**
いなかの村にすんでいるふくろう、おばけのジョージのともだち 「おばけのジョージーとも だちをたすける」ロバート・ブライト作絵;なかがわちひろ訳 徳間書店 2006年9月

**オリバー**
サーカスだんにはいるためにうみをわたってきたがいれてもらえず行き場をなくしたぞう 「ぞうのオリバー」シド・ホフ作;三原泉訳 偕成社 2007年1月

**オリバー**
築二百年の古い家にとじこめられている四人の子どもの幽霊の一人、十二歳で死んだ少 年 「ゴーストハウス」クリフ・マクニッシュ著;金原瑞人・松山美保訳 理論社 2007年5月

**オリヴァー・スミス**
相続でイングランドの北部のりっぱな屋敷の持ち主になった孤児院ですごしていた少年 「幽霊派遣会社」エヴァ・イボットソン著;三辺律子訳 偕成社 2006年6月

**オリヴィア**
夏休みに妹のネリーとミンティーおばさんの家にあずけられた九歳の女の子 「花になった 子どもたち」ジャネット・テーラー・ライル作;市川里美画;多賀京子訳 福音館書店(世界傑 作童話シリーズ) 2007年11月

**オリビア・キドニー**
管理人の仕事をしている父さんとニューヨーク西95丁目のマンションに住みこむことになっ た降霊術を勉強中の十二歳の少女 「西95丁目のゴースト(ちいさな霊媒師オリビア)」エ レン・ポッター著;海後礼子訳 主婦の友社 2007年10月

**オリヴィア・クリスティ**
考古学のクリスティ教授の娘、十二歳のイギリス人 「タリスマン1 イシスの涙」アラン・フレ ウィン・ジョーンズ著;桜井颯子訳;永盛綾子絵 文溪堂 2006年7月

**オリヴィア・クリスティ**
考古学のクリスティ教授の娘、十二歳のイギリス人 「タリスマン2 嫦娥の月長石」アラン・フ レウィン・ジョーンズ著;桜井颯子訳;永盛綾子絵 文溪堂 2006年9月

**オリヴィア・クリスティ**
考古学のクリスティ教授の娘、十二歳のイギリス人 「タリスマン3 キリヤの黄金」アラン・フレ ウィン・ジョーンズ著;桜井颯子訳;永盛綾子絵 文溪堂 2006年10月

**オリヴィア・クリスティ**
考古学のクリスティ教授の娘、十二歳のイギリス人 「タリスマン4 パールヴァティーの秘宝」 アラン・フレウィン・ジョーンズ著;桜井颯子訳;永盛綾子絵 文溪堂 2006年12月

**オリヴィエ**
一九三〇年代のモンマルトル・ラバ通りにあった小間物屋の息子、みなしごになった少年 「ラバ通りの人びと」ロベール・サバティエ作;堀内紅子訳;松本徹訳 福音館書店(福音館 文庫) 2005年8月

**オルガ**
トランシルヴァニアのお城からやってきたお嬢さんそだちの吸血鬼の女の子 「リトルバンパ イア 5 魅惑のオルガ」アンゲラ・ゾンマー・ボーデンブルク作;川西芙沙訳;ひらいたかこ 絵 くもん出版 2006年1月

おるた

### オルタンス
ベルドレーヌ家の読書と日記の世界を愛する四女、内気な十二歳の文学少女 「ベルド
レーヌ四季の物語 夏のマドモアゼル」 マリカ・フェルジュク作;ドゥボーヴ・陽子訳 ポプラ
社(ポプラポケット文庫) 2007年7月

### オルタンス
ベルドレーヌ家の読書と日記の世界を愛する四女、内気な十二歳の文学少女 「ベルド
レーヌ四季の物語 秋のマドモアゼル」 マリカ・フェルジュク作;ドゥボーヴ・陽子訳 ポプラ
社(ポプラポケット文庫) 2006年11月

### オルタンス
ベルドレーヌ家の読書と日記の世界を愛する四女、内気な十二歳の文学少女 「ベルド
レーヌ四季の物語 春のマドモアゼル」 マリカ・フェルジュク作;ドゥボーヴ・陽子訳 ポプラ
社(ポプラポケット文庫) 2007年4月

### オルタンス
ベルドレーヌ家の読書と日記の世界を愛する四女、内気な十二歳の文学少女 「ベルド
レーヌ四季の物語 冬のマドモアゼル」 マリカ・フェルジュク作;ドゥボーヴ・陽子訳 ポプラ
社(ポプラポケット文庫) 2007年2月

### オールド・クリーピー
少年ベンのしんせきのおじさん、秘密の国アイドロンを支配しようともくろんでいた男 「アイ
ドロン1 秘密の国の入り口」 ジェーン・ジョンソン作;神戸万知訳;佐野月美絵 フレーベル
館 2007年11月

### オールド・ノシー(ノシー)
親友の魔女マームとともに魔女島を追放されイギリスの静かな町にある教会に住みつき人
間と友だちになった魔女 「いたずら魔女のノシーとマーム 2 謎の猫、メンダックス」 ケイト・
ソーンダズ作;トニー・ロス絵;相良倫子訳;陶浪亜希訳 小峰書店 2005年9月

### オールド・ノシー(ノシー)
親友の魔女マームとともに魔女島を追放されイギリスの静かな町にある教会に住みつき人
間と友だちになった魔女 「いたずら魔女のノシーとマーム 3 呪われた花嫁」 ケイト・ソーン
ダズ作;トニー・ロス絵;相良倫子訳;陶浪亜希訳 小峰書店 2006年2月

### オールド・ノシー(ノシー)
親友の魔女マームとともに魔女島を追放されイギリスの静かな町にある教会に住みつき人
間と友だちになった魔女 「いたずら魔女のノシーとマーム 4 魔法のパワーハット」 ケイト・
ソーンダズ作;トニー・ロス絵;相良倫子訳;陶浪亜希訳 小峰書店 2006年4月

### オールド・ノシー(ノシー)
親友の魔女マームとともに魔女島を追放されイギリスの静かな町にある教会に住みつき人
間と友だちになった魔女 「いたずら魔女のノシーとマーム 5 恐怖のタイムマシン旅行」 ケ
イト・ソーンダズ作;トニー・ロス絵;相良倫子訳;陶浪亜希訳 小峰書店 2006年6月

### オールド・ノシー(ノシー)
親友の魔女マームとともに魔女島を追放されイギリスの静かな町にある教会に住みつき人
間と友だちになった魔女 「いたずら魔女のノシーとマーム 6 最後の宇宙決戦」 ケイト・
ソーンダズ作;トニー・ロス絵;相良倫子訳;陶浪亜希訳 小峰書店 2006年7月

### オールド・ノシー(ノシー)
魔女島の赤タイツ組の魔女でいっしょの部屋に住むマームのなかよし、なまいきでれいぎ
知らずの百五十歳のまだまだ若い魔女 「いたずら魔女のノシーとマーム 1 秘密の呪文」
ケイト・ソーンダズ作;トニー・ロス絵;相良倫子訳;陶浪亜希訳 小峰書店 2005年9月

### オルフェウス・マク・ボット
船乗りの家系だが二十四歳まで海に出ることができなかった青年、マルヴァ姫捜索隊エラ
バンダ号の水夫長 「マルヴァ姫、海へ!－ガルニシ国物語 上下」 アンヌ・ロール・ボン
ドゥー作;伊藤直子訳 評論社(児童図書館・文学の部屋) 2007年8月

かい

**オレック**
「高地」のカスプロマント一族の跡継ぎ、血筋に伝わる力「ギフト」を持つ少年 「ギフト―西のはての年代記1」 ル=グウィン著;谷垣暁美訳 河出書房新社 2006年6月

**オレック・カスプロ**
「高地」から旅をしてきてアンサル市を訪れた詩人、「高地」出身のグライの夫 「ヴォイス―西のはての年代記2」 ル=グウィン著;谷垣暁美訳 河出書房新社 2007年8月

**オーロラ姫　おーろらひめ**
隣国のフィリップ王子の婚約者、魔女マレフィセントに呪いをかけられた姫 「眠れる森の美女」 シャルル・ペロー原作;鈴木尚子訳 汐文社(ディズニープリンセス6姫の夢物語) 2007年3月

**御大　おんたい**
オピウム国を支配する百四十八歳の麻薬王、マテオ・アラクラン本人 「砂漠の王国とクローンの少年」 ナンシー・ファーマー著;小竹由加里訳 DHC 2005年1月

**女幽霊　おんなゆうれい**
霊能者のスザンナの部屋にあらわれた幽霊、スザンナにレッドへの伝言をたのんだゴースト 「メディエータ0　episode2　吸血鬼の息子」 メグ・キャボット作;代田亜香子訳 理論社 2007年10月

**オンニョニ**
貧民の娘に生まれたが宮中の内医院で参謀の位につく委医員の弟子になった容姿端麗で賢い六才の少女 「チャングムの誓い―ジュニア版1」 キムサンホン原作;金松伊訳;金正愛さし絵 汐文社 2006年11月

**オンブラ**
黒マントの謎の怪人、流星砂を奪うため「敵方」が送りこんできた刺客 「ピーターと影泥棒　上下」 デイヴ・バリー著 リドリー・ピアスン著;海後礼子訳 主婦の友社 2007年7月

## 【か】

**母さん　かあさん**
オーストラリアの人里離れた入江で息子のエイベルと暮らす海が大好きな母さん 「ブルーバック」 ティム・ウィントン作;小竹由美子訳;橋本礼奈画 さ・え・ら書房 2007年7月

**母さん　かあさん**
カリフォルニア州に住んでいた家族の母親、次男を虐待するようになった人 「"It(それ)"と呼ばれた子―ジュニア版1」 デイヴ・ペルザー著;百瀬しのぶ監訳 ソニー・マガジンズ 2005年7月

**母さん　かあさん**
カリフォルニア州に住んでいた家族の母親、次男を十二歳まで虐待していた母親 「"It(それ)"と呼ばれた子―ジュニア版2」 デイヴ・ペルザー著;百瀬しのぶ監訳 ソニー・マガジンズ 2005年7月

**母さん　かあさん**
ジェイムズの頭はとてもいいが家事はまるでダメな母さん、家事をすべてまかせられるロボママを作った母親 「ロボママ」 エミリー・スミス作;もりうちすみこ訳;村山鉢子画 文研出版 (文研ブックランド) 2005年5月

**カイ**
ゲームの世界・カラザンのアラケシュという町にいた少年、宿屋の息子 「カラザン・クエスト1」 V.M.ジョーンズ作;田中奈津子訳;小松良佳絵 講談社 2005年4月

63

## かい

**カイ**
雪の女王についていってしまった男の子、ゲルダの幼なじみ 「雪の女王」 アンデルセン作;木村由利子訳 偕成社 2005年4月

**蚕 かいこ**
巨大な桃の中にいた太くて白い巨大な蚕 「ロアルド・ダールコレクション1 おばけ桃が行く」 ロアルド・ダール著クェンティン・ブレイク絵;柳瀬尚紀訳 評論社 2005年11月

**ガイヤーマイヤー**
吸血鬼の子ども・リュディガーがすんでいる共同墓所の墓守、大きな鼻の男 「リトルバンパイア 6 悪魔のなみだ」 アンゲラ・ゾンマー・ボーデンブルク作;川西芙沙訳;ひらいたかこ絵 くもん出版 2006年5月

**カイラ・デレオン**
黒人の若者・アームピットが行ったコンサートのシンガー、十七歳のアフリカ系アメリカ人の少女 「歩く」 ルイス・サッカー作;金原瑞人・西田登訳 講談社 2007年5月

**カイル**
道でみかけた女のひとに誘拐され特殊な薬で小さくなった中学生 「ドールハウスから逃げだせ!」 イヴ・バンティング著;瓜生知寿子訳 早川書房(ハリネズミの本箱) 2006年1月

**カエデ(シラカワの姫) かえで(しらかわのひめ)**
シラカワ国の領主の十五歳の長女、セイシュウ国のノグチ家の人質となっている娘 「オオトリ国記伝 1 魔物の闇」 リアン・ハーン著;高橋佳奈子訳 主婦の友社 2006年6月

**カオス(カバ)**
生命工学者になる夢を持つヘラムの未来の自分が造った合成人間 「秘密の島」 ペソウン作;金松伊訳;キムジュヒョン絵 汐文社(いま読もう!韓国ベスト読みもの) 2005年3月

**かかし**
稲妻が直撃し動き出したかかし 「かかしと召し使い」 フィリップ・プルマン作;金原瑞人訳 理論社 2006年9月

**カギマワールマン**
少年・アントンの旅行先の村にいた医者、吸血鬼のことをかぎまわる男 「リトルバンパイア 4 モンスターの巣くつ」 アンゲラ・ゾンマー・ボーデンブルク作;川西芙沙訳;ひらいたかこ絵 くもん出版 2006年1月

**影 かげ**
ローク学院のゲドが禁じられた呪文で呼び出した邪悪な影 「ゲド戦記Ⅰ 影との戦い」 ル=グウィン著;清水真砂子訳 岩波書店 2006年4月

**ガサツィさん**
家の庭園の戸口に「犬を中に入れてはいけない」という注意書きを出した男の人 「魔術師アブドゥル・ガサツィの庭園」 C.V.オールズバーグ絵と文;村上春樹訳 あすなろ書房 2005年9月

**カシオペイア**
時間の国からの使者のカメ 「モモ」 ミヒャエル・エンデ作;大島かおり訳 岩波書店(岩波少年文庫) 2005年6月

**カシタンカ(ティヨートカ)**
大通りで指物師のご主人とはぐれてしまった栗色のやせた子犬 「小犬のカシタンカ」 アントン・チェーホフ作;難波平太郎訳;田村セツ子画 新風舎 2006年12月

**ガス・ジェンキンズ**
ソフィーとサムの姉妹がアシスタントとして働いている探偵事務所のボス 「チョコレート・ラヴァー―ふたりはこっそり変装中!(ミッシング・パーソンズ2)」 M.E.ラブ作;西田佳子訳 理論社 2006年12月

かすて

**カースティ・テイト**
フェアリーランドに住む妖精たちの友だち、人間の女の子 「アメジストの妖精(フェアリー)エイミー(レインボーマジック)」 デイジー・メドウズ作;田内志文訳 ゴマブックス 2007年12月

**カースティ・テイト**
フェアリーランドに住む妖精たちの友だち、人間の女の子 「お楽しみの妖精(フェアリー)ポリー(レインボーマジック)」 デイジー・メドウズ作;田内志文訳 ゴマブックス 2007年8月

**カースティ・テイト**
フェアリーランドに住む妖精たちの友だち、人間の女の子 「プレゼントの妖精(フェアリー)ジャスミン(レインボーマジック)」 デイジー・メドウズ作;田内志文訳 ゴマブックス 2007年8月

**カースティ・テイト**
フェアリーランドに住む妖精たちの友だち、人間の女の子 「ムーンストーンの妖精(フェアリー)インディア(レインボーマジック)」 デイジー・メドウズ作;田内志文訳 ゴマブックス 2007年11月

**カースティ・テイト**
フェアリーランドに住む妖精たちの友だち、人間の女の子 「雨の妖精(フェアリー)ヘイリー(レインボーマジック)」 デイジー・メドウズ作;田内志文訳 ゴマブックス 2007年4月

**カースティ・テイト**
フェアリーランドに住む妖精たちの友だち、人間の女の子 「雲の妖精(フェアリー)パール(レインボーマジック)」 デイジー・メドウズ作;田内志文訳 ゴマブックス 2007年3月

**カースティ・テイト**
フェアリーランドに住む妖精たちの友だち、人間の女の子 「黄色の妖精(フェアリー)サフラン(レインボーマジック)」 デイジー・メドウズ作;田内志文訳 ゴマブックス 2006年9月

**カースティ・テイト**
フェアリーランドに住む妖精たちの友だち、人間の女の子 「夏休みの妖精(フェアリー)サマー(レインボーマジック)」 デイジー・メドウズ作;田内志文訳 ゴマブックス 2007年8月

**カースティ・テイト**
風見どり・ドゥードルの魔法の羽根を友だちのレイチェルといっしょに探している女の子 「太陽の妖精(フェアリー)ゴールディ(レインボーマジック)」 デイジー・メドウズ作;田内志文訳 ゴマブックス 2007年3月

**カースティ・テイト**
友だちのレイチェルといっしょにお天気を決めるニワトリの魔法の羽根を探している女の子 「雪の妖精(フェアリー)クリスタル(レインボーマジック)」 デイジー・メドウズ作;田内志文訳 ゴマブックス 2007年2月

**カースティ・テイト**
友だちのレイチェルといっしょにパーティの妖精たちの魔法のバッグを探している女の子 「おかしの妖精(フェアリー)ハニー(レインボーマジック)」 デイジー・メドウズ作;田内志文訳 ゴマブックス 2007年8月

**カースティ・テイト**
友だちのレイチェルといっしょにパーティの妖精たちの魔法のバッグを探している女の子 「お洋服の妖精(フェアリー)フィービー(レインボーマジック)」 デイジー・メドウズ作;田内志文訳 ゴマブックス 2007年8月

**カースティ・テイト**
友だちのレイチェルといっしょにパーティの妖精たちの魔法のバッグを探している女の子 「キラキラの妖精(フェアリー)グレース(レインボーマジック)」 デイジー・メドウズ作;田内志文訳 ゴマブックス 2007年8月

65

かすて

**カースティ・テイト**
友だちのレイチェルといっしょにパーティの妖精たちの魔法のバッグを探している女の子
「ケーキの妖精(フェアリー)チェリー(レインボーマジック)」デイジー・メドウズ作;田内志文
訳 ゴマブックス 2007年8月

**カースティ・テイト**
友だちのレイチェルといっしょにレインスペル島で虹の妖精を探している女の子 「あい色の
妖精(フェアリー)イジー(レインボーマジック)」デイジー・メドウズ作;田内志文訳 ゴマ
ブックス 2006年11月

**カースティ・テイト**
友だちのレイチェルといっしょにレインスペル島で虹の妖精を探している女の子 「オレンジ
の妖精(フェアリー)アンバー(レインボーマジック)」デイジー・メドウズ作;田内志文訳 ゴ
マブックス 2006年9月

**カースティ・テイト**
友だちのレイチェルといっしょにレインスペル島で虹の妖精を探している女の子 「みどりの
妖精(フェアリー)ファーン(レインボーマジック)」デイジー・メドウズ作;田内志文訳 ゴマ
ブックス 2006年10月

**カースティ・テイト**
友だちのレイチェルといっしょにレインスペル島で虹の妖精を探している女の子 「むらさき
の妖精(フェアリー)ヘザー(レインボーマジック)」デイジー・メドウズ作;田内志文訳 ゴマ
ブックス 2006年11月

**カースティ・テイト**
友だちのレイチェルといっしょにレインスペル島で虹の妖精を探している女の子 「青の妖
精(フェアリー)スカイ(レインボーマジック)」デイジー・メドウズ作;田内志文訳 ゴマブック
ス 2006年10月

**カースティ・テイト**
友だちのレイチェルといっしょにレインスペル島で虹の妖精を探している女の子 「赤の妖
精(フェアリー)ルビー(レインボーマジック1)」デイジー・メドウズ作;田内志文訳 ゴマブッ
クス 2006年9月

**カースティ・テイト**
友だちのレイチェルといっしょに妖精の女王様の魔法の宝石を探している女の子 「エメラ
ルドの妖精(フェアリー)エミリー(レインボーマジック)」デイジー・メドウズ作;田内志文訳
ゴマブックス 2007年11月

**カースティ・テイト**
友だちのレイチェルといっしょに妖精の女王様の魔法の宝石を探している女の子 「ガー
ネットの妖精(フェアリー)スカーレット(レインボーマジック)」デイジー・メドウズ作;田内志
文訳 ゴマブックス 2007年11月

**カースティ・テイト**
友だちのレイチェルといっしょに妖精の女王様の魔法の宝石を探している女の子 「サファ
イアの妖精(フェアリー)ソフィ(レインボーマジック)」デイジー・メドウズ作;田内志文訳 ゴ
マブックス 2007年12月

**カースティ・テイト**
友だちのレイチェルといっしょに妖精の女王様の魔法の宝石を探している女の子 「ダイヤ
モンドの妖精(フェアリー)ルーシー(レインボーマジック)」デイジー・メドウズ作;田内志文
訳 ゴマブックス 2007年12月

**カースティ・テイト**
友だちのレイチェルといっしょに妖精の女王様の魔法の宝石を探している女の子 「トパー
ズの妖精(フェアリー)クロエ(レインボーマジック)」デイジー・メドウズ作;田内志文訳 ゴマ
ブックス 2007年11月

がすぱ

**カースティ・テイト**
友だちのレイチェルと一緒にフェアリーランドからきた妖精を助ける女の子 「音楽の妖精
(フェアリー)メロディ(レインボーマジック)」 デイジー・メドウズ作;田内志文訳 ゴマブックス
2007年8月

**カースティ・テイト**
友だちのレイチェルと一緒にフェアリーランドのお天気の妖精を助けている女の子 「風の
妖精(フェアリー)アビゲイル(レインボーマジック)」 デイジー・メドウズ作;田内志文訳 ゴマ
ブックス 2007年2月

**カースティ・テイト**
友だちのレイチェルと一緒にフェアリーランドのお天気の妖精を助けている女の子 「霧の
妖精(フェアリー)エヴィ(レインボーマジック)」 デイジー・メドウズ作;田内志文訳 ゴマブッ
クス 2007年4月

**カースティ・テイト**
友だちのレイチェルと一緒にフェアリーランドのお天気の妖精を助けている女の子 「雷の
妖精(フェアリー)ストーム(レインボーマジック)」 デイジー・メドウズ作;田内志文訳 ゴマ
ブックス 2007年4月

**カースティ・テイト**
妖精ジャック・フロストにぬすまれたサンタクロースのそりを探している女の子 「クリスマスの
妖精(フェアリー)ホリー(レインボーマジック)」 デイジー・メドウズ作;田内志文訳 ゴマブッ
クス 2007年11月

**ガストン**
村一番の美人・ベルにプロポーズしたハンサムで狩りの名人、うぬぼれやの若者 「美女と
野獣」 ボーモン夫人原作;竹内みどり訳 汐文社 (ディズニープリンセス6姫の夢物語)
2007年1月

**ガストン・ブロドー**
フランス西部の港町ナントに住む十二歳の少年、インディアンの血を引く少女ルシアの親
せき 「ガストンとルシア 1 3000年を飛ぶ魔法旅行」 ロジェ・ファリゴ著;永島章雄訳 小学
館 2005年4月

**ガストン・ブロドー**
フランス西部の港町ナントに住む十二歳の少年、インディアンの血を引く少女ルシアの親
せき 「ガストンとルシア 2 永遠の旅のはじまり」 ロジェ・ファリゴ著;永島章雄訳 小学館
2005年5月

**ガスパー卿　がすぱーきょう**
地下室の階段の下の不思議な世界「ドルーン」にいる悪の魔法使い 「秘密のドルーン
1&2」 トニー・アボット著;飯岡美紀訳 ダイヤモンド社 2005年12月

**カスバート・ババーコーン**
ふたりの魔女・ノシーとマームが住みついた聖トランタース・エンド教会の牧師の見習い、ふ
たりの魔女の大の親友 「いたずら魔女のノシーとマーム 2 謎の猫、メンダックス」 ケイト・
ソーンダズ作;トニー・ロス絵;相良倫子訳;陶浪亜希訳 小峰書店 2005年9月

**カスバート・ババーコーン**
ふたりの魔女・ノシーとマームが住みついた聖トランタース・エンド教会の牧師の見習い、立
派な若者 「いたずら魔女のノシーとマーム 1 秘密の呪文」 ケイト・ソーンダズ作;トニー・ロ
ス絵;相良倫子訳;陶浪亜希訳 小峰書店 2005年9月

**カスバート・ババーコーン**
魔女島を追放されたふたりの魔女・ノシーとマームが住みついた聖トランタース・エンド教会
の牧師の見習い、ふたりの魔女の大の親友 「いたずら魔女のノシーとマーム 5 恐怖のタイ
ムマシン旅行」 ケイト・ソーンダズ作;トニー・ロス絵;相良倫子訳;陶浪亜希訳 小峰書店
2006年6月

かすば

### カスバート・ババーコーン
魔女島を追放されたふたりの魔女・ノシーとマームが住みついた聖トランタース・エンド教会の牧師の見習い、ふたりの魔女の大の親友 「いたずら魔女のノシーとマーム 6 最後の宇宙決戦」 ケイト・ソーンダズ作;トニー・ロス絵;相良倫子訳;陶浪亜希訳 小峰書店 2006年7月

### カスバート・ババーコーン
魔女島を追放されたふたりの魔女・ノシーとマームと仲良しの若い牧師見習い 「いたずら魔女のノシーとマーム 3 呪われた花嫁」 ケイト・ソーンダズ作;トニー・ロス絵;相良倫子訳;陶浪亜希訳 小峰書店 2006年2月

### カスバート・ババーコーン
魔女島を追放されたふたりの魔女・ノシーとマームと仲良しの若い牧師見習い、アリスと結婚した町の人気者 「いたずら魔女のノシーとマーム 4 魔法のパワーハット」 ケイト・ソーンダズ作;トニー・ロス絵;相良倫子訳;陶浪亜希訳 小峰書店 2006年4月

### ガスパール・マック・キティキャット
トマスがかっている庭のふしぎな草をたべてしゃべれるようになったねこ 「もしもねこがしゃべったら…?」 クロード・ロワさく;石津ちひろやく;海谷泰水え 長崎出版 2007年5月

### カスピアン
ナルニア国の年老いた王カスピアン十世 「銀のいす(ナルニア国ものがたり4)」 C.S.ルイス作;瀬田貞二訳 岩波書店 2005年10月

### カスピアン
帆船「朝びらき丸」に乗って東の海に船出したナルニア国の少年王 「朝びらき丸東の海へ(ナルニア国ものがたり3)」 C.S.ルイス作;瀬田貞二訳 岩波書店 2005年10月

### カスピアン王子　かすぴあんおうじ
ナルニア国の王子、テルマールの国からナルニアにきた征服王カスピアンの子孫 「カスピアン王子のつのぶえ(ナルニア国ものがたり2)」 C.S.ルイス作;瀬田貞二訳 岩波書店 2005年10月

### 火星人　かせいじん
イギリスの一地方に落ちた円筒からでてきたロンドンを焼き尽くすおそろしい火星人 「宇宙戦争」 H.G.ウェルズ作;雨沢泰訳 偕成社(偕成社文庫) 2005年8月

### カダバー
デモナータから来た悪魔、顔は人間と犬の中間で日本の長い足と四本の腕をもつ怪物 「デモナータ2幕 悪魔の盗人」 ダレン・シャン作;橋本恵訳;田口智子画 小学館 2006年2月

### カダリー
実の親に捨てられた孤児、魔法の発明品好きな若き天才僧侶 「クレリック・サーガ 1 忘れられた領域 秘密の地下墓地」 R.A.サルバトーレ著;安田均監修;笠井道子訳;池田宗隆画 アスキー 2007年4月

### カダリー
魔法の発明品好きな若き天才僧侶、邪悪な司祭を殺し英雄の名誉を与えられたことに苦しんでいる若者 「クレリック・サーガ 2 忘れられた領域 森を覆う影」 R.A.サルバトーレ著;安田均監修;笠井道子訳;池田宗隆画 アスキー 2007年10月

### ガチョウ
びんぼうで運の悪いワビシーネ農場の主人スカンピンさんのところに生まれた金のガチョウ 「ワビシーネ農場のふしぎなガチョウ」 ディック・キング=スミス作;三原泉訳 あすなろ書房 2007年9月

かに

### カッレ・ブルムクヴィスト
スウェーデンの田舎町にある食料品屋の息子、白バラ団の隊員で名探偵の少年 「カッレくんの冒険」 アストリッド・リンドグレーン作;尾崎義訳 岩波書店(岩波少年文庫) 2007年2月

### ガーディ
ロンドンの浮浪児集団〈ベイカー少年探偵団〉で一番日が浅いメンバー、父親がアイルランド人で見た目が男の子のような少女 「ベイカー少年探偵団1ー消えた名探偵」 アンソニー・リード著;池央耿訳 評論社(児童図書館・文学の部屋) 2007年12月

### カティ(ナ・カモン・ポドジャナウィット)
重い病気を患っているお母さんとはなれタイの美しい水辺の村で祖父母と暮らしている九歳の少女 「タイの少女カティ」 ジェーン・ベヤジバ作;大谷真弓訳 講談社(講談社文学の扉) 2006年7月

### カドギ
宮中の厨房専属の下女、ヤンバンの娘のような品格と容姿を持った十七才の少女 「チャングムの誓いージュニア版2」 キムサンホン原作;金松伊訳;金正愛さし絵 汐文社 2007年1月

### カート・マックレー
ニューヨークでホームレス生活をする天才パンクギタリスト、デブの高校生・トロイをドラマーに誘った青年 「ビッグTと呼んでくれ」 K.L.ゴーイング作;浅尾敦則訳 徳間書店 2007年3月

### カドミニウム・ゴールド(キャディー)
両親が画家のカッソン家の長女、養女サフィーの五つ上の姉で運転教習の教官に夢中な少女 「サフィーの天使」 ヒラリー・マッカイ作;冨永星訳 小峰書店(Y.A.Books) 2007年1月

### カトリーナ・マートン(キャット)
引っ越した古い大邸宅の流し台の下で弟のダニエルと妙な生き物・グルールを見つけた姉 「人喰いグルール(グースバンプス3)」 R.L.スタイン作;津森優子訳;照世絵 岩崎書店 2006年9月

### ガートルード王妃　がーとるーどおうひ
若い王子ハムレットの母、亡き前国王の弟と再婚した王妃 「こどものためのハムレット」 ロイス・バーデット著;鈴木扶佐子訳 アートデイズ(シェイクスピアっておもしろい!) 2007年6月

### ガナー
ロンドンの街で動く彫像に襲われていたジョージを助けたブロンズ像、無名戦士 「ストーンハート」 チャーリー・フレッチャー著;大嶌双恵訳 理論社(THE STONE HEART TRILOGY) 2007年4月

### カナダ人　かなだじん
アメリカ合衆国海軍のエイブラハム・リンカーン号乗り組みの銛うちの名手、四十歳くらいのカナダ人 「海底二万海里 上下」 J.ベルヌ作;清水正和訳;A・ド・ヌヴィル画 福音館書店(福音館文庫) 2005年5月

### カナリア
オオカミとコヒツジに冬のふしぎなお祝い・クリスマスをおしえたきいろいカナリア 「オオカミとコヒツジときいろのカナリア」 ベン・カウパース作;のざかえつこ訳;ふくだいわお絵 くもん出版 2005年12月

### カニ
ティティブー島の地下洞くつにいるなぞの巨大ガニ 「ウルメル海に潜る(URMEL 3)」 マックス・クルーゼ作;エーリヒ・ヘレ絵;加藤健司訳 ひくまの出版 2005年8月

かにん

## カニンダ
国連軍に保護されロンドンに里子に出されたアフリカの少年兵 「リトル・ソルジャー」 バーナード・アシュリー作;さくまゆみこ訳 ポプラ社(ポプラ・ウイング・ブックス) 2005年8月

## ガネーシュ
エリオン国にあるターロックという町の町長、陽気な男 「エリオン国物語1 アレクサと秘密の扉」 パトリック・カーマン著;金原瑞人訳 アスペクト 2006年10月

## カーネル(コーネリアス・フレック)
ほかの子にはみえない不思議な光が見えるせいで友だちができずみんなから変人あつかいされている少年 「デモナータ2幕 悪魔の盗人」 ダレン・シャン作;橋本恵訳;田口智子画 小学館 2006年2月

## カノック・カスプロ
「高地」のカスプロマントの首長で血筋に伝わる力「ギフト」を持つ人、オレックの父親 「ギフト ― 西のはての年代記1」 ル=グウィン著;谷垣暁美訳 河出書房新社 2006年6月

## カバ
生命工学者になる夢を持つヘラムの未来の自分が造った合成人間 「秘密の島」 ペソウン作;金松伊訳;キムジュヒョン絵 汐文社(いま読もう!韓国ベスト読みもの) 2005年3月

## ガヴィン・ベル
未来の世界で初めて誕生した感情を持つロボット・ERG3がやってきたベル家の長男 「EGR3」 ヘレン・フォックス著;三辺律子訳 あすなろ書房 2006年4月

## ガブガブ
ドリトル先生の家に飼われているくいしん坊のブタ 「ドリトル先生アフリカゆき」 ヒュー・ロフティング作;井伏鱒二訳 岩波書店(ドリトル先生物語全集1) 2007年5月

## ガープ・ティースグリット
イルムア大陸の大議会に脅威とみなされた男、野蛮人種のグローンの異母弟 「イルムア年代記3 サスティ姫の裏切り」 デイヴィッド・L.ストーン著;日暮雅通訳 ソニー・マガジンズ 2006年2月

## カーフュー子爵　かーふゅーししゃく
現ダリッチ君主で元君主・モードセット大公の従兄弟 「イルムア年代記2 女神官ラークの陰謀」 デイヴィッド・L.ストーン著;日暮雅通訳 ソニー・マガジンズ 2005年6月

## ガブリエル
アルゼンチンからイスラエルに移民してきたユダヤ人少年 「シュクラーンぼくの友だち」 ドリット・オルガッド作;樋口範子訳 鈴木出版(鈴木出版の海外児童文学) 2005年12月

## ガブール
海を支配する海賊ネズミの軍団を束ねる死霊の島の領主、獰猛な海賊ネズミ 「海から来たマリエル(レッドウォール伝説)」 ブライアン・ジェイクス作;西郷容子訳 徳間書店 2006年4月

## カマ
千五百年ほど前にハワイ島の村に家族で住んでいた少女 「ハワイ、伝説の大津波 ― マジック・ツリーハウス14」 メアリー・ポープ・オズボーン著;食野雅子訳 メディアファクトリー 2005年6月

## カマソッソ(ソッソ)
世界を支配しようとたくらんでいる冥界をつかさどるコウモリたちの神 「ファイアーウィング ― 銀翼のコウモリ3」 ケネス・オッペル著;嶋田水子訳 小学館 2005年8月

## カミー
スパイ養成学校・ギャラガー・アカデミーの生徒、十六歳の女の子 「スパイガール」 アリー・カーター作;橋本恵訳 理論社 2006年10月

がりと

### ガメッチ叔母　がめっちおば
両親をなくしたジェイムズ君を引き取った二人の意地悪な叔母の一人、やせこけて骨ばっている女「ロアルド・ダールコレクション1 おばけ桃が行く」ロアルド・ダール著クェンティン・ブレイク絵;柳瀬尚紀訳　評論社　2005年11月

### ガメリー
十一歳の少年ウィルと同じ〈古老〉たちの力を引き継いだ大柄な男、〈古老〉としてめざめたウィルを導いてくれる人「闇の戦い 2みどりの妖婆」スーザン・クーパー著;浅羽英子訳　評論社(fantasy classics)　2006年12月

### カメロン
「マーメイド・ガールズ」の人魚たちを伝説の難破船まであんないしたカメ「マーメイド・ガールズ 4 リコと赤いルビー」ジリアン・シールズ作;宮坂宏美訳;田中亜希子訳;つじむらあやこ絵　あすなろ書房　2007年8月

### カモ
英語をマスターするためにキャサリンと文通をはじめたパリの中学生で「ぼく」の親友「カモ 少年と謎のペンフレンド」ダニエル・ペナック著;中井珠子訳　白水社(白水Uブックス)　2007年6月

### カラス
奴隷となったアリーと仲よくなった人間の男に変身したカラス「アリーの物語 2 女騎士アランナの娘－守るべき希望」タモラ・ピアス作;久慈美貴訳　PHP研究所　2007年8月

### カラス
奴隷となったアリーと仲よくなった人間の男に変身したカラス「アリーの物語 3 女騎士アランナの娘－動きだす運命の歯車」タモラ・ピアス作;久慈美貴訳　PHP研究所　2007年10月

### カラス
奴隷となったアリーと仲よくなった人間の男に変身したカラス「アリーの物語 4 女騎士アランナの娘－予言されし女王」タモラ・ピアス作;久慈美貴訳　PHP研究所　2007年11月

### カラス
奴隷となった少女アリーと仲よくなったカラス「アリーの物語 1 女騎士アランナの娘－きまぐれな神との賭けがはじまる」タモラ・ピアス作;本間裕子訳　PHP研究所　2007年7月

### カラスノエンドウ
少年ゲドがロークの学院で出会った武骨者、ゲドと心からの友情をもった若者「ゲド戦記 I 影との戦い」ル=グウィン著;清水真砂子訳　岩波書店　2006年4月

### カーリー
水兵服を着ている人形、道路に落ちていたところを船乗り学校に通う少年・ベルトランにひろわれた男の子「帰ってきた船乗り人形」ルーマー・ゴッデン作;おびかゆうこ訳;たかおゆうこ絵　徳間書店　2007年4月

### ガーリ
水のトーアヌーバ、偉大なるスピリットであるマタ・ヌイを終わりなき眠りから目覚めさせる運命を背負った六人のうちのひとり「バイオニクル5 恐怖の航海」グレッグ・ファーシュティ著;バイオニクル研究会訳　主婦の友社　2005年4月

### カリオストロ伯爵夫人　かりおすとろはくしゃくふじん
デティーグ男爵と対立している伯爵夫人、天性の美貌と才智を持つ女性「カリオストロ伯爵夫人」モーリス・ルブラン作;竹西英夫訳　偕成社(偕成社文庫)　2005年9月

### ガリト
パレスチナの少女・メルヴェットと文通をはじめたイスラエルの12歳の少女「友だちになれたら、きっと。」ガリト・フィンク作;メルヴェット・アクラム・シャーバーン作;いぶきけい訳　鈴木出版(鈴木出版の海外児童文学)　2007年6月

71

かりば

**カリバン・ダル・サラン**
人間とドラゴンの国であるランコヴィ王国の初級魔術師、公認泥棒大学に通う由緒正しい泥棒家系に生まれた少年 「タラ・ダンカン 2 呪われた禁書上下」 ソフィー・オドゥワン・マミコニアン著;山本知子訳 メディアファクトリー 2005年8月

**カリバン・ダル・サラン**
人間とドラゴンの国であるランコヴィ王国の初級魔術師、公認泥棒大学に通う由緒正しい泥棒家系に生まれた少年 「タラ・ダンカン 3 魔法の王杖 上下」 ソフィー・オドゥワン・マミコニアン著;山本知子訳 メディアファクトリー 2006年8月

**カリバン・ダル・サラン**
人間とドラゴンの国であるランコヴィ王国の初級魔術師、公認泥棒大学に通う由緒正しい泥棒家系に生まれた少年 「タラ・ダンカン 4 ドラゴンの裏切り 上下」 ソフィー・オドゥワン・マミコニアン著;山本知子訳 メディアファクトリー 2007年8月

**カリーム・アブーディ**
サッカーの世界チャンピオンになることを夢みているイスラエル占領下のパレスチナの十二歳の少年 「ぼくたちの砦」 エリザベス・レアード作;石谷尚子訳 評論社 2006年10月

**カル(カリバン・ダル・サラン)**
人間とドラゴンの国であるランコヴィ王国の初級魔術師、公認泥棒大学に通う由緒正しい泥棒家系に生まれた少年 「タラ・ダンカン 2 呪われた禁書上下」 ソフィー・オドゥワン・マミコニアン著;山本知子訳 メディアファクトリー 2005年8月

**カル(カリバン・ダル・サラン)**
人間とドラゴンの国であるランコヴィ王国の初級魔術師、公認泥棒大学に通う由緒正しい泥棒家系に生まれた少年 「タラ・ダンカン 3 魔法の王杖 上下」 ソフィー・オドゥワン・マミコニアン著;山本知子訳 メディアファクトリー 2006年8月

**カル(カリバン・ダル・サラン)**
人間とドラゴンの国であるランコヴィ王国の初級魔術師、公認泥棒大学に通う由緒正しい泥棒家系に生まれた少年 「タラ・ダンカン 4 ドラゴンの裏切り 上下」 ソフィー・オドゥワン・マミコニアン著;山本知子訳 メディアファクトリー 2007年8月

**カール・アンダーソン**
厩舎ハートランドの娘でニューヨークで働いているルーのボーイフレンド 「わたしたちの家ーハートランド物語」 ローレン・ブルック著;勝浦寿美訳 あすなろ書房 2006年9月

**カール・コレアンダー**
面接に行った古本屋を店主のトルッツ氏から突然ゆずり受けることになった二十四歳の青年 「ファンタージエン」 ラルフ・イーザウ著;酒寄進一訳 ソフトバンククリエイティブ 2005年10月

**カルコン・カ・ドーロ**
宇宙支配を企む闇の錬金術師 「ルナ・チャイルド1 ニーナと魔法宇宙の月」 ムーニー・ウィッチャー作;荒瀬ゆみこ訳;佐竹美保画 岩崎書店 2007年9月

**カルコン・カ・ドーロ**
宇宙支配を企む闇の錬金術師 「ルナ・チャイルド2 ニーナと神々の宇宙船」 ムーニー・ウィッチャー作;荒瀬ゆみこ訳;佐竹美保画 岩崎書店 2007年10月

**ガールスカウトたち**
大きな森の中でゲームをはじめたガールスカウトの一団 「お楽しみの妖精(フェアリー)ポリー(レインボーマジック)」 デイジー・メドウズ作;田内志文訳 ゴマブックス 2007年8月

**カルステン・ラーデマッハー(ラディッち)**
〈カレ&フレンズ探偵局〉のメンバーでちびでおくびょうな男の子、少女シュテフィのふたごの弟 「名探偵の10か条 4と1/2探偵局 4」 ヨアヒム・フリードリヒ作 鈴木仁子訳;絵楽ナオキ絵 ポプラ社 2005年1月

### カールソン
スヴァンテソン家のやねの上に住むようになった小さなふとったおじさん、リッレブルールの仲よし 「やねの上のカールソンだいかつやく」リンドグレーン作;石井登志子訳 岩波書店(リンドグレーン作品集22) 2007年7月

### カールソン
スヴァンテソン家のやねの上に住むようになった小さなふとったおじさん、リッレブルールの仲よし 「やねの上のカールソンとびまわる」リンドグレーン作;石井登志子訳 岩波書店(リンドグレーン作品集17) 2006年10月

### ガルダ―　がるだ―
少女暗黒騎士・ミーナを信奉し仕えるミノタウロス騎士、ミーナ隊の副官 「ドラゴンランス魂の戦争第1部　上中下　墜ちた太陽の竜」マーガレット・ワイス著;トレイシー・ヒックマン著;安田均訳 アスキー 2005年4月

### カルヴィン
妹のトゥルーディーに仲よしのロドニーと催眠術をかけてみた男のこ 「さあ、犬になるんだ!」C.V.オールズバーグ絵と文;村上春樹訳 河出書房新社 2006年12月

### カール・ヘルタント
ドラゴンラージャの最高の資質を持つという赤髪の少女の捜索をすることになった読書家の男 「ドラゴンラージャ5 野望」イ・ヨンド作;ホン・カズミ訳;金田榮路絵 岩崎書店 2006年6月

### カール・ヘルタント
ドラゴンラージャの最高の資質を持つという赤髪の少女の捜索をすることになった読書家の男 「ドラゴンラージャ6 神力」イ・ヨンド作;ホン・カズミ訳;金田榮路絵 岩崎書店 2006年8月

### カール・ヘルタント
ドラゴンラージャの最高の資質を持つという赤髪の少女の捜索をすることになった読書家の男 「ドラゴンラージャ7 追跡」イ・ヨンド作;ホン・カズミ訳;金田榮路絵 岩崎書店 2006年8月

### カール・ヘルタント
ドラゴンラージャの最高の資質を持つという赤髪の少女の捜索をすることになった読書家の男 「ドラゴンラージャ8 報復」イ・ヨンド作;ホン・カズミ訳;金田榮路絵 岩崎書店 2006年10月

### カール・ヘルタント
ドラゴンラージャの資質を持っていると思われる少女レニとクリムゾンドラゴンのいる褐色山脈にむかった読書家の男 「ドラゴンラージャ10 友情」イ・ヨンド作;ホン・カズミ訳;金田榮路絵 岩崎書店 2006年12月

### カール・ヘルタント
ドラゴンラージャの資質を持っていると思われる少女レニとクリムゾンドラゴンのいる褐色山脈にむかった読書家の男 「ドラゴンラージャ11 真実」イ・ヨンド作;ホン・カズミ訳;金田榮路絵 岩崎書店 2007年2月

### カール・ヘルタント
ドラゴンラージャの資質を持っていると思われる少女レニとクリムゾンドラゴンのいる褐色山脈にむかった読書家の男 「ドラゴンラージャ9 予言」イ・ヨンド作;ホン・カズミ訳;金田榮路絵 岩崎書店 2006年10月

### カール・ヘルタント
バイサス王国国王に謁見しブラックドラゴンに捕らえられた人々の身代金をえるために首都へ旅立った読書家の男 「ドラゴンラージャ2 陰謀」イ・ヨンド作;ホン・カズミ訳;金田榮路絵 岩崎書店 2005年12月

かるへ

**カール・ヘルタント**
バイサス王国国王に謁見しブラックドラゴンに捕らえられた人々の身代金をえるために首都
へ旅立った読書家の男 「ドラゴンラージャ3 疑念」 イ・ヨンド作;ホン・カズミ訳;金田榮路絵
岩崎書店 2006年2月

**カール・ヘルタント**
バイサス王国国王に謁見しブラックドラゴンに捕らえられた人々の身代金をえるために首都
へ旅立った読書家の男 「ドラゴンラージャ4 要請」 イ・ヨンド作;ホン・カズミ訳;金田榮路絵
岩崎書店 2006年4月

**カール・ヘルタント**
バイサス王国国民、森のはずれの空き地で酒を醸しパンを買い本を読みながら悠々自適
の生活を送っている男 「ドラゴンラージャ1 宿怨」 イ・ヨンド作;ホン・カズミ訳;金田榮路絵
岩崎書店 2005年12月

**カルマカス**
蛇族の動物人間（オマニマル）で魔法使い 「アモス・ダラゴン1 仮面を持つ者」 ブリアン・
ペロー作;高野優監訳;野澤真理子訳 竹書房 2005年6月

**カルメン**
ウィリアムズ大学で演劇活動をはじめた一年生、幼なじみの3人と不思議な力を持ったジー
ンズを共有する女の子 「ジーンズ・フォーエバー―トラベリング・パンツ」 アン・ブラッシェ
アーズ作;大嶌双恵訳 理論社 2007年4月

**カルメン**
高校を卒業してウィリアムズ大学進学を控えた女の子、幼なじみの3人と不思議な力を持っ
たジーンズを共有する女の子 「ラストサマー―トラベリング・パンツ」 アン・ブラッシェアー
ズ作;大嶌双恵訳 理論社 2005年5月

**カルロス・フェレイラ**
十七世紀スペイン・コルドバの裕福な家庭に生まれた少年、十三歳のユダヤ人 「コルドバ
をあとにして」 ドリット・オルガッド作;樋口範子訳 さ・え・ら書房 2005年2月

**カルロットー**
町はずれの施設に入れられた病気がある十歳の少年 「ヒルベルという子がいた」 ペー
ター・ヘルトリング作;上田真而子訳 偕成社（偕成社文庫） 2005年6月

**カレ**
〈カレ＆フレンズ探偵局〉のリーダー、おしゃべりでえらそうな男の子 「名探偵の10か条　4
と1/2探偵局　4」 ヨアヒム・フリードリヒ作 鈴木仁子訳;絵楽ナオキ絵 ポプラ社 2005年1月

**カレ**
犬のタウゼントシェーンの飼い主の一人、おしゃべりでえらそうな男の子 「探偵犬、がんば
る!　4と1/2探偵局　5」 ヨアヒム・フリードリヒ作;鈴木仁子訳;絵楽ナオキ絵 ポプラ社 2005
年4月

**ガレン・マルン**
生き残りのジェダイ・ナイトであるオビ・ワンの親友 「スター・ウォーズ/ラスト・オブ・ジェダイ
2 闇の警告」 ジュード・ワトソン著;西村和子訳 オークラ出版（LUCAS BOOKS） 2006年8
月

**カレン・ミルズ**
灯台記念館に飾られている最初の灯台守の娘・キャサリン・マーカムにそっくりな女の子
「波間に消えた宝（双子探偵ジーク＆ジェン2）」 ローラ・E.ウィリアムズ著;石田理恵訳 早
川書房（ハリネズミの本箱） 2006年2月

**カーロー**
「ラクリッツ探偵団」のメンバー、頭の回転が早い女の子 「ラクリッツ探偵団イエロー・ドラゴ
ンのなぞ」 ユリアン・プレス作・絵;荒川みひ訳 講談社 2006年3月

ききす

### カーロッタ・ブラウン
クレア学院一年の新入生、スペインの混血で情熱的で気性の激しい少女 「おちゃめなふたごの探偵ノート」 エニド・ブライトン作;佐伯紀美子訳 ポプラ社(ポプラポケット文庫) 2006年2月

### カロリーヌ
バレリーナを夢みるイレーヌのいとこ、むじゃきでやさしい十一歳の少女 「ピンクのバレエシューズ」 ロルナ・ヒル作;長谷川たかこ訳 ポプラ社(ポプラポケット文庫) 2005年10月

### カローン
ニューメキシコ州にあるアンティロープの泉で見かけた野生ウマのリーダーを手に入れたいという夢にとりつかれたカウボーイ 「ペーシング・マスタング—自由のために走る野生ウマ」 アーネスト・トンプソン・シートン著;今泉吉晴訳 福音館書店(シートン動物記6) 2005年6月

### 関羽　かんう
劉備の義弟、曹操に降伏したが忠義を貫いた人 「三国志2 臥竜出廬の巻」 渡辺仙州編訳;佐竹美保絵　偕成社 2005年4月

### 関羽　かんう
劉備の義弟、忠義の人 「三国志3 三国鼎立の巻」 渡辺仙州編訳;佐竹美保絵　偕成社 2005年4月

### 関羽　かんう
劉備の義弟、二世紀後半中国の漢王朝末期黄巾賊軍と戦った義勇軍の軍人 「三国志1 英傑雄飛の巻」 渡辺仙州編訳;佐竹美保絵　偕成社 2005年3月

### ガンス博士　がんすはかせ
みどり色のワゴン車にのったなぞの男、吸血鬼・イグノーのなかま 「リトルバンパイア 13 まぼろしの婚約指輪」 アンゲラ・ゾンマー・ボーデンブルク作;川西芙沙訳;ひらいたかこ絵 くもん出版 2007年7月

### ガンニィ
悪の化身セイント・デインを追うスペース・トラベラーのボビーの仲間、異次元空間「第一地球」のトラベラー 「ペンドラゴン 未来を賭けた戦い」 D.J.マクヘイル著;法村里絵訳　角川書店 2005年3月

### ガンハウス
死者の町ブラハの裁判所の副判事 「アモス・ダラゴン2 ブラハの鍵」 ブリアン・ペロー作;高野優監訳;臼井美子訳　竹書房 2005年7月

## 【き】

### キーア姫　きーあひめ
地下室の階段の下の不思議な世界「ドルーン」をおさめるゼロ王の娘 「秘密のドルーン1&2」 トニー・アボット著;飯岡美紀訳 ダイヤモンド社 2005年12月

### キカンボ
ごくふつうの少年トムの靴下を盗み続けてきたポルターガイスト、「見えない友だち」訓練生 「グレイ・アーサー2 おばけの訓練生」 ルイーズ・アーノルド作;松本美菜子訳;三木謙次画 ヴィレッジブックス 2007年11月

### キキ・ストライク
「イレギュラーズ」のメンバー、アタランタ女子学院にやってきた真っ白な髪に真っ白な肌の謎の転入生 「キキ・ストライクと謎の地下都市」 キルステン・ミラー作;三辺律子訳　理論社 2006年12月

75

ぎた

### ギータ
靴職人の見習いフラピッチとなかよくなったサーカスの美しい娘 「フラピッチのふしぎな冒険」 マジュラニッチ作;せぐちけん訳 新風舎(ことりのほんばこ) 2005年12月

### ギタ
靴屋の見習い職人・フラピッチと旅先で出会った少女、サーカス団員 「見習い職人フラピッチの旅」 イワナ・ブルリッチ=マジュラニッチ作;山本郁子訳;二俣英五郎絵; 小峰書店(おはなしメリーゴーラウンド) 2006年4月

### ギダ
ドナウ川にうかぶとんぼ島でくらしているやんちゃないたずらっ子の子やぎ 「とんぼの島のいたずら子やぎ」 バーリント・アーグネシュ作;レイク・カーロイ絵;うちかわかずみ訳 偕成社 2007年10月

### 北の歌姫　きたのうたひめ
デルトラ王国北部の『影の門』にひそんでいる大地を毒し歌声で人を死や絶望へと誘いこむ歌姫 「デルトラ・クエスト 3-2 影の門」 エミリー・ロッダ作;上原梓訳;はけたれいこ画 岩崎書店 2005年2月

### キツネ坊や　きつねぼうや
クマ父さんとカモシカ母さんとウズラ赤ちゃんコヨーテじいさんと一緒に旅に出たキツネの子 「コヨーテ老人とともに」 ジェイム・デ・アングロ作・画;山尾三省訳 福音館書店(福音館文庫) 2005年6月

### キティ・ジョーンズ
魔術師の支配をくつがえそうとする「レジスタンス団」の元メンバー、ロンドンに身をひそめている黒髪の少女 「バーティミアス 3 プトレマイオスの門」 ジョナサン・ストラウド作;金原瑞人・松山美保訳 理論社 2005年12月

### ギデオン
貴族の領地管理人、タールマンに追われている金髪の青年 「タイムトラベラー－消えた反重力マシン」 リンダ・バックリー・アーチャー著;小原亜美訳 ソフトバンククリエイティブ 2007年12月

### キト
戦争ですべてを失いアフリカのサバンナをさまよい死にかけていたところをマリオに助けてもらった少年 「きっと天使だよ」 ミーノ・ミラーニ作;関口英子訳 鈴木出版(鈴木出版の海外児童文学) 2006年3月

### キノウォック
ニューメキシコにあるアメリカ先住民ナバホ族の指定居住地で一番年をとっている男 「消えた村のなぞ(ボックスカー・チルドレン37)」 ガートルード・ウォーナー原作;小野玉央訳 日向房 2006年4月

### キハール
ヘイルズらウサギが助けたケガをし群れから取り残されたカモメ 「ウォーターシップ・ダウンのウサギたち上下」 リチャード・アダムズ著;神宮輝夫訳 評論社(fantasy classics) 2006年9月

### キプリオス
奴隷として売られた少女アリーと賭けをしたきまぐれなトリックスターの神、先住民族ラカの守護神 「アリーの物語 4 女騎士アランナの娘－予言されし女王」 タモラ・ピアス作;久慈美貴訳 PHP研究所 2007年11月

### キプリオス
奴隷として売られた少女アリーに賭けを申し出たきまぐれなトリックスターの神、先住民族ラカの守護神 「アリーの物語 1 女騎士アランナの娘－きまぐれな神との賭けがはじまる」 タモラ・ピアス作;本間裕子訳 PHP研究所 2007年7月

### キプリオス
奴隷として売られた少女アリーに賭けを申し出たきまぐれなトリックスターの神、先住民族ラカの守護神 「アリーの物語2 女騎士アランナの娘－守るべき希望」 タモラ・ピアス作;久慈美貴訳 PHP研究所 2007年8月

### 金先生　きむせんせい
貧しい少年ユンボギを気の毒に思い助けてくれる親切であたたかい学校の先生 「あの空にも悲しみが。－完訳「ユンボギの日記」」 イ・ユンボック著;塚本勲訳 評言社 2006年8月

### キム ソヨニ　きむ・そよに
手話を習っている大学二年のチソニが教会で出会った十才のろうあの女の子 「ソヨニの手」 チェジミン作;イサンギュ絵;金松伊訳 汐文社(いま読もう!韓国ベスト読みもの) 2005年1月

### キム・トンシギ(金先生)　きむとんしぎ(きむせんせい)
貧しい少年ユンボギを気の毒に思い助けてくれる親切であたたかい学校の先生 「あの空にも悲しみが。－完訳「ユンボギの日記」」 イ・ユンボック著;塚本勲訳 評言社 2006年8月

### キム・ラルセン
メルヘンムーンという国で捕らえられている妹を助けにいくことになった少年 「メルヘンムーン」 ヴォルフガング・ホールバイン作;ハイケ・ホールバイン作;平井吉夫訳 評論社 2005年10月

### キャサリン・アーンショー(キャシー)
英語が苦手なカモのイギリスにすむペンフレンド 「カモ少年と謎のペンフレンド」 ダニエル・ペナック著;中井珠子訳 白水社(白水Uブックス) 2007年6月

### キャシー
英語が苦手なカモのイギリスにすむペンフレンド 「カモ少年と謎のペンフレンド」 ダニエル・ペナック著;中井珠子訳 白水社(白水Uブックス) 2007年6月

### キャッティー・ブリー
幼少の頃ドワーフ族のブルーノーに拾われて養子になった人間の娘 「アイスウィンド・サーガ2 ドラゴンの宝」 R.A.サルバトーレ著 アスキー 2005年1月

### キャッティー・ブリー
幼少の頃ドワーフ族のブルーノーに拾われて養子になった人間の娘 「アイスウィンド・サーガ3 水晶の戦争」 R.A.サルバトーレ著 アスキー 2005年7月

### キャット
引っ越した古い大邸宅の流し台の下で弟のダニエルと妙な生き物・グルールを見つけた姉 「人喰いグルール(グースバンプス3)」 R.L.スタイン作;津森優子訳;照世絵 岩崎書店 2006年9月

### ギャッファー
トロール山のトロールの王 「トロール・フェル 下 地獄王国への扉」 キャサリン・ラングリッシュ作;金原瑞人訳;杉田七重訳 あかね書房 2005年2月

### キャディー
両親が画家のカッソン家の長女、養女サフィーの五つ上の姉で運転教習の教官に夢中な少女 「サフィーの天使」 ヒラリー・マッカイ作;冨永星訳 小峰書店(Y.A.Books) 2007年1月

### ギャヴィン・スナーク
オバケが見える子どもを研究している心理学者 「グレイ・アーサー1 おばけの友だち」 ルイーズ・アーノルド作;松本美菜子訳;三木謙次画 ヴィレッジブックス 2007年7月

きゃり

**キャリー・ベル**
オールデンきょうだいのおじいさんの友人、ドラモンド財団にやとわれドラモンド城を博物館
に変えようとした女の人 「ドラモンド城のなぞ(ボックスカー・チルドレン36)」 ガートルード・
ウォーナー原作;小野玉央訳 日向房 2005年12月

**キャリン**
グリーンフィールド・ドッグショーに参加したアナベル・ティーグの娘 「ドッグショーのなぞ
(ボックスカー・チルドレン35)」 ガートルード・ウォーナー原作;小野玉央訳 日向房 2005
年12月

**キャロリン**
高校で一番人気の女の子グループ「プリティ・リトル・デビル」のメンバー、レズビアン嗜好が
あるクールな少女 「プリティ・リトル・デビル」 ナンシー・ホルダー著;大谷真弓訳;鯨堂みさ
帆絵 マッグガーデン 2006年12月

**Q　きゅー**
コンピューターゲーム・カラザン・クエストの開発者、青白い顔の男 「カラザン・クエスト1」
V.M.ジョーンズ作;田中奈津子訳;小松良佳絵 講談社 2005年4月

**キューリー**
惑星ラノアの救助活動の責任者、科学者ゲイレンの妹 「スター・ウォーズ/ジェダイ・クエ
スト1 冒険のはじまり」 ジュード・ワトソン著;西村和子訳 オークラ出版(LUCAS BOOKS)
2006年12月

**姜維　きょうい**
もと魏の知将、諸葛孔明の弟子 「三国志4 天命帰一の巻」 渡辺仙州編訳;佐竹美保絵
偕成社 2005年4月

**キラ・クラウスミュラー**
祖国ドイツからアメリカのカリフォルニアに短期留学することになった十三歳の女の子 「し
あわせになるドーナツの秘密」 ボード・シェーファー著;山崎恒裕訳 求龍堂 2005年9月

**ギリー**
グラミスの将軍マクベスに復讐を誓う少女 「三番目の魔女」 レベッカ・ライザート著;森祐
希子訳 ポプラ社 2007年5月

**キリギリス**
巨大な桃の中にいた大型犬みたいに大きな緑色のじいちゃんキリギリス 「ロアルド・ダール
コレクション1 おばけ桃が行く」 ロアルド・ダール著クェンティン・ブレイク絵;柳瀬尚紀訳
評論社 2005年11月

**キリン**
ペリカンとサルと一緒に「はしご不用窓ふき会社」を始めたキリン 「ロアルド・ダールコレク
ション15 こちらゆかいな窓ふき会社」 ロアルド・ダール著クェンティン・ブレイク絵;清水奈
緒子訳 評論社 2005年7月

**キルシオン・バイサス**
謎の放浪者、バイサス王国国王の兄で百年に一度の聖君の器と称えられたにもかかわら
ず王位を廃された王子 「ドラゴンラージャ4 要請」 イ・ヨンド作;ホン・カズミ訳;金田榮路絵
岩崎書店 2006年4月

**キルト**
とある公園のいすの下に置きざりにされた五人の人形の一人、船のり人形 「気むずかしや
の伯爵夫人(公園の小さななかまたち)」 サリー・ガードナー作絵;村上利佳訳 偕成社
2007年5月

**キン**
少女ティファニーの小さな弟を連れ去った魔法の世界の女王 「魔女になりたいティファ
ニーと奇妙な仲間たち」 テリー・プラチェット著;冨永星訳 あすなろ書房 2006年10月

**ぐうい**

**禁煙さん　きんえんさん**
街の人が借りる菜園の中に廃車になった列車を置いて住んでいた人 「飛ぶ教室」 エーリ
ヒ・ケストナー作;若松宣子訳;フジモトマサル絵 偕成社(偕成社文庫) 2005年7月

**禁煙さん　きんえんさん**
市民農園の自分の区画に廃車になった禁煙車の二等客車を置いて住んでいた人 「飛ぶ
教室」 エーリヒ・ケストナー作;池田香代子訳 岩波書店(岩波少年文庫) 2006年10月

**金魚　きんぎょ**
ペットシッターの女の子・アビーが世話をする金魚 「アビーとテスのペットはおまかせ!1 金
魚はあわのおふろに入らない！?」 トリーナ・ウィーブ作;宮坂宏美訳;しまだしほ画 ポプ
ラ社(ポップコーン・ブックス) 2005年8月

# 【く】

**クィグリー**
孤児であるボードレール三姉弟妹の友だち、クァグマイヤー家の三つ子の一人 「世にも不
幸なできごと10 つるつるスロープ」 レモニー・スニケット著;宇佐川晶子訳 草思社 2006
年3月

**クイーニー**
フェアリーランドにいた黄色の妖精・サフランとなかよしのハチの女の子 「黄色の妖精(フェ
アリー)サフラン(レインボーマジック)」 デイジー・メドウズ作;田内志文訳 ゴマブックス
2006年9月

**クイニー**
ロンドンの浮浪児集団〈ベイカー少年探偵団〉のメンバー、年下の子どもたちの世話をして
いる少女 「ベイカー少年探偵団1－消えた名探偵」 アンソニー・リード著;池央耿訳 評論
社(児童図書館・文学の部屋) 2007年12月

**クィル**
とてもきちょうめんできちんとしている芸術の妖精 「ベスの最高傑作」 ララ・ベルゲン作;小
宮山みのり訳;ディズニーストーリーブックアーティストグループ絵 講談社(ディズニーフェ
アリーズ文庫) 2006年11月

**クインシー**
「ぼく」が飼っていたアラスカの荒野の犬 「いつもそばに犬がいた」 ゲイリー・ポールセン
作;はらるい訳;かみやしん絵 文研出版(文研じゅべにーる) 2006年7月

**クィーン・リー(クラリオン女王)　くぃーんりー(くらりおんじょおう)**
魔法の島ネバーランドの妖精の谷ピクシー・ホロウの慎重で冷静な女王 「ラニーと魔法の
杖」 ゲイル・カーソン・レビン著;デイビッド・クリスチアナ絵;柏葉幸子訳 講談社(ディズ
ニーフェアリーズ) 2007年11月

**グウィネス**
築二百年の古い家にとじこめられている四人の子どもの幽霊の一人、七歳で死んだ女の子
「ゴーストハウス」 クリフ・マクニッシュ著;金原瑞人・松山美保訳 理論社 2007年5月

**グウィラナ**
青年デービッドの家の大家のおば、世界最後の龍・ガウェインの復活をたくらむ魔女 「炎
の星－龍のすむ家3」 クリス・ダレーシー著;三辺律子訳 竹書房 2007年8月

**クウィンティニウス・ヴェルジニクス**
空賊船長・風のジャッカルの息子、神聖都市サンクタフラクスの最高位学者のリニウス・パリ
タクスのもと弟子 「崖の国物語8」 ポール・スチュワート作 クリス・リデル絵;唐沢則幸訳 ポ
プラ社(ポプラ・ウイング・ブックス) 2007年11月

79

くうい

### クウィント（クウィンティニウス・ヴェルジニクス）
空賊船長・風のジャッカルの息子、神聖都市サンクタフラクスの最高位学者のリニウス・パリタクスのもと弟子 「崖の国物語8」ポール・スチュワート作 クリス・リデル絵;唐沢則幸訳 ポプラ社（ポプラ・ウイング・ブックス）2007年11月

### グウェン
プリンセス学園からドラゴン・スレイヤー・アカデミーへきたお金もちのお姫さま、エリカのおさななじみ 「ドラゴン・スレイヤー・アカデミー 2-3こわーい金曜日」ケイト・マクミュラン作;神戸万知訳;舵真秀斗絵 岩崎書店 2006年10月

### クエンティン・クエステッド（Q）　くえんてぃんくえすてっど（きゅー）
コンピューターゲーム・カラザン・クエストの開発者、青白い顔の男 「カラザン・クエスト1」V.M.ジョーンズ作;田中奈津子訳;小松良佳絵 講談社 2005年4月

### グ・オッド
イヌという名の犬が暮らしていた家の主、年とったやせた男 「黄色いハートをつけたイヌ」ユッタ・リヒター作;松沢あさか訳;陣崎草子絵 さ・え・ら書房 2007年9月

### 郭・天雄　ぐおてぃえんしょん
警察署の刑事で情報調査課の課長、迷宮入り事件を次々解決した勇敢かつ細心の男 「乱世少年」蕭育軒作;石田稔訳;アオズ画 国土社 2006年11月

### グステル
池で助けた犬タップを飼うことにした少年、学校をさぼってばかりいる怠け者 「グステルとタップと仲間たち」B.プルードラ著;森川弘子訳 未知谷 2007年10月

### クッキー
犬ぞりチームのリーダー犬、湖でおぼれそうになった「ぼく」をひっぱりあげてくれた犬 「いつもそばに犬がいた」ゲイリー・ポールセン作;はらるい訳;かみやしん絵 文研出版（文研じゅべにーる）2006年7月

### クート教授　くーときょうじゅ
魔術の研究者、歴史学のチルダーマス教授のむかしからの友だち 「ジョニー・ディクソン 魔術師の復讐」ジョン・ベレアーズ著;林啓恵訳 集英社 2005年2月

### クモ
巨大な桃の中にいたばかでかいおばちゃんクモ 「ロアルド・ダールコレクション1 おばけ桃が行く」ロアルド・ダール著クェンティン・ブレイク絵;柳瀬尚紀訳 評論社 2005年11月

### グライ
「高地」のロッドマントの一族の跡継ぎ、血筋に伝わる力「ギフト」を持つ少女 「ギフト－西のはての年代記1」ル＝グウィン著;谷垣暁美訳 河出書房新社 2006年6月

### クライディ
「ハウス＆ガーデン」で奴隷として育った16歳の少女 「ウルフ・タワー 第二話 ライズ 星の継ぎ人たち」タニス・リー著;中村浩美訳 産業編集センター 2005年3月

### クライディ
「ハウス＆ガーデン」で奴隷として育ったが出生の秘密を探るため旅を続ける16歳の少女、「ウルフ・タワー 最終話 翼を広げたプリンセス」タニス・リー著;中村浩美訳 産業編集センター 2005年5月

### クライディ
「ハウス＆ガーデン」で奴隷として育ったが出生の秘密を探るため旅を続ける16歳の少女、「ウルフ・タワー 第三話 二人のクライディス」タニス・リー著;中村浩美訳 産業編集センター 2005年5月

### クライディ
たくさんのしきたりがある「ハウス&ガーデン」で奴隷として育った16歳の少女 「ウルフ・タワー 第一話 ウルフ・タワーの掟」 タニス・リー著;中村浩美訳 産業編集センター 2005年3月

### クライディッサ・スター（クライディ）
「ハウス&ガーデン」で奴隷として育った16歳の少女 「ウルフ・タワー 第二話 ライズ 星の継ぎ人たち」 タニス・リー著;中村浩美訳 産業編集センター 2005年3月

### クライディッサ・スター（クライディ）
「ハウス&ガーデン」で奴隷として育ったが出生の秘密を探るため旅を続ける16歳の少女、「ウルフ・タワー 最終話 翼を広げたプリンセス」 タニス・リー著;中村浩美訳 産業編集センター 2005年5月

### クライディッサ・スター（クライディ）
「ハウス&ガーデン」で奴隷として育ったが出生の秘密を探るため旅を続ける16歳の少女、「ウルフ・タワー 第三話 二人のクライディス」 タニス・リー著;中村浩美訳 産業編集センター 2005年5月

### クライディッサ・スター（クライディ）
たくさんのしきたりがある「ハウス&ガーデン」で奴隷として育った16歳の少女 「ウルフ・タワー 第一話 ウルフ・タワーの掟」 タニス・リー著;中村浩美訳 産業編集センター 2005年3月

### グライ・バーレ
夫のオレックと「高地」から旅をしてきてアンサル市に来た妻、動物の心がわかる人 「ヴォイス─西のはての年代記2」 ル=グウィン著;谷垣暁美訳 河出書房新社 2007年8月

### クラウス・ポップ（コイレ）
落第して弟のちびポップと同じクラスになっもうすぐ十三歳になる少年 「ちびポップの決断」 B.プルードラ著;森川弘子訳 未知谷 2005年5月

### クラウス・ボードレール
孤児であるボードレール三姉弟妹の長男、読書家の十三歳 「世にも不幸なできごと10 つるつるスロープ」 レモニー・スニケット著;宇佐川晶子訳 草思社 2006年3月

### クラウス・ボードレール
孤児であるボードレール三姉弟妹の長男、読書家の十三歳 「世にも不幸なできごと11 ぶきみな岩屋」 レモニー・スニケット著;宇佐川晶子訳 草思社 2006年12月

### クラウス・ボードレール
孤児であるボードレール三姉弟妹の長男、読書家の十三歳 「世にも不幸なできごと12 終わりから二番めの危機」 レモニー・スニケット著;宇佐川晶子訳 草思社 2007年8月

### クラウス・ボードレール
孤児であるボードレール三姉弟妹の長男、読書家の十三歳 「世にも不幸なできごと9 肉食カーニバル」 レモニー・スニケット著;宇佐川晶子訳 草思社 2005年6月

### クラウドキット
ファイヤハートの姉で飼い猫のプリンセスの最初の子ども、サンダー族となった白い雄猫 「ウォーリアーズ〔1〕－2 ファイヤポー、戦士になる」 エリン・ハンター作;金原瑞人訳;高林由香子訳 小峰書店 2007年2月

### クラウドポー
サンダー族副長でおじのファイヤハートの弟子、戦士見習いの白い雄猫 「ウォーリアーズ〔1〕－5 ファイヤハートの危機」 エリン・ハンター作;金原瑞人訳;高林由香子訳 小峰書店 2007年9月

くらく

## クラーク・フライズリー
ジョン・Q・アダムズ中学校七年生のいじめっ子のスチュのいとこ 「名探偵アガサ&オービル
ファイル3」 ローラ・J.バーンズ作;メリンダ・メッツ作;金原瑞人訳;小林みき訳;森山由海画
文渓堂 2007年8月

## グラディス・サンダーズ
かつてミス・マープルが夫に殺されそうだなと感じた女性、ジャックの妻 「名探偵ポワロとミ
ス・マープル5 クリスマスの悲劇 ほか」 アガサ=クリスティー原作;中尾明訳;うちべけい絵
汐文社 2005年3月

## グラディス・ヒルマン
クレア学院二年の新入生、いつもひとりっきりでうつむいてばかりの少女 「おちゃめなふた
ごの新学期」 エニド・ブライトン作;佐伯紀美子訳 ポプラ社(ポプラポケット文庫) 2006年5
月

## クラドメッサ
眠りから目ざめたクリムゾンドラゴン、ポリモーフした姿は長身の戦士で灼熱し燃える石炭の
ような姿のドラゴン 「ドラゴンラージャ11 真実」 イ・ヨンド作;ホン・カズミ訳;金田榮路絵 岩
崎書店 2007年2月

## グラニー・グリーンティース
水車小屋の貯水池の底で孤独に暮らす老婆の妖精 「トロール・ミル 下 ふたたび地底王
国へ」 キャサリン・ラングリッシュ作;金原瑞人訳;杉田七重訳 あかね書房 2005年11月

## グラニー・グリーンティース
水車小屋の貯水池の底で孤独に暮らす老婆の妖精 「トロール・ミル 上 不気味な警告」
キャサリン・ラングリッシュ作;金原瑞人訳;杉田七重訳 あかね書房 2005年11月

## グラブス(グルービッチ・グレイディ)
人狼病の遺伝子をもつグレイディ一族のひとり、自分がいつ発病するのかつねにおびえて
いるため精神が不安定になっている少年 「デモナータ5幕 血の呪い」 ダレン・シャン作;
橋本恵訳;田口智画 小学館 2007年7月

## グラブス(グルービッチ・グレイディ)
目の前で魔将のロード・ロスに家族を虐殺されたせいで魔術の力にめざめた背が高く赤毛
の十代の少年 「デモナータ1幕 ロード・ロス」 ダレン・シャン作;橋本恵訳;田口智子画
小学館 2005年7月

## グラブス(グルービッチ・グレイディ)
目の前で魔将のロード・ロスに家族を虐殺されたせいで魔術の力にめざめた背が高く赤毛
の十代の少年 「デモナータ3幕 スローター」 ダレン・シャン作;橋本恵訳;田口智子画 小
学館 2006年9月

## グラムソン
五つ子の息子をもつケチな父親 「アモス・ダラゴン5 エル・バブの塔」 ブリアン・ペロー作
;高野優監訳;河村真紀子訳 竹書房 2005年12月

## クララ
フランクフルトのお屋敷に住むお金持ちの一人娘、車いすの少女 「アルプスの少女ハイ
ジ」 ヨハンナ・スピリ作;池田香代子訳 講談社(青い鳥文庫) 2005年12月

## クラリオン女王　くらりおんじょおう
ネバーランドにある妖精の谷・ピクシー・ホロウに住む妖精たちの女王 「きえたクラリオン女
王」 キンバリー・モリス作;小宮山みのり訳 講談社(ディズニーフェアリーズ文庫) 2007年
11月

## クラリオン女王　くらりおんじょおう
魔法の島ネバーランドの妖精の谷ピクシー・ホロウの慎重で冷静な女王 「ラニーと魔法の
杖」 ゲイル・カーソン・レビン著;デイビッド・クリスチアナ絵;柏葉幸子訳 講談社(ディズ
ニーフェアリーズ) 2007年11月

くりす

**クラリス・デティーグ**
デティーグ男爵の娘、青年ラウールの十八歳の恋人 「カリオストロ伯爵夫人」 モーリス・ル
ブラン作;竹西英夫訳 偕成社(偕成社文庫) 2005年9月

**グランタ・オメガ**
ジェダイを殺そうとする謎の男 「スター・ウォーズ/ジェダイ・クエスト4 ダークサイドの誘惑」
ジュード・ワトソン著;西村和子訳 オークラ出版(LUCAS BOOKS) 2007年8月

**グランタ・オメガ**
ジェダイを捕まえるために賞金稼ぎを雇った謎の男 「スター・ウォーズ/ジェダイ・クエスト2
師弟のきずな」 ジュード・ワトソン著;西村和子訳 オークラ出版(LUCAS BOOKS) 2006
年12月

**グランプス**
ベル一家のタイマーが壊れた全自動式家事ロボット、感情を持たない旧式ロボット
「EGR3」 ヘレン・フォックス著;三辺律子訳 あすなろ書房 2006年4月

**クリオ**
南ウェールズの古い屋敷「ウィッシュハウス」で暮らしていた有名な画家・ジェイの娘 「ウィッ
シュハウス」 セリア・リーズ作;三輪美矢子訳 理論社 2006年8月

**グリシュマク・ブラッド・ドリンカー**
ゴーストの国のウェアウルフの長 「アイスマーク赤き王女の剣」 スチュアート・ヒル著;金原
瑞人訳;中村浩美訳 ヴィレッジブックス 2007年6月

**クリス**
ロンドンの上流寄宿学校の生徒、伝説の潜水艦ノーチラス号の乗組員のひとりで豊富な知
識をもつ少年 「ノーチラス号の冒険 4 恐竜の谷」 ヴォルフガンク・ホールバイン著;平井
吉夫訳 創元社 2006年10月

**クリス**
光の減速器について研究していたが突然失踪した若い物理学者 「スノードーム」 アレック
ス・シアラー著;石田文子訳 求龍堂 2005年1月

**クリスタル**
フェアリーランドのお天気の妖精のひとり、雪の妖精 「雪の妖精(フェアリー)クリスタル(レ
インボーマジック)」 デイジー・メドウズ作;田内志文訳 ゴマブックス 2007年2月

**クリスチーヌ**
パリのオペラ座の美しい歌手 「オペラ座の怪人」 G.ルルー作;K.マクマラン文;岡部史
訳;北山真理絵 金の星社(フォア文庫) 2005年3月

**クリスティ教授　くりすてぃきょうじゅ**
オックスフォード大学の考古学の教授、十二歳のオリーの父 「タリスマン1 イシスの涙」 ア
ラン・フレウィン・ジョーンズ著;桜井颯子訳;永盛綾子絵 文溪堂 2006年7月

**クリスティーン**
スウェーデンの小学六年生、五年生のときにエヴァ先生のクラスで不思議な体験をした女
の子 「エヴァ先生のふしぎな授業」 シェシュティン・ガヴァンデル[著];川上邦夫訳 新評
論 2005年11月

**クリステン**
デルトラ王国の影の大王の手下で『影の門』にひそむ北の歌姫の番人をしている少女 「デ
ルトラ・クエスト 3-2 影の門」 エミリー・ロッダ作;上原梓訳;はけたれいこ画 岩崎書店
2005年2月

**クリストファー・マラン(クリス)**
光の減速器について研究していたが突然失踪した若い物理学者 「スノードーム」 アレック
ス・シアラー著;石田文子訳 求龍堂 2005年1月

## くりす

**クリス・パウエル**
リンディと双子の妹、裏庭のゴミ箱からひろった腹話術人形・スラッピーを気に入った十二歳の少女 「わらう腹話術人形(グースバンプス5)」 R.L.スタイン作;津森優子訳;照世絵 岩崎書店 2006年11月

**クリスピン**
リスとカワウソとモグラとハリネズミが平和に暮らすミストマントル島の王、元三司令官だったリスの青年 「ミストマントル・クロニクル2 アーチンとハートの石」 マージ・マカリスター著;嶋田水子訳 小学館 2007年5月

**クリスピン**
リスとカワウソとモグラとハリネズミが平和に暮らすミストマントル島の三司令官のひとり、王を補佐するリスの青年 「ミストマントル・クロニクル1 流れ星のアーチン」 マージ・マカリスター著;高橋啓訳 小学館 2006年11月

**グリフィン**
インディアナ州の田舎町ヴェニスで撮影する料理番組のシェフ、カッコいい中年オジサマ 「クリスマス・キッス─ふたりはまだまだ恋愛中!(ミッシング・パーソンズ4)」 M.E.ラブ作;西田佳子訳 理論社 2007年11月

**グリフィン**
海賊の少女ジョリーの知り合い、海賊船をわたり歩きながら大きくなったひどいほら吹きの少年 「海賊ジョリーの冒険1 死霊の売人」 カイ・マイヤー著;遠山明子訳;佐竹美保画 あすなろ書房 2005年12月

**グリフィン**
海賊の少女ジョリーの知り合い、海賊船をわたり歩きながら大きくなった少年 「海賊ジョリーの冒険2 海上都市エレニウム」 カイ・マイヤー著;遠山明子訳;佐竹美保画 あすなろ書房 2006年8月

**グリフィン**
海賊の少女ジョリーの知り合い、海賊船をわたり歩きながら大きくなった少年 「海賊ジョリーの冒険3 深海の支配者」 カイ・マイヤー著;遠山明子訳;佐竹美保画 あすなろ書房 2007年7月

**グリフィン**
冥界に迷い込んでしまったコウモリの少年、銀翼のシェードと彩翼のマリーナの息子 「ファイアーウィング─銀翼のコウモリ3」 ケネス・オッペル著;嶋田水子訳 小学館 2005年8月

**グリフィン・シルク**
五人の姉を持つシルク家の男の子、さいきん妹が生まれた少年 「ひなぎくの冠をかぶって」 グレンダ・ミラー作;伏見操訳;板垣しゅん画 くもん出版 2006年3月

**グリム・グリムソン**
トロールズビークの水車小屋の主、父親を亡くした少年ペールをひきとった双子の叔父 「トロール・フェル 下 地獄王国への扉」 キャサリン・ラングリッシュ作;金原瑞人訳;杉田七重訳 あかね書房 2005年2月

**グリム・グリムソン**
トロールズビークの水車小屋の主、父親を亡くした少年ペールをひきとった双子の叔父 「トロール・フェル 上 金のゴブレットのゆくえ」 キャサリン・ラングリッシュ作;金原瑞人訳;杉田七重訳 あかね書房 2005年2月

**グリムバート**
動物たちの国にいたならずものの狐・ライネケの甥、たぬき 「きつねのライネケ」 ゲーテ作;上田真而子編訳;小野かおる画 岩波書店(岩波少年文庫) 2007年7月

**クリリックス**
魔法の島フィンカイラの魔法を喰らうという伝説の怪物 「マーリン3 伝説の炎の竜」 T.A.バロン著;海後礼子訳 主婦の友社 2005年7月

ぐれい

### グリンドール
エリオン国にあるカスタリアという町の支配者、悪の首領 「エリオン国物語 2 ダークタワーの戦い」 パトリック・カーマン 著;金原瑞人・小田原智美訳 アスペクト 2006年12月

### グリンブル
キンメフクロウ、深い峡谷にある聖エゴリウス孤児院の幹部 「ガフールの勇者たち 1 悪の要塞からの脱出」 キャスリン・ラスキー 著;食野雅子 訳 メディアファクトリー 2006年8月

### クルーズくん
豪華飛行船「オーロラ号」のキャビンボーイ、船長になることを夢見る貧しい少年 「エアボーン」 ケネス・オッペル 著;原田勝訳 小学館 2006年7月

### グルービッチ・グレイディ
人狼病の遺伝子をもつグレイディ一族のひとり、自分がいつ発病するのかつねにおびえているため精神が不安定になっている少年 「デモナータ5幕 血の呪い」 ダレン・シャン 作;橋本恵訳;田口智子画 小学館 2007年7月

### グルービッチ・グレイディ
目の前で魔将のロード・ロスに家族を虐殺されたせいで魔術の力にめざめた背が高く赤毛の十代の少年 「デモナータ1幕 ロード・ロス」 ダレン・シャン 作;橋本恵訳;田口智子画 小学館 2005年7月

### グルービッチ・グレイディ
目の前で魔将のロード・ロスに家族を虐殺されたせいで魔術の力にめざめた背が高く赤毛の十代の少年 「デモナータ3幕 スローター」 ダレン・シャン 作;橋本恵訳;田口智子画 小学館 2006年9月

### グルール
カトリーナとダニエルが流し台の下で見つけた小さなスポンジのような怪物 「人喰いグルール(グースバンプス3)」 R.L.スタイン 作;津森優子訳;照世絵 岩崎書店 2006年9月

### クレア・リチャードソン
愛犬ウルフィーを軍部に提供した十三歳の少年マークのガールフレンド 「ウルフィーからの手紙」 パティ・シャーロック作;滝沢岩雄訳 評論社 2006年11月

### クレイ
粘土細工がとても上手でできあがったものに命を吹きこんで動かすこともできるというスティーヴンが作った粘土男 「クレイ」 デイヴィッド・アーモンド 著;金原瑞人訳 河出書房新社 2007年7月

### グレイ・アーサー
11歳のトムの「見えないともだち」になることを決めたなにをやってもダメなさえないオバケ 「グレイ・アーサー1 おばけの友だち」 ルイーズ・アーノルド作;松本美菜子訳;三木謙次画 ヴィレッジブックス 2007年7月

### グレイ・アーサー
さえない灰色のオバケ、11歳のトムの「見えない友だち」 「グレイ・アーサー2 おばけの訓練生」 ルイーズ・アーノルド作;松本美菜子訳;三木謙次画 ヴィレッジブックス 2007年11月

### クレイグ・ウェスタリー
元科学者、ポートランド大学で動物の伝染病についてくわしく研究していた男 「ラスト・ドッグ」 ダニエル・アーランハフト著;金原瑞人訳;秋川久美子訳 ほるぷ出版 2006年6月

### クレイジー・レディ
知恵遅れの子どもとスラムに住む母親、キレっぱなしのアルコール中毒者 「クレイジー・レディ!」 ジェイン・レズリー・コンリー作;尾崎愛子訳;森脇和則画 福音館書店(世界傑作童話シリーズ) 2005年4月

85

くれい

## クレイン
「人殺しクレイン」の別名をもつ密輸人でマジェンタ号の船長、金のためなら何でもやる男
「シャドウマンサー」G.P.テイラー著;亀井よし子訳　新潮社　2006年6月

## クレクス先生　くれくすせんせい
十二歳の少年・アダムの学校にいる顔じゅうそばかすだらけのおかしな男の先生　「そばか
す先生のふしぎな学校」ヤン・ブジェフバ作;ヤン・マルチン・シャンツェル画;内田莉莎子
訳　学研　2005年11月

## グレゴリー
邪悪なものから村や畑を守る魔使いの男、十二歳の少年・トムの師匠　「魔使いの弟子(魔
使いシリーズ)」ジョゼフ・ディレイニー著;金原瑞人・田中亜希子訳　東京創元社(sogen
bookland)　2007年3月

## グレゴリー少佐(鯉少佐)　ぐれごりーしょうさ(こいしょうさ)
ジミーと友だちになった老人、大きな屋敷の池に高価な鯉を飼っているため「鯉少佐」とよ
ばれているおじいさん　「おわりから始まる物語」リチャード・キッド作;松居スーザン訳;ピー
ター・ベイリー絵　ポプラ社(ポプラ・ウイング・ブックス)　2005年11月

## グレゴワール
時空を超えてガストンとルシアの旅を阻もうとする悪の化身　「ガストンとルシア 1　3000年を
飛ぶ魔法旅行」ロジェ・ファリゴ著;永島章雄訳　小学館　2005年4月

## グレゴワール
時空を超えてガストンとルシアの旅を阻もうとする悪の化身　「ガストンとルシア 2　永遠の旅
のはじまり」ロジェ・ファリゴ著;永島章雄訳　小学館　2005年5月

## グレゴワール・デュボスク(トト)
ADDと診断された学校ぎらいの13歳、もの作りが大好きな少年　「トトの勇気」アンナ・ガ
ヴァルダ作;藤本泉訳　鈴木出版(鈴木出版の海外児童文学)　2006年2月

## グレージ・グロイムル(グロイムル)
宇宙から子どもしかいない青い惑星の小さな島にやってきた大人、世界一ぶっとんだ男
「青い惑星のはなし」アンドリ・スナイル・マグナソン作;アウスロイグ・ヨーンスドッティル絵;
土師明子訳　学研　2007年4月

## グレース
さまざまな人種の人々が暮らすニューヨークのブルックリンでセラピーに通う母親と暮らして
いる白人の美少女　「天国(ヘヴン)にいちばん近い場所」E.R.フランク作;冨永星訳　ポプ
ラ社　2006年9月

## グレース
フェアリーランドのパーティの妖精のひとり、キラキラの妖精　「キラキラの妖精(フェアリー)グ
レース(レインボーマジック)」デイジー・メドウズ作;田内志文訳　ゴマブックス　2007年8月

## グレース
ロイヤルバレエスクール中等部のエリーのルームメイトの一人、ママからのプレッシャーを強
く感じている女の子　「ロイヤルバレエスクール・ダイアリー6 ステージなんかこわくない」ア
レクサンドラ・モス著;阪田由美子訳　草思社　2007年1月

## グレース
ロイヤルバレエスクール中等部のエリーのルームメイトの一人、小学生からの友だち　「ロイ
ヤルバレエスクール・ダイアリー4 夢をさがして」アレクサンドラ・モス著;阪田由美子訳　草
思社　2006年11月

## グレース
南アフリカのサウボナ村に住む魔法使いと呼ばれるおばあさん　「白いキリンを追って」
ローレン・セントジョン著;さくまゆみこ訳　あすなろ書房　2007年12月

### グレース・キング
父の方針で学校には行かせてもらえず家で勉強している素直で幼くて食べるのが大好きな十一歳の女の子 「ラブ・レッスンズ」 ジャクリーン・ウィルソン作;尾高薫訳 理論社 2006年7月

### グレーストライプ
一度リヴァー族にいっていたサンダー族の戦士、ファイヤハートの親友の雄猫 「ウォーリアーズ〔1〕－6 ファイヤハートの旅立ち」 エリン・ハンター作;金原瑞人訳;高林由香子訳 小峰書店 2007年11月

### グレーストライプ
森のサンダー族の戦士、ファイヤハートの親友の雄猫 「ウォーリアーズ〔1〕－2 ファイヤボー、戦士になる」 エリン・ハンター作;金原瑞人訳;高林由香子訳 小峰書店 2007年2月

### グレーストライプ
森のサンダー族の戦士、ファイヤハートの親友の雄猫 「ウォーリアーズ〔1〕－3 ファイヤハートの戦い」 エリン・ハンター作;金原瑞人訳;高林由香子訳 小峰書店 2007年4月

### グレッグ・ケントン
お金もうけが大好きな男の子、学校で自作のコミック本を売る6年生 「お金もうけは悪いこと?」 アンドリュー・クレメンツ作;田中奈津子訳 講談社 2007年8月

### グレッグ・バンクス
サイトタウンに住む仲よし四人組で入った廃屋「コフマン・ハウス」で古ぼけたインスタントカメラを見つけた少年 「呪われたカメラ(グースバンプス2)」 R.L.スタイン作;津森優子訳;照世絵 岩崎書店 2006年7月

### グレーテルおばさん
吸血鬼の子・リュディガーがのった列車にいた乗客、しんせつなおばさん 「リトルバンパイア 3 きけんな列車旅行」 アンゲラ・ゾンマー・ボーデンブルク作;川西芙沙訳;ひらいたかこ絵 くもん出版 2006年1月

### グレフ
闇の国の選民タルの弟 「セブンスタワー 1 光と影」 ガース・ニクス作;西本かおる訳 小学館(小学館ファンタジー文庫) 2007年10月

### グレフ
闇の国の選民タルの弟 「セブンスタワー 2 城へ」 ガース・ニクス作;西本かおる訳 小学館(小学館ファンタジー文庫) 2007年11月

### クレメント(牧師) くれめんと(ぼくし)
イギリスの静かな村セント・メアリ・ミードにある牧師館の牧師 「牧師館の殺人－ミス・マープル最初の事件」 アガサ・クリスティ作;茅野美ど里訳 偕成社(偕成社文庫) 2005年4月

### グロイムル
宇宙から子どもしかいない青い惑星の小さな島にやってきた大人、世界一ぶっとんだ男 「青い惑星のはなし」 アンドリ・スナイル・マグナソン作;アウスロイグ・ヨーンスドッティル絵;土師明子訳 学研 2007年4月

### クロウ
地下民、自由を勝ちとろうとしている自由民グループのリーダーの少年 「セブンスタワー 6 紫の塔」 ガース・ニクス作;西本かおる訳 小学館 2005年3月

### クロエ
フェアリーランドの宝石の妖精のひとり、トパーズの妖精 「トパーズの妖精(フェアリー)クロエ(レインボーマジック)」 デイジー・メドウズ作;田内志文訳 ゴマブックス 2007年11月

くろえ

### クローエ
「アルファベットガールズ・クラブ」のボス的存在、お金持ちでかわいいけどわがままな女の子 「アルファベットガールズ」 ジャクリーン・ウィルソン作;ニック・シャラット画;尾高薫訳 理論社(フォア文庫) 2007年6月

### クローカ博士　くろーかはかせ
百年ほど前にクリンゲル国にいた大学者、不良少年団の団長ペトルスの父親 「クローカ博士の発明」 エルサ・ベスコフ作・絵;小野寺百合子訳 ブッキング(fukkan.com) 2006年5月

### クロー船長　くろーせんちょう
「ベティ・ジーン号」の船長、学校船「ベティ・ジーン号」の校長 「ファーガス・クレインと空飛ぶ鉄の馬(ファニー・アドベンチャー)」 ポール・スチュワート作;クリス・リデル絵;唐沢則幸訳 ポプラ社 2005年11月

### クロチルド捜査官　くろちるどそうさかん
ベルドレーヌ家の四女オルタンスがパリの劇場崩壊事故で出会った捜査官 「ベルドレーヌ四季の物語 夏のマドモアゼル」 マリカ・フェルジュク作;ドゥボーヴ・陽子訳 ポプラ社(ポプラポケット文庫) 2007年7月

### クローディアス
前国王の妻と結婚しデンマークの国王となった男、前国王の弟 「こどものためのハムレット」 ロイス・バーデット著;鈴木扶佐子訳 アートデイズ(シェイクスピアっておもしろい!) 2007年6月

### グローニン
ロンドンのニムロッドおじさんのぐちり屋の執事 「ランプの精 3 カトマンズのコブラキング」 P.B.カー著;小林浩子訳 集英社 2006年11月

### グローバー・アンダーウッド
ポセイドンの息子・パーシーの親友、捜索者の資格を手に入れ森林の神「パン」を捜索している少年 「パーシー・ジャクソンとオリンポスの神々 2魔海の冒険」 リック・リオーダン作;金原瑞人訳;小林みき訳 ほるぷ出版 2006年11月

### グローバー・アンダーウッド
ポセイドンの息子・パーシーの親友、半人半ヤギの山野の精であるサテュロス 「パーシー・ジャクソンとオリンポスの神々 1盗まれた雷撃」 リック・リオーダン作;金原瑞人訳 ほるぷ出版 2006年4月

### グローバー・アンダーウッド
ポセイドンの息子パーシーの親友、半人半ヤギの山野の精であるサテュロスで森林の神「パン」を捜索している捜索者 「パーシー・ジャクソンとオリンポスの神々 3タイタンの呪い」 リック・リオーダン作;金原瑞人訳;小林みき訳 ほるぷ出版 2007年12月

### 黒ひげ　くろひげ
海の悪魔号の船長、七つの海でもっともおそれられている悪名高い海賊 「ピーターと星の守護団 上下」 デイヴ・バリー著 リドリー・ピアスン著;海後礼子訳 主婦の友社 2007年3月

### グローリア
南極のエンペラーランドに住む皇帝ペンギンの歌姫、天才ダンサー・マンブルの幼なじみ 「ハッピーフィート」 ケイ・ウッドワード著;高橋千秋訳 竹書房(竹書房ヴィジュアル文庫) 2007年3月

### グローリア
南極の皇帝ペンギン王国の歌のうまい女の子、ダンスのうまいマンブルの幼なじみ 「ハッピーフィート」 河井直子訳 メディアファクトリー 2007年3月

### グローン・ティースグリット
イルムア大陸の大議会に脅威とみなされた男、野蛮人種の傭兵 「イルムア年代記 3 サスティ姫の裏切り」 デイヴィッド・L.ストーン著;日暮雅通訳 ソニー・マガジンズ 2006年2月

けいで

**クワイ・ガン・ジン**
ジェダイ・ナイトであるオビ・ワンのかつての師 「スター・ウォーズ/ジェダイ・クエスト2 師弟のきずな」 ジュード・ワトソン著;西村和子訳 オークラ出版(LUCAS BOOKS) 2006年12月

## 【け】

**ゲアリー**
第二次世界大戦下ドイツ軍と戦ったイギリス空軍の若者、無線士 「ブラッカムの爆撃機」 ロバート・ウェストール作;金原瑞人訳 岩波書店 2006年10月

**ケイシー**
植物学者のブルワー博士の息子、マーガレットの弟 「地下室にねむれ(グースバンプス7)」 R.L.スタイン作;津森優子訳;照世絵 岩崎書店 2007年1月

**ケイシャ**
さまざまな人種の人々が暮らすニューヨークのブルックリンで叔母といとこ兄と暮らしている黒人少女 「天国(ヘヴン)にいちばん近い場所」 E.R.フランク作;富永星訳 ポプラ社 2006年9月

**ケイティー**
道に迷ったイングリッドを助けてくれた女性、おかしなケイティーと呼ばれているちょと変わった女性 「不思議の穴に落ちて(イングリッドの謎解き大冒険)」 ピーター・エイブラハムズ著;奥村章子訳 ソフトバンククリエイティブ 2006年4月

**ケイディ・ウィントン**
カリフォルニアのアロヨ・スクール中等部一年生、毎日不治の病に冒された親友のそばで過ごしている少女 「永遠の友だち」 サリー・ワーナー著;山田蘭訳 角川書店 2006年8月

**ケイティ・エリン・フラナガン**
「見えざる者」が見えるペギー・スーのおばあちゃんで変わり者の魔女 「ペギー・スー6宇宙の果ての惑星怪物」 セルジュ・ブリュソロ著;金子ゆき子訳 角川書店(角川文庫) 2006年12月

**ケイティ・エリン・フラナガン**
「見えざる者」が見えるペギー・スーのおばあちゃんで変わり者の魔女 「ペギー・スー6宇宙の果ての惑星怪物」 セルジュ・ブリュソロ著;金子ゆき子訳;町田尚子絵 角川書店 2005年3月

**ケイティ・エリン・フラナガン**
「見えざる者」が見えるペギー・スーのおばあちゃんで変わり者の魔女 「ペギー・スー7ドラゴンの涙と永遠の魔法」 セルジュ・ブリュソロ著;金子ゆき子訳;町田尚子絵 角川書店 2007年1月

**ケイティ・エリン・フラナガン**
「見えざる者」が見えるペギー・スーのおばあちゃんで変わり者の魔女 「ペギー・スー8赤いジャングルと秘密の学校」 セルジュ・ブリュソロ著;金子ゆき子訳;町田尚子絵 角川書店 2007年7月

**ケイティーおばあちゃん**
「見えざる者」が見えるペギー・スーのおばあちゃん、田舎で生計を立てている魔女 「ペギー・スー5黒い城の恐ろしい謎」 セルジュ・ブリュソロ著;金子ゆき子訳 角川書店(角川文庫) 2006年6月

**ケイティーおばあちゃん**
ペギー・スーのおばあちゃんで変わり者の魔女 「ペギー・スー 3幸福を運ぶ魔法の蝶」 セルジュ・ブリュソロ著;金子ゆき子訳 角川書店(角川文庫) 2005年11月

けいて

## ケイティーおばあちゃん
ペギー・スーのおばあちゃんで変わり者の魔女 「ペギー・スー 4魔法にかけられた動物園」
セルジュ・ブリュソロ著;金子ゆき子訳 角川書店(角川文庫) 2006年3月

## ケイティおばあちゃん(ケイティ・エリン・フラナガン)
「見えざる者」が見えるペギー・スーのおばあちゃんで変わり者の魔女 「ペギー・スー6宇宙
の果ての惑星怪物」 セルジュ・ブリュソロ著;金子ゆき子訳 角川書店(角川文庫) 2006年
12月

## ケイティおばあちゃん(ケイティ・エリン・フラナガン)
「見えざる者」が見えるペギー・スーのおばあちゃんで変わり者の魔女 「ペギー・スー6宇宙
の果ての惑星怪物」 セルジュ・ブリュソロ著;金子ゆき子訳;町田尚子絵 角川書店 2005
年3月

## ケイティおばあちゃん(ケイティ・エリン・フラナガン)
「見えざる者」が見えるペギー・スーのおばあちゃんで変わり者の魔女 「ペギー・スー7ドラ
ゴンの涙と永遠の魔法」 セルジュ・ブリュソロ著;金子ゆき子訳;町田尚子絵 角川書店
2007年1月

## ケイティおばあちゃん(ケイティ・エリン・フラナガン)
「見えざる者」が見えるペギー・スーのおばあちゃんで変わり者の魔女 「ペギー・スー8赤い
ジャングルと秘密の学校」 セルジュ・ブリュソロ著;金子ゆき子訳;町田尚子絵 角川書店
2007年7月

## ケイト
オーストラリアの田舎町で暮らす高校一年生、他人の感情を読みとる力を持った少女 「闇
の城、風の魔法」 メアリアン・カーリー作;小山尚子訳 徳間書店 2005年4月

## ケイト
ロイヤルバレエスクール中等部のエリーのルームメイトの一人 「ロイヤルバレエスクール・
ダイアリー5 トップシークレット」 アレクサンドラ・モス著;阪田由美子訳 草思社 2006年12

## ケイト・コグラン
宿なし少年トマスの幼なじみ、密輸監視官である父の拳銃をもち男の子のようなかっこうを
している十四歳の少女 「シャドウマンサー」 G.P.テイラー著;亀井よし子訳 新潮社 2006
年6月

## ケイト・ダイアー
物理学者のダイアー博士の娘、ピーターと反重力マシンで一七六三年に送りこまれてし
まった少女 「タイムトラベラー―消えた反重力マシン」 リンダ・バックリー・アーチャー著;小
原亜美訳 ソフトバンククリエイティブ 2007年12月

## ケイト・デヴリース
豪華飛行船「オーロラ号」の一等船客、乗員のマットを振り回す令嬢 「エアボーン」 ケネ
ス・オッペル著;原田勝訳 小学館 2006年7月

## ケイト・デヴリース
飛行船「サガルマータ号」に乗って幽霊船を追ったソルボンヌ大学の女子学生 「スカイブ
レイカー」 ケネス・オッペル著;原田勝訳 小学館 2007年7月

## ケイト・パーマー
生きている人形・アナベルらのドール一家の持ち主、九歳の女の子 「アナベル・ドールと
世界一いじのわるいお人形」 アン・M.マーティン作;ローラ・ゴドウィン作;三原泉訳;ブライ
アン・セルズニック絵 偕成社 2005年5月

## ゲイレン
惑星ラドノアに住む科学者、救助活動の調整役 「スター・ウォーズ/ジェダイ・クエスト1 冒
険のはじまり」 ジュード・ワトソン著;西村和子訳 オークラ出版(LUCAS BOOKS) 2006年
12月

### ケイロン
ハーフ訓練所の教頭、普段は車椅子に座っているが実は半人半馬のケンタウロス 「パーシー・ジャクソンとオリンポスの神々 1盗まれた雷撃」 リック・リオーダン作;金原瑞人訳 ほるぷ出版 2006年4月

### ケオプス王　けおぷすおう
イェンス・ペーターと透明くんがタイムマシンで会いに行ったエジプトのファラオ 「イェンス・ペーターと透明くんⅢ タイムマシンに乗る」 クラウス・ペーター・ヴォルフ作;アメリー・グリーンケ画;木本栄訳 ひくまの出版 2007年3月

### ゲシュタポ・リル
ハリーの乳母兼遊び相手兼家政婦としてやとわれていた女 「ハリーとしわくちゃ団」 アラン・テンバリー作;日当陽子訳 評論社(評論社の児童図書館・文学の部屋) 2007年11月

### ケッセルバッハ夫人　けっせるばっはふじん
パリのホテルで殺害されたダイヤモンド王ケッセルバッハの妻、未亡人 「続813アルセーヌ・ルパン」 モーリス・ルブラン作;大友徳明訳 偕成社(偕成社文庫) 2005年9月

### ゲド(ハイタカ)
アースシーのゴント島に生まれ魔法を学ぶローク学院に入った不思議な力がそなわった少年 「ゲド戦記Ⅰ 影との戦い」 ル=グウィン著;清水真砂子訳 岩波書店 2006年4月

### ゲド(ハイタカ)
アースシー一の大魔法使いで世界でただひとりの竜王、本名はゲド 「ゲド戦記Ⅲ さいはての島へ」 ル=グウィン著;清水真砂子訳 岩波書店 2006年4月

### ゲド(ハイタカ)
かつてアースシーの大賢人だった老人 「ゲド戦記Ⅴ アースシーの風」 ル=グウィン著;清水真砂子訳 岩波書店 2006年5月

### ゲド(ハイタカ)
平和をもたらすエレス・アクベの腕環を求めてアチュアンの墓所におもむいた魔法使い 「ゲド戦記Ⅱ こわれた腕環」 ル=グウィン著;清水真砂子訳 岩波書店 2006年4月

### ゲド(ハイタカ)
魔法の力を使い果たした偉大な魔法使い 「ゲド戦記Ⅳ 帰還」 ル=グウィン著;清水真砂子訳 岩波書店 2006年5月

### ケラック
呪われた町カーストンに住む14歳の少年、魔法使いゼンドリックの弟子 「銀竜の騎士団－大魔法使いとゴブリン王」 マット・フォーベック著;安田均監訳 アスキー(ダンジョンズ&ドラゴンズスーパーファンタジー) 2007年12月

### ゲルダ
雪の女王についていってしまったカイをさがすたびに出た女の子、カイの幼なじみ 「雪の女王」 アンデルセン作;木村由利子訳 偕成社 2005年4月

### ケルナー夫人　けるなーふじん
ルイーゼとロッテのおかあさん、「ミュンヘン画報」出版社の編集者 「ふたりのロッテ」 エーリヒ・ケストナー作;池田香代子訳 岩波書店(岩波少年文庫) 2006年6月

### ゲルラハ嬢　げるらはじょう
パルフィー氏が結婚しようとしている人、ウィーンのホテル・インペリアルのオーナーの令嬢 「ふたりのロッテ」 エーリヒ・ケストナー作;池田香代子訳 岩波書店(岩波少年文庫) 2006年6月

### ケン王　けんおう
エリカのお父さん、体じゅうにブツブツができる病気になった王さま 「ドラゴン・スレイヤー・アカデミー 2-4 ケン王の病気」 ケイト・マクミュラン作;神戸万知訳;舵真秀斗絵 岩崎書店 2006年12月

けんが

## ケンガー
卵を猫のゾルバに託して死んだ銀色のつばさのカモメ 「カモメに飛ぶことを教えた猫」 ルイス・セプルベダ著;河野万里子訳 白水社(白水Uブックス) 2005年11月

## ケンゾウ博士　けんぞうはかせ
頭脳明晰なヘラムの考古学者の父と共にアンコール・トムの遺跡修復作業に従事する考古学者 「秘密の島」 ペソウン作;金松伊訳;キムジュヒョン絵 汐文社(いま読もう!韓国ベスト読みもの) 2005年3月

## ケント
オーバーン王子ブライアンの従兄、呪い師見習いのコリーにも親切な真面目な青年 「オーバーン城の夏上下」 シャロン・シン著;東川えり訳;黒百合姫絵 小学館(小学館ルルル文庫) 2007年12月

## ケントリー・ウーブルレット(ケント)
オーバーン王子ブライアンの従兄、呪い師見習いのコリーにも親切な真面目な青年 「オーバーン城の夏上下」 シャロン・シン著;東川えり訳;黒百合姫絵 小学館(小学館ルルル文庫) 2007年12月

# 【こ】

## 小悪魔　こあくま
老悪魔から馬鹿なイワンと兄弟の仲をかき乱すよう命じられた三人の小悪魔 「イワンの馬鹿」 レフ・トルストイ著;北御門二郎訳 あすなろ書房(トルストイの散歩道2) 2006年5月

## 鯉少佐　こいしょうさ
ジミーと友だちになった老人、大きな屋敷の池に高価な鯉を飼っているため「鯉少佐」とよばれているおじいさん 「おわりから始まる物語」 リチャード・キッド作;松居スーザン訳;ピーター・ベイリー絵 ポプラ社(ポプラ・ウイング・ブックス) 2005年11月

## コイレ
落第して弟のちびポップと同じクラスになっちもうすぐ十三歳になる少年 「ちびポップの決断」 B.プルードラ著;森川弘子訳 未知谷 2005年5月

## コウノトリ兄さん　こうのとりにいさん
人間に化けたヌクテーのおばあさんたちがソウルで出会った元は人間じゃない青年 「おばけのウンチ」 クォンジョンセン作;クォンムニ絵;片岡清美訳 汐文社(いま読もう!韓国ベスト読みもの) 2005年1月

## コオロギ
広い世界を旅してまわろうと決めたコウロギの若者、オケラのあにき分 「コオロギ少年大ぼうけん」 トー・ホアイ作;岡田真紀訳 新科学出版社 2007年11月

## 小型鰐　こがたわに
アフリカで一番こげ茶色の泥んこの川にいた二匹の鰐のうちの小型鰐 「ロアルド・ダールコレクション8 どでかいワニの話」 ロアルド・ダール著クェンティン・ブレイク絵;柳瀬尚紀訳 評論社 2007年1月

## ココ
十二歳の少女・マリーアの奴隷となったアフリカ人のこども 「真珠のドレスとちいさなココ」 ドルフ・フェルルーン著;中村智子訳 主婦の友社 2007年7月

## ゴゴ
13歳の女の子・ビンティの祖母、エイズ孤児のための家を作ったおばあさん 「ヘブンショップ」 デボラ・エリス作;さくまゆみこ訳 鈴木出版(鈴木出版の海外児童文学) 2006年4月

### ココ(テレーズ)
おてんばな姉妹の妹、姉といっしょに森の中でたおれている目のみえない若い兵士をたすけた八歳の少女 「銀のロバ」 ソーニャ・ハートネット著;野沢佳織訳 主婦の友社 2006年10月

### ココアおくさん
きかんぼのいもうとがおとまりしたとなりの家のおくさん 「きかんぼのちいちゃいいもうと その2 おとまり」 ドロシー・エドワーズさく;渡辺茂男やく;酒井駒子え 福音館書店(世界傑作童話シリーズ) 2006年4月

### ココナッツ
とても賢く勇敢で人一倍知りたがり屋さんのちいさなドラゴン、ドラゴン島にすむファイアードラゴン 「ちいさなドラゴンココナッツ」 インゴ・ジークナー作;那須田務訳 ひくまの出版 2007年11月

### ゴス
南のジャングルコウモリの王者、人間を恐れる腹黒い肉食コウモリ 「サンウィング－銀翼のコウモリ2」 ケネス・オッペル著;嶋田水子訳 小学館 2005年4月

### ゴス
冥界の神・ソッソをあがめるジャングルコウモリ、銀翼コウモリ・シェードの宿敵 「ファイアーウィング－銀翼のコウモリ3」 ケネス・オッペル著;嶋田水子訳 小学館 2005年8月

### コゼット
仕事をさがしていたファンティーヌの娘、三つのときに宿屋のテナルディエにあずけられた少女 「レ・ミゼラブル－ああ無情」 ビクトル・ユゴー作;大久保昭男訳 ポプラ社(ポプラポケット文庫) 2007年3月

### コディ・マーヴェリック
イワトビペンギン、サーフィンでは絶対に負けない自信を持っている十七歳のサーファー 「サーフズ・アップ」 スーザン・コルマン著;番由美子訳 メディアファクトリー 2007年11月

### コデックス
なんでも知っている魔法のクリスタル 「セブンスタワー 3 魔法の国」 ガース・ニクス作;西本かおる訳 小学館(小学館ファンタジー文庫) 2007年12月

### ゴードー・ゴールドアックス
イルムア大陸の大議会に脅威とみなされた男、勇猛果敢なドワーフ 「イルムア年代記 3 サスティ姫の裏切り」 デイヴィッド・L.ストーン著;日暮雅通訳 ソニー・マガジンズ 2006年2月

### コドフロワ・デティーグ男爵(デティーグ男爵) こどふろわでていーぐだんしゃく(でていーぐだんしゃく)
青年ラウールの恋人・クラリスの父、カリオストロ伯爵夫人と対立している男爵 「カリオストロ伯爵夫人」 モーリス・ルブラン作;竹西英夫訳 偕成社(偕成社文庫) 2005年9月

### 子どもたち こどもたち
一週間ごとにねえやや家庭教師たちがやめていくほどおぎょうぎが悪くいたずらっ子なブラウンさんの子どもたち 「マチルダばあやといたずらきょうだい」 クリスティアナ・ブランド作;エドワード・アーディゾーニ絵;こだまともこ訳 あすなろ書房 2007年6月

### コニー・ライオンハート
左右の目の色が違う小学生、いろいろな動物と仲良しになれる不思議な女の子 「コニー・ライオンハートと神秘の生物Vol.1 サイレンの秘密」 ジュリア・ゴールディング作 松岡佑子;カースティ・祖父江訳 祖父江英之イラスト 静山社 2007年11月

### コーネリアス・フレック
ほかの子にはみえない不思議な光が見えるせいで友だちができずみんなから変人あつかいされている少年 「デモナータ2幕 悪魔の盗人」 ダレン・シャン作;橋本恵訳;田口智子画 小学館 2006年2月

ごは

**ゴハ**
アチュアンの墓所から大魔法使い・ゲドと共に逃げてきた元大巫女、大火傷を負った少女・テルーをひきとった女 「ゲド戦記Ⅳ 帰還」 ル=グウィン著;清水真砂子訳 岩波書店 2006年5月

**コパカ**
氷のトーアヌーバ、偉大なるスピリットであるマタ・ヌイを終わりなき眠りから目覚めさせる運命を背負った六人のうちのひとり 「バイオニクル5 恐怖の航海」 グレッグ・ファーシュティ著;バイオニクル研究会訳 主婦の友社 2005年4月

**コビィー・フラッド**
ふるさとの港高台にもどるためSSユーフォニア号に乗船したフラッド一家の末っ子の女の子 「コービィ・フラッドのおかしな船旅(ファニー・アドベンチャー)」 ポール・スチュワート作;クリス・リデル絵;唐沢則幸訳 ポプラ社 2006年9月

**コピー・ケック**
とても賢い2人の中国人の哲学者のひとり 「かるいお姫さま」 マクドナルド作;脇明子訳 岩波書店(岩波少年文庫) 2005年9月

**コヒツジ**
冬のふしぎなお祝い・クリスマスのはなしをカナリアからきいたコヒツジ 「オオカミとコヒツジときいろのカナリア」 ベン・カウパース作;のざかえつこ訳;ふくだいわお絵 くもん出版 2005年12月

**小人たち　こびとたち**
白雪姫が森でみつけた小さな家にすんでいる七人の小人たち 「白雪姫」 グリム兄弟原作;神田由布子訳 汐文社(ディズニープリンセス6姫の夢物語) 2006年12月

**コビトノアイ(ノモノ)**
秘密の庭をさがして放浪の旅をする少女、むかしある国のお姫さまだった女の子 「ドールの庭」 パウル・ビーヘル著;野坂悦子訳 早川書房(ハリネズミの本箱) 2005年4月

**ゴブリン**
ずるがしこい妖精・ジャック・フロストの手下、お天気にイタズラをしているゴブリン 「霧の妖精(フェアリー)エヴィ(レインボーマジック)」 デイジー・メドウズ作;田内志文訳 ゴマブックス 2007年4月

**ゴブリン**
ずるがしこい妖精・ジャック・フロストの手下、お天気にイタズラをしているゴブリン 「雷の妖精(フェアリー)ストーム(レインボーマジック)」 デイジー・メドウズ作;田内志文訳 ゴマブックス 2007年4月

**ゴブリン**
フェアリーランドから人間の世界に送りこまれたゴブリン、妖精・ジャック・フロストの手下 「音楽の妖精(フェアリー)メロディ(レインボーマジック)」 デイジー・メドウズ作;田内志文訳 ゴマブックス 2007年8月

**ゴブリン**
わるさをする妖精・ジャック・フロストの家来、お天気にイタズラをしているゴブリン 「風の妖精(フェアリー)アビゲイル(レインボーマジック)」 デイジー・メドウズ作;田内志文訳 ゴマブックス 2007年2月

**ゴブリン**
氷のお城に住むおそろしい妖精・ジャック・フロストの手下 「アメジストの妖精(フェアリー)エイミー(レインボーマジック)」 デイジー・メドウズ作;田内志文訳 ゴマブックス 2007年12月

**ゴブリン**
氷のお城に住むおそろしい妖精・ジャック・フロストの手下 「お楽しみの妖精(フェアリー)ポリー(レインボーマジック)」 デイジー・メドウズ作;田内志文訳 ゴマブックス 2007年8月

**こりん**

**ゴブリン**
氷のお城に住むおそろしい妖精・ジャック・フロストの手下 「雲の妖精(フェアリー)パール(レインボーマジック)」デイジー・メドウズ作;田内志文訳 ゴマブックス 2007年3月

**コボエ**
トゥアレグ族でアドゥーナの夫、干ばつに見舞われたウイナイア村を出て妻と子と共に故郷のイン・テグイーグ村に向かった夫 「消えたオアシス」ピエール・マリー・ボード作;井村順一・藤本泉訳 鈴木出版(鈴木出版の海外児童文学) 2005年4月

**コボルト**
サンタクロースのユレブックといっしょにいるクリスマスの小妖精 「サンタが空から落ちてきた」コルネーリア・フンケ著;浅見昇吾訳 WAVE出版 2007年12月

**コメット**
邪悪な魔女マグダからエルフのニコライを救った空飛ぶ美しいメスのトナカイ 「ヤング・サンタクロース」ルーシー・ダニエル=レイビー著;桜内篤子訳 小学館 2007年12月

**コヨーテじいさん**
クキツネ坊ややクマ父さんカモシカ母さんたちと一緒に旅をしたコヨーテ 「コヨーテ老人とともに」ジェイム・デ・アングロ作・画;山尾三省訳 福音館書店(福音館文庫) 2005年6月

**コーラ**
クワの木の上でいとこのヘスターと住んでいるオレンジ色のおばあさんアマガエル 「ウォートンとモートンの大ひょうりゅう―ヒキガエルとんだ大冒険6」ラッセル・E・エリクソン作;ローレンス・ディ・フィオリ絵;佐藤涼子訳 評論社(児童図書館・文学の部屋) 2007年11月

**コリー**
祖母から呪いの知識を学ぶ明るく素直な呪い師見習い 「オーバーン城の夏上下」シャロン・シン著;東川えり訳;黒百合姫絵 小学館(小学館ルルル文庫) 2007年12月

**コリエル・ハルシング(コリー)**
祖母から呪いの知識を学ぶ明るく素直な呪い師見習い 「オーバーン城の夏上下」シャロン・シン著;東川えり訳;黒百合姫絵 小学館(小学館ルルル文庫) 2007年12月

**コリーナ**
ルイジアナ州でくらしている十二歳の少女タイガーの知的障害をもった母 「ルイジアナの青い空」キンバリー・ウィリス・ホルト著;河野万里子訳 白水社 2007年9月

**コーリャ**
十三歳の中学生・ベンと敵対する上級生、街を荒らす男の子 「レベル4 子どもたちの街」アンドレアス・シュリューター作;若松宣子訳 岩崎書店(新しい世界の文学) 2005年9月

**コリン**
ひみつの七人が集まってつくったクラブ「シークレット・セブン」のメンバーの男の子 「シークレット・セブン1 ひみつクラブとなかまたち」エニド・ブライトン著;浅見よういラスト;立石ゆかり訳 オークラ出版 2007年8月

**コリン**
ひみつの七人が集まってつくったクラブ「シークレット・セブン」のメンバーの男の子 「シークレット・セブン2 ひみつクラブの大冒険!」エニド・ブライトン著;浅見よういラスト;大塚淳子訳 オークラ出版 2007年8月

**コリン**
ひみつの七人が集まってつくったクラブ「シークレット・セブン」のメンバーの男の子 「シークレット・セブン3 ひみつクラブとツリーハウス」エニド・ブライトン著;浅見よういラスト;草鹿佐恵子訳 オークラ出版 2007年10月

こりん

## コリン
ひみつの七人が集まってつくったクラブ「シークレット・セブン」のメンバーの男の子 「シークレット・セブン4 ひみつクラブと五人のライバル」 エニド・ブライトン著;浅見ようイラスト;加藤久哉訳 オークラ出版 2007年10月

## コーリン王子　こーりんおうじ
ナルニア国と親しいアーケン国のリューン王のわんぱく坊主の王子 「馬と少年(ナルニア国ものがたり5)」 C.S.ルイス作;瀬田貞二訳　岩波書店 2005年10月

## コリン・クラムワージー
小学生のコニーのクラスメイト、左右の目の色が違う男の子 「コニー・ライオンハートと神秘の生物Vol.1　サイレンの秘密」 ジュリア・ゴールディング作 松岡佑子;カースティ・祖父江訳;祖父江英之イラスト　静山社 2007年11月

## コリン・クレイヴン
メアリのいとこ、ミスルスウェイト屋敷のおくの部屋にずっといる男の子 「秘密の花園 上下」 バーネット作;山内玲子訳　岩波書店(岩波少年文庫) 2005年3月

## コリン・チャールズ・ケネディ
学校の授業をきっかけに環境問題にめざめたニュージーランドの少年 「リサイクル」 サンディ・マカーイ作;赤塚きょう子訳;鈴木明子絵 さ・え・ら書房 2005年12月

## コリン・ブラッカム(ブラッカム)
第二次世界大戦下ドイツ軍と戦ったイギリス空軍の軍曹、三十をすぎた男 「ブラッカムの爆撃機」 ロバート・ウェストール作;金原瑞人訳　岩波書店 2006年10月

## ゴール
荒野で泣いていた赤んぼうのベックを拾い部族の子として受けいれた元マッコン族の長、片目を失った気さくな老戦士 「デモナータ4幕　ベック」 ダレン・シャン作;橋本恵訳;田口智子画 小学館 2007年2月

## コル(コリン・クラムワージー)
小学生のコニーのクラスメイト、左右の目の色が違う男の子 「コニー・ライオンハートと神秘の生物Vol.1　サイレンの秘密」 ジュリア・ゴールディング作 松岡佑子;カースティ・祖父江訳;祖父江英之イラスト　静山社 2007年11月

## ゴールディ
フェアリーランドのお天気の妖精のひとり、太陽の妖精 「太陽の妖精(フェアリー)ゴールディ(レインボーマジック)」 デイジー・メドウズ作;田内志文訳 ゴマブックス 2007年3月

## コルテス
アステカ帝国を滅ぼしたスペイン人コルテスの蘇った霊 「パイレーツ・オブ・カリビアンジャック・スパロウの冒険 4 コルテスの剣」 ロブ・キッド著;ジャン=ポール・オルビナス絵;ホンヤク社訳 講談社 2006年11月

## ゴールドムーン
竜槍の英雄の一人である蛮族の姫、今は光の砦で癒しの技を使う老女 「ドラゴンランス魂の戦争第1部　上中下　墜ちた太陽の竜」 マーガレット・ワイス著;トレイシー・ヒックマン著;安田均訳 アスキー 2005年4月

## ゴールドムーン
竜槍の英雄の一人である蛮族の姫、今は光の砦で癒しの技を使う老女 「ドラゴンランス魂の戦争第2部　喪われた星の竜」 マーガレット・ワイス著;トレイシー・ヒックマン著;安田均訳 アスキー 2007年1月

## コルヌビック
失恋して放浪の旅に出たヤギ、歌が得意なミュージシャン 「旅するヤギはバラードを歌う」 ジャン=クロード・ムルルヴァ著;山本知子訳 早川書房(ハリネズミの本箱) 2006年10月

こんす

### コルネリウス博士　こるねりうすはかせ
カスピアン王子にナルニアの歴史をおしえた先生、混血小人 「カスピアン王子のつのぶえ
(ナルニア国ものがたり2)」 C.S.ルイス作;瀬田貞二訳　岩波書店　2005年10月

### コレクター
オバケを収集しているオバケ 「グレイ・アーサー2 おばけの訓練生」 ルイーズ・アーノルド
作;松本美菜子訳;三木謙次画　ヴィレッジブックス　2007年11月

### コレット
パリいちばんのレストラン「グスト」のただひとりの女性コック、芯が強くきびしい性格の女
「レミーのおいしいレストラン」 キティ・リチャーズ作;しぶやまさこ訳　偕成社(ディズニーア
ニメ小説版)　2007年6月

### ゴロ
古いグラーフェンシュタイン城の絵の中に住んでいるいたずらなおばけ 「かわいいおばけ
ゴロの冒険 第1巻 ゴロのお引越し」 ブリッタ・シュヴァルツ作;レギーナ・ホフシュタドゥラー=
リーナブリュン画;ひやままさこ訳　セバ工房　2006年4月

### ゴロ
博物館の絵の中に住んでいるいたずらなおばけ、緑のスーパーボールに変身するおばけ
「かわいいおばけゴロの冒険 第2巻 ゴロのギリシャ旅行」 ブリッタ・シュヴァルツ作;レギー
ナ・ホフシュタドゥラー=リーナブリュン画;ひやままさこ訳　セバ工房　2006年5月

### ゴロ
博物館の絵の中に住んでいるいたずらなおばけ、緑のスーパーボールに変身するおばけ
「かわいいおばけゴロの冒険 第3巻 ゴロのネットサーフィン」 ブリッタ・シュヴァルツ作;レ
ギーナ・ホフシュタドゥラー=リーナブリュン画;ひやままさこ訳　セバ工房　2006年9月

### ゴロ
博物館の絵の中に住んでいるいたずらなおばけ、緑のスーパーボールに変身するおばけ
「かわいいおばけゴロの冒険 第4巻 ゴロとトビおじさん」 ブリッタ・シュヴァルツ作;レギー
ナ・ホフシュタドゥラー=リーナブリュン画;ひやままさこ訳　セバ工房　2006年12月

### ゴロ
博物館の絵の中に住んでいるいたずらなおばけ、緑のスーパーボールに変身するおばけ
「かわいいおばけゴロの冒険 第5巻 ゴロのおかしな大作戦」 ブリッタ・シュヴァルツ作;レ
ギーナ・ホフシュタドゥラー=リーナブリュン画;ひやままさこ訳　セバ工房　2007年1月

### コロンブ
ベルドレーヌ家の長女シャーリーの同僚の娘、屋敷で秋休みを過ごすことになった少女
「ベルドレーヌ四季の物語 秋のマドモアゼル」 マリカ・フェルジュク作;ドゥボーヴ・陽子訳
ポプラ社(ポプラポケット文庫)　2006年11月

### コング
髑髏島に住んでいるとてつもなく巨大なゴリラ 「キング・コング」 メリアン・C.クーパー原案
エドガー・ウォーレス原案 ローラ・J・バーンス、メリンダ・メッツ著 澁谷正子訳;　偕成社
2005年12月

### コンスタンティン
豪華寝台列車オリエント急行に乗っていたギリシャ人の医師 「オリエント急行の殺人」 ア
ガサ・クリスティー著;山本やよい訳　早川書房(クリスティー・ジュニア・ミステリ2)　2007年12
月

### コンスタント・ドラッケンフェルズ
オスヴァルト公太子らによって滅ぼされた邪悪な大魔法使い 「ウォーハンマーノベル1 ド
ラッケンフェルズ」 ジャック・ヨーヴィル著;待兼音二郎訳;崎浜かおる訳;渡部夢霧訳　ホ
ビージャパン(HJ文庫G)　2007年1月

こんせ

### コンセイユ
フランスの博物学者アロナックス教授の召使いの若者 「海底二万里 上下」 ジュール・ヴェルヌ作;私市保彦訳 岩波書店(岩波少年文庫) 2005年8月

### コンセーユ
パリ博物館のアロナックス教授の従者、忠実で立派な若者 「海底二万海里 上下」 J.ベルヌ作;清水正和訳;A・ド・ヌヴィル画 福音館書店(福音館文庫) 2005年5月

### コンラート
ドイツのドランスフェルト住宅地にひっこしてきた小学五年生、おない年のちょっと変わった女の子・フリッツと友だちになった男の子 「大きなウサギを送るには」 ブルクハルト・シュピネン作;はたさわゆうこ訳;サカイノビー絵 徳間書店 2007年1月

## 【さ】

### サイ(サイラス)
夢の中で古代エジプトのファラオの墓に入れられていた少年・アテンを助けようとした男の子 「ドリーム・アドベンチャー」 テレサ・ブレスリン作;もりうちすみこ訳;かじりみな子絵 偕成社 2007年4月

### サイモン
大伯父メリマンらと盗み出された聖杯を取りもどすことにしたドルー三兄弟のひとり 「闇の戦い 2みどりの妖婆」 スーザン・クーパー著;浅羽英子訳 評論社(fantasy classics) 2006年12月

### サイモン・グレース
グレース家の3人の子どもたちのふたごの弟 「スパイダーウィック家の謎 第5巻 オーガーの宮殿へ」 ホリー・ブラック作;トニー・ディテルリッジ絵 文渓堂 2005年1月

### サイモンさん
少女ジョーのとなりの家に住む発明家のおじいさん 「秘密のメリーゴーランド」 エミリー・ロッダ作;岡田好惠訳;はけたれいこ画 PHP研究所 2006年8月

### サイモン・ショウ
筋ジストロフィーという病気で車椅子生活を送っている十五歳の少年、強い個性とユーモアでクラスの人気者 「僕らの事情。」 デイヴィッド・ヒル著;田中亜希子訳 求龍堂 2005年9月

### サイラス
夢の中で古代エジプトのファラオの墓に入れられていた少年・アテンを助けようとした男の子 「ドリーム・アドベンチャー」 テレサ・ブレスリン作;もりうちすみこ訳;かじりみな子絵 偕成社 2007年4月

### サイラス・ヒープ
捨て子の女児を末娘として大切に育てている七人の息子の父親、平俗魔法使い 「セプティマス・ヒープ 第一の書 七番目の子」 アンジー・セイジ著;唐沢則幸訳 竹書房 2005年4月

### ザカリー
メイン州の沖合の孤島で黄金の翼竜に出会った三人きょうだいの長男、十歳の少年 「孤島のドラゴン」 レベッカ・ラップ著;鏡哲生訳 評論社(児童図書館・文学の部屋) 2006年10月

### ザカリア(ザック)
ブラテル・ラ・グランドの古文書にくわしい若い修道士 「アモス・ダラゴン 9黄金の羊毛」 ブリアン・ペロー作;高野優監訳;橘明美訳 竹書房 2006年12月

### サー・ゲリット
グラウホーフ城から博物館に新しくやってきた絵の中に住んでいる騎士のおばけ 「かわい
いおばけゴロの冒険 第3巻 ゴロのネットサーフィン」ブリッタ・シュヴァルツ作；レギーナ・ホ
フシュタドゥラー=リーナブリュン画；ひやままさこ訳 セバ工房 2006年9月

### サーシャ
「コーラル王国」の大事な仕事をするためにえらばれた「マーメイド・ガールズ」の人魚
「マーメイド・ガールズ 1 マリンのマジック・ポーチ」ジリアン・シールズ作；宮坂宏美訳；田中
亜希子訳；つじむらあやこ絵 あすなろ書房 2007年7月

### サーシャ
「コーラル王国」の大事な仕事をするためにえらばれた「マーメイド・ガールズ」の人魚
「マーメイド・ガールズ 2 サーシャと魔法のパール・クリーム」ジリアン・シールズ作；宮坂宏
美訳；田中亜希子訳；つじむらあやこ絵 あすなろ書房 2007年7月

### サーシャ
あみに引っかかったイルカを助けることにした「マーメイド・ガールズ」の人魚 「マーメイド・
ガールズ 3 スイッピーと銀色のイルカ」ジリアン・シールズ作；宮坂宏美訳；田中亜希子訳；
つじむらあやこ絵 あすなろ書房 2007年8月

### サーシャ
コーラル女王と海の生き物のためにたたかう「マーメイド・ガールズ」の人魚 「マーメイド・
ガールズ 6 ウルルと虹色の光」ジリアン・シールズ作；宮坂宏美訳；田中亜希子訳；つじむ
らあやこ絵 あすなろ書房 2007年9月

### サーシャ
ゴミにおおわれた砂浜をきれいにしようとした「マーメイド・ガールズ」の人魚 「マーメイド・
ガールズ 5 エラリーヌとアザラシの赤ちゃん」ジリアン・シールズ作；宮坂宏美訳；田中亜希
子訳；つじむらあやこ絵 あすなろ書房 2007年9月

### サーシャ
仕事のとちゅうで伝説の難破船を見にいった「マーメイド・ガールズ」の人魚 「マーメイド・
ガールズ 4 リコと赤いルビー」ジリアン・シールズ作；宮坂宏美訳；田中亜希子訳；つじむら
あやこ絵 あすなろ書房 2007年8月

### サー・ジャック
「イングランド・イングランド」という大規模テーマパークの最高経営責任者、大富豪の男
「イングランド・イングランド」ジュリアン・バーンズ著；古草秀子訳 東京創元社(海外文学
セレクション) 2006年12月

### サスティ姫　さすていひめ
イルムア大陸のフレムの王妃、ティースグリット一族をおびき出すエサにされた姫 「イルム
ア年代記 3 サスティ姫の裏切り」デイヴィッド・L.ストーン著；日暮雅通訳 ソニー・マガジン
ズ 2006年2月

### ザック
ブラテル・ラ・グランドの古文書にくわしい若い修道士 「アモス・ダラゴン 9黄金の羊毛」ブ
リアン・ペロー作；高野優監訳；橘明美訳 竹書房 2006年12月

### ザック
図書館の百科事典からウィリーたちの前にとびだしてきた未来からやってきた少年 「ドラゴ
ン・スレイヤー・アカデミー 8 ほろびの予言」ケイト・マクミュラン作；神戸万知訳；舵真秀斗
絵 岩崎書店 2005年5月

### ザッチ
ドッグシェルターで子犬のティナと出会い飼うことを決めた少年 「クリスマスの子犬」R・G・
イントレイター作；若林千鶴訳；むかいながまさ訳 文研出版(文研ブックランド) 2006年10
月

さでい

**サディ・グリーン**
クレア学院一年の新入生、ファッションのことしか考えていない金持ちのアメリカ娘 「おちゃめなふたごの探偵ノート」 エニド・ブライトン作;佐伯紀美子訳 ポプラ社(ポプラポケット文庫) 2006年2月

**サトール**
ブラテル・ラ・グランドの修道士ザカリアが出会ったケンタウロス族の少女 「アモス・ダラゴン9黄金の羊毛」 ブリアン・ペロー作;高野優監訳;橘明美訳 竹書房 2006年12月

**ザナ・マーティンデイル**
小説を書く青年デービッドの恋人、魔女としての能力が開花しはじめたゴス・ファッションの風変わりな少女 「炎の星－龍のすむ家3」 クリス・ダレーシー著;三辺律子訳 竹書房 2007年8月

**サニー**
十六歳のレイナのボーイフレンド、重度のドラッグ中毒でホームレス状態の男 「グッバイ、ホワイトホース」 シンシア・D.グラント著;金原瑞人訳;圷香織訳 光文社 2005年1月

**サニー・チャン**
中学生の仲良しグループが開業した便利屋「ティーン・パワー」株式会社のメンバー、冷静で理論的で運動神経ばつぐんの少女 「ティーン・パワーをよろしく6 テルティス城の怪事件」 エミリー・ロッダ著;岡田好惠訳 講談社(YA!entertainment) 2005年12月

**サニー・チャン**
中学生の仲良しグループが開業した便利屋「ティーン・パワー」株式会社のメンバー、冷静で理論的で運動神経ばつぐんの少女 「ティーン・パワーをよろしく7 ホラー作家の悪霊屋敷」 エミリー・ロッダ著;岡田好惠訳 講談社(YA!entertainment) 2006年6月

**サニー・チャン**
中学生の仲良しグループが開業した便利屋「ティーン・パワー」株式会社のメンバー、冷静で理論的で運動神経ばつぐんの少女 「ティーン・パワーをよろしく8 危険なリゾート」 エミリー・ロッダ著;岡田好惠訳 講談社(YA!entertainment) 2007年2月

**サニー・チャン**
中学生の仲良しグループが開業した便利屋「ティーン・パワー」株式会社のメンバー、冷静で理論的で運動神経ばつぐんの少女 「ティーン・パワーをよろしく9 犬のお世話はたいへんだ」 エミリー・ロッダ著;岡田好惠訳 講談社(YA!entertainment) 2007年6月

**サニー・チャン**
中学生六人でやっている便利屋「ティーン・パワー株式会社」のメンバーのひとり、運動神経ばつぐんの少女 「ティーン・パワーをよろしく5 甘い話にご用心!」 エミリー・ロッダ著;岡田好惠訳 講談社(YA!entertainment) 2005年3月

**サニー・ボードレール**
孤児であるボードレール三姉弟妹の末妹、噛むことが大好きな赤ん坊 「世にも不幸なできごと9 肉食カーニバル」 レモニー・スニケット著;宇佐川晶子訳 草思社 2005年6月

**サニー・ボードレール**
孤児であるボードレール三姉弟妹の末妹、噛むことが大好きな幼児 「世にも不幸なできごと10 つるつるスロープ」 レモニー・スニケット著;宇佐川晶子訳 草思社 2006年3月

**サニー・ボードレール**
孤児であるボードレール三姉弟妹の末妹、噛むことが大好きな幼児 「世にも不幸なできごと11 ぶきみな岩屋」 レモニー・スニケット著;宇佐川晶子訳 草思社 2006年12月

**サニー・ボードレール**
孤児であるボードレール三姉弟妹の末妹、噛むことが大好きな幼児 「世にも不幸なできごと12 終わりから二番めの危機」 レモニー・スニケット著;宇佐川晶子訳 草思社 2007年8月

さみゆ

**サフィー**
両親が画家のカッソン家の次女、八歳で自分が養女だと知った女の子 「サフィーの天使」
ヒラリー・マッカイ作;冨永星訳 小峰書店(Y.A.Books) 2007年1月

**サフィラ**
少年・エラゴンが拾った卵からかえったドラゴン、ライダーとしてエラゴンを選んだ雌のドラゴ
ン 「エラゴン 遺志を継ぐ者(ドラゴンライダー1)」 クリストファー・パオリーニ著;大嶌双恵訳
ヴィレッジブックス 2006年1月

**サフィラ**
少年・エラゴンが拾った卵からかえったドラゴン、ライダーとしてエラゴンを選んだ雌のドラゴ
ン 「エラゴン 遺志を継ぐ者(ドラゴンライダー2)」 クリストファー・パオリーニ著;大嶌双恵訳
ヴィレッジブックス 2006年10月

**サフィラ**
少年・エラゴンが拾った卵からかえった青い雌のドラゴン、エラゴンとともに旅する相棒 「エ
ラゴン 遺志を継ぐ者(ドラゴンライダー3)」 クリストファー・パオリーニ著;大嶌双恵訳 ヴィ
レッジブックス 2006年10月

**サフィラ**
少年・エラゴンが拾った卵からかえった青い雌のドラゴン、エラゴンとともに旅する相棒 「エ
ルデスト―宿命の赤き翼 上下(ドラゴンライダー2)」 クリストファー・パオリーニ著;大嶌双恵
訳 ソニー・マガジンズ 2005年11月

**サフラン**
フェアリーランドにいた七人の虹の妖精たちのひとり、黄色の妖精 「黄色の妖精(フェア
リー)サフラン(レインボーマジック)」 デイジー・メドウズ作;田内志文訳 ゴマブックス 2006
年9月

**サフラン(サフィー)**
両親が画家のカッソン家の次女、八歳で自分が養女だと知った女の子 「サフィーの天使」
ヒラリー・マッカイ作;冨永星訳 小峰書店(Y.A.Books) 2007年1月

**サマー**
人間の世界で魔法の貝がらを探すフェアリーランドの夏休みの妖精 「夏休みの妖精(フェ
アリー)サマー(レインボーマジック)」 デイジー・メドウズ作;田内志文訳 ゴマブックス 2007
年8月

**サマンサ・キーズ(サミー)**
少女探偵、祖母の老人用高級マンションに隠れて暮らす中学一年生「少女探偵サミー・
キーズと小さな逃亡者」 ウェンデリン・V.ドラーネン著;加藤洋子訳 集英社 2005年2月

**サマンサ・シャテンバーグ**
死んだ父親の遺産金を持ってニューヨークから妹のソフィーとともに家出した十七歳の女の
子 「ローズクイーン―ふたりはただいま失踪中!(ミッシング・パーソンズ1)」 M.E.ラブ作;西
田佳子訳 理論社 2006年6月

**サミー**
少女探偵、祖母の老人用高級マンションに隠れて暮らす中学一年生「少女探偵サミー・
キーズと小さな逃亡者」 ウェンデリン・V.ドラーネン著;加藤洋子訳 集英社 2005年2月

**サミュエル・パディントン**
シャカ・カンダレクの〝穴〟の警備員 「ペギー・スー 3幸福を運ぶ魔法の蝶」 セルジュ・ブ
リュソロ著;金子ゆき子訳 角川書店(角川文庫) 2005年11月

**サミュエル・ラチェット**
豪華寝台列車オリエント急行で名探偵ポアロに依頼を断られ殺された金持ちのアメリカ人
「オリエント急行の殺人」 アガサ・クリスティー著;山本やよい訳 早川書房(クリスティー・
ジュニア・ミステリ2) 2007年12月

さみⅠ

## サミーラ
四年生のジェニーの文通相手、サウジアラビアから転校してきた二年生 「ひげねずみくんへ」 アン・ホワイトヘッド・ナグダさく;髙畠リサやく;井川ゆり子え 福音館書店(世界傑作童話シリーズ) 2005年6月

## サミール
ラ・ヴィクトリン団地に住む四人兄弟の十一歳の長男、めったに口をきかない少年 「ナディアおばさんの予言」 マリー・デプルシャン作;末松氷海子訳;津尾美智子絵 文研出版(文研じゅべにーる) 2007年3月

## サム
妹のソフィーとインディアナ州の田舎町ヴェニスで暮らすNY育ちの少女、探偵事務所のアシスタント 「クリスマス・キッス—ふたりはまだまだ恋愛中!(ミッシング・パーソンズ4)」 M.E.ラブ作;西田佳子訳 理論社 2007年11月

## サム
妹のソフィーとインディアナ州の田舎町ヴェニスで暮らすNY育ちの少女、探偵事務所のアシスタント 「ダンシング・ポリスマン—ふたりはひそかに尾行中!(ミッシング・パーソンズ3)」 M.E.ラブ作;西田佳子訳 理論社 2007年7月

## サム(サマンサ・シャテンバーグ)
死んだ父親の遺産金を持ってニューヨークから妹のソフィーとともに家出した十七歳の女の子 「ローズクイーン—ふたりはただいま失踪中!(ミッシング・パーソンズ1)」 M.E.ラブ作;西田佳子訳 理論社 2006年6月

## サム(サム・スコット)
妹のソフィーとインディアナ州の田舎町ヴェニスで暮らすNY育ちの少女、探偵事務所のアシスタント 「チョコレート・ラヴァー—ふたりはこっそり変装中!(ミッシング・パーソンズ2)」 M.E.ラブ作;西田佳子訳 理論社 2006年12月

## サム・スコット
妹のソフィーとインディアナ州の田舎町ヴェニスで暮らすNY育ちの少女、探偵事務所のアシスタント 「チョコレート・ラヴァー—ふたりはこっそり変装中!(ミッシング・パーソンズ2)」 M.E.ラブ作;西田佳子訳 理論社 2006年12月

## サムソン
ニューヨーク市にある動物園の人気もののライオン、ライアンの父親 「ライアンを探せ!」 アイリーン・トリンブル作;しぶやまさこ訳 偕成社(ディズニーアニメ小説版) 2006年11月

## サラ
カッソン家の次女・サフィーにはじめてできたまともな友達、車いすの女の子 「サフィーの天使」 ヒラリー・マッカイ作;冨永星訳 小峰書店(Y.A.Books) 2007年1月

## サラ
家を出たまま帰らない母親をたずねて祖父母といっしょにドライブ旅行に出かけた十三歳の少女 「めぐりめぐる月」 シャロン・クリーチ作;もきかずこ訳 偕成社 2005年11月

## ザーラ
イラクの難民キャンプで育った十歳の女の子、重い心臓病をもつレザの姉 「はばたけ!ザーラ」 コリーネ・ナラニィ作;トム・スコーンオーへ絵;野坂悦子訳 鈴木出版(鈴木出版の海外児童文学) 2005年2月

## サライ
奴隷となった少女アリーが仕えるバーリタン一家の娘、メークエン公爵と最初のラカの妻との長女 「アリーの物語2 女騎士アランナの娘—守るべき希望」 タモラ・ピアス作;久慈美貴訳 PHP研究所 2007年8月

さる

**サライ**
奴隷となった少女アリーが仕えるバーリタン一家の娘、故メークエン公爵と最初のラカの妻との長女 「アリーの物語 3 女騎士アランナの娘－動きだす運命の歯車」 タモラ・ピアス作;久慈美貴訳 PHP研究所 2007年10月

**サライ**
奴隷となった少女アリーが仕えるバーリタン一家の娘、故メークエン公爵と最初のラカの妻との長女 「アリーの物語 4 女騎士アランナの娘－予言されし女王」 タモラ・ピアス作;久慈美貴訳 PHP研究所 2007年11月

**サライユ(サライ)**
奴隷となった少女アリーが仕えるバーリタン一家の娘、メークエン公爵と最初のラカの妻との長女 「アリーの物語 2 女騎士アランナの娘－守るべき希望」 タモラ・ピアス作;久慈美貴訳 PHP研究所 2007年8月

**サライユ(サライ)**
奴隷となった少女アリーが仕えるバーリタン一家の娘、故メークエン公爵と最初のラカの妻との長女 「アリーの物語 3 女騎士アランナの娘－動きだす運命の歯車」 タモラ・ピアス作;久慈美貴訳 PHP研究所 2007年10月

**サライユ(サライ)**
奴隷となった少女アリーが仕えるバーリタン一家の娘、故メークエン公爵と最初のラカの妻との長女 「アリーの物語 4 女騎士アランナの娘－予言されし女王」 タモラ・ピアス作;久慈美貴訳 PHP研究所 2007年11月

**サラ・エミリー**
メイン州の沖合の孤島で黄金の翼竜に出会った三人きょうだいの末っ子、八歳半の少女 「孤島のドラゴン」 レベッカ・ラップ 著;鏡哲生訳 評論社(児童図書館・文学の部屋) 2006年10月

**サラの樹　さらのき**
権轟山の麓に生まれ人間のさまざまな出来事をを見守ってきたミズナラの樹 「マザーツリー　母なる樹の物語」 C.Wニコル著 静山社 2007年11月

**サラマンカ・ツリー・ヒドル(サラ)**
家を出たまま帰らない母親をたずねて祖父母といっしょにドライブ旅行に出かけた十三歳の少女 「めぐりめぐる月」 シャロン・クリーチ作;もきかずこ訳 偕成社 2005年11月

**サリーおばさん**
ベビーシッターの代わりにアンダソン家の三人姉弟の面倒を見ることになったおばさん 「サリーおばさんとの一週間」 ポリー・ホーヴァス作;北條文緒訳 偕成社 2007年4月

**サリー・ショー**
ミスティックの町で開催されたヨットレースに参加したファントム号の船長 「謎の三角海域(双子探偵ジーク&ジェン5)」 ローラ・E.ウィリアムズ著;石田理恵訳 早川書房(ハリネズミの本箱) 2007年1月

**サリラ**
ペルシャワール・パレスホテルのシェフの娘 「タリスマン4 パールヴァティーの秘宝」 アラン・フレウィン・ジョーンズ著;桜井颯子訳;永盛綾子絵 文溪堂 2006年12月

**サリー・ロックハート**
ヴィクトリア朝のロンドンに住む十六歳、海運会社共同経営者の父を事故で亡くした少女 「マハラジャのルビー サリー・ロックハートの冒険 1」 フィリップ・プルマン著;山田順子訳 東京創元社(sogen bookland) 2007年5月

**サル**
キリンとペリカンと一緒に「はしご不用窓ふき会社」を始めたサル 「ロアルド・ダールコレクション15 こちらゆかいな窓ふき会社」 ロアルド・ダール著クェンティン・ブレイク絵;清水奈緒子訳 評論社 2005年7月

さるた

**サルター・ガルヴァ**
アンサル市のガルヴァ家の当主で一族の血を引くメマーに教育を授けた人 「ヴォイス－西のはての年代記2」ル＝グウィン著;谷垣暁美訳 河出書房新社 2007年8月

**サルティガン（お師匠さま）　さるてぃがん（おししょうさま）**
三つ編みにしたあごひげをマフラーのように首に巻いている謎の老人 「アモス・ダラゴン3 神々の黄昏」ブリアン・ペロー作;高野優監訳;橘明美訳 竹書房 2005年8月

**ザンジ**
話ができない少年・トムがかよう動物園にいる赤ん坊を生んだ十歳の雌ゴリラ 「おりの中の秘密」ジーン・ウィリス著;千葉茂樹訳 あすなろ書房 2005年11月

**ザンス・フィラーティン**
夜の守護聖団最高守護者のオービクス・ザクシスの弟子、裏切ってルークの仲間に加わった元スパイ 「崖の国物語7」ポール・スチュワート作 クリス・リデル絵;唐沢則幸訳 ポプラ社（ポプラ・ウイング・ブックス） 2006年5月

**サンソン・パーシバル**
ドラゴンラージャの最高の資質を持つという赤髪の少女の捜索をすることになったヘルタント城の警備兵隊長 「ドラゴンラージャ5 野望」イ・ヨンド作;ホン・カズミ訳;金田榮路絵 岩崎書店 2006年6月

**サンソン・パーシバル**
ドラゴンラージャの最高の資質を持つという赤髪の少女の捜索をすることになったヘルタント城の警備兵隊長 「ドラゴンラージャ6 神力」イ・ヨンド作;ホン・カズミ訳;金田榮路絵 岩崎書店 2006年8月

**サンソン・パーシバル**
ドラゴンラージャの最高の資質を持つという赤髪の少女の捜索をすることになったヘルタント城の警備兵隊長 「ドラゴンラージャ7 追跡」イ・ヨンド作;ホン・カズミ訳;金田榮路絵 岩崎書店 2006年8月

**サンソン・パーシバル**
ドラゴンラージャの最高の資質を持つという赤髪の少女の捜索をすることになったヘルタント城の警備兵隊長 「ドラゴンラージャ8 報復」イ・ヨンド作;ホン・カズミ訳;金田榮路絵 岩崎書店 2006年10月

**サンソン・パーシバル**
ドラゴンラージャの資質を持っていると思われる少女レニとクリムゾンドラゴンのいる褐色山脈にむかったヘルタント城の警備兵隊長 「ドラゴンラージャ10 友情」イ・ヨンド作;ホン・カズミ訳;金田榮路絵 岩崎書店 2006年12月

**サンソン・パーシバル**
ドラゴンラージャの資質を持っていると思われる少女レニとクリムゾンドラゴンのいる褐色山脈にむかったヘルタント城の警備兵隊長 「ドラゴンラージャ11 真実」イ・ヨンド作;ホン・カズミ訳;金田榮路絵 岩崎書店 2007年2月

**サンソン・パーシバル**
ドラゴンラージャの資質を持っていると思われる少女レニとクリムゾンドラゴンのいる褐色山脈にむかったヘルタント城の警備兵隊長 「ドラゴンラージャ9 予言」イ・ヨンド作;ホン・カズミ訳;金田榮路絵 岩崎書店 2006年10月

**サンソン・パーシバル**
バイサス王国国王に謁見しブラックドラゴンに捕らえられた人々の身代金をえるために首都へ旅立ったヘルタント城の警備兵隊長 「ドラゴンラージャ2 陰謀」イ・ヨンド作;ホン・カズミ訳;金田榮路絵 岩崎書店 2005年12月

じぇい

**サンソン・パーシバル**
バイサス王国国王に謁見しブラックドラゴンに捕らえられた人々の身代金をえるために首都
へ旅立ったヘルタント城の警備兵隊長 「ドラゴンラージャ3 疑念」 イ・ヨンド作;ホン・カズミ
訳;金田榮路絵 岩崎書店 2006年2月

**サンソン・パーシバル**
バイサス王国国王に謁見しブラックドラゴンに捕らえられた人々の身代金をえるために首都
へ旅立ったヘルタント城の警備兵隊長 「ドラゴンラージャ4 要請」 イ・ヨンド作;ホン・カズミ
訳;金田榮路絵 岩崎書店 2006年4月

**サンソン・パーシバル**
バイサス王国国民、鍛冶職人の息子でありヘルタント城の警備兵隊長を務めている男 「ド
ラゴンラージャ1 宿怨」 イ・ヨンド作;ホン・カズミ訳;金田榮路絵 岩崎書店 2005年12月

**サンダー**
特別企画のドライブ・ホラーバスツアーに参加した四年生の男の子 「ホラーバス1・2」 パ
ウル・ヴァン・ローン作;岩井智子訳;浜野史子絵 学研 2007年7月

**サンタ・クロース(ニコラス・クロース)**
不死の国「とこしえ」の王で別名サンタ・クロース、ホリーの父 「ホリー・クロースの冒険」 ブ
リトニー・ライアン著;永瀬比奈訳 早川書房(ハリネズミの本箱) 2006年11月

**サンディ・グラント**
とぶ船にのって冒険をした4人きょうだいの女の子 「とぶ船 上下」 ヒルダ・ルイス作;石井
桃子訳 岩波書店(岩波少年文庫) 2006年1月

**サンディー・マンソン**
ドラモンド城を博物館に変えようとしたキャリー・ベルの助手 「ドラモンド城のなぞ(ボックス
カー・チルドレン36)」 ガートルード・ウォーナー原作;小野玉央訳 日向房 2005年12月

**サンドストーム**
森のサンダー族の戦士で雌猫 「ウォーリアーズ〔1〕－5 ファイヤハートの危機」 エリン・ハ
ンター作;金原瑞人訳;高林由香子訳 小峰書店 2007年9月

**サンドストーム**
森のサンダー族の戦士で雌猫 「ウォーリアーズ〔1〕－6 ファイヤハートの旅立ち」 エリン・
ハンター作;金原瑞人訳;高林由香子訳 小峰書店 2007年11月

## 【し】

**じいさん**
子どものころ大天使ガブリエルに出会った羊飼いのじいさん 「天使のつばさに乗って」 マ
イケル・モーパーゴ作;クェンティン・ブレイク画;佐藤見果夢訳 評論社 2007年10月

**ジェイ(J・A・ドルトン) じぇい(じぇいえーどるとん)**
高名な画家、南ウェールズの古い屋敷「ウィッシュハウス」で暮らしていた男 「ウィッシュハ
ウス」 セリア・リーズ作;三輪美矢子訳 理論社 2006年8月

**J・A・ドルトン じぇいえーどるとん**
高名な画家、南ウェールズの古い屋敷「ウィッシュハウス」で暮らしていた男 「ウィッシュハ
ウス」 セリア・リーズ作;三輪美矢子訳 理論社 2006年8月

**ジェイコブ・クレイン(クレイン)**
「人殺しクレイン」の別名をもつ密輸人でマジェンタ号の船長、金のためなら何でもやる男
「シャドウマンサー」 G.P.テイラー著;亀井よし子訳 新潮社 2006年6月

じぇい

### ジェイコブ先生　じぇいこぶせんせい
自動車博物館の見学にきていた六年生の子ども達の担任「ホラーバス　呪われた部屋1・2」パウル・ヴァン・ローン作;岩井智子訳;浜野史子絵　学研　2007年12月

### JJ・リディ　じぇいじぇいりでぃ
音楽一家のリディ家の長男、遺跡の地下にある不思議な膜を通りぬけ"永遠なる若さの国"ティル・ナ・ノグにたどりついた少年「時間のない国で　上下」ケイト・トンプソン著;渡辺庸子訳　東京創元社(sogen bookland)　2006年11月

### ジェイディス(女王)　じぇいでぃす(じょおう)
ディゴリーとポリーが行った大むかしの都チャーンで眠りから目ざめた魔力をもつ女王「魔術師のおい(ナルニア国ものがたり6)」C.S.ルイス作;瀬田貞二訳　岩波書店　2005年10月

### ジェイド
学校の人気者で親友のヴィッキーに寄り添う影のような存在で何をするにも自信がもてない少女「ヴィッキー・エンジェル」ジャクリーン・ウィルソン作;尾高薫訳　理論社　2005年2月

### ジェイムズ
家事がまるでダメな母さんにかんにんぶくろのおが切れた息子「ロボママ」エミリー・スミス作;もりうちすみこ訳;村山鉢子画　文研出版(文研ブックランド)　2005年5月

### ジェイムズ君(ジェイムズ・ヘンリー・トットコ)　じぇいむずくん(じぇいむずへんりーとっとこ)
両親がとつぜん巨大な犀に食べられ意地悪なトガリー叔母とガメッチ叔母に引き取られた少年「ロアルド・ダールコレクション1　おばけ桃が行く」ロアルド・ダール著クェンティン・ブレイク絵;柳瀬尚紀訳　評論社　2005年11月

### ジェイムズ・シェパード
イングランドのキングズアボット村に住みフェラーズ夫人の検死を行った医師、アクロイド氏の友人「アクロイド氏殺害事件」アガサ・クリスティ作;花上かつみ訳　講談社(青い鳥文庫)　2005年4月

### ジェイムズ・フック(フック船長)　じぇいむずふっく(ふっくせんちょう)
ネヴァーランドにいた海賊「ピーター★パンインスカーレット」ジェラルディン・マコックラン作;こだまともこ訳　小学館　2006年12月

### ジェイムズ・ヘンリー・トットコ
両親がとつぜん巨大な犀に食べられ意地悪なトガリー叔母とガメッチ叔母に引き取られた少年「ロアルド・ダールコレクション1　おばけ桃が行く」ロアルド・ダール著クェンティン・ブレイク絵;柳瀬尚紀訳　評論社　2005年11月

### ジェイムズ・モリアーティ(モリアーティ教授)　じぇいむずもりあーてぃ(もりあーてぃきょうじゅ)
犯罪界のナポレオン、名探偵ホームズの死んだと思われていた仇敵「ベイカー少年探偵団1－消えた名探偵」アンソニー・リード著;池央耿訳　評論社(児童図書館・文学の部屋)　2007年12月

### ジェイムズ・モリアーティ(モリアーティ教授)　じぇいむずもりあーてぃ(もりあーてぃきょうじゅ)
犯罪界のナポレオン、名探偵ホームズの死んだと思われていた仇敵「ベイカー少年探偵団2－さらわれた千里眼」アンソニー・リード著;池央耿訳　評論社(児童図書館・文学の部屋)　2007年12月

### ジェインおばさん
オールデンきょうだいをカヌー旅行へ連れて行ったおばさん、カヌーの達人「カヌーのなぞ(ボックスカー・チルドレン40)」ガートルード・ウォーナー原作;小中セツ子訳　日向房　2006年8月

### シェーカ
自動車博物館で不思議なバスに乗りこんだ四人の子どものうちのひとり「ホラーバス　呪われた部屋1・2」パウル・ヴァン・ローン作;岩井智子訳;浜野史子絵　学研　2007年12月

106

じぇし

**ジェシー**
スザンナが引っ越してきた古い家にとりついているゴースト、闘牛士みたいな白いシャツを
着たラテン系の幽霊「メディエータ0　episode1　天使は血を流さない」メグ・キャボット作
;代田亜香子訳　理論社　2007年8月

**ジェシー**
スザンナが引っ越してきた古い家にとりついているゴースト、闘牛士みたいな白いシャツを
着たラテン系の幽霊「メディエータ0　episode2　吸血鬼の息子」メグ・キャボット作;代田
亜香子訳　理論社　2007年10月

**ジェシー**
両親が死んでボックスカーでくらしていたことがあるオールデンきょうだい十二さいの少女
「うたうゆうれいのなぞ(ボックスカー・チルドレン31)」ガートルード・ウォーナー原作;小野
玉央訳　日向房　2005年3月

**ジェシー**
両親が死んでボックスカーでくらしていたことがあるオールデンきょうだい十二さいの少女
「カヌーのなぞ(ボックスカー・チルドレン40)」ガートルード・ウォーナー原作;小中セツ子
訳　日向房　2006年8月

**ジェシー**
両親が死んでボックスカーでくらしていたことがあるオールデンきょうだい十二さいの少女
「さんごしょうのなぞ(ボックスカー・チルドレン41)」ガートルード・ウォーナー原作;小野玉
央訳　日向房　2006年11月

**ジェシー**
両親が死んでボックスカーでくらしていたことがあるオールデンきょうだい十二さいの少女
「ステージのなぞ(ボックスカー・チルドレン43)」ガートルード・ウォーナー原作;小野玉央
訳　日向房　2007年2月

**ジェシー**
両親が死んでボックスカーでくらしていたことがあるオールデンきょうだい十二さいの少女
「すみれ色のプールのなぞ(ボックスカー・チルドレン38)」ガートルード・ウォーナー原作;
小中セツ子訳　日向房　2006年4月

**ジェシー**
両親が死んでボックスカーでくらしていたことがあるオールデンきょうだい十二さいの少女
「ドッグショーのなぞ(ボックスカー・チルドレン35)」ガートルード・ウォーナー原作;小野玉
央訳　日向房　2005年12月

**ジェシー**
両親が死んでボックスカーでくらしていたことがあるオールデンきょうだい十二さいの少女
「ドラモンド城のなぞ(ボックスカー・チルドレン36)」ガートルード・ウォーナー原作;小野玉
央訳　日向房　2005年12月

**ジェシー**
両親が死んでボックスカーでくらしていたことがあるオールデンきょうだい十二さいの少女
「ネコのなぞ(ボックスカー・チルドレン42)」ガートルード・ウォーナー原作;小野玉央訳　日
向房　2006年11月

**ジェシー**
両親が死んでボックスカーでくらしていたことがあるオールデンきょうだい十二さいの少女
「ピザのなぞ(ボックスカー・チルドレン33)」ガートルード・ウォーナー原作;小中セツ子訳
日向房　2005年8月

**ジェシー**
両親が死んでボックスカーでくらしていたことがあるオールデンきょうだい十二さいの少女
「ゆうれい船のなぞ(ボックスカー・チルドレン39)」ガートルード・ウォーナー原作;小野玉
央訳　日向房　2006年8月

じぇし

**ジェシー**
両親が死んでボックスカーでくらしていたことがあるオールデンきょうだい十二さいの少女
「恐竜のなぞ(ボックスカー・チルドレン44)」 ガートルード・ウォーナー原作;小中セツ子訳
日向房 2007年2月

**ジェシー**
両親が死んでボックスカーでくらしていたことがあるオールデンきょうだい十二さいの少女
「消えた村のなぞ(ボックスカー・チルドレン37)」 ガートルード・ウォーナー原作;小野玉央
訳 日向房 2006年4月

**ジェシー**
両親が死んでボックスカーでくらしていたことがあるオールデンきょうだい十二さいの少女
「雪まつりのなぞ(ボックスカー・チルドレン32)」 ガートルード・ウォーナー原作;小中セツ子
訳 日向房 2005年3月

**ジェシー**
両親が死んでボックスカーでくらしていたことがあるオールデンきょうだい十二さいの少女
「馬のなぞ(ボックスカー・チルドレン34)」 ガートルード・ウォーナー原作;小野玉央訳 日
向房 2005年8月

**ジェシー(ジェシカ)**
山にかこまれたおばあちゃんの家にこしてきてた孫、いつでも好きなときに妖精の王国
『フェアリー・レルム』へいくことができる女の子 「フェアリー・レルム 2 花の妖精」 エミリー・
ロッダ著;岡田好惠訳;仁科幸子絵 童心社 2005年6月

**ジェシー(ジェシカ)**
妖精の王国『フェアリー・レルム』にまぎれこんでしまった女の子 「フェアリー・レルム 1 金の
ブレスレット」 エミリー・ロッダ著;岡田好惠訳;仁科幸子絵 童心社 2005年6月

**ジェシー(ジェシカ)**
妖精の王国『フェアリー・レルム』の元女王の孫、いつでも好きなときに妖精の王国へいくこ
とができる女の子 「フェアリー・レルム 10 虹の杖」 エミリー・ロッダ著;岡田好惠訳;仁科幸
子絵 童心社 2007年11月

**ジェシー(ジェシカ)**
妖精の王国『フェアリー・レルム』の元女王の孫、いつでも好きなときに妖精の王国へいくこ
とができる女の子 「フェアリー・レルム 3 三つの願い」 エミリー・ロッダ著;岡田好惠訳;仁科
幸子絵 童心社 2005年9月

**ジェシー(ジェシカ)**
妖精の王国『フェアリー・レルム』の元女王の孫、いつでも好きなときに妖精の王国へいくこ
とができる女の子 「フェアリー・レルム 4 妖精のりんご」 エミリー・ロッダ著;岡田好惠訳;仁
科幸子絵 童心社 2005年11月

**ジェシー(ジェシカ)**
妖精の王国『フェアリー・レルム』の元女王の孫、いつでも好きなときに妖精の王国へいくこ
とができる女の子 「フェアリー・レルム 5 魔法のかぎ」 エミリー・ロッダ著;岡田好惠訳;仁科
幸子絵 童心社 2006年3月

**ジェシー(ジェシカ)**
妖精の王国『フェアリー・レルム』の元女王の孫、いつでも好きなときに妖精の王国へいくこ
とができる女の子 「フェアリー・レルム 6 夢の森のユニコーン」 エミリー・ロッダ著;岡田好
惠訳;仁科幸子絵 童心社 2006年7月

**ジェシー(ジェシカ)**
妖精の王国『フェアリー・レルム』の元女王の孫、いつでも好きなときに妖精の王国へいくこ
とができる女の子 「フェアリー・レルム 7 星のマント」 エミリー・ロッダ著;岡田好惠訳;仁科
幸子絵 童心社 2006年11月

### ジェシー（ジェシカ）
妖精の王国『フェアリー・レルム』の元女王の孫、いつでも好きなときに妖精の王国へいくことができる女の子 「フェアリー・レルム 8 水の妖精」 エミリー・ロッダ 著;岡田好惠訳;仁科幸子絵 童心社 2007年3月

### ジェシー（ジェシカ）
妖精の王国『フェアリー・レルム』の元女王の孫、いつでも好きなときに妖精の王国へいくことができる女の子 「フェアリー・レルム 9 空色の花」 エミリー・ロッダ 著;岡田好惠訳;仁科幸子絵 童心社 2007年7月

### ジェシー（ヘクター・ド・シルヴァ）
霊能者のスザンナの家にとりついている百五十年前に死んだらしい超ハンサムなゴースト 「メディエータ 2 キスしたら、霊界?」 メグ・キャボット作;代田亜香子訳 理論社 2005年6月

### ジェシー（ヘクター・ド・シルヴァ）
霊能者のスザンナの家にとりついている百五十年前に死んだらしい超ハンサムなゴースト 「メディエータ ゴースト、好きになっちゃった」 メグ・キャボット作;代田亜香子訳 理論社 2005年4月

### ジェシー（ヘクター・ド・シルヴァ）
霊能力者のスザンナと恋に落ちた百五十年前に死んだらしい超ハンサムなゴースト 「メディエータ 3 サヨナラ、愛しい幽霊」 メグ・キャボット作;代田亜香子訳 理論社 2006年2

### ジェシー・アーロンズ
ラーク・クリーク小学校の五年生、少女レスリーと秘密の場所・テラビシアをつくった少年 「テラビシアにかける橋」 キャサリン・パターソン作;岡本浜江訳 偕成社(偕成社文庫) 2007年3月

### ジェシカ
山にかこまれたおばあちゃんの家にこしてきてた孫、いつでも好きなときに妖精の王国『フェアリー・レルム』へいくことができる女の子 「フェアリー・レルム 2 花の妖精」 エミリー・ロッダ 著;岡田好惠訳;仁科幸子絵 童心社 2005年6月

### ジェシカ
人間の世界へやってきた妖精の王国『フェアリー・レルム』のもと女王、ジェシーの祖母 「フェアリー・レルム 4 妖精のりんご」 エミリー・ロッダ 著;岡田好惠訳;仁科幸子絵 童心社 2005年11月

### ジェシカ
人間の世界へやってきた妖精の王国『フェアリー・レルム』のもと女王、ジェシーの祖母 「フェアリー・レルム 5 魔法のかぎ」 エミリー・ロッダ 著;岡田好惠訳;仁科幸子絵 童心社 2006年3月

### ジェシカ
妖精の王国『フェアリー・レルム』にまぎれこんでしまった女の子 「フェアリー・レルム 1 金のブレスレット」 エミリー・ロッダ 著;岡田好惠訳;仁科幸子絵 童心社 2005年6月

### ジェシカ
妖精の王国『フェアリー・レルム』の元女王の孫、いつでも好きなときに妖精の王国へいくことができる女の子 「フェアリー・レルム 10 虹の杖」 エミリー・ロッダ 著;岡田好惠訳;仁科幸子絵 童心社 2007年11月

### ジェシカ
妖精の王国『フェアリー・レルム』の元女王の孫、いつでも好きなときに妖精の王国へいくことができる女の子 「フェアリー・レルム 3 三つの願い」 エミリー・ロッダ 著;岡田好惠訳;仁科幸子絵 童心社 2005年9月

じぇし

### ジェシカ
妖精の王国『フェアリー・レルム』の元女王の孫、いつでも好きなときに妖精の王国へいくことができる女の子 「フェアリー・レルム 4 妖精のりんご」 エミリー・ロッダ 著;岡田好惠訳;仁科幸子絵 童心社 2005年11月

### ジェシカ
妖精の王国『フェアリー・レルム』の元女王の孫、いつでも好きなときに妖精の王国へいくことができる女の子 「フェアリー・レルム 5 魔法のかぎ」 エミリー・ロッダ 著;岡田好惠訳;仁科幸子絵 童心社 2006年3月

### ジェシカ
妖精の王国『フェアリー・レルム』の元女王の孫、いつでも好きなときに妖精の王国へいくことができる女の子 「フェアリー・レルム 6 夢の森のユニコーン」 エミリー・ロッダ 著;岡田好惠訳;仁科幸子絵 童心社 2006年7月

### ジェシカ
妖精の王国『フェアリー・レルム』の元女王の孫、いつでも好きなときに妖精の王国へいくことができる女の子 「フェアリー・レルム 7 星のマント」 エミリー・ロッダ 著;岡田好惠訳;仁科幸子絵 童心社 2006年11月

### ジェシカ
妖精の王国『フェアリー・レルム』の元女王の孫、いつでも好きなときに妖精の王国へいくことができる女の子 「フェアリー・レルム 8 水の妖精」 エミリー・ロッダ 著;岡田好惠訳;仁科幸子絵 童心社 2007年3月

### ジェシカ
妖精の王国『フェアリー・レルム』の元女王の孫、いつでも好きなときに妖精の王国へいくことができる女の子 「フェアリー・レルム 9 空色の花」 エミリー・ロッダ 著;岡田好惠訳;仁科幸子絵 童心社 2007年7月

### ジェシカおばあちゃん
少女ジェシーのなかよしの祖母、山にかこまれたやしきにひとりでくらしているおばあちゃん 「フェアリー・レルム 1 金のブレスレット」 エミリー・ロッダ 著;岡田好惠訳;仁科幸子絵 童心社 2005年6月

### ジェシカ・ビリー(ジェス)
仕返しの代行をする「仕返し有限会社」を弟とはじめた少女 「ウィルキンズの歯と呪いの魔法」 ダイアナ・ウィン・ジョーンズ著;原島文世訳;佐竹美保絵 早川書房(ハリネズミの本箱) 2006年3月

### ジェシカ・ビレアーズ
人間の世界へやってきた妖精の王国『フェアリー・レルム』のもと女王、ジェシーの祖母 「フェアリー・レルム 6 夢の森のユニコーン」 エミリー・ロッダ 著;岡田好惠訳;仁科幸子絵 童心社 2006年7月

### ジェシカ・フィーニー
全身にひどいやけどを負い治療のために少年トムの学校へ転入してきた女の子 「ファイヤーガール」 トニー・アボット著;代田亜香子訳 白水社 2007年6月

### ジェシー・シャープ
秘密組織C2の中で育てられてきた天才児の12歳の少女 「スパイ・ガール 1 Jを監視せよ」 クリスティーヌ・ハリス作;前沢明枝訳 岩崎書店 2007年7月

### ジェシー・シャープ
秘密組織C2の中で育てられてきた天才児の12歳の少女 「スパイ・ガール 2 なぞのAを探せ」 クリスティーヌ・ハリス作;前沢明枝訳 岩崎書店 2007年9月

### ジェシー・シャープ(エリー・サンダーズ)
秘密組織C2の中で育てられてきた天才児の12歳の少女 「スパイ・ガール 3 見えない敵を追え」 クリスティーヌ・ハリス作;前沢明枝訳 岩崎書店 2007年11月

じぇに

**ジェス**
仕返しの代行をする「仕返し有限会社」を弟とはじめた少女　「ウィルキンズの歯と呪いの魔法」　ダイアナ・ウィン・ジョーンズ著;原島文世訳;佐竹美保絵　早川書房(ハリネズミの本箱)　2006年3月

**ジェス・ジョーダン**
ロンドン近郊に住みセカンダリースクールに通う15歳のお笑い芸人になりたいチャーミングな女の子　「オトメノナヤミ」　スー・リム著;野間けい子訳　講談社(講談社文庫)　2005年12月

**シェード**
銀翼コウモリの英雄、引っ込み思案の少年・グリフィンの父親　「ファイアーウィング－銀翼のコウモリ3」　ケネス・オッペル著;嶋田水子訳　小学館　2005年8月

**シェード**
父親を探す旅に出た銀翼コウモリの少年　「サンウィング－銀翼のコウモリ2」　ケネス・オッペル著;嶋田水子訳　小学館　2005年4月

**ジェナ・ウィリアムズ**
大人気女性作家で十歳のエミリーのあこがれの人　「クリスマス・ブレイク」　ジャクリーン・ウィルソン作;尾高薫訳　理論社　2006年11月

**ジェナス**
アウターネットの創始者ウィーバーに忠誠を誓い暴君タイラントの魔の手からアウターネットを守るため戦う優秀なフレンズ諜報員　「アウターネット. 第1巻 フレンズかフォーか?」　スティーブ・バーロウ作;スティーブ・スキッドモア作;大谷真弓訳　小学館　2005年11月

**ジェナス**
アウターネットの創始者ウィーバーに忠誠を誓い暴君タイラントの魔の手からアウターネットを守るため戦う優秀なフレンズ諜報員　「アウターネット. 第2巻 コントロール」　スティーブ・バーロウ作;スティーブ・スキッドモア作;大谷真弓訳　小学館　2006年4月

**ジェナス**
アウターネットの創始者ウィーバーに忠誠を誓い暴君タイラントの魔の手からアウターネットを守るため戦う優秀なフレンズ諜報員　「アウターネット. 第3巻 オデッセイ」　スティーブ・バーロウ作;スティーブ・スキッドモア作;大谷真弓訳　小学館　2006年11月

**ジェニー**
ちょっと弱気なDJと太っちょのチャウダーが憧れている十二歳の大人びた美少女　「モンスター・ハウス」　トム・ヒューズ作;番由美子訳　メディアファクトリー　2007年1月

**ジェニー**
ミロの幼い妹、コールドハーバーに住んでいる光る体となって生き物を呼びよせる女の子　「シルバーチャイルド 3 目覚めよ! 小さき戦士たち」　クリフ・マクニッシュ作;金原瑞人訳　理論社　2006年6月

**ジェニー**
ミロの幼い妹、コールドハーバーに住んでいる予知能力がある女の子　「シルバーチャイルド 2 怪物ロアの襲来」　クリフ・マクニッシュ作;金原瑞人訳　理論社　2006年5月

**ジェニー**
二年生のサミーラと文通する四年生の女の子　「ひげねずみくんへ」　アン・ホワイトヘッド・ナグダさく;髙畠リサやく;井川ゆり子え　福音館書店(世界傑作童話シリーズ)　2005年6月

**ジェニファー・ゴールド**
アヴァロン高のチアリーダー、フットボール部のエース・ウィルとつきあっている少女　「アヴァロン 恋の〈伝説学園〉へようこそ!」　メグ・キャボット作;代田亜香子訳　理論社　2007年2月

111

しぇぱ

### シェパード中尉　しぇぱーどちゅうい
故郷に帰る途中なぜか目が見えなくなってしまったイギリス軍の脱走兵、幸運のお守りだという銀のロバをもった若い男「銀のロバ」ソーニャ・ハートネット著;野沢佳織訳　主婦の友社　2006年10月

### シェフィー
元気いっぱいのテリア、少女エマの家のなかでじぶんがいちばんえらいと思っている飼い犬「シェフィーがいちばん」カート・フランケン文;マルテイン・ファン・デル・リンデン絵;野坂悦子訳　BL出版　2007年12月

### ジェフ・ヒックス
少年トムの強がってばかりいる友だち、七年生の少年「ファイヤーガール」トニー・アボット著;代田亜香子訳　白水社　2007年6月

### ジェフ・ファリントン
サンフランシスコに住むミシェルのクラスメイトの男の子、四年生で一番の人気者「フルハウス1 テフ&ミシェル」リタ・マイアミ著;キャシー・E.ドゥボウスキ著;リー玲子訳;大塚典子訳　マッグガーデン　2007年2月

### ジェフリー
白血病の八歳の男の子、ドラムの上手いスティーブンの弟「ちいさな天使とデンジャラス・パイ」ジョーダン・ソーネンブリック著;池内恵訳　主婦の友社　2006年6月

### ジェフリー・ロックウッド（ロックウッド氏）　じぇふりーろっくうっど（ろっくうっどし）
ロンドンのそうじ婦ハリスおばさんのお得意さん、ロシアから追放されロシア人の恋人と連絡が取れずとほうにくれている男「ハリスおばさんモスクワへ行く」ポール・ギャリコ著;亀山龍樹訳;遠藤みえ子訳　ブッキング(fukkan.com)　2005年7月

### ジェミー（白いキリン）　じぇみー（しろいきりん）
南アフリカのサウボナ村にいるという伝説の白いキリン「白いキリンを追って」ローレン・セントジョン著;さくまゆみこ訳　あすなろ書房　2007年12月

### ジェミニ・スマインターグ
バイサス王国国民、領主の森番の娘で赤髪の十七歳の少女「ドラゴンラージャ1 宿怨」イ・ヨンド作;ホン・カズミ訳;金田榮路絵　岩崎書店　2005年12月

### ジェミニ・スマインターグ
バイサス王国国民、領主の森番の娘で赤髪の十七歳の少女「ドラゴンラージャ12 飛翔」イ・ヨンド作;ホン・カズミ訳;金田榮路絵　岩崎書店　2007年4月

### シェム先生　しぇむせんせい
人間とドラゴンの国であるランコヴィ王国の高等魔術評議会会長、くしゃみをすると青と銀のドラゴンに変身する老人「タラ・ダンカン 4 ドラゴンの裏切り 上下」ソフィー・オドゥワン・マミコニアン著;山本知子訳　メディアファクトリー　2007年8月

### ジェラード・ウス・モンダール
善を奉じる若いソラムニア騎士、アンサロン全土でも有数の大富豪の家系である二十八歳の醜男「ドラゴンランス魂の戦争第1部 上中下 墜ちた太陽の竜」マーガレット・ワイス著;トレイシー・ヒックマン著;安田均訳　アスキー　2005年4月

### ジェラルド・ダレル（ダレル）
相棒のジョンとともに西アフリカのカメルーンの熱帯雨林へ採集旅行に出かけたナチュラリスト、二十二歳の青年「積みすぎた箱舟」ジェラルド・ダレル作;羽田節子訳;セイバイン・バウアー画　福音館書店(福音館文庫)　2006年9月

### シェリー
十七歳のボーリガードの彼女、格闘技が大好きなマッチョな少女「アイアンマン」クリス・クラッチャー作;金原瑞人訳;西田登訳　ポプラ社(ポプラ・リアル・シリーズ)　2006年3月

じぇん

**ジェリク**
死者の町ブラハの裁判所の最高判事メルテリュスの秘書、生きている時にはけちな泥棒だった男 「アモス・ダラゴン2 ブラハの鍵」 ブリアン・ペロー作;高野優監訳;臼井美子訳 竹書房 2005年7月

**ジェリー・マンスフィールド**
イースト・ロンドンの魚屋の息子、戦争がはじまるため両親と離れてカナーヴェン町へ疎開した少年 「ジェリーの戦争」 ジェフリー・ヴィタレ作;佐藤睦訳;花山一美画 新読書社 2005年3月

**ジェレミー・ゴールデン**
すべてが灰色になってしまった不思議な国グレーランドに色を取り戻すという大役を任された気の優しい十一歳の少年 「ジェレミーと灰色のドラゴン」 アンゲラ・ゾマー・ボーデンブルク著;石井寿子訳;ペテル・ウルナール画 小学館 2007年12月

**ジェローム・エルマ**
ロランドの殺された姉エリザベートの婚約者、無職の青年 「カリオストロの復讐」 モーリス・ルブラン作;長島良三訳 偕成社(偕成社文庫) 2005年9月

**ジェローム・キルディー(ジェロームじいさん)**
森の中の隠居先にこしてきた動物好きの石工、だんまりやで瞑想家のじいさん 「キルディー小屋のアライグマ」 ラザフォード・モンゴメリ作;松永ふみ子訳;バーバラ・クーニー画 福音館書店(福音館文庫) 2006年7月

**ジェロームじいさん**
森の中の隠居先にこしてきた動物好きの石工、だんまりやで瞑想家のじいさん 「キルディー小屋のアライグマ」 ラザフォード・モンゴメリ作;松永ふみ子訳;バーバラ・クーニー画 福音館書店(福音館文庫) 2006年7月

**ジェーン**
コネティカット州に住むモファット家の四人きょうだいの次女、好奇心いっぱいの女の子 「モファット博物館」 エレナー・エスティス作;松野正子訳 岩波書店(岩波少年文庫) 2005年1月

**ジェーン**
大伯父メリマンらと盗み出された聖杯を取りもどすことにしたドルー三兄弟のひとり 「闇の戦い2みどりの妖婆」 スーザン・クーパー著;浅羽英子訳 評論社(fantasy classics) 2006年12月

**ジェン**
ビーおばさんの「ミスティック灯台ホテル」の手伝いをしている11歳の双子のきょうだいの妹 「呪われた森の怪事件(双子探偵ジーク&ジェン3)」 ローラ・E.ウィリアムズ著;石田理恵訳 早川書房(ハリネズミの本箱) 2006年6月

**ジェン**
ビーおばさんの「ミスティック灯台ホテル」の手伝いをしている11歳の双子のきょうだいの妹 「謎の三角海域(双子探偵ジーク&ジェン5)」 ローラ・E.ウィリアムズ著;石田理恵訳 早川書房(ハリネズミの本箱) 2007年1月

**ジェン**
ビーおばさんの「ミスティック灯台ホテル」の手伝いをしている11歳の双子のきょうだいの妹 「波間に消えた宝(双子探偵ジーク&ジェン2)」 ローラ・E.ウィリアムズ著;石田理恵訳 早川書房(ハリネズミの本箱) 2006年2月

**ジェン**
ビーおばさんの「ミスティック灯台ホテル」の手伝いをしている11歳の双子のきょうだいの妹 「幽霊劇場の秘密(双子探偵ジーク&ジェン6)」 ローラ・E.ウィリアムズ著;石田理恵訳 早川書房(ハリネズミの本箱) 2007年1月

113

しえん

### ジェン
双子探偵の妹、11歳の女の子 「消えたトラを追え!(双子探偵ジーク&ジェン4)」ローラ・E.ウィリアムズ著;石田理恵訳 早川書房(ハリネズミの本箱) 2006年9月

### ジェン
双子探偵の妹、11歳の女の子 「魔のカーブの謎(双子探偵ジーク&ジェン1)」ローラ・E.ウィリアムズ著;石田理恵訳 早川書房(ハリネズミの本箱) 2005年10月

### ジェンナ・ヒープ
生まれたばかりのときに平俗魔法使いサイラスに拾われた捨て子の女児、実は王女のヒープ家の末娘「セプティマス・ヒープ 第一の書 七番目の子」アンジー・セイジ著;唐沢則幸訳 竹書房 2005年4月

### シェン・ファット
中国人の海賊の首領、残忍な男 「秘密作戦レッドジェリコ 上下」ジョシュア・モウル著;唐沢則幸訳 ソニー・マガジンズ 2006年5月

### ジェーン・マープル(ミス・マープル)
七十四歳で探偵デビューした人間観察やうわさ話が好きなイギリスの小さな村に住む老婦人「名探偵ポワロとミス・マープル 5 クリスマスの悲劇 ほか」アガサ=クリスティー原作;中尾明訳;うちべけい絵 汐文社 2005年3月

### シオン
イスラエルのハイファという町にあるシロニー家に里子にだされた少年、日記を書く男の子「ぼくによろしく」ガリラ・ロンフェデル・アミット作;樋口範子訳;斎藤昌子絵 さ・え・ら書房 2006年4月

### ジキル博士(ヘンリー・ジキル博士) じきるはかせ(へんりーじきるはかせ)
社交界の花形で有名人、悪魔のような人間ハイド氏のせわをしている博士「ジキル博士とハイド氏」ロバート・ルイス・スティーブンソン作;百々佑利子訳 ポプラ社(ポプラポケット文庫) 2006年12月

### ジーク
ビーおばさんの「ミスティック灯台ホテル」の手伝いをしている11歳の双子のきょうだいの兄「呪われた森の怪事件(双子探偵ジーク&ジェン3)」ローラ・E.ウィリアムズ著;石田理恵訳 早川書房(ハリネズミの本箱) 2006年6月

### ジーク
ビーおばさんの「ミスティック灯台ホテル」の手伝いをしている11歳の双子のきょうだいの兄「謎の三角海域(双子探偵ジーク&ジェン5)」ローラ・E.ウィリアムズ著;石田理恵訳 早川書房(ハリネズミの本箱) 2007年1月

### ジーク
ビーおばさんの「ミスティック灯台ホテル」の手伝いをしている11歳の双子のきょうだいの兄「波間に消えた宝(双子探偵ジーク&ジェン2)」ローラ・E.ウィリアムズ著;石田理恵訳 早川書房(ハリネズミの本箱) 2006年2月

### ジーク
ビーおばさんの「ミスティック灯台ホテル」の手伝いをしている11歳の双子のきょうだいの兄「幽霊劇場の秘密(双子探偵ジーク&ジェン6)」ローラ・E.ウィリアムズ著;石田理恵訳 早川書房(ハリネズミの本箱) 2007年1月

### ジーク
双子探偵の兄、11歳の男の子 「消えたトラを追え!(双子探偵ジーク&ジェン4)」ローラ・E.ウィリアムズ著;石田理恵訳 早川書房(ハリネズミの本箱) 2006年9月

### ジーク
双子探偵の兄、11歳の男の子 「魔のカーブの謎(双子探偵ジーク&ジェン1)」ローラ・E.ウィリアムズ著;石田理恵訳 早川書房(ハリネズミの本箱) 2005年10月

### シグリド
トロールズピークの村のてっぺんに住むヒルデの双子のきょうだい 「トロール・ミル 下 ふたたび地底王国へ」 キャサリン・ラングリッシュ作;金原瑞人訳;杉田七重訳 あかね書房 2005年11月

### シグルド
トロールズピークの村のてっぺんに住むヒルデの双子のきょうだい 「トロール・ミル 下 ふたたび地底王国へ」 キャサリン・ラングリッシュ作;金原瑞人訳;杉田七重訳 あかね書房 2005年11月

### シゲル様　しげるさま
隠者の少年・トマスの命を救いハギへ連れていったオオトリ国の嫡男 「オオトリ国記伝 1 魔物の闇」 リアン・ハーン著;高橋佳奈子訳 主婦の友社 2006年6月

### シーザー
「ぼく」が妻ひとり赤ん坊ひとりとコロラド山中で暮らしていた時に出会ったとほうもなく大きい犬 「いつもそばに犬がいた」 ゲイリー・ポールセン作;はらるい訳;かみやしん絵 文研出版(文研じゅべにーる) 2006年7月

### ジザニア・タイガー
「ハウス&ガーデン」で130歳になると噂される女長老 「ウルフ・タワー 第一話 ウルフ・タワーの掟」 タニス・リー著;中村浩美訳 産業編集センター 2005年3月

### ジジ
観光ガイド 「モモ」 ミヒャエル・エンデ作;大島かおり訳 岩波書店(岩波少年文庫) 2005年6月

### シーシュース
アテネの町を治めていた領主、ヒポリタ女王と結婚する予定の公爵 「こどものための夏の夜のゆめ」 ロイス・バーデット著;鈴木扶佐子訳 アートデイズ(シェイクスピアっておもしろい!) 2007年6月

### システィン・ベイリー
ペンシルバニア州フィラデルフィアからきた黄色い髪の転入生の女の子 「虎よ、立ちあがれ」 ケイト・ディカミロ作;はらるい訳;ささめやゆき画 小峰書店(文学の森) 2005年12月

### ジップ
ドリトル先生の忠実な飼犬 「ドリトル先生アフリカゆき」 ヒュー・ロフティング作;井伏鱒二訳 岩波書店(ドリトル先生物語全集1) 2007年5月

### シドニー・T・メロン・ジュニア　しどにーてぃーめろんじゅにあ
六歳のときから離婚した両親のいるシアトルとロスを行き来する生活をしていた十二歳の少年 「シドニーの選択」 マイケル・ド・ガズマン作;来住道子訳;ささめやゆき画 草炎社(Soenshaグリーンブックス) 2007年3月

### シドラック
群れをなして行動する蜘蛛の姿をした闇の生物の王 「バイオニクル7 悪魔の巣」 グレッグ・ファーシュティ著;バイオニクル研究会訳 主婦の友社 2005年4月

### ジーニー
三つの願いをかなえてくれるランプの精 「アラジン」 アラビアンナイト原作;鈴木尚子訳 汐文社(ディズニープリンセス6姫の夢物語) 2007年2月

### 死に神　しにがみ
どくろの仮面をつけた剣の腕をもつ男、殺人鬼 「マーリン5 失われた翼の秘密」 T.A.バロン著;海後礼子訳 主婦の友社 2006年1月

### ジニー・マクドナルド
脳性麻痺の十歳の女の子、黒人の若者・アームピットの隣の家に住む白人 「歩く」 ルイス・サッカー作;金原瑞人・西田登訳 講談社 2007年5月

じふ

**ジフ**
妖精の王国『フェアリー・レルム』にすむ泣き虫なエルフの男の子 「フェアリー・レルム 1 金のブレスレット」エミリー・ロッダ著;岡田好惠訳;仁科幸子絵 童心社 2005年6月

**ジフ**
妖精の王国『フェアリー・レルム』にすむ泣き虫なエルフの男の子 「フェアリー・レルム 2 花の妖精」エミリー・ロッダ著;岡田好惠訳;仁科幸子絵 童心社 2005年6月

**ジフ**
妖精の王国『フェアリー・レルム』にすむ泣き虫なエルフの男の子 「フェアリー・レルム 7 星のマント」エミリー・ロッダ著;岡田好惠訳;仁科幸子絵 童心社 2006年11月

**ジフ**
妖精の王国『フェアリー・レルム』にすむ泣き虫なエルフの男の子 「フェアリー・レルム 9 空色の花」エミリー・ロッダ著;岡田好惠訳;仁科幸子絵 童心社 2007年7月

**ジーヴス**
ロンドンに住む有閑青年・バーティーの執事 「ジーヴスと朝のよろこび」P.G.ウッドハウス著;森村たまき訳 国書刊行会(ウッドハウス・コレクション) 2007年4月

**ジミー・クイックスティント**
ダリッチ市民で墓掘りの助手、以前の泥棒仲間の仕事を手助けした男 「イルムア年代記 2 女神官ラークの陰謀」デイヴィッド・L.ストーン著;日暮雅通訳 ソニー・マガジンズ 2005年6月

**ジミー・ストカー**
ラークストーク村にひっこしてきた元漁師一家の息子、鯉を飼っているグレゴリー少佐と友だちになった中学生 「おわりから始まる物語」リチャード・キッド作;松居スーザン訳;ピーター・ベイリー絵 ポプラ社(ポプラ・ウイング・ブックス) 2005年11月

**シム**
魔法の島フィンカイラに住むだんごっ鼻の小人(ドワーフ)の少年 「マーリン 1 魔法の島フィンカイラ」T.A.バロン著;海後礼子訳 主婦の友社 2005年1月

**シャイナー**
姉のクイニーとともにロンドンの浮浪児集団〈ベイカー少年探偵団〉のメンバー、パディントン駅で靴磨きをしている少年 「ベイカー少年探偵団 1―消えた名探偵」アンソニー・リード著;池央耿訳 評論社(児童図書館・文学の部屋) 2007年12月

**シャギー**
遺伝子実験の材料にされるところを逃げ出しダグラス家のペットとなった不老長寿の犬 「シャギー・ドッグ」ゲイル・ハーマン作;しぶやまさこ訳 偕成社(ディズニーアニメ小説版) 2006年12月

**シャーク**
高校を中退し一時は刑務所か少年院に入っていた町一番の不良 「秘密のメリーゴーランド」エミリー・ロッダ作;岡田好惠訳;はけたれいこ画 PHP研究所 2006年8月

**ジャクソン・ハルシング**
呪い師見習いの少女コリーの叔父でハルシング家当主、アリオラと呼ばれる妖精を狩る名手 「オーバーン城の夏上下」シャロン・シン著;東川えり訳;黒百合姫絵 小学館(小学館ルルル文庫) 2007年12月

**ジャコモ**
夏休みに別居中のパパに会うためイタリア南部のカラブリア州ベルヴェデーレにやってきた十二歳になる少年 「鏡の中のアンジェリカ」フランチェスコ・コスタ作;高畠恵美子訳;森友典子絵 文研出版(文研じゅべにーる) 2007年4月

じゃす

### シャサニュ公爵　しゃさにゅこうしゃく
ロンドンのそうじ婦ハリスおばさんがディオールのショーで出会ったいかめしい顔の老紳士、フランス外務省移民局事務局長　「ハリスおばさんパリへ行く」ポール・ギャリコ著;亀山龍樹訳　ブッキング(fukkan.com)　2005年4月

### シャサニュ公爵　しゃさにゅこうしゃく
ロンドンのそうじ婦ハリスおばさんと仲のよいいかめしい顔の老紳士、アメリカへフランス大使として赴任している侯爵　「ハリスおばさん国会へ行く」ポール・ギャリコ著;亀山龍樹訳　ブッキング(fukkan.com)　2005年6月

### シャサニュ公爵　しゃさにゅこうしゃく
ロンドンのそうじ婦ハリスおばさんと仲のよい老紳士、アメリカへフランス大使として赴任することになった侯爵　「ハリスおばさんニューヨークへ行く」ポール・ギャリコ著;亀山龍樹訳　ブッキング(fukkan.com)　2005年5月

### シャサニュ公爵　しゃさにゅこうしゃく
ロンドンのそうじ婦ハリスおばさんと仲のよい老紳士、フランス外務省の外交問題顧問役　「ハリスおばさんモスクワへ行く」ポール・ギャリコ著;亀山龍樹訳;遠藤みえ子訳　ブッキング(fukkan.com)　2005年7月

### シャスタ
ナルニア国の南のカロールメン国に住んでいた貧しい漁師の家の少年　「馬と少年(ナルニア国ものがたり5)」C.S.ルイス作;瀬田貞二訳　岩波書店　2005年10月

### ジャスティス・ストラウス
高等裁判所の判事、孤児であるボードレール三姉弟妹をさがしていた女性　「世にも不幸なできごと12 終わりから二番めの危機」レモニー・スニケット著;宇佐川晶子訳　草思社　2007年8月

### シャスティン
田舎で農場暮らしをすることになったバーブロとサクランボというあだ名の双子の一人、十六歳の少女　「サクランボたちの幸せの丘」アストリッド・リンドグレーン作;石井登志子訳　徳間書店　2007年8月

### ジャスティン
ローマ軍の百人隊長フラビウスのいとこ、青年軍医　「銀の枝」ローズマリ・サトクリフ作;猪熊葉子訳　岩波書店(岩波少年文庫)　2007年10月

### ジャスティン
ローマ軍の百人隊長フラビウスのいとこ、青年軍医　「第九軍団のワシ」ローズマリ・サトクリフ作;猪熊葉子訳　岩波書店(岩波少年文庫)　2007年4月

### シャスティンおばあちゃん
アストリッドの真夜中に家をぬけだしたりとんちんかんなことをするおばあちゃん　「おばあちゃんにささげる歌」アンナ・レーナ・ラウリーン文;ネッテ・ヨワンソン絵;ハンソン友子訳　ノルディック出版　2006年11月

### ジャスミン
アグラバーの王の一人娘、外の世界で自分の好きに暮らすため宮殿から家出した美しい王女　「アラジン」アラビアンナイト原作;鈴木尚子訳　汐文社(ディズニープリンセス6姫の夢物語)　2007年2月

### ジャスミン
デルトラ七部族のひとつデル族出身で自然を愛し鳥や樹木と会話できる能力を持つ美少女　「デルトラ・クエスト3-2 影の門」エミリー・ロッダ作;上原梓訳;はけたれいこ画　岩崎書店　2005年2月

じゃす

### ジャスミン
デルトラ七部族のひとつデル族出身で自然を愛し鳥や樹木と会話できる能力を持つ美少女 「デルトラ・クエスト 3-3 死の島」 エミリー・ロッダ作;上原梓訳;はけたれいこ画 岩崎書店 2005年4月

### ジャスミン
デルトラ七部族のひとつデル族出身で自然を愛し鳥や樹木と会話できる能力を持つ美少女 「デルトラ・クエスト 3-4 最後の歌姫」 エミリー・ロッダ作;上原梓訳;はけたれいこ画 岩崎書店 2005年6月

### ジャスミン
フェアリーランドにいる七人のパーティの妖精たちのひとり、プレゼントの妖精 「プレゼントの妖精(フェアリー)ジャスミン(レインボーマジック)」 デイジー・メドウズ作;田内志文訳 ゴマブックス 2007年8月

### ジャスミン・カリーロ
秘密組織C2で育てられたスパイ・ジェシーが警護する誘拐されるかもしれない女の子 「スパイ・ガール1 Jを監視せよ」 クリスティーヌ・ハリス作;前沢明枝訳 岩崎書店 2007年7月

### ジャッキー・ヴェラスコ
運命のカレに再会するため夏にブラジルからハンプトンズの超高級リゾート地で住み込み家政婦をすることにした少女 「ガールズ!」 メリッサ・デ・ラ・クルーズ著;代田亜香子訳 ポプラ社 2005年6月

### ジャック
カリフォルニア州最後のグリズリー、子ども時代を人に飼われて過ごしのちに逃亡し野生に戻ったクマ 「グリズリー・ジャック―シェラ・ネバダを支配したクマの王」 アーネスト・トンプソン・シートン著;今泉吉晴訳 福音館書店(シートン動物記9) 2006年5月

### ジャック
ひみつの七人が集まってつくったクラブ「シークレット・セブン」のメンバーの男の子 「シークレット・セブン1 ひみつクラブとなかまたち」 エニド・ブライトン著;浅見ようイラスト;立石ゆかり訳 オークラ出版 2007年8月

### ジャック
ひみつの七人が集まってつくったクラブ「シークレット・セブン」のメンバーの男の子 「シークレット・セブン2 ひみつクラブの大冒険!」 エニド・ブライトン著;浅見ようイラスト;大塚淳子訳 オークラ出版 2007年8月

### ジャック
ひみつの七人が集まってつくったクラブ「シークレット・セブン」のメンバーの男の子 「シークレット・セブン3 ひみつクラブとツリーハウス」 エニド・ブライトン著;浅見ようイラスト;草鹿佐恵子訳 オークラ出版 2007年10月

### ジャック
ひみつの七人が集まってつくったクラブ「シークレット・セブン」のメンバーの男の子 「シークレット・セブン4 ひみつクラブと五人のライバル」 エニド・ブライトン著;浅見ようイラスト;加藤久哉訳 オークラ出版 2007年10月

### ジャック
プチ・ミネ夫妻のこどもたちの一人、三番目のきいたばかりのことをすぐに忘れてしまう男の子 「飛んでった家」 クロード・ロワさく;石津ちひろやく;高畠那生え 長崎出版 2007年7月

### ジャック
ペンシルバニア州に住む十歳、マジック・ツリーハウスからアーサー王のいるキャメロットへ行った男の子 「ドラゴンと魔法の水―マジック・ツリーハウス15」 メアリー・ポープ・オズボーン著;食野雅子訳 メディアファクトリー 2005年11月

じゃっ

**ジャック**
ペンシルバニア州に住む十歳、マジック・ツリーハウスに乗って妹のアニーとバグダッドへふしぎな旅をした男の子 「アラビアの空飛ぶ魔法－マジック・ツリーハウス20」 メアリー・ポープ・オズボーン著;食野雅子訳 メディアファクトリー 2007年6月

**ジャック**
ペンシルバニア州に住む十歳、マジック・ツリーハウスに乗って妹のアニーとパリ万博へふしぎな旅をした男の子 「パリと四人の魔術師－マジック・ツリーハウス21」 メアリー・ポープ・オズボーン著;食野雅子訳 メディアファクトリー 2007年11月

**ジャック**
ペンシルバニア州に住む十歳、マジック・ツリーハウスに乗って妹のアニーとふしぎな旅をした男の子 「オオカミと氷の魔法使い－マジック・ツリーハウス18」 メアリー・ポープ・オズボーン著;食野雅子訳 メディアファクトリー 2006年11月

**ジャック**
ペンシルバニア州に住む十歳、マジック・ツリーハウスに乗って妹のアニーとふしぎな旅をした男の子 「聖剣と海の大蛇－マジック・ツリーハウス17」 メアリー・ポープ・オズボーン著;食野雅子訳 メディアファクトリー 2006年6月

**ジャック**
ペンシルバニア州に住む十歳、マジック・ツリーハウスに乗って妹のアニーとベネチアへふしぎな旅をした男の子 「ベネチアと金のライオン－マジック・ツリーハウス19」 メアリー・ポープ・オズボーン著;食野雅子訳 メディアファクトリー 2007年2月

**ジャック**
ペンシルバニア州に住む八歳、マジック・ツリーハウスに乗って妹のアニーとハワイ島へふしぎな旅をした男の子 「ハワイ、伝説の大津波－マジック・ツリーハウス14」 メアリー・ポープ・オズボーン著;食野雅子訳 メディアファクトリー 2005年6月

**ジャック**
ペンシルバニア州に住む八歳、マジック・ツリーハウスに乗って妹のアニーとブリテンへふしぎな旅をした男の子 「幽霊城の秘宝－マジック・ツリーハウス16」 メアリー・ポープ・オズボーン著;食野雅子訳 メディアファクトリー 2006年2月

**ジャック**
ペンシルバニア州に住む八歳、マジック・ツリーハウスに乗って妹のアニーと中部アフリカへふしぎな旅をした男の子 「愛と友情のゴリラ－マジック・ツリーハウス13」 メアリー・ポープ・オズボーン著;食野雅子訳 メディアファクトリー 2005年2月

**ジャック**
稲妻が直撃し動き出したかかしの召し使いとなった少年 「かかしと召し使い」 フィリップ・プルマン作;金原瑞人訳 理論社 2006年9月

**ジャック**
四人の子どもの幽霊がとじこめられている築二百年の古い家に引っ越してきた喘息の少年 「ゴーストハウス」 クリフ・マクニッシュ著;金原瑞人・松山美保訳 理論社 2007年5月

**ジャック**
十四歳のローガンの飼犬、動物保護施設に収容されていた生後十カ月の野生のメス犬 「ラスト・ドッグ」 ダニエル・アーランハフト著;金原瑞人訳;秋川久美子訳 ほるぷ出版 2006年6月

**ジャック**
帆船でボストンからゴールドラッシュにわくカリフォルニアへむかった十二歳の少年 「Gold Rush! ぼくと相棒のすてきな冒険」 シド・フライシュマン作 金原瑞人・市川由季子訳 矢島眞澄画; ポプラ社(ポプラ・ウイング・ブックス) 2006年8月

じゃっ

### ジャック・アームストロング
銀河系にある数億ものサイトをもつアウターネットと接続するための最後のサーバーを守る
ことになった男の子、気弱でまじめな十四歳のイギリス人 「アウターネット. 第1巻 フレンズ
かフォーか?」 スティーブ・バーロウ作;スティーブ・スキッドモア作;大谷真弓訳 小学館
2005年11月

### ジャック・アームストロング
銀河系にある数億ものサイトをもつアウターネットと接続するための最後のサーバーを守る
ことになった男の子、気弱でまじめな十四歳のイギリス人 「アウターネット. 第2巻 コント
ロール」 スティーブ・バーロウ作;スティーブ・スキッドモア作;大谷真弓訳 小学館 2006年
4月

### ジャック・アームストロング
銀河系にある数億ものサイトをもつアウターネットと接続するための最後のサーバーを守る
ことになった男の子、気弱でまじめな十四歳のイギリス人 「アウターネット. 第3巻 オデッセ
イ」 スティーブ・バーロウ作;スティーブ・スキッドモア作;大谷真弓訳 小学館 2006年11月

### ジャックおじさん
ヘヴンという町に住む少女・マーリーに旅先から手紙をだすおじさん 「天使のすむ町」 アン
ジェラ・ジョンソン作;冨永星訳 小峰書店(Y.A.Books) 2006年5月

### ジャックおじさん
小さな町ヘヴンで暮らす女の子・マーリーのパパの双子の弟、会ったことがなく手紙をくれ
るおじさん 「天使のすむ町」 アンジェラ・ジョンソン作;冨永星訳 小峰書店(Y.A.Books)
2006年5月

### ジャック・サンダーズ
グラディスの夫、誰にでも親切な美男子 「名探偵ポワロとミス・マープル 5 クリスマスの悲
劇 ほか」 アガサ=クリスティー原作;中尾明訳;うちべけい絵 汐文社 2005年3月

### ジャック・ジェンキンズ
インディアナ州の田舎町ヴェニスで探偵事務所をひらくガス・ジェンキンズの家出して行方
不明の息子 「ダンシング・ポリスマン―ふたりはひそかに尾行中!(ミッシング・パーソンズ
3)」 M.E.ラブ作;西田佳子訳 理論社 2007年7月

### ジャック・シモンズ
ジョン・Q・アダムズ中学校八年生、七年生の女子のほとんどがあこがれている少年でアメリ
カン・フットボールチーム部の選手 「名探偵アガサ&オービル ファイル1」 ローラ・J.バーン
ズ作;メリンダ・メッツ作;金原瑞人訳;小林みき訳;森山由海画 文溪堂 2007年7月

### ジャック・ストールワート
地球防衛隊ではたらくシークレット・エージェント、ゴーカートのグランプリレースへの妨害を
ふせぐ九歳の少年 「シークレット・エージェントジャック ミッション・ファイル04」 エリザベス・
シンガー・ハント著;田内志文訳 エクスナレッジ 2007年12月

### ジャック・ストールワート
地球防衛隊ではたらくシークレット・エージェント、ニューヨークの自然博物館から盗まれた
アロサウルスの骨をさがす九歳の少年 「シークレット・エージェントジャック ミッション・ファイ
ル01」 エリザベス・シンガー・ハント著;田内志文訳 エクスナレッジ 2007年12月

### ジャック・ストールワート
地球防衛隊ではたらくシークレット・エージェント、パリのルーブル美術館から盗まれたモ
ナ・リザの肖像画をさがす九歳の少年 「シークレット・エージェントジャック ミッション・ファイ
ル03」 エリザベス・シンガー・ハント著;田内志文訳 エクスナレッジ 2007年12月

### ジャック・ストールワート
地球防衛隊ではたらくシークレット・エージェント、ロンドン塔から盗まれた王室の財宝をさ
がす九歳の少年 「シークレット・エージェントジャック ミッション・ファイル02」 エリザベス・シ
ンガー・ハント著;田内志文訳 エクスナレッジ 2007年12月

じゃっ

**ジャック・スパロウ**
コルテスの剣を持つ海賊・ルイを追って仲間たちと航海している少年 「パイレーツ・オブ・カリビアンジャック・スパロウの冒険 2 セイレーンの歌」 ロブ・キッド 著;ジャン=ポール・オルピナス絵;ホンヤク社訳 講談社 2006年7月

**ジャック・スパロウ**
コルテスの剣を持つ海賊・ルイを追って仲間たちと航海している少年 「パイレーツ・オブ・カリビアンジャック・スパロウの冒険 3 海賊競走」 ロブ・キッド 著;ジャン=ポール・オルピナス絵;ホンヤク社訳 講談社 2006年8月

**ジャック・スパロウ**
たった一人のバーナクル号の乗組員・フィッツとエスケレティカ島に上陸した少年船長 「パイレーツ・オブ・カリビアンジャック・スパロウの冒険 9 踊る時間」 ロブ・キッド 著;ジャン=ポール・オルピナス絵;ホンヤク社訳 講談社 2007年12月

**ジャック・スパロウ**
バーナクル号で仲間たちと航海を続けコルテスの剣を手に入れた少年 「パイレーツ・オブ・カリビアンジャック・スパロウの冒険 4 コルテスの剣」 ロブ・キッド 著;ジャン=ポール・オルピナス絵;ホンヤク社訳 講談社 2006年11月

**ジャック・スパロウ**
バーナクル号の乗組員・フィッツと二人だけの航海に出ることになった少年船長 「パイレーツ・オブ・カリビアンジャック・スパロウの冒険 8 タイムキーパー」 ロブ・キッド 著;ジャン=ポール・オルピナス絵;ホンヤク社訳 講談社 2007年8月

**ジャック・スパロウ**
バーナクル号の仲間・トゥーメンをユカタン半島の故郷の村に帰した少年 「パイレーツ・オブ・カリビアンジャック・スパロウの冒険 5 青銅器時代」 ロブ・キッド 著;ジャン=ポール・オルピナス絵;ホンヤク社訳 講談社 2006年12月

**ジャック・スパロウ**
ブラックパール号の船長、海の悪霊につけねらわれている海賊 「パイレーツ・オブ・カリビアン デッドマンズ・チェスト」 アイリーン・トリンブル作;橘高弓枝訳 偕成社(ディズニーアニメ小説版) 2006年7月

**ジャック・スパロウ**
海賊船ブラックパール号の船長、自由を愛する気ままな海賊 「パイレーツ・オブ・カリビアン」 T.T.サザーランド作;橘高弓枝訳 偕成社(ディズニーアニメ小説版) 2007年5月

**ジャック・スパロウ**
酒場の娘・アラベラと名家の子息・フィッツと冒険の航海に出た少年 「パイレーツ・オブ・カリビアンジャック・スパロウの冒険 1 嵐がやってくる!」 ロブ・キッド 著;ジャン=ポール・オルピナス絵;ホンヤク社訳 講談社 2006年7月

**ジャック・スパロウ**
十年前にブラックパール号をうばわれたカリブ海の伝説の海賊 「パイレーツ・オブ・カリビアン 呪われた海賊たち」 アイリーン・トリンブル作;橘高弓枝訳 偕成社(ディズニーアニメ小説版) 2006年1月

**ジャック・スパロウ**
女海賊・ローラに仲間たちと共に捕まったバーナクル号の船長 「パイレーツ・オブ・カリビアンジャック・スパロウの冒険 6 銀の時代」 ロブ・キッド 著;ジャン=ポール・オルピナス絵;ホンヤク社訳 講談社 2007年3月

**ジャック・スパロウ**
相棒のアラベラを助け出すためにニューオリンズに来たバーナクル号の少年船長 「パイレーツ・オブ・カリビアンジャック・スパロウの冒険 7 黄金の都市」 ロブ・キッド 著;ジャン=ポール・オルピナス絵;ホンヤク社訳 講談社 2007年4月

121

じゃっ

### ジャック・ドリスコル
有名な脚本家、映画監督のカールの親友 「キング・コング」 メリアン・C.クーパー原案 エドガー・ウォーレス原案 ローラ・J・バーンス、メリンダ・メッツ著 澁谷正子訳; 偕成社 2005年12月

### ジャック・バートレット
ヴァージニア州にある厩舎ハートランドのエイミー姉妹の祖父 「別れのとき―ハートランド物語」 ローレン・ブルック著;勝浦寿美訳 あすなろ書房 2006年10月

### ジャック・ハボック
宇宙海賊船「ソフロニア号」の船長 「ラークライト伝説の宇宙海賊」 フィリップ・リーヴ著;松山美保訳;デイヴィッド・ワイアット画 理論社 2007年8月

### ジャック・フロスト
フェアリーランドの記念式典を台なしにしてやろうとたくらんでいる妖精 「音楽の妖精(フェアリー)メロディ(レインボーマジック)」 デイジー・メドウズ作;田内志文訳 ゴマブックス 2007年8月

### ジャック・フロスト
氷のお城に住むおそろしい妖精、背の高い骨ばった男 「アメジストの妖精(フェアリー)エイミー(レインボーマジック)」 デイジー・メドウズ作;田内志文訳 ゴマブックス 2007年12月

### ジャック・フロスト
氷のお城に住むおそろしい妖精、背の高い骨ばった男 「ムーンストーンの妖精(フェアリー)インディア(レインボーマジック)」 デイジー・メドウズ作;田内志文訳 ゴマブックス 2007年11月

### ジャック・フロスト
氷のお城に住むおそろしい妖精、背の高い骨ばった男 「雨の妖精(フェアリー)ヘイリー(レインボーマジック)」 デイジー・メドウズ作;田内志文訳 ゴマブックス 2007年4月

### ジャック・フロスト
氷のお城に住むおそろしい妖精、背の高い骨ばった男 「夏休みの妖精(フェアリー)サマー(レインボーマジック)」 デイジー・メドウズ作;田内志文訳 ゴマブックス 2007年8月

### ジャック・フロスト
氷のお城に住んでいる妖精、いたずらなわるさをするフェアリー 「クリスマスの妖精(フェアリー)ホリー(レインボーマジック)」 デイジー・メドウズ作;田内志文訳 ゴマブックス 2007年11月

### ジャック・マンデルバウム
大戦前のポーランドのバルト海沿岸にある町で暮らしていた少年、強制収容所に入れられたユダヤ人 「ヒトラーのはじめたゲーム」 アンドレア・ウォーレン著;林田康一訳 あすなろ書房 2007年11月

### ジャック・ラヴレス
親友のハリーとイギリスのプロサッカーチーム「ポーツマス」のユースチームに所属していた十七歳の少年、第一次世界大戦で軍隊入りを志願した若者 「銃声のやんだ朝に」 ジェイムズ・リオーダン作;原田勝訳 徳間書店 2006年11月

### ジャック・レイモンド・キャロル(ジャックおじさん)
小さな町ヘヴンで暮らす女の子・マーリーのパパの双子の弟、会ったことがなく手紙をくれるおじさん 「天使のすむ町」 アンジェラ・ジョンソン作;冨永星訳 小峰書店(Y.A.Books) 2006年5月

### シャドガー
タルと大のなかよしの魔法の影 「セブンスタワー 1 光と影」 ガース・ニクス作;西本かおる訳 小学館(小学館ファンタジー文庫) 2007年10月

じゃま

**シャドガー**
闇の国の選民タルタルと大のなかよしの魔法の影 「セブンスタワー 2 城へ」 ガース・ニクス作;西本かおる訳 小学館（小学館ファンタジー文庫） 2007年11月

**シャドラック**
少女・ハンナのたいせつな愛馬、サーカスを引退したおじいさん馬 「帰ろう、シャドラック!」 ジョイ・カウリー作;大作道子訳;広野多珂子絵 文研出版（文研じゅべにーる） 2007年5月

**ジャニス・ムッチリボトム**
ドラゴン・ターミネーターからドラゴン・スレイヤー・アカデミーに転校してきた体の大きい女の子 「ドラゴン・スレイヤー・アカデミー 2-2 かえってきたゆうれい」 ケイト・マクミュラン作;神戸万知訳;舵真秀斗絵 岩崎書店 2006年8月

**ジャニス・ムッチリボトム**
ドラゴン・ターミネーターからドラゴン・スレイヤー・アカデミーに転校してきた体の大きい女の子 「ドラゴン・スレイヤー・アカデミー 2-6 ドラゴンじいさん」 ケイト・マクミュラン作;神戸万知訳;舵真秀斗絵 岩崎書店 2007年4月

**ジャニス・ムッチリボトム**
ドラゴン・ターミネーターからドラゴン・スレイヤー・アカデミーに転校してきた体の大きい女の子 「ドラゴン・スレイヤー・アカデミー 2-7 ドラゴン・キャンプ」 ケイト・マクミュラン作;神戸万知訳;舵真秀斗絵 岩崎書店 2007年7月

**ジャネット**
ひみつの七人が集まってつくったクラブ「シークレット・セブン」のメンバーの女の子、ピーターの妹 「シークレット・セブン1 ひみつクラブとなかまたち」 エニド・ブライトン著;浅見よういラスト;立石ゆかり訳 オークラ出版 2007年8月

**ジャネット**
ひみつの七人が集まってつくったクラブ「シークレット・セブン」のメンバーの女の子、ピーターの妹 「シークレット・セブン2 ひみつクラブの大冒険!」 エニド・ブライトン著;浅見よういラスト;大塚淳子訳 オークラ出版 2007年8月

**ジャネット**
ひみつの七人が集まってつくったクラブ「シークレット・セブン」のメンバーの女の子、ピーターの妹 「シークレット・セブン3 ひみつクラブとツリーハウス」 エニド・ブライトン著;浅見よういラスト;草鹿佐恵子訳 オークラ出版 2007年10月

**ジャネット**
ひみつの七人が集まってつくったクラブ「シークレット・セブン」のメンバーの女の子、ピーターの妹 「シークレット・セブン4 ひみつクラブと五人のライバル」 エニド・ブライトン著;浅見よういラスト;加藤久哉訳 オークラ出版 2007年10月

**シャバヌ**
パキスタンの大地主・ラヒームの第四夫人、五歳の娘をもつ十八歳の少女 「シャバヌ ハベリの窓辺にて」 スザンネ・ステープルズ作;金原瑞人・築地誠子訳 ポプラ社（ポプラ・ウイング・ブックス） 2005年5月

**ジャファー**
アグラバーの王の側近、魔法の洞窟でランプを手に入れようとした悪党 「アラジン」 アラビアンナイト原作;鈴木尚子訳 汐文社（ディズニープリンセス6姫の夢物語） 2007年2月

**ジャマール**
アフガニスタンの小さな村に住むワールドカップに出場することを夢みる少年、九歳のビビの兄 「海のむこうのサッカーボール」 モーリス・グライツマン作;伊藤菜摘子訳 ポプラ社（ポプラ・ウイング・ブックス） 2005年7月

しゃみ

## シャーミラ
魔術同盟の一員、以前は人間界で暮らしていたがデモナータの存在を知ってから魔術師になったインド人の女 「デモナータ2幕 悪魔の盗人」 ダレン・シャン作;橋本恵訳;田口智子画 小学館 2006年2月

## シャーリー
ベルドレーヌ家のたよれる大黒柱、両親を亡くしきままな生活も医学の道もあきらめた二十三歳の長女 「ベルドレーヌ四季の物語 夏のマドモアゼル」 マリカ・フェルジュク作;ドゥボーヴ・陽子訳 ポプラ社(ポプラポケット文庫) 2007年7月

## シャーリー
ベルドレーヌ家のたよれる大黒柱、両親を亡くしきままな生活も医学の道もあきらめた二十三歳の長女 「ベルドレーヌ四季の物語 秋のマドモアゼル」 マリカ・フェルジュク作;ドゥボーヴ・陽子訳 ポプラ社(ポプラポケット文庫) 2006年11月

## シャーリー
ベルドレーヌ家のたよれる大黒柱、両親を亡くしきままな生活も医学の道もあきらめた二十三歳の長女 「ベルドレーヌ四季の物語 春のマドモアゼル」 マリカ・フェルジュク作;ドゥボーヴ・陽子訳 ポプラ社(ポプラポケット文庫) 2007年4月

## シャーリー
ベルドレーヌ家のたよれる大黒柱、両親を亡くしきままな生活も医学の道もあきらめた二十三歳の長女 「ベルドレーヌ四季の物語 冬のマドモアゼル」 マリカ・フェルジュク作;ドゥボーヴ・陽子訳 ポプラ社(ポプラポケット文庫) 2007年2月

## シャーリ・ウォーカー
サイトタウンにある廃屋の「コフマン・ハウス」に入った仲よし四人組の一人、グレッグのとなりに住んでいる少女 「呪われたカメラ(グースバンプス2)」 R.L.スタイン作;津森優子訳;照世絵 岩崎書店 2006年7月

## ジャール
デッドロック星で暴君タイラントの支配に抵抗する最後のレジスタンス集団のひとり、トカゲみたいな人型エイリアン 「アウターネット. 第2巻 コントロール」 スティーブ・バーロウ作;スティーブ・スキッドモア作;大谷真弓訳 小学館 2006年4月

## シャルル・フィリップ
ジジくさくて学校で目立たない小学生、階段から落ちて大ケガをした男の子 「よくいうよ、シャルル!」 ヴァンサン・キュヴェリエ作;シャルル・デュテルトル画;伏見操訳 くもん出版 2005年11月

## シャルル・ル・シアン(チャーリー)
作家のスタインベックととも旅に出た雄の老プードル、フランス生まれフランス育ちのスタンダードプードル 「チャーリーとの旅」 ジョン・スタインベック著;竹内真訳 ポプラ社 2007年3月

## シャルロッテ
キャンピングカーに乗って空から落ちてきた本物のサンタクロースのユレブックに出会った女の子 「サンタが空から落ちてきた」 コルネーリア・フンケ著;浅見昇吾訳 WAVE出版 2007年12月

## ジャレッド・グレース
グレース家の3人の子どもたちのふたごの兄 「スパイダーウィック家の謎 第5巻 オーガーの宮殿へ」 ホリー・ブラック作;トニー・ディテルリッジ絵 文渓堂 2005年1月

## シャーロック・ホームズ
ウィギンズたち浮浪児集団に〈ベイカー街遊撃隊〉の名をつけて捜査に協力させているイギリスの名探偵 「ベイカー少年探偵団 1－消えた名探偵」 アンソニー・リード著;池央耿訳 評論社(児童図書館・文学の部屋) 2007年12月

じゃん

### シャーロック・ホームズ
ドイツ皇帝と会見しAPOONの秘密を発見する約束をとりかわしたイギリスの名探偵 「続813アルセーヌ・ルパン」 モーリス・ルブラン作;大友徳明訳 偕成社(偕成社文庫) 2005年9月

### シャーロット
ふしぎな指輪を手にいれて魔女にあった女の子 「魔女とふしぎな指輪」 ルース・チュウ作;日当陽子訳 フレーベル館(魔女の本棚) 2005年2月

### シャーロット
夏休みに田舎にきた少女ドーンとふたりで草のしげみに秘密基地をこしらえた少女 「プラネット・キッドで待ってて」 ジェイン・レズリー・コンリー作;尾崎愛子訳 福音館書店(世界傑作童話シリーズ) 2006年4月

### シャーロット
夏休みに田舎にきた少女ドーンとふたりで草のしげみに秘密基地をこしらえた少女 「プラネット・キッドで待ってて」 ジェイン・レズリー・コンリー作;尾崎愛子訳 福音館書店(世界傑作童話シリーズ) 2006年4月

### シャーロット
中身がわからない缶詰を集める趣味をもった少女、同じ趣味をもつファーガルに出会った女の子 「ラベルのない缶詰をめぐる冒険」 アレックス・シアラー著;金原瑞人訳 竹書房 2007年5月

### シャーロット姫　しゃーろっとひめ
りっぱなお姫さまを育てる「お姫さま学園」に入学した姫、年に一度のウェルカム・ダンスパーティにあこがれている少女 「シャーロット姫とウェルカム・ダンスパーティ(ティアラ・クラブ1)」 ヴィヴィアン・フレンチ著;岡本浜江訳;サラ・ギブ絵 朔北社 2007年6月

### ジャロード・ソーントン
オーストラリアの田舎町の高校にやってきた転校生、引っ越すたびに奇妙な事件が起きる不思議な目をした少年 「闇の城、風の魔法」 メアリアン・カーリー作;小山尚子訳 徳間書店 2005年4月

### ジャン
一九三〇年代のモンマルトル・ラバ通りの住人、いとこの息子・オリヴィエを預かった青年 「ラバ通りの人びと」 ロベール・サバティエ作;堀内紅子訳;松本徹訳 福音館書店(福音館文庫) 2005年8月

### ジャン
聖なる丘に住むユニコーン一族の王・コーアの息子、宿敵の異種族・ワイヴァーンと戦う戦士 「夏星の子 ファイアブリンガー3」 メレディス・アン・ピアス著;谷泰子訳 東京創元社(sogen bookland) 2007年1月

### シャーン・スルエリン
英国ウェールズの海辺の町に住む女の子、人間よりも人形たちといっしょにいるほうが楽しい八歳の少女 「帰ってきた船乗り人形」 ルーマー・ゴッデン作;おびかゆうこ訳;たかおゆうこ絵 徳間書店 2007年4月

### ジャン・デュシャルム
カナダのトロントに住む十三歳の少女・ダーナの同級生、ハンサムな謎めいた男の子 「夢の書 上下」 O.R.メリング作;井辻朱美訳 講談社 2007年5月

### ジャン・バルジャン(マドレーヌ)
パンどろぼうでつかまり十九年刑務所に入っていた四十六歳の男 「レ・ミゼラブル―ああ無情」 ビクトル・ユゴー作;大久保昭男訳 ポプラ社(ポプラポケット文庫) 2007年3月

125

しゃん

**ジャン・ピエール**
セシルがカンヌの町のペットショップで買った金色の目をしたてんじくねずみ 「セシルの魔法の友だち」 ポール・ギャリコ作;野の水生訳;太田大八画 福音館書店（世界傑作童話シリーズ） 2005年2月

**シャンボア**
金属が専門の若きフランス人科学者 「秘密作戦レッドジェリコ 上下」 ジョシュア・モウル著;唐沢則幸訳 ソニー・マガジンズ 2006年5月

**ジュエル・ラムジー**
ルイジアナ州でくらしている十二歳の少女タイガーの祖母 「ルイジアナの青い空」 キンバリー・ウィリス・ホルト著;河野万里子訳 白水社 2007年9月

**シュガーフット**
小さなシェトランド・ポニー、飼主のミセス・ベルが亡くなり餓死寸前で見つかった馬 「15歳の夏－ハートランド物語」 ローレン・ブルック著;勝浦寿美訳 あすなろ書房 2006年9月

**シュゴテン**
少年ハドソンの味方でテレパシーで話ができるおじ、父親の代役でありよき理解者 「モーキー・ジョー 2 よみがえる魔の手」 ピーター・J・マーレイ作;木村由利子訳;新井洋行絵 フレーベル館 2005年10月

**シュゴテン**
少年ハドソンの味方でテレパシーで話ができるおじ、父親の代役でありよき理解者 「モーキー・ジョー 3 最後の審判」 ピーター・J・マーレイ作;木村由利子訳;新井洋行絵 フレーベル館 2006年1月

**守護天使（シュゴテン） しゅごてんし（しゅごてん）**
少年ハドソンの味方でテレパシーで話ができるおじ、父親の代役でありよき理解者 「モーキー・ジョー 2 よみがえる魔の手」 ピーター・J・マーレイ作;木村由利子訳;新井洋行絵 フレーベル館 2005年10月

**守護天使（シュゴテン） しゅごてんし（しゅごてん）**
少年ハドソンの味方でテレパシーで話ができるおじ、父親の代役でありよき理解者 「モーキー・ジョー 3 最後の審判」 ピーター・J・マーレイ作;木村由利子訳;新井洋行絵 フレーベル館 2006年1月

**ジュディ・アボット**
ニュージャージー州にあるハイスクール・リンカーン記念女子学園の生徒、孤児の女の子 「私のあしながおじさん」 ジーン・ウェブスター原作;藤本信行文 文溪堂（読む世界名作劇場） 2006年3月

**ジュディ・モード**
アメリカ・バージニア州の小学三年生、気分によって色が変わるモード・リングで予言者になろうとした女の子 「ジュディ・モード、未来をうらなう！」 メーガン・マクドナルド作;ピーター・レイノルズ絵;宮坂宏美訳 小峰書店（ジュディ・モードとなかまたち） 2006年9月

**ジュディ・モード**
アメリカ・バージニア州の小学三年生、自然保護にめざめて活動した女の子 「ジュディ・モード、地球をすくう！」 メーガン・マクドナルド作;ピーター・レイノルズ絵;宮坂宏美訳 小峰書店（ジュディ・モードとなかまたち） 2005年12月

**ジュディ・モード**
アメリカ・バージニア州の小学三年生、新聞に載るような有名人になりたいと思った女の子 「ジュディ・モード、有名になる！」 メーガン・マクドナルド作;ピーター・レイノルズ絵;宮坂宏美訳 小峰書店（ジュディ・モードとなかまたち） 2005年6月

じゅぬ

**ジュディ・モード**
アメリカ・バージニア州の小学三年生、人間の体に興味があり医者になりたい女の子「ジュディ・モード、医者になる!」メーガン・マクドナルド作;ピーター・レイノルズ絵;宮坂宏美訳　小峰書店(ジュディ・モードとなかまたち)　2007年1月

**ジュディ・モード**
バージニア州の小学三年生、アメリカの独立について学んで家で独立宣言を書いた女の子「ジュディ・モードの独立宣言」メーガン・マクドナルド作;ピーター・レイノルズ絵;宮坂宏美訳　小峰書店(ジュディ・モードとなかまたち)　2007年3月

**シューティングスター**
サンタクロースのユレブックのキャンピングカーを導くトナカイ「サンタが空から落ちてきた」コルネーリア・フンケ著;浅見昇吾訳　WAVE出版　2007年12月

**シュテフィ・ラーデマッハー**
〈カレ&フレンズ探偵局〉のメンバーでコンピューター部門のスペシャリスト、少年ラディッチのふたごの姉「名探偵の10か条　4と1/2探偵局　4」ヨアヒム・フリードリヒ作　鈴木仁子訳;絵楽ナオキ絵　ポプラ社　2005年1月

**シュテフィ・ラーデマッハー**
犬のタウゼントシェーンの飼い主の一人で感じのいい女の子、少年ラディッちのふたごの姉「探偵犬、がんばる!　4と1/2探偵局　5」ヨアヒム・フリードリヒ作;鈴木仁子訳;絵楽ナオキ絵　ポプラ社　2005年4月

**ジュード・ダイヤモンド**
四姉妹の次女、からかおうとするヤツは容赦なくなぐりたおす小柄だががっしりしている十四歳の少女「ダイヤモンド・ガールズ」ジャクリーン・ウィルソン作;尾高薫訳　理論社　2006年2月

**ジューニー・スワン**
グラブスやビルEの通う学校の新しい女性カウンセラー、以前は映画プロデューサーのもとで働いていた心理学者「デモナータ5幕　血の呪い」ダレン・シャン作;橋本恵訳;田口智子画　小学館　2007年7月

**ジュニパー**
リスとカワウソとモグラとハリネズミが平和に暮らすミストマントル島に住む足が不自由でふつうより少しやせているリスの少年「ミストマントル・クロニクル2 アーチンとハートの石」マージ・マカリスター著;嶋田水子訳　小学館　2007年5月

**シュヌッパーマウル**
吸血鬼の子ども・リュディガーがすむ共同墓所の庭師、おだやかな性格の男「リトルバンパイア 10 血のカーニバル」アンゲラ・ゾンマー・ボーデンブルク作;川西芙沙訳;ひらいたかこ絵　くもん出版　2006年12月

**ジュヌビエーブ**
ベルドレーヌ家の絶対にうそをつかない次女、十六歳の少女「ベルドレーヌ四季の物語 夏のマドモアゼル」マリカ・フェルジュク作;ドゥボーヴ・陽子訳　ポプラ社(ポプラポケット文庫)　2007年7月

**ジュヌビエーブ**
ベルドレーヌ家の絶対にうそをつかない次女、十六歳の少女「ベルドレーヌ四季の物語 秋のマドモアゼル」マリカ・フェルジュク作;ドゥボーヴ・陽子訳　ポプラ社(ポプラポケット文庫)　2006年11月

**ジュヌビエーブ**
ベルドレーヌ家の絶対にうそをつかない次女、十六歳の少女「ベルドレーヌ四季の物語 春のマドモアゼル」マリカ・フェルジュク作;ドゥボーヴ・陽子訳　ポプラ社(ポプラポケット文庫)　2007年4月

じゅぬ

### ジュヌビエーブ
ベルドレーヌ家の絶対にうそをつかない次女、十六歳の少女 「ベルドレーヌ四季の物語 冬のマドモアゼル」 マリカ・フェルジュク作;ドゥボーヴ・陽子訳 ポプラ社(ポプラポケット文庫) 2007年2月

### ジュヌビエーブ・エルヌモン
勉強のおくれた子どもたちを無料で世話する学校を経営している若い娘 「813 アルセーヌ・ルパン」 モーリス・ルブラン作;大友徳明訳 偕成社(偕成社文庫) 2005年9月

### ジュヌビエーブ・エルヌモン
勉強のおくれた子どもたちを無料で世話する学校を経営している若い娘 「続813アルセーヌ・ルパン」 モーリス・ルブラン作;大友徳明訳 偕成社(偕成社文庫) 2005年9月

### ジュヌヴィエーヴ・デュドネ
外見は十六歳だが実年齢は六三八歳のブレトニア生まれの女吸血鬼 「ウォーハンマーノベル1 ドラッケンフェルズ」 ジャック・ヨーヴィル著;待兼音二郎訳;崎浜かおる訳;渡部夢霧訳 ホビージャパン(HJ文庫G) 2007年1月

### ジュヌヴィエーヴ・デュドネ(ジュネ)
外見は十六歳だが実年齢は六六八歳の女吸血鬼 「ウォーハンマーノベル2 吸血鬼ジュヌヴィエーヴ」 ジャック・ヨーヴィル著;藤沢涼訳;小林尚海訳;朝月千晶訳 ホビージャパン(HJ文庫G) 2007年1月

### ジュネ
外見は十六歳だが実年齢は六六八歳の女吸血鬼 「ウォーハンマーノベル2 吸血鬼ジュヌヴィエーヴ」 ジャック・ヨーヴィル著;藤沢涼訳;小林尚海訳;朝月千晶訳 ホビージャパン(HJ文庫G) 2007年1月

### シュヴァルテンフェーガー先生　しゅばるてんふぇーがーせんせい
吸血鬼の子ども・リュディガーがかよう診療所の医者、背がたかくてふとった先生 「リトルバンパイア 11 真夜中の診察室」 アンゲラ・ゾンマー・ボーデンブルク作;川西芙沙訳;ひらいたかこ絵 くもん出版 2007年3月

### シュヴァルテンフェーガー先生　しゅばるてんふぇーがーせんせい
吸血鬼の子ども・リュディガーがかよう診療所の医者、背がたかくてふとった先生 「リトルバンパイア 9 あやしい患者」 アンゲラ・ゾンマー・ボーデンブルク作;川西芙沙訳;ひらいたかこ絵 くもん出版 2006年10月

### シュライバー夫人　しゅらいばーふじん
ロンドンのそうじ婦ハリスおばさんの上とくいさん、ロンドンからニューヨークへ引っ越すことになった子どものいない中年のアメリカ人 「ハリスおばさんニューヨークへ行く」 ポール・ギャリコ著;亀山龍樹訳 ブッキング(fukkan.com) 2005年5月

### ジュリ
バルセロナの下町に住むなかよし六人組のひとり、まじめで勉強家の九歳の少年 「ピトゥスの動物園」 サバスティア・スリバス著;宇野和美訳;スギヤマカナヨ絵 あすなろ書房 2006年12月

### ジュリー
十歳のエミリーの美容師のお母さん 「クリスマス・ブレイク」 ジャクリーン・ウィルソン作;尾高薫訳 理論社 2006年11月

### ジュリー(ジュリエット・モーガン)
モーガン家の末むすめ、だれにも見えないものが見えるという不思議な力をもつ十歳の少女 「ジュリーの秘密」 コーラ・テイラー作;さくまゆみこ訳;佐竹美保画 小学館 2007年9月

### ジュリア
タイムソルジャーのロブたちが訪れた海賊の時代でどうくつの中で海賊にとらわれていた少女 「パイレーツ (タイムソルジャー3)」 ロバート・グールド写真;キャスリーン・デューイ文;ユージーン・エプスタイン画;MON訳 岩崎書店 2007年8月

しゅれ

**ジュリア・フェアウェイ**
ペギー・スーの17歳になる姉 「ペギー・スー 2蜃気楼の国へ飛ぶ」 セルジュ・ブリュソロ著;
金子ゆき子訳 角川書店(角川文庫) 2005年9月

**ジュリア・フェアウェイ**
ペギー・スーの17歳になる姉 「ペギー・スー 3幸福を運ぶ魔法の蝶」 セルジュ・ブリュソロ
著;金子ゆき子訳 角川書店(角川文庫) 2005年11月

**ジュリア・フェアウェイ**
ペギー・スーの17歳になる姉 「ペギー・スー1魔法の瞳をもつ少女」 セルジュ・ブリュソロ著
;金子ゆき子訳 角川書店(角川文庫) 2005年7月

**ジュリア・ルケイン**
少女探偵イングリッドの父が勤めるフェラン・グループの副社長に就任した女性 「カーテン
の陰の悪魔(イングリッドの謎解き大冒険)」 ピーター・エイブラハムズ著;奥村章子訳 ソフ
トバンククリエイティブ 2006年10月

**ジュリアン**
サンタさんがおとした機関車にジュリエットと名前をつけて大切にあずかっていた男の子
「サンタの最後のおくりもの」 マリー=オード・ミュライユ作;エルヴィール・ミュライユ作;横山
和江訳 徳間書店 2006年10月

**ジュリエット**
モンタギュー家と対立しているベローナの貴族キュピュレット家の娘 「こどものためのロミオ
とジュリエット」 ロイス・バーデット著;鈴木扶佐子訳 アートデイズ(シェイクスピアっておもし
ろい!) 2007年7月

**ジュリエット・バトラー**
伝統的な犯罪一家ファウル家の召使いのバトラーの妹、ボディガード用の特別な武術を身
につけている十八歳の少女 「アルテミス・ファウル ― 永遠の暗号」 オーエン・コルファー著
;大久保寛訳 角川書店 2006年2月

**ジュリエット・モーガン**
モーガン家の末むすめ、だれにも見えないものが見えるという不思議な力をもつ十歳の少
女 「ジュリーの秘密」 コーラ・テイラー作;さくまゆみこ訳;佐竹美保画 小学館 2007年9月

**ジュリ・ルービン**
地下室の階段の下の不思議な世界「ドルーン」を友だちといっしょに見つけた少女 「秘密
のドルーン 1&2」 トニー・アボット著;飯岡美紀訳 ダイヤモンド社 2005年12月

**ジュリ・ルービン**
地下室の階段の下の不思議な世界「ドルーン」を友だちといっしょに見つけた少女 「秘密
のドルーン 3&4 呪われた神秘の島・空中都市の伝説」 トニー・アボット著;飯岡美紀訳 ダ
イヤモンド社 2006年2月

**ジュール**
プチ・ミネ夫妻のこどもたちの一人、末っ子の赤んぼう 「飛んでった家」 クロード・ロワさく;
石津ちひろやく;高畠那生え 長崎出版 2007年7月

**シュレック**
「遠い遠い国」のお姫さまと結婚した怪物 「シュレック 2」 ジェシー・レオン・マッカン作;杉
田七重訳 角川書店(ドリームワークスアニメーションシリーズ) 2007年5月

**シュレック**
「遠い遠い国」の姫・フィオナの夫、もう一人の王位継承者を探す旅に出た怪物 「シュレッ
ク 3」 キャサリン・W.ゾーイフェルド作;杉田七重訳 角川書店(ドリームワークスアニメーショ
ンシリーズ) 2007年5月

しゅれ

## シュレック
高い塔に幽閉された姫を救いだすために冒険の旅に出ることになった怪物 「シュレック1」 エレン・ワイス作;杉田七重訳　角川書店（ドリームワークスアニメーションシリーズ）2007年5月

## ジョー
オールデンきょうだいのしんせきの夫婦の夫、グリーンフィールドの古いやしきにひっこしてくることになった男の人 「うたうゆうれいのなぞ（ボックスカー・チルドレン31）」 ガートルード・ウォーナー原作;小野玉央訳　日向房　2005年3月

## ジョー（ジョアンナ）
ある日とつぜん大きなメリーゴーランドが現われた小さな町に両親と三人で暮らしている女の子 「秘密のメリーゴーランド」 エミリー・ロッダ作;岡田好惠訳;はけたれいこ画　PHP研究所　2006年8月

## ジョー（ジョゼフィン）
マーチ家四人姉妹の次女、大の本好きの十五歳の少女 「若草物語」 ルイザ・メイ・オルコット作;小林みき訳　ポプラ社（ポプラポケット文庫）　2006年6月

## ジョー（ジョゼフ・ラングリー）
消防車を追いかけてそのまま消えてしまった少年・ジョナの友だち 「ミッシング」 アレックス・シアラー著;金原瑞人訳　竹書房　2005年8月

## ジョアオ
「百王の王」の戦士に捕われ「かの国」への道をたどる運命となった奴隷の密売人 「蒼穹のアトラス3　アルファベット二十六国誌－ルージュ河むこうの百王国連合から葦原の郷ズィゾートルまで」 フランソワ・プラス作;寺岡襄訳　BL出版　2006年1月

## ジョアンナ
ある日とつぜん大きなメリーゴーランドが現われた小さな町に両親と三人で暮らしている女の子 「秘密のメリーゴーランド」 エミリー・ロッダ作;岡田好惠訳;はけたれいこ画　PHP研究所　2006年8月

## ジョーイ
コネティカット州に住むモファット家の四人きょうだいの長男、高校生 「モファット博物館」 エレナー・エスティス作;松野正子訳　岩波書店（岩波少年文庫）　2005年1月

## ジョーイ・ピグザ
特別支援センターに通うことになった小学四年生、家のカギを飲んでしまった男の子 「ぼく、カギをのんじゃった！（もう、ジョーイったら！1）」 ジャック・ギャントス作;前沢明枝訳　徳間書店　2007年8月

## ジョウじいちゃん
チャーリーの四人の祖父母のなかでいちばんのお年寄りのじいちゃん 「ロアルド・ダールコレクション2　チョコレート工場の秘密」 ロアルド・ダール著クェンティン・ブレイク絵;柳瀬尚紀訳　評論社　2005年4月

## ジョウじいちゃん
チャーリーの四人の祖父母のなかでいちばんのお年寄りのじいちゃん 「ロアルド・ダールコレクション5　ガラスの大エレベーター」 ロアルド・ダール著クェンティン・ブレイク絵;柳瀬尚紀訳　評論社　2005年7月

## 少女（ピン）　しょうじょ（ぴん）
漢の国の離宮・黄陵宮で龍守りにつかえている奴隷、自分の名も年齢も知らない十一歳の少女 「ドラゴンキーパー　最後の宮廷龍」 キャロル・ウィルキンソン作;もきかずこ訳　金の星社　2006年9月

## 少年（月の子）　しょうねん（つきのこ）
モザンビークに住む義足をつけた少女・ソフィアの前にある日あらわれた少年 「炎の謎」 ヘニング・マンケル作;オスターグレン晴子訳　講談社　2005年2月

じょじ

## 少年兵四一二号　しょうねんへいよんいちにごう
少年部隊所属の兵、超越魔法使いマルシアに死にかけたところを助けられた少年 「セプティマス・ヒープ 第一の書 七番目の子」 アンジー・セイジ著;唐沢則幸訳 竹書房 2005年4月

## 松露とり　しょうろとり
カスピアン王子を助けた親切でりこうなアナグマ 「カスピアン王子のつのぶえ(ナルニア国ものがたり2)」 C.S.ルイス作;瀬田貞二訳 岩波書店 2005年10月

## 女王　じょおう
ディゴリーとポリーが行った大むかしの都チャーンで眠りから目ざめた魔力をもつ女王 「魔術師のおい(ナルニア国ものがたり6)」 C.S.ルイス作;瀬田貞二訳 岩波書店 2005年10月

## 女王　じょおう
白雪姫の継母、姫が自分よりうつくしくなることをおそれいつも手ひどい仕打ちをしていた女王 「白雪姫」 グリム兄弟原作;神田由布子訳 汐文社(ディズニープリンセス6姫の夢物語) 2006年12月

## 女王(キン)　じょおう(きん)
少女ティファニーの小さな弟を連れ去った魔法の世界の女王 「魔女になりたいティファニーと奇妙な仲間たち」 テリー・プラチェット著;冨永星訳 あすなろ書房 2006年10月

## 女王さま(赤の女王さま)　じょおうさま(あかのじょおうさま)
アリスが鏡のむこうへ行って会った女王さま 「鏡の国のアリス」 ルイス・キャロル作;生野幸吉訳 福音館書店(福音館文庫) 2005年10月

## 女王さま(白の女王さま)　じょおうさま(しろのじょおうさま)
アリスが鏡のむこうへ行って会った女王さま 「鏡の国のアリス」 ルイス・キャロル作;生野幸吉訳 福音館書店(福音館文庫) 2005年10月

## 諸葛 孔明　しょかつ・こうめい
二世紀後半中国で蜀の建国者・劉備に仕えた軍師、蜀の丞相 「三国志4 天命帰一の巻」 渡辺仙州編訳;佐竹美保絵 偕成社 2005年4月

## 諸葛 孔明　しょかつ・こうめい
二世紀後半中国の漢王朝末期の賢人・司馬徽の門下生、のちに劉備を補佐する軍師 「三国志2 臥竜出廬の巻」 渡辺仙州編訳;佐竹美保絵 偕成社 2005年4月

## 諸葛 孔明　しょかつ・こうめい
二世紀後半中国の後漢末期の英雄・劉備に仕える軍師、知略にたけた男 「三国志3 三国鼎立の巻」 渡辺仙州編訳;佐竹美保絵 偕成社 2005年4月

## ジョー・カローン(カローン)
ニューメキシコ州にあるアンティロープの泉で見かけた野生ウマのリーダーを手に入れたいという夢にとりつかれたカウボーイ 「ペーシング・マスタング－自由のために走る野生ウマ」 アーネスト・トンプソン・シートン著;今泉吉晴訳 福音館書店(シートン動物記6) 2005年6月

## ジョク
中学生の便利屋「ティーン・パワー」がお世話をすることになった小馬のように大きい雑種犬、メンバーのリッチェルに恋した犬 「ティーン・パワーをよろしく9 犬のお世話はたいへんだ」 エミリー・ロッダ著;岡田好惠訳 講談社(YA!entertainment) 2007年6月

## ジョージ
いなかの村のホイッティカーさんのうちにすむはずかしがりやのちいさなおばけ 「おばけのジョージーともだちをたすける」 ロバート・ブライト作絵;なかがわちひろ訳 徳間書店 2006年9月

131

じょし

### ジョージ
ひみつの七人が集まってつくったクラブ「シークレット・セブン」のメンバーの男の子 「シークレット・セブン1 ひみつクラブとなかまたち」 エニド・ブライトン著;浅見ようイラスト;立石ゆかり訳 オークラ出版 2007年8月

### ジョージ
ひみつの七人が集まってつくったクラブ「シークレット・セブン」のメンバーの男の子 「シークレット・セブン2 ひみつクラブの大冒険!」 エニド・ブライトン著;浅見ようイラスト;大塚淳子訳 オークラ出版 2007年8月

### ジョージ
ひみつの七人が集まってつくったクラブ「シークレット・セブン」のメンバーの男の子 「シークレット・セブン3 ひみつクラブとツリーハウス」 エニド・ブライトン著;浅見ようイラスト;草鹿佐恵子訳 オークラ出版 2007年10月

### ジョージ
ひみつの七人が集まってつくったクラブ「シークレット・セブン」のメンバーの男の子 「シークレット・セブン4 ひみつクラブと五人のライバル」 エニド・ブライトン著;浅見ようイラスト;加藤久哉訳 オークラ出版 2007年10月

### ジョージ
秘密組織C2のスパイ、中年の男 「スパイ・ガール3 見えない敵を追え」 クリスティーヌ・ハリス作;前沢明枝訳 岩崎書店 2007年11月

### ジョージー
コネティカット州にある「ウサギが丘」という丘で暮らす元気な子ウサギ 「ウサギが丘のきびしい冬」 ロバート・ローソン作;三原泉訳 あすなろ書房 2006年12月

### ジョージア・オグレディ
ロンドンのバーンズベリ総合中学校に通う十五歳の少女、ある世界からべつの世界へ時空をこえて旅をすることができるストラヴァガンテ 「ストラヴァガンザ―花の都」 メアリ・ホフマン作;乾侑美子訳 小学館 2006年12月

### ジョージア・オグレディ
ロンドンのバーンズベリ総合中学校に通う十五歳の少女、ある世界からべつの世界へ時空をこえて旅をすることができるストラヴァガンテ 「ストラヴァガンザ―星の都」 メアリ・ホフマン作;乾侑美子訳 小学館 2005年8月

### ジョージ・クラッグズ
ペロー出身でプロテスタントの三歳年上のワルに手こずっているフェリング出身でカトリック信者の十三歳の少年 「クレイ」 デイヴィッド・アーモンド著;金原瑞人訳 河出書房新社 2007年7月

### ジョージ・ダーリング
ハロー校に通っている秀才少年、事件に巻きこまれた幼なじみのモリーを助けた少年 「ピーターと影泥棒 上下」 デイヴ・バリー著 リドリー・ピアスン著;海後礼子訳 主婦の友社 2007年7月

### ジョージ・チャップマン
ロンドンで母と二人暮らしの十二歳の少年、動く影像に追われる身となった少年 「ストーンハート」 チャーリー・フレッチャー著;大嶌双恵訳 理論社(THE STONE HEART TRILOGY) 2007年4月

### ジョシュ
「ぼく」が飼っている典型的なボーダーコリー、世界一かしこい犬 「いつもそばに犬がいた」 ゲイリー・ポールセン作;はるらい訳;かみやしん絵 文研出版(文研じゅべにーる) 2006年7月

じょぜ

**ジョシュ**
サンフランシスコの高校に通う双子、ソフィーの弟で純粋な金色のオーラを持つパソコン好きな少年 「錬金術師ニコラ・フラメル(アルケミスト1)」 マイケル・スコット著;橋本恵訳 理論社 2007年11月

**ジョシュ**
スパイ養成学校の生徒・カミーが監視する高校2年生、人なつっこい笑顔の男の子 「スパイガール」 アリー・カーター作;橋本恵訳 理論社 2006年10月

**ジョシュ**
古ぼけた屋敷に引っ越してきた一家の十一歳の息子、アマンダの弟 「恐怖の館へようこそ(グースバンプス1)」 R.L.スタイン作;津森優子訳;照世絵 岩崎書店 2006年7月

**ジョシュ・ウェルズ**
オリーの親友、イギリス人の十二歳の少年 「タリスマン1 イシスの涙」 アラン・フレウィン・ジョーンズ著;桜井颯子訳;永盛綾子絵 文溪堂 2006年7月

**ジョシュ・ウェルズ**
オリーの親友、イギリス人の十二歳の少年 「タリスマン2 嫦娥の月長石」 アラン・フレウィン・ジョーンズ著;桜井颯子訳;永盛綾子絵 文溪堂 2006年9月

**ジョシュ・ウェルズ**
オリーの親友、イギリス人の十二歳の少年 「タリスマン3 キリャの黄金」 アラン・フレウィン・ジョーンズ著;桜井颯子訳;永盛綾子絵 文溪堂 2006年10月

**ジョシュ・ウェルズ**
オリーの親友、イギリス人の十二歳の少年 「タリスマン4 パールヴァティーの秘宝」 アラン・フレウィン・ジョーンズ著;桜井颯子訳;永盛綾子絵 文溪堂 2006年12月

**ジョセフ**
リーフ国王付王立図書館員 「デルトラの伝説」 エミリー・ロッダ作;神戸万知訳;マーク・マクブライド絵 岩崎書店 2006年9月

**ジョセフ**
違法入国して逃走中の殺し屋 「スパイ・ガール2 なぞのAを探せ」 クリスティーヌ・ハリス作;前沢明枝訳 岩崎書店 2007年9月

**ジョゼフィーヌ・バルサモ(カリオストロ伯爵夫人) じょぜふぃーぬばるさも(かりおすとろはくしゃくふじん)**
デティーグ男爵と対立している伯爵夫人、天性の美貌と才智を持つ女性 「カリオストロ伯爵夫人」 モーリス・ルブラン作;竹西英夫訳 偕成社(偕成社文庫) 2005年9月

**ジョゼフィン**
マーチ家四人姉妹の次女、大の本好きの十五歳の少女 「若草物語」 ルイザ・メイ・オルコット作;小林みき訳 ポプラ社(ポプラポケット文庫) 2006年6月

**ジョゼフ・ライアン**
イタリア系の小学生・マイクの警官を父親に持つ親友 「マカロニ・ボーイ 大恐慌をたくましく生きぬいた少年と家族」 キャサリン・エアーズ著;齋藤里香[ほか]共訳 バベルプレス 2006年12月

**ジョゼフ・ラングリー**
消防車を追いかけてそのまま消えてしまった少年・ジョナの友だち 「ミッシング」 アレックス・シアラー著;金原瑞人訳 竹書房 2005年8月

**ジョゼフ・レマソライ・レクトン(レマソライ)**
ケニアの小さな村で生まれたマサイ族の一員、アメリカで教師になった若者 「ぼくはマサイ ライオンの大地で育つ」 ジョゼフ・レマソライ・レクトン著;さくまゆみこ訳 さ・え・ら書房(NATIONAL GEOGRAPHIC) 2006年2月

じょで

## ジョーディ（ジョージ・クラッグズ）
ペロー出身でプロテスタントの三歳年上のワルに手こずっているフェリング出身でカトリック信者の十三歳の少年 「クレイ」 デイヴィッド・アーモンド著;金原瑞人訳 河出書房新社 2007年7月

## ショナ
水の中に入ったときだけ人魚になるエミリーの同い年の人魚の友だち 「エミリーのひみつ」 リズ・ケスラー著;矢羽野薫訳 ポプラ社 2005年11月

## ジョナサン
イギリスのロイヤルバレエスクールからイタリアの名門バレエ学校へやってきた転入生 「バレエ・アカデミア 1バレエに恋してる!」 ベアトリーチェ・マジーニ作;長野徹訳 ポプラ社 2007年6月

## ジョナサン
イギリスのロイヤルバレエスクールからイタリアの名門バレエ学校へやってきた転入生 「バレエ・アカデミア 2きまぐれなバレリーナ」 ベアトリーチェ・マジーニ作;長野徹訳 ポプラ社 2007年9月

## ジョナサン
バレリーナを夢みる少女イレーヌと同じ下宿先の画家の青年 「バレリーナの小さな恋」 ロルナ・ヒル作;長谷川たかこ訳 ポプラ社(ポプラポケット文庫) 2006年4月

## ジョナサン・ウェルズ
オックスフォード大学の考古学のクリスティ教授の助手、ジョシュの二十歳の兄 「タリスマン 1 イシスの涙」 アラン・フレウィン・ジョーンズ著;桜井颯子訳;永盛綾子絵 文溪堂 2006年7月

## ジョナ・バイフォード
消防車を追いかけてそのまま消えてしまった少年 「ミッシング」 アレックス・シアラー著;金原瑞人訳 竹書房 2005年8月

## ジョニー
田舎町で祖父母と暮らすでおじいさんとおばあさんと暮らしている十三歳の男の子 「ジョニー・ディクソン魔術師の復讐」 ジョン・ベレアーズ著;林啓恵訳 集英社 2005年2月

## ジョニー
魔術化学実験セットをもらった男の子 「うちの一階には鬼がいる!」 ダイアナ・ウィン・ジョーンズ著;原島文世訳 東京創元社(sogen bookland) 2007年7月

## ジョニー（ヨーナタン・トロッツ）
キルヒベルクにあるギムナジウム(寄宿学校)に入っている少年5人のひとり 「飛ぶ教室」 エーリヒ・ケストナー作;池田香代子訳 岩波書店(岩波少年文庫) 2006年10月

## ジョニー（ヨナタン・トロッツ）
キルヒベルクのギムナジウム(高等学校)の寄宿舎の四年生、作家になりたいと思っている少年 「飛ぶ教室」 エーリヒ・ケストナー作;若松宣子訳;フジモトマサル絵 偕成社(偕成社文庫) 2005年7月

## ジョーニ・ブートロス
イスラエル軍に占領されていないギリシャ正教の学校に通うパレスチナ人の十二歳の少年 「ぼくたちの砦」 エリザベス・レアード作;石谷尚子訳 評論社 2006年10月

## ジョー・ピネリ
ミスティック劇場の管理運営をまかされることになったピネリ夫妻の夫、元劇場主の息子 「幽霊劇場の秘密(双子探偵ジーク&ジェン6)」 ローラ・E.ウィリアムズ著;石田理恵訳 早川書房(ハリネズミの本箱) 2007年1月

じょん

### ショーヘイ・オリアリー
シカゴの私立ペシュティゴ校七年生、生徒法廷の被告になったイライアスの親友で日系アメリカ人の少年 「ニンジャ×ピラニア×ガリレオ」 グレッグ・ライティック・スミス作;小田島則子訳;小田島恒志訳 ポプラ社(ポプラ・リアル・シリーズ) 2007年2月

### ジョリー
十八世紀初頭のカリブ海で海賊に育てられた十四歳の少女、海の上を駆けることができる能力をもつミズスマシ 「海賊ジョリーの冒険 3 深海の支配者」 カイ・マイヤー著;遠山明子訳;佐竹美保画 あすなろ書房 2007年7月

### ジョリー
十八世紀初頭のカリブ海で海賊に育てられた十四歳の少女、海の上を駆けることができる不思議な能力の持ち主 「海賊ジョリーの冒険 1 死霊の売人」 カイ・マイヤー著;遠山明子訳;佐竹美保画 あすなろ書房 2005年12月

### ジョリー
十八世紀初頭のカリブ海で海賊に育てられた十四歳の少女、海の上を駆ける能力をもつミズスマシのひとり 「海賊ジョリーの冒険 2 海上都市エレニウム」 カイ・マイヤー著;遠山明子訳;佐竹美保画 あすなろ書房 2006年8月

### ジョン・イーランド
西アフリカのカメルーンにナチュラリストのダレルと六か月の採集旅行に出かけた相棒 「積みすぎた箱舟」 ジェラルド・ダレル作;羽田節子訳;セイバイン・バウアー画 福音館書店(福音館文庫) 2006年9月

### ジョン・クリストファー
元囚人の男、エリオン国にある四つの町の創設者・ウォーヴォルドの友人 「エリオン国物語 2 ダークタワーの戦い」 パトリック・カーマン著;金原瑞人・小田原智美訳 アスペクト 2006年12月

### ジョン・グレゴリー
邪悪なものから村や畑を守る魔使いの男、十二歳の少年・トムの師匠 「魔使いの呪い(魔使いシリーズ)」 ジョゼフ・ディレイニー著;金原瑞人・田中亜希子訳 東京創元社(sogen bookland) 2007年9月

### ジョン・ゴードン・マッカーサー(マッカーサー将軍) じょんごーどんまっかーさー(まっかーさーしょうぐん)
イギリスデヴォン州の孤島の邸宅に招待されやってきた退役した将軍 「そして誰もいなくなった」 アガサ・クリスティー著;青木久惠訳 早川書房(クリスティー・ジュニア・ミステリ1) 2007年12月

### ジョン・ゴーント
ニューヨークに住む十二歳の双子の兄妹で少女フィリッパの兄、正式なランプの精(ジン)となった少年 「ランプの精 2 バビロンのブルー・ジン」 P.B.カー著;小林浩子訳 集英社 2006年4月

### ジョン・ゴーント
ニューヨークに住む双子の兄妹で少女フィリッパの兄、正式なランプの精(ジン)となった少年 「ランプの精 3 カトマンズのコブラキング」 P.B.カー著;小林浩子訳 集英社 2006年11月

### ジョーンズ
フライング・ダッチマン号の船長、七つの海で最も恐れられているおぞましい怪物 「パイレーツ・オブ・カリビアンジャック・スパロウの冒険 8 タイムキーパー」 ロブ・キッド著;ジャン=ポール・オルピナス絵;ホンヤク社訳 講談社 2007年8月

### ジョン・スミス(あしながおじさん)
ジョン・グリア孤児院の運営委員長、孤児のジュディに奨学金をおくる紳士 「私のあしながおじさん」 ジーン・ウェブスター原作;藤本信行文 文溪堂(読む世界名作劇場) 2006年3月

135

しょん

### ジョン・ディクソン（ジョニー）
田舎町で祖父母と暮らすでおじいさんとおばあさんと暮らしている十三歳の男の子 「ジョニー・ディクソン魔術師の復讐」ジョン・ベレアーズ著;林啓恵訳 集英社 2005年2月

### ジョン・ドリトル（ドリトル先生）　じょんどりとる（どりとるせんせい）
イギリスにあるパドルビーという小さな町に住む動物と話のできるお医者さん 「ドリトル先生アフリカゆき」ヒュー・ロフティング作;井伏鱒二訳 岩波書店（ドリトル先生物語全集1）2007年5月

### ジョン・ハリソン
十八世紀のイギリスの時計職人、経度を測定する航海用の時計を完成させた機械設計の天才 「海時計職人ジョン・ハリソン─船旅を変えたひとりの男の物語」ルイーズ・ボーデン文;エリック・ブレグバッド絵;片岡しのぶ訳 あすなろ書房 2005年2月

### ジョン・ベイズウォーター（ベイズウォーターさん）
ロンドンでくらす年配のロールスロイスの運転手、そうじ婦ハリスおばさんの友だち 「ハリスおばさん国会へ行く」ポール・ギャリコ著;亀山龍樹訳 ブッキング（fukkan.com）2005年6月

### ショーン・マグレガー
カナダの中学の八年生、車いすに乗った転校生デーヴィッドのホスト役をしたバスケットボール好きな少年 「リバウンド」E.ウォルターズ作;小梨直訳 福音館書店 2007年11月

### ジョン・マシュー
スミス一族の一八八一年に亡くなったおじいさん、ザ・スクエアという広場に出る亡霊 「最後の宝」ジャネット・S.アンダーソン著;光野多惠子訳 早川書房（ハリネズミの本箱）2005年6月

### ジョン・マンドレイク
孤独でひねくれた十七歳の魔術師、情報大臣 「バーティミアス 3 プトレマイオスの門」ジョナサン・ストラウド作;金原瑞人・松山美保訳 理論社 2005年12月

### シラカバ・ラルス（ラルス）
エイナールの友だちの老人 「牛追いの冬」マリー・ハムズン作;石井桃子訳 岩波書店（岩波少年文庫）2006年2月

### シラカワの姫　しらかわのひめ
シラカワ国の領主の十五歳の長女、セイシュウ国のノグチ家の人質となっている娘 「オオトリ国記伝 1 魔物の闇」リアン・ハーン著;高橋佳奈子訳 主婦の友社 2006年6月

### シーラ・グラント
とぶ船にのって冒険をした4人きょうだいの女の子 「とぶ船 上下」ヒルダ・ルイス作;石井桃子訳 岩波書店（岩波少年文庫）2006年1月

### シーラス
ユリーヌの夫で幼いアーニャの父親、セバスチャン山でものと金にこだわらない暮らしをしていた男 「シーラス安らぎの時─シーラスシリーズ14」セシル・ボトカー作;橘要一郎訳 評論社（児童図書館・文学の部屋）2007年9月

### 白雪姫　しらゆきひめ
すがたも心もきよらかでうつくしい姫、継母である女王にいつも手ひどい仕打ちをうけていた娘 「白雪姫」グリム兄弟原作;神田由布子訳 汐文社（ディズニープリンセス6姫の夢物語）2006年12月

### シーリア
オピウム国の麻薬王エル・パトロンのクローンであるマットの世話人 「砂漠の王国とクローンの少年」ナンシー・ファーマー著;小竹由加里訳 DHC 2005年1月

しるび

### ジリアン
オーストラリアの田舎町に住むケイトの祖母、強い魔力を持つ女性 「闇の城、風の魔法」
メアリアン・カーリー作;小山尚子訳 徳間書店 2005年4月

### シリウス
カナダのニューファンドランド島にいたニューファンドランド犬、少女マギーの愛犬 「嵐の
中のシリウス」 J.H.ハーロウ作;長滝谷富貴子訳;津尾美智子画 文研出版（文研じゅべ
にーる） 2005年6月

### 死霊使い（ネクロマンサー）　しりょうつかい（ねくろまんさー）
武城に住む邪悪な呪い師 「ドラゴンキーパー 最後の宮廷龍」 キャロル・ウィルキンソン作
;もきかずこ訳 金の星社 2006年9月

### 死霊の売人　しりょうのばいにん
他人の魂を売り買いする者、〈大渦潮〉を食いとめるためにミズスマシを謎の海上都市エレ
ニウムへ連れて帰ろうとしている男 「海賊ジョリーの冒険 1 死霊の売人」 カイ・マイヤー著
;遠山明子訳;佐竹美保画 あすなろ書房 2005年12月

### シリン・フリア・ストロング・イン・ジ・アーム・リンデンシールド
氷の辺境アイスマーク王国の武芸に秀で「北のヤマネコ」の異名をとる十四歳の王女 「ア
イスマーク赤き王女の剣」 スチュアート・ヒル著;金原瑞人訳;中村浩美訳 ヴィレッジブック
ス 2007年6月

### ジル・サイモン
ポークストリート小学校の二年生、なき虫な女の子 「あたしの赤いクレヨン」 パトリシア・ライ
リー・ギフ作;もりうちすみこ訳;矢島眞澄絵 さ・え・ら書房（ポークストリート小学校のなかま
たち4） 2007年4月

### シルバー
あみに引っかかってなかまとはなれてしまったイルカ 「マーメイド・ガールズ 3 スイッピーと
銀色のイルカ」 ジリアン・シールズ作;宮坂宏美訳;田中亜希子訳;つじむらあやこ絵 あす
なろ書房 2007年8月

### シルヴァーストリーム
森のリヴァー族の戦士、サンダー族の戦士・グレーストライプが夢中になっているきれいな
雌猫 「ウォーリアーズ[1]-3 ファイヤハートの戦い」 エリン・ハンター作;金原瑞人訳;高
林由香子訳 小峰書店 2007年4月

### シルヴァノシェイ
エルフ王国・シルヴァネスティの若きエルフ王、アルハナ王女とポルシオス王の息子 「ドラ
ゴンランス魂の戦争第1部 上中下 墜ちた太陽の竜」 マーガレット・ワイス著;トレイシー・
ヒックマン著;安田均訳 アスキー 2005年4月

### シルバー夫人　しるばーふじん
ホッピー氏の真下に住んでいる未亡人、家で飼っている小さな亀のアルフィーを愛する夫
人 「ロアルド・ダールコレクション18 ことっとスタート」 ロアルド・ダール著;クェンティン・ブ
レイク絵;柳瀬尚紀訳 評論社 2006年3月

### シルバーミスト
ネバーランドにある妖精の谷・ピクシー・ホロウに住む水の妖精 「呪われたシルバーミスト」
ゲイル・ヘルマン作;小宮山みのり訳 講談社（ディズニーフェアリーズ文庫） 2007年9月

### シルビー
コネティカット州に住むモファット家の四人きょうだいの長女、もうすぐ結婚するお姉さん
「モファット博物館」 エレナー・エスティス作;松野正子訳 岩波書店（岩波少年文庫） 2005
年1月

しるび

## シルビア
高校で一番人気の女の子グループ「プリティ・リトル・デビル」を支配しているリーダー 「プリティ・リトル・デビル」 ナンシー・ホルダー著;大谷真弓訳;鯨堂みさ帆絵 マッグガーデン 2006年12月

## ジルフィー
メンフクロウの男の子・ソーレンの親友、頭脳明晰なサボテンフクロウの女の子 「ガフールの勇者たち 1 悪の要塞からの脱出」 キャスリン・ラスキー著;食野雅子訳 メディアファクトリー 2006年8月

## ジル・ポール
チリアン王が救い手を呼んだすぐあとにナルニア国にもどってきた女の子 「さいごの戦い(ナルニア国ものがたり7)」 C.S.ルイス作;瀬田貞二訳 岩波書店 2005年10月

## ジル・ポール
ライオンのアスランに呼びよせられてナルニア国にいった女の子、ユースチスと同じ学校の子 「銀のいす(ナルニア国ものがたり4)」 C.S.ルイス作;瀬田貞二訳 岩波書店 2005年10月

## 白いキリン　しろいきりん
南アフリカのサウボナ村にいるという伝説の白いキリン 「白いキリンを追って」 ローレン・セントジョン著;さくまゆみこ訳 あすなろ書房 2007年12月

## 白い魔女　しろいまじょ
ナルニア国を占領して永遠の冬にとじこめているまっ白い顔をした魔女 「ライオンと魔女(ナルニア国ものがたり1)」 C.S.ルイス作;瀬田貞二訳 岩波書店 2005年4月

## 白い魔女　しろいまじょ
百年間ものあいだナルニア国を支配し冬をもたらしている魔女 「ナルニア国物語ライオンと魔女」 C.S.ルイス原作;間所ひさこ訳 講談社(映画版ナルニア国物語文庫) 2006年2月

## シロニー先生　しろにーせんせい
イスラエルのハイファという町にすむ心理カウンセラーの女性、少年・シオンの里親 「ぼくによろしく」 ガリラ・ロンフェデル・アミット作;樋口範子訳;斎藤昌子絵 さ・え・ら書房 2006年4月

## 白の女王さま　しろのじょおうさま
アリスが鏡のむこうへ行って会った女王さま 「鏡の国のアリス」 ルイス・キャロル作;生野幸吉訳 福音館書店(福音館文庫) 2005年10月

## ジーン
バーナクル号の乗組員、ユカタン半島の故郷の村に帰ってきた少年 「パイレーツ・オブ・カリビアンジャック・スパロウの冒険 5 青銅器時代」 ロブ・キッド著;ジャン=ポール・オルピナス絵;ホンヤク社訳 講談社 2006年12月

## ジーン
親友のトゥーメンとバーナクル号の乗組員になった船乗りの少年 「パイレーツ・オブ・カリビアンジャック・スパロウの冒険 3 海賊競走」 ロブ・キッド著;ジャン=ポール・オルピナス絵;ホンヤク社訳 講談社 2006年8月

## ジーン
親友のトゥーメンとバーナクル号の乗組員になった船乗りの少年 「パイレーツ・オブ・カリビアンジャック・スパロウの冒険 4 コルテスの剣」 ロブ・キッド著;ジャン=ポール・オルピナス絵;ホンヤク社訳 講談社 2006年11月

## シンキューバ
水の中にいる時は自由に動いてしゃべることができる魔法をかけられたワニ 「ガストンとルシア 1 3000年を飛ぶ魔法旅行」 ロジェ・ファリゴ著;永島章雄訳 小学館 2005年4月

すいっ

**シンキューバ**
水の中にいる時は自由に動いてしゃべることができる魔法をかけられたワニ 「ガストンとルシア 2 永遠の旅のはじまり」 ロジェ・ファリゴ著;永島章雄訳 小学館 2005年5月

**ジンジャー**
ネバーランドにある妖精の谷・ピクシー・ホロウに住むパンとお菓子づくりの妖精 「ダルシーの幸せのケーキ」 ゲイル・ヘルマン作;小宮山みのり訳 講談社(ディズニーフェアリーズ文庫) 2007年3月

**ジンジャーブレッド**
白人と黒人の夫婦の養子、さまざまな人種の人々が暮らすニューヨークのブルックリンに住む注意欠陥多動性障害をもつ混血の少年 「天国(ヘヴン)にいちばん近い場所」 E.R.フランク作;冨永星訳 ポプラ社 2006年9月

**シンダーペルト**
森のサンダー族の看護猫、事故にあい足が不自由になった雌猫 「ウォーリアーズ〔1〕-6 ファイヤハートの旅立ち」 エリン・ハンター作;金原瑞人訳;高林由香子訳 小峰書店 2007年11月

**シンダーポー**
森のサンダー族の看護猫、事故にあい足が不自由になった雌猫 「ウォーリアーズ〔1〕-5 ファイヤハートの危機」 エリン・ハンター作;金原瑞人訳;高林由香子訳 小峰書店 2007年9月

**シンダーポー**
森のサンダー族の看護猫・イエローファングの弟子、事故にあい足が不自由になった雌猫 「ウォーリアーズ〔1〕-4 ファイヤハートの挑戦」 エリン・ハンター作;金原瑞人訳;高林由香子訳 小峰書店 2007年6月

**シンダーポー**
森のサンダー族の見習い猫、ファイヤハートの弟子の雌猫 「ウォーリアーズ〔1〕-2 ファイヤポー、戦士になる」 エリン・ハンター作;金原瑞人訳;高林由香子訳 小峰書店 2007年2月

**シン チソニ しん・ちそに**
手話を習っている大学二年の女性 「ソヨニの手」 チェジミン作;イサンギュ絵;金松伊訳 汐文社(いま読もう!韓国ベスト読みもの) 2005年1月

**シンデレラ**
継母と義理の姉にいじめられながらもすてきな男性との恋を夢見ていたうつくしい娘 「シンデレラ」 シャルル・ペロー原作;神田由布子訳 汐文社(ディズニープリンセス6姫の夢物語) 2007年2月

**シーン・ドガーティ**
シャカ・カンダレクに住む少年 「ペギー・スー 3幸福を運ぶ魔法の蝶」 セルジュ・ブリュソロ著;金子ゆき子訳 角川書店(角川文庫) 2005年11月

**シンバ**
少年・アキンボが育てる赤ちゃんライオン、母ライオンにおきざりにされた子 「アキンボとライオン」 アレグザンダー・マコール・スミス作;もりうちすみこ訳;広野多珂子絵 文研出版(文研ブックランド) 2007年6月

## 【す】

**スイッピー**
「コーラル王国」の大事な仕事をするためにえらばれた「マーメイド・ガールズ」の人魚 「マーメイド・ガールズ 1 マリンのマジック・ポーチ」 ジリアン・シールズ作;宮坂宏美訳;田中亜希子訳;つじむらあやこ絵 あすなろ書房 2007年7月

すいっ

## スイッピー
「コーラル王国」の大事な仕事をするためにえらばれた「マーメイド・ガールズ」の人魚
「マーメイド・ガールズ 2 サーシャと魔法のパール・クリーム」 ジリアン・シールズ作;宮坂宏
美訳;田中亜希子訳;つじむらあやこ絵 あすなろ書房 2007年7月

## スイッピー
あみに引っかかったイルカを助けることにした「マーメイド・ガールズ」の人魚 「マーメイド・
ガールズ 3 スイッピーと銀色のイルカ」 ジリアン・シールズ作;宮坂宏美訳;田中亜希子訳;
つじむらあやこ絵 あすなろ書房 2007年8月

## スイッピー
コーラル女王と海の生き物のためにたたかう「マーメイド・ガールズ」の人魚 「マーメイド・
ガールズ 6 ウルルと虹色の光」 ジリアン・シールズ作;宮坂宏美訳;田中亜希子訳;つじむ
らあやこ絵 あすなろ書房 2007年9月

## スイッピー
ゴミにおおわれた砂浜をきれいにしようとした「マーメイド・ガールズ」の人魚 「マーメイド・
ガールズ 5 エラリーヌとアザラシの赤ちゃん」 ジリアン・シールズ作;宮坂宏美訳;田中亜希
子訳;つじむらあやこ絵 あすなろ書房 2007年9月

## スイッピー
仕事のとちゅうで伝説の難破船を見にいった「マーメイド・ガールズ」の人魚 「マーメイド・
ガールズ 4 リコと赤いルビー」 ジリアン・シールズ作;宮坂宏美訳;田中亜希子訳;つじむら
あやこ絵 あすなろ書房 2007年8月

## スイート夫人　すいーとふじん
おとぎの国みたいなケーキ屋「ジンジャーブレッド・ハウス」の店主、魔女みたいな顔をして
いるおばあさん 「ティーン・パワーをよろしく5 甘い話にご用心!」 エミリー・ロッダ著;岡田
好惠訳 講談社(YA!entertainment) 2005年3月

## スカイ
フェアリーランドで呪いをかけられて追放された虹の妖精のひとり、青の妖精 「青の妖精
(フェアリー)スカイ(レインボーマジック)」 デイジー・メドウズ作;田内志文訳 ゴマブックス
2006年10月

## スカイ・メドウズ
ロンドンのバーンズベリ総合中学校に通う十七歳の少年、ある世界からべつの世界へ時空
をこえて旅をすることができるストラヴァガンテ 「ストラヴァガンザ─花の都」 メアリ・ホフマ
ン作;乾侑美子訳 小学館 2006年12月

## スカージ
浮浪猫の一団・ブラッド族の族長、小柄な黒い雄猫 「ウォーリアーズ〔1〕─6 ファイヤハート
の旅立ち」 エリン・ハンター作;金原瑞人訳;高林由香子訳 小峰書店 2007年11月

## スカーティ・マーム(マーム)
親友の魔女ノシーとともに魔女島を追放されイギリスの静かな町にある教会に住みつき人
間と友だちになった魔女 「いたずら魔女のノシーとマーム 2 謎の猫、メンダックス」 ケイト・
ソーンダズ作;トニー・ロス絵;相良倫子訳;陶浪亜希訳 小峰書店 2005年9月

## スカーティ・マーム(マーム)
親友の魔女ノシーとともに魔女島を追放されイギリスの静かな町にある教会に住みつき人
間と友だちになった魔女 「いたずら魔女のノシーとマーム 3 呪われた花嫁」 ケイト・ソーン
ダズ作;トニー・ロス絵;相良倫子訳;陶浪亜希訳 小峰書店 2006年2月

## スカーティ・マーム(マーム)
親友の魔女ノシーとともに魔女島を追放されイギリスの静かな町にある教会に住みつき人
間と友だちになった魔女 「いたずら魔女のノシーとマーム 4 魔法のパワーハット」 ケイト・
ソーンダズ作;トニー・ロス絵;相良倫子訳;陶浪亜希訳 小峰書店 2006年4月

すざん

### スカーティ・マーム（マーム）
親友の魔女ノシーとともに魔女島を追放されイギリスの静かな町にある教会に住みつき人間と友だちになった魔女 「いたずら魔女のノシーとマーム 5 恐怖のタイムマシン旅行」 ケイト・ソーンダズ作;トニー・ロス絵;相良倫子訳;陶浪亜希訳 小峰書店 2006年6月

### スカーティ・マーム（マーム）
親友の魔女ノシーとともに魔女島を追放されイギリスの静かな町にある教会に住みつき人間と友だちになった魔女 「いたずら魔女のノシーとマーム 6 最後の宇宙決戦」 ケイト・ソーンダズ作;トニー・ロス絵;相良倫子訳;陶浪亜希訳 小峰書店 2006年7月

### スカーティ・マーム（マーム）
魔女島の赤タイツ組の魔女でいっしょの部屋に住むノシーのなかよし、なまいきでれいぎ知らずの百五十歳のまだまだ若い魔女 「いたずら魔女のノシーとマーム 1 秘密の呪文」 ケイト・ソーンダズ作;トニー・ロス絵;相良倫子訳;陶浪亜希訳 小峰書店 2005年9月

### スカルダガリー・プリーザント
骸骨の姿をした魔術を使う私立探偵、悪い魔法使いとの戦いで死んだが骨と意識だけが残った男 「スカルダガリー 1」 デレク・ランディ著;駒沢敏器訳 小学館 2007年9月

### スカーレット
フェアリーランドの宝石の妖精のひとり、ガーネットの妖精 「ガーネットの妖精（フェアリー）スカーレット（レインボーマジック）」 デイジー・メドウズ作;田内志文訳 ゴマブックス 2007年11月

### スカンピン
イギリスのワビシーネ農場のびんぼうで運のわるい男の人 「ワビシーネ農場のふしぎなガチョウ」 ディック・キング=スミス作;三原泉訳 あすなろ書房 2007年9月

### スキナー
パリいちばんのレストラン「グストー」のシェフ、料理よりも金もうけに興味がある野心家 「レミーのおいしいレストラン」 キティ・リチャーズ作;しぶやまさこ訳 偕成社（ディズニーアニメ小説版） 2007年6月

### スキャンパー
「シークレット・セブン」のメンバー・ピーターとジャネット兄妹が飼っているスパニエル犬 「シークレット・セブン 1 ひみつクラブとなかまたち」 エニド・ブライトン著;浅見ようイラスト;立石ゆかり訳 オークラ出版 2007年8月

### スキャンパー
「シークレット・セブン」のメンバー・ピーターとジャネット兄妹が飼っているスパニエル犬 「シークレット・セブン 2 ひみつクラブの大冒険!」 エニド・ブライトン著;浅見ようイラスト;大塚淳子訳 オークラ出版 2007年8月

### スキャンパー
「シークレット・セブン」のメンバー・ピーターとジャネット兄妹が飼っているスパニエル犬 「シークレット・セブン 3 ひみつクラブとツリーハウス」 エニド・ブライトン著;浅見ようイラスト;草鹿佐恵子訳 オークラ出版 2007年10月

### スキャンパー
「シークレット・セブン」のメンバー・ピーターとジャネット兄妹が飼っているスパニエル犬 「シークレット・セブン 4 ひみつクラブと五人のライバル」 エニド・ブライトン著;浅見ようイラスト;加藤久哉訳 オークラ出版 2007年10月

### スーザン
ナルニア国によびもどされたペベンシー家の4人きょうだいの子どもたちのひとり 「カスピアン王子のつのぶえ（ナルニア国ものがたり2）」 C.S.ルイス作;瀬田貞二訳 岩波書店 2005年10月

すざん

**スーザン**
ナルニア国の女王、エドマンドの姉 「馬と少年(ナルニア国ものがたり5)」 C.S.ルイス作;
瀬田貞二訳 岩波書店 2005年10月

**スーザン**
ふわふわ巻き毛のフローラのクラスの転校生、成績はクラスで一番だがまだ友だちがいな
い女の子 「キャンディ・フロス」 ジャクリーン・ウィルソン作;尾高薫訳 理論社 2007年12月

**スーザン**
ロンドンから疎開したおやしきにあった衣装だんすを通ってナルニア国に行ったペベン
シー家の4人きょうだいの子どもたちのひとり 「ライオンと魔女(ナルニア国ものがたり1)」
C.S.ルイス作;瀬田貞二訳 岩波書店 2005年4月

**スーザン**
ロンドンから地方へ疎開したペベンシー家4人きょうだいの長女、賢くいつも理屈にかなっ
た行動をとる少女 「ナルニア国物語ライオンと魔女」 C.S.ルイス原作;間所ひさこ訳 講談
社(映画版ナルニア国物語文庫) 2006年2月

**スザンナ・サイモン(スーズ)**
死人と話ができる十六歳の霊能者、ママの再婚でニューヨークからカリフォルニアに引っ越
してきた高校生 「メディエータ0 episode1 天使は血を流さない」 メグ・キャボット作;代
田亜香子訳 理論社 2007年8月

**スザンナ・サイモン(スーズ)**
死人と話ができる十六歳の霊能者、ママの再婚でニューヨークからカリフォルニアに引っ越
してきた高校生 「メディエータ0 episode2 吸血鬼の息子」 メグ・キャボット作;代田亜香
子訳 理論社 2007年10月

**スザンナ・サイモン(スーズ)**
霊の願いをかなえてあげるメディエータという影の仕事をもつ高校生、カリフォルニアの古
い町に引っ越してきた少女 「メディエータ ゴースト、好きになっちゃった」 メグ・キャボット
作;代田亜香子訳 理論社 2005年4月

**スザンナ・サイモン(スーズ)**
霊の願いをかなえてあげるメディエータという影の仕事をもつ高校生、ゴーストのジェシーと
恋に落ちた女の子 「メディエータ 3 サヨナラ、愛しい幽霊」 メグ・キャボット作;代田亜香子
訳 理論社 2006年2月

**スザンナ・サイモン(スーズ)**
霊の願いをかなえてあげるメディエータという影の仕事をもつ高校生、ゴーストのジェシー
に恋してしまった女の子 「メディエータ 2 キスしたら、霊界?」 メグ・キャボット作;代田亜香
子訳 理論社 2005年6月

**スーザン・メルバリー**
イングランドの湖水地方にある山荘に引っ越してきた州立女学校に通う少女、ビルのしっか
り者の妹 「この湖にボート禁止」 ジェフリー・トリーズ作;多賀京子訳;リチャード・ケネディ画
福音館書店(福音館文庫) 2006年6月

**スージー**
「シークレット・セブン」のメンバー・ジャックの妹、「フェーマス・ファイブ」という自分の会をつ
くった女の子 「シークレット・セブン4 ひみつクラブと五人のライバル」 エニド・ブライトン著;
浅見ようイラスト;加藤久哉訳 オークラ出版 2007年10月

**スーシン影役人　すーしんかげやくにん**
闇の国の女王につかえるえらい身分の影役人、影の大臣 「セブンスタワー 6 紫の塔」
ガース・ニクス作;西本かおる訳 小学館 2005年3月

**スーシン影役人　すーしんかげやくにん**
闇の国の女王につかえるえらい身分の影役人の男 「セブンスタワー 3 魔法の国」 ガー
ス・ニクス作;西本かおる訳 小学館(小学館ファンタジー文庫) 2007年12月

すちゅ

### スーシン影役人　すーしんかげやくにん
直接女王につかえるえらい身分の影役人の男　「セブンスタワー 1 光と影」 ガース・ニクス作;西本かおる訳　小学館(小学館ファンタジー文庫)　2007年10月

### スーシン影役人　すーしんかげやくにん
直接女王につかえるえらい身分の影役人の男　「セブンスタワー 2 城へ」 ガース・ニクス作;西本かおる訳　小学館(小学館ファンタジー文庫)　2007年11月

### スーズ
死人と話ができる十六歳の霊能者、ママの再婚でニューヨークからカリフォルニアに引っ越してきた高校生　「メディエータ0 episode1 天使は血を流さない」 メグ・キャボット作;代田亜香子訳　理論社　2007年8月

### スーズ
死人と話ができる十六歳の霊能者、ママの再婚でニューヨークからカリフォルニアに引っ越してきた高校生　「メディエータ0 episode2 吸血鬼の息子」 メグ・キャボット作;代田亜香子訳　理論社　2007年10月

### スーズ
霊の願いをかなえてあげるメディエータという影の仕事をもつ高校生、カリフォルニアの古い町に引っ越してきた少女　「メディエータ ゴースト、好きになっちゃった」 メグ・キャボット作;代田亜香子訳　理論社　2005年4月

### スーズ
霊の願いをかなえてあげるメディエータという影の仕事をもつ高校生、ゴーストのジェシーと恋に落ちた女の子　「メディエータ 3 サヨナラ、愛しい幽霊」 メグ・キャボット作;代田亜香子訳　理論社　2006年2月

### スーズ
霊の願いをかなえてあげるメディエータという影の仕事をもつ高校生、ゴーストのジェシーに恋してしまった女の子　「メディエータ 2 キスしたら、霊界?」 メグ・キャボット作;代田亜香子訳　理論社　2005年6月

### スタインベック
自分自身の国を知るために老犬チャーリーとともに特注のピックアップトラック「ロシナンテ号」で旅に出たアメリカ人作家　「チャーリーとの旅」 ジョン・スタインベック著;竹内真訳　ポプラ社　2007年3月

### スターリング
ウェントワースの森でみなしごのあらいぐま・ラスカルと出会った少年　「あらいぐまラスカル」 スターリング・ノース原作;宮崎晃文　文溪堂(読む世界名作劇場)　2006年4月

### スタングマー
魔法の島フィンカイラの東の「闇の丘」の奥深くにある「死衣城」の王　「マーリン 1 魔法の島フィンカイラ」 T.A.バロン著;海後礼子訳　主婦の友社　2005年1月

### スーちゃん
ちいさな家にパパとママとすんでいたちいさい女の子　「おはようスーちゃん」 ジョーン・G・ロビンソン作・絵;中川李枝子訳　アリス館　2007年9月

### スチュ・フライズリー
ジョン・Q・アダムズ中学校七年生、つねにみんなの注目の的であり続けたいいじめっ子の少年　「名探偵アガサ&オービル ファイル2」 ローラ・J.バーンズ作;メリンダ・メッツ作;金原瑞人訳;小林みき訳;森山由海画　文溪堂　2007年7月

### スチュ・フライズリー
ジョン・Q・アダムズ中学校七年生、つねにみんなの注目の的であり続けたいいじめっ子の少年　「名探偵アガサ&オービル ファイル3」 ローラ・J.バーンズ作;メリンダ・メッツ作;金原瑞人訳;小林みき訳;森山由海画　文溪堂　2007年8月

すてい

### スティッチ
とある公園のいすの下に置きざりにされた五人の人形の一人、小さい男の子の人形 「気むずかしやの伯爵夫人（公園の小さななかまたち）」 サリー・ガードナー作絵;村上利佳訳 偕成社 2007年5月

### スティーヴン
レナルズ家の里子、ひと月に一頭分の豚肉を食べる"ビースト"を貯水池の檻で飼っている十七歳の少年 「ビースト」 アリー・ケネン著;羽地和世訳 早川書房 2006年7月

### スティーブン（ペザント）
ドラムの上手い十三歳の男の子、白血病の八歳年下の弟・ジェフリーの兄 「ちいさな天使とデンジャラス・パイ」 ジョーダン・ソーネンブリック著;池内恵訳 主婦の友社 2006年6月

### スティーブン・カーティス
天才だということを隠しつづける五年生のノラの親友、平均的な男の子 「ユーウツなつうしんぼ」 アンドリュー・クレメンツ作;田中奈津子訳 講談社 2005年3月

### スティーヴン・ラインハート（ライノ）
十四歳の少年フェリックスの同級生、いつもポケットに爆竹をしのばせているワルガキ 「フェリックスと異界の伝説3 禁断の呪文」 エリザベス・ケイ作;片岡しのぶ訳;佐竹美保画 あすなろ書房 2006年3月

### スティーヴン・ローズ
フェリングに住む敬虔な信者の叔母にひきとられたホイットリー・ベイ出身の粘土細工がとても上手な少年 「クレイ」 デイヴィッド・アーモンド著;金原瑞人訳 河出書房新社 2007年7月

### ステッグ
少年バーニーが落ちた穴で出会った男の子、ウサギの皮を着て洞穴に住んでいる原始人 「ぼくと原始人ステッグ」 クライブ・キング作;上條由美子訳;エドワード・アーディゾーニ画 福音館書店（福音館文庫） 2006年5月

### ステフ
サンフランシスコの住む大家族・タナー家の六年生の次女 「フルハウス1 テフ&ミシェル」 リタ・マイアミ著;キャシー・E.ドゥボウスキ著;リー玲子訳;大塚典子訳 マッグガーデン 2007年2月

### ステファニー（ステフ）
サンフランシスコの住む大家族・タナー家の六年生の次女 「フルハウス1 テフ&ミシェル」 リタ・マイアミ著;キャシー・E.ドゥボウスキ著;リー玲子訳;大塚典子訳 マッグガーデン 2007年2月

### ステファニー・アルパート
友だちのドウェインと町で有名な幽霊屋敷「ヒルハウス」で幽霊の頭を探すことにした十二歳の少女 「ぼくの頭はどこだ（グースバンプス4）」 R.L.スタイン作;津森優子訳;照世絵 岩崎書店 2006年9月

### ステファニー・エッジレイ
莫大な遺産を残し謎の死を遂げた人気作家だった伯父の死の真相を探り始めた十二歳の少女 「スカルダガリー1」 デレク・ランディ著;駒沢敏器訳 小学館 2007年9月

### ステファニー・ナイトリー
スーパー悪ガキコンビの双子・エドガーとエレンが住むノッズリムズの町長の娘 「エドガー&エレン 観光客をねらえ」 チャールズ・オグデン作;リック・カートン絵;松山美保訳 理論社 2006年3月

### ステファン
干ばつと内戦のなか難民キャンプをめざし歩いたスーダンの少年 「イヤーオブノーレイン 内戦のスーダンを生きのびて」 アリス・ミード作;横手美紀訳 鈴木出版（鈴木出版の海外児童文学） 2005年1月

すばる

## ステラ
バレリーナを夢みる少女イレーヌと同じ下宿先でオペラ座の先輩 「バレリーナの小さな恋」
ロルナ・ヒル作;長谷川たかこ訳 ポプラ社(ポプラポケット文庫) 2006年4月

## ストーム
雷の羽をとりもどしにフェアリーランドから人間の世界にきた雷の妖精 「雷の妖精(フェアリー)ストーム(レインボーマジック)」 デイジー・メドウズ作;田内志文訳 ゴマブックス 2007年4月

## ストリーカ
少年トレバーの家の雌犬、光速で走りまわりいつもみんなの苦労のたねとなっている犬 「すっとび犬のしつけ方」ジェレミー・ストロング作;岡本浜江訳;矢島眞澄絵 文研出版(文研ブックランド) 2005年3月

## ストローガール
農場の納屋に積まれた干し草のなかからあらわれた麦わらでできたふしぎな「力」をもつ女の子 「ストローガール」 ジャッキー・ケイ著;代田亜香子訳 求龍堂 2005年9月

## ストーン先生　すとーんせんせい
いつも「現実をみなさい」とくちうるさいジェシーが苦手な学校の先生 「フェアリー・レルム10 虹の杖」エミリー・ロッダ著;岡田好惠訳;仁科幸子絵 童心社 2007年11月

## スナイダー博士　すないだーはかせ
「ミスティック灯台ホテル」に宿泊したメイン州について研究している学者 「波間に消えた宝(双子探偵ジーク&ジェン2)」ローラ・E.ウィリアムズ著;石田理恵訳 早川書房(ハリネズミの本箱) 2006年2月

## スネークウィード
人間のフェリックスをつかまえてひともうけしようと考えた異界のジェイプグリン族の妖精 「フェリックスと異界の伝説1 羽根に宿る力」エリザベス・ケイ作;片岡しのぶ訳;佐竹美保画 あすなろ書房 2005年3月

## スネークウィード
製薬団体のボスとして大もうけをたくらんでいたが人間界へ逃亡した異界のジェイプグリン族の妖精 「フェリックスと異界の伝説2 世にも危険なパズル」エリザベス・ケイ作;片岡しのぶ訳;佐竹美保画 あすなろ書房 2005年7月

## スノーボール
七歳の「ぼく」がはじめて飼った犬、わき腹に白いボールのような丸いもようがついている黒いめす犬 「いつもそばに犬がいた」 ゲイリー・ポールセン作;はらいる訳;かみやしん絵 文研出版(文研じゅべにーる) 2006年7月

## スパイダー
サイトタウンをこそこそうろつきまわっている黒ずくめの恰好の変な男 「呪われたカメラ(グースバンプス2)」R.L.スタイン作;津森優子訳;照世絵 岩崎書店 2006年7月

## スパーキー
くうそうがすきなかわいいトロリーでんしゃ、まちのにんきもの 「いたずらでんしゃ」 ハーディー・グラマトキーさく;わたなべしげおやく 学習研究社(グラマトキーののりものどうわ) 2005年7月

## スパークス先生　すぱーくすせんせい
マンハッタンに住む五年生レオンの学校の理科教師、ポテトチップを研究する先生 「レオンとポテトチップ選手権 上下」アレン・カーズワイル著;大島豊訳 東京創元社(sogen bookland) 2006年9月

## スパルタン
エイミーの母親である厩舎ハートランドの女主人が盗っ人に置き去りにされているところを助けようとした馬 「わたしたちの家—ハートランド物語」ローレン・ブルック著;勝浦寿美訳 あすなろ書房 2006年9月

すぱろ

## スパロー
ロンドンの浮浪児集団〈ベイカー少年探偵団〉の一番年下のメンバー、花形コメディアンになるのが夢の少年 「ベイカー少年探偵団 1 - 消えた名探偵」 アンソニー・リード著;池央耿訳 評論社(児童図書館・文学の部屋) 2007年12月

## スパロー
ロンドンの浮浪児集団〈ベイカー少年探偵団〉の一番年下のメンバー、花形コメディアンになるのが夢の少年 「ベイカー少年探偵団 2 - さらわれた千里眼」 アンソニー・リード著;池央耿訳 評論社(児童図書館・文学の部屋) 2007年12月

## スピラー
借り暮らしの小人の男の子 「川をくだる小人たち」 メアリー・ノートン作;林容吉訳 岩波書店(岩波少年文庫) 2005年4月

## スープ
魔法の島ネバーランドの人魚 「ラニーと魔法の杖」 ゲイル・カーソン・レビン著;デイビッド・クリスチアナ絵;柏葉幸子訳 講談社(ディズニーフェアリーズ) 2007年11月

## スペイダー
スペース・トラベラーのボビーとともに悪の化身セイント・デインを追う少年、異次元空間「クローラル」のトラベラー 「ペンドラゴン未来を賭けた戦い」 D.J.マクヘイル著;法村里絵訳 角川書店 2005年3月

## スヴェトラーナ・ナザーロヴァ
モスクワに住む二十五歳の医者、何者かに呪いをかけられた女性 「ナイト・ウォッチ」 セルゲイ・ルキヤネンコ著;法木綾子訳 バジリコ 2005年12月

## スポッツィー
ウッズ氏がかわいがっていた子ネコ、ゆくえ不明になった三毛ネコ 「ネコのなぞ(ボックスカー・チルドレン42)」 ガートルード・ウォーナー原作;小野玉央訳 日向房 2006年11月

## スポッティドリーフ
森のサンダー族の看護猫、美しい雌猫 「ウォーリアーズ〔1〕-1 ファイヤポー、野生にかえる」 エリン・ハンター作;金原瑞人訳 小峰書店 2006年11月

## スミス船長(ローラ)　すみすせんちょう(ろーら)
バーナクル号の一等航海士だった娘・アラベラを連れ去ったフルール号船長の女海賊 「パイレーツ・オブ・カリビアンジャック・スパロウの冒険 7 黄金の都市」 ロブ・キッド著;ジャン=ポール・オルピナス絵;ホンヤク社訳 講談社 2007年4月

## スミス船長(ローラ)　すみすせんちょう(ろーら)
海賊船フルール号の船長、バーナクル号の一等航海士・アラベラの母親 「パイレーツ・オブ・カリビアンジャック・スパロウの冒険 6 銀の時代」 ロブ・キッド著;ジャン=ポール・オルピナス絵;ホンヤク社訳 講談社 2007年3月

## スモークリース
銀脈の豊富なホワイトウィングス島の邪悪なリスの魔術師 「ミストマントル・クロニクル2 アーチンとハートの石」 マージ・マカリスター著;嶋田水子訳 小学館 2007年5月

## スラッピー
双子のクリスとリンディが裏庭のゴミ箱でひろった腹話術人形 「わらう腹話術人形(グースバンプス5)」 R.L.スタイン作;津森優子訳;照世絵 岩崎書店 2006年11月

## スランク
ネバーランド号を仕切っている一等航海士で謎が多い男 「ピーターと星の守護団 上下」 デイヴ・バリー著 リドリー・ピアスン著;海後礼子訳 主婦の友社 2007年3月

146

せいん

**スーリー**
オールデンきょうだいのしんせきのオールデン夫妻の養子、七さいの韓国人の女の子 「さんごしょうのなぞ（ボックスカー・チルドレン41）」 ガートルード・ウォーナー原作;小野玉央訳 日向房 2006年11月

**スーリー**
オールデンきょうだいのしんせきのオールデン夫妻の養子、七さいの韓国人の女の子 「ステージのなぞ（ボックスカー・チルドレン43）」 ガートルード・ウォーナー原作;小野玉央訳 日向房 2007年2月

**スーリー**
オールデンきょうだいのしんせきのオールデン夫妻の養子、七さいの韓国人の女の子 「ネコのなぞ（ボックスカー・チルドレン42）」 ガートルード・ウォーナー原作;小野玉央訳 日向房 2006年11月

**スーリー**
オールデンきょうだいのしんせきのオールデン夫妻の養子、七さいの韓国人の女の子 「恐竜のなぞ（ボックスカー・チルドレン44）」 ガートルード・ウォーナー原作;小中セツ子訳 日向房 2007年2月

**スリエン師　すりえんし**
16世紀の架空都市タリア国の「聖マリア修道院」の修道士 「ストラヴァガンザ—花の都」 メアリ・ホフマン作;乾侑美子訳 小学館 2006年12月

## 【せ】

**セアラ・クルー**
ロンドンの寄宿舎へ入学した裕福な家の娘、父親の死により貧乏になり屋根裏で暮らすことになった七歳の少女 「小公女」 フランセス・エリザ・ホジスン・バーネット作;秋川久美子訳 ポプラ社（ポプラポケット文庫） 2007年1月

**セアラ・ベラミー**
オズの魔法使いのドロシーの役をやることになった少女 「ステージのなぞ（ボックスカー・チルドレン43）」 ガートルード・ウォーナー原作;小野玉央訳 日向房 2007年2月

**聖ジョージ　せいじょーじ**
りゅうたいじの騎士 「のんきなりゅう」 ケネス・グレアム作;インガ・ムーア絵;中川千尋訳 徳間書店 2006年7月

**背高尻尾なし　せいたかしっぽなし**
六〇〇〇年前のヨーロッパ北西部にいたオオカミの子ウルフの兄貴分、オオカミの言葉がわかる十三歳のオオカミ族の少年 「クロニクル千古の闇3 魂食らい」 ミシェル・ペイヴァー作;さくまゆみこ訳;酒井駒子絵 評論社 2007年4月

**セイバー船長（ビリー・セイバー）　せいばーせんちょう（びりーせいばー）**
ミスティックの町で開催されたヨットレースに参加したノース・スター号の船長 「謎の三角海域（双子探偵ジーク＆ジェン5）」 ローラ・E.ウィリアムズ著;石田理恵訳 早川書房（ハリネズミの本箱） 2007年1月

**聖母（マリアさま）　せいぼ（まりあさま）**
曲芸師の少年バーナビーがひきとられた修道院の小さなチャペルの中の聖母像のマリアさま 「ちいさな曲芸師バーナビー」 バーバラ・クーニー再話・絵;末盛千枝子訳 すえもりブックス 2006年6月

**セイント・デイン**
世界中のテリトリィの破壊と入手を目録む恐ろしい悪の化身、姿を自由に変えられる謎の人物 「ペンドラゴン見捨てられた現実」 D.J.マクヘイル著;法村里絵訳 角川書店 2005年8月

147

せいん

## セイント・デイン
世界中のテリトリィの破壊と入手を目録む恐ろしい悪の化身、姿を自由に変えられる謎の人物 「ペンドラゴン 未来を賭けた戦い」 D.J.マクヘイル著;法村里絵訳 角川書店 2005年3月

## セウ
魔法の島フィンカイラで殺人鬼におそわれた孤児 「マーリン5 失われた翼の秘密」 T.A.バロン著;海後礼子訳 主婦の友社 2006年1月

## セオドア・ジョンスン(アームピット)
テキサスの造園会社でバイトするアフリカ系アメリカ人、かつて矯正施設・グリーン・レイク・キャンプにいた若者 「歩く」 ルイス・サッカー作;金原瑞人・西田登訳 講談社 2007年5月

## セオドア・ルーズベルト(テディ)
自然史博物館のエントランスホールにある第二十六代アメリカ合衆国大統領の蝋人形 「小説ナイトミュージアム」 レスリー・ゴールドマン著;ホンヤク社訳 講談社 2007年2月

## ゼーク・トパンガ
現在は行方不明だがかつてはサーフィン界の王者として君臨していた伝説のサーファー 「サーフズ・アップ」 スーザン・コルマン著;番由美子訳 メディアファクトリー 2007年11月

## セシリア
少女ジョーの同級生、世間には「いい人」と「変な人」しかいないと決めつけている自信たっぷりの女の子 「秘密のメリーゴーランド」 エミリー・ロッダ作;岡田好惠訳;はけたれいこ画 PHP研究所 2006年8月

## セシリア・ホーンビー
クリスマスが近づいたある夜に中世の騎士そのままの姿の不思議な若者に出会った姉弟の姉 「海駆ける騎士の伝説」 ダイアナ・ウィン・ジョーンズ作;野口絵美訳;佐竹美保絵 徳間書店 2006年12月

## セシル
カンヌの町のペットショップで金色の目のてんじくねずみを買った少女 「セシルの魔法の友だち」 ポール・ギャリコ作;野の水生訳;太田大八画 福音館書店(世界傑作童話シリーズ) 2005年2月

## セシル・フレデリック
ニューヨークにある自然史博物館の夜間警備員、七十代ぐらいの老人 「小説ナイトミュージアム」 レスリー・ゴールドマン著;ホンヤク社訳 講談社 2007年2月

## セス・ブランチ(ブランチ先生)　せすぶらんち(ぶらんちせんせい)
ポイント・ブラフの中学校の教師 「ペギー・スー1魔法の瞳をもつ少女」 セルジュ・ブリュソロ著;金子ゆき子訳 角川書店(角川文庫) 2005年7月

## セト
蛇の頭をした嫉妬と裏切りの神 「アモス・ダラゴン2 ブラハの鍵」 ブリアン・ペロー作;高野優監訳;臼井美子訳 竹書房 2005年7月

## ゼニシブリ
谷間にある三つの農場のうち七面鳥の飼育場とリンゴ園を営む主、ガリガリにやせているが頭がいい金持ちの男 「ロアルド・ダールコレクション4 すばらしき父さん狐」 ロアルド・ダール著クェンティン・ブレイク絵;柳瀬尚紀訳 評論社 2006年1月

## ゼノ先生　ぜのせんせい
お金もうけが好きな6年生グレッグが通う学校の先生、数学を愛するまじめな教師 「お金もうけは悪いこと?」 アンドリュー・クレメンツ作;田中奈津子訳 講談社 2007年8月

**セバスチアン**
パリ・オペラ座のバレエ学校に入学したイレーヌのまたいとこ、オーケストラの指揮者を目指す少年 「バレリーナの小さな恋」 ロルナ・ヒル作;長谷川たかこ訳 ポプラ社(ポプラポケット文庫) 2006年4月

**セバスチアン**
バレリーナを夢みるイレーヌのまたいとこ、将来オーケストラの指揮者を目指している十五歳の少年 「ピンクのバレエシューズ」 ロルナ・ヒル作;長谷川たかこ訳 ポプラ社(ポプラポケット文庫) 2005年10月

**セバスチャン**
エリオン国にあるブライドウェルという町を支配しようとするなぞの男 「エリオン国物語 1 アレクサと秘密の扉」 パトリック・カーマン著;金原瑞人訳 アスペクト 2006年10月

**セバスチャン**
ペギー・スーが砂漠の町で出会った未来の恋人、魔法で姿を砂に変えられた少年 「ペギー・スー 2蜃気楼の国へ飛ぶ」 セルジュ・ブリュソロ著;金子ゆき子訳 角川書店(角川文庫) 2005年9月

**セバスチャン**
ペギー・スーのボーイフレンド、魔法で姿を砂に変えられている少年 「ペギー・スー 4魔法にかけられた動物園」 セルジュ・ブリュソロ著;金子ゆき子訳 角川書店(角川文庫) 2006年3月

**セバスチャン**
ペギーのボーイフレンド、魔法で砂に変えられた美少年 「ペギー・スー 3幸福を運ぶ魔法の蝶」 セルジュ・ブリュソロ著;金子ゆき子訳 角川書店(角川文庫) 2005年11月

**セバスチャン**
蜃気楼の中の不思議な世界で少年のまま生きてきた十四歳の少年、「見えざる者」が見えるペギー・スーの元恋人 「ペギー・スー8赤いジャングルと秘密の学校」 セルジュ・ブリュソロ著;金子ゆき子訳;町田尚子絵 角川書店 2007年7月

**セバスチャン**
蜃気楼の中の不思議な世界で少年のまま生きてきた十四歳の少年、「見えざる者」が見えるペギー・スーの恋人 「ペギー・スー6宇宙の果ての惑星怪物」 セルジュ・ブリュソロ著;金子ゆき子訳 角川書店(角川文庫) 2006年12月

**セバスチャン**
蜃気楼の中の不思議な世界で少年のまま生きてきた十四歳の少年、「見えざる者」が見えるペギー・スーの恋人 「ペギー・スー6宇宙の果ての惑星怪物」 セルジュ・ブリュソロ著;金子ゆき子訳;町田尚子絵 角川書店 2005年3月

**セバスチャン**
蜃気楼の中の不思議な世界で少年のまま生きてきた十四歳の少年、「見えざる者」が見えるペギー・スーの恋人 「ペギー・スー7ドラゴンの涙と永遠の魔法」 セルジュ・ブリュソロ著;金子ゆき子訳;町田尚子絵 角川書店 2007年1月

**セバスチャン**
ペギー・スーのボーイフレンド、55年前からずっと14歳の美少年 「ペギー・スー5黒い城の恐ろしい謎」 セルジュ・ブリュソロ著;金子ゆき子訳 角川書店(角川文庫) 2006年6月

**ゼバスチャン・フランク**
キルヒベルクのギムナジウム(高等学校)の寄宿舎の四年生、頭のいい皮肉屋の少年 「飛ぶ教室」 エーリヒ・ケストナー作;若松宣子訳;フジモトマサル絵 偕成社(偕成社文庫) 2005年7月

**ゼバスティアーン・フランク**
キルヒベルクにあるギムナジウム(寄宿学校)に入っている少年5人のひとり 「飛ぶ教室」 エーリヒ・ケストナー作;池田香代子訳 岩波書店(岩波少年文庫) 2006年10月

せぶる

## セブルバ
ジェダイ修行生アナキンのライバルだったポッドレーサーのパイロット 「スター・ウォーズ/ジェダイ・クエスト3 危険なゲーム」 ジュード・ワトソン著;西村和子訳 オークラ出版(LUCAS BOOKS) 2007年4月

## ゼブルン・ウィンドロー
十三歳のジョニーの夢に現れた黒いローブ姿の痩せさらばえた老人 「ジョニー・ディクソン 魔術師の復讐」 ジョン・ベレアーズ著;林啓恵訳 集英社 2005年2月

## セミヨン
辻堂のかげでこごえていた裸男のミハエルを家に連れて帰った靴屋の主人 「人は何で生きるか」 レフ・トルストイ著;北御門二郎訳 あすなろ書房(トルストイの散歩道1) 2006年5月

## セミヨン
裕福な百姓の息子で馬鹿のイワンの兄、王様にお仕えして戦争に行っている軍人 「イワンの馬鹿」 レフ・トルストイ著;北御門二郎訳 あすなろ書房(トルストイの散歩道2) 2006年5月

## ゼリー
出生の秘密を探るため旅をするクライディを追ってくる謎の人物 「ウルフ・タワー 第三話 二人のクライディス」 タニス・リー著;中村浩美訳 産業編集センター 2005年5月

## セルゲイ
ネコ語をしゃべるチャーリーたちを助けるみすぼらしいアレルゲニーのネコ 「ライオンボーイⅢ カリブの決闘」 ジズー・コーダー著;枝廣淳子訳 PHP研究所 2005年8月

## セルゲイ
第二次世界大戦末期占領地からドイツへ連れてこられたロシア人労働者、農村で出会ったドイツ人のエンヒェンと逃亡し故郷をめざした少年 「ふたりきりの戦争」 ヘルマン・シュルツ作;渡辺広佐訳 徳間書店 2006年9月

## ゼルダ・ヒープ
マーラム湿原の守り人として『竜の島』に住む白魔女、平俗魔法使いサイラスの伯母 「セプティマス・ヒープ 第一の書 七番目の子」 アンジー・セイジ著;唐沢則幸訳 竹書房 2005年4月

## セルニーヌ公爵　せるにーぬこうしゃく
パリ在住のロシア人グループのなかでとりわけめだった存在のロシアの貴族 「813 アルセーヌ・ルパン」 モーリス・ルブラン作;大友徳明訳 偕成社(偕成社文庫) 2005年9月

## ゼルノック
ウィリーたちをまほうでドラゴンにしてしまったへまばかりする魔法使い 「ドラゴン・スレイヤー・アカデミー 2-1 ドラゴンになっちゃった」 ケイト・マクミュラン作;神戸万知訳;舵真秀斗絵 岩崎書店 2006年8月

## セレナ
アトランティス文明の遺産である海底ドームで約一万年間眠りつづけていた少女、アトランティス王国最後の王女 「ノーチラス号の冒険 2 アトランティスの少女」 ヴォルフガンク・ホールバイン著;平井吉夫訳 創元社 2006年4月

## セレナ
かつて滅亡したとされている伝説のアトランティス王国最後の王女、伝説の潜水艦ノーチラス号の乗組員のひとり 「ノーチラス号の冒険 7 石と化す疫病」 ヴォルフガンク・ホールバイン著;平井吉夫訳 創元社 2007年11月

## セレニア
体長ニミリの種族ミニモイ王国のプリンセス 「アーサーとマルタザールの逆襲」 リュック・ベッソン著;松本百合子訳 角川書店 2005年7月

そうそ

### セレニア
体長ニミリの種族ミニモイ王国の王女 「アーサーとふたつの世界の決戦」 リュック・ベッソン著;松本百合子訳 角川書店 2006年3月

### ゼレファント
ティティブー島の住人、海坊主を見たとティバトング教授に話したゾウアザラシ 「ウルメル海に潜る(URMEL 3)」 マックス・クルーゼ作;エーリヒ・ヘレ絵;加藤健司訳 ひくまの出版 2005年8月

### 先生(マーガレット・ジョンソン)　せんせい(まーがれっとじょんそん)
ホームレス状態のレイナが通う問題児だらけのエマニュエル・ライト補習高校の女性教師 「グッバイ、ホワイトホース」 シンシア・D.グラント著;金原瑞人訳;坪香織訳 光文社 2005年1月

### 船長　せんちょう
曲芸師のハリドンとくらしかつては劇場の支配人だった男 「曲芸師ハリドン」 ヤコブ・ヴェゲリウス作;菱木晃子訳 あすなろ書房 2007年8月

### 船長(フッツロイ・マッケンジー船長)　せんちょう(ふっつろいまっけんじーせんちょう)
調査船エクスペディエンス号の船長、レベッカとダグラスの伯父 「秘密作戦レッドジェリコ上下」 ジョシュア・モウル著;唐沢則幸訳 ソニー・マガジンズ 2006年5月

### ゼンドリック
魔法を得意とするエルフの老魔法使い、14歳の少年・ケラックの師匠 「銀竜の騎士団－大魔法使いとゴブリン王」 マット・フォーベック著;安田均監訳 アスキー(ダンジョンズ&ドラゴンズスーパーファンタジー) 2007年12月

## 【そ】

### ソアラ・アンタナ
ライトセーバーの使い手でジェダイ・ナイト、ジェダイ修行生ダラの師 「スター・ウォーズ/ジェダイ・クエスト4 ダークサイドの誘惑」 ジュード・ワトソン著;西村和子訳 オークラ出版(LUCAS BOOKS) 2007年8月

### ゾーイ・ナイトシェイド
アルテミス率いるハンター隊の副官、昔の人のような言葉を話す十四歳くらいの少女 「パーシー・ジャクソンとオリンポスの神々 3タイタンの呪い」 リック・リオーダン作;金原瑞人訳;小林みき訳 ほるぷ出版 2007年12月

### ゾウ
象牙を高く売ろうと密猟者がねらう動物保護区のアフリカゾウ 「アキンボとアフリカゾウ」 アレグザンダー・マコール・スミス作;もりうちすみこ訳;広野多珂子絵 文研出版(文研ブックランド) 2006年5月

### 曹操　そうそう
二世紀後半中国の漢王朝末期の英雄、魏を築いた男 「三国志3 三国鼎立の巻」 渡辺仙州編訳;佐竹美保絵 偕成社 2005年4月

### 曹操　そうそう
二世紀後半中国の漢王朝末期の武将、帝位にっっこうとする男 「三国志2 臥竜出廬の巻」 渡辺仙州編訳;佐竹美保絵 偕成社 2005年4月

### 曹操　そうそう
二世紀後半中国の漢王朝末期黄巾賊軍と戦った騎馬部隊長 「三国志1 英傑雄飛の巻」 渡辺仙州編訳;佐竹美保絵 偕成社 2005年3月

ぞえ

### ゾーエ
イタリアの世界でも有名な名門バレエ学校に通う十歳の少女 「バレエ・アカデミア 1バレエ
に恋してる!」 ベアトリーチェ・マジーニ作;長野徹訳 ポプラ社 2007年6月

### ゾーエ
イタリアの名門バレエ学校の上級クラスに通う十一歳の少女 「バレエ・アカデミア 2きまぐ
れなバレリーナ」 ベアトリーチェ・マジーニ作;長野徹訳 ポプラ社 2007年9月

### ソッソ
世界を支配しようとたくらんでいる冥界をつかさどるコウモリたちの神 「ファイアーウィング
－銀翼のコウモリ3」 ケネス・オッペル著;嶋田水子訳 小学館 2005年8月

### ソニー
コロンビアのまずしい連中ばかり集まるメデジンに住む十二歳の少年、叔父のハイロにいつ
も殴られている子ども 「ボーイ・キルズ・マン」 マット・ワイマン作;長友恵子訳 鈴木出版
(鈴木出版の海外児童文学) 2007年5月

### ソニア
さまざまな人種の人々が暮らすニューヨークのブルックリンに住む厳格なイスラム教徒の少
女 「天国(ヘヴン)にいちばん近い場所」 E.R.フランク作;冨永星訳 ポプラ社 2006年9月

### ソニア・ルーイン
ポイント・ブラフの中学校でペギー・スーの同級生になる少女 「ペギー・スー1魔法の瞳をも
つ少女」 セルジュ・ブリュソロ著;金子ゆき子訳 角川書店(角川文庫) 2005年7月

### ソフィ
フェアリーランドの宝石の妖精のひとり、サファイアの妖精 「サファイアの妖精(フェアリー)ソ
フィ(レインボーマジック)」 デイジー・メドウズ作;田内志文訳 ゴマブックス 2007年12月

### ソフィー
サンフランシスコの高校に通う双子、ジョシュの姉でオーラは純粋な銀色で魔力を得た少女
「錬金術師ニコラ・フラメル(アルケミスト1)」 マイケル・スコット著;橋本恵訳 理論社 2007
年11月

### ソフィー
ロイヤルバレエスクール中等部のエリーのルームメイトの一人 「ロイヤルバレエスクール・
ダイアリー4 夢をさがして」 アレクサンドラ・モス著;阪田由美子訳 草思社 2006年11月

### ソフィー
姉のサムとインディアナ州の田舎町ヴェニスで暮らすNY育ちの少女、探偵事務所のアシス
タント 「クリスマス・キッス－ふたりはまだまだ恋愛中!(ミッシング・パーソンズ4)」 M.E.ラブ
作;西田佳子訳 理論社 2007年11月

### ソフィー
姉のサムとインディアナ州の田舎町ヴェニスで暮らすNY育ちの少女、探偵事務所のアシス
タント 「ダンシング・ポリスマン－ふたりはひそかに尾行中!(ミッシング・パーソンズ3)」
M.E.ラブ作;西田佳子訳 理論社 2007年7月

### ソフィー
大きくなったら〈女牧場マン〉になると決めているイングランドでくらしている五才の女の子
「ソフィーは子犬もすき」 ディック・キング=スミス作;デイヴィッド・パーキンズ絵;石随じゅん
訳 評論社(児童図書館・文学の部屋) 2005年1月

### ソフィー
大きくなったら〈女牧場マン〉になると決めているイングランドでくらしている七才の女の子
「ソフィーのさくせん」 ディック・キング=スミス作;デイヴィッド・パーキンズ絵;石随じゅん訳
評論社(児童図書館・文学の部屋) 2005年5月

**ソフィー**
大きくなったら〈女牧場マン〉になると決めているイングランドでくらしている七才の女の子
「ソフィーのねがい」 ディック・キング=スミス作;デイヴィッド・パーキンズ絵;石随じゅん訳
評論社(児童図書館・文学の部屋) 2005年7月

**ソフィー**
大きくなったら〈女牧場マン〉になると決めているイングランドでくらしている六才の女の子
「ソフィーは乗馬がとくい」 ディック・キング=スミス作;デイヴィッド・パーキンズ絵;石随じゅん
訳 評論社(児童図書館・文学の部屋) 2005年3月

**ソフィー(ソフィア・シャテンバーグ)**
死んだ父親の遺産金を持ってニューヨークから姉のサムとともに家出した女の子 「ローズ
クイーン－ふたりはただいま失踪中!(ミッシング・パーソンズ1)」 M.E.ラブ作;西田佳子訳
理論社 2006年6月

**ソフィー(フィオーナ・スコット)**
姉のサムとインディアナ州の田舎町ヴェニスで暮らすNY育ちの少女、探偵事務所のアシス
タント 「チョコレート・ラヴァー－ふたりはこっそり変装中!(ミッシング・パーソンズ2)」 M.E.ラ
ブ作;西田佳子訳 理論社 2006年12月

**ソフィア**
モザンビークに住む地雷で両足を失った十四歳の少女、十七歳のローラの妹 「炎の謎」
ヘニング・マンケル作;オスターグレン晴子訳 講談社 2005年2月

**ソフィア・シャテンバーグ**
死んだ父親の遺産金を持ってニューヨークから姉のサムとともに家出した女の子 「ローズ
クイーン－ふたりはただいま失踪中!(ミッシング・パーソンズ1)」 M.E.ラブ作;西田佳子訳
理論社 2006年6月

**ソフィア姫 そふぃあひめ**
りっぱなお姫さまを育てる「お姫さま学園」の生徒、小さいときからいっしょうけんめい親切で
人のためになるよう努力してきた姫 「ソフィア姫と氷の大祭典 (ティアラ・クラブ5)」 ヴィヴィ
アン・フレンチ著;岡本浜江訳;サラ・ギブ絵 朔北社 2007年9月

**ソフィー・マーディンガー**
まるで双子のようだった弟の死から立ちなおれず心をとざしてしまったニューヨークに住む
十五歳の少女 「涙のタトゥー」 ギャレット・フレイマン・ウェア作;ないとうふみこ訳 ポプラ社
(ポプラ・リアル・シリーズ) 2007年7月

**ソールダッド**
本物の海賊の帝王スカラベの娘、父の敵として海賊ケンドリックの首を狙う若い女 「海賊
ジョリーの冒険 1 死霊の売人」 カイ・マイヤー著;遠山明子訳;佐竹美保画 あすなろ書房
2005年12月

**ソールダッド**
本物の海賊の帝王スカラベの娘、父の敵として海賊ケンドリックの首を狙う若い女 「海賊
ジョリーの冒険 2 海上都市エレニウム」 カイ・マイヤー著;遠山明子訳;佐竹美保画 あす
なろ書房 2006年8月

**ソールダッド**
本物の海賊の帝王スカラベの娘、父の敵として海賊ケンドリックの首を狙う若い女 「海賊
ジョリーの冒険 3 深海の支配者」 カイ・マイヤー著;遠山明子訳;佐竹美保画 あすなろ書
房 2007年7月

**ゾルバ**
カモメのケンガーから三つの厳粛な誓いを立てさせられ卵を託されたオスの黒猫 「カモメ
に飛ぶことを教えた猫」 ルイス・セプルベダ著;河野万里子訳 白水社(白水Uブックス)
2005年11月

それす

**ソレス（ファイ・トア・アナ）**
コルサントの地下の広大な洞窟で小さな共同体を築いていた生き残りのジェダイ 「スター・ウォーズ/ラスト・オブ・ジェダイ4 ナブーに死す」 ジュード・ワトソン著;西村和子訳 オークラ出版（LUCAS BOOKS） 2007年6月

**ソレス（ファイ・トア・アナ）**
生き残りのジェダイ 「スター・ウォーズ/ラスト・オブ・ジェダイ3 アンダーワールド」 ジュード・ワトソン著;西村和子訳 オークラ出版（LUCAS BOOKS） 2007年4月

**ソーレン**
ティト森林王国で生まれたメンフクロウの男の子 「ガフールの勇者たち1 悪の要塞からの脱出」 キャスリン・ラスキー著;食野雅子訳 メディアファクトリー 2006年8月

**ソーレン**
ティト森林王国出身のメンフクロウ、勇者となるため修行を積む男の子 「ガフールの勇者たち2 真の勇気のめざめ」 キャスリン・ラスキー著;食野雅子訳 メディアファクトリー 2006年12月

**ソーレン**
ティト森林王国出身のメンフクロウ、勇者となるため修行を積む男の子 「ガフールの勇者たち3 恐怖の仮面フクロウ」 キャスリン・ラスキー著;食野雅子訳 メディアファクトリー 2007年3月

**ソーレン**
ティト森林王国出身のメンフクロウ、勇者となるため修行を積む男の子 「ガフールの勇者たち4 フール島絶対絶命」 キャスリン・ラスキー著;食野雅子訳 メディアファクトリー 2007年7月

**ソーレン**
ティト森林王国出身のメンフクロウ、勇者となるため修行を積む男の子 「ガフールの勇者たち5 決死の逃避行」 キャスリン・ラスキー著;食野雅子訳 メディアファクトリー 2007年12月

**孫堅　そんけん**
二世紀後半中国の漢王朝末期黄巾賊討伐軍を率いた猛将 「三国志1 英傑雄飛の巻」 渡辺仙州編訳;佐竹美保絵 偕成社 2005年3月

**孫権　そんけん**
二世紀後半中国の後漢末期の武将、呉の建国者 「三国志4 天命帰一の巻」 渡辺仙州編訳;佐竹美保絵 偕成社 2005年4月

**孫権　そんけん**
二世紀後半中国の後漢末期の武将、呉の支配者 「三国志3 三国鼎立の巻」 渡辺仙州編訳;佐竹美保絵 偕成社 2005年4月

## 【た】

**タイ**
アメリカのコネチカット州に住む高校一年生、少女探偵イングリッドの兄 「カーテンの陰の悪魔（イングリッドの謎解き大冒険）」 ピーター・エイブラハムズ著;奥村章子訳 ソフトバンククリエイティブ 2006年10月

**タイ**
高校を辞めてヴァージニア州にある厩舎ハートランドの厩務員になった十七歳の少年 「吹雪のあとで—ハートランド物語」 ローレン・ブルック著;勝浦寿美訳 あすなろ書房 2007年2月

だいて

**ダイアナ・バリー**
カナダのプリンスエドワード島で暮らす十一歳、孤児の少女アンの無二の親友になると誓った娘 「赤毛のアン」 ルーシー・モード・モンゴメリ原作;ローラ・フェルナンデス絵;リック・ジェイコブソン絵;西田佳子訳 西村書店 2006年12月

**ダイアー博士　だいあーはかせ**
ケイトのお父さん、NCRDMの研究所の物理学者 「タイムトラベラー――消えた反重力マシン」 リンダ・バックリー・アーチャー著;小原亜美訳 ソフトバンククリエイティブ 2007年12月

**タイガー**
小学校に転校したばかりの少女ラーナがひろって世話をした灰色の子猫 「いたずらニャーオ」 アン・ホワイトヘッド・ナグダさく;高畠リサやく;井川ゆり子え 福音館書店（世界傑作童話シリーズ） 2006年6月

**タイガー・アン・パーカー**
アメリカ南部ルイジアナ州の片いなかに住む十二歳の少女、両親に知的障害がある娘 「ルイジアナの青い空」 キンバリー・ウィリス・ホルト著;河野万里子訳 白水社 2007年9月

**タイガークロー**
サンダー族を裏切りいまはどこの部族にも属さない猫、気性が激しく野心家の雄猫 「ウォーリアーズ〔1〕-4 ファイヤハートの挑戦」 エリン・ハンター作;金原瑞人訳;高林由香子訳 小峰書店 2007年6月

**タイガークロー**
サンダー族を裏切りシャドウ族の族長となった猫、気性が激しく野心家の雄猫 「ウォーリアーズ〔1〕-5 ファイヤハートの危機」 エリン・ハンター作;金原瑞人訳;高林由香子訳 小峰書店 2007年9月

**タイガークロー**
飼い猫だったが野生にかえり森のサンダー族の戦士で族長となった猫、ハンサムな雄猫 「ウォーリアーズ〔1〕-6 ファイヤハートの旅立ち」 エリン・ハンター作;金原瑞人訳;高林由香子訳 小峰書店 2007年11月

**タイガークロー**
森のサンダー族の戦士、気性が激しく野心家の雄猫 「ウォーリアーズ〔1〕-1 ファイヤポー、野生にかえる」 エリン・ハンター作;金原瑞人訳 小峰書店 2006年11月

**タイガークロー**
森のサンダー族の戦士で副長、気性が激しく野心家の雄猫 「ウォーリアーズ〔1〕-2 ファイヤポー、戦士になる」 エリン・ハンター作;金原瑞人訳;高林由香子訳 小峰書店 2007年2月

**タイガークロー**
森のサンダー族の戦士で副長、気性が激しく野心家の雄猫 「ウォーリアーズ〔1〕-3 ファイヤハートの戦い」 エリン・ハンター作;金原瑞人訳;高林由香子訳 小峰書店 2007年4月

**タイソン**
ポセイドンの息子パーシーの学校の友だち、ニューヨークの路地裏で暮らす泣き虫の少年 「パーシー・ジャクソンとオリンポスの神々 2魔海の冒険」 リック・リオーダン作;金原瑞人訳;小林みき訳 ほるぷ出版 2006年11月

**タイタス**
月で不思議な女の子ヴァイオレットに出会ったクールな高校生、両親と弟と暮らす少年 「フィード」 M.T.アンダーソン著;金原瑞人訳;相山夏奏訳 ランダムハウス講談社 2005年2月

**大天使ガブリエル　だいてんしがぶりえる**
たき火の火の粉からあらわれベツレヘムで救主が生まれたことを語り始めた天使 「天使のつばさに乗って」 マイケル・モーパーゴ作;クェンティン・ブレイク画;佐藤見果夢訳 評論社 2007年10月

155

だいと

## 大統領　だいとうりょう
宇宙ホテルUSAに呼びかけたアメリカ合衆国大統領ランスロット・R・ギリグラス　「ロアルド・ダールコレクション5　ガラスの大エレベーター」　ロアルド・ダール著クェンティン・ブレイク絵;柳瀬尚紀訳　評論社　2005年7月

## タイバーン
十七歳のフチに剣とモンスターほどの力をもたらす手袋を授けた盲目の魔術師　「ドラゴンラージャ1　宿怨」　イ・ヨンド作;ホン・カズミ訳;金田榮路絵　岩崎書店　2005年12月

## タイバーン（ハンドレイク）
全身に刺青をほどこした盲目の魔術師　「ドラゴンラージャ12　飛翔」　イ・ヨンド作;ホン・カズミ訳;金田榮路絵　岩崎書店　2007年4月

## タイラント
悪の軍団FOEの指揮者、アウターネットをのっとり銀河系を悪と恐怖で支配しようともくろんでいる暴君　「アウターネット.　第1巻　フレンズかフォーか?」　スティーブ・バーロウ作;スティーブ・スキッドモア作;大谷真弓訳　小学館　2005年11月

## タイラント
悪の軍団FOEの指揮者、アウターネットをのっとり銀河系を悪と恐怖で支配しようともくろんでいる暴君　「アウターネット.　第2巻　コントロール」　スティーブ・バーロウ作;スティーブ・スキッドモア作;大谷真弓訳　小学館　2006年4月

## タイラント
悪の軍団FOEの指揮者、アウターネットをのっとり銀河系を悪と恐怖で支配しようともくろんでいる暴君　「アウターネット.　第3巻　オデッセイ」　スティーブ・バーロウ作;スティーブ・スキッドモア作;大谷真弓訳　小学館　2006年11月

## タウゼントシェーン
〈カレ&フレンズ探偵局〉の探偵犬、カレのしんせきの畑にある小屋に住んでいる犬　「名探偵の10か条　4と1/2探偵局　4」　ヨアヒム・フリードリヒ作　鈴木仁子訳;絵楽ナオキ絵　ポプラ社　2005年1月

## タウゼントシェーン
四人の子どもたちに家庭菜園で飼われているもとノラ犬　「探偵犬、がんばる!　4と1/2探偵局　5」　ヨアヒム・フリードリヒ作;鈴木仁子訳;絵楽ナオキ絵　ポプラ社　2005年4月

## タウンゼンド
第二次世界大戦下ドイツ軍と戦ったイギリス空軍の大尉、中年のアイルランド人　「ブラッカムの爆撃機」　ロバート・ウェストール作;金原瑞人訳　岩波書店　2006年10月

## タカ
タカの王子で鳥の守護神の息子、少女のエレイサの両目をついばんでしまったタカ　「羽根の鎖」　ハンネレ・フオヴィ作;末延弘子訳　小峰書店(Y.A.Books)　2006年9月

## たから石　たからいし
ナルニア国のチリアン王のいちばんの親友の一角獣　「さいごの戦い(ナルニア国ものがたり7)」　C.S.ルイス作;瀬田貞二訳　岩波書店　2005年10月

## ダーク
「ぼく」がストリートチルドレンになった頃にボディーガードをしてくれた犬　「いつもそばに犬がいた」　ゲイリー・ポールセン作;はらるい訳;かみやしん絵　文研出版(文研じゅべにーる)　2006年7月

## ダーク
魔法の世界ダークホルムの「闇の君」に選定された魔法使い　「ダークホルムの闇の君　上下」　ダイアナ・ウィン・ジョーンズ著;浅羽英子訳　東京創元社(sogen bookland)　2006年7月

156

たっす

### ダグ
姉のレベッカとともに後見人の伯父の船で旅をするメカや科学が好きな13歳の少年 「秘密作戦レッドジェリコ 上下」ジョシュア・モウル著;唐沢則幸訳 ソニー・マガジンズ 2006年5月

### ダグ・アーサー
サイトタウンにある廃屋の「コフマン・ハウス」に入った仲よし四人組の一人、鳥によく似ている少年 「呪われたカメラ(グースバンプス2)」R.L.スタイン作;津森優子訳;照世絵 岩崎書店 2006年7月

### ダグダ
すべてを知る偉大な神、邪悪な神リタガウルの最大の敵 「マーリン2 七つの魔法の歌」T.A.バロン著;海後礼子訳 主婦の友社 2005年4月

### ダグダ
すべてを知る偉大な神、邪悪な神リタガウルの最大の敵 「マーリン5 失われた翼の秘密」T.A.バロン著;海後礼子訳 主婦の友社 2006年1月

### ダグラス・マッケンジー(ダグ)
姉のレベッカとともに後見人の伯父の船で旅をするメカや科学が好きな13歳の少年 「秘密作戦レッドジェリコ 上下」ジョシュア・モウル著;唐沢則幸訳 ソニー・マガジンズ 2006年5月

### タケオ(トマス)
命の恩人のオオトリ国の嫡男・シゲルとハギへ行った隠者の少年 「オオトリ国記伝 1 魔物の闇」リアン・ハーン著;高橋佳奈子訳 主婦の友社 2006年6月

### タシ
ナルニア国の敵国カロールメン国が祭る神、猛禽の頭と長いかぎ爪のついた千本の腕をもつ怪物 「さいごの戦い(ナルニア国ものがたり7)」C.S.ルイス作;瀬田貞二訳 岩波書店 2005年10月

### ダース・ヴェイダー(アナキン・スカイウォーカー)
シスの暗黒卿、ジェダイ・ナイトであるオビ・ワンの元弟子 「スター・ウォーズ/ラスト・オブ・ジェダイ1 危険なミッション」ジュード・ワトソン著;西村和子訳 オークラ出版(LUCAS BOOKS) 2006年8月

### ダース・ヴェイダー(アナキン・スカイウォーカー)
シスの暗黒卿、ジェダイ・ナイトであるオビ・ワンの元弟子 「スター・ウォーズ/ラスト・オブ・ジェダイ2 闇の警告」ジュード・ワトソン著;西村和子訳 オークラ出版(LUCAS BOOKS) 2006年8月

### ダース・ヴェイダー(アナキン・スカイウォーカー)
シスの暗黒卿、ジェダイ・ナイトであるオビ・ワンの元弟子 「スター・ウォーズ/ラスト・オブ・ジェダイ3 アンダーワールド」ジュード・ワトソン著;西村和子訳 オークラ出版(LUCAS BOOKS) 2007年4月

### ダース・ヴェイダー(アナキン・スカイウォーカー)
シスの暗黒卿、ジェダイ・ナイトであるオビ・ワンの元弟子 「スター・ウォーズ/ラスト・オブ・ジェダイ4 ナブーに死す」ジュード・ワトソン著;西村和子訳 オークラ出版(LUCAS BOOKS) 2007年6月

### タッスル・ホッフ
魔法の〈秘法〉を使って過去からやってきた陽気なケンダー 「ドラゴンランス魂の戦争第1部 上中下 墜ちた太陽の竜」マーガレット・ワイス著;トレイシー・ヒックマン著;安田均訳 アスキー 2005年4月

たっす

## タッスル・ホップ
魔法の＜秘法＞を使って過去からやってきた陽気なケンダー 「ドラゴンランス魂の戦争第2部 喪われた星の竜」マーガレット・ワイス著;トレイシー・ヒックマン著;安田均訳 アスキー 2007年1月

## ダッチ
超能力カウンセラーのアビーとお見合いサイトで知り合った青年、殺人捜査課の刑事 「超能力(サイキック)カウンセラーアビー・クーパーの事件簿」ヴィクトリア・ローリー著;小林淳子訳 マッグガーデン 2006年12月

## ダッドリー・マーティン
ポイント・ブラフの中学校でペギー・スーの同級生になる少年 「ペギー・スー1魔法の瞳をもつ少女」セルジュ・ブリュソロ著;金子ゆき子訳 角川書店(角川文庫) 2005年7月

## タップ
少年グステルが池で助け飼うことにした犬、真っ黒な毛足の長いダックスフント 「グステルとタップと仲間たち」B.プルードラ著;森川弘子訳 未知谷 2007年10月

## タデウス・ティルマン・トルツツ
古本屋の店主でもあり異世界ファンタージエン図書館の館長でもある老人 「ファンタージエン」ラルフ・イーザウ著;酒寄進一訳 ソフトバンククリエイティブ 2005年10月

## ダドウィン
ウィリーの弟、背が高く力もちで宝さがしがとくいな七歳の男の子 「ドラゴン・スレイヤー・アカデミー 3 お宝さがしのえんそく」ケイト・マクミュラン作;神戸万知訳;舵真秀斗絵 岩崎書店 2005年1月

## ダドウィン
ウィリーの弟、背が高く力もちで宝さがしがとくいな男の子 「ドラゴン・スレイヤー・アカデミー 2-7 ドラゴン・キャンプ」ケイト・マクミュラン作;神戸万知訳;舵真秀斗絵 岩崎書店 2007年7月

## ダーナ・フウェイラン
カナダのトロントに住む十三歳の少女、人間と妖精のあいだに生まれた娘 「夢の書 上下」O.R.メリング作;井辻朱美訳 講談社 2007年5月

## ダニー
ベトナムに派遣されたアメリカ兵士、少年マークの六歳年上の何かと人気者だった兄 「ウルフィーからの手紙」パティ・シャーロック作;滝沢岩雄訳 評論社 2006年11月

## ダニー
修理工かつ密猟者の父と二人で暮らしている少年 「ロアルド・ダールコレクション6 ダニーは世界チャンピオン」ロアルド・ダール著クェンティン・ブレイク絵;柳瀬尚紀訳 評論社 2006年3月

## ダニー・アンダーソン
夏休みにとなりに住む同じ十二歳の少女・ハンナと友だちになった少年 「となりにいるのは、だれ?(グースバンプス9)」R.L.スタイン作;津森優子訳;照世絵 岩崎書店 2007年4月

## ダニエル
がんになったギゼラの息子、川かますを釣ろうと毎日アンナと弟のルーカスと釣りばかりしていた男の子 「川かますの夏」ユッタ・リヒター著;古川まり訳 主婦の友社 2007年7月

## ダニエル
引っ越した古い大邸宅の流し台の下で姉のカトリーナと妙な生き物・グルールを見つけた弟 「人喰いグルール(グースバンプス3)」R.L.スタイン作;津森優子訳;照世絵 岩崎書店 2006年9月

だびっ

## ダニエル・ガウワー
セイクリッド・ハート中学校一年生、イギリスのケント州から北部の海辺の小さな田舎町に引っ越してきた大学教授の息子 「火を喰う者たち」 デイヴィッド・アーモンド著;金原瑞人訳 河出書房新社 2005年1月

## ダニカ
若き天才僧侶カダリーの恋人、美しき少女格闘家で修験僧 「クレリック・サーガ 1 忘れられた領域 秘密の地下墓地」 R.A.サルバトーレ著;安田均監修;笠井道子訳;池田宗隆画 アスキー 2007年4月

## ダニカ
若き天才僧侶カダリーの恋人、美しき少女格闘家で修験僧 「クレリック・サーガ 2 忘れられた領域 森を覆う影」 R.A.サルバトーレ著;安田均監修;笠井道子訳;池田宗隆画 アスキー 2007年10月

## ダニー・ガルデラ
メキシカンリーグでプレーしたため五年間出場停止処分を受けた黒人の野球選手 「メジャーリーグ、メキシコへ行く」 マーク・ワインガードナー著;金原瑞人訳 東京創元社(海外文学セレクション) 2005年10月

## タネット
バルセロナの下町に住むなかよし六人組のリーダー、難病にかかったなかまのピトゥスの治療費を集めるために動物園を作ろうと思いついた十歳の少年 「ピトゥスの動物園」 サバスティア・スリバス著;宇野和美訳;スギヤマカナヨ絵 あすなろ書房 2006年12月

## ダヴァセアリ(ダヴ)
奴隷となった少女アリーが仕えるバーリタン一家の娘、メークエン公爵と最初のラカの妻との次女 「アリーの物語 2 女騎士アランナの娘―守るべき希望」 タモラ・ピアス作;久慈美貴訳 PHP研究所 2007年8月

## ダヴァセアリ(ダヴ)
奴隷となった少女アリーが仕えるバーリタン一家の娘、故メークエン公爵と最初のラカの妻との次女 「アリーの物語 3 女騎士アランナの娘―動きだす運命の歯車」 タモラ・ピアス作;久慈美貴訳 PHP研究所 2007年10月

## ダヴァセアリ(ダヴ)
奴隷となった少女アリーが仕えるバーリタン一家の娘、故メークエン公爵と最初のラカの妻との次女 「アリーの物語 4 女騎士アランナの娘―予言されし女王」 タモラ・ピアス作;久慈美貴訳 PHP研究所 2007年11月

## ダービッシュおじさん(ダービッシュ・グレイディ)
魔術師、悪魔の世界デモナータから帰ってきてから異常行動を起こすようになったおじさん 「デモナータ3幕 スローター」 ダレン・シャン作;橋本恵訳;田口智子画 小学館 2006年9月

## ダービッシュおじさん(ダービッシュ・グレイディ)
魔術師、魔将のロード・ロスに家族を虐殺されたグラブスを引き取ったやさしくて思いやりがあってめんどう見がいいおじさん 「デモナータ1幕 ロード・ロス」 ダレン・シャン作;橋本恵訳;田口智子画 小学館 2005年7月

## ダービッシュ・グレイディ
魔術師、悪魔の世界デモナータから帰ってきてから異常行動を起こすようになったおじさん 「デモナータ3幕 スローター」 ダレン・シャン作;橋本恵訳;田口智子画 小学館 2006年9月

## ダービッシュ・グレイディ
魔術師、魔将のロード・ロスに家族を虐殺されたグラブスを引き取ったやさしくて思いやりがあってめんどう見がいいおじさん 「デモナータ1幕 ロード・ロス」 ダレン・シャン作;橋本恵訳;田口智子画 小学館 2005年7月

## たふ

### タフー
火のトーアヌーバ、偉大なるスピリットであるマタ・ヌイを終わりなき眠りから目覚めさせる運命を背負った六人のうちのひとり 「バイオニクル5 恐怖の航海」 グレッグ・ファーシュティ著;バイオニクル研究会訳 主婦の友社 2005年4月

### ダーブ
妖精の谷・ピクシー・ホロウにいた水の精、雲の番人 「ラニーと三つの宝物」 キンバリー・モリス作;小宮山みのり訳 講談社(ディズニーフェアリーズ文庫) 2007年6月

### ダヴ
奴隷となった少女アリーが仕えるバーリタン一家の娘、メークエン公爵と最初のラカの妻との次女 「アリーの物語 2 女騎士アランナの娘－守るべき希望」 タモラ・ピアス作;久慈美貴訳 PHP研究所 2007年8月

### ダヴ
奴隷となった少女アリーが仕えるバーリタン一家の娘、故メークエン公爵と最初のラカの妻との次女 「アリーの物語 3 女騎士アランナの娘－動きだす運命の歯車」 タモラ・ピアス作;久慈美貴訳 PHP研究所 2007年10月

### ダヴ
奴隷となった少女アリーが仕えるバーリタン一家の娘、故メークエン公爵と最初のラカの妻との次女 「アリーの物語 4 女騎士アランナの娘－予言されし女王」 タモラ・ピアス作;久慈美貴訳 PHP研究所 2007年11月

### ダブダブ
ドリトル先生の家に飼われているめすのアヒル 「ドリトル先生アフリカゆき」 ヒュー・ロフティング作;井伏鱒二訳 岩波書店(ドリトル先生物語全集1) 2007年5月

### タムナスさん
ルーシィがナルニア国で会ったフォーン(ヤギとひととのいりまじった野山の小さな神) 「ライオンと魔女(ナルニア国ものがたり1)」 C.S.ルイス作;瀬田貞二訳 岩波書店 2005年4月

### タムナスさん
白い魔女に支配されているナルニア国にすむ角の生えた頭とやぎの脚を持つフォーン 「ナルニア国物語ライオンと魔女」 C.S.ルイス原作;間所ひさこ訳 講談社(映画版ナルニア国物語文庫) 2006年2月

### ダムノリックス
青銅時代のイングランドに住んでいたドレムたちの部族の族長 「太陽の戦士」 ローズマリ・サトクリフ作;猪熊葉子訳 岩波書店(岩波少年文庫) 2005年6月

### タム・リン
オピウム国の麻薬王エル・パトロンとそのクローンであるマットのボディーガード、元テロリスト 「砂漠の王国とクローンの少年」 ナンシー・ファーマー著;小竹由加里訳 DHC 2005年1月

### タモ・ホワイト
海賊の息子、ネイサンとモードと共に故郷のマダガルカルへ向かった少年 「海賊の息子」 ジェラルディン・マコックラン作;上原里佳訳 偕成社 2006年7月

### タラ
いつも兄のマイケルとけんかをしている七歳の妹 「鳩時計が鳴く夜(グースバンプス10)」 R.L.スタイン作;津森優子訳;照世絵 岩崎書店 2007年4月

### タラス
裕福な百姓の息子で馬鹿のイワンの兄、商売をするため町の商人のところへ行っているほてい腹の男 「イワンの馬鹿」 レフ・トルストイ著;北御門二郎訳 あすなろ書房(トルストイの散歩道2) 2006年5月

だるこ

**タラースィチ**
裕福で真面目な百姓、エリセイと古い都エルサレムへおまいりに出かけた老人 「二老人」
レフ・トルストイ著;北御門二郎訳 あすなろ書房(トルストイの散歩道4) 2006年6月

**タラ・ダンカン**
人間の最大の帝国であるオモワ帝国の後継者、強い魔力をもった正義感の強い十四歳の
少女 「タラ・ダンカン 3 魔法の王杖 上下」 ソフィー・オドゥワン・マミコニアン著;山本知子
訳 メディアファクトリー 2006年8月

**タラ・ダンカン**
人間の最大の帝国であるオモワ帝国の後継者、強い魔力をもった正義感の強い十四歳の
少女 「タラ・ダンカン 4 ドラゴンの裏切り 上下」 ソフィー・オドゥワン・マミコニアン著;山本
知子訳 メディアファクトリー 2007年8月

**タラ・ダンカン**
地球で祖母と母とともに暮らす強い魔力をもった正義感の強い十二歳の少女 「タラ・ダン
カン 2 呪われた禁書上下」 ソフィー・オドゥワン・マミコニアン著;山本知子訳 メディアファ
クトリー 2005年8月

**ダラ・テル・タニス**
ライトセーバーの使い手であるソアラの弟子、十四歳のアナキンと同い年のジェダイ修行生
「スター・ウォーズ/ジェダイ・クエスト1 冒険のはじまり」 ジュード・ワトソン著;西村和子訳
オークラ出版(LUCAS BOOKS) 2006年12月

**ダラ・テル・タニス**
ライトセーバーの使い手であるソアラの弟子、十四歳のアナキンと同い年のジェダイ修行生
「スター・ウォーズ/ジェダイ・クエスト4 ダークサイドの誘惑」 ジュード・ワトソン著;西村和
子訳 オークラ出版(LUCAS BOOKS) 2007年8月

**ダラマール・アージェント**
エルフ王国を追われた黒エルフの魔法使い、邪悪な女神・暗黒の女王につかえる黒ロー
ブの魔術師の総帥 「ドラゴンランス魂の戦争第2部 喪われた星の竜」 マーガレット・ワイ
ス著;トレイシー・ヒックマン著;安田均訳 アスキー 2007年1月

**タリン**
子どもがほとんどいない世界でディートという養い親と子どもをレンタルする商売をしている
少年 「世界でたったひとりの子」 アレックス・シアラー著;金原瑞人訳 竹書房 2005年12
月

**タル**
闇の国の城で生まれ育ったオレンジ階級の選民の少年 「セブンスタワー 1 光と影」 ガー
ス・ニクス作;西本かおる訳 小学館(小学館ファンタジー文庫) 2007年10月

**タル**
闇の国の城で生まれ育ったオレンジ階級の選民の少年 「セブンスタワー 2 城へ」 ガー
ス・ニクス作;西本かおる訳 小学館(小学館ファンタジー文庫) 2007年11月

**タル**
闇の国の城で生まれ育ったオレンジ階級の選民の少年 「セブンスタワー 3 魔法の国」
ガース・ニクス作;西本かおる訳 小学館(小学館ファンタジー文庫) 2007年12月

**タル**
闇の国の城で生まれ育ったオレンジ階級の選民の少年 「セブンスタワー 6 紫の塔」 ガー
ス・ニクス作;西本かおる訳 小学館 2005年3月

**ダルコス**
闇の王国ネクロポリスを支配する悪魔の息子 「アーサーとふたつの世界の決戦」 リュック・
ベッソン著;松本百合子訳 角川書店 2006年3月

161

だるし

## ダルシー
ネバーランドにある妖精の谷・ピクシー・ホロウに住むパンとお菓子づくりの妖精 「ダルシーの幸せのケーキ」 ゲイル・ヘルマン作;小宮山みのり訳 講談社(ディズニーフェアリーズ文庫) 2007年3月

## 達磨岩 だるまいわ
権轟山の麓で五百歳になるミズナラの樹を護ってきた大きな黒岩 「マザーツリー 母なる樹の物語」 C.Wニコル著 静山社 2007年11月

## タレイア
ゼウスの娘、金の羊毛の力によって松の姿からよみがえった少女 「パーシー・ジャクソンとオリンポスの神々 3タイタンの呪い」 リック・リオーダン作;金原瑞人訳;小林みき訳 ほるぷ出版 2007年12月

## ダレル
相棒のジョンとともに西アフリカのカメルーンの熱帯雨林へ採集旅行に出かけたナチュラリスト、二十二歳の青年 「積みすぎた箱舟」 ジェラルド・ダレル作;羽田節子訳;セイバイン・バウアー画 福音館書店(福音館文庫) 2006年9月

## タロア
ドレムの部族の男たちのなかで名の知れた戦士、片腕の男 「太陽の戦士」 ローズマリ・サトクリフ作;猪熊葉子訳 岩波書店(岩波少年文庫) 2005年6月

## ダンカン
カナダの高校生、アルバイト先のトロント交通局遺失物センターで殺人計画が書かれた落とし物ノートを見つけた少年 「アクセラレイション」 グラム・マクナミー著;松井里弥訳 マッグガーデン 2006年12月

## ダンカン
スコットランドの王 「こどものためのマクベス」 ロイス・バーデット著;鈴木扶佐子訳 アートデイズ(シェイクスピアっておもしろい!) 2007年8月

## タンク・エバンス
コウテイペンギン、サーフィン大会九連勝中のいじわるな性格のサーファー 「サーフズ・アップ」 スーザン・コルマン著;番由美子訳 メディアファクトリー 2007年11月

## タンクレード
二十八歳のパリ人、ベルドレーヌ家の借間人となった男の人 「ベルドレーヌ四季の物語 春のマドモアゼル」 マリカ・フェルジュク作;ドゥボーヴ・陽子訳 ポプラ社(ポプラポケット文庫) 2007年4月

## ダンザ
漢の国の宮廷で飼われている老龍、魔法の力を持つ宮廷龍の最後の生き残り 「ドラゴンキーパー 最後の宮廷龍」 キャロル・ウィルキンソン作;もきかずこ訳 金の星社 2006年9月

## ダンブルドア
魔法族の少年ハリーポッターの恩師、偉大な魔法使いでホグワーツ魔法学校の校長 「ハリー・ポッターと謎のプリンス上下」 J.K.ローリング作;松岡佑子訳 静山社 2006年5月

## 【ち】

## 強強 ちあんちあん
地区党委員会第一書記の息子、造反派に指名手配され故郷の町を脱出した中学二年生の少年 「乱世少年」 蕭育軒作;石田稔訳;アオズ画 国土社 2006年11月

**ちびっ**

**チェーザレ・モンタルバーニ**
16世紀の架空都市タリア国のレモーラ町に住んでいる星競馬の競走馬を育てる馬親方の息子で美しい少年 「ストラヴァガンザー星の都」 メアリ・ホフマン作;乾侑美子訳 小学館 2005年8月

**チェスコ**
錬金術師のミーシャの実験室で勉強していた四人グループのひとり、コンピューターに強い十一歳の少年 「ルナ・チャイルド2 ニーナと神々の宇宙船」 ムーニー・ウィッチャー作;荒瀬ゆみこ訳;佐竹美保画 岩崎書店 2007年10月

**チェスニー氏　ちぇすにーし**
グリーンウッド・フォールズの子どもたちがきらっている子どもぎらいな男 「となりにいるのは、だれ?(グースバンプス9)」 R.L.スタイン作;津森優子訳;照世絵 岩崎書店 2007年4月

**チェズニー氏　ちぇずにーし**
魔法の世界ダークホルムに敵対する資産家 「ダークホルムの闇の君 上下」 ダイアナ・ウィン・ジョーンズ著;浅羽英子訳 東京創元社(sogen bookland) 2006年7月

**チェリー**
フェアリーランドのパーティの妖精のひとり、ケーキの妖精 「ケーキの妖精(フェアリー)チェリー(レインボーマジック)」 デイジー・メドウズ作;田内志文訳 ゴマブックス 2007年8月

**チェルレ・ヒエル**
気の大陸の仮面を持つ者、アマゾン族の少女 「アモス・ダラゴン 12運命の部屋」 ブリアン・ペロー作;高野優監訳;荷見明子訳 竹書房 2007年10月

**チキン・ジョー**
ペンギンサーファーのコディと親友になったニワトリサーファー 「サーフズ・アップ」 スーザン・コルマン著;番由美子訳 メディアファクトリー 2007年11月

**チキン・リトル・クラック**
オーキー・オークス中学に通う失敗ばかりしている小さなニワトリの少年 「チキン・リトル」 アイリーン・トリンブル作;橘高弓枝訳 偕成社(ディズニーアニメ小説版) 2005年11月

**チーチー**
ドリトル先生の家に飼われているサル 「ドリトル先生アフリカゆき」 ヒュー・ロフティング作;井伏鱒二訳 岩波書店(ドリトル先生物語全集1) 2007年5月

**父　ちち**
ダニーと二人で暮らしている父、修理工をしながらひそかにヘイゼルの森で密猟している父 「ロアルド・ダールコレクション6 ダニーは世界チャンピオン」 ロアルド・ダール著クェンティン・ブレイク絵;柳瀬尚紀訳 評論社 2006年3月

**父(カノック・カスプロ)　ちち(かのっくかすぷろ)**
「高地」のカスプロマントの首長で血筋に伝わる力「ギフト」を持つ人、オレックの父親 「ギフトー西のはての年代記1」 ル=グウィン著;谷垣暁美訳 河出書房新社 2006年6月

**ちっちゃなお話　ちっちゃなおはなし**
まだ名前もない小さな本、たった2行しか書かれていないちっちゃなお話 「まだ名前のない小さな本」 ホセ・アントニオ・ミリャン著;ペリーコ・パストール絵;安藤哲行訳 晶文社 2005年2月

**チヌーク**
銀翼コウモリの少年・シェードの同い年のライバル 「サンウィングー銀翼のコウモリ2」 ケネス・オッペル著;嶋田水子訳 小学館 2005年4月

**ちびっこトゥートゥー**
ふるいみなとのかたすみにいたいたずらずきな小さなタグボート 「ちびっこタグボート」 ハーディー・グラマトキーさく;わたなべしげおやく 学習研究社(グラマトキーののりものどうわ) 2005年7月

ちびぽ

## ちびポップ
十一歳の少年、同じクラスにとても仲良しで落第した一つ年上の兄さんがいる弟 「ちび
ポップの決断」B.ブルードラ著;森川弘子訳 未知谷 2005年5月

## チャイナ
さまざまな人種の人々が暮らすニューヨークのブルックリンで薬剤師の母とTVカメラマンの
父と暮らしている混血の少女 「天国(ヘヴン)にいちばん近い場所」E.R.フランク作;冨永
星訳 ポプラ社 2006年9月

## チャウダー
ちょっと弱気なDJの親友、太っちょで調子がいい十二歳の少年 「モンスター・ハウス」ト
ム・ヒューズ作;番由美子訳 メディアファクトリー 2007年1月

## チャーミング王子　ちゃーみんぐおうじ
妖精のゴッドマザーの息子、「遠い遠い国」の王位奪還を計画する男 「シュレック3」キャ
サリン・W.ゾーイフェルド作;杉田七重訳 角川書店(ドリームワークスアニメーションシリー
ズ) 2007年5月

## チャーリー
作家のスタインベックととも旅に出た雄の老プードル、フランス生まれフランス育ちのスタン
ダードプードル 「チャーリーとの旅」ジョン・スタインベック著;竹内真訳 ポプラ社 2007年
3月

## チャーリー
築二百年の古い家にとじこめられている四人の子どもの幽霊の一人、病気で死んだ八歳の
男の子 「ゴーストハウス」クリフ・マクニッシュ著;金原瑞人・松山美保訳 理論社 2007年5
月

## チャーリー
突然失踪した若い物理学者クリストファーの同僚 「スノードーム」アレックス・シアラー著;
石田文子訳 求龍堂 2005年1月

## チャーリー・アシャンティ
ネコ語をしゃべる少年 「ライオンボーイIII カリブの決闘」ジズー・コーダー著;枝廣淳子訳
 PHP研究所 2005年8月

## チャーリー・バケツ
ワンカ氏のガラスの大エレベーターで宇宙に飛び出した一家の少年 「ロアルド・ダールコ
レクション5 ガラスの大エレベーター」ロアルド・ダール著クェンティン・ブレイク絵;柳瀬尚
紀訳 評論社 2005年7月

## チャーリー・バケツ
一年に一度の誕生日にしかチョコレートが食べられない貧しい男の子 「ロアルド・ダールコ
レクション2 チョコレート工場の秘密」ロアルド・ダール著クェンティン・ブレイク絵;柳瀬尚
紀訳 評論社 2005年4月

## チャーリー・ピースフル
三つ下の弟・トモと一緒に戦場へ行くことになったイギリス人の少年 「兵士ピースフル」
マイケル・モーパーゴ著;佐藤見晴夢訳 評論社 2007年8月

## チャーリー・ボーン
芸術専門の寄宿学校「ブルーア学園」の生徒、写真から声や音が聞くことができる十一歳
の男の子 「海にきらめく鏡の城(チャーリー・ボーンの冒険4)」ジェニー・ニモ作;田中薫子
訳;ジョン・シェリー絵 徳間書店 2007年5月

## チャーリー・ボーン
芸術専門の寄宿学校「ブルーア学園」の生徒、写真から声や音が聞くことができる十一歳
の男の子 「空色のへびのひみつ(チャーリー・ボーンの冒険3)」ジェニー・ニモ作;田中薫
子訳;ジョン・シェリー絵 徳間書店 2006年3月

**ちょう**

**チャーリー・ボーン**
芸術専門の寄宿学校「ブルーア学園」の生徒、写真から声や音が聞くことができる十歳の
男の子「時をこえる七色の玉（チャーリー・ボーンの冒険2）」ジェニー・ニモ作;田中薫子訳
;ジョン・シェリー絵　徳間書店　2006年2月

**チャーリー・ボーン**
芸術専門の寄宿学校「ブルーア学園」の生徒、写真から声や音が聞こえてくるようになった
十歳の男の子「チャーリー・ボーンは真夜中に（チャーリー・ボーンの冒険1）」ジェニー・
ニモ作;田中薫子訳;ジョン・シェリー絵　徳間書店　2006年1月

**チャールズ**
インディアン居留地からミネソタ州のプラムクリークの川辺に移住したインガルス一家の主
「プラムクリークの川辺で」ローラ・インガルス・ワイルダー作;足沢良子訳　草炎社（大草原
の小さな家）　2005年11月

**チャールズ**
プラムクリークの川辺からサウス・ダコタ州のシルバー湖のほとりに移住したインガルス一家
の主「シルバー湖のほとりで」ローラ・インガルス・ワイルダー作;足沢良子訳　草炎社（大
草原の小さな家）　2006年6月

**チャールズ・クート教授（クート教授）　ちゃーるずくーときょうじゅ（くーときょうじゅ）**
魔術の研究者、歴史学のチルダーマス教授のむかしからの友だち「ジョニー・ディクソン
魔術師の復讐」ジョン・ベレアーズ著;林啓恵訳　集英社　2005年2月

**チャールズ・マーフィー（シャーク）**
高校を中退し一時は刑務所か少年院に入っていた町一番の不良「秘密のメリーゴーラン
ド」エミリー・ロッダ作;岡田好惠訳;はけたれいこ画　PHP研究所　2006年8月

**チャングム（大長今）　ちゃんぐむ（でじゃんぐむ）**
医術の道を志す王宮の宮女、偶然助けた内侍の推挙で入宮することになった聡明な十二
才の少女「チャングムの誓い－ジュニア版2」キムサンホン原作;金松伊訳;金正愛さし絵
汐文社　2007年1月

**チャングム（大長今）　ちゃんぐむ（でじゃんぐむ）**
医術の道を志す王宮の宮女、国王殿下の食事に毒を入れたという罪を着せられ捕盗庁に
逮捕された娘「チャングムの誓い－ジュニア版3」キムサンホン原作;金松伊訳;金正愛さ
し絵　汐文社　2007年2月

**チャングム（大長今）　ちゃんぐむ（でじゃんぐむ）**
宮廷の内医女、身に覚えのない罪で逮捕され下女に落ちたが医術を認められ入宮するこ
とになった二十二才の娘「チャングムの誓い－ジュニア版4」キムサンホン原作;金松伊
訳;金正愛さし絵　汐文社　2007年3月

**チュッテギ**
人間に化けたヌクテーのおばあさんが卵から作った双子の兄弟、卵の妖怪「おばけのウ
ンチ」クォンジョンセン作;クォンムニ絵;片岡清美訳　汐文社（いま読もう!韓国ベスト読みも
の）　2005年1月

**チュニ**
おとなしくてだれとももめごとをおこさない小学三年生の朝鮮人の少年「悲しい下駄」クォ
ンジョンセン作;ピョンキジャ訳;高田勲画　岩崎書店　2005年7月

**中宗王　ちゅんじょんおう**
朝鮮王朝十一代目の王、宮廷の内医女を退き地方の医女を養成したいというチャングムの
願いを聞き入れた君主「チャングムの誓い－ジュニア版4」キムサンホン原作;金松伊訳;
金正愛さし絵　汐文社　2007年3月

**張飛　ちょうひ**
劉備の義弟、二世紀後半中国の漢王朝末期黄巾賊軍と戦った義勇軍の軍人「三国志1
英傑雄飛の巻」渡辺仙州編訳;佐竹美保絵　偕成社　2005年3月

165

ちりあ

### チリアン
ナルニア王家さいごの王となった若者 「さいごの戦い(ナルニア国ものがたり7)」C.S.ルイ
ス作;瀬田貞二訳 岩波書店 2005年10月

### チルダーマス教授　ちるだーますきょうじゅ
歴史学の教授、十三歳のジョニーのお向かいに住む親友 「ジョニー・ディクソン魔術師の
復讐」ジョン・ベレアーズ著;林啓恵訳 集英社 2005年2月

### チンタン
とある公園のいすの下に置きざりにされた五人の人形の一人、赤いほっぺの布の人形
「気むずかしやの伯爵夫人(公園の小さななかまたち)」サリー・ガードナー作絵;村上利佳
訳 偕成社 2007年5月

## 【つ】

### ツイードさん
ジェシーの隣の家に住んでいる女の人、いつもジェシーの家に目を光らせている知りたがり
や 「フェアリー・レルム 10 虹の杖」エミリー・ロッダ著;岡田好惠訳;仁科幸子絵 童心社
2007年11月

### 月の子　つきのこ
モザンビークに住む義足をつけた少女・ソフィアの前にある日あらわれた少年 「炎の謎」
ヘニング・マンケル作;オスターグレン晴子訳 講談社 2005年2月

### 土螢　つちぼたる
巨大な桃の中にいた巨大なキ印土螢 「ロアルド・ダールコレクション1 おばけ桃が行く」ロ
アルド・ダール著クェンティン・ブレイク絵;柳瀬尚紀訳 評論社 2005年11月

### ツッカ
まったく性格の違う魔女姉妹の姉 「ちっちゃな魔女1 プンプとツッカの冬日記」アンネッ
テ・ヘアツォーク作;ユッタ・ガールベルト絵;さとうのぶひろ訳 小峰書店 2005年10月

### ツッカ
まったく性格の違う魔女姉妹の姉、夏休みはいたずらの妹プンプとはなれて南の島でしず
かにすごそうと計画している魔女 「ちっちゃな魔女2 プンプとツッカの夏休み」アンネッ
テ・ヘアツォーク作;ユッタ・ガールベルト絵;さとうのぶひろ訳 小峰書店 2006年7月

### ツッカ
まったく性格の違う魔女姉妹の姉、村の"たこあげ大会"にでる妹プンプを助けようとした魔
女 「ちっちゃな魔女3 プンプとツッカの秋便り」アンネッテ・ヘアツォーク作;ユッタ・ガール
ベルト絵;さとうのぶひろ訳 小峰書店 2006年10月

### ツッカ
まったく性格の違う魔女姉妹の姉、毎年春になると開かれる魔女山の魔女パーティに妹の
プンプとでかけた魔女 「ちっちゃな魔女4 プンプとツッカの春祭り」アンネッテ・ヘア
ツォーク作;ユッタ・ガールベルト絵;さとうのぶひろ訳 小峰書店 2007年4月

## 【て】

### ディアオ
皇帝から龍を買い取るために黄陵宮をおとずれた龍狩り、老龍ダンザの宿敵 「ドラゴン
キーパー 最後の宮廷龍」キャロル・ウィルキンソン作;もきかずこ訳 金の星社 2006年9月

### ディアドリ・シャノン
高校3年生の美少女探偵・ナンシーの同級生、自己中心的な女の子 「ナンシー・ドルー
戦線離脱」キャロリン・キーン作;小林淳子訳;甘塩コメコ絵 金の星社 2007年3月

でいじ

### ティウリ
ダホナウト王国に住む見習い騎士、十六歳の少年 「王への手紙 上下」トンケ・ドラフト作;西村由美訳 岩波書店(岩波少年文庫) 2005年11月

### ティウリ
ダホナウト王国の最年少の騎士 「白い盾の少年騎士 上下」トンケ・ドラフト作;西村由美訳 岩波書店(岩波少年文庫) 2006年11月

### ディエゴ・ベラスケス
スペイン国王づきの肖像画家、幼いころから絵に親しんで育ったスペインを代表する画家の一人 「ベラスケスの十字の謎」エリアセル・カンシーノ作;宇野和美訳 徳間書店 2006年5月

### ディクシー・ダイヤモンド
四姉妹の末娘、セキセイインコのぬいぐるみを肌身はなさないやせっぽちで夢見がちの十歳の少女 「ダイヤモンド・ガールズ」ジャクリーン・ウィルソン作;尾高薫訳 理論社 2006年2月

### ディグズ夫妻　でいぐずふさい
オールデンきょうだいのおじさんの友人、「ピッカーリング博物館」の評議会議長 「恐竜のなぞ(ボックスカー・チルドレン44)」ガートルード・ウォーナー原作;小中セツ子訳 日向房 2007年2月

### ディグビー
犬の収容所に入れられたボーダー・コリー、青年フランクに好意をよせた若くてハンサムな犬 「ハーモニカふきとのら犬ディグビー」コリン・ダン作;はらるい訳 PHP研究所 2006年4月

### ディゴリー・カーク
指輪の魔法の力でとなりの家のポリーと2人別世界へ送りこまれた男の子 「魔術師のおい(ナルニア国ものがたり6)」C.S.ルイス作;瀬田貞二訳 岩波書店 2005年10月

### ディゴリー卿　でいごりーきょう
チリアン王がひきあわされた男の人、ナルニア国のはじめの日にナルニアにきた人 「さいごの戦い(ナルニア国ものがたり7)」C.S.ルイス作;瀬田貞二訳 岩波書店 2005年10月

### ディコン
メアリが仲よくなった男の子、ミスルスウェイト屋敷の若い女中マーサの弟で動物たちに好かれるやさしい子 「秘密の花園 上下」バーネット作;山内玲子訳 岩波書店(岩波少年文庫) 2005年3月

### デイジー
ウィリーの親友、ピッグ・ワードで話ができる子ブタ 「ドラゴン・スレイヤー・アカデミー 2-4 ケン王の病気」ケイト・マクミュラン作;神戸万知訳;舵真秀斗絵 岩崎書店 2006年12月

### デイジー
なかよしの友だち5人と「アルファベットガールズ・クラブ」をつくっている転校してきたばかりの女の子 「アルファベットガールズ」ジャクリーン・ウィルソン作;ニック・シャラット画;尾高薫訳 理論社(フォア文庫) 2007年6月

### デイジー
四人のいとこたちがいるイギリスのおばさんの家を訪ねた十五歳のアメリカ人の女の子 「わたしは生きていける」メグ・ローゾフ作;小原亜美訳 理論社 2005年4月

### DJ(ドナ・ジョー)　でぃーじぇー(どなじょー)
サンフランシスコの住む大家族・タナー家の十一年生の長女 「フルハウス 1 テフ&ミシェル」リタ・マイアミ著;キャシー・E.ドゥボウスキ著;リー玲子訳;大塚典子訳 マッグガーデン 2007年2月

でいじ

### DJ・ウォルターズ　でぃーじぇいうぉるたーず
陰気で奇妙な屋敷の向かいに住んでいるちょっと弱気な十二歳の少年 「モンスター・ハウス」トム・ヒューズ作;番由美子訳 メディアファクトリー 2007年1月

### D.J.ルーカス　でぃーじぇーるーかす
少年マックスがファンレターを書いた作家 「お手紙レッスン」D.J.ルーカス(サリー・グリンドリー)作;トニー・ロス絵;千葉茂樹訳 あすなろ書房 2006年11月

### デイジー・キッド
アメリカのシダーハースト小学校の転校生、幼いころからやっかいな子といわれてきたラモーナと親友になった四年生の少女 「ラモーナ、明日へ(ゆかいなヘンリーくんシリーズ)」ベバリイ・クリアリー作;アラン・ティーグリーン画;松岡享子訳 学習研究社 2006年1月

### デイジー姫　でいじーひめ
りっぱなお姫さまを育てる「お姫さま学園」の生徒、大きくてらんぼうなものが大きらいなおくびょうものの姫 「デイジー姫とびっくりドラゴン(ティアラ・クラブ3)」ヴィヴィアン・フレンチ著;岡本浜江訳;サラ・ギブ絵 朔北社 2007年8月

### ティスロック
ナルニア国をのっとろうとして攻めてきたカロールメン国の王 「さいごの戦い(ナルニア国ものがたり7)」C.S.ルイス作;瀬田貞二訳 岩波書店 2005年10月

### ティタス・ペティボーン
「ピッカーリング自然史博物館」の化石部門の責任者、有名な化石の科学者 「恐竜のなぞ(ボックスカー・チルドレン44)」ガートルード・ウォーナー原作;小中セツ子訳 日向房 2007年2月

### ティタニア女王　ていたにあじょおう
妖精の国・フェアリーランドのお城に住む妖精の女王 「ムーンストーンの妖精(フェアリー)インディア(レインボーマジック)」デイジー・メドウズ作;田内志文訳 ゴマブックス 2007年11月

### ティック・ヴァーダン
ジェダイ修行生アナキンが惑星ハリデンで救出した科学者、惑星起源に関する応用理論家 「スター・ウォーズ/ジェダイ・クエスト4 ダークサイドの誘惑」ジュード・ワトソン著;西村和子訳 オークラ出版(LUCAS BOOKS) 2007年8月

### ディッタ
学校の図書館のすみに少年の幽霊を見た少女 「ポータブル・ゴースト」マーガレット・マーヒー作;幾島幸子訳 岩波書店 2007年6月

### ディディ
ジェダイ・ナイトであるオビ・ワンの友人 「スター・ウォーズ/ジェダイ・クエスト3 危険なゲーム」ジュード・ワトソン著;西村和子訳 オークラ出版(LUCAS BOOKS) 2007年4月

### ディディ・モーロック
「イレギュラーズ」のメンバー、科学者のタマゴ 「キキ・ストライクと謎の地下都市」キルステン・ミラー作;三辺律子訳 理論社 2006年12月

### ディート
子どもがほとんどいない世界で少年のタリンを使って商売をしている男 「世界でたったひとりの子」アレックス・シアラー著;金原瑞人訳 竹書房 2005年12月

### ティナ
少年ザッチがドッグシェルターで出会った子犬、脱走する悪いくせがあるいたずらざかりの愛犬 「クリスマスの子犬」R・G・イントレイター作;若林千鶴訳;むかいながまさ訳 文研出版(文研ブックランド) 2006年10月

でいび

### ディバック・ザッハトルテ（バック）
双子のジンの兄妹ジョンとフィリッパのジン友だち、素行の悪い少年 「ランプの精 3 カトマンズのコブラキング」 P.B.カー著;小林浩子訳 集英社 2006年11月

### ティバトング教授　てぃばとんぐきょうじゅ
ウルメルたちと地球のふたご惑星フトゥラへ星の冒険の旅に出た教授 「ウルメル宇宙へゆく(URMEL 2)」 マックス・クルーゼ作;エーリヒ・ヘレ絵;加藤健司訳 ひくまの出版 2005年5月

### ティバトング教授　てぃばとんぐきょうじゅ
ティティブー島でしゃべる動物たちと暮らす教授、潜水薬を研究している人 「ウルメル海に潜る(URMEL 3)」 マックス・クルーゼ作;エーリヒ・ヘレ絵;加藤健司訳 ひくまの出版 2005年8月

### ティバトング教授　てぃばとんぐきょうじゅ
ティティブー島に孤児のティムとブタのブッツと移り住んだ教授、古代動物ウルメルの研究者 「ウルメル氷のなかから現われる(URMEL 1)」 マックス・クルーゼ作;エーリヒ・ヘレ絵;加藤健司訳 ひくまの出版 2005年1月

### ティビー
ニューヨーク大学映画学科の一年生、幼なじみの3人と不思議な力を持ったジーンズを共有する女の子 「ジーンズ・フォーエバー ―トラベリング・パンツ」 アン・ブラッシェアーズ作;大嶌双恵訳 理論社 2007年4月

### ティビー
高校を卒業してニューヨーク大学進学を控えた女の子、幼なじみの3人と不思議な力を持ったジーンズを共有する女の子 「ラストサマー ―トラベリング・パンツ」 アン・ブラッシェアーズ作;大嶌双恵訳 理論社 2005年5月

### デイヴィ（デイヴィッド）
ペロー出身でプロテスタントの三歳年上のワルに手こずっているフェリング出身でカトリック信者の十三歳の少年 「クレイ」 デイヴィッド・アーモンド著;金原瑞人訳 河出書房新社 2007年7月

### デイビィ・ジョーンズ
幽霊船フライングダッチマン号の船長、海賊船を手当たりしだいに攻撃する海の悪霊 「パイレーツ・オブ・カリビアン」 T.T.サザーランド作;橘高弓枝訳 偕成社(ディズニーアニメ小説版) 2007年5月

### デイヴィ・ジョーンズ（ジョーンズ）
フライング・ダッチマン号の船長、七つの海で最も恐れられているおぞましい怪物 「パイレーツ・オブ・カリビアン ジャック・スパロウの冒険 8 タイムキーパー」 ロブ・キッド著;ジャン=ポール・オルピナス絵;ホンヤク社訳 講談社 2007年8月

### デイヴィッド
ペロー出身でプロテスタントの三歳年上のワルに手こずっているフェリング出身でカトリック信者の十三歳の少年 「クレイ」 デイヴィッド・アーモンド著;金原瑞人訳 河出書房新社 2007年7月

### デイヴィッド
父親をうしない農家のホリー夫妻に引き取られた男の子、ヴァイオリンで奏でる少年 「ぼく、デイヴィッド」 エリナー・ポーター作;中村妙子訳 岩波書店(岩波少年文庫) 2007年3

### デイビッド・ペルザー
カリフォルニア州に住んでいた家族の次男、母親から虐待されていた子ども 「"It(それ)"と呼ばれた子 ―ジュニア版1」 デイヴ・ペルザー著;百瀬しのぶ監訳 ソニー・マガジンズ 2005年7月

でいび

### デイビッド・ペルザー
母親から虐待を受けて育ち十二歳で教護院に入ることになったアメリカ人の少年 「"It(それ)"と呼ばれた子－ジュニア版3」 デイヴ・ペルザー著;百瀬しのぶ監訳 ソニー・マガジンズ 2005年7月

### デイビッド・ペルザー
母親から虐待を受けて育ち十二歳のときに警察に保護されたアメリカ人の少年 「"It(それ)"と呼ばれた子－ジュニア版2」 デイヴ・ペルザー著;百瀬しのぶ監訳 ソニー・マガジンズ 2005年7月

### ティファニー・エイキング
チョーク地方の先祖代々羊飼いの家の娘、大きくなったら魔女になろうと決めた九歳の女の子 「魔女になりたいティファニーと奇妙な仲間たち」 テリー・プラチェット著;冨永星訳 あすなろ書房 2006年10月

### ティファニー・ファンクラフト
生きている最新式のプラスチック製の人形、アンティーク人形のアナベルの親友 「アナベル・ドールと世界一いじのわるいお人形」 アン・M.マーティン作;ローラ・ゴドウィン作;三原泉訳;ブライアン・セルズニック絵 偕成社 2005年5月

### デイブ・ダグラス
優秀な検察官、犬のシャギーにかまれてから犬に変身してしまう男 「シャギー・ドッグ」 ゲイル・ハーマン作;しぶやまさこ訳 偕成社(ディズニーアニメ小説版) 2006年12月

### ティブルス
魔女島を追放されたふたりの魔女が住みついた聖トランタース・エンド教会で飼われることになったやせこけた小さな黒猫 「いたずら魔女のノシーとマーム 2 謎の猫、メンダックス」 ケイト・ソーンダズ作;トニー・ロス絵;相良倫子訳;陶浪亜希訳 小峰書店 2005年9月

### デイブレイク
ヴァージニア州にある厩舎ハートランドで難産のすえ生まれた子馬 「別れのとき－ハートランド物語」 ローレン・ブルック著;勝浦寿美訳 あすなろ書房 2006年10月

### ディミートリアス
ハーミアの結婚相手に選ばれた貴族の青年 「こどものための夏の夜のゆめ」 ロイス・バーデット著;鈴木扶佐子訳 アートデイズ(シェイクスピアっておもしろい!) 2007年6月

### ティム・ダレン
刑事になりたいたのもしい男の子、山荘に引っ越してきたビルと同じグラマースクールに通う親友 「この湖にボート禁止」 ジェフリー・トリーズ作;多賀京子訳;リチャード・ケネディ画 福音館書店(福音館文庫) 2006年6月

### ティム・テンテンソバカス
ティティブー島でティバトング教授たちと暮らす少年 「ウルメル海に潜る(URMEL 3)」 マックス・クルーゼ作;エーリヒ・ヘレ絵;加藤健司訳 ひくまの出版 2005年8月

### ティム・テンテンソバカス
ティバトング教授たちと地球のふたご惑星フトウラへの冒険の旅に出た少年 「ウルメル宇宙へゆく(URMEL 2)」 マックス・クルーゼ作;エーリヒ・ヘレ絵;加藤健司訳 ひくまの出版 2005年5月

### ティム・テンテンソバカス
古代動物・ウルメルの研究者のティバントング教授とティティブー島に移り住んだ孤児の少年 「ウルメル氷のなかから現われる(URMEL 1)」 マックス・クルーゼ作;エーリヒ・ヘレ絵;加藤健司訳 ひくまの出版 2005年1月

### ティム・フレミング
厩舎ハートランドのエイミー姉妹の父、十二年前の乗馬競技中の事故が原因で騎手を辞め家族を捨てた男 「別れのとき－ハートランド物語」 ローレン・ブルック著;勝浦寿美訳 あすなろ書房 2006年10月

てぃん

### ティヨートカ
大通りで指物師のご主人とはぐれてしまった栗色のやせた子犬 「小犬のカシタンカ」 アントン・チェーホフ作;難波平太郎訳;田村セツ子画 新風舎 2006年12月

### ディーランド
妹のジャラが奴隷になっているポッドレーサーのパイロット、ポッドレーサー整備士・ドビーの兄 「スター・ウォーズ/ジェダイ・クエスト3 危険なゲーム」 ジュード・ワトソン著;西村和子訳 オークラ出版(LUCAS BOOKS) 2007年4月

### ティリー・メニュート
十三歳の少女・ラチェットの遠縁の親戚の双子のおばあさんの一人、メイン州に住んでいる小さくてとてもやせた人 「ブルーベリー・ソースの季節」 ポリー・ホーヴァート著;目黒条訳 早川書房(ハリネズミの本箱) 2005年5月

### ティルスさん
『ティルス城』と呼ばれる有名なお屋敷の主、あるアラブの王様からあずかったエメラルドの原石を盗まれた有名な宝石商 「ティーン・パワーをよろしく6 テルティス城の怪事件」 エミリー・ロッダ著;岡田好惠訳 講談社(YA!entertainment) 2005年12月

### ティル船長　てぃるせんちょう
ミスティック・ヨットクラブの会長、白髪頭で真っ白なひげをたくわえた船長 「謎の三角海域(双子探偵ジーク＆ジェン5)」 ローラ・E.ウィリアムズ著;石田理恵訳 早川書房(ハリネズミの本箱) 2007年1月

### ティルヤ
通り抜けができない森に守られている谷にくらすウルラスドウター家の長女 「ザ・ロープメイカー」 ピーター・ディッキンソン作;三辺律子訳 ポプラ社(ポプラ・ウイング・ブックス) 2006年7月

### ティンカ
クラスメイトで義理姉妹のリッシと秘密の魔女になったブロンド髪の少女 「男の子おことわり、魔女オンリー 2 兄貴をカエルにかえる？」 トーマス・ブレツィナ作;松沢あさか訳 さ・え・ら書房 2006年3月

### ティンカ
クラスメイトで義理姉妹のリッシと秘密の魔女になったブロンド髪の少女 「男の子おことわり、魔女オンリー 3 いちばんすてきなママはだれ？」 トーマス・ブレツィナ作;松沢あさか訳 さ・え・ら書房 2006年4月

### ティンカ
クラスメイトで義理姉妹のリッシと秘密の魔女になったブロンド髪の少女 「男の子おことわり、魔女オンリー 4 うちはハッピーファミリー？」 トーマス・ブレツィナ作;松沢あさか訳 さ・え・ら書房 2006年4月

### ティンカ
クラスメイトのリッシの義理姉妹になったおだやかでおちついた性格のブロンド髪の少女 「男の子おことわり、魔女オンリー 1 きのうの敵は今日も敵？」 トーマス・ブレツィナ作;松沢あさか訳 さ・え・ら書房 2006年3月

### ティンカー・ベル(ティンク)
なべやフライパンなど金ものならなんでも直すことができる金もの修理の妖精 「ティンカー・ベルのチャレンジ」 エレノール・フレモント作;小宮山みのり訳;ディズニーストーリーブックアーティストグループ絵 講談社(ディズニーフェアリーズ文庫) 2006年7月

### ティンカー・ベル(ティンク)
なべやフライパンなど金ものならなんでも直すことができる金もの修理の妖精 「ティンカー・ベルの秘密」 キキ・ソープ作;小宮山みのり訳;ジュディス・ホームス・クラーク＆ディズニーストーリーブックアーティストグループ絵 講談社(ディズニーフェアリーズ文庫) 2005年9月

てぃん

### ティンカー・ベル（ティンク）
魔法の島ネバーランドの妖精の谷ピクシー・ホロウに住むものづくりの妖精 「ラニーと魔法の杖」 ゲイル・カーソン・レビン著;デイビッド・クリスチアナ絵;柏葉幸子訳 講談社（ディズニーフェアリーズ） 2007年11月

### ティンカー・ベル（ティンク）
魔法の島ネバーランドの妖精の谷ピクシー・ホロウに住む金もの修理の妖精 「ティンカー・ベルとテレンス」 キキ・ソープ作;ディズニーストーリーブックアーティストグループ絵;小宮山みのり訳 講談社（ディズニーフェアリーズ文庫） 2007年6月

### ティンク
なべやフライパンなど金ものならなんでも直すことができる金もの修理の妖精 「ティンカー・ベルのチャレンジ」 エレノール・フレモント作;小宮山みのり訳;ディズニーストーリーブックアーティストグループ絵 講談社（ディズニーフェアリーズ文庫） 2006年7月

### ティンク
なべやフライパンなど金ものならなんでも直すことができる金もの修理の妖精 「ティンカー・ベルの秘密」 キキ・ソープ作;小宮山みのり訳;ジュディス・ホームス・クラーク＆ディズニーストーリーブックアーティストグループ絵 講談社（ディズニーフェアリーズ文庫） 2005年9月

### ティンク
ネバーランドのフェアリー・ヘイブンで暮らす修理屋の才能がある妖精 「ディズニーフェアリーズ－プリラの夢の種」 ゲイル・カーソン・レビン作;デイビッド・クリスチアナ絵;柏葉幸子訳 講談社 2005年9月

### ティンク
魔法の島ネバーランドの妖精の谷ピクシー・ホロウに住むものづくりの妖精 「ラニーと魔法の杖」 ゲイル・カーソン・レビン著;デイビッド・クリスチアナ絵;柏葉幸子訳 講談社（ディズニーフェアリーズ） 2007年11月

### ティンク
魔法の島ネバーランドの妖精の谷ピクシー・ホロウに住む金もの修理の妖精 「ティンカー・ベルとテレンス」 キキ・ソープ作;ディズニーストーリーブックアーティストグループ絵;小宮山みのり訳 講談社（ディズニーフェアリーズ文庫） 2007年6月

### ディングル
妖精の王国『フェアリー・レルム』からジェシーの家の松林にある赤いキノコへ遊びにきた年よりのピクシーのじいさん 「フェアリー・レルム 5 魔法のかぎ」 エミリー・ロッダ著;岡田好惠訳;仁科幸子絵 童心社 2006年3月

### ティンパ
ビールバラ提督たちといっしょに地下の国へ行った子どもたちの一人 「フーさんにお隣さんがやってきた」 ハンヌ・マケラ作;上山美保子訳 国書刊行会 2007年11月

### テオ
教育熱心な親ばかりいる「ガリ勉村」にひっこしてきた十二歳のルーイのとなりの席の少年、まじめでユーモアのセンスがまるでない子 「両親をしつけよう!」 ピート・ジョンソン作;岡本浜江訳;ささめやゆき絵 文研出版（文研じゅべにーる） 2006年9月

### 大長今　でじゃんぐむ
医術の道を志す王宮の宮女、偶然助けた内侍の推挙で入宮することになった聡明な十二才の少女 「チャングムの誓い－ジュニア版2」 キムサンホン原作;金松伊訳;金正愛さし絵 汐文社 2007年1月

### 大長今　でじゃんぐむ
医術の道を志す王宮の宮女、国王殿下の食事に毒を入れたという罪を着せられ捕盗庁に逮捕された娘 「チャングムの誓い－ジュニア版3」 キムサンホン原作;金松伊訳;金正愛さし絵 汐文社 2007年2月

てでぃ

## 大長今　でじゃんぐむ
宮廷の内医女、身に覚えのない罪で逮捕され下女に落ちたが医術を認められ入宮することになった二十二才の娘「チャングムの誓い－ジュニア版4」キムサンホン原作;金松伊訳;金正愛さし絵　汐文社　2007年3月

## テス
ペットシッターをする女の子・アビーの妹、かわりものの女の子「アビーとテスのペットはおまかせ!1　金魚はあわのおふろに入らない！？」トリーナ・ウィーブ作;宮坂宏美訳;しまだしほ画　ポプラ社(ポップコーン・ブックス)　2005年8月

## テス
ペットシッターをする女の子・アビーの妹、かわりものの女の子「アビーとテスのペットはおまかせ!2　トカゲにリップクリーム？」トリーナ・ウィーブ作;宮坂宏美訳;しまだしほ画　ポプラ社(ポップコーン・ブックス)　2006年2月

## テス
ペットシッターをする女の子・アビーの妹、かわりものの女の子「アビーとテスのペットはおまかせ!3　コブタがテレビをみるなんて！」トリーナ・ウィーブ作;宮坂宏美訳;しまだしほ画　ポプラ社(ポップコーン・ブックス)　2006年5月

## テック
魔術使いの娘でユニコーン一族の王子・ジャンの連れあい、群れを率いる摂政「夏星の子 ファイアブリンガー3」メレディス・アン・ピアス著;谷泰子訳　東京創元社(sogen bookland)　2007年1月

## テッド(テディ)
魔法使いのモーガンの図書館で助手をしながら魔法を学んでいる少年「オオカミと氷の魔法使い－マジック・ツリーハウス18」メアリー・ポープ・オズボーン著;食野雅子訳　メディアファクトリー　2006年11月

## テッド(テディ)
魔法使いのモーガンの図書館で助手をしながら魔法を学んでいる少年「聖剣と海の大蛇－マジック・ツリーハウス17」メアリー・ポープ・オズボーン著;食野雅子訳　メディアファクトリー　2006年6月

## テッド(テディ)
魔法使いのモーガンの図書館で助手をしながら魔法を学んでいる少年「幽霊城の秘宝－マジック・ツリーハウス16」メアリー・ポープ・オズボーン著;食野雅子訳　メディアファクトリー　2006年2月

## テッド・バーガー
ある事件に巻き込まれあと二十四時間しか生きられない十六歳の少年「One day 死ぬまでにやりたい10のこと」ダニエル・エーレンハフト著;古屋美登里訳　ポプラ社　2005年3月

## デデ
モモの古くからの友だちマリアがつれている小さな妹「モモ」ミヒャエル・エンデ作;大島かおり訳　岩波書店(岩波少年文庫)　2005年6月

## テディ
自然史博物館のエントランスホールにある第二十六代アメリカ合衆国大統領の蝋人形「小説ナイトミュージアム」レスリー・ゴールドマン著;ホンヤク社訳　講談社　2007年2月

## テディ
魔法使いのモーガンの図書館で助手をしながら魔法を学んでいる少年「オオカミと氷の魔法使い－マジック・ツリーハウス18」メアリー・ポープ・オズボーン著;食野雅子訳　メディアファクトリー　2006年11月

てでい

### テディ
魔法使いのモーガンの図書館で助手をしながら魔法を学んでいる少年 「聖剣と海の大蛇
－マジック・ツリーハウス17」 メアリー・ポープ・オズボーン著;食野雅子訳 メディアファクト
リー 2006年6月

### テディ
魔法使いのモーガンの図書館で助手をしながら魔法を学んでいる少年 「幽霊城の秘宝－
マジック・ツリーハウス16」 メアリー・ポープ・オズボーン著;食野雅子訳 メディアファクトリー
2006年2月

### デティーグ男爵　でてぃーぐだんしゃく
青年ラウールの恋人・クラリスの父、カリオストロ伯爵夫人と対立している男爵 「カリオストロ
伯爵夫人」 モーリス・ルブラン作;竹西英夫訳 偕成社(偕成社文庫) 2005年9月

### デトレフ・ジールック
劇作家兼俳優、ちょっぴり太めでおどけた味もある二枚目 「ウォーハンマーノベル1 ドラッ
ケンフェルズ」 ジャック・ヨーヴィル著;待兼音二郎訳;崎浜かおる訳;渡部夢霧訳 ホビー
ジャパン(HJ文庫G) 2007年1月

### デトレフ・ジールック
天才演出家で俳優、女吸血鬼ジュヌヴィエーヴの恋人 「ウォーハンマーノベル2 吸血鬼
ジュヌヴィエーヴ」 ジャック・ヨーヴィル著;藤沢涼訳;小林尚海訳;朝月千晶訳 ホビージャ
パン(HJ文庫G) 2007年1月

### テナー
アチュアンの墓所の暗黒の地下迷宮を守る巫女の少女 「ゲド戦記Ⅱ　こわれた腕環」 ル
=グウィン著;清水真砂子訳 岩波書店 2006年4月

### テナー
元大賢人・ゲドの妻で、火傷を負ったテハヌーの養母 「ゲド戦記Ⅴ　アースシーの風」 ル
=グウィン著;清水真砂子訳 岩波書店 2006年5月

### テナー(ゴハ)
アチュアンの墓所から大魔法使い・ゲドと共に逃げてきた元大巫女、大火傷を負った少女・
テルーをひきとった女 「ゲド戦記Ⅳ　帰還」 ル=グウィン著;清水真砂子訳 岩波書店
2006年5月

### テハヌー
元大賢人のゲドと元大巫女のテナーの養女、竜の娘 「ゲド戦記Ⅴ　アースシーの風」 ル=
グウィン著;清水真砂子訳 岩波書店 2006年5月

### デーヴィ
ビル爆破の容疑者となって友達のマイクと道連れで逃亡を続けたイギリスの少年 「ぼくら
は小さな逃亡者」 アレックス・シアラー著;奥野節子訳 ダイヤモンド社 2007年5月

### デビー
とても腕の良いピアノ調律師ルーベン・ワインストックの孫娘、調律師になりたい女の子 「ピ
アノ調律師」 M.B.ゴフスタイン作・絵;末盛千枝子訳 すえもりブックス 2005年8月

### デービッド・レイン
イギリスのペニーケトル家の下宿人、ものを書く龍・ガズークスと出会い小説を書くように
なった青年 「炎の星－龍のすむ家3」 クリス・ダレーシー著;三辺律子訳 竹書房 2007年
8月

### デーヴィッド・ロス
カナダの中学に転校してきた車いすに乗った少年、同級生のショーンにホスト役をしても
らった転校生 「リバウンド」 E.ウォルターズ作;小梨直訳 福音館書店 2007年11月

てんば

### デボラ・ワインストック（デビー）
とても腕の良いピアノ調律師ルーベン・ワインストックの孫娘、調律師になりたい女の子 「ピアノ調律師」 M.B.ゴフスタイン作・絵;末盛千枝子訳　すえもりブックス　2005年8月

### デマラル
ソープ教区の牧師、暗黒の神ピラテオンを崇拝し魔法の〈ケルヴィム〉の力で全世界を支配しようとしている男 「シャドウマンサー」 G.P.テイラー著;亀井よし子訳　新潮社　2006年6月

### テミストクレス
メルヘンムーンという国から少年キムへ助けを求めてやってきた老人の賢者 「メルヘンムーン」 ヴォルフガンク・ホールバイン作;ハイケ・ホールバイン作;平井吉夫訳　評論社　2005年10月

### 大ヨンギ　てよんぎ
宮廷の内医女のチャングムの兄、身分は下男だが働く権利を得て充実した暮らしをしている青年 「チャングムの誓い－ジュニア版4」 キムサンホン原作;金松伊訳;金正愛さし絵　汐文社　2007年3月

### テルー
元大巫女にひきとられた大火傷を負った少女 「ゲド戦記IV　帰還」 ル＝グウィン著;清水真砂子訳　岩波書店　2006年5月

### デルバート・アームストロング
ペンビナ・レーク・タウンに暮らす五十代はじめの独身の農夫 「ハートレスガール」 マーサ・ブルックス作;もりうちすみこ訳　さ・え・ら書房　2005年4月

### テレーズ
おてんばな姉妹の妹、姉といっしょに森の中でたおれている目のみえない若い兵士をたすけた八歳の少女 「銀のロバ」 ソーニャ・ハートネット著;野沢佳織訳　主婦の友社　2006年10月

### テレンス
魔法の島ネバーランドの妖精の谷ピクシー・ホロウに住むスパロー・マン、妖精ティンカー・ベルの友だち 「ティンカー・ベルとテレンス」 キキ・ソープ作;ディズニーストーリーブックアーティストグループ絵;小宮山みのり訳　講談社（ディズニーフェアリーズ文庫）　2007年6

### テレンス
妖精たちに必要なフェアリーダストの量を量ったり配ったりしているスパローマン 「ティンカー・ベルの秘密」 キキ・ソープ作;小宮山みのり訳;ジュディス・ホームス・クラーク＆ディズニーストリーブックアーティストグループ絵　講談社（ディズニーフェアリーズ文庫）　2005年9

### デングウィ
「ハウス＆ガーデン」でクライディと共に奴隷として過ごしていた少女 「ウルフ・タワー　最終話　翼を広げたプリンセス」 タニス・リー著;中村浩美訳　産業編集センター　2005年5月

### テンダイ
南アフリカのサウボナ村で野生動物を調査するトラッカーをしている黒人 「白いキリンを追って」 ローレン・セントジョン著;さくまゆみこ訳　あすなろ書房　2007年12月

### テントウ虫　てんとうむし
巨大な桃の中にいた巨大なテントウ虫 「ロアルド・ダールコレクション1 おばけ桃が行く」 ロアルド・ダール著クェンティン・ブレイク絵;柳瀬尚紀訳　評論社　2005年11月

### 天馬　てんば
ロンドンの辻馬車屋の馬、ナルニア国でものいう力とつばさをあたえられた馬 「魔術師のおい（ナルニア国ものがたり6）」 C.S.ルイス作;瀬田貞二訳　岩波書店　2005年10月

175

でんほ

## デンホルム
珊瑚の森にひらけた海底の世界の指導者、秩序ある世界を長年守ってきた男 「ノーチラス号の冒険 3 深海の人びと」 ヴォルフガング・ホールバイン著;平井吉夫訳 創元社 2006年7月

## 【と】

### トーアウェヌア
大地のトーア、伝説の都市メトロ・ヌイの英雄だったリカーンによってうみだされた六人のトーアメトロのうちのひとり 「バイオニクル6 影の迷宮」 グレッグ・ファーシュティ著;バイオニクル研究会訳 主婦の友社 2005年4月

### トーアウェヌア
大地のトーア、伝説の都市メトロ・ヌイの英雄だったリカーンによってうみだされた六人のトーアメトロのうちのひとり 「バイオニクル7 悪魔の巣」 グレッグ・ファーシュティ著;バイオニクル研究会訳 主婦の友社 2005年4月

### トーアウェヌア・ホーディカ
大地のトーア・ホーディカ、ヴィソラックの毒を打たれて半分トーア半分野獣に変異してしまったトーア 「バイオニクル8 闇の勇者」 グレッグ・ファーシュティ著;バイオニクル研究会訳 主婦の友社 2005年4月

### トーアオネワ
石のトーア、伝説の都市メトロ・ヌイの英雄だったリカーンによってうみだされた六人のトーアメトロのうちのひとり 「バイオニクル6 影の迷宮」 グレッグ・ファーシュティ著;バイオニクル研究会訳 主婦の友社 2005年4月

### トーアオネワ
石のトーア、伝説の都市メトロ・ヌイの英雄だったリカーンによってうみだされた六人のトーアメトロのうちのひとり 「バイオニクル7 悪魔の巣」 グレッグ・ファーシュティ著;バイオニクル研究会訳 主婦の友社 2005年4月

### トーアオネワ・ホーディカ
石のトーア・ホーディカ、ヴィソラックの毒を打たれて半分トーア半分野獣に変異してしまったトーア 「バイオニクル8 闇の勇者」 グレッグ・ファーシュティ著;バイオニクル研究会訳 主婦の友社 2005年4月

### トーアヌジュ
氷のトーア、伝説の都市メトロ・ヌイの英雄だったリカーンによってうみだされた六人のトーアメトロのうちのひとり 「バイオニクル6 影の迷宮」 グレッグ・ファーシュティ著;バイオニクル研究会訳 主婦の友社 2005年4月

### トーアヌジュ
氷のトーア、伝説の都市メトロ・ヌイの英雄だったリカーンによってうみだされた六人のトーアメトロのうちのひとり 「バイオニクル7 悪魔の巣」 グレッグ・ファーシュティ著;バイオニクル研究会訳 主婦の友社 2005年4月

### トーアノカマ
水のトーア、伝説の都市メトロ・ヌイの英雄だったリカーンによってうみだされた六人のトーアメトロのうちのひとり 「バイオニクル5 恐怖の航海」 グレッグ・ファーシュティ著;バイオニクル研究会訳 主婦の友社 2005年4月

### トーアノカマ
水のトーア、伝説の都市メトロ・ヌイの英雄だったリカーンによってうみだされた六人のトーアメトロのうちのひとり 「バイオニクル6 影の迷宮」 グレッグ・ファーシュティ著;バイオニクル研究会訳 主婦の友社 2005年4月

とうい

### トーアノカマ
水のトーア、伝説の都市メトロ・ヌイの英雄だったリカーンによってうみだされた六人のトーア
メトロのうちのひとり 「バイオニクル7 悪魔の巣」 グレッグ・ファーシュティ著;バイオニクル
研究会訳 主婦の友社 2005年4月

### トーアノカマ・ホーディカ
水のトーア・ホーディカ、ヴィソラックの毒を打たれて半分トーア半分野獣に変異してしまっ
たトーア 「バイオニクル8 闇の勇者」 グレッグ・ファーシュティ著;バイオニクル研究会訳
主婦の友社 2005年4月

### トーアマタウ
大気のトーア、伝説の都市メトロ・ヌイの英雄だったリカーンによってうみだされた六人の
トーアメトロのうちのひとり 「バイオニクル5 恐怖の航海」 グレッグ・ファーシュティ著;バイオ
ニクル研究会訳 主婦の友社 2005年4月

### トーアマタウ
大気のトーア、伝説の都市メトロ・ヌイの英雄だったリカーンによってうみだされた六人の
トーアメトロのうちのひとり 「バイオニクル6 影の迷宮」 グレッグ・ファーシュティ著;バイオニ
クル研究会訳 主婦の友社 2005年4月

### トーアマタウ
大気のトーア、伝説の都市メトロ・ヌイの英雄だったリカーンによってうみだされた六人の
トーアメトロのうちのひとり 「バイオニクル7 悪魔の巣」 グレッグ・ファーシュティ著;バイオニ
クル研究会訳 主婦の友社 2005年4月

### トーアマタウ・ホーディカ
大気のトーア・ホーディカ、ヴィソラックの毒を打たれて半分トーア半分野獣に変異してし
まったトーア 「バイオニクル8 闇の勇者」 グレッグ・ファーシュティ著;バイオニクル研究会
訳 主婦の友社 2005年4月

### トーアワカマ
火のトーア、伝説の都市メトロ・ヌイの英雄だったリカーンによってうみだされた六人のトーア
メトロのうちのひとり 「バイオニクル5 恐怖の航海」 グレッグ・ファーシュティ著;バイオニク
ル研究会訳 主婦の友社 2005年4月

### トーアワカマ
火のトーア、伝説の都市メトロ・ヌイの英雄だったリカーンによってうみだされた六人のトーア
メトロのうちのひとり 「バイオニクル6 影の迷宮」 グレッグ・ファーシュティ著;バイオニクル
研究会訳 主婦の友社 2005年4月

### トーアワカマ
火のトーア、伝説の都市メトロ・ヌイの英雄だったリカーンによってうみだされた六人のトーア
メトロのうちのひとり 「バイオニクル7 悪魔の巣」 グレッグ・ファーシュティ著;バイオニクル
研究会訳 主婦の友社 2005年4月

### トーアワカマ・ホーディカ
火のトーア・ホーディカ、ヴィソラックの毒を打たれて半分トーア半分野獣に変異してしまっ
たトーア 「バイオニクル8 闇の勇者」 グレッグ・ファーシュティ著;バイオニクル研究会訳
主婦の友社 2005年4月

### ドイツ皇帝　どいつこうてい
秘密の手紙のリストと引きかえに怪盗ルパンを刑務所から釈放する手はずを約束したドイツ
皇帝 「続813アルセーヌ・ルパン」 モーリス・ルブラン作;大友徳明訳 偕成社(偕成社文
庫) 2005年9月

### トゥイッター
やさしくてすなおないい子だがときどきわけもなく気が動転してパニックになってしまうハチ
ドリの子ども 「ベックとブラックベリー大戦争」 ローラ・ドリスコール作;小宮山みのり訳;ジュ
ディス・ホームス・クラーク＆ディズニーストリーブックアーティストグループ絵 講談社(ディ
ズニーフェアリーズ文庫) 2005年12月

とぅい

## トゥイードルダム
アリスが行った鏡のむこうで森の中の家に住んでいた2人のふとっちょのひとり 「鏡の国の
アリス」 ルイス・キャロル作;生野幸吉訳 福音館書店(福音館文庫) 2005年10月

## トゥイードルディー
アリスが行った鏡のむこうで森の中の家に住んでいた2人のふとっちょのひとり 「鏡の国の
アリス」 ルイス・キャロル作;生野幸吉訳 福音館書店(福音館文庫) 2005年10月

## ドウェイン・コマック
友だちのステファニーとホイーラー・フォールズの町で有名な幽霊屋敷「ヒルハウス」で幽霊
の頭を探すことにした十二歳の少年 「ぼくの頭はどこだ(グースバンプス4)」 R.L.スタイン
作;津森優子訳;照世絵 岩崎書店 2006年9月

## 父さん　とうさん
イギリス北部の小さな町にある化学工場の職長、「ぼく」の父さん 「クリスマスの幽霊」 ロ
バート・ウェストール作;ジョン・ロレンス絵;坂崎麻子訳 徳間書店(Westall collection) 2005
年9月

## 父さん　とうさん
インド系イギリス人一家の主でパンジャブ文化を愛する男、少年のマニーの父さん 「インド
式マリッジブルー」 バリ・ライ著;田中亜希子訳 東京創元社(海外文学セレクション) 2005
年5月

## 父さん(チャールズ)　とうさん(ちゃーるず)
インディアン居留地からミネソタ州のプラムクリークの川辺に移住したインガルス一家の主
「プラムクリークの川辺で」 ローラ・インガルス・ワイルダー作;足沢良子訳 草炎社(大草原
の小さな家) 2005年11月

## 父さん(チャールズ)　とうさん(ちゃーるず)
プラムクリークの川辺からサウス・ダコタ州のシルバー湖のほとりに移住したインガルス一家
の主 「シルバー湖のほとりで」 ローラ・インガルス・ワイルダー作;足沢良子訳 草炎社(大
草原の小さな家) 2006年6月

## 父さん(ブルワー博士)　とうさん(ぶるわーはかせ)
植物学者、ケイシーとマーガレットの父さん 「地下室にねむれ(グースバンプス7)」 R.L.ス
タイン作;津森優子訳;照世絵 岩崎書店 2007年1月

## 父さん(ユ スンウ博士)　とうさん(ゆ・すんうはかせ)
カンボジアのアンコール遺跡プレア・カーンで失踪した考古学者で旅行家、頭脳明晰なヘ
ラムの父 「秘密の島」 ペソウン作;金松伊訳;キムジュヒョン絵 汐文社(いま読もう!韓国ベ
スト読みもの) 2005年3月

## 父さん狐　とうさんぎつね
谷間にあるいけ好かない三人の金持ちの農場から食べ物を盗んでくる丘の森に住んでい
る父さん狐 「ロアルド・ダールコレクション4 すばらしき父さん狐」 ロアルド・ダール著クェ
ンティン・ブレイク絵;柳瀬尚紀訳 評論社 2006年1月

## ドゥードル
妖精の国・フェアリーランドのお天気を決めている風見どり 「雨の妖精(フェアリー)ヘイリー
(レインボーマジック)」 デイジー・メドウズ作;田内志文訳 ゴマブックス 2007年4月

## ドゥードル
妖精の国・フェアリーランドのお天気を決めている風見どり 「雲の妖精(フェアリー)パール
(レインボーマジック)」 デイジー・メドウズ作;田内志文訳 ゴマブックス 2007年3月

## 動物たち　どうぶつたち
いじわるでおこりんぼの魔女を森から追いだそうとした森の動物たち 「おこりんぼの魔女の
おはなし」 ハンナ・クラーン著;工藤桃子訳 早川書房(ハリネズミの本箱) 2005年7月

178

**ときる**

**動物たち　どうぶつたち**
いじわるな魔法をやめていたおこりんぼの魔女がまた新たないたずらをたくらんでいると
思った森の動物たち「おこりんぼの魔女がまたやってきた!」ハンナ・クラーン 著;工藤桃
子訳　早川書房(ハリネズミの本箱) 2006年12月

**透明くん　とうめいくん**
いたずらっ子な透明人間「イェンス・ペーターと透明くん」クラウス・ペーター・ヴォルフ作;
アメリー・グリーンケ画;木本栄訳　ひくまの出版　2006年1月

**透明くん　とうめいくん**
まじめな男の子イェンス・ペーターにいたずらをそそのかす透明人間「イェンス・ペーター
と透明くんⅡ　絶体絶命の大ピンチ」クラウス・ペーター・ヴォルフ作;アメリー・グリーンケ画
;木本栄訳　ひくまの出版　2006年9月

**透明くん　とうめいくん**
まじめな男の子イェンス・ペーターにいたずらをそそのかす透明人間「イェンス・ペーター
と透明くんⅢ　タイムマシンに乗る」クラウス・ペーター・ヴォルフ作;アメリー・グリーンケ画;
木本栄訳　ひくまの出版　2007年3月

**透明人間　とうめいにんげん**
イギリスの田舎町の宿屋にあらわれたからだじゅう包帯だらけの奇妙な男「透明人間」
H.G.ウェルズ作;段木ちひろ訳　ポプラ社(ポプラポケット文庫) 2007年9月

**トゥーメン**
バーナクル号の乗組員、故郷のニューオリンズに帰ってきた少年「パイレーツ・オブ・カリ
ビアンジャック・スパロウの冒険 5　青銅器時代」ロブ・キッド 著;ジャン=ポール・オルピナス
絵;ホンヤク社訳　講談社　2006年12月

**トゥーメン**
親友のジーンとバーナクル号の乗組員になった船乗りの少年「パイレーツ・オブ・カリビア
ンジャック・スパロウの冒険 3　海賊競走」ロブ・キッド 著;ジャン=ポール・オルピナス絵;ホン
ヤク社訳　講談社　2006年8月

**トゥーメン**
親友のジーンとバーナクル号の乗組員になった船乗りの少年「パイレーツ・オブ・カリビア
ンジャック・スパロウの冒険 4　コルテスの剣」ロブ・キッド 著;ジャン=ポール・オルピナス絵;
ホンヤク社訳　講談社　2006年11月

**トゥルーディー**
兄のカルヴィンと兄の仲良し・ロドニーに催眠術をかけられた女の子「さあ、犬になるん
だ!」C.V.オールズバーグ絵と文;村上春樹訳　河出書房新社　2006年12月

**トゥルー・ヴェルド**
ジェダイ・ナイトであるライ・ゴールの弟子でジェダイ修行生、惑星ティーヴァーン出身の
ヒューマノイド(人間型種族)「スター・ウォーズ/ジェダイ・クエスト1 冒険のはじまり」
ジュード・ワトソン 著;西村和子訳　オークラ出版(LUCAS BOOKS) 2006年12月

**トガリー叔母　とがりーおば**
両親をなくしたジェイムズ君を引き取った二人の意地悪な叔母の一人、でぶっちょでずんぐ
りしている女「ロアルド・ダールコレクション1 おばけ桃が行く」ロアルド・ダール著クェン
ティン・ブレイク絵;柳瀬尚紀訳　評論社　2005年11月

**トーキル・ガリガリ・モージャ**
少女ルルの父親の元恋人ヴァラミンタの息子、お金もうけが大好きでとても意地悪な男の子
「夢をかなえて!ウィッシュ・チョコ―魔法のスイーツ大作戦3」フィオナ・ダンバー作;露久
保由美子訳;千野えなが絵　フレーベル館　2007年2月

ときる

## トーキル・ガリガリ・モージャ
少女ルルの父親の元恋人ヴァラミンタの息子、お金もうけが大好きでとても意地悪な男の子 「恋のキューピッド・ケーキ―魔法のスイーツ大作戦2」フィオナ・ダンバー作;露久保由美子訳;千野えなが絵 フレーベル館 2006年11月

## トーキル・ガリガリ・モージャ
少女ルルの父親の恋人ヴァラミンタの息子、お金もうけが大好きでとても意地悪な男の子 「ミラクル・クッキーめしあがれ!―魔法のスイーツ大作戦1」フィオナ・ダンバー作;露久保由美子訳;千野えなが絵 フレーベル館 2006年7月

## ドクター・ブラウン(ギャヴィン・スナーク)
オバケが見える子どもを研究している心理学者 「グレイ・アーサー1 おばけの友だち」ルイーズ・アーノルド作;松本美菜子訳;三木謙次画 ヴィレッジブックス 2007年7月

## トジョミ
賢いオンニョニの親友、極貧暮らしの貧民の娘で北村にあるヤンバンの家に売られることになった八才の少女 「チャングムの誓い―ジュニア版1」キムサンホン原作;金松伊訳;金正愛さし絵 汐文社 2006年11月

## ドーズさん
ダークフォールズの町の不動産屋さん、感じのいいお兄さん 「恐怖の館へようこそ(グースバンプス1)」R.L.スタイン作;津森優子訳;照世絵 岩崎書店 2006年7月

## ドック・ハドソン
小さな町のラジエーター・スプリングスに住んでいるもと一流レーシングカー、町の住民から尊敬される医者 「カーズ」リーザ・パパデメトリュー作;橘高弓枝訳 偕成社(ディズニーアニメ小説版) 2006年6月

## トッス
カッティラコスキ家のやんちゃ娘、ヘイナの小学1年生の妹 「大きいエルサと大事件(ヘイナとトッスの物語3)」シニッカ・ノポラ&ティーナ・ノポラ作;末延弘子訳;佐古百美絵 講談社(青い鳥文庫) 2007年11月

## トッス
カッティラコスキ家のやんちゃ娘、ヘイナの妹 「トルスティは名探偵(ヘイナとトッスの物語2)」シニッカ・ノポラ&ティーナ・ノポラ作;末延弘子訳;佐古百美絵 講談社(青い鳥文庫) 2006年8月

## トッス
カッティラコスキ家のやんちゃ娘、ヘイナの妹 「麦わら帽子のヘイナとフェルト靴のトッス―なぞのいたずら犯人(ヘイナとトッスの物語)」シニッカ・ノポラ&ティーナ・ノポラ作;末延弘子訳;佐古百美絵 講談社(青い鳥文庫) 2005年10月

## ドッズさん(ドッドマン)
「ドッズ・ペット百貨店」の店長、秘密の国アイドロンを支配しようともくろんでいた男 「アイドロン1 秘密の国の入り口」ジェーン・ジョンソン作;神戸万知訳;佐野月美絵 フレーベル館 2007年11月

## トッド・マーサー
オールデンきょうだいのおじいさんの友人、高原にある「スノウ・ヘイヴン・ロッジ」の持ち主 「雪まつりのなぞ(ボックスカー・チルドレン32)」ガートルード・ウォーナー原作;小中セツ子訳 日向房 2005年3月

## ドッドマン
「ドッズ・ペット百貨店」の店長、秘密の国アイドロンを支配しようともくろんでいた男 「アイドロン1 秘密の国の入り口」ジェーン・ジョンソン作;神戸万知訳;佐野月美絵 フレーベル館 2007年11月

180

とます

## どでかい鰐　どでかいわに
アフリカで一番こげ茶色の泥んこの川にいた二匹の鰐のうちのどでかい鰐 「ロアルド・ダールコレクション8　どでかいワニの話」 ロアルド・ダール著クェンティン・ブレイク絵;柳瀬尚紀訳　評論社 2007年1月

## トートー
ドリトル先生の家に飼われているフクロ 「ドリトル先生アフリカゆき」 ヒュー・ロフティング作;井伏鱒二訳　岩波書店(ドリトル先生物語全集1) 2007年5月

## トト
ADDと診断された学校ぎらいの13歳、もの作りが大好きな少年 「トトの勇気」 アンナ・ガヴァルダ作;藤本泉訳　鈴木出版(鈴木出版の海外児童文学) 2006年2月

## ドド
錬金術師のミーシャの実験室で勉強していた四人グループのひとり、友情に厚い十一歳の少年 「ルナ・チャイルド2 ニーナと神々の宇宙船」 ムーニー・ウィッチャー作;荒瀬ゆみこ訳;佐竹美保画　岩崎書店 2007年10月

## ドナ・ジョー
サンフランシスコの住む大家族・タナー家の十一年生の長女 「フルハウス 1 テフ&ミシェル」 リタ・マイアミ著;キャシー・E.ドゥボウスキ著;リー玲子訳;大塚典子訳　マッグガーデン 2007年2月

## トニ・V　とにぶい
親元を離れて荒廃した未来都市で肉体労働をする十四歳、現場の地中から一冊の日記を見つけた少年 「ペリー・Dの日記」 L.J.アドリントン作;菊池由美訳　ポプラ社(ポプラ・リアル・シリーズ) 2006年5月

## ドハーティ神父　どはーてぃしんぷ
むかしJJのひいおじいさんとトラブルになった直後に行方不明になった神父 「時間のない国で 上下」 ケイト・トンプソン著;渡辺庸子訳　東京創元社(sogen bookland) 2006年11月

## ドビー
妹のジャラが奴隷になっているポッドレーサーの整備士、ポッドレーサーパイロット・ディーランドの兄 「スター・ウォーズ/ジェダイ・クエスト3 危険なゲーム」 ジュード・ワトソン著;西村和子訳　オークラ出版(LUCAS BOOKS) 2007年4月

## トビおじさん
小学生・マルコの大おじさん、人形の扱いがとても上手なおもちゃ屋さん 「かわいいおばけゴロの冒険 第4巻 ゴロとトビおじさん」 ブリッタ・シュヴァルツ作;レギーナ・ホフシュタドゥラー=リーナブリュン画;ひやままさこ訳　セバ工房 2006年12月

## トプラ
同じ日に別々の世界に生まれ落ちた3人の少年たちのひとり、古代エジプト文化を祖とする近未来世界アンクスに生まれた男の子 「見えざるピラミッド 赤き紋章の伝説 上下」 ラルフ・イーザウ著;酒寄進一訳;佐竹美保画　あすなろ書房 2007年7月

## トマス
おしゃべりができるようになったねこ・ガスパールをかっている男の子 「もしもねこがしゃべったら…?」 クロード・ロワさく;石津ちひろやく;海谷泰水え　長崎出版 2007年5月

## トマス
コールドハーバーに住んでいる不思議な癒しの力を持つ少年 「シルバーチャイルド 2 怪物ロアの襲来」 クリフ・マクニッシュ作;金原瑞人訳　理論社 2006年5月

## トマス
コールドハーバーに住んでいる不思議な癒しの力を持つ少年 「シルバーチャイルド 3 目覚めよ! 小さき戦士たち」 クリフ・マクニッシュ作;金原瑞人訳　理論社 2006年6月

とます

トマス
荒れはてたゴミの街・コールドハーバーへとつぜんめざしはじめた六人の子どもの一人、不思議な癒しの力を持つようになった少年 「シルバーチャイルド 1 ミロと6人の守り手」クリフ・マクニッシュ作;金原瑞人訳 理論社 2006年4月

トマス
命の恩人のオオトリ国の嫡男・シゲルとハギへ行った隠者の少年 「オオトリ国記伝 1 魔物の闇」リアン・ハーン著;高橋佳奈子訳 主婦の友社 2006年6月

トーマス・ウォーヴォルド(ウォーヴォルド)
エリオン国にある四つの町の創設者、町を結ぶ道路の両側に高い壁を築いた男 「エリオン国物語 1 アレクサと秘密の扉」パトリック・カーマン著;金原瑞人訳 アスペクト 2006年10月

トーマス・ウォーヴォルド(ウォーヴォルド)
エリオン国にある四つの町の創設者、町を結ぶ道路の両側に高い壁を築いた男 「エリオン国物語 2 ダークタワーの戦い」パトリック・カーマン著;金原瑞人・小田原智美訳 アスペクト 2006年12月

トーマス・ウォーヴォルド(ウォーヴォルド)
エリオン国にある四つの町の創設者、町を結ぶ道路の両側に高い壁を築いた男 「エリオン国物語 3 テンスシティの奇跡」パトリック・カーマン著;金原瑞人・小田原智美訳 アスペクト 2007年3月

トーマス・エバリー
ニューヨークのイースト・サイド小学校の生徒、校内で科学の成績がもっとも優秀な男の子 「シークレット・エージェントジャック ミッション・ファイル01」エリザベス・シンガー・ハント著;田内志文訳 エクスナレッジ 2007年12月

トーマス・J・ウォード　とーますじぇいうぉーど
悪を封じる職人・魔使いに弟子入りした十二歳の少年、農夫の七番目の息子 「魔使いの弟子(魔使いシリーズ)」ジョゼフ・ディレイニー著;金原瑞人・田中亜希子訳 東京創元社(sogen bookland) 2007年3月

トーマス・J・ウォード　とーますじぇいうぉーど
悪を封じる職人・魔使いの弟子の十二歳の少年、農夫の七番目の息子 「魔使いの呪い(魔使いシリーズ)」ジョゼフ・ディレイニー著;金原瑞人・田中亜希子訳 東京創元社(sogen bookland) 2007年9月

トマス・バリック
謎の青年ラファーの助っ人として魔法の〈ケルヴィム〉の力を取り戻すために牧師デマラルに立ち向かう十三歳の少年 「シャドウマンサー」G.P.テイラー著;亀井よし子訳 新潮社 2006年6月

トーマス・ピースフル(トモ)
三つ年上の兄・チャーリーと一緒に戦場へ行くことになったイギリス人の少年 「兵士ピースフル」マイケル・モーパーゴ著;佐藤見果夢訳 評論社 2007年8月

トマス・ロジャーズ
イギリスデヴォン州の孤島の邸宅の持ち主であるオーエン夫妻に雇われた執事 「そして誰もいなくなった」アガサ・クリスティー著;青木久惠訳 早川書房(クリスティー・ジュニア・ミステリ1) 2007年12月

トマドイ
ナルニア国の終わりごろ西ざかいの森にサルのヨコシマを友として住んでいた頭のたりないロバ 「さいごの戦い(ナルニア国ものがたり7)」C.S.ルイス作;瀬田貞二訳 岩波書店 2005年10月

### トミー
ピッピの家「ごたごた荘」のすぐとなりの家のおぎょうぎがいい男の子 「長くつ下のピッピ」アストリッド・リンドグレーン作;ローレン・チャイルド絵;菱木晃子訳 岩波書店(岩波少年文庫) 2007年10月

### ドミニク
少年ピーニョの部屋にある白い陶器の象の置物、ピーニョのビタミン剤を飲みはじめたらからだが大きくなり話したり動いたりできるようになった象 「ぞうのドミニク」ルドウィク・J.ケルン作;内田莉莎子訳;長新太画 福音館書店(福音館文庫) 2005年8月

### ドミニク神父　どみにくしんぷ
霊能者のスザンナが通う「ユニペロ・セラ・アカデミー」の校長で神父 「メディエータ0 episode1 天使は血を流さない」メグ・キャボット作;代田亜香子訳 理論社 2007年8月

### ドミニク神父　どみにくしんぷ
霊能者のスザンナが通う「ユニペロ・セラ・アカデミー」の校長で神父 「メディエータ0 episode2 吸血鬼の息子」メグ・キャボット作;代田亜香子訳 理論社 2007年10月

### ドミノ
毛の色が黒っぽく顔に目を横ぎる黒い線のある子ギツネ、人間が知るもっとも高貴な毛皮をもつシルバーフォックス 「シルバーフォックス・ドミノーあるキツネの家族の物語」アーネスト・トンプソン・シートン著;今泉吉晴訳 福音館書店(シートン動物記7) 2005年6月

### トム
イギリスの大貴族ランカスター公の従者、騎士になるという夢をもつ少年 「騎士見習いトムの冒険 2 美しきエミリア！」テリー・ジョーンズ作 マイケル・フォアマン絵;斉藤健一訳 ポプラ社(ポプラ・ウイング・ブックス) 2005年1月

### トム
ヴァカンスでさびれた島に住むおばあちゃんの家に遊びに行った十歳の少年、ローズと海岸で出会った男の子 「レアといた夏」マリー・ソフィ・ベルモ作;南本史訳;中村悦子絵 あかね書房(あかね・ブックライブラリー) 2007年7月

### トム
妹が生まれたばかりの十一歳の兄、ことばを話せず動物園にかよう少年 「おりの中の秘密」ジーン・ウィリス著;千葉茂樹訳 あすなろ書房 2005年11月

### トム(トーマス・J・ウォード)　とむ(とーますじぇいうぉーど)
悪を封じる職人・魔使いに弟子入りした十二歳の少年、農夫の七番目の息子 「魔使いの弟子(魔使いシリーズ)」ジョゼフ・ディレイニー著;金原瑞人・田中亜希子訳 東京創元社(sogen bookland) 2007年3月

### トム(トーマス・J・ウォード)　とむ(とーますじぇいうぉーど)
悪を封じる職人・魔使いの弟子の十二歳の少年、農夫の七番目の息子 「魔使いの呪い(魔使いシリーズ)」ジョゼフ・ディレイニー著;金原瑞人・田中亜希子訳 東京創元社(sogen bookland) 2007年9月

### トム・ゴールデン
オバケが見えるごくふつうの11歳の少年 「グレイ・アーサー2 おばけの訓練生」ルイーズ・アーノルド作;松本美菜子訳;三木謙次画 ヴィレッジブックス 2007年11月

### トム・ゴールデン
新しい学校になじめず友だちがほしくてしょうがないごくふつうの11歳の少年 「グレイ・アーサー1 おばけの友だち」ルイーズ・アーノルド作;松本美菜子訳;三木謙次画 ヴィレッジブックス 2007年7月

### トムテ
ニルスを魔法にかけて小人にした小さな小さな小人のおじいさん 「ニルスのふしぎな旅上下」セルマ・ラーゲルレーヴ作;菱木晃子訳;ベッティール・リーベック画 福音館書店(福音館古典童話シリーズ) 2007年6月

どむに

**ドムニダニエル**
城の女王を暗殺し王女の命も狙おうとする暗黒魔法使い、降霊術師 「セプティマス・ヒープ 第一の書 七番目の子」 アンジー・セイジ著;唐沢則幸訳 竹書房 2005年4月

**トム・ベンダー**
ダサくて気弱な七年生、全身にひどいやけどを負った転入生の少女ジェシーが隣の席にやってきた少年 「ファイヤーガール」 トニー・アボット著;代田亜香子訳 白水社 2007年6月

**トム・モイステン**
中学生の仲良しグループが開業した便利屋「ティーン・パワー」株式会社のメンバー、のっぽでドジな大食漢 「ティーン・パワーをよろしく6 テルティス城の怪事件」 エミリー・ロッダ著;岡田好惠訳 講談社(YA!entertainment) 2005年12月

**トム・モイステン**
中学生の仲良しグループが開業した便利屋「ティーン・パワー」株式会社のメンバー、のっぽでドジな大食漢 「ティーン・パワーをよろしく7 ホラー作家の悪霊屋敷」 エミリー・ロッダ著;岡田好惠訳 講談社(YA!entertainment) 2006年6月

**トム・モイステン**
中学生の仲良しグループが開業した便利屋「ティーン・パワー」株式会社のメンバー、のっぽでドジな大食漢 「ティーン・パワーをよろしく8 危険なリゾート」 エミリー・ロッダ著;岡田好惠訳 講談社(YA!entertainment) 2007年2月

**トム・モイステン**
中学生の仲良しグループが開業した便利屋「ティーン・パワー」株式会社のメンバー、のっぽでドジな大食漢 「ティーン・パワーをよろしく9 犬のお世話はたいへんだ」 エミリー・ロッダ著;岡田好惠訳 講談社(YA!entertainment) 2007年6月

**トム・リー**
人間に変身するトラ・ミスター・フーの弟子になったサンフランシスコのチャイナタウンに住む少年 「虎の弟子」 ローレンス・イェップ著;金原瑞人・西田登訳;佐竹美保画 あすなろ書房 2006年7月

**トム・レヴィン**
アメリカからイギリスに住むインディコのクラスに転入してきた少年 「インディゴの星」 ヒラリー・マッカイ作;冨永星訳 小峰書店(Y.A.Books) 2007年7月

**トム・ロング**
大時計が13を打つと現われるふしぎな庭にまよいこんだ少年 「トムは真夜中の庭で」 フィリパ・ピアス作;高杉一郎訳 岩波書店 2006年4月

**トメック**
散らかった部屋からおとぎの世界に迷いこんでしまった十歳くらいの少年 「魔法の国の扉を開け!」 エマ・ポピック著;クリスティーナ・平山訳 清流出版 2007年7月

**トメック**
村はずれにあるよろず屋の店主、客の少女に恋をした十三歳の少年 「トメック さかさま川の水1」 ジャン=クロード・ムルルヴァ作;堀内紅子訳;平澤朋子画 福音館書店(世界傑作童話シリーズ) 2007年5月

**トメック**
村はずれにあるよろず屋の店主、十三歳の少年 「ハンナ さかさま川の水2」 ジャン=クロード・ムルルヴァ作;堀内紅子訳;平澤朋子画 福音館書店(世界傑作童話シリーズ) 2007年5月

**トモ**
三つ年上の兄・チャーリーと一緒に戦場へ行くことになったイギリス人の少年 「兵士ピースフル」 マイケル・モーパーゴ著;佐藤見果夢訳 評論社 2007年8月

どらす

### 友だち　ともだち
イヌの友だち、いつもせわをしてくれる人間「ワンちゃんにきかせたい3つのはなし」サラ・スワン・ミラー文;トルー・ケリー絵;遠野太郎訳　評論社（児童図書館・文学の部屋）2007年5月

### ドモボイ・バトラー
伝統的な犯罪一家ファウル家の召使い、巨大なユーラシア人の男「アルテミス・ファウル―オパールの策略」オーエン・コルファー著;大久保寛訳　角川書店　2007年3月

### ドモボイ・バトラー
伝統的な犯罪一家ファウル家の召使い、巨大なユーラシア人の男「アルテミス・ファウル―永遠の暗号」オーエン・コルファー著;大久保寛訳　角川書店　2006年2月

### トラ
ドナウ川にうかぶとんぼ島のボート小屋にひっこしてきたサーカスをくびになった年とったトラ「とんぼの島のいたずら子やぎ」バーリント・アーグネシュ作;レイク・カーロイ絵;うちかわかずみ訳　偕成社　2007年10月

### トラウトシュタイン
伝説の潜水艦ノーチラス号の船長ネモの友人であり副官だった老人、舵とりとして冒険の旅に同行している男「ノーチラス号の冒険 7 石と化す疫病」ヴォルフガンク・ホールバイン著;平井吉夫訳　創元社　2007年11月

### トラウトシュタイン
伝説の潜水艦ノーチラス号の船長ネモの友人であり副官だった老人、舵とりとして冒険の旅に同行することになった男「ノーチラス号の冒険 2 アトランティスの少女」ヴォルフガンク・ホールバイン著;平井吉夫訳　創元社　2006年4月

### トラウトマン（トラウトシュタイン）
伝説の潜水艦ノーチラス号の船長ネモの友人であり副官だった老人、舵とりとして冒険の旅に同行している男「ノーチラス号の冒険 7 石と化す疫病」ヴォルフガンク・ホールバイン著;平井吉夫訳　創元社　2007年11月

### トラウトマン（トラウトシュタイン）
伝説の潜水艦ノーチラス号の船長ネモの友人であり副官だった老人、舵とりとして冒険の旅に同行することになった男「ノーチラス号の冒険 2 アトランティスの少女」ヴォルフガンク・ホールバイン著;平井吉夫訳　創元社　2006年4月

### トラク（背高尻尾なし）　とらく（せいたかしっぽなし）
六〇〇〇年前のヨーロッパ北西部にいたオオカミの子ウルフの兄貴分、オオカミの言葉がわかる十三歳のオオカミ族の少年「クロニクル千古の闇3 魂食らい」ミシェル・ペイヴァー作;さくまゆみこ訳;酒井駒子絵　評論社　2007年4月

### ドラゴドン
少年・ミールズが行った遊園地の地下の洞窟にひそむしわくちゃなドラゴン「ミーズルと無敵のドラゴドン（ミーズルの魔界冒険シリーズ）」イアン・オグビー作;田中奈津子訳;磯良一画　講談社　2005年7月

### ドラ・ジャクソン（母さん）　どらじゃくそん（かあさん）
オーストラリアの人里離れた入江で息子のエイベルと暮らす海が大好きな母さん「ブルーバック」ティム・ウィントン作;小竹由美子訳;橋本礼奈画　さ・え・ら書房　2007年7月

### ドラスティック
青銅時代のイングランドに住んでいた部族のわかもの、ドレムの兄「太陽の戦士」ローズマリ・サトクリフ作;猪熊葉子訳　岩波書店（岩波少年文庫）2005年6月

### ドラスト
魔術師、双子の弟がきっかけでできてしまったデモナータに通じるトンネルを閉じるために旅をしているという男「デモナータ4幕 ベック」ダレン・シャン作;橋本恵訳;田口智子画　小学館　2007年2月

185

とらっ

### トラックの運転手　とらっくのうんてんしゅ
まっすぐ伸びた道を走っていたセメントを乗せたトラックの運転手「知るもんか!」イヒョンジュ作;カンヨベ絵;金松伊とムグンファの会訳　汐文社(いま読もう!韓国ベスト読みもの)2005年2月

### トラックの運転手　とらっくのうんてんしゅ
まっすぐ伸びた道を走っていた小麦粉を乗せたトラックの運転手「知るもんか!」イヒョンジュ作;カンヨベ絵;金松伊とムグンファの会訳　汐文社(いま読もう!韓国ベスト読みもの)2005年2月

### ドラン
『死の島』にひそむ西の歌姫の番人、デルトラ王国の影の大王の呪縛により生ける屍とされていた男「デルトラ・クエスト 3-3 死の島」エミリー・ロッダ作;上原梓訳;はけたれいこ画　岩崎書店　2005年4月

### トランプキン
ナルニア国のカスピアン十世の摂政、老いた小人「銀のいす(ナルニア国ものがたり4)」C.S.ルイス作;瀬田貞二訳　岩波書店　2005年10月

### トランプキン
ナルニア国の王カスピアン十世の使者をつとめる赤毛の小人「カスピアン王子のつのぶえ(ナルニア国ものがたり2)」C.S.ルイス作;瀬田貞二訳　岩波書店　2005年10月

### 鳥(トリ・サムサ・ヘッチャラ)　とり(とりさむさへっちゃら)
「冬」を探していた少年・リッキーに居場所を知っているといった妙な鳥「トリ・サムサ・ヘッチャラーあるペンギンのだいそれた陰謀」ゾラン・ドヴェンカー作;マーティン・バルトシャイト絵;木本栄訳;ひくまの出版　2006年11月

### トリガー
四年生のアリが家族旅行で行った「カウボーイ・ジョーのスパルタ牧場」で飼育されている灰色のラバ「ランプの精リトル・ジーニー 5」ミランダ・ジョーンズ作;宮坂宏美訳;サトウユカ絵　ポプラ社　2007年4月

### トリ・サムサ・ヘッチャラ
「冬」を探していた少年・リッキーに居場所を知っているといった妙な鳥「トリ・サムサ・ヘッチャラーあるペンギンのだいそれた陰謀」ゾラン・ドヴェンカー作;マーティン・バルトシャイト絵;木本栄訳;ひくまの出版　2006年11月

### ドリス
高度の知能をもつ帽子型ロボット、山高帽の男の相棒「ルイスと未来泥棒」アイリーン・トリンブル作;メアリー・オーリン作;しぶやまさこ訳　偕成社(ディズニーアニメ小説版)　2007年11月

### トリース卿　とりーすきょう
銀脈の豊富なホワイトウィングス島からミストマントル島へやってきた使者「ミストマントル・クロニクル2 アーチンとハートの石」マージ・マカリスター著;嶋田水子訳　小学館　2007年5月

### ドリスコル
魔法使いの弟子・ケラックの弟で気弱な12歳の少年「銀竜の騎士団－大魔法使いとゴブリン王」マット・フォーベック著;安田均監訳　アスキー(ダンジョンズ&ドラゴンズスーパーファンタジー)　2007年12月

### ドリッズト・ドゥアーデン
あくどさで有名なダークエルフ族の青年、魔術と剣の二刀流の名手のさすらい人「アイスウィンド・サーガ2 ドラゴンの宝」R.A.サルバトーレ著　アスキー　2005年1月

### ドリッズト・ドゥアーデン
あくどさで有名なダークエルフ族の青年、魔術と剣の二刀流の名手のさすらい人「アイスウィンド・サーガ3 水晶の戦争」R.A.サルバトーレ著　アスキー　2005年7月

どれい

**ドリトル先生　どりとるせんせい**
イギリスにあるパドルビーという小さな町に住む動物と話のできるお医者さん 「ドリトル先生アフリカゆき」 ヒュー・ロフティング作;井伏鱒二訳　岩波書店(ドリトル先生物語全集1) 2007年5月

**ドリニアン卿　どりにあんきょう**
カスピアン王が東の海にむかうために乗った帆船「朝びらき丸」の船長 「朝びらき丸東の海へ(ナルニア国ものがたり3)」 C.S.ルイス作;瀬田貞二訳　岩波書店　2005年10月

**ドリーム・マスター**
夢を支配する黒いつやややかな絹のマントを身にまとっている小人 「ドリーム・アドベンチャー」 テレサ・ブレスリン作;もりうちすみこ訳;かじりみな子絵　偕成社　2007年4月

**ドルー**
さまざまな人種の人々が暮らすニューヨークのブルックリンで金持ちの家庭に育った白人の少年 「天国(ヘヴン)にいちばん近い場所」 E.R.フランク作;冨永星訳　ポプラ社　2006年9月

**トルスティ・タッタリJr.　とるすていたったりじゅにあ**
カッティラコスキ家のお隣さんアリップラ姉妹の客人の男の子 「トルスティは名探偵(ヘイナとトッスの物語2)」 シニッカ・ノポラ&ティーナ・ノポラ作;末延弘子訳;佐古百美絵　講談社 (青い鳥文庫)　2006年8月

**トール・3・エルゴン(ハドソン・ブラウン)　とーるすりーえるごん(はどそんぶらうん)**
アルカトロン3星で生まれた少年、少女モリーの大親友 「モーキー・ジョー 3 最後の審判」 ピーター・J・マーレイ作;木村由利子訳;新井洋行絵　フレーベル館　2006年1月

**トルネード**
「コーラル王国」の女王の妹、姉をねたみその力をうばおうとしている人魚 「マーメイド・ガールズ 6 ウルルと虹色の光」 ジリアン・シールズ作;宮坂宏美訳;田中亜希子訳;つじむらあやこ絵　あすなろ書房　2007年9月

**トルネード**
「マーメイド・ガールズ」の人魚たちのじゃまをしようとする人魚、コーラル女王の妹 「マーメイド・ガールズ 2 サーシャと魔法のパール・クリーム」 ジリアン・シールズ作;宮坂宏美訳;田中亜希子訳;つじむらあやこ絵　あすなろ書房　2007年7月

**トルネード**
人魚の国「コーラル王国」の女王の妹、姉をねたんでいる人魚 「マーメイド・ガールズ 1 マリンのマジック・ポーチ」 ジリアン・シールズ作;宮坂宏美訳;田中亜希子訳;つじむらあやこ絵　あすなろ書房　2007年7月

**ドルフ・ヴェーハ(ルドルフ・ヴェーハ・ファン・アムステルフェーン)**
二十世紀のオランダからタイムマシーンにのって十三世紀のドイツへ行き少年十字軍に加わった十五歳の少年 「ジーンズの少年十字軍 上下」 テア・ベックマン作;西村由美訳　岩波書店(岩波少年文庫)　2007年11月

**ドレイク・エヴァンズ**
ポークストリート小学校の三年生、いじわるででぶっちょな男の子 「まほうの恐竜ものさし」 パトリシア・ライリー・ギフ作;もりうちすみこ訳;矢島眞澄絵　さ・え・ら書房(ポークストリート小学校のなかまたち5)　2007年4月

**トレイシー**
秘密組織C2のスパイ・ジェシーが探すターゲットの子ども、ニンバスという組織の特別な能力の持ち主 「スパイ・ガール3 見えない敵を追え」 クリスティーヌ・ハリス作;前沢明枝訳　岩崎書店　2007年11月

187

とれい

### トレイシー・ヒラード
ゴールデンと呼ばれる人気者の生徒たちのグループの一員、人をひきつける歌声をもつ高校三年生の少女 「オーラが見える転校生」 ジェニファー・リン・バーンズ著;鹿田昌美訳 ヴィレッジブックス 2007年5月

### トレイ・ベック
人気ドラマ『キャドベリの一族』に出演する人気俳優、ハンサムな紳士 「名探偵アガサ&オービル ファイル4」 ローラ・J.バーンズ作;メリンダ・メッツ作;金原瑞人訳;小林みき訳;森山由海画 文渓堂 2007年9月

### トレジャー
義父から暴力をふるわれてあばあちゃんと暮らすことになった少女 「シークレッツ」 ジャクリーン・ウィルソン作;小竹由美子訳;ニック・シャラット絵 偕成社 2005年8月

### トレバー
いつもみんなの苦労のたねとなっている飼い犬ストリーカをしつけるはめになった少年 「すっとび犬のしつけ方」 ジェレミー・ストロング作;岡本浜江訳;矢島眞澄絵 文研出版(文研ブックランド) 2005年3月

### トレヴァー・フルーム
ベラッサの首都アッサで一、二を争う敏腕の泥棒だった十三歳の孤児 「スター・ウォーズ/ラスト・オブ・ジェダイ2 闇の警告」 ジュード・ワトソン著;西村和子訳 オークラ出版(LUCAS BOOKS) 2006年8月

### トレヴァー・フルーム
ベラッサの首都アッサで一、二を争う敏腕の泥棒だった十三歳の孤児 「スター・ウォーズ/ラスト・オブ・ジェダイ3 アンダーワールド」 ジュード・ワトソン著;西村和子訳 オークラ出版(LUCAS BOOKS) 2007年4月

### トレヴァー・フルーム
ベラッサの首都アッサで一、二を争う敏腕の泥棒だった十三歳の孤児 「スター・ウォーズ/ラスト・オブ・ジェダイ4 ナブーに死す」 ジュード・ワトソン著;西村和子訳 オークラ出版(LUCAS BOOKS) 2007年6月

### トレヴィル
同じ日に別々の世界に生まれ落ちた3人の少年たちのひとり、戦乱の中世ヨーロッパ的世界トリムンドスに生まれた男の子 「見えざるピラミッド 赤き紋章の伝説 上下」 ラルフ・イーザウ著;酒寄進一訳;佐竹美保画 あすなろ書房 2007年7月

### ドレム
青銅時代のイングランドに住んでいた部族の片腕のつかえない少年 「太陽の戦士」 ローズマリ・サトクリフ作;猪熊葉子訳 岩波書店(岩波少年文庫) 2005年6月

### トーレンツ船長　とーれんつせんちょう
かつてジャックたちにエスケレティカ島で置き去りにされた凶暴な海賊 「パイレーツ・オブ・カリビアンジャック・スパロウの冒険 9 踊る時間」 ロブ・キッド著;ジャン=ポール・オルビナス絵;ホンヤク社訳 講談社 2007年12月

### 泥足にがえもん　どろあしにがえもん
ユースチスとジルに力をかしたナルニア国の沼人、泥色の顔をした手足の長い男 「銀のいす(ナルニア国ものがたり4)」 C.S.ルイス作;瀬田貞二訳 岩波書店 2005年10月

### トロイ・ビリングズ
ニューヨーク労働者階級の大柄でデブの高校生、パンクギタリスト・カートからドラマーに誘われた十七歳 「ビッグTと呼んでくれ」 K.L.ゴーイング作;浅尾敦則訳 徳間書店 2007年3月

### ドロレス・ケッセルバッハ(ケッセルバッハ夫人)　どろれすけっせるばっは(けっせるばっはふじん)
パリのホテルで殺害されたダイヤモンド王ケッセルバッハの妻、未亡人 「続813アルセーヌ・ルパン」 モーリス・ルブラン作;大友徳明訳 偕成社(偕成社文庫) 2005年9月

ドローレス・ハーパー
湖畔にあるリンダのカフェを手伝う元気な七十六歳の老女、白血病でひとり娘を失った女
性 「ハートレスガール」 マーサ・ブルックス作;もりうちすみこ訳 さ・え・ら書房 2005年4月

トワイライト・スター
「ハウス＆ガーデン」で奴隷として育ったクライディの母と噂される人、レイヴン・タワーの主
「ウルフ・タワー 第三話 二人のクライディス」 タニス・リー著;中村浩美訳 産業編集セン
ター 2005年5月

ドーン
夏休みに田舎にきてシャーロットとふたりで草のしげみに秘密基地をこしらえた12歳の少女
「プラネット・キッドで待ってて」 ジェイン・レズリー・コンリー作;尾崎愛子訳 福音館書店
（世界傑作童話シリーズ） 2006年4月

ドーン
夏休みに田舎にきてシャーロットとふたりで草のしげみに秘密基地をこしらえた12歳の少女
「プラネット・キッドで待ってて」 ジェイン・レズリー・コンリー作;尾崎愛子訳 福音館書店
（世界傑作童話シリーズ） 2006年4月

ドンキー
怪物のシュレックと一緒に冒険の旅に出かけたおしゃべりなロバ 「シュレック 1」 エレン・ワ
イス作;杉田七重訳 角川書店（ドリームワークスアニメーションシリーズ） 2007年5月

ドンさん
アツノツメ村の近くの「老騎士ホーム」の経営者、スペイン出身のスポーツトレーナー 「ドラ
ゴン・スレイヤー・アカデミー 2-6 ドラゴンじいさん」 ケイト・マクミュラン作;神戸万知訳;舵真
秀斗絵 岩崎書店 2007年4月

ドン・パーカー
「プリマス・ホテル」の副支配人 「すみれ色のプールのなぞ（ボックスカー・チルドレン38）」
ガートルード・ウォーナー原作;小中セツ子訳 日向房 2006年4月

ドーン・バックル
SHHという特殊機関のスパイに大抜擢された平凡な11歳の少女 「スパイ少女ドーン・バッ
クル」 アンナ・デイル著;岡本さゆり訳 早川書房（ハリネズミの本箱） 2007年5月

ドン・ヴェラスケス（ヴェラスケス）
マドリードの宮廷画家、画家の親方で巨匠 「宮廷のバルトロメ」 ラヘル・ファン・コーイ作;
松沢あさか訳 さ・え・ら書房 2005年4月

ドーン・ボスコ
ポークストリート小学校に転校してきた二年生、天然パーマの女の子 「きえたユニコーン」
パトリシア・ライリー・ギフ作;もりうちすみこ訳;矢島眞澄絵 さ・え・ら書房（ポークストリート小
学校のなかまたち2） 2006年11月

**【な】**

ナイジェル
ニューヨーク市にある動物園のアイドル、ちょっぴりひねくれやのコアラ 「ライアンを探せ!」
アイリーン・トリンブル作;しぶやまさこ訳 借成社（ディズニーアニメ小説版） 2006年11月

ナイラ
世界征服をたくらむ悪の集団＜純血団＞の総統・メタルビークの妻、メンフクロウ 「ガフー
ルの勇者たち 5 決死の逃避行」 キャスリン・ラスキー著;食野雅子訳 メディアファクトリー
2007年12月

なかも

### ナ・カモン・ポドジャナウィット
重い病気を患っているお母さんとはなれタイの美しい水辺の村で祖父母と暮らしている九歳の少女 「タイの少女カティ」 ジェーン・ベヤジバ作;大谷真弓訳 講談社(講談社文学の扉) 2006年7月

### ナクシモノ・フレディ
「落としもの見つけ屋」で「なくしものもどし屋」、反対派オバケ協会の事務局長 「グレイ・アーサー2 おばけの訓練生」 ルイーズ・アーノルド作;松本美菜子訳;三木謙次画 ヴィレッジブックス 2007年11月

### ナクソス
「見えざる者」が見えるペギー・スーと一緒に「スーパーヒーロー学校」に入学した黄金の髪をもつ少年 「ペギー・スー8赤いジャングルと秘密の学校」 セルジュ・ブリュソロ著;金子ゆき子訳;町田尚子絵 角川書店 2007年7月

### 嘆きのジェーン　なげきのじぇーん
ソーブルフォート城にいる世界一強力な「悲シマセ」 「グレイ・アーサー2 おばけの訓練生」 ルイーズ・アーノルド作;松本美菜子訳;三木謙次画 ヴィレッジブックス 2007年11月

### ナサニエル(ジョン・マンドレイク)
孤独でひねくれた十七歳の魔術師、情報大臣 「バーティミアス3 プトレマイオスの門」 ジョナサン・ストラウド作;金原瑞人・松山美保訳 理論社 2005年12月

### ナスアダ
ヴァーデン軍を率いて帝国アラゲイジアと戦う若き指揮官、亡き名将アジハドの娘 「エルデスト―宿命の赤き翼 上下(ドラゴンライダー2)」 クリストファー・パオリーニ著;大嶌双恵訳 ソニー・マガジンズ 2005年11月

### ナタリー
アルカトラズ島に引っ越してきたムースの姉、障害のある少女 「アル・カポネによろしく」 ジェニファ・チョールデンコウ著;こだまともこ訳 あすなろ書房 2006年12月

### ナタリー
古い屋敷に住む老婆・ミセスリトルの孫娘、盲目で知的障害のある十歳の女の子 「星の歌を聞きながら」 ティム・ボウラー著;入江真佐子訳 早川書房(ハリネズミの本箱) 2005年3月

### ナタン・ポラック
世界に三冊しかない本『レザンファン』のうち一冊を持っている骨董屋の主人 「ガストンとルシア1 3000年を飛ぶ魔法旅行」 ロジェ・ファリゴ著;永島章雄訳 小学館 2005年4月

### ナタン・ポラック
世界に三冊しかない本『レザンファン』のうち一冊を持っている骨董屋の主人 「ガストンとルシア2 永遠の旅のはじまり」 ロジェ・ファリゴ著;永島章雄訳 小学館 2005年5月

### ナック
小柄な日系男性教師、荒っぽい問題児が集まる特別学級「アンガー・マネージメント・グループ」の先生 「アイアンマン」 クリス・クラッチャー作;金原瑞人訳;西田登訳 ポプラ社(ポプラ・リアル・シリーズ) 2006年3月

### ナック・マック・フィーグルズ(フィーグルズ)
妖精のなかでもいっとう恐れられているこびと、青い肌に燃えるような赤毛で身長十五センチくらいの男たち 「魔女になりたいティファニーと奇妙な仲間たち」 テリー・プラチェット著;冨永星訳 あすなろ書房 2006年10月

### ナディア
魔術同盟の一員、以前は人間界で暮らしていたがデモナータの存在を知ってから魔術師になった若い娘 「デモナータ2幕 悪魔の盗人」 ダレン・シャン作;橋本恵訳;田口智子画 小学館 2006年2月

### ナディアおばさん
十一歳のサミールの同級生・ムーラの家の客間で週に二回トランプ占いをしているおばさん 「ナディアおばさんの予言」 マリー・デプルシャン作;末松氷海子訳;津尾美智子絵 文研出版(文研じゅべにーる) 2007年3月

### ナディラ
幽霊船を追うマットたちと飛行船「サガルマータ号」に乗ったジプシーの美少女 「スカイブレイカー」 ケネス・オッペル著;原田勝訳 小学館 2007年7月

### ナナ・ウェーバー
アロヨ・スクール中等部一年生のケイディの親友、不治の病に冒されている少女 「永遠の友だち」 サリー・ワーナー著;山田蘭訳 角川書店 2006年8月

### ナナ・ウォン
ジョン・Q・アダムズ中学校七年生のアガサの祖母、みやげもの屋「トリクシーパラダイス」の経営者 「名探偵アガサ&オービル ファイル2」 ローラ・J・バーンズ作;メリンダ・メッツ作;金原瑞人訳;小林みき訳;森山由海画 文溪堂 2007年7月

### ナミ
タイムソルジャーのミッキーたちと同じ学校に通っている将来映画のスタントマンになりたいという少女 「サムライ(タイムソルジャー6)」 ロバート・グールド写真;キャスリーン・デューイ文;ユージーン・エプスタイン画;MON訳 岩崎書店 2007年10月

### ナワト(カラス)
奴隷となったアリーと仲よくなった人間の男に変身したカラス 「アリーの物語 2 女騎士アランナの娘－守るべき希望」 タモラ・ピアス作;久慈美貴訳 PHP研究所 2007年8月

### ナワト(カラス)
奴隷となったアリーと仲よくなった人間の男に変身したカラス 「アリーの物語 3 女騎士アランナの娘－動きだす運命の歯車」 タモラ・ピアス作;久慈美貴訳 PHP研究所 2007年10月

### ナワト(カラス)
奴隷となったアリーと仲よくなった人間の男に変身したカラス 「アリーの物語 4 女騎士アランナの娘－予言されし女王」 タモラ・ピアス作;久慈美貴訳 PHP研究所 2007年11月

### ナワト(カラス)
奴隷となった少女アリーと仲よくなったカラス 「アリーの物語 1 女騎士アランナの娘－きまぐれな神との賭けがはじまる」 タモラ・ピアス作;本間裕子訳 PHP研究所 2007年7月

### ナン
ひどく人見知りでほかのシマリスや妖精たちとあまり話をしないはずかしがりやの小さなシマリス 「ベックとブラックベリー大戦争」 ローラ・ドリスコール作;小宮山みのり訳;ジュディス・ホームス・クラーク&ディズニーストリーブックアーティストグループ絵 講談社(ディズニーフェアリーズ文庫) 2005年12月

### ナンシー・キングトン
十五歳で父親の所有するジャマイカの大農園に移り住んだイギリスの貿易商の娘 「レディ・パイレーツ」 セリア・リーズ著;亀井よし子訳 理論社 2005年4月

### ナンシー・ドルー
リバーハイツという小さな町に住む高校3年生、次々と事件を解決する美少女探偵 「ナンシー・ドルー ファベルジェの卵」 キャロリン・キーン作;小林淳子訳;甘塩コメコ絵 金の星社 2007年3月

### ナンシー・ドルー
リバーハイツという小さな町に住む高校3年生、次々と事件を解決する美少女探偵 「ナンシー・ドルー 戦線離脱」 キャロリン・キーン作;小林淳子訳;甘塩コメコ絵 金の星社 2007年3月

にあ

# 【に】

**ニア**
マンハッタンの高校生、十六歳の少年・ボビーの子供を妊娠した女の子 「朝のひかりを待てるから」アンジェラ・ジョンソン作;池上小湖訳 小峰書店(Y.A.Books) 2006年9月

**ニコ**
少年サッカーチーム「ブルーイエローSC」のリーダー、四年生の転入生モーリッツのクラスメイト 「キッカーズ! 2 ニコの大ピンチ」フラウケ・ナールガング作;ささきたづこ訳 小学館 2006年7月

**ニコ**
少年サッカーチーム「ブルーイエローSC」のリーダー、四年生の転入生モーリッツのクラスメイト 「キッカーズ! 3 小学校対抗サッカー大会」フラウケ・ナールガング作;ささきたづこ訳 小学館 2006年12月

**ニコ**
少年サッカーチーム「ブルーイエローSC」のリーダー、四年生の転入生モーリッツのクラスメイト 「キッカーズ! 4 仲間われの危機」フラウケ・ナールガング作;ささきたづこ訳 小学館 2007年3月

**ニコ**
少年サッカーチーム「ブルーイエローSC」のリーダー、四年生の転入生モーリッツのクラスメイト 「キッカーズ! 5 練習場が見つからない」フラウケ・ナールガング作;ささきたづこ訳 小学館 2007年6月

**ニコ**
少年サッカーチーム「ブルーイエローSC」のリーダー、四年生の転入生モーリッツのクラスメイト 「キッカーズ! 6 めざせ、優勝だ!」フラウケ・ナールガング作;ささきたづこ訳 小学館 2007年9月

**ニコ・ヒープ**
平俗魔法使いサイラスの六男、捨て子だった末娘ジェンナと仲が良く魔法使いの卵 「セプティマス・ヒープ 第一の書 七番目の子」アンジー・セイジ著;唐沢則幸訳 竹書房 2005年4月

**ニコラ**
パパとママが大好きなわんぱくぼうや 「プチ・ニコラサーカスへいく(かえってきたプチ・ニコラ2)」ルネ・ゴシニ作;ジャン=ジャック・サンペ絵;小野萬吉訳 偕成社 2006年11月

**ニコラ**
パパとママが大好きなわんぱくぼうや 「プチ・ニコラの初恋(かえってきたプチ・ニコラ5)」ルネ・ゴシニ作;ジャン=ジャック・サンペ絵;小野萬吉訳 偕成社 2007年1月

**ニコラ**
パパとママが大好きなわんぱくぼうや 「プチ・ニコラはじめてのおるすばん(かえってきたプチ・ニコラ4)」ルネ・ゴシニ作;ジャン=ジャック・サンペ絵;小野萬吉訳 偕成社 2006年12月

**ニコラ**
パパとママが大好きなわんぱくぼうや 「プチ・ニコラまいごになる(かえってきたプチ・ニコラ3)」ルネ・ゴシニ作;ジャン=ジャック・サンペ絵;小野萬吉訳 偕成社 2006年12月

**ニコラ**
パパとママが大好きなわんぱくぼうや 「プチ・ニコラもうすぐ新学期(かえってきたプチ・ニコラ1)」ルネ・ゴシニ作;ジャン=ジャック・サンペ絵;小野萬吉訳 偕成社 2006年11月

**にす**

**ニコラ**
パリっ子のリーズがでたらめにダイヤルした電話にでたいなかにすむ男の子 「もしもしニコラ!」ジャニーヌ・シャルドネ著;南本史訳 ブッキング(fukkan.com) 2005年2月

**ニコラ**
左官屋 「モモ」ミヒャエル・エンデ作;大島かおり訳 岩波書店(岩波少年文庫) 2005年6月

**ニコライ**
邪悪な魔女マグダによって母親を石にされてしまい人間の両親に育てられることになったエルフの少年 「ヤング・サンタクロース」ルーシー・ダニエル=レイビー著;桜内篤子訳 小学館 2007年12月

**ニコラース**
十三世紀にタイムトラベルした少年ドルフが出会った羊飼いの少年、少年十字軍の指導者 「ジーンズの少年十字軍 上下」テア・ベックマン作;西村由美訳 岩波書店(岩波少年文庫) 2007年11月

**ニコラス・クロース**
不死の国「とこしえ」の王で別名サンタ・クロース、ホリーの父 「ホリー・クロースの冒険」ブリトニー・ライアン著;永瀬比奈訳 早川書房(ハリネズミの本箱) 2006年11月

**ニコラス・デュー(ファルコ)**
ロンドンのバーンズベリ総合中学校に通う十三歳の少年、かつて16世紀の架空都市タリア国の公爵子息だったストラヴァガンテ 「ストラヴァガンザ 花の都」メアリ・ホフマン作;乾侑美子訳 小学館 2006年12月

**ニコラス・ペルトゥサト**
イタリアからスペイン王フェリーペ四世の宮廷に連れていかれた背が伸びない体の七歳の少年 「ベラスケスの十字の謎」エリアセル・カンシーノ作;宇野和美訳 徳間書店 2006年5月

**ニコラス・ユレブック(ユレブック)**
空から「霧の道」に落ちてきたキャンピングカーに乗った本物のサンタクロース 「サンタが空から落ちてきた」コルネーリア・フンケ著;浅見昇吾訳 WAVE出版 2007年12月

**ニコラ・フラメル**
伝説の錬金術師 「錬金術師ニコラ・フラメル(アルケミスト1)」マイケル・スコット著;橋本恵訳 理論社 2007年11月

**ニコル**
〈カレ&フレンズ探偵局〉のリーダー・カレの大きらいな姉 「名探偵の10か条 4と1/2探偵局 4」ヨアヒム・フリードリヒ作 鈴木仁子訳;絵楽ナオキ絵 ポプラ社 2005年1月

**西の歌姫　にしのうたひめ**
デルトラ王国西部の『死の島』にひそんでいる大地を毒し歌声で人を死や絶望へと誘いこむ歌姫 「デルトラ・クエスト 3-3 死の島」エミリー・ロッダ作;上原梓訳;はけたれいこ画 岩崎書店 2005年4月

**ニース**
トロールズビークの水車小屋の主バルドルの家に住みついている小さな妖精 「トロール・フェル 下 地獄王国への扉」キャサリン・ラングリッシュ作;金原瑞人訳;杉田七重訳 あかね書房 2005年2月

**ニース**
トロールズビークの水車小屋の主バルドルの家に住みついている小さな妖精 「トロール・フェル 上 金のゴブレットのゆくえ」キャサリン・ラングリッシュ作;金原瑞人訳;杉田七重訳 あかね書房 2005年2月

にす

**ニース**
トロールズビークの村のてっぺんのヒルデの家に住みついているいたずら好きな小妖精
「トロール・ミル 上 不気味な警告」キャサリン・ラングリッシュ作;金原瑞人訳;杉田七重訳
あかね書房 2005年11月

**ニース**
地底に住むメドレヴィング人、十三歳の誕生日に父親に秘密があることを知った少年 「メド
レヴィング 地底からの小さな訪問者」キルステン・ボイエ著;長谷川弘子訳 三修社 2006
年5月

**ニッキ**
あと二十四時間しか生きられないテッドの親友・マークのガールフレンド 「One day 死ぬま
でにやりたい10のこと」ダニエル・エーレンハフト著;古屋美登里訳 ポプラ社 2005年3月

**ニッキー**
ニューヨークにある自然史博物館の夜間警備員ラリーの一人息子、少年 「小説ナイト
ミュージアム」レスリー・ゴールドマン著;ホンヤク社訳 講談社 2007年2月

**ニック・コンテリス**
中学生の仲良しグループが開業した便利屋「ティーン・パワー」株式会社のメンバー、クー
ルで皮肉屋の少年 「ティーン・パワーをよろしく6 テルティス城の怪事件」エミリー・ロッダ
著;岡田好惠訳 講談社(YA!entertainment) 2005年12月

**ニック・コンテリス**
中学生の仲良しグループが開業した便利屋「ティーン・パワー」株式会社のメンバー、クー
ルで皮肉屋の少年 「ティーン・パワーをよろしく7 ホラー作家の悪霊屋敷」エミリー・ロッダ
著;岡田好惠訳 講談社(YA!entertainment) 2006年6月

**ニック・コンテリス**
中学生の仲良しグループが開業した便利屋「ティーン・パワー」株式会社のメンバー、クー
ルで皮肉屋の少年 「ティーン・パワーをよろしく8 危険なリゾート」エミリー・ロッダ著;岡田
好惠訳 講談社(YA!entertainment) 2007年2月

**ニック・コンテリス**
中学生の仲良しグループが開業した便利屋「ティーン・パワー」株式会社のメンバー、クー
ルで皮肉屋の少年 「ティーン・パワーをよろしく9 犬のお世話はたいへんだ」エミリー・
ロッダ著;岡田好惠訳 講談社(YA!entertainment) 2007年6月

**ニック・サイモン**
海洋生物学者、「コーラル・キャンプ場」のキャンパーでアゴヒゲを生やした背の高い男性
「さんごしょうのなぞ(ボックスカー・チルドレン41)」ガートルード・ウォーナー原作;小野玉
央訳 日向房 2006年11月

**ニック・デリー(ニッキー)**
ニューヨークにある自然史博物館の夜間警備員ラリーの一人息子、少年 「小説ナイト
ミュージアム」レスリー・ゴールドマン著;ホンヤク社訳 講談社 2007年2月

**ニードル**
リスとカワウソとモグラとハリネズミが平和に暮らすミストマントル島で縫い子として働いている
リスの少女 「ミストマントル・クロニクル1 流れ星のアーチン」マージ・マカリスター著;高橋
啓訳 小学館 2006年11月

**ニーナ・デ・ノービリ**
手に星型のアザをもつ錬金術師の卵、錬金術師で哲学者のおじいちゃんから使命を受け
闇の錬金術師と戦う十一歳の少女 「ルナ・チャイルド2 ニーナと神々の宇宙船」ムー
ニー・ウィッチャー作;荒瀬ゆみこ訳;佐竹美保画 岩崎書店 2007年10月

### ニーナ・デ・ノービリ
手に星型のアザをもつ錬金術師の卵、錬金術師で哲学者のおじいちゃんから使命を受け闇の錬金術師と戦う十歳の少女 「ルナ・チャイルド1 ニーナと魔法宇宙の月」 ムーニー・ウィッチャー作;荒瀬ゆみこ訳;佐竹美保画 岩崎書店 2007年9月

### ニヌー
あらゆる動物の言葉を話すカメレオン 「ライオンボーイⅢ カリブの決闘」 ジズー・コーダー著;枝廣淳子訳 PHP研究所 2005年8月

### ニノ
モモの友だちだった男、レストランの主人 「モモ」 ミヒャエル・エンデ作;大島かおり訳 岩波書店(岩波少年文庫) 2005年6月

### ニムエ
未来から「時の鏡」を通りぬけやってきた妖女、魔法の力をもつマーリンから魔法の杖を盗もうとした女 「マーリン4 時の鏡の魔法」 T.A.バロン著;海後礼子訳 主婦の友社 2005年10月

### ニムロッドおじさん
双子のジンの兄妹ジョンとフィリッパのロンドンに住む叔父、偉大なジン 「ランプの精2 バビロンのブルー・ジン」 P.B.カー著;小林浩子訳 集英社 2006年4月

### ニムロッドおじさん
双子のジンの兄妹ジョンとフィリッパのロンドンに住む叔父、偉大なジン 「ランプの精3 カトマンズのコブラキング」 P.B.カー著;小林浩子訳 集英社 2006年11月

### ニュワンダー
魔法で自然の力を自在にあやつる心優しきドイルド僧 「クレリック・サーガ1 忘れられた領域 秘密の地下墓地」 R.A.サルバトーレ著;安田均監修;笠井道子訳;池田宗隆画 アスキー 2007年4月

### ニール
タヒチ沖に浮かぶサン・エスプリ島で環境保護運動のデモに参加した十六歳の少年 「楽園への疾走」 J.G.バラード著;増田まもる訳 東京創元社(海外文学セレクション) 2006年4月

### ニール・クローガー
地下室の階段の下の不思議な世界「ドルーン」を友だちといっしょに見つけた少年 「秘密のドルーン 1&2」 トニー・アボット著;飯岡美紀訳 ダイヤモンド社 2005年12月

### ニール・クローガー
地下室の階段の下の不思議な世界「ドルーン」を友だちといっしょに見つけた少年 「秘密のドルーン 3&4 呪われた神秘の島・空中都市の伝説」 トニー・アボット著;飯岡美紀訳 ダイヤモンド社 2006年2月

### ニルシオン・バイサス
バイサス王国国王、王位を廃されたキルシオンの弟で隣国ジャイファン国との戦争のことで頭がいっぱいでどこか頼りない男 「ドラゴンラージャ4 要請」 イ・ヨンド作;ホン・カズミ訳;金田榮絵 岩崎書店 2006年4月

### ニルス・ホルゲンソン
スエェーデンの南はずれのスコーネ県の村にいたいたずらっ子でなまけもので勉強が大きらいな少年 「ニルスのふしぎな旅上下」 セルマ・ラーゲルレーヴ作;菱木晃子訳;ベッティール・リーベック画 福音館書店(福音館古典童話シリーズ) 2007年6月

### ニルソンくん
ピッピが「ごたごた荘」でいっしょにくらす小さなサル 「長くつ下のピッピ」 アストリッド・リンドグレーン作;ローレン・チャイルド絵;菱木晃子訳 岩波書店(岩波少年文庫) 2007年10月

にんぎ

## 人魚　にんぎょ
真夜中のまほうで『人魚のおやど』の看板からでてきた人魚　「真夜中のまほう」　フィリス・
アークル文;エクルズ・ウィリアムズ絵;飯田佳奈絵訳　BL出版　2006年2月

# 【ぬ】

## ぬいぐるみの王様　ぬいぐるみのおうさま
おとぎの世界の不思議な住人、おとぎ話の本の中からすばらしい昔話をみんなに読んで聞
かせているぬいぐるみの王様　「魔法の国の扉を開け!」　エマ・ポピック著;クリスティーナ・
平山訳　清流出版　2007年7月

## ヌクテーばあさん
人間に化けた朝鮮オオカミの妖怪、ソウルの町に下りてきたおばあさん　「おばけのウンチ」
クォンジョンセン作;クォンミニ絵;片岡清美訳　汐文社(いま読もう!韓国ベスト読みもの)
2005年1月

## ヌードル
ケーキづくりが大好きな十三歳の女の子、父親とお手伝いのアイリーンと暮らしている娘
「夢をかなえて!ウィッシュ・チョコ―魔法のスイーツ大作戦3」　フィオナ・ダンバー作;露久保
由美子訳;千野えなが絵　フレーベル館　2007年2月

## ヌードル
ケーキづくりが大好きな十三歳の女の子、父親と二人ぐらしの娘　「恋のキューピッド・ケー
キ―魔法のスイーツ大作戦2」　フィオナ・ダンバー作;露久保由美子訳;千野えなが絵　フ
レーベル館　2006年11月

## ヌードル
ケーキづくりが大好きな十二歳の女の子、パパの新しい恋人ヴァラミンタに嫌われている娘
「ミラクル・クッキーめしあがれ!―魔法のスイーツ大作戦1」　フィオナ・ダンバー作;露久保
由美子訳;千野えなが絵　フレーベル館　2006年7月

# 【ね】

## ネイサン
モードの兄、父の死によってグレイレイク学院を追い出され海賊の息子のタモ・ホワイトとマ
ダガスカルへ向かった少年　「海賊の息子」　ジェラルディン・マコックラン作;上原里佳訳
偕成社　2006年7月

## ネイサン
素直でやさしい十五歳の少年、筋ジストロフィーという病気で車椅子生活を送っている少年
サイモンの親友　「僕らの事情。」　デイヴィッド・ヒル著;田中亜希子訳　求龍堂　2005年9月

## ネクソン・ヒュリチェル
バイサス王国征夷軍事司令官の息子、クリムゾンドラゴンのドラゴンラージャであるカミュの
甥　「ドラゴンラージャ5 野望」　イ・ヨンド作;ホン・カズミ訳;金田榮路絵　岩崎書店　2006年6
月

## ネクソン・ヒュリチェル
バイサス王国征夷軍事司令官の息子、クリムゾンドラゴンのドラゴンラージャであるカミュの
甥　「ドラゴンラージャ7 追跡」　イ・ヨンド作;ホン・カズミ訳;金田榮路絵　岩崎書店　2006年8
月

## ネクソン・ヒュリチェル
バイサス王国征夷軍事司令官の息子、クリムゾンドラゴンのドラゴンラージャであるカミュの
甥　「ドラゴンラージャ9 予言」　イ・ヨンド作;ホン・カズミ訳;金田榮路絵　岩崎書店　2006年
10月

# ねり

**ネクロマンサー**
武城に住む邪悪な呪い師 「ドラゴンキーパー 最後の宮廷龍」 キャロル・ウィルキンソン作
;もきかずこ訳 金の星社 2006年9月

**ねこ**
新しい家をさがしに森を歩きだした白いねこ 「ひとりぼっちのねこ」 ロザリンド・ウェル
チャー作;長友恵子訳 徳間書店 2006年8月

**ネッド・ランド**
カナダ人の漁師、銛打ちの王者 「海底二万里 上下」 ジュール・ヴェルヌ作;私市保彦訳
岩波書店(岩波少年文庫) 2005年8月

**ネッド・ランド(カナダ人) ねっどらんど(かなだじん)**
アメリカ合衆国海軍のエイブラハム・リンカーン号乗り組みの銛うちの名手、四十歳くらいの
カナダ人 「海底二万海里 上下」 J.ベルヌ作;清水正和訳;A・ド・ヌヴィル画 福音館書店
(福音館文庫) 2005年5月

**ネットル**
やわらかくて美しい毛がはえそろうように毛虫のめんどうをみている毛虫の毛刈りの妖精
「うそをついてしまったプリラ」 キティ・リチャーズ作;小宮山みのり訳;ディズニーストーリー
ブックアーティストグループ絵 講談社(ディズニーフェアリーズ文庫) 2006年5月

**ネトル**
バーナムの森に暮らす薬草の知識を持つ老婆 「三番目の魔女」 レベッカ・ライザート著;
森祐希子訳 ポプラ社 2007年5月

**ネバークラッカー**
陰気で奇妙な屋敷の主人、他人を家に寄せ付けない老人 「モンスター・ハウス」 トム・
ヒューズ作;番由美子訳 メディアファクトリー 2007年1月

**ネヴィル**
おじいちゃんヒキガエルが大事にしていた金時計をうっかり水であらってしまったハタネズミ
「ウォートンとカラスのコンテストーヒキガエルとんだ大冒険7」 ラッセル・E・エリクソン作;
ローレンス・ディ・フィオリ絵;佐藤涼子訳 評論社(児童図書館・文学の部屋) 2007年12月

**ネファリアン・サーパイン**
世界制覇を目論む魔術師、数百年前に滅びた邪悪な魔術師メボレントの手下だった男
「スカルダガリー 1」 デレク・ランディ著;駒沢敏器訳 小学館 2007年9月

**ネプチューン**
人間が大嫌いな海の王 「エミリーのひみつ」 リズ・ケスラー著;矢羽野薫訳 ポプラ社
2005年11月

**ネミアン**
熱気球に乗って「ハウス＆ガーデン」に現れた侵入者、「シティ」を支配する「ウルフ・タ
ワー」のプリンス 「ウルフ・タワー 第一話 ウルフ・タワーの掟」 タニス・リー著;中村浩美訳
産業編集センター 2005年3月

**ネモ艦長 ねもかんちょう**
潜水艦ノーチラス号の艦長 「海底二万海里 上下」 J.ベルヌ作;清水正和訳;A・ド・ヌヴィ
ル画 福音館書店(福音館文庫) 2005年5月

**ネモ船長 ねもせんちょう**
なぞの潜水艦ノーティラス号の船長 「海底二万里 上下」 ジュール・ヴェルヌ作;私市保彦
訳 岩波書店(岩波少年文庫) 2005年8月

**ネリー**
ひとりぼっちの子ねこ、カラスにねがいがかなうふしぎなボールをもらったのらねこ 「こねこ
のネリーとまほうのボール」 エリサ・クレヴェン作・絵;たがきょうこ訳 徳間書店 2007年11月

ねり

### ネリー
夏休みに姉のオリヴィアとミンティーおばさんの家にあずけられた五歳の女の子 「花になった子どもたち」 ジャネット・テーラー・ライル作;市川里美画;多賀京子訳 福音館書店 （世界傑作童話シリーズ） 2007年11月

### ネルバル
宮廷画家のベラスケがとりくんでいる絵に七歳のニコラスを描き入れるようスペイン国王に進言した謎の男 「ベラスケスの十字の謎」 エリアセル・カンシーノ作;宇野和美訳 徳間書店 2006年5月

### ネレ・グール
ヴォルフスタン村の女村長 「アモス・ダラゴン5 エル・バブの塔」 ブリアン・ペロー作;高野優監訳;河村真紀子訳 竹書房 2005年12月

## 【の】

### ノア
フロリダ諸島のとある島に暮らしている少年、妹のアビーと一緒に留置場にいる父を助けようとした兄 「フラッシュ」 カール・ハイアセン著;千葉茂樹訳 理論社 2006年4月

### ノア
兄のマックスと屋根裏部屋にあった透明人間になれる不思議な鏡を見つけた十歳の左ききの弟 「鏡のむこう側(グースバンプス6)」 R.L.スタイン作;津森優子訳;照世絵 岩崎書店 2006年11月

### のうなしあんよ
帆船「朝びらき丸」が上陸した島にいた一本足のおろかな小人たち 「朝びらき丸東の海へ (ナルニア国ものがたり3)」 C.S.ルイス作;瀬田貞二訳 岩波書店 2005年10月

### ノシー
親友の魔女マームとともに魔女島を追放されイギリスの静かな町にある教会に住みつき人間と友だちになった魔女 「いたずら魔女のノシーとマーム 2 謎の猫、メンダックス」 ケイト・ソーンダズ作;トニー・ロス絵;相良倫子訳;陶浪亜希訳 小峰書店 2005年9月

### ノシー
親友の魔女マームとともに魔女島を追放されイギリスの静かな町にある教会に住みつき人間と友だちになった魔女 「いたずら魔女のノシーとマーム 3 呪われた花嫁」 ケイト・ソーンダズ作;トニー・ロス絵;相良倫子訳;陶浪亜希訳 小峰書店 2006年2月

### ノシー
親友の魔女マームとともに魔女島を追放されイギリスの静かな町にある教会に住みつき人間と友だちになった魔女 「いたずら魔女のノシーとマーム 4 魔法のパワーハット」 ケイト・ソーンダズ作;トニー・ロス絵;相良倫子訳;陶浪亜希訳 小峰書店 2006年4月

### ノシー
親友の魔女マームとともに魔女島を追放されイギリスの静かな町にある教会に住みつき人間と友だちになった魔女 「いたずら魔女のノシーとマーム 5 恐怖のタイムマシン旅行」 ケイト・ソーンダズ作;トニー・ロス絵;相良倫子訳;陶浪亜希訳 小峰書店 2006年6月

### ノシー
親友の魔女マームとともに魔女島を追放されイギリスの静かな町にある教会に住みつき人間と友だちになった魔女 「いたずら魔女のノシーとマーム 6 最後の宇宙決戦」 ケイト・ソーンダズ作;トニー・ロス絵;相良倫子訳;陶浪亜希訳 小峰書店 2006年7月

### ノシー
魔女島の赤タイツ組の魔女でいっしょの部屋に住むマームのなかよし、なまいきでれいぎ知らずの百五十歳のまだまだ若い魔女 「いたずら魔女のノシーとマーム 1 秘密の呪文」 ケイト・ソーンダズ作;トニー・ロス絵;相良倫子訳;陶浪亜希訳 小峰書店 2005年9月

のりん

## ノジャナイ
魔法で花に変えられた庭師の男の子、ノモノというお姫さまの初恋の相手 「ドールの庭」 パウル・ビーヘル著;野坂悦子訳 早川書房(ハリネズミの本箱) 2005年4月

## ノーベル
動物たちの国の王さま、狐のライネケにだまされたライオン王 「きつねのライネケ」 ゲーテ作;上田真而子編訳;小野かおる画 岩波書店(岩波少年文庫) 2007年7月

## ノボル・ナカタニ(ナック)
小柄な日系男性教師、荒っぽい問題児が集まる特別学級「アンガー・マネージメント・グループ」の先生 「アイアンマン」 クリス・クラッチャー作;金原瑞人訳;西田登訳 ポプラ社(ポプラ・リアル・シリーズ) 2006年3月

## ノモノ
秘密の庭をさがして放浪の旅をする少女、むかしある国のお姫さまだった女の子 「ドールの庭」 パウル・ビーヘル著;野坂悦子訳 早川書房(ハリネズミの本箱) 2005年4月

## ノラ(ノラ・レアーネ・エスリン)
死の不安から自殺を図り思春期精神科病棟に入院した十六歳の少女 「嵐の季節に」 ヤーナ・フライ作;オスターグレン晴子訳 徳間書店 2006年11月

## ノラ・レアーネ・エスリン
死の不安から自殺を図り思春期精神科病棟に入院した十六歳の少女 「嵐の季節に」 ヤーナ・フライ作;オスターグレン晴子訳 徳間書店 2006年11月

## ノラ・ローリー
アメリカ・コネチカット州の小学校に通う五年生、平均的な生徒のふりをしている超天才の女の子 「ユーウツなつうしんぼ」 アンドリュー・クレメンツ作;田中奈津子訳 講談社 2005年3月

## ノリス牧師　のりすぼくし
イギリスのモツレジター村の司祭、子供のころになった難読症の影響で無意識のうちに口にするつもりの言葉や文句の音をあちこち入れ替えてしまう男 「ロアルド・ダールコレクション19 したかみ村の牧師さん」 ロアルド・ダール著クェンティン・ブレイク絵;柳瀬尚紀訳 評論社 2007年1月

## ノリス牧師　のりすぼくし
イギリスのモツレジター村の司祭、子供のころになった難読症の影響で無意識のうちに口にするつもりの言葉や文句の音をあちこち入れ替えてしまう男 「ロアルド・ダールコレクション19 したかみ村の牧師さん」 ロアルド・ダール著クェンティン・ブレイク絵;柳瀬尚紀訳 評論社 2007年1月

## ノリーン
ペンビナ・レーク・タウンの湖畔にあるリンダのカフェに嵐の夜トラックでやってきた十七歳の少女 「ハートレスガール」 マーサ・ブルックス作;もりうちすみこ訳 さ・え・ら書房 2005年4月

## ノリントン
元イギリス海軍の提督、海賊ジャック・スパロウのせいで失脚し行方不明になった青年 「パイレーツ・オブ・カリビアン デッドマンズ・チェスト」 アイリーン・トリンブル作;橘高弓枝訳 偕成社(ディズニーアニメ小説版) 2006年7月

## ノリントン
元イギリス海軍の提督、大将に昇格して海軍に復職した男 「パイレーツ・オブ・カリビアン」 T.T.サザーランド作;橘高弓枝訳 偕成社(ディズニーアニメ小説版) 2007年5月

## 【は】

はいい

### ハイイロリス
コネティカット州にある「ウサギが丘」という丘で暮らすハイイロリス 「ウサギが丘のきびしい冬」 ロバート・ローソン作;三原泉訳 あすなろ書房 2006年12月

### ヴァイオレット
高校生のタイタスが月で出会った不思議な女の子、父親と二人で暮らす娘 「フィード」 M.T.アンダーソン著;金原瑞人訳;相山夏奏訳 ランダムハウス講談社 2005年2月

### ヴァイオレット
両親が死んでボックスカーでくらしていたことがあるオールデンきょうだい十さいの女の子 「うたうゆうれいのなぞ(ボックスカー・チルドレン31)」 ガートルード・ウォーナー原作;小野玉央訳 日向房 2005年3月

### ヴァイオレット
両親が死んでボックスカーでくらしていたことがあるオールデンきょうだい十さいの女の子 「カヌーのなぞ(ボックスカー・チルドレン40)」 ガートルード・ウォーナー原作;小中セツ子訳 日向房 2006年8月

### ヴァイオレット
両親が死んでボックスカーでくらしていたことがあるオールデンきょうだい十さいの女の子 「さんごしょうのなぞ(ボックスカー・チルドレン41)」 ガートルード・ウォーナー原作;小野玉央訳 日向房 2006年11月

### ヴァイオレット
両親が死んでボックスカーでくらしていたことがあるオールデンきょうだい十さいの女の子 「ステージのなぞ(ボックスカー・チルドレン43)」 ガートルード・ウォーナー原作;小野玉央訳 日向房 2007年2月

### ヴァイオレット
両親が死んでボックスカーでくらしていたことがあるオールデンきょうだい十さいの女の子 「すみれ色のプールのなぞ(ボックスカー・チルドレン38)」 ガートルード・ウォーナー原作;小中セツ子訳 日向房 2006年4月

### ヴァイオレット
両親が死んでボックスカーでくらしていたことがあるオールデンきょうだい十さいの女の子 「ドッグショーのなぞ(ボックスカー・チルドレン35)」 ガートルード・ウォーナー原作;小野玉央訳 日向房 2005年12月

### ヴァイオレット
両親が死んでボックスカーでくらしていたことがあるオールデンきょうだい十さいの女の子 「ドラモンド城のなぞ(ボックスカー・チルドレン36)」 ガートルード・ウォーナー原作;小野玉央訳 日向房 2005年12月

### ヴァイオレット
両親が死んでボックスカーでくらしていたことがあるオールデンきょうだい十さいの女の子 「ネコのなぞ(ボックスカー・チルドレン42)」 ガートルード・ウォーナー原作;小野玉央訳 日向房 2006年11月

### ヴァイオレット
両親が死んでボックスカーでくらしていたことがあるオールデンきょうだい十さいの女の子 「ピザのなぞ(ボックスカー・チルドレン33)」 ガートルード・ウォーナー原作;小中セツ子訳 日向房 2005年8月

### ヴァイオレット
両親が死んでボックスカーでくらしていたことがあるオールデンきょうだい十さいの女の子 「ゆうれい船のなぞ(ボックスカー・チルドレン39)」 ガートルード・ウォーナー原作;小野玉央訳 日向房 2006年8月

はいじ

**ヴァイオレット**
両親が死んでボックスカーでくらしていたことがあるオールデンきょうだい十さいの女の子
「恐竜のなぞ(ボックスカー・チルドレン44)」 ガートルード・ウォーナー原作;小中セツ子訳
日向房 2007年2月

**ヴァイオレット**
両親が死んでボックスカーでくらしていたことがあるオールデンきょうだい十さいの女の子
「消えた村のなぞ(ボックスカー・チルドレン37)」 ガートルード・ウォーナー原作;小野玉央
訳 日向房 2006年4月

**ヴァイオレット**
両親が死んでボックスカーでくらしていたことがあるオールデンきょうだい十さいの女の子
「雪まつりのなぞ(ボックスカー・チルドレン32)」 ガートルード・ウォーナー原作;小中セツ子
訳 日向房 2005年3月

**ヴァイオレット**
両親が死んでボックスカーでくらしていたことがあるオールデンきょうだい十さいの女の子
「馬のなぞ(ボックスカー・チルドレン34)」 ガートルード・ウォーナー原作;小野玉央訳 日
向房 2005年8月

**バイオレット・バターフィールド(バターフィールドおばさん)**
ロンドンのそうじ婦ハリスおばさんの無二の親友、なにごとにつけても悲観的なみかたをす
る未亡人のおてつだいさん 「ハリスおばさんニューヨークへ行く」 ポール・ギャリコ著;亀山
龍樹訳 ブッキング(fukkan.com) 2005年5月

**バイオレット・バターフィールド(バターフィールドおばさん)**
ロンドンのそうじ婦ハリスおばさんの無二の親友、なにごとにつけても悲観的なみかたをす
る未亡人のおてつだいさん 「ハリスおばさんパリへ行く」 ポール・ギャリコ著;亀山龍樹訳
ブッキング(fukkan.com) 2005年4月

**バイオレット・バターフィールド(バターフィールドおばさん)**
ロンドンのそうじ婦ハリスおばさんの無二の親友、なにごとにつけても悲観的なみかたをす
る未亡人のおてつだいさん 「ハリスおばさんモスクワへ行く」 ポール・ギャリコ著;亀山龍樹
訳;遠藤みえ子訳 ブッキング(fukkan.com) 2005年7月

**ヴァイオレット・ボードレール**
孤児であるボードレール三姉弟妹の長女、発明好きな十五歳 「世にも不幸なできごと11
ぶきみな岩屋」 レモニー・スニケット著;宇佐川晶子訳 草思社 2006年12月

**ヴァイオレット・ボードレール**
孤児であるボードレール三姉弟妹の長女、発明好きな十五歳 「世にも不幸なできごと12
終わりから二番めの危機」 レモニー・スニケット著;宇佐川晶子訳 草思社 2007年8月

**ヴァイオレット・ボードレール**
孤児であるボードレール三姉弟妹の長女、発明好きな十四歳 「世にも不幸なできごと10
つるつるスロープ」 レモニー・スニケット著;宇佐川晶子訳 草思社 2006年3月

**ヴァイオレット・ボードレール**
孤児であるボードレール三姉弟妹の長女、発明好きな十四歳 「世にも不幸なできごと9
肉食カーニバル」 レモニー・スニケット著;宇佐川晶子訳 草思社 2005年6月

**ハイジ**
アルプスの山でおじいいさんややぎや少年ペーターらとともにのびのびと生きる少女 「ア
ルプスの少女ハイジ」 ヨハンナ・スピリ作;池田香代子訳 講談社(青い鳥文庫) 2005年
12月

**歯医者さん はいしゃさん**
きかんぼのいもうとの歯をみた歯医者さん 「きかんぼのちいちゃいいもうと その1 ぐらぐら
の歯」 ドロシー・エドワーズさく;渡辺茂男やく;酒井駒子え 福音館書店(世界傑作童話シ
リーズ) 2005年11月

201

はいじ

## 海・正標　はいじゃんぴぁお
全国各地から集まった造反派の連中を集めて造った新しい組織の司令官、「乱世少年」
蕭育軒作;石田稔訳;アオズ画　国土社　2006年11月

## ハイタカ
アースシーのゴント島に生まれ魔法を学ぶローク学院に入った不思議な力がそなわった少
年「ゲド戦記Ⅰ　影との戦い」ル＝グウィン著;清水真砂子訳　岩波書店　2006年4月

## ハイタカ
アースシー一の大魔法使いで世界でただひとりの竜王、本名はゲド「ゲド戦記Ⅲ　さいは
ての島へ」ル＝グウィン著;清水真砂子訳　岩波書店　2006年4月

## ハイタカ
かつてアースシーの大賢人だった老人「ゲド戦記Ⅴ　アースシーの風」ル＝グウィン著;清
水真砂子訳　岩波書店　2006年5月

## ハイタカ
平和をもたらすエレス・アクベの腕環を求めてアチュアンの墓所におもむいた魔法使い
「ゲド戦記Ⅱ　こわれた腕環」ル＝グウィン著;清水真砂子訳　岩波書店　2006年4月

## ハイタカ
魔法の力を使い果たした偉大な魔法使い「ゲド戦記Ⅳ　帰還」ル＝グウィン著;清水真砂
子訳　岩波書店　2006年5月

## ハイド氏（エドワード・ハイド）　はいどし（えどわーどはいど）
ジキル博士がせわをしているうすきみ悪くすざまじく異常な人相の小男「ジキル博士とハイ
ド氏」ロバート・ルイス・スティーブンソン作;百々佑利子訳　ポプラ社（ポプラポケット文庫）
2006年12月

## ハイナー・ポップ（ちびポップ）
十一歳の少年、同じクラスにとても仲良しで落第した一つ年上の兄さんがいる弟「ちび
ポップの決断」B.プルードラ著;森川弘子訳　未知谷　2005年5月

## パイパー
アメリカから来たいとこ・デイジーと暮らすことになったイギリス人の九歳の女の子「わたし
は生きていける」メグ・ローゾフ作;小原亜美訳　理論社　2005年4月

## 海・伯来　はいぼーらい
碧雲峰を根城にする山賊の首領、人を食う怪物"黒い眉のサル"と人々から恐れられている
男「乱世少年」蕭育軒作;石田稔訳;アオズ画　国土社　2006年11月

## ハイラム・ホリデー（ホリデー）
日刊紙『ニューヨーク・センチネル』紙でいちばん優秀な校正係、戦時中に夢だったヨー
ロッパを訪ねたアマチュア冒険家「ハイラム・ホリデーの大冒険　上下」ポール・ギャリコ著;
東江一紀訳　ブッキング　2007年6月

## ハイロ
ソニーの叔父、肺が悪くいつもソニーを殴る男「ボーイ・キルズ・マン」マット・ワイマン作;
長友恵子訳　鈴木出版（鈴木出版の海外児童文学）　2007年5月

## バイロン・ファーガソン（ファーギー）
十三歳のジョニーとボーイスカウトで出会った同い歳の親友「ジョニー・ディクソン魔術師
の復讐」ジョン・ベレアーズ著;林啓恵訳　集英社　2005年2月

## パウルおじさん
小学生のマルコが病院で同室になった男の子・ティムのおじさん、おばけ狩り人間「かわ
いいおばけゴロの冒険　第5巻　ゴロのおかしな大作戦」ブリッタ・シュヴァルツ作;レギーナ・
ホフシュタドゥラー＝リーナブリュン画;ひやままさこ訳　セパ工房　2007年1月

202

ばしゃ

**パウル・ヴィンターフェルト**
ロンドンの上流寄宿学校の生徒、ドイツ軍艦の艦長の息子で十六歳のマイクと同室の少年
「ノーチラス号の冒険 1 忘れられた島」ヴォルフガンク・ホールバイン著;平井吉夫訳　創
元社　2006年4月

**パウル・ファウスティノ**
当代一の名ゴールキーパー・ガトーにインタビューした南米随一のサッカー記者「キー
パー」マル・ピート著;池央耿訳　評論社　2006年5月

**パオロ**
モモの古くからの友だち、めがねの男の子「モモ」ミヒャエル・エンデ作;大島かおり訳　岩
波書店（岩波少年文庫）2005年6月

**伯爵夫人　はくしゃくふじん**
とある公園のいすの下に置きざりにされた五人の人形の一人、プライドが高く気むずかし屋
のアンティーク人形「気むずかしやの伯爵夫人（公園の小さななかまたち）」サリー・ガー
ドナー作絵;村上利佳訳　偕成社　2007年5月

**バーグストローム教授　ばーぐすとろーむきょうじゅ**
小説を書く青年デービッドと恋人ザナの大学の指導教官「炎の星－龍のすむ家3」クリ
ス・ダレーシー著;三辺律子訳　竹書房　2007年8月

**ハグマイヤー先生　はぐまいやーせんせい**
マンハッタンに住む四年生レオンの担任教師、裁縫を何よりも重んじる先生「レオンと魔法
の人形遣い 上下」アレン・カーズワイル著;大島豊訳　東京創元社（sogen bookland）
2006年1月

**ハケット**
グレゴリー少佐の邸宅の庭師、乱暴な男「おわりから始まる物語」リチャード・キッド作;松
居スーザン訳;ピーター・ベイリー絵　ポプラ社（ポプラ・ウイング・ブックス）2005年11月

**パーシー伯父さん　ぱーしーおじさん**
イギリスの海運王、バーティーのスティープル・バンプレイに住む義理の伯父「ジーヴスと
朝のよろこび」P.G.ウッドハウス著;森村たまき訳　国書刊行会（ウッドハウス・コレクション）
2007年4月

**パーシー・ジャクソン**
海神ポセイドンと人間の母親の間に生まれた少年、マンハッタンの中学に通う十三歳
「パーシー・ジャクソンとオリンポスの神々 2魔海の冒険」リック・リオーダン作;金原瑞人訳;
小林みき訳　ほるぷ出版　2006年11月

**パーシー・ジャクソン（ペルセウス）**
海神ポセイドンと人間の母親の間に生まれた半神半人のハーフ、難読症とADHDと診断さ
れている十二歳の少年「パーシー・ジャクソンとオリンポスの神々 1盗まれた雷撃」リック・
リオーダン作;金原瑞人訳　ほるぷ出版　2006年4月

**パーシー・ジャクソン（ペルセウス・ジャクソン）**
海神ポセイドンと人間の母親の間に生まれた半神半人のハーフ、十四歳の少年「パー
シー・ジャクソンとオリンポスの神々 3タイタンの呪い」リック・リオーダン作;金原瑞人訳;小
林みき訳　ほるぷ出版　2007年12月

**パーシヴァル・ボナパルト・プリーストリー**
高等裁判所の判事で軽犯罪裁判官、権力志向で無礼者の男「ハリーとしわくちゃ団」ア
ラン・テンバリー作;日当陽子訳　評論社（評論社の児童図書館・文学の部屋）2007年11
月

**馬車屋　ばしゃや**
ディゴリーがナルニア国につれてきてしまったロンドンの辻馬車屋「魔術師のおい（ナルニ
ア国ものがたり6）」C.S.ルイス作;瀬田貞二訳　岩波書店　2005年10月

ばじる

## バジル
ベルドレーヌ家の長女シャーリーの長年の恋人、医師 「ベルドレーヌ四季の物語 春のマドモアゼル」 マリカ・フェルジュク作;ドゥボーヴ・陽子訳 ポプラ社(ポプラポケット文庫) 2007年4月

## バージン
善の神々に捧げられた〈叡智の図書館〉侵略を目論むタロウナ教団の魔力が強大な司祭 「クレリック・サーガ 1 忘れられた領域 秘密の地下墓地」 R.A.サルバトーレ著;安田均監修;笠井道子訳;池田宗隆画 アスキー 2007年4月

## ハース
フクロウの家のとなりにきつねのフォスとくらしているしっかり者のうさぎ 「きつねのフォスとうさぎのハース」 シルヴィア・ヴァンデン・ヘーデ作;テー・チョンキン絵;野坂悦子訳 岩波書店 2007年9月

## ハスク
リスとカワウソとモグラとハリネズミが平和に暮らすミストマントル島の三司令官のひとり、王に仕えるリスの青年 「ミストマントル・クロニクル1 流れ星のアーチン」 マージ・マカリスター著;高橋啓訳 小学館 2006年11月

## バステ
ネコの姿をしたエジプトの女神、時空を超えて旅をするガストンとルシアの旅の守り神 「ガストンとルシア 1 3000年を飛ぶ魔法旅行」 ロジェ・ファリゴ著;永島章雄訳 小学館 2005年4月

## バステ
ネコの姿をしたエジプトの女神、時空を超えて旅をするガストンとルシアの旅の守り神 「ガストンとルシア 2 永遠の旅のはじまり」 ロジェ・ファリゴ著;永島章雄訳 小学館 2005年5月

## バーソロミュー夫人　ばーそろみゅーふじん
トムのおじいさんが住む昔の大邸宅の持ち主のおばあさん 「トムは真夜中の庭で」 フィリパ・ピアス作;高杉一郎訳 岩波書店 2006年4月

## バターフィールドおばさん
ロンドンのそうじ婦ハリスおばさんの無二の親友、なにごとにつけても悲観的なみかたをする未亡人のおてつだいさん 「ハリスおばさんニューヨークへ行く」 ポール・ギャリコ著;亀山龍樹訳 ブッキング(fukkan.com) 2005年5月

## バターフィールドおばさん
ロンドンのそうじ婦ハリスおばさんの無二の親友、なにごとにつけても悲観的なみかたをする未亡人のおてつだいさん 「ハリスおばさんパリへ行く」 ポール・ギャリコ著;亀山龍樹訳 ブッキング(fukkan.com) 2005年4月

## バターフィールドおばさん
ロンドンのそうじ婦ハリスおばさんの無二の親友、なにごとにつけても悲観的なみかたをする未亡人のおてつだいさん 「ハリスおばさんモスクワへ行く」 ポール・ギャリコ著;亀山龍樹訳;遠藤みえ子訳 ブッキング(fukkan.com) 2005年7月

## ハチャンス
センコーから問題児といわれる小学六年生、新聞配達をする男の子 「問題児」 パクキボム作;パクキョンジン絵;金松伊訳 汐文社(いま読もう!韓国ベスト読みもの) 2005年2月

## バック
双子のジンの兄妹ジョンとフィリッパのジン友だち、素行の悪い少年 「ランプの精 3 カトマンズのコブラキング」 P.B.カー著;小林浩子訳 集英社 2006年11月

ぱでぃ

**パック**
妖精の王オーベロンに仕える小妖精、妖精の国のいつもふざけてばかりの人気者 「こどものための夏の夜のゆめ」ロイス・バーデット著;鈴木扶佐子訳 アートデイズ(シェイクスピアっておもしろい!) 2007年6月

**バック・クラック**
チキン・リトルのお父さん、中学時代に野球チームのエースだったニワトリ 「チキン・リトル」アイリーン・トリンブル作;橘高弓枝訳 偕成社(ディズニーアニメ小説版) 2005年11月

**ハッサン**
廃車おき場のおんぼろバスで雨やどりをした四人の子どものうちのひとり 「ホラーバス 恐怖のいたずら1・2」パウル・ヴァン・ローン作;岩井智子訳;浜野史子絵 学研 2007年9月

**ハッサン**
裕福なキャラバンに所属する商人の青年 「Wishing Moon月に願いを上下」マイケル・O.タンネル著;東川えり訳 小学館(小学館ルルル文庫) 2007年8月

**パッテギ**
人間に化けたヌクテーのおばあさんが卵から作った双子の兄弟、卵の妖怪 「おばけのウンチ」クォンジョンセン作;クォンムニ絵;片岡清美訳 汐文社(いま読もう!韓国ベスト読みもの) 2005年1月

**パット**
イギリスにあるクレア学院の一年生、イザベルとふたごの姉妹 「おちゃめなふたごの探偵ノート」エニド・ブライトン作;佐伯紀美子訳 ポプラ社(ポプラポケット文庫) 2006年2月

**パット**
イザベルのふたごの姉妹、きびしい校風のクレア学院になじめないわがままな十四歳の少女 「おちゃめなふたご」エニド・ブライトン作;佐伯紀美子訳 ポプラ社(ポプラポケット文庫) 2005年10月

**バッド・ボーイズ**
〈カレ&フレンズ探偵局〉のライバル、リーダー・カレと同じクラスの頭のイカレた連中 「名探偵の10か条 4と1/2探偵局 4」ヨアヒム・フリードリヒ作 鈴木仁子訳;絵楽ナオキ絵 ポプラ社 2005年1月

**ハティ**
トムが真夜中にまよいこんだふしぎな庭で出会った少女 「トムは真夜中の庭で」フィリパ・ピアス作;高杉一郎訳 岩波書店 2006年4月

**バーティー**
義理の伯父の住むスティープル・バンプレイを訪れた有閑青年 「ジーヴスと朝のよろこび」P.G.ウッドハウス著;森村たまき訳 国書刊行会(ウッドハウス・コレクション) 2007年4

**パディさん**
リサイクル施設を調べる少年・コリンが行ったゴミ救出センターの責任者の男の人 「リサイクル」サンディ・マカーイ作;赤塚きょう子訳;鈴木明子絵 さ・え・ら書房 2005年12月

**パディ・マクタビッシュさん(パディさん)**
リサイクル施設を調べる少年・コリンが行ったゴミ救出センターの責任者の男の人 「リサイクル」サンディ・マカーイ作;赤塚きょう子訳;鈴木明子絵 さ・え・ら書房 2005年12月

**バーティミアス**
五千歳を超えている中級クラスの妖精 「バーティミアス3 プトレマイオスの門」ジョナサン・ストラウド作;金原瑞人・松山美保訳 理論社 2005年12月

**パディントン**
暗黒の地ペルーから来てブラウンさん一家とイギリスで暮らしているクマ 「パディントンのラストダンス」マイケル・ボンド作;ペギー・フォートナム画;田中琢治訳;松岡享子訳 福音館書店(福音館文庫) 2007年9月

205

ぱでぃ

## パディントン
暗黒の地ペルーから来てブラウンさん一家とイギリスで暮らしているクマ 「パディントン街へ行く」 マイケル・ボンド作;ペギー・フォートナム画;田中琢治訳;松岡享子訳 福音館書店（福音館文庫） 2006年7月

## バード（ダグ・アーサー）
サイトタウンにある廃屋の「コフマン・ハウス」に入った仲よし四人組の一人、鳥によく似ている少年 「呪われたカメラ（グースバンプス2）」 R.L.スタイン作;津森優子訳;照世絵 岩崎書店 2006年7月

## バドゥール姫　ばどぅーるひめ
砂漠に囲まれたアル・カルアスの街を治める王様の愛娘、「満月のなかの満月」といわれるほど美しい王女 「Wishing Moon月に願いを上下」 マイケル・O.タンネル著;東川えり訳 小学館（小学館ルルル文庫） 2007年8月

## バードさん
クマのパディントンが暮らすブラウン家の家政婦 「パディントンのラストダンス」 マイケル・ボンド作;ペギー・フォートナム画;田中琢治訳;松岡享子訳 福音館書店（福音館文庫） 2007年9月

## バードさん
クマのパディントンが暮らすブラウン家の家政婦 「パディントン街へ行く」 マイケル・ボンド作;ペギー・フォートナム画;田中琢治訳;松岡享子訳 福音館書店（福音館文庫） 2006年7月

## ハドソン・ブラウン
アルカトロン3星で生まれた少年、少女モリーの大親友 「モーキー・ジョー 3 最後の審判」 ピーター・J・マーレイ作;木村由利子訳;新井洋行絵 フレーベル館 2006年1月

## ハドソン・ブラウン
テレパシーで守護天使のおじさんと話ができる中学生の少年、ブラウン家の養子でモリーとアッシュの大親友 「モーキー・ジョー 2 よみがえる魔の手」 ピーター・J・マーレイ作;木村由利子訳;新井洋行絵 フレーベル館 2005年10月

## ハドソン・ブラウン
テレパシーで謎の人物と話ができる元気な十歳の男の子、ブラウン家の養子でモリーとアッシュの大親友 「モーキー・ジョー 1 宇宙からの魔の手」 ピーター・J・マーレイ作;木村由利子訳;新井洋行絵 フレーベル館 2005年7月

## パドラ
リスとカワウソとモグラとハリネズミが平和に暮らすミストマントル島の三司令官のひとり、王に仕えるワウソの青年 「ミストマントル・クロニクル1 流れ星のアーチン」 マージ・マカリスター著;高橋啓訳 小学館 2006年11月

## バートラム・ウースター（バーティー）
義理の伯父の住むスティープル・バンプレイを訪れた有閑青年 「ジーヴスと朝のよろこび」 P.G.ウッドハウス著;森村たまき訳 国書刊行会（ウッドハウス・コレクション） 2007年4

## パトリシア・サリバン（パット）
イギリスにあるクレア学院の一年生、イザベルとふたごの姉妹 「おちゃめなふたごの探偵ノート」 エニド・ブライトン作;佐伯紀美子訳 ポプラ社（ポプラポケット文庫） 2006年2月

## パトリシア・サリバン（パット）
イザベルのふたごの姉妹、きびしい校風のクレア学院になじめないわがまま十四歳の少女 「おちゃめなふたご」 エニド・ブライトン作;佐伯紀美子訳 ポプラ社（ポプラポケット文庫） 2005年10月

はぬる

### パトリス
妖精の王国『フェアリー・レルム』のお城のメイドの責任者をしているおばさん 「フェアリー・レルム 1 金のブレスレット」エミリー・ロッダ著;岡田好惠訳;仁科幸子絵 童心社 2005年6月

### パトリス
妖精の王国『フェアリー・レルム』のお城のメイドの責任者をしているおばさん 「フェアリー・レルム 2 花の妖精」エミリー・ロッダ著;岡田好惠訳;仁科幸子絵 童心社 2005年6月

### パトリス
妖精の王国『フェアリー・レルム』のお城のメイドの責任者をしているおばさん 「フェアリー・レルム 7 星のマント」エミリー・ロッダ著;岡田好惠訳;仁科幸子絵 童心社 2006年11月

### パトリス
妖精の王国『フェアリー・レルム』のお城のメイドの責任者をしているおばさん 「フェアリー・レルム 8 水の妖精」エミリー・ロッダ著;岡田好惠訳;仁科幸子絵 童心社 2007年3月

### パトリス
妖精の王国『フェアリー・レルム』のお城のメイドの責任者をしているおばさん 「フェアリー・レルム 9 空色の花」エミリー・ロッダ著;岡田好惠訳;仁科幸子絵 童心社 2007年7月

### ハナ
メイン州の沖合の孤島で黄金の翼竜に出会った三人きょうだいの長女、十二歳の少女 「孤島のドラゴン」レベッカ・ラップ著;鏡哲生訳 評論社(児童図書館・文学の部屋) 2006年10月

### バナーテイル
ネコに育てられたハイイロリス 「バナーテイル ―ヒッコリーの森を育てるリスの物語」アーネスト・トンプソン・シートン著;今泉吉晴訳 福音館書店(シートン動物記8) 2006年5月

### バーナード
十四歳のプルーデンスの父親、経営する古書店は倒産寸前で偏屈でがんこな男 「ラブ・レッスンズ」ジャクリーン・ウィルソン作;尾高薫訳 理論社 2006年7月

### バーナビー　ばーなびー?
曲芸師、孤児になり修道院に住むようになった少年 「ちいさな曲芸師バーナビー」バーバラ・クーニー再話・絵;末盛千枝子訳 すえもりブックス 2006年6月

### 花姫　はなひめ
わるい水の精にまほうをかけられてとうめいにされてしまったおしとやかな姫 「リトル・プリンセス とうめいな花姫」ケイティ・チェイス作;日当陽子訳;泉リリカ絵 ポプラ社 2007年6月

### ハニー
フェアリーランドのパーティの妖精のひとり、おかしの妖精 「おかしの妖精(フェアリー)ハニー(レインボーマジック)」デイジー・メドウズ作;田内志文訳 ゴマブックス 2007年8月

### バーニー
大伯父メリマンらと盗み出された聖杯を取りもどすことにしたドルー三兄弟の末っ子 「闇の戦い2みどりの妖婆」スーザン・クーパー著;浅羽英子訳 評論社(fantasy classics) 2006年12月

### バーニー
洞穴で出会った言葉が通じない原始人の男の子ステッグと友だちになった少年 「ぼくと原始人ステッグ」クライブ・キング作;上條由美子訳;エドワード・アーディゾーニ画 福音館書店(福音館文庫) 2006年5月

### ハヌル(アダム)
生命工学者になる夢を持つヘラムの未来の自分が作ったコピー人間 「秘密の島」ペソウン作;金松伊訳;キムジュヒョン絵 汐文社(いま読もう!韓国ベスト読みもの) 2005年3月

207

ばぬん

## バーヌンク博士　ばーぬんくはかせ
言語障害の男・ベラミーがミュンヘンに訪ねた精神科医 「通訳」 ディエゴ・マラーニ著;橋本勝雄訳 東京創元社(海外文学セレクション) 2007年11月

## ヴァネッサ・ブルーム
ミツバチのバリーと仲良くなった人間の女性、ニューヨークの花屋の経営者 「ビー・ムービー」 スーザン・コーマン作;杉田七重訳 角川書店(ドリームワークスアニメーションシリーズ) 2007年12月

## ヴァーノン
スラムのとなりにある地区・テンリーハイツで暮らす中学生、成績が悪い少年 「クレイジー・レディー!」 ジェイン・レズリー・コンリー作;尾崎愛子訳;森脇和則画 福音館書店(世界傑作童話シリーズ) 2005年4月

## ハーパー
孤児院とまちがえて双子のおばあさん・ティリーとペンペンの家に連れてこられた十四歳の少女 「ブルーベリー・ソースの季節」 ポリー・ホーヴァート著;目黒条訳 早川書房(ハリネズミの本箱) 2005年5月

## バーバ
しあわせの国にある人形の家「バラやしき」へやってきたロシア人形 「ふしぎなロシア人形バーバ」 ルース・エインズワース作;ジョーン・ヒクソン画 福音館書店(世界傑作童話シリーズ) 2007年1月

## パパ
ミュンヘン市郊外の一軒家で暮らすアンネとマックスとマリーのパパ 「パパにつける薬」 アクセル・ハッケ文;ミヒャエル・ゾーヴァ絵;那須田淳訳;木本栄訳 講談社 2007年11月

## 母(メル)　はは(める)
「高地」のカスプロマントの首長・カノックの妻でオレックの母親、「低地」人 「ギフト-西のはての年代記1」 ル=グウィン著;谷垣暁美訳 河出書房新社 2006年6月

## ハーバート・ダンジョンストーン
ドラゴン・スレイヤー・アカデミーの創立者といわれている男、ウィリーたちの前にとつぜんあらわれたゆうれい 「ドラゴン・スレイヤー・アカデミー 2-2 かえってきたゆうれい」 ケイト・マクミュラン作;神戸万知訳;舩真秀斗絵 岩崎書店 2006年8月

## ババヤガ
わかさとうつくしさをえるまほうをかけるために少女のなみだをあつめているおそろしい魔女 「リトル・プリンセス氷の城のアナスタシア姫」 ケイティ・チェイス作;日当陽子訳;泉リリカ絵 ポプラ社 2007年12月

## バーバラ
タヒチ沖に浮かぶサン・エスプリ島で行った環境保護運動の中心人物、四十代の女医 「楽園への疾走」 J.G.バラード著;増田まもる訳 東京創元社(海外文学セレクション) 2006年4月

## バーバラ
ひみつの七人が集まってつくったクラブ「シークレット・セブン」のメンバーの女の子 「シークレット・セブン1 ひみつクラブとなかまたち」 エニド・ブライトン著;浅見よういラスト;立石ゆかり訳 オークラ出版 2007年8月

## バーバラ
ひみつの七人が集まってつくったクラブ「シークレット・セブン」のメンバーの女の子 「シークレット・セブン2 ひみつクラブの大冒険!」 エニド・ブライトン著;浅見よういラスト;大塚淳子訳 オークラ出版 2007年8月

## バーバラ
ひみつの七人が集まってつくったクラブ「シークレット・セブン」のメンバーの女の子 「シークレット・セブン3 ひみつクラブとツリーハウス」 エニド・ブライトン著;浅見ようイラスト;草鹿佐恵子訳 オークラ出版 2007年10月

## バーバラ
ひみつの七人が集まってつくったクラブ「シークレット・セブン」のメンバーの女の子 「シークレット・セブン4 ひみつクラブと五人のライバル」 エニド・ブライトン著;浅見ようイラスト;加藤久哉訳 オークラ出版 2007年10月

## パーヴィス・コッチャー
エリオン国にあるブライドウェルという町の護衛隊長、背の低い意地悪な男 「エリオン国物語1 アレクサと秘密の扉」 パトリック・カーマン著;金原瑞人訳 アスペクト 2006年10月

## パフ
デルトラ王国の首都デルにひそむ南の歌姫の番人、デル城の図書室員ジョセフの助手をしている少女 「デルトラ・クエスト3-4 最後の歌姫」 エミリー・ロッダ作;上原梓訳;はけたれいこ画 岩崎書店 2005年6月

## パーフェクタ姫　ぱーふぇくたひめ
りっぱなお姫さまを育てる「お姫さま学園」の生徒、いつもなんにでも一番になりたがるとってもでしゃばりな姫 「ケティ姫と銀の小馬 (ティアラ・クラブ2)」 ヴィヴィアン・フレンチ著;岡本浜江訳;サラ・ギブ絵 朔北社 2007年6月

## パーフェクタ姫　ぱーふぇくたひめ
りっぱなお姫さまを育てる「お姫さま学園」の生徒、いつもなんにでも一番になりたがるとってもでしゃばりな姫 「ソフィア姫と氷の大祭典 (ティアラ・クラブ5)」 ヴィヴィアン・フレンチ著;岡本浜江訳;サラ・ギブ絵 朔北社 2007年9月

## バーブロ
田舎で農場暮らしをすることになったシャスティンとサクランボというあだ名の双子の一人、十六歳の少女 「サクランボたちの幸せの丘」 アストリッド・リンドグレーン作;石井登志子訳 徳間書店 2007年8月

## パホーム
土地さえじゅうぶんにあれば悪魔だってこわくないと高慢心を起こした百姓の男 「人にはたくさんの土地がいるか」 レフ・トルストイ著;北御門二郎訳 あすなろ書房(トルストイの散歩道3) 2006年6月

## ハーマイオニー・グレンジャー
魔法族の少年ハリー・ポッターの親友、ホグワーツ魔法学校で学ぶ秀才の魔女 「ハリー・ポッターと謎のプリンス上下」 J.K.ローリング作;松岡佑子訳 静山社 2006年5月

## パーマネント・ローズ
イギリスに住んでいるカッソン家の末っ子、八歳の女の子 「インディゴの星」 ヒラリー・マッカイ作;冨永星訳 小峰書店(Y.A.Books) 2007年7月

## パーマネント・ローズ(ローズ)
両親が画家のカッソン家の三女、マイペースな天才少女画家 「サフィーの天使」 ヒラリー・マッカイ作;冨永星訳 小峰書店(Y.A.Books) 2007年1月

## ハーマン
いなかの村にすむホイッティカーさんがかっているねこ、おばけのジョージのともだち 「おばけのジョージーともだちをたすける」 ロバート・ブライト作絵;なかがわちひろ訳 徳間書店 2006年9月

## ハミー
森の仲間の人気者、考える前に飛び出す元気なリス 「森のリトル・ギャング」 ルイーズ・ギカウ著;河井直子訳 角川書店(ドリームワークスアニメーションシリーズ) 2006年7月

はみあ

### ハーミア
貴族の青年ライサンダーと恋仲の女、父親が決めた結婚相手が大きらいな娘 「こどものための夏の夜のゆめ」 ロイス・バーデット著;鈴木扶佐子訳 アートデイズ(シェイクスピアっておもしろい!) 2007年6月

### パム
ひみつの七人が集まってつくったクラブ「シークレット・セブン」のメンバーの女の子 「シークレット・セブン1 ひみつクラブとなかまたち」 エニド・ブライトン著;浅見よういラスト;立石ゆかり訳 オークラ出版 2007年8月

### パム
ひみつの七人が集まってつくったクラブ「シークレット・セブン」のメンバーの女の子 「シークレット・セブン2 ひみつクラブの大冒険!」 エニド・ブライトン著;浅見よういラスト;大塚淳子訳 オークラ出版 2007年8月

### パム
ひみつの七人が集まってつくったクラブ「シークレット・セブン」のメンバーの女の子 「シークレット・セブン3 ひみつクラブとツリーハウス」 エニド・ブライトン著;浅見よういラスト;草鹿佐恵子訳 オークラ出版 2007年10月

### パム
ひみつの七人が集まってつくったクラブ「シークレット・セブン」のメンバーの女の子 「シークレット・セブン4 ひみつクラブと五人のライバル」 エニド・ブライトン著;浅見よういラスト;加藤久哉訳 オークラ出版 2007年10月

### ハム・ドラム
とても賢い2人の中国人の哲学者のひとり 「かるいお姫さま」 マクドナルド作;脇明子訳 岩波書店(岩波少年文庫) 2005年9月

### ハムレット
デンマークの王子、亡き父王を忘れられない息子 「こどものためのハムレット」 ロイス・バーデット著;鈴木扶佐子訳 アートデイズ(シェイクスピアっておもしろい!) 2007年6月

### バヤガヤ
「仮面を持つ者」のアモスと熊族(ベオリット)のベオルフを狙うおそろしい魔女 「アモス・ダラゴン4 フレイヤの呪い」 ブリアン・ペロー作;高野優監訳;宮澤実穂訳 竹書房 2005年1月

### ハラ
タオン島のまじない師で修繕屋、真の名はハラ 「ゲド戦記V アースシーの風」 ル=グウィン著;清水真砂子訳 岩波書店 2006年5月

### バラクラーマ
セレンディップ王国の第一王子、論理に長け特に生きものにたいする関心がたいへん深い若者 「セレンディピティ物語」 エリザベス・ジャミスン・ホッジス著;よしだみどり訳・画 藤原書店 2006年4月

### ヴァラミンタ・ガリガリ・モージャ(ミンティ)
十二歳の少女ルルのパパの新しい恋人、背が高くて派手な元スーパーモデル 「ミラクル・クッキーめしあがれ!—魔法のスイーツ大作戦1」 フィオナ・ダンバー作;露久保由美子訳;千野えなが絵 フレーベル館 2006年7月

### ヴァラミンタ・ガリガリ・モージャ(ミンティ)
少女ルルのパパの元恋人、背が高くて派手な元スーパーモデル 「夢をかなえて!ウィッシュ・チョコ—魔法のスイーツ大作戦3」 フィオナ・ダンバー作;露久保由美子訳;千野えなが絵 フレーベル館 2007年2月

### ヴァラミンタ・ガリガリ・モージャ（ミンティ）

少女ルルのパパの元恋人、背が高くて派手な元スーパーモデル 「恋のキューピッド・ケーキ―魔法のスイーツ大作戦2」 フィオナ・ダンバー作;露久保由美子訳;千野えなが絵 フレーベル館 2006年11月

### ハラルド（青牙王）　はらるど（あおきばおう）

北の海に浮かぶ大きな島が中心の王国を治める王 「アモス・ダラゴン3　神々の黄昏」 ブリアン・ペロー作;高野優監訳;橘明美訳 竹書房 2005年8月

### ハリー

きかんぼのいもうとのともだち、いたずらずきの小さい男の子 「きかんぼのちいちゃいいもうと　その3　いたずらハリー」 ドロシー・エドワーズさく;渡辺茂男やく;酒井駒子え 福音館書店（世界傑作童話シリーズ） 2006年9月

### ハリー

メープルヒルの山のはずれでヤギといっしょに暮らしている一風変わった老人 「メープルヒルの奇跡」 ヴァージニア・ソレンセン著;山内絵里香訳; ほるぷ出版 2005年3月

### ハリー

弟のアレックスと霧に閉ざされた森のなかのスピリットムーン・キャンプに参加した十二歳の兄 「ゴースト・ゴースト（グースバンプス8）」 R.L.スタイン作;津森優子訳;照世絵 岩崎書店 2007年1月

### ハリー

両親を事故で亡くし二人の大おばさんと暮らすことになった少年 「ハリーとしわくちゃ団」 アラン・テンパリー作;日当陽子訳 評論社（評論社の児童図書館・文学の部屋） 2007年11月

### ハーリア

魔法の島フィンカイラのメルウィン・ブリ・ミース族の青年エレモンの妹、鹿人族 「マーリン3 伝説の炎の竜」 T.A.バロン著;海後礼子訳 主婦の友社 2005年7月

### ハーリア

魔法の島フィンカイラの鹿人族であるメルウィン・ブリ・ミース族の娘 「マーリン4 時の鏡の魔法」 T.A.バロン著;海後礼子訳 主婦の友社 2005年10月

### ハーリア

魔法の島フィンカイラの鹿人族であるメルウィン・ブリ・ミース族の娘 「マーリン5 失われた翼の秘密」 T.A.バロン著;海後礼子訳 主婦の友社 2006年1月

### ハリエット・チャンス

十一歳のミーガンが憧れているイギリスの大人気女性作家 「秘密のチャットルーム」 ジーン・ユーア作;渋谷弘子訳 金の星社 2006年12月

### バリカ

ドナウ川にうかぶとんぼ島でくらしている子やぎのギダのおとなりにすんでいる子ひつじ 「とんぼの島のいたずら子やぎ」 バーリント・アーグネシュ作;レイク・カーロイ絵;うちかわかずみ訳 偕成社 2007年10月

### ヴァリガル

牧師デマラルにより生と死のはざまにある暗黒の国から呼び出された亡霊の戦士 「シャドウマンサー」 G.P.テイラー著;亀井よし子訳 新潮社 2006年6月

### ハリスおばさん（アダ・ハリス）

シュライバー夫人についてニューヨークへ行くことになったロンドンのそうじ婦、六十一歳の未亡人 「ハリスおばさんニューヨークへ行く」 ポール・ギャリコ著;亀山龍樹訳 ブッキング（fukkan.com） 2005年5月

はりす

### ハリスおばさん（アダ・ハリス）
ディオールのドレスを買うためにロンドンからパリにやってきた未亡人のそうじ婦、六十ちかい小がらなおばさん 「ハリスおばさんパリへ行く」ポール・ギャリコ著;亀山龍樹訳 ブッキング（fukkan.com）2005年4月

### ハリスおばさん（アダ・ハリス）
ロンドンでくらす未亡人のそうじ婦、六十ちかい小がらなおばさん 「ハリスおばさん国会へ行く」ポール・ギャリコ著;亀山龍樹訳 ブッキング（fukkan.com）2005年6月

### ハリスおばさん（アダ・ハリス）
ロンドンンのそうじ婦、六十ちかい未亡人で小がらなおばさん 「ハリスおばさんモスクワへ行く」ポール・ギャリコ著;亀山龍樹訳;遠藤みえ子訳 ブッキング（fukkan.com）2005年7月

### ハリセ・アリプッラ
カッティラコスキ家のお隣さん、アリプッラ姉妹のひとり 「トルスティは名探偵（ヘイナとトッスの物語2）」シニッカ・ノポラ&ティーナ・ノポラ作;末延弘子訳;佐古百美絵 講談社（青い鳥文庫）2006年8月

### ハリセ・アリプッラ
カッティラコスキ家のお隣さん、アリプッラ姉妹のひとり 「大きいエルサと大事件（ヘイナとトッスの物語3）」シニッカ・ノポラ&ティーナ・ノポラ作;末延弘子訳;佐古百美絵 講談社（青い鳥文庫）2007年11月

### ハリセ・アリプッラ
カッティラコスキ家のお隣さん、アリプッラ姉妹のひとり 「麦わら帽子のヘイナとフェルト靴のトッス－なぞのいたずら犯人（ヘイナとトッスの物語）」シニッカ・ノポラ&ティーナ・ノポラ作;末延弘子訳;佐古百美絵 講談社（青い鳥文庫）2005年10月

### ハリドン
かつて劇場の支配人だった〈船長〉とくらしていた曲芸師 「曲芸師ハリドン」ヤコブ・ヴェゲリウス作;菱木晃子訳 あすなろ書房 2007年8月

### ハリー・ニューウェル
親友のジャックとイギリスのプロサッカーチーム「ポーツマス」のユースチームに所属していた十七歳の少年、第一次世界大戦で軍隊入りを志願した若者 「銃声のやんだ朝に」ジェイムズ・リオーダン作;原田勝訳 徳間書店 2006年11月

### バリー・B・ベンソン　ばりーびーべんそん
ハチミツ業界で働くのを迷っているニューハイブシティーに暮らすミツバチ 「ビー・ムービー」スーザン・コーマン作;杉田七重訳 角川書店（ドリームワークスアニメーションシリーズ）2007年12月

### ハリー・ポッター
闇の魔法使いヴォルデモートを倒す宿命を持った魔法族の十六歳の少年、ホグワーツ魔法魔術学校の六年生 「ハリー・ポッターと謎のプリンス上下」J.K.ローリング作;松岡佑子訳 静山社 2006年5月

### バリマグ
魔法の島フィンカイラの沼に住むアザラシみたいな奇妙な生き物 「マーリン4時の鏡の魔法」T.A.バロン著;海後礼子訳 主婦の友社 2005年10月

### パリン・マジェーレ
竜槍の英雄キャラモンの息子、強大な魔術師だったが今は魔力を失ってしまった男 「ドラゴンランス魂の戦争第1部 上中下 墜ちた太陽の竜」マーガレット・ワイス著;トレイシー・ヒックマン著;安田均訳 アスキー 2005年4月

ばるど

### パリン・マジェーレ
竜槍の英雄キャラモンの息子、強大な魔術師だったが今は魔力を失ってしまった男 「ドラゴンランス魂の戦争第2部 喪われた星の竜」 マーガレット・ワイス著;トレイシー・ヒックマン著;安田均訳 アスキー 2007年1月

### パール
フェアリーランドにいる七人のお天気の妖精たちのひとり、雲の妖精 「雲の妖精(フェアリー)パール(レインボーマジック)」 デイジー・メドウズ作;田内志文訳 ゴマブックス 2007

### ハル・スレイター
飛行船「サガルマータ号」の船長でマットたちを乗せて幽霊船を追った青年実業家 「スカイブレイカー」 ケネス・オッペル著;原田勝訳 小学館 2007年7月

### バルダ
デルトラ王国首都にあるデル城の元衛兵、リーフ国王の援護を任されている男 「デルトラ・クエスト 3-2 影の門」 エミリー・ロッダ作;上原梓訳;はけたれいこ画 岩崎書店 2005年2月

### バルダ
デルトラ王国首都にあるデル城の元衛兵、リーフ国王の援護を任されている男 「デルトラ・クエスト 3-3 死の島」 エミリー・ロッダ作;上原梓訳;はけたれいこ画 岩崎書店 2005年4月

### バルダ
デルトラ王国首都にあるデル城の元衛兵、リーフ国王の援護を任されている男 「デルトラ・クエスト 3-4 最後の歌姫」 エミリー・ロッダ作;上原梓訳;はけたれいこ画 岩崎書店 2005年6月

### バルディアグ
魔法の島フィンカイラのロストランドで大魔術師トゥアーハによって眠りについていた「炎の翼」の異名をもつ竜 「マーリン3 伝説の炎の竜」 T.A.バロン著;海後礼子訳 主婦の友社 2005年7月

### ヴァルデマール・ヴィルヘルム・ヴィヒテルトート
クリスマスの実権を握り天使や本当のサンタクロースを一掃しようとしている男 「サンタが空から落ちてきた」 コルネーリア・フンケ著;浅見昇吾訳 WAVE出版 2007年12月

### バルテレミー
悪の勢力を追放する聖戦を考え黄金の羊毛を探しているブラテル・ラ・グランドの領主 「アモス・ダラゴン 9黄金の羊毛」 ブリアン・ペロー作;高野優監訳;橘明美訳 竹書房 2006年12月

### バルテレミー
黄金の羊毛の力で十五騎士王国皇帝となった男 「アモス・ダラゴン 10ふたつの軍団」 ブリアン・ペロー作;高野優監訳;宮澤実穂訳 竹書房 2007年4月

### バルトル
パパとママと二人の男の子の家で飼われているきれいなヒゲがびっしり生えたオスのトラネコ 「バルトルの冒険」 マルレーネ・ハウスホーファー著;諏訪功訳 同学社 2007年6月

### バルドル・グリムソン
トロールズビークの水車小屋の主、父親を亡くした少年ペールをひきとった双子の叔父 「トロール・フェル 下 地獄王国への扉」 キャサリン・ラングリッシュ作;金原瑞人訳;杉田七重訳 あかね書房 2005年2月

### バルドル・グリムソン
トロールズビークの水車小屋の主、父親を亡くした少年ペールをひきとった双子の叔父 「トロール・フェル 上 金のゴブレットのゆくえ」 キャサリン・ラングリッシュ作;金原瑞人訳;杉田七重訳 あかね書房 2005年2月

ばると

### バルトロメ
海賊稼業で財をなしたブラジル人の大農園主、イギリスの貿易商の娘ナンシーの父の商売
相手 「レディ・パイレーツ」 セリア・リーズ著;亀井よし子訳 理論社 2005年4月

### バルトロメ・カラスコ
足が短く背中にこぶがある不具の子、村からマドリードに引っ越してきた十歳の少年 「宮
廷のバルトロメ」 ラヘル・ファン・コーイ作;松沢あさか訳 さ・え・ら書房 2005年4月

### パルパティーン
銀河帝国の皇帝、シスの暗黒卿 「スター・ウォーズ/ラスト・オブ・ジェダイ4 ナブーに死す」
ジュード・ワトソン著;西村和子訳 オークラ出版(LUCAS BOOKS) 2007年6月

### バルバラ
としをとった犬ラブダとなかよしの女の子 「犬のラブダとまあるい花」 バーリント・アーグネ
シュ文;レイク・カーロイ絵;うちかわかずみ訳 冨山房インターナショナル 2006年4月

### バルボッサ
悪名高い海賊、死者の世界からよみがえった海賊船ブラックパール号の元一等航海士
「パイレーツ・オブ・カリビアン」 T.T.サザーランド作;橘高弓枝訳 偕成社(ディズニーアニ
メ小説版) 2007年5月

### ヴァレリー・クロチルド(クロチルド捜査官)　ばれりーくろちるど(くろちるどそうさかん)
ベルドレーヌ家の四女オルタンスがパリの劇場崩壊事故で出会った捜査官 「ベルドレーヌ
四季の物語 夏のマドモアゼル」 マリカ・フェルジュク作;ドゥボーヴ・陽子訳 ポプラ社(ポプ
ラポケット文庫) 2007年7月

### ヴァレリー・モンクトン
第二次世界大戦時英国の海辺の小さな町にいた病弱な少女、金持ちの娘 「禁じられた約
束」 ロバート・ウェストール作;野沢佳織訳 徳間書店(Westall collection) 2005年1月

### ハロルド
これまで住んでいたマンハッタン島のストラウスパークから出ていくことを決めた公園唯一の
リス 「ハロルドのしっぽ」 ジョン・ベーメルマンス・マルシアーノ作;石井睦美訳 BL出版
2005年12月

### ハロルド国王　はろるどこくおう
「遠い遠い国」の王、怪物・シュレックと結婚したフィオナ姫の父親 「シュレック2」 ジェ
シー・レオン・マッカン作;杉田七重訳 角川書店(ドリームワークスアニメーションシリーズ)
2007年5月

### ハロルド・スネリング
イギリスの静かな町トランタース・エンドにあるふたりの魔女・ノシーとマームが住みついた教
会の心優しい牧師 「いたずら魔女のノシーとマーム1 秘密の呪文」 ケイト・ソーンダズ作;
トニー・ロス絵;相良倫子訳;陶浪亜希訳 小峰書店 2005年9月

### ハロルド・スネリング
イギリスの静かな町トランタース・エンドにあるふたりの魔女・ノシーとマームが住みついた教
会の心優しい牧師 「いたずら魔女のノシーとマーム2 謎の猫、メンダックス」 ケイト・ソー
ンダズ作;トニー・ロス絵;相良倫子訳;陶浪亜希訳 小峰書店 2005年9月

### ハロルド・ターンバウ
母親から虐待を受けて育ったデイビッドを里子として受け入れた夫婦の夫、大工 "It(そ
れ)"と呼ばれた子－ジュニア版3」 デイヴ・ペルザー著;百瀬しのぶ監訳 ソニー・マガジン
ズ 2005年7月

### ヴァーン
仲間たちに頼られる優しい森のリーダー、生真面目で慎重なカメ 「森のリトル・ギャング」
ルイーズ・ギカウ著;河井直子訳 角川書店(ドリームワークスアニメーションシリーズ) 2006
年7月

### バン
アフリカのサバンナで倒れていた少年・キトのそばにずっといた犬 「きっと天使だよ」 ミーノ・ミラーニ作;関口英子訳 鈴木出版(鈴木出版の海外児童文学) 2006年3月

### 韓貞熙　はんじょんひ
王と后の食事を担当する宮中の厨房の責任者、教えがいのある宮女が見つからないことに悩んでいる五十四才の厨房尚宮 「チャングムの誓い－ジュニア版2」 キムサンホン原作;金松伊訳;金正愛さし絵 汐文社 2007年1月

### ハンス・クリスチャン・アンデルセン(アンデルセン)
一八〇五年にデンマークのオーデンセで生まれ迷信深く空想的なことにうごかされやすく育った少年 「ぼくのものがたり－アンデルセン自伝」 アンデルセン著;高橋健二訳;いわさきちひろ絵 講談社 2005年2月

### ヴァンダー・モードセット大公(モードセット)　ばんだーもーどせっとたいこう(もーどせっと)
現ダリッチ君主カーフュー子爵の従兄弟で元君主、古巣の都を訪れた男 「イルムア年代記 2 女神官ラークの陰謀」 デイヴィッド・L.ストーン著;日暮雅通訳 ソニー・マガジンズ 2005年6月

### ヴァンダー・モードセット大公(モードセット大公)　ばんだーもーどせっとたいこう(もーどせっとたいこう)
イルムア大陸の野蛮人種・ティースグリット一族を始末しようと一計を案じた男 「イルムア年代記 3 サスティ姫の裏切り」 デイヴィッド・L.ストーン著;日暮雅通訳 ソニー・マガジンズ 2006年2月

### パンチート
カリフォルニアから不法滞在者としてメキシコへ強制退去させられた一家の息子、兄のロベルトとともにサンタマリアに戻った中学八年生 「あの空の下で」 フランシスコ・ヒメネス作;千葉茂樹訳 小峰書店(Y.A.books) 2005年8月

### ハンドレイク
全身に刺青をほどこした盲目の魔術師 「ドラゴンラージャ12 飛翔」 イ・ヨンド作;ホン・カズミ訳;金田榮路絵 岩崎書店 2007年4月

### ハンナ
海で貝の養殖場をやっている家の娘、シャドラックという馬をかわいがる少女 「帰ろう、シャドラック!」 ジョイ・カウリー作;大作道子訳;広野多珂子絵 文研出版(文研じゅべにーる) 2007年5月

### ハンナ
村はずれにあるよろず屋で棒キャンディーを買った黒いひとみの十二歳の少女 「トメック さかさま川の水1」 ジャン=クロード・ムルルヴァ作;堀内紅子訳;平澤朋子画 福音館書店(世界傑作童話シリーズ) 2007年5月

### ハンナ
父親の形見の小鳥を救うため不死の水を求めて旅に出た十二歳の少女 「ハンナ さかさま川の水2」 ジャン=クロード・ムルルヴァ作;堀内紅子訳;平澤朋子画 福音館書店(世界傑作童話シリーズ) 2007年5月

### ハンナ・カッティラコスキ
ヘイナとトッスとペッテリのママ、新しもの好きの主婦 「トルスティは名探偵(ヘイナとトッスの物語2)」 シニッカ・ノポラ&ティーナ・ノポラ作;末延弘子訳;佐古百美絵 講談社(青い鳥文庫) 2006年8月

### ハンナ・カッティラコスキ
ヘイナとトッスとペッテリのママ、新しもの好きの主婦 「大きいエルサと大事件(ヘイナとトッスの物語3)」 シニッカ・ノポラ&ティーナ・ノポラ作;末延弘子訳;佐古百美絵 講談社(青い鳥文庫) 2007年11月

## はんな

### ハンナ・カッティラコスキ
ヘイナとトッスとペッティのママ、新しもの好きの主婦 「麦わら帽子のヘイナとフェルト靴のトッスーなぞのいたずら犯人（ヘイナとトッスの物語）」 シニッカ・ノポラ＆ティーナ・ノポラ作;末延弘子訳;佐古百美絵 講談社（青い鳥文庫）2005年10月

### ハンナ・クエステッド
コンピューターゲームの開発者・Qのひとり娘、重い病気をわずらう少女 「カラザン・クエスト1」 V.M.ジョーンズ作;田中奈津子訳;小松良佳絵 講談社 2005年4月

### ハンナとジョー
孤児になったエルフのニコライを育てたノルスクの町外れに住む人間の老夫婦 「ヤング・サンタクロース」 ルーシー・ダニエル＝レイビー著;桜内篤子訳 小学館 2007年12月

### ハンナ・フェアチャイルド
小さな町のグリーンウッド・フォールズで暮らす十二歳、夏休みに十二歳のダニーと友だちになった少女 「となりにいるのは、だれ?(グースバンプス9)」 R.L.スタイン作;津森優子訳;照世絵 岩崎書店 2007年4月

### ハンニバル
ハツカネズミのアナグリが住んでいる家に農場から連れてこられたすばしっこい黒ネコ 「ネズミ父さん大ピンチ!」 ジェフリー・ガイ作;ないとうふみこ訳;勝田伸一絵 徳間書店 2007年12月

### 韓及温　はんねおん
正三品の高官、偶然助けてもらった貧民のオンニョニを推挙して入宮させた内侍 「チャングムの誓い－ジュニア版2」 キムサンホン原作;金松伊訳;金正愛さし絵 汐文社 2007年1月

### 韓及温　はんねおん
正三品の高官、石合戦を見物中に頭を負傷し賢いオンニョニに手当てをしてもらった内侍 「チャングムの誓い－ジュニア版1」 キムサンホン原作;金松伊訳;金正愛さし絵 汐文社 2006年11月

### ハンノキ(ハラ)
タオン島のまじない師で修繕屋、真の名はハラ 「ゲド戦記Ⅴ　アースシーの風」 ル＝グウィン著;清水真砂子訳 岩波書店 2006年5月

### ハンプシャー公爵　はんぷしゃーこうしゃく
イングランド一のお金持ち、「はしご不用窓ふき会社」に仕事をたのんだ公爵 「ロアルド・ダールコレクション15 こちらゆかいな窓ふき会社」 ロアルド・ダール著クェンティン・ブレイク絵;清水奈緒子訳 評論社 2005年7月

### ハンプティ・ダンプティ
アリスが行った鏡のむこうにいた卵に目鼻と口がついたような男 「鏡の国のアリス」 ルイス・キャロル作;生野幸吉訳 福音館書店(福音館文庫) 2005年10月

### ハンフリ・グラント
とぶ船にのって冒険をした4人きょうだいの男の子 「とぶ船 上下」 ヒルダ・ルイス作;石井桃子訳 岩波書店(岩波少年文庫) 2006年1月

### バンブルウィ
魔法の島フィンカイラの人を笑わせることができない道化師 「マーリン2 七つの魔法の歌」 T.A.バロン著;海後礼子訳 主婦の友社 2005年4月

### ハン ミンテ　はん・みんて
五才のときに耳が聞こえなくなり最近手話を習い出した男の子 「ソヨニの手」 チェジミン作;イサンギュ絵;金松伊訳 汐文社(いま読もう!韓国ベスト読みもの) 2005年1月

# 【ひ】

**ピー**
いっしょにシーソーをしてくれる人があらわれるのをずっと待っている小さなクマ 「シーソー」 ティモ・パルヴェラ作;ヴィルピ・タルヴィティエ絵;古市真由美訳 ランダムハウス講談社 2007年12月

**ビー(ブリジット)**
ブラウン大学の一年生で双子の男の子・ペリーの姉、幼なじみの3人と不思議な力を持ったジーンズを共有する女の子 「ジーンズ・フォーエバー――トラベリング・パンツ」 アン・ブラッシェアーズ作;大嶌双恵訳 理論社 2007年4月

**ビー(ブリジット)**
高校を卒業してブラウン大学進学を控えた全米女子サッカー選手、幼なじみの3人と不思議な力を持ったジーンズを共有する女の子 「ラストサマー――トラベリング・パンツ」 アン・ブラッシェアーズ作;大嶌双恵訳 理論社 2005年5月

**ピアック**
騎士のティウリの親友、盾持ち 「白い盾の少年騎士 上下」 トンケ・ドラフト作;西村由美訳 岩波書店(岩波少年文庫) 2006年11月

**ピアック**
大山脈の隠者メナウレスのもとで暮らす十四歳の少年 「王への手紙 上下」 トンケ・ドラフト作;西村由美訳 岩波書店(岩波少年文庫) 2005年11月

**ビアトリス・デール**
双子のジークとジェンのおばさん、「ミスティック灯台ホテル」の主人 「波間に消えた宝(双子探偵ジーク&ジェン2)」 ローラ・E.ウィリアムズ著;石田理恵訳 早川書房(ハリネズミの本箱) 2006年2月

**ビアトリス・デール**
双子のジークとジェンのおばさん、「ミスティック灯台ホテル」の主人 「魔のカーブの謎(双子探偵ジーク&ジェン1)」 ローラ・E.ウィリアムズ著;石田理恵訳 早川書房(ハリネズミの本箱) 2005年10月

**ビアトリス・デール**
双子のジークとジェンのおばさん、「ミスティック灯台ホテル」の主人 「幽霊劇場の秘密(双子探偵ジーク&ジェン6)」 ローラ・E.ウィリアムズ著;石田理恵訳 早川書房(ハリネズミの本箱) 2007年1月

**ビアンカ・ディ・アンジェロ**
十二歳の半神半人のハーフ、ふたごの弟ニコとともにグローバーに発見された少女 「パーシー・ジャクソンとオリンポスの神々 3タイタンの呪い」 リック・リオーダン作;金原瑞人訳;小林みき訳 ほるぷ出版 2007年12月

**ビィニー**
カナダの高校生、左手が先天的欠損症で夏でもジャケットを着ている少年 「アクセラレイション」 グラム・マクナミー著;松井里弥訳 マッグガーデン 2006年12月

**ピー・ウィー・アンダソン(フランク)**
両親が旅行中にサリーおばさんと一週間を過ごしたアンダソン家の三人姉弟の弟、六歳の男の子 「サリーおばさんとの一週間」 ポリー・ホーヴァス作;北條文緒訳 偕成社 2007年4月

**ピエール**
リバーハイツという町に住む女性・シモーヌの甥、美しいフランス人青年 「ナンシー・ドルー ファベルジェの卵」 キャロリン・キーン作;小林淳子訳;甘塩コメコ絵 金の星社 2007年3月

ぴえる

### ピエール・アロナックス教授（アロナックス教授）　ぴえーるあろなっくすきょうじゅ（あろなっくすきょうじゅ）
パリ博物館の博物学教授で海外科学調査員 「海底二万海里 上下」 J.ベルヌ作;清水正和訳;A・ド・ヌヴィル画 福音館書店（福音館文庫） 2005年5月

### ヒエロニュムス・ヴィンターフェルト
ドイツ軍艦の艦長でマイクの親友の父、伝説の潜水艦ノーチラス号を執拗に追いもとめる男 「ノーチラス号の冒険 2 アトランティスの少女」 ヴォルフガンク・ホールバイン著;平井吉夫訳 創元社 2006年4月

### ヒエロニュムス・ヴィンターフェルト
ドイツ軍艦の艦長でマイクの親友の父、伝説の潜水艦ノーチラス号を執拗に追いもとめる男 「ノーチラス号の冒険 5 海の火」 ヴォルフガンク・ホールバイン著;平井吉夫訳 創元社 2007年1月

### ヒエロニュムス・ヴィンターフェルト
ドイツ軍艦の艦長で十六歳のマイクの親友の父、ロンドンの上流寄宿学校の生徒五人を拉致した男 「ノーチラス号の冒険 1 忘れられた島」 ヴォルフガンク・ホールバイン著;平井吉夫訳 創元社 2006年4月

### ビーおばさん（ビアトリス・デール）
双子のジークとジェンのおばさん、「ミスティック灯台ホテル」の主人 「波間に消えた宝（双子探偵ジーク＆ジェン2）」 ローラ・E.ウィリアムズ著;石田理恵訳 早川書房（ハリネズミの本箱） 2006年2月

### ビーおばさん（ビアトリス・デール）
双子のジークとジェンのおばさん、「ミスティック灯台ホテル」の主人 「魔のカーブの謎（双子探偵ジーク＆ジェン1）」 ローラ・E.ウィリアムズ著;石田理恵訳 早川書房（ハリネズミの本箱） 2005年10月

### ビーおばさん（ビアトリス・デール）
双子のジークとジェンのおばさん、「ミスティック灯台ホテル」の主人 「幽霊劇場の秘密（双子探偵ジーク＆ジェン6）」 ローラ・E.ウィリアムズ著;石田理恵訳 早川書房（ハリネズミの本箱） 2007年1月

### ヒキガエル
大事にしていた金時計をカラスから取りもどすため"ぺたんこ山"にむかったヒキガエルのおじいさん 「ウォートンとカラスのコンテストーヒキガエルとんだ大冒険7」 ラッセル・E・エリクソン作;ローレンス・ディ・フィオリ絵;佐藤凉子訳 評論社（児童図書館・文学の部屋） 2007年12月

### ビグウィグ
サンドルフォードの村の元幹部、ヘイズルらとサンドルフォードを脱出したウサギ 「ウォーターシップ・ダウンのウサギたち上下」 リチャード・アダムズ著;神宮輝夫訳 評論社（fantasy classics） 2006年9月

### ヴィクター・グリンドール（グリンドール）
エリオン国にあるカスタリアという町の支配者、悪の首領 「エリオン国物語 2 ダークタワーの戦い」 パトリック・カーマン著;金原瑞人・小田原智美訳 アスペクト 2006年12月

### ヴィクラム・スピアグラス
豪華飛行船「オーロラ号」に乗りこんだ空賊のリーダー、冷酷な男 「エアボーン」 ケネス・オッペル著;原田勝訳 小学館 2006年7月

### ピケル・ボウルダーショルダー
ドワーフ兄弟イヴァンの兄、若き天才僧侶カダリーの心優しい友人 「クレリック・サーガ 1 忘れられた領域 秘密の地下墓地」 R.A.サルバトーレ著;安田均監修;笠井道子訳;池田宗隆画 アスキー 2007年4月

ぴた

### ピケル・ボウルダーショルダー
ドワーフ兄弟イヴァンの兄、若き天才僧侶カダリーの心優しい友人 「クレリック・サーガ 2 忘れられた領域 森を覆う影」 R.A.サルバトーレ著;安田均監修;笠井道子訳;池田宗隆画 アスキー 2007年10月

### ヴィゴ
自転車で崖に突っ込んだところをベルドレーヌ家の次女ジュヌビエーブに助けられた若者 「ベルドレーヌ四季の物語 夏のマドモアゼル」 マリカ・フェルジュク作;ドゥボーヴ・陽子訳 ポプラ社(ポプラポケット文庫) 2007年7月

### ヴィジャヨ
セレンディップ王国の第二王子、学問と芸術を愛する若者 「セレンディピティ物語」 エリザベス・ジャミスン・ホッジス著;よしだみどり訳・画 藤原書店 2006年4月

### ヒスイ
少年ゲドがロークの学院で出会った慇懃無礼な若者、ハブナー島イオルグの領主の息子 「ゲド戦記 I 影との戦い」 ル=グウィン著;清水真砂子訳 岩波書店 2006年4月

### ビースト
十七歳の少年スティーヴンが貯水池の檻で飼っているビースト、凶暴な生き物 「ビースト」 アリー・ケネン著;羽地和世訳 早川書房 2006年7月

### ビースト(リチャード・ベスト)
ポークストリート小学校でこどめの二年生をするらくだい生の男の子 「キャンディーかずあてコンテスト」 パトリシア・ライリー・ギフ作;もりうちすみこ訳;矢島眞澄絵 さ・え・ら書房 (ポークストリート小学校のなかまたち3) 2007年2月

### ビースト(リチャード・ベスト)
ポークストリート小学校でこどめの二年生をするらくだい生の男の子 「ぼくはビースト」 パトリシア・ライリー・ギフ作;もりうちすみこ訳;矢島眞澄絵 さ・え・ら書房(ポークストリート小学校のなかまたち1) 2006年11月

### ビースト(リチャード・ベスト)
ポークストリート小学校でこどめの二年生をするらくだい生の男の子 「まほうの恐竜ものさし」 パトリシア・ライリー・ギフ作;もりうちすみこ訳;矢島眞澄絵 さ・え・ら書房(ポークストリート小学校のなかまたち5) 2007年4月

### ピーター
「星の守護団」の訓練生・モリーの流星砂を守る仕事を手伝った少年、元英国の孤児 「ピーターと影泥棒 上下」 デイヴ・バリー著 リドリー・ピアスン著;海後礼子訳 主婦の友社 2007年7月

### ピーター
チリアン王がひきあわされたナルニア国の王、あらゆる王たちのうちの一の王 「さいごの戦い(ナルニア国ものがたり7)」 C.S.ルイス作;瀬田貞二訳 岩波書店 2005年10月

### ピーター
ナルニア国によびもどされたペベンシー家の4人きょうだいの子どもたちのひとり 「カスピアン王子のつのぶえ(ナルニア国ものがたり2)」 C.S.ルイス作;瀬田貞二訳 岩波書店 2005年10月

### ピーター
ひみつの七人が集まってつくったクラブ「シークレット・セブン」のリーダー、ジャネットの兄 「シークレット・セブン1 ひみつクラブとなかまたち」 エニド・ブライトン著;浅見よういラスト;立石ゆかり訳 オークラ出版 2007年8月

### ピーター
ひみつの七人が集まってつくったクラブ「シークレット・セブン」のリーダー、ジャネットの兄 「シークレット・セブン2 ひみつクラブの大冒険!」 エニド・ブライトン著;浅見よういラスト;大塚淳子訳 オークラ出版 2007年8月

ぴた

**ピーター**
ひみつの七人が集まってつくったクラブ「シークレット・セブン」のリーダー、ジャネットの兄
「シークレット・セブン3 ひみつクラブとツリーハウス」エニド・ブライトン著;浅見よういラスト;
草鹿佐恵子訳 オークラ出版 2007年10月

**ピーター**
ひみつの七人が集まってつくったクラブ「シークレット・セブン」のリーダー、ジャネットの兄
「シークレット・セブン4 ひみつクラブと五人のライバル」エニド・ブライトン著;浅見よういラス
ト;加藤久哉訳 オークラ出版 2007年10月

**ピーター**
ロンドンから疎開したおやしきにあった衣装だんすを通ってナルニア国に行ったペベン
シー家の4人きょうだいの子どもたちのひとり「ライオンと魔女(ナルニア国ものがたり1)」
C.S.ルイス作;瀬田貞二訳 岩波書店 2005年4月

**ピーター**
ロンドンから地方へ疎開したペベンシー家4人きょうだいの長男、きょうだいのめんどうをみ
ている少年「ナルニア国物語ライオンと魔女」C.S.ルイス原作;間所ひさこ訳 講談社(映
画版ナルニア国物語文庫) 2006年2月

**ピーター**
暴君への貢ぎ物として英国の孤児院の少年たちとネバーランド号に乗せられた孤児
「ピーターと星の守護団 上下」デイヴ・バリー著 リドリー・ピアスン著;海後礼子訳 主婦の
友社 2007年3月

**ピーター・キートン**
秘密組織C2のスパイ・ジェシーのC2きょうだい・ローハンにそっくりな少年「スパイ・ガール
3 見えない敵を追え」クリスティーヌ・ハリス作;前沢明枝訳 岩崎書店 2007年11月

**ピーター・グラント**
とぶ船にのって冒険をした4人きょうだいの男の子「とぶ船 上下」ヒルダ・ルイス作;石井
桃子訳 岩波書店(岩波少年文庫) 2006年1月

**ピーター・ショック**
イギリスのNCRDMの研究所の反重力マシンでケイトと一七六三年に送りこまれてしまった
十二歳の少年「タイムトラベラー―消えた反重力マシン」リンダ・バックリー・アーチャー著
;小原亜美訳 ソフトバンククリエイティブ 2007年12月

**ピーター・パン**
ネヴァーランドで妖精たちと暮らしている永遠に年を取らない子ども「ピーター★パンイン
スカーレット」ジェラルディン・マコックラン作;こだまともこ訳 小学館 2006年12月

**ピーター・パン**
妖精ティンカー・ベルの友だち、自由で気ままな生き生きとした少年「ティンカー・ベルの
秘密」キキ・ソープ作;小宮山みのり訳;ジュディス・ホームス・クラーク&ディズニーストリー
ブックアーティストグループ絵 講談社(ディズニーフェアリーズ文庫) 2005年9月

**ピーターパン**
ロンドンにすむ女の子・ウェンディが夢の中で見た不思議な少年「ピーターパンの冒険」
J.M.バリー原作;雪室俊一文 文溪堂(読む世界名作劇場) 2005年4月

**ピーター・ピートさん**
環境問題を調べる少年・コリンが話を聞いた環境保護団体・グリーンピースの人「リサイク
ル」サンディ・マカーイ作;赤塚きょう子訳;鈴木明子絵 さ・え・ら書房 2005年12月

**左足のルイ ひだりあしのるい**
コルテスの剣を持つ悪名高き凶暴な海賊「パイレーツ・オブ・カリビアンジャック・スパロウ
の冒険3 海賊競走」ロブ・キッド著;ジャン=ポール・オルピナス絵;ホンヤク社訳 講談社
2006年8月

### ヒタン・ウィリアム
近くにいるだけで悲しい気分になる「悲シマセ」、さえないオバケ・アーサーのむかしからの友だち「グレイ・アーサー1 おばけの友だち」ルイーズ・アーノルド作;松本美菜子訳;三木謙次画 ヴィレッジブックス 2007年7月

### ヴィッキー
美人で明るい学校の人気者、ある日交通事故にあい死んでしまったが幽霊になって姿をあらわした少女「ヴィッキー・エンジェル」ジャクリーン・ウィルソン作;尾高薫訳 理論社 2005年2月

### ピッグ
姉のキャサリンの代わりにマグノリアと一緒にヘンリーの面倒をみることになったおばさん「長すぎる夏休み」ポリー・ホーヴァート著;目黒条訳 早川書房(ハリネズミの本箱) 2006年4月

### ビッグZ(ゼーク・トパンガ) びっぐぜっど(ぜーくとぱんが)
現在は行方不明だがかつてはサーフィン界の王者として君臨していた伝説のサーファー「サーフズ・アップ」スーザン・コルマン著;番由美子訳 メディアファクトリー 2007年11月

### ビッグ・ベン
11歳のトムのクラスメイト、不良グループ「つば吐きキッズ」のメンバーでいじめっ子「グレイ・アーサー1 おばけの友だち」ルイーズ・アーノルド作;松本美菜子訳;三木謙次画 ヴィレッジブックス 2007年7月

### ピッコロ夫妻 ぴっころふさい
シルバーフォールズにピザのお店「ピッコロ・ピザ」をかまえている夫妻「ピザのなぞ(ボックスカー・チルドレン33)」ガートルード・ウォーナー原作;小中セツ子訳 日向房 2005年8月

### ピッピ
スウェーデンの小さな町の古い家「ごたごた荘」にたったひとりでくらす9さいのとても力の強い女の子「長くつ下のピッピ」アストリッド・リンドグレーン作;ローレン・チャイルド絵;菱木晃子訳 岩波書店(岩波少年文庫) 2007年10月

### ヴィディア
ネバーランドにある妖精の谷・ピクシー・ホロウに住む高速飛行の妖精「呪われたシルバーミスト」ゲイル・ヘルマン作;小宮山みのり訳 講談社(ディズニーフェアリーズ文庫) 2007年9月

### ヴィディア
ネバーランドのフェアリー・ヘイブンで暮らす高速飛行の才能がある妖精「ディズニーフェアリーズ―プリラの夢の種」ゲイル・カーソン・レビン作;デイビッド・クリスチアナ絵;柏葉幸子訳 講談社 2005年9月

### ヴィディア
ほかの妖精たちとはつきあわずサワープラムの木にひとりで住んでいるいじわるで自分かってな高速飛行の妖精「海をわたったベック」キンバリー・モリス作;小宮山みのり訳;デニース・シマブクロ&ディズニーストリーブックアーティストグループ絵 講談社(ディズニーフェアリーズ文庫) 2006年11月

### ヴィディア
魔法の島・ネバーランドでいちばんはやく飛べる妖精、自分勝手なきらわれ者「ヴィディアときえた王冠」ローラ・ドリスコール作;小宮山みのり訳 講談社(ディズニーフェアリーズ文庫) 2005年9月

### ビディ・アイルモンガー
ジェシカとフランクの姉弟の家の近所に住む魔女らしきばあさん「ウィルキンズの歯と呪いの魔法」ダイアナ・ウィン・ジョーンズ著;原島文世訳;佐竹美保絵 早川書房(ハリネズミの本箱) 2006年3月

ぴとう

## ピトゥス
バルセロナの下町に住むなかよし六人組の最年少、難しい病気になってしまった七歳の少年 「ピトゥスの動物園」 サバスティア・スリバス著;宇野和美訳;スギヤマカナヨ絵 あすなろ書房 2006年12月

## ピーニョ
背を伸ばすためのビタミン剤を毎日こっそり白い陶器の象・ドミニクにあげてしまっている元気な男の子 「ぞうのドミニク」 ルドウィク・J.ケルン作;内田莉莎子訳;長新太画 福音館書店(福音館文庫) 2005年8月

## ビーヴァー
ロンドンの浮浪児集団〈ベイカー少年探偵団〉のメンバー、兄貴分のヴィキンズの右腕で腕っぷしは少年探偵団随一 「ベイカー少年探偵団1－消えた名探偵」 アンソニー・リード著;池央耿訳 評論社(児童図書館・文学の部屋) 2007年12月

## ビーバーさん
ナルニア国でペベンシー家の4人きょうだいを住家にむかえてくれたビーバー一家のご主人 「ライオンと魔女(ナルニア国ものがたり1)」 C.S.ルイス作;瀬田貞二訳 岩波書店 2005年4月

## ビビ
アフガニスタンの小さな村に住むジャマールの妹、違法行為のサッカーをやりたがる九歳の女の子 「海のむこうのサッカーボール」 モーリス・グライツマン作;伊藤菜摘子訳 ポプラ社(ポプラ・ウイング・ブックス) 2005年7月

## ビビラス
モードレッド校長のふたごのおいっ子でアンガスのいとこ、マイラスとふたごの男の子 「ドラゴン・スレイヤー・アカデミー 2-5 ふたごのごたごた」 ケイト・マクミュラン作;神戸万知訳;舵真秀斗絵 岩崎書店 2007年2月

## ピブ
地底の国の亡霊 「ペギー・スー 3幸福を運ぶ魔法の蝶」 セルジュ・ブリュソロ著;金子ゆき子訳 角川書店(角川文庫) 2005年11月

## ピープス
こまったときに助けてくれるというこびとの村をさがしにいったなきむし村のねずみの親子の息子 「たのしいこびと村」 エーリッヒ・ハイネマン文;フリッツ・バウムガルテン絵;石川素子訳 徳間書店 2007年9月

## ピメ
犬のミスターの飼い主が結婚した妻がつれてきたネコ 「なんでネコがいるの? 続 ぼくはきみのミスター」 トーマス・ヴィンディング作;ヴォルフ・エァルブルッフ絵;小森香折訳 BL出版 2007年8月

## 百王の王　ひゃくおうのおう
ルージュ河の百王国連合の王、動物の話し言葉や心の内を理解することができ君臨する大王 「蒼穹のアトラス3 アルファベット二十六国誌－ルージュ河むこうの百王国連合から葦原の郷ズィゾートルまで」 フランソワ・プラス作;寺岡襄訳 BL出版 2006年1月

## ヒューゴ・ペッパー
ハートのコンパスが取りつけられた奇妙な飛行式雪上滑走機で旅に出た男の子 「ヒューゴ・ペッパーとハートのコンパス(ファニー・アドベンチャー)」 ポール・スチュワート作;クリス・リデル絵;唐沢則幸訳 ポプラ社 2007年4月

## ビヨルン
トロールズビークの村の漁師の若者、アザラシ女だとうわさされる美しい妻チェルスティンの夫 「トロール・ミル 上 不気味な警告」 キャサリン・ラングリッシュ作;金原瑞人訳;杉田七重訳 あかね書房 2005年11月

ひるで

### ヒリー
学校の図書館のすみにいた少年の幽霊、少女・ディッタの友だち 「ポータブル・ゴースト」 マーガレット・マーヒー作;幾島幸子訳 岩波書店 2007年6月

### ビリー
家の近くの空き家にできたキリンとペリカンとサルの「はしご不用窓ふき会社」のマネージャーをやることになった少年 「ロアルド・ダールコレクション15 こちらゆかいな窓ふき会社」 ロアルド・ダール著クェンティン・ブレイク絵;清水奈緒子訳 評論社 2005年7月

### ビリー・ゲイツ
中学生のジミーの友だち、グレゴリー少佐の大切にしている鯉をあやまって矢で殺してしまった少年 「おわりから始まる物語」 リチャード・キッド作;松居スーザン訳;ピーター・ベイリー絵 ポプラ社(ポプラ・ウイング・ブックス) 2005年11月

### ビリー・スプリーン
人狼病の遺伝子をもつグレイディ一族のひとり、頭がよくて話もうまいが学校で自分の居場所を見つけられないでいる少年 「デモナータ5幕 血の呪い」 ダレン・シャン作;橋本恵訳;田口智子画 小学館 2007年7月

### ビリー・スプリーン
魔術の力にめざめたグラブスの弟だという背が低い黒髪の太った少年 「デモナータ1幕 ロード・ロス」 ダレン・シャン作;橋本恵訳;田口智子画 小学館 2005年7月

### ビリー・セイバー
ミスティックの町で開催されたヨットレースに参加したノース・スター号の船長 「謎の三角海域(双子探偵ジーク&ジェン5)」 ローラ・E.ウィリアムズ著;石田理恵訳 早川書房(ハリネズミの本箱) 2007年1月

### ビルE(ビリー・スプリーン) びるいー(びりーすぷりーん)
人狼病の遺伝子をもつグレイディ一族のひとり、頭がよくて話もうまいが学校で自分の居場所を見つけられないでいる少年 「デモナータ5幕 血の呪い」 ダレン・シャン作;橋本恵訳;田口智子画 小学館 2007年7月

### ビルE(ビリー・スプリーン) びるいー(びりーすぷりーん)
魔術の力にめざめたグラブスの弟だという背が低い黒髪の太った少年 「デモナータ1幕 ロード・ロス」 ダレン・シャン作;橋本恵訳;田口智子画 小学館 2005年7月

### ヴィルジニー・シャトーヌフ
一九三〇年代のモンマルトル・ラバ通りで小間物屋をやっていた人、オリヴィエの死んだ母親 「ラバ通りの人びと」 ロベール・サバティエ作;堀内紅子訳;松本徹訳 福音館書店(福音館文庫) 2005年8月

### ヒルダ
水曜日になるとそうじきにのって空をとぶそうじきやの魔女 「水曜日の魔女」 ルース・チュウ作;日当陽子訳 フレーベル館(魔女の本棚) 2005年4月

### ヒルデ
トロールズビークの村のてっぺんに住む娘 「トロール・フェル 下 地獄王国への扉」 キャサリン・ラングリッシュ作;金原瑞人訳;杉田七重訳 あかね書房 2005年2月

### ヒルデ
トロールズビークの村のてっぺんに住む娘 「トロール・フェル 上 金のゴブレットのゆくえ」 キャサリン・ラングリッシュ作;金原瑞人訳;杉田七重訳 あかね書房 2005年2月

### ヒルデ
トロールズビークの村のてっぺんに住む娘、十五歳の少年ペールの親友 「トロール・ミル 下 ふたたび地底王国へ」 キャサリン・ラングリッシュ作;金原瑞人訳;杉田七重訳 あかね書房 2005年11月

ひるで

## ヒルデ
トロールズピークの村のてっぺんに住む娘、十五歳の少年ペールの親友 「トロール・ミル 上 不気味な警告」 キャサリン・ラングリッシュ作;金原瑞人訳;杉田七重訳 あかね書房 2005年11月

## ヴィルニクス・ポムポルニウス
もとナイフ研ぎ職人、飛空騎士団の従士 「崖の国物語8」 ポール・スチュワート作 クリス・リデル絵;唐沢則幸訳 ポプラ社(ポプラ・ウイング・ブックス) 2007年11月

## ビルバート
ジェシーの隣の家の庭で置物になっていたノーム、妖精の王国『フェアリー・レルム』のかくれ谷の勇者 「フェアリー・レルム 4 妖精のりんご」 エミリー・ロッダ著;岡田好惠訳;仁科幸子絵 童心社 2005年11月

## ビールバラ提督　びーるばらていとく
フィンランドの森のなかに住むフーさんのお隣さん、ビールの大好きな大きな男 「フーさんにお隣さんがやってきた」 ハンヌ・マケラ作;上山美保子訳 国書刊行会 2007年11月

## ビル・ハリス
イギリスに住む何もかもが平凡な普通の子、見た目がそっくりなお金持ちの子ベニーと一日だけ入れかわることにした少年 「チェンジ!－ぼくたちのとりかえっこ大作戦」 アレックス・シアラー著;奥野節子訳;佐々木ひとみ訳 ダイヤモンド社 2005年9月

## ヒルベル(カルロットー)
町はずれの施設に入れられた病気がある十歳の少年 「ヒルベルという子がいた」 ペーター・ヘルトリング作;上田真而子訳 偕成社(偕成社文庫) 2005年6月

## ヴィルヘルム・バウマン
学校に行くとちゅうでヤンが知り合ったホームレスのおじさん 「友だちになろうよ、バウマンおじさん」 ピート・スミス作;佐々木田鶴子訳 あかね書房(あかね・新読み物シリーズ) 2005年10月

## ビル・メルバリー
イングランドの湖水地方にある山荘に引っ越してきた少年、グラマースクールに通う学生 「この湖にボート禁止」 ジェフリー・トリーズ作;多賀京子訳;リチャード・ケネディ画 福音館書店(福音館文庫) 2006年6月

## ピン
漢の国の離宮・黄陵宮で龍守りにつかえている奴隷、自分の名も年齢も知らない十一歳の少女 「ドラゴンキーパー 最後の宮廷龍」 キャロル・ウィルキンソン作;もきかずこ訳 金の星社 2006年9月

## ヴィンセント
岩山のほら穴に食べ物をたくさんたくわえて冬眠していたグリズリーベアー 「森のリトル・ギャング」 ルイーズ・ギカウ著;河井直子訳 角川書店(ドリームワークスアニメーションシリーズ) 2006年7月

## ヴィンセント・ヴァン・ダイク(ガンニィ)
悪の化身セイント・デインを追うスペース・トラベラーのボビーの仲間、異次元空間「第一地球」のトラベラー 「ペンドラゴン未来を賭けた戦い」 D.J.マクヘイル著;法村里絵訳 角川書店 2005年3月

## ビンティ
アフリカのマラウイにいる13歳、父親がエイズに倒れ孤児となった女の子 「ヘブンショップ」 デボラ・エリス作;さくまゆみこ訳 鈴木出版(鈴木出版の海外児童文学) 2006年4月

【ふ】

ふぁぎ

## フア
漢の国の離宮・黄陵宮に住むネズミ、龍守りにつかえる少女ピンの唯一の友だち 「ドラゴンキーパー 最後の宮廷龍」 キャロル・ウィルキンソン作;もきかずこ訳 金の星社 2006年9月

## ファイアフライア
ネヴァーランドのちびの妖精 「ピーター★パンインスカーレット」 ジェラルディン・マコックラン作;こだまともこ訳 小学館 2006年12月

## ファイティング・プローン
島の住民・モラスク族の酋長、イギリス人を憎んでいる男 「ピーターと星の守護団 上下」 デイヴ・バリー著 リドリー・ピアスン著;海後礼子訳 主婦の友社 2007年3月

## ファイ・トア・アナ
コルサントの地下の広大な洞窟で小さな共同体を築いていた生き残りのジェダイ 「スター・ウォーズ/ラスト・オブ・ジェダイ4 ナブーに死す」 ジュード・ワトソン著;西村和子訳 オークラ出版(LUCAS BOOKS) 2007年6月

## ファイ・トア・アナ
生き残りのジェダイ 「スター・ウォーズ/ラスト・オブ・ジェダイ3 アンダーワールド」 ジュード・ワトソン著;西村和子訳 オークラ出版(LUCAS BOOKS) 2007年4月

## ファイバー
ヘイズルの弟、予知能力がありサンドルフォードを恐ろしいことが襲うと予言したウサギ 「ウォーターシップ・ダウンのウサギたち上下」 リチャード・アダムズ著;神宮輝夫訳 評論社 (fantasy classics) 2006年9月

## ファイヤハート
飼い猫だったが野生にかえり森のサンダー族の戦士で副長となった猫、ハンサムな雄猫 「ウォーリアーズ〔1〕-4 ファイヤハートの挑戦」 エリン・ハンター作;金原瑞人訳;高林由香子訳 小峰書店 2007年6月

## ファイヤハート
飼い猫だったが野生にかえり森のサンダー族の戦士で副長となった猫、ハンサムな雄猫 「ウォーリアーズ〔1〕-5 ファイヤハートの危機」 エリン・ハンター作;金原瑞人訳;高林由香子訳 小峰書店 2007年9月

## ファイヤハート
飼い猫だったが野生にかえり森のサンダー族の戦士となった猫、ハンサムな雄猫 「ウォーリアーズ〔1〕-2 ファイヤポー、戦士になる」 エリン・ハンター作;金原瑞人訳;高林由香子訳 小峰書店 2007年2月

## ファイヤハート
飼い猫だったが野生にかえり森のサンダー族の戦士となった猫、ハンサムな雄猫 「ウォーリアーズ〔1〕-3 ファイヤハートの戦い」 エリン・ハンター作;金原瑞人訳;高林由香子訳 小峰書店 2007年4月

## ファイヤポー
飼い猫だったが森のサンダー族の一員「ファイヤポー」として戦士見習いとなったハンサムな雄猫 「ウォーリアーズ〔1〕-1 ファイヤポー、野生にかえる」 エリン・ハンター作;金原瑞人訳 小峰書店 2006年11月

## ファーガル・バムフィールド
ラベルがなく中身がわからない缶詰を集めるコレクションをはじめた風変わりな少年 「ラベルのない缶詰をめぐる冒険」 アレックス・シアラー著;金原瑞人訳 竹書房 2007年5月

## ファーギー
十三歳のジョニーとボーイスカウトで出会った同い歳の親友 「ジョニー・ディクソン魔術師の復讐」 ジョン・ベレアーズ著;林啓恵訳 集英社 2005年2月

ふぁく

### ファークアード卿　　ふぁーくあーどきょう
デュロックの街にある城に住み王位を得るためにフィオナ姫と結婚しようとしている男 「シュレック1」エレン・ワイス作;杉田七重訳　角川書店(ドリームワークスアニメーションシリーズ) 2007年5月

### ファシュネック
選民、「悪夢の館」の番人 「セブンスタワー2 城へ」 ガース・ニクス作;西本かおる訳　小学館(小学館ファンタジー文庫) 2007年11月

### ファシュネック
選民、「悪夢の館」の番人 「セブンスタワー6 紫の塔」 ガース・ニクス作;西本かおる訳　小学館 2005年3月

### ファナ・ウジェ・イス
水の大陸の仮面を持つ者、おしゃれが好きな十四歳の少女 「アモス・ダラゴン 12運命の部屋」ブリアン・ペロー作;高野優監訳;荷見明子訳　竹書房 2007年10月

### ファビ
「ワイルド・サッカーキッズS.S」の最速右アウトサイダーの選手、チーム1の色男 「サッカーキッズ物語8」ヨアヒム・マザネック作;高田ゆみ子訳;矢島眞澄絵 ポプラ社(ポップコーン・ブックス) 2005年9月

### ファヒール
伝説の魔法使いとよばれている男 「ザ・ロープメイカー」ピーター・ディッキンソン作;三辺律子訳 ポプラ社(ポプラ・ウイング・ブックス) 2006年7月

### ファフニエル(竜)　　ふぁふにえる(りゅう)
メイン州の沖合の孤島のドレイクの丘で三人きょうだいのハナたちが出会った三つ頭の黄金の翼竜 「孤島のドラゴン」レベッカ・ラップ著;鏡哲生訳 評論社(児童図書館・文学の部屋) 2006年10月

### ファフニール・フォルジャフー
人間とドラゴンの国であるランコヴィ王国の初級魔術師、力持ちで自立心の強い小人の少女 「タラ・ダンカン 2 呪われた禁書上下」 ソフィー・オドゥワン・マミコニアン著;山本知子訳 メディアファクトリー 2005年8月

### ファフニール・フォルジャフー
人間とドラゴンの国であるランコヴィ王国の初級魔術師、力持ちで自立心の強い小人の少女 「タラ・ダンカン 3 魔法の王杖 上下」 ソフィー・オドゥワン・マミコニアン著;山本知子訳 メディアファクトリー 2006年8月

### ファブリス・ド・ブゾワ・ジロン
地球でのタラの幼なじみ、別世界のランコヴィ王国で初級魔術師の修行をしている少年 「タラ・ダンカン 2 呪われた禁書上下」 ソフィー・オドゥワン・マミコニアン著;山本知子訳 メディアファクトリー 2005年8月

### ファラガット艦長　　ふぁらがっとかんちょう
アメリカ合衆国海軍のフリゲート艦エイブラハム・リンカーン号の艦長 「海底二万里 上下」 ジュール・ヴェルヌ作;私市保彦訳 岩波書店(岩波少年文庫) 2005年8月

### ファルコ
ロンドンのバーンズベリ総合中学校に通う十三歳の少年、かつて16世紀の架空都市タリア国の公爵子息だったストラヴァガンテ 「ストラヴァガンザ－花の都」 メアリ・ホフマン作;乾侑美子訳 小学館 2006年12月

### ファルコ・ディ・キミチー
16世紀の架空都市タリア国の裕福で勢力のあるキミチー一家の当主の末息子、乗馬事故で体が不自由になってしまった美少年 「ストラヴァガンザ－星の都」 メアリ・ホフマン作;乾侑美子訳 小学館 2005年8月

226

ふいっ

**ファーン**
フェアリーランドで呪いをかけられて追放された虹の妖精のひとり、みどりの妖精「みどりの妖精（フェアリー）ファーン（レインボーマジック）」デイジー・メドウズ作;田内志文訳　ゴマブックス　2006年10月

**フアン・カラスコ**
マドリードの宮廷の御者、足が未発達の不具の息子・バルトロメをじゃまに思っている父親「宮廷のバルトロメ」ラヘル・ファン・コーイ作;松沢あさか訳　さ・え・ら書房　2005年4月

**ファンティーヌ**
少女コゼットの母、仕事を見つけるために宿屋のテナルディエに娘をあずけた若い女「レ・ミゼラブル―ああ無情」ビクトル・ユゴー作;大久保昭男訳　ポプラ社（ポプラポケット文庫）2007年3月

**フィオーナ**
孤児のボードレール三姉弟妹がのった潜水艦の乗組員、三角形の眼鏡をかけた女の子「世にも不幸なできごと11 ぶきみな岩屋」レモニー・スニケット著;宇佐川晶子訳　草思社　2006年12月

**フィオーナ・スコット**
姉のサムとインディアナ州の田舎町ヴェニスで暮らすNY育ちの少女、探偵事務所のアシスタント「チョコレート・ラヴァー―ふたりはこっそり変装中!（ミッシング・パーソンズ2）」M.E.ラブ作;西田佳子訳　理論社　2006年12月

**フィオナ姫　ふぃおなひめ**
怪物・シュレックと結婚した「遠い遠い国」のお姫さま「シュレック 2」ジェシー・レオン・マッカン作;杉田七重訳　角川書店（ドリームワークスアニメーションシリーズ）2007年5月

**フィオナ姫　ふぃおなひめ**
怪物・シュレックと結婚した「遠い遠い国」のお姫さま「シュレック 3」キャサリン・W.ゾーイフェルド作;杉田七重訳　角川書店（ドリームワークスアニメーションシリーズ）2007年5月

**フィオナ姫　ふぃおなひめ**
呪いをかけられてドラゴンのいる塔に幽閉された「遠い遠い国」のお姫さま「シュレック 1」エレン・ワイス作;杉田七重訳　角川書店（ドリームワークスアニメーションシリーズ）2007年5月

**フィオーレ**
錬金術師のミーシャの実験室で勉強していた四人グループのひとり、クラッシック音楽と美術が趣味の十一歳の少女「ルナ・チャイルド2 ニーナと神々の宇宙船」ムーニー・ウィッチャー作;荒瀬ゆみこ訳;佐竹美保画　岩崎書店　2007年10月

**フィーグルズ**
妖精のなかでもいっとう恐れられているこびと、青い肌に燃えるような赤毛で身長十五センチくらいの男たち「魔女になりたいティファニーと奇妙な仲間たち」テリー・プラチェット著;冨永星訳　あすなろ書房　2006年10月

**フィッシュ**
中学生のチキン・リトルの親友、潜水士のヘルメットをかぶっている魚「チキン・リトル」アイリーン・トリンブル作;橘高弓枝訳　偕成社（ディズニーアニメ小説版）2005年11月

**フィッツウィリアム**
イギリスの名家の子息、ジャックたちの冒険の航海に加わった少年「パイレーツ・オブ・カリビアンジャック・スパロウの冒険 2 セイレーンの歌」ロブ・キッド著;ジャン=ポール・オルピナス絵;ホンヤク社訳　講談社　2006年7月

**フィッツウィリアム**
イギリスの名家の子息、出航しようとしていたジャックたちに加わった少年「パイレーツ・オブ・カリビアンジャック・スパロウの冒険 1 嵐がやってくる！」ロブ・キッド著;ジャン=ポール・オルピナス絵;ホンヤク社訳　講談社　2006年7月

ふいっ

**フィッツウィリアム**
エスケレティカ島に船長・ジャックと上陸した乗組員の少年、家出した貴族の御曹司 「パイレーツ・オブ・カリビアンジャック・スパロウの冒険 9 踊る時間」 ロブ・キッド著;ジャン=ポール・オルピナス絵;ホンヤク社訳 講談社 2007年12月

**フィッツウィリアム**
バーナクル号の船長・ジャックと二人だけの航海に出た少年、家出した貴族 「パイレーツ・オブ・カリビアンジャック・スパロウの冒険 8 タイムキーパー」 ロブ・キッド著;ジャン=ポール・オルピナス絵;ホンヤク社訳 講談社 2007年8月

**フィッツウィリアム**
家出した貴族の御曹司、ジャックたちの冒険の航海に加わった少年 「パイレーツ・オブ・カリビアンジャック・スパロウの冒険 3 海賊競走」 ロブ・キッド著;ジャン=ポール・オルピナス絵;ホンヤク社訳 講談社 2006年8月

**フィッツウィリアム**
家出した貴族の御曹司、ジャックたちの冒険の航海に加わった少年 「パイレーツ・オブ・カリビアンジャック・スパロウの冒険 4 コルテスの剣」 ロブ・キッド著;ジャン=ポール・オルピナス絵;ホンヤク社訳 講談社 2006年11月

**フィッツウィリアム**
家出した貴族の御曹司、ジャックたちの冒険の航海に加わった少年 「パイレーツ・オブ・カリビアンジャック・スパロウの冒険 5 青銅器時代」 ロブ・キッド著;ジャン=ポール・オルピナス絵;ホンヤク社訳 講談社 2006年12月

**フィッツウィリアム**
家出した貴族の御曹司、ジャックの船・バーナクル号の乗組員 「パイレーツ・オブ・カリビアンジャック・スパロウの冒険 7 黄金の都市」 ロブ・キッド著;ジャン=ポール・オルピナス絵;ホンヤク社訳 講談社 2007年4月

**フィーディナンド**
ナポリ王アロンゾーの息子、王子 「こどものためのテンペスト」 ロイス・バーデット著;鈴木扶佐子訳 アートデイズ(シェイクスピアっておもしろい!) 2007年7月

**フィービー**
バレエが大好きなエリーの親友、テニエル小学校の六年生 「ロイヤルバレエスクール・ダイアリー1 エリーの挑戦」 アレクサンドラ・モス著;阪田由美子訳 草思社 2006年9月

**フィービー**
フェアリーランドのパーティの妖精のひとり、お洋服の妖精 「お洋服の妖精(フェアリー)フィービー(レインボーマジック)」 デイジー・メドウズ作;田内志文訳 ゴマブックス 2007年

**フィービィ・ウィンターボトム**
十三歳のサラの親友、おそるべき想像力の持ち主 「めぐりめぐる月」 シャロン・クリーチ作;もきかずこ訳 偕成社 2005年11月

**フィラ**
ネバーランドにある妖精の谷・ピクシー・ホロウに住む光の妖精 「呪われたシルバーミスト」 ゲイル・ヘルマン作;小宮山みのり訳 講談社(ディズニーフェアリーズ文庫) 2007年9月

**フィラ**
魔法の島ネバーランドのピクシー・ホロウで暮らす生まれたての光の妖精 「消えた太陽ーフィラの物語」 テナント・レッドバンク作;小宮山みのり訳;ディズニーストーリーブックアーティストグループ絵 講談社(ディズニーフェアリーズファンタジーブック) 2007年4月

**フィラ(モス)**
妖精の谷ピクシー・ホロウの街頭や懐中電灯がわりになっているホタルの訓練をしている光の妖精 「満月の夜のフィラ」 ゲイル・ヘルマン作;小宮山みのり訳;ディズニーストーリーブックアーティストグループ絵 講談社(ディズニーフェアリーズ文庫) 2006年9月

ふぇざ

### フィリッパ・ゴーント
ニューヨークに住む十二歳の双子の兄妹でジョンの妹、正式なランプの精（ジン）となった少女 「ランプの精2 バビロンのブルー・ジン」 P.B.カー著;小林浩子訳 集英社 2006年4月

### フィリッパ・ゴーント
ニューヨークに住む双子の兄妹でジョンの妹、正式なランプの精（ジン）となった少女 「ランプの精3 カトマンズのコブラキング」 P.B.カー著;小林浩子訳 集英社 2006年11月

### フィリップ
「ラクリッツ探偵団」のメンバー、しっかりもので クールな少年 「ラクリッツ探偵団イエロー・ドラゴンのなぞ」 ユリアン・プレス作・絵;荒川みひ訳 講談社 2006年3月

### フィリップ王子　ふぃりっぷおうじ
オーロラ姫の隣国の王子で婚約者 「眠れる森の美女」 シャルル・ペロー原作;鈴木尚子訳 汐文社（ディズニープリンセス6姫の夢物語） 2007年3月

### フィリップ・ロンバード（ロンバード大尉）　ふぃりっぷろんばーど（ろんばーどたいい）
イギリスデヴォン州の孤島の邸宅に招待されやってきた元陸軍大尉 「そして誰もいなくなった」 アガサ・クリスティー著;青木久惠訳 早川書房（クリスティー・ジュニア・ミステリ1） 2007年12月

### フィロメーヌ
ガルニシ国のマルヴァ姫おつきの小間使い、姫につきしたがい逃亡した少女 「マルヴァ姫、海へ!―ガルニシ国物語 上下」 アンヌ・ロール・ボンドゥー作;伊藤直子訳 評論社（児童図書館・文学の部屋） 2007年8月

### フイン
カロールメン国からアラビス姫を乗せて逃げだしたナルニア国のものいう雌馬 「馬と少年（ナルニア国ものがたり5）」 C.S.ルイス作;瀬田貞二訳 岩波書店 2005年10月

### フィン・マッゴーワン
七人兄弟の三男、十六歳のミーガンと同学年で絵が好きな生真面目な少年 「ボーイズ♥レポート」 ケイト・ブライアン作;露久保由美子訳 理論社 2007年4月

### フィンレー・マッケイン
色を奪われすべてが灰色になってしまった不思議な国グレーランドからやってきた使者 「ジェレミーと灰色のドラゴン」 アンゲラ・ゾマー・ボーデンブルク著;石井寿子訳;ペテル・ウルナール画 小学館 2007年12月

### フウランキー・ラグルズ・DBNT　ふうらんきーらぐるずでいびいえぬてい
聖オウラフ学校の転入生、読み書きが困難なディスレクシアの十歳ぐらいの男の子 「9番教室のなぞ幽霊からのメッセージ」 ジュリア・ジャーマン作;ふなとよし子訳 松柏社 2005年12月

### フェアリー・アンガラ
りっぱなお姫さまを育てる「お姫さま学園」の新しい寮母、まだ魔法訓練がおわっていない美しい妖精 「エミリー姫と美しい妖精（ティアラ・クラブ6）」 ヴィヴィアン・フレンチ著;岡本浜江訳;サラ・ギブ絵 朔北社 2007年9月

### 妖精のゴッドマザー　ふぇありーのごっどまざー
フェアリーランドの王様の即位千年を祝うパーティを開く妖精 「プレゼントの妖精（フェアリー）ジャスミン（レインボーマジック）」 デイジー・メドウズ作;田内志文訳 ゴマブックス 2007年8月

### フェザー
十六歳の少年・ボビーがマンハッタンで育てている赤ちゃん 「朝のひかりを待てるから」 アンジェラ・ジョンソン作;池上小湖訳 小峰書店（Y.A.Books） 2006年9月

ふぇら

### フェラス・オリン
ジェダイ・ナイトであるシーリ・タチの弟子、すべての資質を備えたジェダイ修行生 「スター・ウォーズ/ジェダイ・クエスト1 冒険のはじまり」 ジュード・ワトソン著;西村和子訳 オークラ出版（LUCAS BOOKS）2006年12月

### フェラス・オリン
ジェダイの訓練を受けていたがジェダイ・ナイトになるのを断念した青年 「スター・ウォーズ/ラスト・オブ・ジェダイ1 危険なミッション」 ジュード・ワトソン著;西村和子訳 オークラ出版（LUCAS BOOKS）2006年8月

### フェラス・オリン
ジェダイの訓練を受けていたがジェダイ・ナイトになるのを断念した青年 「スター・ウォーズ/ラスト・オブ・ジェダイ2 闇の警告」 ジュード・ワトソン著;西村和子訳 オークラ出版（LUCAS BOOKS）2006年8月

### フェラス・オリン
ジェダイの訓練を受けていたがジェダイ・ナイトになるのを断念した青年 「スター・ウォーズ/ラスト・オブ・ジェダイ3 アンダーワールド」 ジュード・ワトソン著;西村和子訳 オークラ出版（LUCAS BOOKS）2007年4月

### フェラス・オリン
ジェダイの訓練を受けていたがジェダイ・ナイトになるのを断念した青年 「スター・ウォーズ/ラスト・オブ・ジェダイ4 ナブーに死す」 ジュード・ワトソン著;西村和子訳 オークラ出版（LUCAS BOOKS）2007年6月

### フェラーズ夫人　ふぇらーずふじん
キングズパドック荘の未亡人、夫を毒殺したとつねづね主張していた夫人 「アクロイド氏殺害事件」 アガサ・クリスティ作;花上かつみ訳 講談社（青い鳥文庫）2005年4月

### フェラン・ウィラン
動物園の暑がりのペンギンに南極にむかって出発するとうったえられた少年、アイルランドにすむ漁師の九歳の息子 「ワンホットペンギン」 J.リックス作;若林千鶴訳;むかいながまさ絵 文研出版（文研ブックランド）2005年2月

### フェリクス・フェニックス
女海賊の娘アートと行動を共にするが反発し合う美少年画家 「パイレーティカ女海賊アートの冒険　上下」 タニス・リー著;築地誠子訳;渡瀬悠宇絵 小学館（小学館ルルル文庫）2007年7月

### フェリシアン・シャルル
ルパン扮するラウールに雇われた若い建築技師、芸術家タイプの青年 「カリオストロの復讐」 モーリス・ルブラン作;長島良三訳 偕成社（偕成社文庫）2005年9月

### フェリックス・サンダーズ
一年前に旅先のコスタリカで異界に迷いこみ妖精ベトニーたちと出会ったロンドンに住む十四歳の男の子 「フェリックスと異界の伝説2 世にも危険なパズル」 エリザベス・ケイ作;片岡しのぶ訳;佐竹美保画 あすなろ書房 2005年7月

### フェリックス・サンダーズ
夏休みにイギリスからコスタリカへやってきた重い心臓病の持ち主、伝説が現実という不思議な世界へワープした十三歳の少年 「フェリックスと異界の伝説1 羽根に宿る力」 エリザベス・ケイ作;片岡しのぶ訳;佐竹美保画 あすなろ書房 2005年3月

### フェリックス・サンダーズ
旅先のコスタリカで異界に迷いこみ妖精ベトニーたちと出会ったロンドンに住む十四歳の男の子 「フェリックスと異界の伝説3 禁断の呪文」 エリザベス・ケイ作;片岡しのぶ訳;佐竹美保画 あすなろ書房 2006年3月

ふさん

### フェリックス・ロッド
ルークの親友、図書館司書学会の上級司書学者の父・フェンブラスとの確執に苦しむ少年
「崖の国物語7」ポール・スチュワート作 クリス・リデル絵;唐沢則幸訳 ポプラ社(ポプラ・ウイング・ブックス) 2006年5月

### フォーガス・クレイン
学校船「ベティ・ジーン号」に通っているフィレンツェビスケットが大好きな男の子 「ファーガス・クレインと空飛ぶ鉄の馬(ファニー・アドベンチャー)」ポール・スチュワート作;クリス・リデル絵;唐沢則幸訳 ポプラ社 2005年11月

### フォス
フクロウの家のとなりにうさぎのハースとくらしているくいしんぼうのきつね 「きつねのフォスとうさぎのハース」シルヴィア・ヴァンデン・ヘーデ作;テー・チョンキン絵;野坂悦子訳 岩波書店 2007年9月

### フォスチーヌ・コルチナ
コルシカ生まれの看護婦、愛人シモン・ロリアンの敵を討つことだけを生きる意味にしている娘 「カリオストロの復讐」モーリス・ルブラン作;長島良三訳 偕成社(偕成社文庫) 2005年9月

### フォースティン・ンゲンシ
キブ人の少年カニンダが通うロンドンの学校にやってきた少年、キブ人の敵だったユスル人 「リトル・ソルジャー」バーナード・アシュリー作;さくまゆみこ訳 ポプラ社(ポプラ・ウイング・ブックス) 2005年8月

### フォラオ
タイムソルジャーのミッキーたちが古代エジプトのピラミッドで出会ったすごい力をもっているという少年 「エジプトのミイラ(タイムソルジャー5)」ロバート・グールド写真;キャスリーン・デューイ文;ユージーン・エプスタイン画;MON訳 岩崎書店 2007年10月

### フォルトゥナータ
黒猫のゾルバに卵から育てられたカモメのひな 「カモメに飛ぶことを教えた猫」ルイス・セプルベダ著;河野万里子訳 白水社(白水Uブックス) 2005年11月

### フォーン
魔法の島ネバーランドの妖精の谷ピクシー・ホロウに住む動物の妖精 「ロゼッタの最悪な一日」リサ・パパディメトリュー作;ジュディス・ホームズ・クラーク他絵;小宮山みのり訳 講談社(ディズニーフェアリーズ文庫) 2007年11月

### ブーク
国際寝台車会社の重役、名探偵ポアロとは何年も前からの知り合いのベルギー人 「オリエント急行の殺人」アガサ・クリスティー著;山本やよい訳 早川書房(クリスティー・ジュニア・ミステリ2) 2007年12月

### ブクゼニ
谷間にある三つの農場のうちアヒルとガチョウの飼育場の主、背が低いけど好かない金持ちの男 「ロアルド・ダールコレクション4 すばらしき父さん狐」ロアルド・ダール著クェンティン・ブレイク絵;柳瀬尚紀訳 評論社 2006年1月

### フクロウ
きつねのフォスとうさぎのハースのとなりの家にすんでいるフクロウ 「きつねのフォスとうさぎのハース」シルヴィア・ヴァンデン・ヘーデ作;テー・チョンキン絵;野坂悦子訳 岩波書店 2007年9月

### フーさん
フィンランドの森のなかに住む老人、お隣さんのビールバラ提督と地下の国へ行った老人 「フーさんにお隣さんがやってきた」ハンヌ・マケラ作;上山美保子訳 国書刊行会 2007年11月

ふさん

## フーさん
フィンランドの森のなかに住む老人、呪文をとなえることをおじいさんにおそわった人
「フーさん」 ハンヌ・マケラ作;上山美保子訳 国書刊行会 2007年9月

## フチ・ネドバル
ドラゴンラージャの最高の資質を持つという赤髪の少女の捜索をすることになったロウソク
職人の十七歳の少年 「ドラゴンラージャ5 野望」 イ・ヨンド作;ホン・カズミ訳;金田榮路絵
岩崎書店 2006年6月

## フチ・ネドバル
ドラゴンラージャの最高の資質を持つという赤髪の少女の捜索をすることになったロウソク
職人の十七歳の少年 「ドラゴンラージャ6 神力」 イ・ヨンド作;ホン・カズミ訳;金田榮路絵
岩崎書店 2006年8月

## フチ・ネドバル
ドラゴンラージャの最高の資質を持つという赤髪の少女の捜索をすることになったロウソク
職人の十七歳の少年 「ドラゴンラージャ7 追跡」 イ・ヨンド作;ホン・カズミ訳;金田榮路絵
岩崎書店 2006年8月

## フチ・ネドバル
ドラゴンラージャの最高の資質を持つという赤髪の少女の捜索をすることになったロウソク
職人の十七歳の少年 「ドラゴンラージャ8 報復」 イ・ヨンド作;ホン・カズミ訳;金田榮路絵
岩崎書店 2006年10月

## フチ・ネドバル
ドラゴンラージャの資質を持っていると思われる少女レニとクリムゾンドラゴンのいる褐色山
脈にむかったロウソク職人の十七歳の少年 「ドラゴンラージャ10 友情」 イ・ヨンド作;ホン・
カズミ訳;金田榮路絵 岩崎書店 2006年12月

## フチ・ネドバル
ドラゴンラージャの資質を持っていると思われる少女レニとクリムゾンドラゴンのいる褐色山
脈にむかったロウソク職人の十七歳の少年 「ドラゴンラージャ11 真実」 イ・ヨンド作;ホン・
カズミ訳;金田榮路絵 岩崎書店 2007年2月

## フチ・ネドバル
ドラゴンラージャの資質を持っていると思われる少女レニとクリムゾンドラゴンのいる褐色山
脈にむかったロウソク職人の十七歳の少年 「ドラゴンラージャ9 予言」 イ・ヨンド作;ホン・カ
ズミ訳;金田榮路絵 岩崎書店 2006年10月

## フチ・ネドバル
バイサス王国国王に謁見しブラックドラゴンに捕らえられた人々の身代金をえるために首都
へ旅立ったロウソク職人の十七歳の少年 「ドラゴンラージャ2 陰謀」 イ・ヨンド作;ホン・カズ
ミ訳;金田榮路絵 岩崎書店 2005年12月

## フチ・ネドバル
バイサス王国国王に謁見しブラックドラゴンに捕らえられた人々の身代金をえるために首都
へ旅立ったロウソク職人の十七歳の少年 「ドラゴンラージャ3 疑念」 イ・ヨンド作;ホン・カズ
ミ訳;金田榮路絵 岩崎書店 2006年2月

## フチ・ネドバル
バイサス王国国王に謁見しブラックドラゴンに捕らえられた人々の身代金をえるために首都
へ旅立ったロウソク職人の十七歳の少年 「ドラゴンラージャ4 要請」 イ・ヨンド作;ホン・カズ
ミ訳;金田榮路絵 岩崎書店 2006年4月

## フチ・ネドバル
バイサス王国国民、ロウソク職人の家に生まれた早熟でキレ者の十七歳の少年 「ドラゴン
ラージャ1 宿怨」 イ・ヨンド作;ホン・カズミ訳;金田榮路絵 岩崎書店 2005年12月

ふほ

**フチ・ネドバル**
長い旅を終え一人でバイサス王国ヘルタントへ帰還することになったロウソク職人の十七歳の少年「ドラゴンラージャ12 飛翔」イ・ヨンド作;ホン・カズミ訳;金田榮路絵 岩崎書店 2007年4月

**フック船長　ふっくせんちょう**
ネヴァーランドにいた海賊 「ピーター★パン インスカーレット」ジェラルディン・マコックラン作;こだまともこ訳 小学館 2006年12月

**フック船長　ふっくせんちょう**
ネバーランドの海賊の船長、片手がフックのような義手になっていてピーター・パンの宿敵「ティンカー・ベルのチャレンジ」エレノール・フレモント作;小宮山みのり訳;ディズニーストーリーブックアーティストグループ絵 講談社(ディズニーフェアリーズ文庫) 2006年7月

**ブッツ**
ティティブー島でティバトング教授たちと暮らす賢いブタ 「ウルメル海に潜る(URMEL 3)」マックス・クルーゼ作;エーリヒ・ヘレ絵;加藤健司訳 ひくまの出版 2005年8月

**ブッツ**
ティバトング教授たちと地球のふたご惑星フトウラへの冒険の旅に出た賢いブタ 「ウルメル宇宙へゆく(URMEL 2)」マックス・クルーゼ作;エーリヒ・ヘレ絵;加藤健司訳 ひくまの出版 2005年5月

**ブッツ**
人間のことばを教えてくれるティバントング教授と島に移り住んだ賢いブタ 「ウルメル氷のなかから現われる(URMEL 1)」マックス・クルーゼ作;エーリヒ・ヘレ絵;加藤健司訳 ひくまの出版 2005年1月

**プッツ**
こまったときに助けてくれるというこびとの村をさがしにいったなきむし村のねずみの親子の父 「たのしいこびと村」エーリッヒ・ハイネマン文;フリッツ・バウムガルテン絵;石川素子訳 徳間書店 2007年9月

**フッツロイ・マッケンジー船長　ふっつろいまっけんじーせんちょう**
調査船エクスペディエンス号の船長、レベッカとダグラスの伯父「秘密作戦レッドジェリコ上下」ジョシュア・モウル著;唐沢則幸訳 ソニー・マガジンズ 2006年5月

**プニ**
おかあさんにぶたれてばかりいていつもボロボロの服を着て鼻水をたらしている小学三年生の朝鮮人の少女 「悲しい下駄」クォンジョンセン作;ピョンキジャ訳;高田勲画 岩崎書店 2005年7月

**ブブ**
中部アフリカの山岳地帯にある森に住んでいた小さな赤ちゃんゴリラ 「愛と友情のゴリラ マジック・ツリーハウス13」メアリー・ポープ・オズボーン著;食野雅子訳 メディアファクトリー 2005年2月

**プフ**
元気いっぱいのテリア、少女エマのねぼすけでくいしんぼうの飼い犬 「シェフィーがいちばん」カート・フランケン文;マルテイン・ファン・デル・リンデン絵;野坂悦子訳 BL出版 2007年12月

**フーホー**
甥っ子でサッカー少年のヨーリスのことが大好きな不治の病にかかったおじさん 「いっぱい泣くとのどがかわくよ」アンケ・クラーネンドンク著;長山さき訳;サスキア・ハルフマウイラスト; パロル舎 2005年3月

ぶぼ

## ブボ
伝説の木・ガフールの神木の洞の中にいるフクロウ、鍛冶の親方 「ガフールの勇者たち
2 真の勇気のめざめ」 キャスリン・ラスキー著;食野雅子訳 メディアファクトリー 2006年12
月

## ブヨブク
谷間にある三つの農場のうち養鶏場の主、でぶでぶに太っていていけ好かない金持ちの
男 「ロアルド・ダールコレクション4 すばらしき父さん狐」 ロアルド・ダール著クェンティン・
ブレイク絵;柳瀬尚紀訳 評論社 2006年1月

## ブーラー
とある公園のいすの下に置きざりにされた五人の人形の一人、すてきな上着とチョッキを着
ているかっこいい男の人形 「気むずかしやの伯爵夫人(公園の小さななかまたち)」 サ
リー・ガードナー作絵;村上利佳訳 偕成社 2007年5月

## ブラァン・ディヴィーズ
〈古老〉の少年ウィルの六つの〈光のしるし〉の捜索を手伝うことが役目の白髪の少年 「闇
の戦い 4樹上の銀」 スーザン・クーパー著;浅羽英子訳 評論社(fantasy classics) 2007
年3月

## ブラァン・デイヴィーズ
〈古老〉の少年ウィルの六つの〈光のしるし〉の捜索を手伝うことが役目の白髪の少年 「闇
の戦い 3灰色の王」 スーザン・クーパー著;浅羽英子訳 評論社(fantasy classics) 2007
年3月

## ブライ
青銅のかじやがおいていった子どもでドルムの家で育てられた女の子 「太陽の戦士」
ローズマリ・サトクリフ作;猪熊葉子訳 岩波書店(岩波少年文庫) 2005年6月

## ブライアン
八公国を治めるオーバーンのハンサムで炎のように激しい王子 「オーバーン城の夏上下」
シャロン・シン著;東川えり訳;黒百合姫絵 小学館(小学館ルルル文庫) 2007年12月

## フライデー
ロビンソンが無人島に上陸して二十五年目に原住民に襲われていたところを助けてやった
捕虜の青年 「ロビンソン漂流記」 ダニエル・デフォー作;澄木柚訳 ポプラ社(ポプラポ
ケット文庫) 2007年6月

## ブライト
妖精の王国『フェアリー・レルム』にすむ水の妖精 「フェアリー・レルム 8 水の妖精」 エミ
リー・ロッダ著;岡田好惠訳;仁科幸子絵 童心社 2007年3月

## ブラウンさん
イギリスのある村のどっさり子どものいる家族のだんなさま、おぎょうぎが悪いいたずらっ子
たちのお父さん 「マチルダばあやといたずらきょうだい」 クリスティアナ・ブランド作;エド
ワード・アーディゾーニ絵;こだまともこ訳 あすなろ書房 2007年6月

## ブラウンさん
暗黒の地ペルーから来たクマ・パディントンと暮らしている一家の主 「パディントンのラスト
ダンス」 マイケル・ボンド作;ペギー・フォートナム画;田中琢治訳;松岡享子訳 福音館書店
(福音館文庫) 2007年9月

## ブラウンさん
暗黒の地ペルーから来たクマ・パディントンと暮らしている一家の主 「パディントン街へ行
く」 マイケル・ボンド作;ペギー・フォートナム画;田中琢治訳;松岡享子訳 福音館書店(福
音館文庫) 2006年7月

## ブラッカム
第二次世界大戦下ドイツ軍と戦ったイギリス空軍の軍曹、三十をすぎた男 「ブラッカムの
爆撃機」 ロバート・ウェストール作;金原瑞人訳 岩波書店 2006年10月

234

ぶらん

**フラッシュ**
カメラマン、飛行機の故障で墜落したものの命をとりとめふしぎな村で歓迎をうけた男 「空からおちてきた男」 ジェラルディン・マコックラン作;金原瑞人訳;佐竹美保絵 偕成社 2007年4月

**フラニー・K・シュタイン　ふらにーけーしゅたいん**
すいせん通りのはずれにあるバラ色のおうちで暮らす実験が大すきな女の子 「キョーレツ科学者・フラニー 1」 ジム・ベントン作;杉田七重訳 あかね書房 2007年6月

**フラニー・K・シュタイン　ふらにーけーしゅたいん**
すいせん通りのはずれにあるバラ色のおうちで暮らす小学生、キレイキレイスーツをきて犬のイゴールの体内に入った女の子 「キョーレツ科学者・フラニー 5」 ジム・ベントン作;杉田七重訳 あかね書房 2007年11月

**フラニー・K・シュタイン　ふらにーけーしゅたいん**
すいせん通りのはずれにあるバラ色のおうちで暮らす小学生、タイムマシンとおなじような機械をつくった女の子 「キョーレツ科学者・フラニー 4」 ジム・ベントン作;杉田七重訳 あかね書房 2007年9月

**フラニー・K・シュタイン　ふらにーけーしゅたいん**
すいせん通りのはずれにあるバラ色のおうちで暮らす小学生、自分とそっくりのロボットをつくった女の子 「キョーレツ科学者・フラニー 6」 ジム・ベントン作;杉田七重訳 あかね書房 2007年11月

**フラニー・K・シュタイン　ふらにーけーしゅたいん**
すいせん通りのはずれにあるバラ色のおうちで暮らす小学生、透明人間になる薬をつくった女の子 「キョーレツ科学者・フラニー 3」 ジム・ベントン作;杉田七重訳 あかね書房 2007年6月

**フラニー・K・シュタイン　ふらにーけーしゅたいん**
すいせん通りのはずれにあるバラ色のおうちで暮らす小学生の女の子、マッドサイエンティスト 「キョーレツ科学者・フラニー 2」 ジム・ベントン作;杉田七重訳 あかね書房 2007年6月

**フラビウス**
ローマ軍の百人隊長 「第九軍団のワシ」 ローズマリ・サトクリフ作;猪熊葉子訳 岩波書店 (岩波少年文庫) 2007年4月

**フラビウス**
ローマ軍の百人隊長、青年軍医ジャスティンのいとこ 「銀の枝」 ローズマリ・サトクリフ作;猪熊葉子訳 岩波書店(岩波少年文庫) 2007年10月

**フラピッチ**
鬼のようなムルコーニャ親方の家から逃げ出した靴職人の見習いの男の子 「フラピッチのふしぎな冒険」 マジュラニッチ作;せぐちけん訳 新風舎(ことりのほんばこ) 2005年12月

**フラピッチ**
靴屋の見習い職人、ある日恐ろしい親方のもとを逃げだし旅に出た少年 「見習い職人フラピッチの旅」 イワナ・ブルリッチ=マジュラニッチ作;山本郁子訳;二俣英五郎絵; 小峰書店 (おはなしメリーゴーラウンド) 2006年4月

**ブラン**
知恵がないためまともに話すことはできないが足が異常に早くまわりのみんなをなごませる力をもっている不思議な少年 「デモナータ4幕 ベック」 ダレン・シャン作;橋本恵訳;田口智子画 小学館 2007年2月

**ブランウェル・ビフマイヤ**
十二歳のオリビアの同級生で同じマンションに住む十一人きょうだいの少年 「西95丁目のゴースト(ちいさな霊媒師オリビア)」 エレン・ポッター著;海後礼子訳 主婦の友社 2007年10月

235

ふらん

### ブランウェン
魔術師の心をもつ少年マーリンの地上人の母親 「マーリン2 七つの魔法の歌」 T.A.バロン著;海後礼子訳 主婦の友社 2005年4月

### ブランウェン(エレン)
小さいときの記憶を失っている少年エムリスといっしょに暮らす女性 「マーリン1 魔法の島フィンカイラ」 T.A.バロン著;海後礼子訳 主婦の友社 2005年1月

### フランキー
十歳のエミリーの新しいお父さん、妖精グッズの店「フェアリーランド」のオーナーもしている売れない俳優 「クリスマス・ブレイク」 ジャクリーン・ウィルソン作;尾高薫訳 理論社 2006年11月

### フランク
ハーモニカふき、収容所にいた犬ディグビーを飼うことになった青年 「ハーモニカふきとのら犬ディグビー」 コリン・ダン作;はらるい訳 PHP研究所 2006年4月

### フランク
両親が旅行中にサリーおばさんと一週間を過ごしたアンダソン家の三人姉弟の弟、六歳の男の子 「サリーおばさんとの一週間」 ボリー・ホーヴァス作;北條文緒訳 偕成社 2007年4月

### フランク(馬車屋)　ふらんく(ばしゃや)
ディゴリーがナルニア国につれてきてしまったロンドンの辻馬車屋 「魔術師のおい(ナルニア国ものがたり6)」 C.S.ルイス作;瀬田貞二訳 岩波書店 2005年10月

### フランク・ビリー
仕返しの代行をする「仕返し有限会社」を姉とはじめた少年 「ウィルキンズの歯と呪いの魔法」 ダイアナ・ウィン・ジョーンズ著;原島文世訳;佐竹美保絵 早川書房(ハリネズミの本箱) 2006年3月

### フランク・プルイット(プルイット教授)　ふらんくぷるいっと(ぷるいっときょうじゅ)
ミスティックの町にある居住跡地の発掘現場の調査団長をしている考古学者のひとり、マーフィ学者をライバル視している男 「呪われた森の怪事件(双子探偵ジーク&ジェン3)」 ローラ・E.ウィリアムズ著;石田理恵訳 早川書房(ハリネズミの本箱) 2006年6月

### フランクリンさん
川辺の家にひとりで暮らしている老人、少女ベットにモグラに本を朗読する仕事をたのんだ人 「川べのちいさなモグラ紳士」 フィリパ・ピアス作;猪熊葉子訳 岩波書店 2005年5月

### フランコ
モモの古くからの友だち、いつもすこしだらしないかっこうをしている男の子 「モモ」 ミヒャエル・エンデ作;大島かおり訳 岩波書店(岩波少年文庫) 2005年6月

### フランシスコ・セラフィン
同じ日に別々の世界に生まれ落ちた3人の少年たちのひとり、現代の地球の雪の降るアンダルシアに生まれた男の子 「見えざるピラミッド 赤き紋章の伝説 上下」 ラルフ・イーザウ著;酒寄進一訳;佐竹美保画 あすなろ書房 2007年7月

### フランシスコ・ヒメネス(パンチート)
カリフォルニアから不法滞在者としてメキシコへ強制退去させられた一家の息子、兄のロベルトとともにサンタマリアに戻った中学八年生 「あの空の下で」 フランシスコ・ヒメネス作;千葉茂樹訳 小峰書店(Y.A.books) 2005年8月

### フランシス・ロバーツ
目の下に涙のタトゥーを入れた不思議な少年、十五歳のソフィーの母の新しい恋人の息子 「涙のタトゥー」 ギャレット・フレイマン・ウェア作;ないとうふみこ訳 ポプラ社(ポプラ・リアル・シリーズ) 2007年7月

ぷりっ

**フランソワさん**
フランスのパリでファッションデザイナーとして活躍している男の人 「ランプの精リトル・ジーニー 7」 ミランダ・ジョーンズ作;宮坂宏美訳;サトウユカ絵 ポプラ社 2007年12月

**ブランチ先生　ぶらんちせんせい**
ポイント・ブラフの中学校の教師 「ペギー・スー1魔法の瞳をもつ少女」 セルジュ・ブリュソロ著;金子ゆき子訳　角川書店(角川文庫) 2005年7月

**ブランディ**
魔法のランプをこするとあらわれる体がガス状の精霊、人間のような生身の体を持ちたがっている異界のジン 「フェリックスと異界の伝説3 禁断の呪文」 エリザベス・ケイ作;片岡しのぶ訳;佐竹美保画 あすなろ書房 2006年3月

**ブリジット**
ニューヨーク市にある動物園のしっかりもので美しいメスのキリン 「ライアンを探せ!」 アイリーン・トリンブル作;しぶやまさこ訳　偕成社(ディズニーアニメ小説版) 2006年11月

**ブリジット**
ブラウン大学の一年生で双子の男の子・ペリーの姉、幼なじみの3人と不思議な力を持ったジーンズを共有する女の子 「ジーンズ・フォーエバー－トラベリング・パンツ」 アン・ブラッシェアーズ作;大嶌双恵訳 理論社 2007年4月

**ブリジット**
高校を卒業してブラウン大学進学を控えた全米女子サッカー選手、幼なじみの3人と不思議な力を持ったジーンズを共有する女の子 「ラストサマー－トラベリング・パンツ」 アン・ブラッシェアーズ作;大嶌双恵訳 理論社 2005年5月

**ブリジットおばさん**
お金持ちから盗み貧しい人たちに恵む盗賊団"しわくちゃ団"のひとり、元オックスフォード大学教授のおばあちゃん 「ハリーとしわくちゃ団」 アラン・テンバリー作;日当陽子訳　評論社(評論社の児童図書館・文学の部屋) 2007年11月

**ブリーシング (ラグナロク)**
死者の神バロン・サムディによってドラゴンになってしまった女の子 「アモス・ダラゴン3 神々の黄昏」 ブリアン・ペロー作;高野優監訳;橘明美訳 竹書房 2005年8月

**ブリーズ**
妖精の王国『フェアリー・レルム』からジェシーの家の松林にある赤いキノコへ遊びにきたピクシーの男の子 「フェアリー・レルム 5 魔法のかぎ」 エミリー・ロッダ 著;岡田好惠訳;仁科幸子絵 童心社 2006年3月

**フリーダ**
コールドハーバーに住んでいるエミリーと双子で虫のように地面をはいまわる少女 「シルバーチャイルド 2 怪物ロアの襲来」 クリフ・マクニッシュ作;金原瑞人訳 理論社 2006年5月

**フリーダ**
コールドハーバーに住んでいるエミリーと双子で虫のように地面をはいまわる少女 「シルバーチャイルド 3 目覚めよ! 小さき戦士たち」 クリフ・マクニッシュ作;金原瑞人訳 理論社 2006年6月

**フリーダ**
荒れはてたゴミの街・コールドハーバーへとつぜんめざしはじめた六人の子どもの一人、エミリーと双子で虫のように地面をはいまわる少女 「シルバーチャイルド 1 ミロと6人の守り手」 クリフ・マクニッシュ作;金原瑞人訳 理論社 2006年4月

**プリッシー**
ペットシッターの女の子・アビーが世話をするコブタ 「アビーとテスのペットはおまかせ!3 コブタがテレビをみるなんて！」 トリーナ・ウィーブ作;宮坂宏美訳;しまだしほ画 ポプラ社(ポップコーン・ブックス) 2006年5月

237

ふりっ

### ブリッタ
小さなやかまし村にすむ6人の子どもたちのひとり、北屋敷のアンナのねえさん 「やかまし村の子どもたち」アストリッド・リンドグレーン作;大塚勇三訳 岩波書店（岩波少年文庫）2005年6月

### ブリッタ
小さなやかまし村にすむ6人の子どもたちのひとり、北屋敷のアンナのねえさん 「やかまし村の春・夏・秋・冬」アストリッド・リンドグレーン作;大塚勇三訳 岩波書店（岩波少年文庫）2005年12月

### ブリッタ
小さなやかまし村にすむ6人の子どもたちのひとり、北屋敷のアンナのねえさん 「やかまし村はいつもにぎやか」アストリッド・リンドグレーン作;大塚勇三訳 岩波書店（岩波少年文庫）2006年12月

### フリッツ（フリーデリケ）
家を出たお父さんが残していった大きなウサギをコンラートと一緒にお父さんの恋人に送ろうとしたちょっと変わった女の子 「大きなウサギを送るには」ブルクハルト・シュピネン作;はたさわゆうこ訳;サカイノビー絵 徳間書店 2007年1月

### フリーデリケ
家を出たお父さんが残していった大きなウサギをコンラートと一緒にお父さんの恋人に送ろうとしたちょっと変わった女の子 「大きなウサギを送るには」ブルクハルト・シュピネン作;はたさわゆうこ訳;サカイノビー絵 徳間書店 2007年1月

### フリートヘルム
〈カレ＆フレンズ探偵局〉のメンバー、探偵犬タウゼントシェーンの飼育係の男の子 「名探偵の10か条 4と1/2探偵局 4」ヨアヒム・フリードリヒ作 鈴木仁子訳;絵楽ナオキ絵 ポプラ社 2005年1月

### フリートヘルム
犬のタウゼントシェーンの飼い主の一人、いっしょうけんめいに犬の世話をしている男の子 「探偵犬、がんばる! 4と1/2探偵局 5」ヨアヒム・フリードリヒ作;鈴木仁子訳;絵楽ナオキ絵 ポプラ社 2005年4月

### ブリーミル
子どもしかいない青い惑星の小さな島で暮らしている男の子、少女フルダの友だち 「青い惑星のはなし」アンドリ・スナイル・マグナソン作;アウスロイグ・ヨーンスドッティル絵;土師明子訳 学研 2007年4月

### プリラ
ネバーランドにある妖精の谷・ピクシー・ホロウに住む妖精 「きえたクラリオン女王」キンバリー・モリス作;小宮山みのり訳 講談社（ディズニーフェアリーズ文庫）2007年11月

### プリラ
ネバーランドの生まれたての妖精、備わっているはずの才能が何かわからない妖精 「ディズニーフェアリーズ－プリラの夢の種」ゲイル・カーソン・レビン作;デイビッド・クリスチアナ絵;柏葉幸子訳 講談社 2005年9月

### プリラ
まばたきひとつでネバーランドから人間の住むメインランドへ行くことができる妖精 「うそをついてしまったプリラ」キティ・リチャーズ作;小宮山みのり訳;ディズニーストーリーブックアーティストグループ絵 講談社（ディズニーフェアリーズ文庫）2006年5月

### プリンス・ヴェナリオン・イラール・カスレム・イドロス（ヴェン）
魔法の宮殿「ライズ」に住む孤独なプリンス 「ウルフ・タワー 第二話 ライズ 星の継ぎ人たち」タニス・リー著;中村浩美訳 産業編集センター 2005年3月

ぶるす

**プリンス・ヴェナリオン・イラール・カスレム・イドロス(ヴェン)**
魔法の宮殿「ライズ」のプリンス、ハルタ族の元リーダー・アルグルの異父兄弟 「ウルフ・タワー 最終話 翼を広げたプリンセス」 タニス・リー著;中村浩美訳 産業編集センター 2005年5月

**プリンセス・ソールダッド(ソールダッド)**
本物の海賊の帝王スカラベの娘、父の敵として海賊ケンドリックの首を狙う若い女 「海賊ジョリーの冒険 1 死霊の売人」 カイ・マイヤー著;遠山明子訳;佐竹美保画 あすなろ書房 2005年12月

**プリンセス・ソールダッド(ソールダッド)**
本物の海賊の帝王スカラベの娘、父の敵として海賊ケンドリックの首を狙う若い女 「海賊ジョリーの冒険 2 海上都市エレニウム」 カイ・マイヤー著;遠山明子訳;佐竹美保画 あすなろ書房 2006年8月

**プリンセス・ソールダッド(ソールダッド)**
本物の海賊の帝王スカラベの娘、父の敵として海賊ケンドリックの首を狙う若い女 「海賊ジョリーの冒険 3 深海の支配者」 カイ・マイヤー著;遠山明子訳;佐竹美保画 あすなろ書房 2007年7月

**ブルー**
不正を摘発されてロンドンの科学技術局をやめた男 「マックス・レミースーパースパイMission2 悪の工場へ潜入せよ!」 デボラ・アベラ作;ジョービー・マーフィー絵;三石加奈子訳 童心社 2007年10月

**プルー**
りっぱなお姫さまを育てる「お姫さま学園」のキッチンメイド、アリス姫に笑わされたせいでコックの目の前で失敗してしまった少女 「アリス姫と魔法の鏡(ティアラ・クラブ4)」 ヴィヴィアン・フレンチ著;岡本浜江訳;サラ・ギブ絵 朔北社 2007年8月

**プルイット教授　ぷるいっときょうじゅ**
ミスティックの町にある居住跡地の発掘現場の調査団長をしている考古学者のひとり、マーフィ学者をライバル視している男 「呪われた森の怪事件(双子探偵ジーク&ジェン3)」 ローラ・E.ウィリアムズ著;石田理恵訳 早川書房(ハリネズミの本箱) 2006年6月

**ブルースター**
森のサンダー族の族長、飼い猫だったファイヤハートを一族に受け入れた雌猫 「ウォーリアーズ〔1〕-2 ファイヤポー、戦士になる」 エリン・ハンター作;金原瑞人訳;高林由香子訳 小峰書店 2007年2月

**ブルースター**
森のサンダー族の族長、飼い猫だったファイヤハートを一族に受け入れた雌猫 「ウォーリアーズ〔1〕-3 ファイヤハートの戦い」 エリン・ハンター作;金原瑞人訳;高林由香子訳 小峰書店 2007年4月

**ブルースター**
森のサンダー族の族長、飼い猫だったファイヤハートを一族に受け入れた雌猫 「ウォーリアーズ〔1〕-4 ファイヤハートの挑戦」 エリン・ハンター作;金原瑞人訳;高林由香子訳 小峰書店 2007年6月

**ブルースター**
森のサンダー族の族長、飼い猫だったファイヤハートを一族に受け入れた雌猫 「ウォーリアーズ〔1〕-5 ファイヤハートの危機」 エリン・ハンター作;金原瑞人訳;高林由香子訳 小峰書店 2007年9月

**ブルースター**
森のサンダー族の族長、飼い猫ラスティーを一族に受け入れた雌猫 「ウォーリアーズ〔1〕-1 ファイヤポー、野生にかえる」 エリン・ハンター作;金原瑞人訳 小峰書店 2006年11月

ぶるす

## ブルース・ルナルディ
豪華飛行船「オーロラ号」の二等縫帆手、一大飛行船群を持つ大富豪の息子 「エアボーン」 ケネス・オッペル著;原田勝訳 小学館 2006年7月

## フルダ
子どももしかいない青い惑星の小さな島で暮らしている女の子、少年ブリーミルの友だち 「青い惑星のはなし」 アンドリ・スナイル・マグナソン作;アウスロイグ・ヨーンスドッティル絵; 土師明子訳 学研 2007年4月

## プルーデンス・アーノルド
クレア学院一年の新入生、真面目で議論をふっかけることが得意な少女 「おちゃめなふたごの探偵ノート」 エニッド・ブライトン作;佐伯紀美子訳 ポプラ社(ポプラポケット文庫) 2006年2月

## プルーデンス・キング
父の方針で学校には行かせてもらえず家で勉強している大胆な性格の十四歳の女の子 「ラブ・レッスンズ」 ジャクリーン・ウィルソン作;尾高薫訳 理論社 2006年7月

## ブルーノ
内気な少年アーサーのいとこのそっくりなな双子 「ポティラ妖精と時間泥棒」 コルネーリア・フンケ著;浅見昇吾訳 WAVE出版 2007年11月

## ブルーノー・バトルハンマー
ダークエルフ族の青年・ドリッズトの味方をするドワーフ族の老戦士、魔法の武器作りの名人 「アイスウィンド・サーガ2 ドラゴンの宝」 R.A.サルバトーレ著 アスキー 2005年1月

## ブルーノー・バトルハンマー
ダークエルフ族の青年・ドリッズトの味方をするドワーフ族の老戦士、魔法の武器作りの名人 「アイスウィンド・サーガ3 水晶の戦争」 R.A.サルバトーレ著 アスキー 2005年7月

## ブルーバック
オーストラリアの人里離れた入江にすむ巨大な青い魚 「ブルーバック」 ティム・ウィントン作;小竹由美子訳;橋本礼奈画 さ・え・ら書房 2007年7月

## ブルワー博士　ぶるわーはかせ
植物学者、ケイシーとマーガレットの父さん 「地下室にねむれ(グースバンプス7)」 R.L.スタイン作;津森優子訳;照世絵 岩崎書店 2007年1月

## ブレー
子馬のときにぬすまれてカロールメン国の軍馬になったナルニア国のものいう馬 「馬と少年(ナルニア国ものがたり5)」 C.S.ルイス作;瀬田貞二訳 岩波書店 2005年10月

## プレイ・アティーム
人狼病を発病したグレイディ一族専用のころし屋「子羊」に所属している女 「デモナータ3 幕 スローター」 ダレン・シャン作;橋本恵訳;田口智子画 小学館 2006年9月

## プレイズワージィ
十二歳のジャックが育ったボストンのおやしき・グレイズ家の執事、上品な紳士 「Gold Rush! ぼくと相棒のすてきな冒険」 シド・フライシュマン作 金原瑞人・市川由季子訳 矢島眞澄画; ポプラ社(ポプラ・ウイング・ブックス) 2006年8月

## フレイヤ
愛と豊穣の女神 「アモス・ダラゴン4 フレイヤの呪い」 ブリアン・ペロー作;高野優監訳;宮澤実穂訳 竹書房 2005年1月

## フレッド
「ぼく」が森の山小屋で暮らしていた時にブタのピッグと一緒に飼っていた負けず嫌いな犬 「いつもそばに犬がいた」 ゲイリー・ポールセン作;はらるい訳;かみやしん絵 文研出版 (文研じゅべにーる) 2006年7月

240

ぶろむ

### フレッド
アラスカの小さな村にある学校の生徒、十才の少女 「こんにちはアグネス先生 アラスカの小さな学校で」K.ヒル作;宮木陽子訳;朝倉めぐみ絵 あかね書房(あかね・ブックライブラリー) 2005年6月

### フレッド・パーソンズ
チャーミングな15歳の女の子ジェスの3歳から友だちの男の子 「オトメノナヤミ」スー・リム著;野間けい子訳 講談社(講談社文庫) 2005年12月

### フレミング
バルセロナの下町に住むなかよし六人組のひとり、物づくりの天才で十歳の少年 「ピトゥスの動物園」サバスティア・スリバス著;宇野和美訳;スギヤマカナヨ絵 あすなろ書房 2006年12月

### フレンチー
十三歳の少女ルルの大親友、頭がさえてるおもしろい女の子 「夢をかなえて!ウィッシュ・チョコ―魔法のスイーツ大作戦3」フィオナ・ダンバー作;露久保由美子訳;千野えなが絵 フレーベル館 2007年2月

### フレンチー
十三歳の少女ルルの大親友、頭がさえてるおもしろい女の子 「恋のキューピッド・ケーキ―魔法のスイーツ大作戦2」フィオナ・ダンバー作;露久保由美子訳;千野えなが絵 フレーベル館 2006年11月

### フレンチー
十二歳の少女ルルの大親友、頭がさえてるおもしろい女の子 「ミラクル・クッキーめしあがれ!―魔法のスイーツ大作戦1」フィオナ・ダンバー作;露久保由美子訳;千野えなが絵 フレーベル館 2006年7月

### フロー
「ラクリッツ探偵団」のメンバー、カンのするどい少年 「ラクリッツ探偵団イエロー・ドラゴンのなぞ」ユリアン・プレス作・絵;荒川みひ訳 講談社 2006年3月

### ブロア
イギリスデヴォン州の孤島の邸宅にやってきた元ロンドン警視庁の警部 「そして誰もいなくなった」アガサ・クリスティー著;青木久惠訳 早川書房(クリスティー・ジュニア・ミステリ1) 2007年12月

### フロス
両親が離婚し平日は新しいお父さんと暮らしているが週末はカフェを経営する父親のもとですごしている女の子 「キャンディ・フロス」ジャクリーン・ウィルソン作;尾高薫訳 理論社 2007年12月

### プロスペロー
正統なミラノ大公、十二年前に弟とナポリ王の陰謀により無人の孤島でくらすはめになった魔法使い 「こどものためのテンペスト」ロイス・バーデット著;鈴木扶佐子訳 アートデイズ(シェイクスピアっておもしろい!) 2007年7月

### プロズロー大佐　ぷろずろーたいさ
イギリスの静かな村セント・メアリ・ミードの牧師館で殺された退役大佐、村中からきらわれていた男 「牧師館の殺人―ミス・マープル最初の事件」アガサ・クリスティ作;茅野美ど里訳 偕成社(偕成社文庫) 2005年4月

### ブロム
ドラゴンライダーの歴史を知る年老いた語り部、少年・エラゴンの魔法と剣術の師 「エラゴン 遺志を継ぐ者(ドラゴンライダー2)」クリストファー・パオリーニ著;大嶌双恵訳 ヴィレッジブックス 2006年10月

241

ぶろむ

## ブロム
ドラゴンライダーやアラゲイジア帝国の歴史を知る語り部、白馬で旅をする老人 「エラゴン遺志を継ぐ者(ドラゴンライダー1)」 クリストファー・パオリーニ著;大嶌双恵訳 ヴィレッジブックス 2006年1月

## フローラ・バーンズ(フロス)
両親が離婚し平日は新しいお父さんと暮らしているが週末はカフェを経営する父親のもとですごしている女の子 「キャンディ・フロス」 ジャクリーン・ウィルソン作;尾高薫訳 理論社 2007年12月

## フローリア
ジェダイ修行生アナキンがラグーン6で出会った少女 「スター・ウォーズ/ジェダイ・クエスト2 師弟のきずな」 ジュード・ワトソン著;西村和子訳 オークラ出版(LUCAS BOOKS) 2006年12月

## フローリーおばちゃん
お金持ちから盗み貧しい人たちに恵む盗賊団"しわくちゃ団"のひとり、元レーサーのおばあちゃん 「ハリーとしわくちゃ団」 アラン・テンパリー作;日当陽子訳 評論社(評論社の児童図書館・文学の部屋) 2007年11月

## フローレンス・クレイ
イギリスの海運王・ウォープルスドン卿の娘、スティープル・バンプレイに住む作家 「ジーヴスと朝のよろこび」 P.G.ウッドハウス著;森村たまき訳 国書刊行会(ウッドハウス・コレクション) 2007年4月

## プンプ
まったく性格の違う魔女姉妹の妹、"たこあげ大会"で優勝するために大きいたこをつくりはじめた魔女 「ちっちゃな魔女3 プンプとツッカの秋便り」 アンネッテ・ヘアツォーク作;ユッタ・ガールベルト絵;さとうのぶひろ訳 小峰書店 2006年10月

## プンプ
まったく性格の違う魔女姉妹の妹、夏休みに南の島ですごそうと計画している姉ツッカについていった魔女 「ちっちゃな魔女2 プンプとツッカの夏休み」 アンネッテ・ヘアツォーク作;ユッタ・ガールベルト絵;さとうのぶひろ訳 小峰書店 2006年7月

## プンプ
まったく性格の違う魔女姉妹の妹、冬支度のことをすこしも考えていなかった魔女 「ちっちゃな魔女1 プンプとツッカの冬日記」 アンネッテ・ヘアツォーク作;ユッタ・ガールベルト絵;さとうのぶひろ訳 小峰書店 2005年10月

## プンプ
まったく性格の違う魔女姉妹の妹、毎年春になると開かれる魔女山の魔女パーティに姉のツッカとでかけた魔女 「ちっちゃな魔女4 プンプとツッカの春祭り」 アンネッテ・ヘアツォーク作;ユッタ・ガールベルト絵;さとうのぶひろ訳 小峰書店 2007年4月

## プンポネル王　ぷんぽねるおう
古代動物・ウルメルを捕えようとティティブー島にやってきた小国プンポロニエンの国王 「ウルメル氷のなかから現われる(URMEL 1)」 マックス・クルーゼ作;エーリヒ・ヘレ絵;加藤健司訳 ひくまの出版 2005年1月

# 【へ】

## ペイサー
ニューメキシコ州にあるアンティロープの泉のまわりを行動圏としている野生ウマの群れのリーダー 「ペーシング・マスタング─自由のために走る野生ウマ」 アーネスト・トンプソン・シートン著;今泉吉晴訳 福音館書店(シートン動物記6) 2005年6月

べおる

### ベイズウォーターさん
ロンドンでくらす年配のロールスロイスの運転手、そうじ婦ハリスおばさんの友だち 「ハリスおばさん国会へ行く」 ポール・ギャリコ著;亀山龍樹訳 ブッキング(fukkan.com) 2005年6月

### ヘイスティングズ
イギリスで活躍しているベルギー人の私立探偵ポワロの友人 「ABC殺人事件」 アガサ・クリスティ作;百々佑利子訳 ポプラ社(ポプラポケット文庫) 2005年10月

### ヘイスティングズ大尉　へいすてぃんぐずたいい
私立探偵ポワロの友人、犯罪捜査の専門家 「名探偵ポワロとミス・マープル 4 安すぎるマンションの謎 ほか」 アガサ・クリスティー原作;新井眞弓訳;宮沢ゆかり絵 汐文社 2005年3月

### ヘイスティングズ大尉　へいすてぃんぐずたいい
私立探偵ポワロの友人、犯罪捜査の専門家 「名探偵ポワロとミス・マープル 6 西洋の星盗難事件 ほか」 アガサ・クリスティー原作;中尾明訳;宮沢ゆかり絵 汐文社 2005年3月

### ヘイズル
恐ろしいことが村を襲うと予言されたサンドルフォードを脱出することに決めたウサギたちの指導者 「ウォーターシップ・ダウンのウサギたち上下」 リチャード・アダムズ著;神宮輝夫訳 評論社(fantasy classics) 2006年9月

### ヘイゼル
地味な子グループから高校で一番人気のある女の子グループのメンバーになった少女 「プリティ・リトル・デビル」 ナンシー・ホルダー著;大谷真弓訳;鯨堂みさ帆絵 マッグガーデン 2006年12月

### ヘイナ
カッティラコスキ家のしっかり者の長女 「トルスティは名探偵(ヘイナとトッスの物語2)」 シニッカ・ノポラ&ティーナ・ノポラ作;末延弘子訳;佐古百美絵 講談社(青い鳥文庫) 2006年8月

### ヘイナ
カッティラコスキ家のしっかり者の長女 「麦わら帽子のヘイナとフェルト靴のトッス－なぞのいたずら犯人(ヘイナとトッスの物語)」 シニッカ・ノポラ&ティーナ・ノポラ作;末延弘子訳;佐古百美絵 講談社(青い鳥文庫) 2005年10月

### ヘイナ
カッティラコスキ家のしっかり者の長女、小学2年生 「大きいエルサと大事件(ヘイナとトッスの物語3)」 シニッカ・ノポラ&ティーナ・ノポラ作;末延弘子訳;佐古百美絵 講談社(青い鳥文庫) 2007年11月

### ヘイリー
フェアリーランドにいる七人のお天気の妖精たちのひとり、雨の妖精 「雨の妖精(フェアリー)ヘイリー(レインボーマジック)」 デイジー・メドウズ作;田内志文訳 ゴマブックス 2007年4月

### ベイン
ブライズタウンという町にある大聖堂の下に棲む古代の邪悪な霊 「魔使いの呪い(魔使いシリーズ)」 ジョゼフ・ディレイニー著;金原瑞人・田中亜希子訳 東京創元社(sogen bookland) 2007年9月

### ペイン
フロリダ諸島で暮らすタクシーの運転手で元釣り船の船長兼ガイド、ノアとアビーの父 「フラッシュ」 カール・ハイアセン著;千葉茂樹訳 理論社 2006年4月

### ベオルフ・ブロマンソン
少年アモスの親友、熊に変身できる動物人間の少年 「アモス・ダラゴン 10ふたつの軍団」 ブリアン・ペロー作;高野優監訳;宮澤実穂訳 竹書房 2007年4月

べおる

**ベオルフ・ブロマンソン**
少年アモスの親友、熊に変身できる動物人間の少年 「アモス・ダラゴン 11エーテルの仮面」 ブリアン・ペロー作;高野優監訳;河村真紀子訳 竹書房 2007年7月

**ベオルフ・ブロマンソン**
少年アモスの親友、熊に変身できる動物人間の少年 「アモス・ダラゴン 12運命の部屋」 ブリアン・ペロー作;高野優監訳;荷見明子訳 竹書房 2007年10月

**ベオルフ・ブロマンソン**
少年アモスの親友、熊に変身できる動物人間の少年 「アモス・ダラゴン 6エンキの怒り」 ブリアン・ペロー作;高野優監訳;荷見明子訳 竹書房 2006年3月

**ベオルフ・ブロマンソン**
少年アモスの親友、熊に変身できる動物人間の少年 「アモス・ダラゴン 7地獄の旅」 ブリアン・ペロー作;高野優監訳;野澤真理子訳 竹書房 2006年7月

**ベオルフ・ブロマンソン**
少年アモスの親友、熊に変身できる動物人間の少年 「アモス・ダラゴン 8ペガサスの国」 ブリアン・ペロー作;高野優監訳;臼井美子訳 竹書房 2006年10月

**ベオルフ・ブロマンソン**
少年アモスの親友、熊に変身できる動物人間の少年 「アモス・ダラゴン 9黄金の羊毛」 ブリアン・ペロー作;高野優監訳;橘明美訳 竹書房 2006年12月

**ベオルフ・ブロマンソン**
動物人間(オマニマル)の熊に変身できる熊族(ベオリット)の少年 「アモス・ダラゴン1 仮面を持つ者」 ブリアン・ペロー作;高野優監訳;野澤真理子訳 竹書房 2005年6月

**ベオルフ・ブロマンソン**
動物人間(オマニマル)の熊に変身できる熊族(ベオリット)の少年、「仮面を持つ者」のアモスの親友 「アモス・ダラゴン2 ブラハの鍵」 ブリアン・ペロー作;高野優監訳;臼井美子訳 竹書房 2005年7月

**ベオルフ・ブロマンソン**
動物人間(オマニマル)の熊に変身できる熊族(ベオリット)の少年、「仮面を持つ者」のアモスの親友 「アモス・ダラゴン3 神々の黄昏」 ブリアン・ペロー作;高野優監訳;橘明美訳 竹書房 2005年8月

**ベオルフ・ブロマンソン**
動物人間(オマニマル)の熊に変身できる熊族(ベオリット)の少年、「仮面を持つ者」のアモスの親友 「アモス・ダラゴン4 フレイヤの呪い」 ブリアン・ペロー作;高野優監訳;宮澤実穂訳 竹書房 2005年1月

**ベオルフ・ブロマンソン**
動物人間(オマニマル)の熊に変身できる熊族(ベオリット)の少年、「仮面を持つ者」のアモスの親友 「アモス・ダラゴン5 エル・バブの塔」 ブリアン・ペロー作;高野優監訳;河村真紀子訳 竹書房 2005年12月

**ペガサス**
かつてはエイミーの名騎手だった父とともに素晴らしい障害飛越の馬として知られていた馬 「強い絆ーハートランド物語」 ローレン・ブルック著;勝浦寿美訳 あすなろ書房 2007年1月

**ベーカー先生　べーかーせんせい**
特別企画のドライブ・ホラーバスツアーにクラスの子どもたちと参加した先生 「ホラーバス1・2」 パウル・ヴァン・ローン作;岩井智子訳;浜野史子絵 学研 2007年7月

**ペギー**
学校一の人気者で見た目もきれいな女の子、ポーランド移民の貧しい女の子・ワンダのクラスメート 「百まいのドレス」 エレナー・エスティス作;石井桃子訳 岩波書店 2006年11月

へくら

### ペギー・スー・フェアウェイ
お化けたちをただひとり見ることができる14歳の少女 「ペギー・スー 3幸福を運ぶ魔法の蝶」 セルジュ・ブリュソロ著;金子ゆき子訳 角川書店(角川文庫) 2005年11月

### ペギー・スー・フェアウェイ
お化けたちをただひとり見ることができる14歳の少女 「ペギー・スー1魔法の瞳をもつ少女」 セルジュ・ブリュソロ著;金子ゆき子訳 角川書店(角川文庫) 2005年7月

### ペギー・スー・フェアウェイ
この世でただひとり魔法の力を瞳に宿した14歳の少女 「ペギー・スー 2蜃気楼の国へ飛ぶ」 セルジュ・ブリュソロ著;金子ゆき子訳 角川書店(角川文庫) 2005年9月

### ペギー・スー・フェアウェイ
地球の外からやってきた「見えざる者」が見えるただ一人の人間で十四歳の少女 「ペギー・スー6宇宙の果ての惑星怪物」 セルジュ・ブリュソロ著;金子ゆき子訳 角川書店(角川文庫) 2006年12月

### ペギー・スー・フェアウェイ
地球の外からやってきた「見えざる者」が見えるただ一人の人間で十四歳の少女 「ペギー・スー6宇宙の果ての惑星怪物」 セルジュ・ブリュソロ著;金子ゆき子訳;町田尚子絵 角川書店 2005年3月

### ペギー・スー・フェアウェイ
地球の外からやって来た〈みえざる者〉を見ることができる14歳の少女 「ペギー・スー5黒い城の恐ろしい謎」 セルジュ・ブリュソロ著;金子ゆき子訳 角川書店(角川文庫) 2006年6月

### ペギー・スー・フェアウェイ
地球外生命体の「見えざる者」が見えるただ一人の人間で十四歳の少女 「ペギー・スー7ドラゴンの涙と永遠の魔法」 セルジュ・ブリュソロ著;金子ゆき子訳;町田尚子絵 角川書店 2007年1月

### ペギー・スー・フェアウェイ
地球外生命体の「見えざる者」が見えるただ一人の人間で十四歳の少女 「ペギー・スー8赤いジャングルと秘密の学校」 セルジュ・ブリュソロ著;金子ゆき子訳;町田尚子絵 角川書店 2007年7月

### ペギー・スー・フェアウェイ
魔法の瞳でお化けを退治する14歳の少女 「ペギー・スー 4魔法にかけられた動物園」 セルジュ・ブリュソロ著;金子ゆき子訳 角川書店(角川文庫) 2006年3月

### ヘクター・ド・シルヴァ
霊能者のスザンナの家にとりついている百五十年前に死んだらしい超ハンサムなゴースト 「メディエータ 2 キスしたら、霊界?」 メグ・キャボット作;代田亜香子訳 理論社 2005年6月

### ヘクター・ド・シルヴァ
霊能者のスザンナの家にとりついている百五十年前に死んだらしい超ハンサムなゴースト 「メディエータ ゴースト、好きになっちゃった」 メグ・キャボット作;代田亜香子訳 理論社 2005年4月

### ヘクター・ド・シルヴァ
霊能力者のスザンナと恋に落ちた百五十年前に死んだらしい超ハンサムなゴースト 「メディエータ 3 サヨナラ、愛しい幽霊」 メグ・キャボット作;代田亜香子訳 理論社 2006年2

### ヘクラ
金属的なひびきの鳴き声をもつ猟犬として最高の性質をもった犬 「シルバーフォックス・ドミノーあるキツネの家族の物語」 アーネスト・トンプソン・シートン著;今泉吉晴訳 福音館書店(シートン動物記7) 2005年6月

へざ

## ヘザー
フェアリーランドで呪いをかけられて追放された虹の妖精のひとり、むらさきの妖精 「むらさきの妖精(フェアリー)ヘザー (レインボーマジック)」 デイジー・メドウズ作;田内志文訳 ゴマブックス 2006年11月

## ヘザー
霊能者のスザンナが転校した「ユニペロ・セラ・アカデミー」に通っていた少女、死んだばかりのゴースト 「メディエータ0 episode1 天使は血を流さない」 メグ・キャボット作;代田亜香子訳 理論社 2007年8月

## ベサニー・ハミルトン
ハワイ州カウアイ島沖でサメに襲われ左腕を失ってもプロサーファーを目指す十三歳の少女 「ソウル・サーファー」 ベサニー・ハミルトン著;鹿田昌美訳 ソニー・マガジンズ 2005年3月

## ペザント
ドラムの上手い十三歳の男の子、白血病の八歳年下の弟・ジェフリーの兄 「ちいさな天使とデンジャラス・パイ」 ジョーダン・ソーネンブリック著;池内恵訳 主婦の友社 2006年6月

## ベス
マーチ家四人姉妹の三女、内気で人見知りな十三歳の少女 「若草物語」 ルイザ・メイ・オルコット作;小林みき訳 ポプラ社(ポプラポケット文庫) 2006年6月

## ベス
妖精の谷ピクシー・ホロウでいちばん売れっ子の画家、芸術の妖精 「ベスの最高傑作」 ララ・ベルゲン作;小宮山みのり訳;ディズニーストーリーブックアーティストグループ絵 講談社(ディズニーフェアリーズ文庫) 2006年11月

## ペスキー
妖精の王国『フェアリー・レルム』に住むやっかいな妖精、物ごとをすべてめちゃくちゃにするいたずらもの 「フェアリー・レルム 9 空色の花」 エミリー・ロッダ著;岡田好恵訳;仁科幸子絵 童心社 2007年7月

## ヘスター
クワの木の上でいとこのコーラと住んでいるむらさき色のおばあさんアマガエル 「ウォートンとモートンの大ひょうりゅう―ヒキガエルとんだ大冒険6」 ラッセル・E・エリクソン作;ローレンス・ディ・フィオリ絵;佐藤涼子訳 評論社(児童図書館・文学の部屋) 2007年11月

## ペーター
少女・ハイジの友だち、山の牧場でやぎに草を食べさせる少年 「アルプスの少女ハイジ」 ヨハンナ・スピリ作;池田香代子訳 講談社(青い鳥文庫) 2005年12月

## ベタメッシュ
体長ミリの種族ミニモイ王国の王子、王女セレニアの弟 「アーサーとふたつの世界の決戦」 リュック・ベッソン著;松本百合子訳 角川書店 2006年3月

## ベッカ
弟のダグラスとともに後見人の伯父の船で旅をするおてんばでガンコな15歳の少女 「秘密作戦レッドジェリコ 上下」 ジョシュア・モウル著;唐沢則幸訳 ソニー・マガジンズ 2006年5月

## ベッキー
少年キムの四歳の妹、手術後も眠り続けている少女 「メルヘンムーン」 ヴォルフガンク・ホールバイン作;ハイケ・ホールバイン作;平井吉夫訳 評論社 2005年10月

## ヘック
心に病をかかえるママとふたり暮らしをしている十三歳の少年 「ひとりぼっちのスーパーヒーロー」 マーティン・リーヴィット作;神戸万知訳 鈴木出版(鈴木出版の海外児童文学) 2006年4月

べっと

**ベック**
5世紀のアイルランドに住む生まれたときのこともいままでの人生で起きたすべてのことも完璧に記憶している少女 「デモナータ4幕 ベック」 ダレン・シャン作;橋本恵訳;田口智子画 小学館 2007年2月

**ベック**
アリのような小さな昆虫からクマのような大きな動物までどんな生き物とでもいっしょにいるのが好きな動物の妖精 「ベックとブラックベリー大戦争」 ローラ・ドリスコール作;小宮山みのり訳;ジュディス・ホームス・クラーク＆ディズニーストリーブックアーティストグループ絵 講談社(ディズニーフェアリーズ文庫) 2005年12月

**ベック**
魔法の島ネバーランドのあらゆる動物のことばがわかる動物の妖精 「海をわたったベック」 キンバリー・モリス作;小宮山みのり訳;デニース・シマブクロ＆ディズニーストリーブックアーティストグループ絵 講談社(ディズニーフェアリーズ文庫) 2006年11月

**ベック**
妖精の谷ピクシー・ホロウにやってきたばかりの動物の妖精 「ナイチンゲールの歌－ベックの物語」 ゲイル・ハーマン作;ディズニーストーリーブックアーティストグループ絵;小宮山みのり訳 講談社(ディズニーフェアリーズファンタジーブック) 2007年4月

**ベッシー・セッツァー**
保守的なユダヤ系アメリカ人家庭の母親、次男のマークが所属するリトルリーグの監督をする主婦 「ベーグル・チームの作戦」 E.L.カニグズバーグ作;松永ふみ子訳 岩波書店(岩波少年文庫) 2006年9月

**ベッチナ**
ベルドレーヌ家のオシャレと恋に大忙しな三女、ミーハーな十三歳の少女 「ベルドレーヌ四季の物語 夏のマドモアゼル」 マリカ・フェルジュク作;ドゥボーヴ・陽子訳 ポプラ社(ポプラポケット文庫) 2007年7月

**ベッチナ**
ベルドレーヌ家のオシャレと恋に大忙しな三女、ミーハーな十三歳の少女 「ベルドレーヌ四季の物語 秋のマドモアゼル」 マリカ・フェルジュク作;ドゥボーヴ・陽子訳 ポプラ社(ポプラポケット文庫) 2006年11月

**ベッチナ**
ベルドレーヌ家のオシャレと恋に大忙しな三女、ミーハーな十三歳の少女 「ベルドレーヌ四季の物語 春のマドモアゼル」 マリカ・フェルジュク作;ドゥボーヴ・陽子訳 ポプラ社(ポプラポケット文庫) 2007年4月

**ベッチナ**
ベルドレーヌ家のオシャレと恋に大忙しな三女、ミーハーな十三歳の少女 「ベルドレーヌ四季の物語 冬のマドモアゼル」 マリカ・フェルジュク作;ドゥボーヴ・陽子訳 ポプラ社(ポプラポケット文庫) 2007年2月

**ペッテリ**
カッティラコスキ家の男の子、ヘイナとトッスの弟 「トルスティは名探偵(ヘイナとトッスの物語2)」 シニッカ・ノポラ＆ティーナ・ノポラ作;末延弘子訳;佐古百美絵 講談社(青い鳥文庫) 2006年8月

**ペッテリ**
カッティラコスキ家の男の子、ヘイナとトッスの弟 「大きいエルサと大事件(ヘイナとトッスの物語3)」 シニッカ・ノポラ＆ティーナ・ノポラ作;末延弘子訳;佐古百美絵 講談社(青い鳥文庫) 2007年11月

**ベット**
川辺の家にひとりで暮らしているフランクリンさんからモグラに本を朗読する仕事をたのまれた少女 「川べのちいさなモグラ紳士」 フィリパ・ピアス作;猪熊葉子訳 岩波書店 2005年5月

247

べっぽ

## ベッポ
道路掃除夫 「モモ」 ミヒャエル・エンデ作;大島かおり訳 岩波書店(岩波少年文庫)
2005年6月

## ベティ・ベント
「イレギュラーズ」のメンバー、変装の名人 「キキ・ストライクと謎の地下都市」 キルステン・
ミラー作;三辺律子訳 理論社 2006年12月

## ペティボーン博士(ティタス・ペティボーン)　ぺてぃぼーんはくし(てぃたすぺてぃぼーん)
「ピッカーリング自然史博物館」の化石部門の責任者、有名な化石の科学者 「恐竜のなぞ
(ボックスカー・チルドレン44)」 ガートルード・ウォーナー原作;小中セツ子訳 日向房
2007年2月

## ヴェードゥア
地底に住むメドレヴィング人で十三歳のニースの父親、ある日突然姿を消した発明家 「メ
ドレヴィング 地底からの小さな訪問者」 キルステン・ボイエ著;長谷川弘子訳 三修社
2006年5月

## ベトニー
異界で貧乏な田舎暮らしをしている三人きょうだいの末っ子、薬草まじない師を営む家に
生まれたタングル族の女の子 「フェリックスと異界の伝説1 羽根に宿る力」 エリザベス・ケイ
作;片岡しのぶ訳;佐竹美保画 あすなろ書房 2005年3月

## ベトニー
異界の田舎育ちのタングル族の少女、薬草まじない師を営む家に生まれた三人きょうだい
の末っ子 「フェリックスと異界の伝説2 世にも危険なパズル」 エリザベス・ケイ作;片岡しの
ぶ訳;佐竹美保画 あすなろ書房 2005年7月

## ベトニー
異界の田舎育ちのタングル族の少女、薬草まじない師を営む家に生まれた三人きょうだい
の末っ子 「フェリックスと異界の伝説3 禁断の呪文」 エリザベス・ケイ作;片岡しのぶ訳;佐
竹美保画 あすなろ書房 2006年3月

## ペトルス
不良少年団の団長、百年ほど前にクリンゲル国にいたクローカ博士の息子 「クローカ博士
の発明」 エルサ・ベスコフ作・絵;小野寺百合子訳 ブッキング(fukkan.com) 2006年5月

## ベニー
ニューヨークの街で暮らすリス、動物園のライオン・サムソンの親友 「ライアンを探せ!」 ア
イリーン・トリンブル作;しぶやまさこ訳 偕成社(ディズニーアニメ小説版) 2006年11月

## ベニー
両親が死んでボックスカーでくらしていたことがあるオールデンきょうだいの六さいの男の子
「うたうゆうれいのなぞ(ボックスカー・チルドレン31)」 ガートルード・ウォーナー原作;小野
玉央訳 日向房 2005年3月

## ベニー
両親が死んでボックスカーでくらしていたことがあるオールデンきょうだいの六さいの男の子
「カヌーのなぞ(ボックスカー・チルドレン40)」 ガートルード・ウォーナー原作;小中セツ子
訳 日向房 2006年8月

## ベニー
両親が死んでボックスカーでくらしていたことがあるオールデンきょうだいの六さいの男の子
「さんごしょうのなぞ(ボックスカー・チルドレン41)」 ガートルード・ウォーナー原作;小野玉
央訳 日向房 2006年11月

## ベニー
両親が死んでボックスカーでくらしていたことがあるオールデンきょうだいの六さいの男の子
「ステージのなぞ(ボックスカー・チルドレン43)」 ガートルード・ウォーナー原作;小野玉央
訳 日向房 2007年2月

べにす

**ベニー**
両親が死んでボックスカーでくらしていたことがあるオールデンきょうだいの六さいの男の子
「すみれ色のプールのなぞ(ボックスカー・チルドレン38)」 ガートルード・ウォーナー原作
;小中セツ子訳 日向房 2006年4月

**ベニー**
両親が死んでボックスカーでくらしていたことがあるオールデンきょうだいの六さいの男の子
「ドッグショーのなぞ(ボックスカー・チルドレン35)」 ガートルード・ウォーナー原作;小野玉
央訳 日向房 2005年12月

**ベニー**
両親が死んでボックスカーでくらしていたことがあるオールデンきょうだいの六さいの男の子
「ドラモンド城のなぞ(ボックスカー・チルドレン36)」 ガートルード・ウォーナー原作;小野
玉央訳 日向房 2005年12月

**ベニー**
両親が死んでボックスカーでくらしていたことがあるオールデンきょうだいの六さいの男の子
「ネコのなぞ(ボックスカー・チルドレン42)」 ガートルード・ウォーナー原作;小野玉央訳
日向房 2006年11月

**ベニー**
両親が死んでボックスカーでくらしていたことがあるオールデンきょうだいの六さいの男の子
「ピザのなぞ(ボックスカー・チルドレン33)」 ガートルード・ウォーナー原作;小中セツ子訳
日向房 2005年8月

**ベニー**
両親が死んでボックスカーでくらしていたことがあるオールデンきょうだいの六さいの男の子
「ゆうれい船のなぞ(ボックスカー・チルドレン39)」 ガートルード・ウォーナー原作;小野玉
央訳 日向房 2006年8月

**ベニー**
両親が死んでボックスカーでくらしていたことがあるオールデンきょうだいの六さいの男の子
「恐竜のなぞ(ボックスカー・チルドレン44)」 ガートルード・ウォーナー原作;小中セツ子訳
日向房 2007年2月

**ベニー**
両親が死んでボックスカーでくらしていたことがあるオールデンきょうだいの六さいの男の子
「消えた村のなぞ(ボックスカー・チルドレン37)」 ガートルード・ウォーナー原作;小野玉央
訳 日向房 2006年4月

**ベニー**
両親が死んでボックスカーでくらしていたことがあるオールデンきょうだいの六さいの男の子
「雪まつりのなぞ(ボックスカー・チルドレン32)」 ガートルード・ウォーナー原作;小中セツ
子訳 日向房 2005年3月

**ベニー**
両親が死んでボックスカーでくらしていたことがあるオールデンきょうだいの六さいの男の子
「馬のなぞ(ボックスカー・チルドレン34)」 ガートルード・ウォーナー原作;小野玉央訳 日
向房 2005年8月

**ペニー**
舞台女優を夢みている足が悪いが利発な少女、せせらぎ荘に越してきたスーザンの親友
「この湖にボート禁止」 ジェフリー・トリーズ作;多賀京子訳;リチャード・ケネディ画 福音館
書店(福音館文庫) 2006年6月

**ベニー・スピンクス**
イギリスのお金持ちで有名人の子ども、自分とそっくりで平凡な男の子ビルと一日だけ入れ
かわることにした少年 「チェンジ!-ぼくたちのとりかえっこ大作戦」 アレックス・シアラー著
;奥野節子訳;佐々木ひとみ訳 ダイヤモンド社 2005年9月

ぺねろ

### ペネロピー・モーチャード(ペニー)
舞台女優を夢みている足が悪いが利発な少女、せせらぎ荘に越してきたスーザンの親友
「この湖にボート禁止」ジェフリー・トリーズ作;多賀京子訳;リチャード・ケネディ画 福音館
書店(福音館文庫) 2006年6月

### ペネロペメニュート
十三歳の少女・ラチェットの遠縁の親戚の双子のおばあさんの一人、メイン州に住んでいる
丸々太った陽気な人「ブルーベリー・ソースの季節」ポリー・ホーヴァート著;目黒条訳
早川書房(ハリネズミの本箱) 2005年5月

### ベノー
内気な少年アーサーのいとこのそっくりな双子「ポティラ妖精と時間泥棒」コルネーリア・
フンケ著;浅見昇吾訳 WAVE出版 2007年11月

### 蛇　へび
ゲームの世界・カラザンの町の大聖堂にいるという蛇、魔法の薬の守り番「カラザン・クエス
ト1」V.M.ジョーンズ作;田中奈津子訳;小松良佳絵 講談社 2005年4月

### ベラ
ジェシーの妖精の王国のもと女王である祖母のいとこ、妖精の王国をのっとろうとしてアウト
ランドに追放された邪悪なもの「フェアリー・レルム 6 夢の森のユニコーン」エミリー・ロッ
ダ著;岡田好惠訳;仁科幸子絵 童心社 2006年7月

### ベラ
マーサねえさんのめいっ子、しあわせの国にある人形の家「バラやしき」へやってきた人形
の女の子「ふしぎなロシア人形バーバ」ルース・エインズワース作;ジョーン・ヒクソン画
福音館書店(世界傑作童話シリーズ) 2007年1月

### ヴェラ・エリザベス・クレイソーン
イギリスデヴォン州の孤島の邸宅に招待されやってきた体育教師「そして誰もいなくなっ
た」アガサ・クリスティー著;青木久惠訳 早川書房(クリスティー・ジュニア・ミステリ1) 2007
年12月

### ヘラクレス
大火事にかけつける小さいけれどがんばりやのしょうぼうポンプ車「がんばれヘラクレス」
ハーディー・グラマトキーさく;わたなべしげおやく 学習研究社(グラマトキーののりものどう
わ) 2005年11月

### ヴェラスケス
マドリードの宮廷画家、画家の親方で巨匠「宮廷のバルトロメ」ラヘル・ファン・コーイ作;
松沢あさか訳 さ・え・ら書房 2005年4月

### ベラナバス
魔術同盟設立者、悪魔と人間のハーフで1000年ほど前から生きている老人「デモナータ2
幕 悪魔の盗人」ダレン・シャン作;橋本恵訳;田口智子画 小学館 2006年2月

### ベラミー
ジュネーヴにある国際機関の通訳サービスの責任者、言語障害にかかった男「通訳」
ディエゴ・マラーニ著;橋本勝雄訳 東京創元社(海外文学セレクション) 2007年11月

### ベリー
自動車博物館で不思議なバスに乗りこんだ四人の子どものうちのひとり「ホラーバス 呪
われた部屋1・2」パウル・ヴァン・ローン作;岩井智子訳;浜野史子絵 学研 2007年12月

### ヘリオトロープ先生　へりおとろーぷせんせい
古い領主館にひきとられた孤児マリアの家庭教師「まぼろしの白馬」エリザベス・グージ
作;石井桃子訳 岩波書店(岩波少年文庫) 2007年1月

### ヘリカーン
地底に追放された魔法使い、生まれたばかりのホリーの胸に冷たい氷の心臓をうめこんだ邪悪な大魔法使い 「ホリー・クロースの冒険」 ブリトニー・ライアン 著;永瀬比奈訳 早川書房 (ハリネズミの本箱) 2006年11月

### ペリカン
キリンとサルと一緒に「はしご不用窓ふき会社」を始めたペリカン 「ロアルド・ダールコレクション15 こちらゆかいな窓ふき会社」 ロアルド・ダール 著クェンティン・ブレイク絵;清水奈緒子訳 評論社 2005年7月

### ペリー・D　ペリーでぃー
ある植民惑星のお金持ちの家で育った高校生、家族に秘密で日記を書いた女の子 「ペリー・Dの日記」 L.J.アドリントン作;菊池由美訳 ポプラ社(ポプラ・リアル・シリーズ) 2006年5月

### ベル
十八になる村一番の美人、本ばかり読んでいる変わり者で発明家の娘 「美女と野獣」ボーモン夫人原作;竹内みどり訳 汐文社(ディズニープリンセス6姫の夢物語) 2007年1月

### ペール・ウルフソン
親友のヒルデの家で農場を手伝いながら暮らしている十五歳の少年 「トロール・ミル 上 不気味な警告」 キャサリン・ラングリッシュ作;金原瑞人訳;杉田七重訳 あかね書房 2005年11月

### ペール・ウルフソン
水車小屋を復活させトロール山の粉ひきとして自立して生きていこうと決心した十五歳の少年 「トロール・ミル 下 ふたたび地底王国へ」 キャサリン・ラングリッシュ作;金原瑞人訳;杉田七重訳 あかね書房 2005年11月

### ペール・ウルフソン
父親を亡くしトロールズビークの水車小屋の粉ひきの叔父たちにひきとられた少年 「トロール・フェル 下 地獄王国への扉」 キャサリン・ラングリッシュ作;金原瑞人訳;杉田七重訳 あかね書房 2005年2月

### ペール・ウルフソン
父親を亡くしトロールズビークの水車小屋の粉ひきの叔父たちにひきとられた少年 「トロール・フェル 上 金のゴブレットのゆくえ」 キャサリン・ラングリッシュ作;金原瑞人訳;杉田七重訳 あかね書房 2005年2月

### ヘルガ・アリプッラ
カッティラコスキ家のお隣さん、アリプッラ姉妹のひとり 「トルスティは名探偵(ヘイナとトッスの物語2)」 シニッカ・ノポラ&ティーナ・ノポラ作;末延弘子訳;佐古百美絵 講談社(青い鳥文庫) 2006年8月

### ヘルガ・アリプッラ
カッティラコスキ家のお隣さん、アリプッラ姉妹のひとり 「大きいエルサと大事件(ヘイナとトッスの物語3)」 シニッカ・ノポラ&ティーナ・ノポラ作;末延弘子訳;佐古百美絵 講談社(青い鳥文庫) 2007年11月

### ヘルガ・アリプッラ
カッティラコスキ家のお隣さん、アリプッラ姉妹のひとり 「麦わら帽子のヘイナとフェルト靴のトッス―なぞのいたずら犯人(ヘイナとトッスの物語)」 シニッカ・ノポラ&ティーナ・ノポラ作;末延弘子訳;佐古百美絵 講談社(青い鳥文庫) 2005年10月

### ペルシア人　ぺるしあじん
エリック(オペラ座の怪人)を見るペルシア人 「オペラ座の怪人」 G.ルルー作;K.マクマラン文;岡部史訳;北山真理絵 金の星社(フォア文庫) 2005年3月

ぺるせ

## ペルセウス
海神ポセイドンと人間の母親の間に生まれた半神半人のハーフ、難読症とADHDと診断されている十二歳の少年 「パーシー・ジャクソンとオリンポスの神々 1盗まれた雷撃」リック・リオーダン作;金原瑞人訳 ほるぷ出版 2006年4月

## ペルセウス・ジャクソン
海神ポセイドンと人間の母親の間に生まれた半神半人のハーフ、十四歳の少年 「パーシー・ジャクソンとオリンポスの神々 3タイタンの呪い」リック・リオーダン作;金原瑞人訳;小林みき訳 ほるぷ出版 2007年12月

## ヘルダー
新しく少女エマの家にやってきたかっこいい大きなシェパード 「シェフィーがいちばん」カート・フランケン文;マルテイン・ファン・デル・リンデン絵;野坂悦子訳 BL出版 2007年12

## ベルチーナ姫　べるちーなひめ
花むこをさがしている億万長者の王女さま 「ドラゴン・スレイヤー・アカデミー 4 ウィリーのけっこん!?」ケイト・マクミュラン作;神戸万知訳;舵真秀斗絵 岩崎書店 2005年1月

## ベルトラン・レセップス
道路に落ちていた人形・カーリーをひろった船乗り学校に通うフランス人の少年 「帰ってきた船乗り人形」ルーマー・ゴッデン作;おびかゆうこ訳;たかおゆうこ絵 徳間書店 2007年4月

## ヘルムート・ゲープハルト
一九一八年のベルリン市ヴェディンク地区で一番貧しいアッカー通り三十七番地に暮らしていた十三歳の少年 「ベルリン1919」クラウス・コルドン作;酒寄進一訳 理論社 2006年2月

## ヘレ（ヘルムート・ゲープハルト）
一九一八年のベルリン市ヴェディンク地区で一番貧しいアッカー通り三十七番地に暮らしていた十三歳の少年 「ベルリン1919」クラウス・コルドン作;酒寄進一訳 理論社 2006年2月

## ヘレナ
親友ハーミアの結婚相手・ディミートリアスに恋している娘 「こどものための夏の夜のゆめ」ロイス・バーデット著;鈴木扶佐子訳 アートデイズ(シェイクスピアっておもしろい!) 2007年6月

## ヘレン
コールドハーバーに住んでいる他人の心が読める力がそなわった少女 「シルバーチャイルド 2 怪物ロアの襲来」クリフ・マクニッシュ作;金原瑞人訳 理論社 2006年5月

## ヘレン
コールドハーバーに住んでいる他人の心が読める力がそなわった少女 「シルバーチャイルド 3 目覚めよ! 小さき戦士たち」クリフ・マクニッシュ作;金原瑞人訳 理論社 2006年6月

## ヘレン
荒れはてたゴミの街・コールドハーバーへとつぜんめざしはじめた六人の子どもの一人、他人の心が読める力がそなわった少女 「シルバーチャイルド 1 ミロと6人の守り手」クリフ・マクニッシュ作;金原瑞人訳 理論社 2006年4月

## ヘレン・リディ
息子のJJに四十六歳の誕生日プレゼントに時間が欲しいとリクエストした母親 「時間のない国で 上下」ケイト・トンプソン著;渡辺庸子訳 東京創元社(sogen bookland) 2006年11月

## ヴェン
魔法の宮殿「ライズ」に住む孤独なプリンス 「ウルフ・タワー 第二話 ライズ 星の継ぎ人たち」タニス・リー著;中村浩美訳 産業編集センター 2005年3月

べんす

### ヴェン
魔法の宮殿「ライズ」のプリンス、ハルタ族の元リーダー・アルグルの異父兄弟 「ウルフ・タワー 最終話 翼を広げたプリンセス」 タニス・リー著;中村浩美訳 産業編集センター 2005年5月

### ベン
コンピューターゲームの中にとりこまれた中学生の男の子 「レベル４２ 再び子どもたちの街へ」 アンドレアス・シュリューター作;若松宣子訳 岩崎書店(新しい世界の文学) 2007年2月

### ベン
コンピューターゲームの中にとりこまれた中学生の男の子 「レベル４ 子どもたちの街」 アンドレアス・シュリューター作;若松宣子訳 岩崎書店(新しい世界の文学) 2005年9月

### ベン
姪のマックスを夏の間あずかることになったミンダワラに住むおじさん、エレナの夫 「マックス・レミースーパースパイ Mission1 時空マシーンを探せ!」 デボラ・アベラ作;ジョービー・マーフィー絵;三石加奈子訳 童心社 2007年10月

### ベン(ベンジャミン・クリストファー・アーノルド)
「ドッズ・ペット百貨店」で金色の目をしたネコに話しかけられた左右の目の色がちがう十二歳の少年 「アイドロン1 秘密の国の入り口」 ジェーン・ジョンソン作;神戸万知訳;佐野月美絵 フレーベル館 2007年11月

### ベン・ウェザスタッフ
メアリーがひきとられたイギリスのミスルスウェイト荘園の年老いた庭師 「秘密の花園 上下」 バーネット作;山内玲子訳 岩波書店(岩波少年文庫) 2005年3月

### ベンジャマン
ジジくさくて学校で目立たない小学生・シャルルの同級生 「よくいうよ、シャルル!」 ヴァンサン・キュヴェリエ作;シャルル・デュテルトル画;伏見操訳 くもん出版 2005年11月

### ベンジャマン
女運転手が運転するバスに乗って毎日通学している小学生の男の子 「バスの女運転手」 ヴァンサン・キュヴェリエ作;キャンディス・アヤット画;伏見操訳 くもん出版 2005年2月

### ベンジャミン卿　べんじゃみんきょう
孤児マリアをひきとった古い領主館に住む遠いいとこ 「まぼろしの白馬」 エリザベス・グージ作;石井桃子訳 岩波書店(岩波少年文庫) 2007年1月

### ベンジャミン・クリストファー・アーノルド
「ドッズ・ペット百貨店」で金色の目をしたネコに話しかけられた左右の目の色がちがう十二歳の少年 「アイドロン1 秘密の国の入り口」 ジェーン・ジョンソン作;神戸万知訳;佐野月美絵 フレーベル館 2007年11月

### ベン・シュースター
キャンピングカーに乗って空から落ちてきた本物のサンタクロースのユレブックに出会った少年 「サンタが空から落ちてきた」 コルネーリア・フンケ著;浅見昇吾訳 WAVE出版 2007年12月

### ベン・スディルマン
大規模な馬の飼育場から厩務員として厩舎ハートランドにやってきた十八歳の少年 「吹雪のあとで―ハートランド物語」 ローレン・ブルック著;勝浦寿美訳 あすなろ書房 2007年2月

### ベン・スディルマン
大規模な馬の飼育場から厩務員として厩舎ハートランドにやってきた十八歳の少年 「長い夜―ハートランド物語」 ローレン・ブルック著;勝浦寿美訳 あすなろ書房 2007年11月

へんだ

## ヘンダ先生　へんだせんせい
二年生のアレクのたんにん、学校も算数もきらいだと生徒にいった女の先生 「ヘンダ先生、算数できないの?―きょうもトンデモ小学校」 ダン・ガットマンさく;宮坂宏美やく;すずめくらぶ画 ポプラ社 2007年9月

## ペンドラゴン(ボビー・ペンドラゴン)
異なる時間と空間を行き来できる「第二地球」のスペース・トラベラー、悪の化身セイント・デインを追う十五歳の少年 「ペンドラゴン見捨てられた現実」 D.J.マクヘイル著;法村里絵訳　角川書店 2005年8月

## ペンドラゴン(ボビー・ペンドラゴン)
異なる時間と空間を行き来できる「第二地球」のスペース・トラベラー、悪の化身セイント・デインを追う十五歳の少年 「ペンドラゴン未来を賭けた戦い」 D.J.マクヘイル著;法村里絵訳　角川書店 2005年3月

## ヘンドリアリ
小人の女の子アリエッティのおじさん 「川をくだる小人たち」 メアリー・ノートン作;林容吉訳　岩波書店(岩波少年文庫) 2005年4月

## ペンペン(ペネロペメニュート)
十三歳の少女・ラチェットの遠縁の親戚の双子のおばあさんの一人、メイン州に住んでいる丸々太った陽気な人 「ブルーベリー・ソースの季節」 ポリー・ホーヴァート著;目黒条訳　早川書房(ハリネズミの本箱) 2005年5月

## ヘンリー
エイナールのとなりの農場の友だちヤコブのいとこ 「牛追いの冬」 マリー・ハムズン作;石井桃子訳　岩波書店(岩波少年文庫) 2006年2月

## ヘンリー
両親がアフリカに行ってしまったためマグノリアおばさんとピッグおばさんに面倒をみてもらうことになった十二歳の少年 「長すぎる夏休み」 ポリー・ホーヴァート著;目黒条訳　早川書房(ハリネズミの本箱) 2006年4月

## ヘンリー
両親が死んでボックスカーでくらしていたことがあるオールデンきょうだい十四さいの少年 「うたうゆうれいのなぞ(ボックスカー・チルドレン31)」 ガートルード・ウォーナー原作;小野玉央訳　日向房 2005年3月

## ヘンリー
両親が死んでボックスカーでくらしていたことがあるオールデンきょうだい十四さいの少年 「カヌーのなぞ(ボックスカー・チルドレン40)」 ガートルード・ウォーナー原作;小中セツ子訳　日向房 2006年8月

## ヘンリー
両親が死んでボックスカーでくらしていたことがあるオールデンきょうだい十四さいの少年 「さんごしょうのなぞ(ボックスカー・チルドレン41)」 ガートルード・ウォーナー原作;小野玉央訳　日向房 2006年11月

## ヘンリー
両親が死んでボックスカーでくらしていたことがあるオールデンきょうだい十四さいの少年 「ステージのなぞ(ボックスカー・チルドレン43)」 ガートルード・ウォーナー原作;小野玉央訳　日向房 2007年2月

## ヘンリー
両親が死んでボックスカーでくらしていたことがあるオールデンきょうだい十四さいの少年 「すみれ色のプールのなぞ(ボックスカー・チルドレン38)」 ガートルード・ウォーナー原作;小中セツ子訳　日向房 2006年4月

へんり

### ヘンリー
両親が死んでボックスカーでくらしていたことがあるオールデンきょうだい十四さいの少年
「ドッグショーのなぞ(ボックスカー・チルドレン35)」 ガートルード・ウォーナー原作;小野玉央訳 日向房 2005年12月

### ヘンリー
両親が死んでボックスカーでくらしていたことがあるオールデンきょうだい十四さいの少年
「ドラモンド城のなぞ(ボックスカー・チルドレン36)」 ガートルード・ウォーナー原作;小野玉央訳 日向房 2005年12月

### ヘンリー
両親が死んでボックスカーでくらしていたことがあるオールデンきょうだい十四さいの少年
「ネコのなぞ(ボックスカー・チルドレン42)」 ガートルード・ウォーナー原作;小野玉央訳 日向房 2006年11月

### ヘンリー
両親が死んでボックスカーでくらしていたことがあるオールデンきょうだい十四さいの少年
「ピザのなぞ(ボックスカー・チルドレン33)」 ガートルード・ウォーナー原作;小中セツ子訳 日向房 2005年8月

### ヘンリー
両親が死んでボックスカーでくらしていたことがあるオールデンきょうだい十四さいの少年
「ゆうれい船のなぞ(ボックスカー・チルドレン39)」 ガートルード・ウォーナー原作;小野玉央訳 日向房 2006年8月

### ヘンリー
両親が死んでボックスカーでくらしていたことがあるオールデンきょうだい十四さいの少年
「恐竜のなぞ(ボックスカー・チルドレン44)」 ガートルード・ウォーナー原作;小中セツ子訳 日向房 2007年2月

### ヘンリー
両親が死んでボックスカーでくらしていたことがあるオールデンきょうだい十四さいの少年
「消えた村のなぞ(ボックスカー・チルドレン37)」 ガートルード・ウォーナー原作;小野玉央訳 日向房 2006年4月

### ヘンリー
両親が死んでボックスカーでくらしていたことがあるオールデンきょうだい十四さいの少年
「雪まつりのなぞ(ボックスカー・チルドレン32)」 ガートルード・ウォーナー原作;小中セツ子訳 日向房 2005年3月

### ヘンリー
両親が死んでボックスカーでくらしていたことがあるオールデンきょうだい十四さいの少年
「馬のなぞ(ボックスカー・チルドレン34)」 ガートルード・ウォーナー原作;小野玉央訳 日向房 2005年8月

### ヘンリエッタ・シュライバー(シュライバー夫人) へんりえったしゅらいばー(しゅらいばーふじん)
ロンドンのそうじ婦ハリスおばさんの上とくいさん、ロンドンからニューヨークへ引っ越すことになった子どものいない中年のアメリカ人 「ハリスおばさんニューヨークへ行く」 ポール・ギャリコ著;亀山龍樹訳 ブッキング(fukkan.com) 2005年5月

### ヘンリエッタ・ポップルホフ
四年生のアリが遠足で行ったポップルホフ城をさまよう十さいくらいの女の子のゆうれい
「ランプの精リトル・ジーニー 4」 ミランダ・ジョーンズ作;宮坂宏美訳;サトウユカ絵 ポプラ社 2006年9月

### ヘンリー・ジキル博士 へんりーじきるはかせ
社交界の花形で有名人、悪魔のような人間ハイド氏のせわをしている博士 「ジキル博士とハイド氏」 ロバート・ルイス・スティーブンソン作;百々佑利子訳 ポプラ社(ポプラポケット文庫) 2006年12月

へんり

### ヘンリー・シュガー
父親の遺産で暮らす大金持ちの四十一歳の男、賭け事が大好きで働いたことがない独身男 「ロアルド・ダールコレクション7 奇才ヘンリー・シュガーの物語」 ロアルド・ダール著クェンティン・ブレイク絵;柳瀬尚紀訳 評論社 2006年10月

### ヘンリー・ハギンズ
ある日街角でやせこけた犬を拾った小学三年生の男の子 「がんばれヘンリーくん（ゆかいなヘンリーくんシリーズ）」 ベバリイ・クリアリー作;アラン・ティーグリーン画;松岡享子訳 学習研究社 2007年6月

### ヘンリー・ハギンズ
行くさきざきでさわぎをおこす犬アバラーを飼っている小学三年生の男の子 「ヘンリーくんとアバラー（ゆかいなヘンリーくんシリーズ）」 ベバリイ・クリアリー作;アラン・ティーグリーン画;松岡享子訳 学習研究社 2007年6月

### ヘンリー・ブラウン
ロンドンのそうじ婦ハリスおばさんのとなりの部屋の子、八歳の身よりのない不幸な少年 「ハリスおばさんニューヨークへ行く」 ポール・ギャリコ著;亀山龍樹訳 ブッキング (fukkan.com) 2005年5月

### ヘンリー・ユービーム
チャーリーとそっくりの少年、九十年前に学園から魔法のガラス玉で未来へ飛ばされた男の子 「時をこえる七色の玉（チャーリー・ボーンの冒険2）」 ジェニー・ニモ作;田中薫子訳;ジョン・シェリー絵 徳間書店 2006年2月

## 【ほ】

### ポアロ
豪華寝台列車オリエント急行で起きた殺人事件を調査することになったベルギー人の名探偵 「オリエント急行の殺人」 アガサ・クリスティー著;山本やよい訳 早川書房（クリスティー・ジュニア・ミステリ2） 2007年12月

### ホイッスラー
暑さにまいり南極にむかって出発すると少年フェランにうったえた動物園のジェンツー・ペンギン 「ワンホットペンギン」 J.リックス作;若林千鶴訳;むかいながまさ絵 文研出版（文研ブックランド） 2005年2月

### 牧師　ぼくし
イギリスの静かな村セント・メアリ・ミードにある牧師館の牧師 「牧師館の殺人―ミス・マープル最初の事件」 アガサ・クリスティ作;茅野美ど里訳 偕成社（偕成社文庫） 2005年4月

### ホクロのおじいさん
妖怪・ヌクテーばあさんのだんなと息子を殺した男、ソウルにいたおじいさん 「おばけのウンチ」 クォンジョンセン作;クォンムニ絵;片岡清美訳 汐文社（いま読もう!韓国ベスト読みもの） 2005年1月

### ホコリ指　ほこりゆび
火のショーをする曲芸人、再び故郷である闇の世界にもどった火噴き師 「魔法の文字」 コルネーリア・フンケ著;浅見昇吾訳 WAVE出版 2006年12月

### ヴォ・スペイダー（スペイダー）
スペース・トラベラーのボビーとともに悪の化身セイント・デインを追う少年、異次元空間「クローラル」のトラベラー 「ペンドラゴン未来を賭けた戦い」 D.J.マクヘイル著;法村里絵訳 角川書店 2005年3月

ぽにり

### ポック
クリスマスが近づくとやってくるいたずら好きの妖精ニッセ、百七十歳すぎの年より 「ニッセのポック」 オーレ・ロン・キアケゴー作;スベン・オットー絵;枇谷玲子訳 あすなろ書房 2006年11月

### ヴォックス・ヴァーリクス
商人連合議長兼新サンクタフラクス最高位学者、実権を奪われ酒びたりになった男 「崖の国物語6」 ポール・スチュワート作 クリス・リデル絵;唐沢則幸訳 ポプラ社(ポプラ・ウイング・ブックス) 2005年7月

### ボッセ
小さなやかまし村にすむ6人の子どもたちのひとり、中屋敷のリーサのにいさん 「やかまし村の子どもたち」 アストリッド・リンドグレーン作;大塚勇三訳 岩波書店(岩波少年文庫) 2005年6月

### ボッセ
小さなやかまし村にすむ6人の子どもたちのひとり、中屋敷のリーサのにいさん 「やかまし村の春・夏・秋・冬」 アストリッド・リンドグレーン作;大塚勇三訳 岩波書店(岩波少年文庫) 2005年12月

### ボッセ
小さなやかまし村にすむ6人の子どもたちのひとり、中屋敷のリーサのにいさん 「やかまし村はいつもにぎやか」 アストリッド・リンドグレーン作;大塚勇三訳 岩波書店(岩波少年文庫) 2006年12月

### ポッド
やかんにのって川をくだり新しい旅にでた小人の一家のおとうさん 「川をくだる小人たち」 メアリー・ノートン作;林容吉訳 岩波書店(岩波少年文庫) 2005年4月

### ポッド
母親を魔女狩りで失った幼い少年 「三番目の魔女」 レベッカ・ライザート著;森祐希子訳 ポプラ社 2007年5月

### ホッパー
イスラエル占領下のパレスチナの難民キャンプで暮らしている十三歳くらいのサッカー少年 「ぼくたちの砦」 エリザベス・レアード作;石谷尚子訳 評論社 2006年10月

### ポッピー
修道院広場で動く銅像というパフォーマンスをしている若く美しいダンサー 「スノードーム」 アレックス・シアラー著;石田文子訳 求龍堂 2005年1月

### ホッピー氏　ほっぴーし
定年退職後も孤独に一人暮らしをしている恥ずかしがり屋、真下に住む未亡人のシルバー夫人を愛する男 「ロアルド・ダールコレクション18 ことっとスタート」 ロアルド・ダール著 クェンティン・ブレイク絵;柳瀬尚紀訳 評論社 2006年3月

### ポティラ
侵入者に赤い帽子を盗まれ妖精の丘を占領されてしまった妖精の女王 「ポティラ妖精と時間泥棒」 コルネーリア・フンケ著;浅見昇吾訳 WAVE出版 2007年11月

### ボトリックス
ドレムの部族の族長のむすこ、ドレムの味方になってくれた少年 「太陽の戦士」 ローズマリ・サトクリフ作;猪熊葉子訳 岩波書店(岩波少年文庫) 2005年6月

### ボニー・リジー(リジー)
魔女のおばあさん・マザー・マルキンの孫、三十五くらいのほっそりした魔女 「魔使いの弟子(魔使いシリーズ)」 ジョゼフ・ディレイニー著;金原瑞人・田中亜希子訳 東京創元社(sogen bookland) 2007年3月

ほのり

## ホノリア・グローブ
シカゴの私立ペシュティゴ校七年生、生徒法廷の被告になったイライアスの幼なじみで生物や昆虫が好きな少女 「ニンジャ×ピラニア×ガリレオ」 グレッグ・ライティック・スミス作;小田島則子訳;小田島恒志訳 ポプラ社(ポプラ・リアル・シリーズ) 2007年2月

## ボーヒー
元気いっぱいのテリア、少女エマのちびっこでしりたがりやの飼い犬 「シェフィーがいちばん」 カート・フランケン文;マルテイン・ファン・デル・リンデン絵;野坂悦子訳 BL出版 2007年12月

## ボビー
十六歳の誕生日にガールフレンドのニアが妊娠したことを知った少年 「朝のひかりを待てるから」 アンジェラ・ジョンソン作;池上小湖訳 小峰書店(Y.A.Books) 2006年9月

## ボビー(ロバート・バーンズ)
イギリス北部の海辺の小さな田舎町に住む少年、上流階級の子どもたちが通うセイクリッド・ハート中学校の一年生 「火を喰う者たち」 デイヴィッド・アーモンド著;金原瑞人訳 河出書房新社 2005年1月

## ボビイ
クレア学院一年の新入生、いたずら好きで活発な男の子のような少女 「おちゃめなふたごの探偵ノート」 エニド・ブライトン作;佐伯紀美子訳 ポプラ社(ポプラポケット文庫) 2006年2月

## ボビー・ペンドラゴン
異なる時間と空間を行き来できる「第二地球」のスペース・トラベラー、悪の化身セイント・デインを追う十五歳の少年 「ペンドラゴン見捨てられた現実」 D.J.マクヘイル著;法村里絵訳 角川書店 2005年8月

## ボビー・ペンドラゴン
異なる時間と空間を行き来できる「第二地球」のスペース・トラベラー、悪の化身セイント・デインを追う十五歳の少年 「ペンドラゴン未来を賭けた戦い」 D.J.マクヘイル著;法村里絵訳 角川書店 2005年3月

## ボブ
家中をおそろしいほどきれいにピカピカにするいたずら好きのエルフたちのしわざになやまされている青年 「ボブとリリーといたずらエルフ」 エミリー・ロッダ作;深沢英介訳;宮崎耕平画 そうえん社(そうえん社フレッシュぶんこ) 2007年5月

## ボブ・ビッカスタフ
第二次世界大戦時英国の海辺の小さな町にいた少年、労働者の息子 「禁じられた約束」 ロバート・ウェストール作;野沢佳織訳 徳間書店(Westall collection) 2005年1月

## ホミリー
やかんにのって川をくだり新しい旅にでた小人の一家のおかあさん 「川をくだる小人たち」 メアリー・ノートン作;林容吉訳 岩波書店(岩波少年文庫) 2005年4月

## ボラース
少年キムの妹を捕らえているメルヘンムーンという国の悪の魔法使い 「メルヘンムーン」 ヴォルフガンク・ホールバイン作;ハイケ・ホールバイン作;平井吉夫訳 評論社 2005年10月

## ホリー
フェアリーランドのクリスマスの妖精、クリスマスを楽しくするフェアリー 「クリスマスの妖精(フェアリー)ホリー(レインボーマジック)」 デイジー・メドウズ作;田内志文訳 ゴマブックス 2007年11月

## ポリー
チリアン王がひきあわされた年上の姫、ディゴリー卿とともにナルニア国にきた人 「さいごの戦い(ナルニア国ものがたり7)」 C.S.ルイス作;瀬田貞二訳 岩波書店 2005年10月

258

ぽるす

### ポリー
フェアリーランドにいる七人のパーティの妖精たちのひとり、お楽しみの妖精 「お楽しみの妖精（フェアリー）ポリー（レインボーマジック）」デイジー・メドウズ作;田内志文訳 ゴマブックス 2007年8月

### ホリー・アンダーソン
親友のマッドとリナとともにローズウッド高校に通う二年生、水泳部のロブとつきあっている女の子 「ガールズ・ハート」ナタリー・スタンディフォード著;代田亜香子訳 主婦の友社 2006年10月

### ボーリガード・ブルースター
州で有名なトライアスロンレースに出場するため日々過酷なトレーニングを続けている十七歳の少年 「アイアンマン」クリス・クラッチャー作;金原瑞人訳;西田登訳 ポプラ社（ポプラ・リアル・シリーズ） 2006年3月

### ホリー・クロース
不死の国「とこしえ」の王の娘、邪悪な魔法使いのヘリカーンに氷の心臓をうめこまれたお姫様 「ホリー・クロースの冒険」ブリトニー・ライアン著;永瀬比奈訳 早川書房（ハリネズミの本箱） 2006年11月

### ホリー・ショート
エルフ、妖精社会における警察組織「地底警察」の探偵隊に所属している初の女性警官 「アルテミス・ファウル―オパールの策略」オーエン・コルファー著;大久保寛訳 角川書店 2007年3月

### ホリー・ショート
優秀で聡明なエルフ、妖精社会における警察組織「地底警察」の探偵隊に所属している初の女性警官 「アルテミス・ファウル―永遠の暗号」オーエン・コルファー著;大久保寛訳 角川書店 2006年2月

### ホリデー
日刊紙『ニューヨーク・センチネル』紙でいちばん優秀な校正係、戦時中に夢だったヨーロッパを訪ねたアマチュア冒険家 「ハイラム・ホリデーの大冒険 上下」ポール・ギャリコ著;東江一紀訳 ブッキング 2007年6月

### ポリネシア
ドリトル先生の家に古くから飼われているめすのオウム 「ドリトル先生アフリカゆき」ヒュー・ロフティング作;井伏鱒二訳 岩波書店（ドリトル先生物語全集1） 2007年5月

### ポリー・プラマー
指輪の魔法の力でとなりの家のディゴリーと2人別世界へ送りこまれた女の子 「魔術師のおい（ナルニア国ものがたり6）」C.S.ルイス作;瀬田貞二訳 岩波書店 2005年10月

### ポルエー氏　ぽるえーし
ユダヤ人の少年・カルロスの絵の才能を見いだしたフランス人画商、高貴な身なりの男 「コルドバをあとにして」ドリット・オルガッド作;樋口範子訳 さ・え・ら書房 2005年2月

### ポール・スレーター
高校生のスザンナが住むカリフォルニアの古い町にあるリゾートホテルに滞在している金持ちの息子 「メディエータ ゴースト、好きになっちゃった」メグ・キャボット作;代田亜香子訳 理論社 2005年4月

### ポール・スレーター
霊能者のスザンナにずっとつきまとっているハンサムな高校生、霊能者としての力があるがイヤなやつ 「メディエータ3 サヨナラ、愛しい幽霊」メグ・キャボット作;代田亜香子訳 理論社 2006年2月

ぽるす

## ポール・スレーター
霊能者のスザンナの通う高校へ転校してきたの金持ちの息子、霊能者としての力があるがイヤなやつ 「メディエータ2 キスしたら、霊界?」 メグ・キャボット作;代田亜香子訳 理論社 2005年6月

## ヴォルデモート卿　ぼるでもーどきょう
イギリス魔法界の歴史上最も極悪非道の闇の魔法使い、魔法族の少年ハリー・ポッターの宿敵 「ハリー・ポッターと謎のプリンス上下」 J.K.ローリング作;松岡佑子訳 静山社 2006年5月

## ボルドヴァ先生　ぼるどばせんせい
行方不明になっている弟のオリーをさがしている「ブルーア学園」の美術科の先生 「空色のへびのひみつ(チャーリー・ボーンの冒険3)」 ジェニー・ニモ作;田中薫子訳;ジョン・シェリー絵 徳間書店 2006年3月

## ホルヘ・パスケル
メキシコ人実業家、大の野球好きでメキシカンリーグをつくった男 「メジャーリーグ、メキシコへ行く」 マーク・ワインガードナー著;金原瑞人訳 東京創元社(海外文学セレクション) 2005年10月

## ボールペン・ビル
筆記用具専門のポルターガイスト 「グレイ・アーサー1 おばけの友だち」 ルイーズ・アーノルド作;松本美菜子訳;三木謙次画 ヴィレッジブックス 2007年7月

## ポワロ
イギリスで活躍しているベルギー人の私立探偵 「ABC殺人事件」 アガサ・クリスティ作;百々佑利子訳 ポプラ社(ポプラポケット文庫) 2005年10月

## ポワロ
イングランドの田舎キングズアボット村に住みはじめた私立探偵、ベルギー人の元花形捜査官 「アクロイド氏殺害事件」 アガサ・クリスティ作;花上かつみ訳 講談社(青い鳥文庫) 2005年4月

## ポワロ
元ベルギー警察捜査員、イギリスの私立探偵 「名探偵ポワロとミス・マープル4 安すぎるマンションの謎 ほか」 アガサ・クリスティー原作;新井眞弓訳;宮沢ゆかり絵 汐文社 2005年3月

## ポワロ
元ベルギー警察捜査員、イギリスの私立探偵 「名探偵ポワロとミス・マープル6 西洋の星盗難事件 ほか」 アガサ・クリスティー原作;中尾明訳;宮沢ゆかり絵 汐文社 2005年3月

## ポンス兄さん　ぽんすにいさん
新聞販売所で働く兄さん、問題児といわれる六年生のハチャンスを心配する青年 「問題児」 パクキボム作;パクキョンジン絵;金松伊訳 汐文社(いま読もう!韓国ベスト読みもの) 2005年2月

## 【ま】

## マイク
ビル爆破の容疑者となって友達のデーヴィと道連れで逃亡を続けたイギリスの少年 「ぼくらは小さな逃亡者」 アレックス・シアラー著;奥野節子訳 ダイヤモンド社 2007年5月

## マイク
ロンドンの上流寄宿学校の生徒、伝説の潜水艦ノーチラス号の船長ネモの息子と判明した少年 「ノーチラス号の冒険2 アトランティスの少女」 ヴォルフガング・ホールバイン著;平井吉夫訳 創元社 2006年4月

## マイク

ロンドンの上流寄宿学校の生徒、伝説の潜水艦ノーチラス号の船長ネモの息子と判明した少年 「ノーチラス号の冒険 3 深海の人びと」 ヴォルフガンク・ホールバイン 著;平井吉夫訳 創元社 2006年7月

## マイク

ロンドンの上流寄宿学校の生徒、父であるネモ船長の遺産の潜水艦ノーチラス号で仲間たちと冒険の旅をしている少年 「ノーチラス号の冒険 4 恐竜の谷」 ヴォルフガンク・ホールバイン 著;平井吉夫訳 創元社 2006年10月

## マイク

ロンドンの上流寄宿学校の生徒、父であるネモ船長の遺産の潜水艦ノーチラス号で仲間たちと冒険の旅をしている少年 「ノーチラス号の冒険 6 黒い同胞団」 ヴォルフガンク・ホールバイン 著;平井吉夫訳 創元社 2007年5月

## マイク

ロンドンの上流寄宿学校の生徒、父であるネモ船長の遺産の潜水艦ノーチラス号で仲間たちと冒険の旅をしている少年 「ノーチラス号の冒険 7 石と化す疫病」 ヴォルフガンク・ホールバイン 著;平井吉夫訳 創元社 2007年11月

## マイク

ロンドンの上流寄宿学校の生徒、幼い頃にインド人の父とイギリス人の母を亡くした十六歳の少年 「ノーチラス号の冒険 1 忘れられた島」 ヴォルフガンク・ホールバイン 著;平井吉夫訳 創元社 2006年4月

## マイク・カマラ

ロンドンの上流寄宿学校の生徒、父であるネモ船長の遺産の潜水艦ノーチラス号で仲間たちと冒険の旅をしている少年 「ノーチラス号の冒険 5 海の火」 ヴォルフガンク・ホールバイン 著;平井吉夫訳 創元社 2007年1月

## マイク・コスタ(マカロニ・ボーイ)

大恐慌の中ピッツバーグの倉庫街で食料品の卸商をやっているイタリア系家族の十二歳の小学生 「マカロニ・ボーイ 大恐慌をたくましく生きぬいた少年と家族」 キャサリン・エアーズ 著;齋藤里香[ほか]共訳 バベルプレス 2006年12月

## マイケル・ウェブスター

いつも妹のタラとけんかをしている十二歳の兄、父さんが買ってきた不思議な力がある鳩時計にいたずらをした少年 「鳩時計が鳴く夜(グースバンプス10)」 R.L.スタイン 作;津森優子訳;照世絵 岩崎書店 2007年4月

## マイケル・ダーンズ

考古学者のマフィー教授の助手、金髪の若い考古学者 「呪われた森の怪事件(双子探偵ジーク&ジェン3)」 ローラ・E.ウィリアムズ 著;石田理恵訳 早川書房(ハリネズミの本箱) 2006年6月

## マイケル・ベイカー

十三歳の少女ルルのパパ、ちょっとお人よしな大忙しの広告マン 「夢をかなえて!ウィッシュ・チョコ―魔法のスイーツ大作戦3」 フィオナ・ダンバー 作;露久保由美子訳;千野えなが絵 フレーベル館 2007年2月

## マイケル・ベイカー

十三歳の少女ルルのパパ、ちょっとお人よしな大忙しの広告マン 「恋のキューピッド・ケーキ―魔法のスイーツ大作戦2」 フィオナ・ダンバー 作;露久保由美子訳;千野えなが絵 フレーベル館 2006年11月

## マイケル・ベイカー

十二歳の少女ルルのパパ、ちょっとお人よしな大忙しの広告マン 「ミラクル・クッキーめしあがれ!―魔法のスイーツ大作戦1」 フィオナ・ダンバー 作;露久保由美子訳;千野えなが絵 フレーベル館 2006年7月

## まいけ

### マイケル・ワーナー
サイトタウンにある廃屋の「コフマン・ハウス」に入った仲よし四人組の一人、短い赤毛で青い目をした少年 「呪われたカメラ(グースバンプス2)」R.L.スタイン作;津森優子訳;照世絵 岩崎書店 2006年7月

### 師アーサー　まいすたーあーさー
妖精の女王ポティラを助けた内気な少年 「ポティラ妖精と時間泥棒」コルネーリア・フンケ著;浅見昇吾訳 WAVE出版 2007年11月

### マイスター・ホラ
時間の国の時間をつかさどる老人 「モモ」ミヒャエル・エンデ作;大島かおり訳 岩波書店(岩波少年文庫) 2005年6月

### マイヤー先生　まいやーせんせい
町はずれの施設の保母、ヒルベル少年をかわいがっていた先生 「ヒルベルという子がいた」ペーター・ヘルトリング作;上田真而子訳 偕成社(偕成社文庫) 2005年6月

### マイヤ・フェルトマキ
大きな猟犬エルサの飼い主のおばあさん 「大きいエルサと大事件(ヘイナとトッスの物語3)」シニッカ・ノポラ&ティーナ・ノポラ作;末延弘子訳;佐古百美絵 講談社(青い鳥文庫) 2007年11月

### マイラス
モードレッド校長のふたごのおいっ子でアンガスのいとこ、ビビラスとふたごの男の子 「ドラゴン・スレイヤー・アカデミー 2-5 ふたごのごたごた」ケイト・マクミュラン作;神戸万知訳;舵真秀斗絵 岩波書店 2007年2月

### マイルド・アイ
ジプシーの男 「川をくだる小人たち」メアリー・ノートン作;林容吉訳 岩波書店(岩波少年文庫) 2005年4月

### マーウィン
凶暴な大蛇 「セブンスタワー 1 光と影」ガース・ニクス作;西本かおる訳 小学館(小学館ファンタジー文庫) 2007年10月

### 前田 花子　まえだ・はなこ
孤児院から引きとられお金持ちの朝鮮人の養父と日本人の養母といっしょに暮らしている日本人の少女 「悲しい下駄」クォンジョンセン作;ピョンキジャ訳;高田勲画 岩崎書店 2005年7月

### マエルストローム
少年アモスたちに救われたドラゴン 「アモス・ダラゴン 12運命の部屋」ブリアン・ペロー作;高野優監訳;荷見明子訳 竹書房 2007年10月

### マーカス
元ローマ軍百人隊長の息子 「第九軍団のワシ」ローズマリ・サトクリフ作;猪熊葉子訳 岩波書店(岩波少年文庫) 2007年4月

### マーカス・アウレリウス・カロシウス
ローマ皇帝 「銀の枝」ローズマリ・サトクリフ作;猪熊葉子訳 岩波書店(岩波少年文庫) 2007年10月

### マガモ
真夜中のかねが鳴ると自由に動きまわれることを知った二百年いじょう村の宿屋の看板の中にいたマガモ 「真夜中のまほう」フィリス・アークル文;エクルズ・ウィリアムズ絵;飯田佳奈絵訳 BL出版 2006年2月

### マーガレット
植物学者のブルワー博士の娘、ケイシーの姉 「地下室にねむれ(グースバンプス7)」R.L.スタイン作;津森優子訳;照世絵 岩崎書店 2007年1月

まくた

### マーガレット（メグ）
マーチ家四人姉妹の長女、家庭教師をしている十六歳の少女 「若草物語」 ルイザ・メイ・オルコット作;小林みき訳 ポプラ社（ポプラポケット文庫） 2006年6月

### マーガレット・ジョンソン
ホームレス状態のレイナが通う問題児だらけのエマニュエル・ライト補習高校の女性教師 「グッバイ、ホワイトホース」 シンシア・D.グラント著;金原瑞人訳;圷香織訳 光文社 2005年1月

### マカロニ・ボーイ
大恐慌の中ピッツバーグの倉庫街で食料品の卸商をやっているイタリア系家族の十二歳の小学生 「マカロニ・ボーイ 大恐慌をたくましく生きぬいた少年と家族」 キャサリン・エアーズ著;齋藤里香[ほか]共訳 バベルプレス 2006年12月

### マギー
カナダのニューファンドランド島でシリウスというニューファンドランド犬を飼っていた少女 「嵐の中のシリウス」 J.H.ハーロウ作;長滝谷富貴子訳;津尾美智子画 文研出版（文研じゅべにーる） 2005年6月

### マキシ
「ワイルド・サッカーキッズS.S」の最強ストライカー、とつぜんことばがまったくしゃべれなくなった少年 「サッカーキッズ物語7」 ヨアヒム・マザネック作;高田ゆみ子訳;矢島眞澄絵 ポプラ社（ポップコーン・ブックス） 2005年3月

### マキシン・フルーター（クレイジー・レディ）
知恵遅れの子どもとスラムに住む母親、キレっぱなしのアルコール中毒者 「クレイジー・レディー!」 ジェイン・レズリー・コンリー作;尾崎愛子訳;森脇和則画 福音館書店（世界傑作童話シリーズ） 2005年4月

### 魔魚　まぎょ
金色の魚、ものすごい魔力の持ち主 「フェアリー・レルム 3 三つの願い」 エミリー・ロッダ著;岡田好惠訳;仁科幸子絵 童心社 2005年9月

### マグ
姉のキャサリンの代わりにピッグと一緒にヘンリーの面倒をみることになったおばさん、突発性血小板減少性紫斑病にかかった女性 「長すぎる夏休み」 ポリー・ホーヴァート著;目黒条訳 早川書房（ハリネズミの本箱） 2006年4月

### マーク・カントレル
愛犬ウルフィーを軍部に提供した十三歳の少年、ベトナムに派遣されたアメリカ兵士ダニーの弟 「ウルフィーからの手紙」 パティ・シャーロック作;滝川岩雄訳 評論社 2006年11月

### マクシム（野人）　まくしむ（やじん）
モスクワで闇の者たちを殺害している「光」の魔術師、企業の会計検査官 「ナイト・ウォッチ」 セルゲイ・ルキヤネンコ著;法木綾子訳 バジリコ 2005年12月

### マーク・シンガー
あと二十四時間しか生きられないテッドの親友 「One day 死ぬまでにやりたい10のこと」 ダニエル・エーレンハフト著;古屋美登里訳 ポプラ社 2005年3月

### マーク・セッツァー（モシエ）
ユダヤ系アメリカ人の十二歳の少年、母親が監督になったリトルリーグチームのメンバー 「ベーグル・チームの作戦」 E.L.カニグズバーグ作;松永ふみ子訳 岩波書店（岩波少年文庫） 2006年9月

### マクータ
邪悪の大王で暗黒の支配者 「バイオニクル8 闇の勇者」 グレッグ・ファーシュティ著;バイオニクル研究会訳 主婦の友社 2005年4月

まぐだ

## マグダ
地の底からよみがえった永久に追放されたはずのエルフの魔女、邪悪な心の持ち主 「ヤング・サンタクロース」ルーシー・ダニエル＝レイビー著;桜内篤子訳 小学館 2007年12月

## マグナス
ちいさなドラゴン・ココナッツのお父さん、ドラゴン島にすむファイアードラゴン 「ちいさなドラゴンココナッツ」インゴ・ジークナー作;那須田務訳 ひくまの出版 2007年11月

## マクナルティー
イギリスのニューキャッスルの市場にいた小柄な曲芸師、刺青の肌に無数の傷やあざがある気のふれた火喰い男 「火を喰う者たち」デイヴィッド・アーモンド著;金原瑞人訳 河出書房新社 2005年1月

## マグノリア（マグ）
姉のキャサリンの代わりにピッグと一緒にヘンリーの面倒をみることになったおばさん、突発性血小板減少性紫斑病にかかった女性 「長すぎる夏休み」ポリー・ホーヴァート著;目黒条訳 早川書房（ハリネズミの本箱） 2006年4月

## マクベス
スコットランド・グラームズの領主、魔女に未来のスコットランド王と予言された男 「こどものためのマクベス」ロイス・バーデット著;鈴木扶佐子訳 アートデイズ（シェイクスピアっておもしろい！） 2007年8月

## マクベス
王への忠誠心と野心の間で揺れ動くグラミスの将軍 「三番目の魔女」レベッカ・ライザート著;森祐希子訳 ポプラ社 2007年5月

## マクベス夫人　まくべすふじん
グラームズの領主マクベスの妻 「こどものためのマクベス」ロイス・バーデット著;鈴木扶佐子訳 アートデイズ（シェイクスピアっておもしろい！） 2007年8月

## マザー
ネバーランドのフェアリー・ヘイブンの妖精たちにお母さんと慕われる真っ白いハト 「ディズニーフェアリーズ プリラの夢の種」ゲイル・カーソン・レビン作;デイビッド・クリスチアナ絵;柏葉幸子訳 講談社 2005年9月

## マーサ・コクラン
大富豪の男・サー・ジャックに雇われたコンサルタント、四十歳の女 「イングランド・イングランド」ジュリアン・バーンズ著;古草秀子訳 東京創元社（海外文学セレクション） 2006年12月

## マザー・ダブ
ネバーランドにある妖精の谷・ピクシー・ホロウにいる真っ白いハト 「ラニーと三つの宝物」キンバリー・モリス作;小宮山みのり訳 講談社（ディズニーフェアリーズ文庫） 2007年6月

## マザー・ダブ
魔法の島ネバーランドで妖精たちに必要なフェアリーダストをつくりだす羽をもつ真っ白いハト 「海をわたったベック」キンバリー・モリス作;小宮山みのり訳;デニース・シマブクロ＆ディズニーストーリーブックアーティストグループ絵 講談社（ディズニーフェアリーズ文庫） 2006年11月

## マザー・マルキン
悪を封じる職人・魔使いのグレゴリーが退治して庭の穴に閉じこめた魔女のおばあさん 「魔使いの弟子（魔使いシリーズ）」ジョゼフ・ディレイニー著;金原瑞人・田中亜希子訳 東京創元社（sogen bookland） 2007年3月

## マサリア将軍　まさりあしょうぐん
「見えざる者」が見えるペギー・スーに助けを乞いに来た惑星カンダルタの軍隊の将軍 「ペギー・スー6宇宙の果ての惑星怪物」セルジュ・ブリュソロ著;金子ゆき子訳 角川書店（角川文庫） 2006年12月

264

まじょ

**マサリア将軍　まさりあしょうぐん**
「見えざる者」が見えるペギー・スーに助けを乞いに来た惑星カンダルタの軍隊の将軍
「ペギー・スー6宇宙の果ての惑星怪物」セルジュ・ブリュソロ著;金子ゆき子訳;町田尚子
絵　角川書店　2005年3月

**マジコ**
ランプの精のリトル・ジーニーのクラスメイト、ジーニー・スクールに通うやさしくてかっこいい
男の子「ランプの精リトル・ジーニー6」ミランダ・ジョーンズ作;宮坂宏美訳;サトウユカ絵
ポプラ社　2007年8月

**マシュー・カスバート**
カナダのプリンスエドワード島で暮らす内気で寡黙な六十歳の男、孤児院から少女アンを
引き取った兄妹の兄「赤毛のアン」ルーシー・モード・モンゴメリ原作;ローラ・フェルナン
デス絵;リック・ジェイコブソン絵;西田佳子訳　西村書店　2006年12月

**マシュー・ジャクソン**
ポークストリート小学校の二年生、字を読むのがへたくそな男の子「キャンディーかずあて
コンテスト」パトリシア・ライリー・ギフ作;もりうちすみこ訳;矢島眞澄絵　さ・え・ら書房(ポー
クストリート小学校のなかまたち3)　2007年2月

**マシュー・フラナガン**
刑務所の島・アルカトラズ島に引っ越してきた少年「アル・カポネによろしく」ジェニファ・
チョールデンコウ著;こだまともこ訳　あすなろ書房　2006年12月

**マシュー・ロックハート**
ロンドンに住む少女・サリーの父親、船の難破で死んだ海運会社の元共同経営者「マハ
ラジャのルビー サリー・ロックハートの冒険1」フィリップ・ブルマン著;山田順子訳　東京創
元社(sogen bookland)　2007年5月

**魔女　まじょ**
いじわるな魔法をやめていい魔女になったことにあきてきたおこりんぼの魔女「おこりんぼ
の魔女がまたやってきた!」ハンナ・クラーン著;工藤桃子訳　早川書房(ハリネズミの本箱)
2006年12月

**魔女　まじょ**
ふしぎな指輪を追いかけてシャーロットの家に来た魔女「魔女とふしぎな指輪」ルース・
チュウ作;日当陽子訳　フレーベル館(魔女の本棚)　2005年2月

**魔女　まじょ**
森に住むいじわるでおこりんぼの年寄りの魔女「おこりんぼの魔女のおはなし」ハンナ・
クラーン著;工藤桃子訳　早川書房(ハリネズミの本箱)　2005年7月

**魔女　まじょ**
昔はるか遠い国の大きな森にひとりで暮らしていた女、世にも醜い男の赤ん坊を拾った魔
女「魔女の愛した子」マイケル・グルーバー著;三辺律子訳　理論社　2007年7月

**魔女　まじょ**
魔法をかけまちがえてさかさまになっていたおばあさん魔女「さかさま魔女」ルース・チュ
ウ作;日当陽子訳　フレーベル館(魔女の本棚)　2005年6月

**魔女(ヒルダ)　まじょ(ひるだ)**
水曜日になるとそうじきにのって空をとぶそうじきやの魔女「水曜日の魔女」ルース・チュ
ウ作;日当陽子訳　フレーベル館(魔女の本棚)　2005年4月

**魔女狩り長官　まじょがりちょうかん**
魔女を捕まえて裁く役人、ブライズタウンという町にきた美しくて残酷な男「魔使いの呪い
(魔使いシリーズ)」ジョゼフ・ディレイニー著;金原瑞人・田中亜希子訳　東京創元社
(sogen bookland)　2007年9月

まじょ

## 魔女モルガン　まじょもるがん
世界で一番かんぺきな騎士のランスロット卿にのろいをかけたたちのわるい魔女 「ドラゴン・スレイヤー・アカデミー 6 きえたヒーローをすくえ」 ケイト・マクミュラン作;神戸万知訳;舵真秀斗絵 岩崎書店 2005年3月

## マーストン
イギリスデヴォン州の孤島の邸宅に招待されやってきた車好きの青年 「そして誰もいなくなった」 アガサ・クリスティー著;青木久惠訳 早川書房(クリスティー・ジュニア・ミステリ1) 2007年12月

## マータグ
ドラゴンライダー・エラゴンを敵から救ったのちにともに旅した青年 「エルデスト―宿命の赤き翼 上下(ドラゴンライダー2)」 クリストファー・パオリーニ著;大嶌双恵訳 ソニー・マガジンズ 2005年11月

## マータグ
名馬トルナックに乗る旅人、ドラゴンライダー・エラゴンを邪悪な敵から救った青年 「エラゴン 遺志を継ぐ者(ドラゴンライダー3)」 クリストファー・パオリーニ著;大嶌双恵訳 ヴィレッジブックス 2006年10月

## マダム・コベール
パリにあるクリスチャン・ディオールの女支配人 「ハリスおばさんパリへ行く」 ポール・ギャリコ著;亀山龍樹訳 ブッキング(fukkan.com) 2005年4月

## マダム・ブレンダ
百歳をこえているといううわさもある超有名な霊媒師のおおばあさん 「西95丁目のゴースト(ちいさな霊媒師オリビア)」 エレン・ポッター著;海後礼子訳 主婦の友社 2007年10月

## マダム・ミヌイット
ニューオリンズに住む恐ろしい魔術師、異なる2つの容姿を持つ女 「パイレーツ・オブ・カリビアンジャック・スパロウの冒険 5 青銅器時代」 ロブ・キッド著;ジャン=ポール・オルピナス絵;ホンヤク社訳 講談社 2006年12月

## マダム・ルル
娯楽施設「ガリガリ・カーニバル」の経営者、悪党・オラフ伯爵の顔見知りの占い師 「世にも不幸なできごと 9 肉食カーニバル」 レモニー・スニケット著;宇佐川晶子訳 草思社 2005年6月

## 馬・強(強強)　まーちあん(ちあんちあん)
地区党委員会第一書記の息子、造反派に指名手配され故郷の町を脱出した中学二年生の少年 「乱世少年」 蕭育軒作;石田稔訳;アオズ画 国土社 2006年11月

## マチルダばあや
ブラウン家のおぎょうぎが悪いいたずらっ子たちのためにやってきたばあや 「マチルダばあやといたずらきょうだい」 クリスティアナ・ブランド作;エドワード・アーディゾーニ絵;こだまともこ訳 あすなろ書房 2007年6月

## 魔使い(グレゴリー)　まつかい(ぐれごりー)
邪悪なものから村や畑を守る魔使いの男、十二歳の少年・トムの師匠 「魔使いの弟子(魔使いシリーズ)」 ジョゼフ・ディレイニー著;金原瑞人・田中亜希子訳 東京創元社(sogen bookland) 2007年3月

## 魔使い(ジョン・グレゴリー)　まつかい(じょんぐれごりー)
邪悪なものから村や畑を守る魔使いの男、十二歳の少年・トムの師匠 「魔使いの呪い(魔使いシリーズ)」 ジョゼフ・ディレイニー著;金原瑞人・田中亜希子訳 東京創元社(sogen bookland) 2007年9月

まって

### マッカーサー将軍　まっかーさーしょうぐん
イギリスデヴォン州の孤島の邸宅に招待されやってきた退役した将軍　「そして誰もいなくなった」アガサ・クリスティー著;青木久惠訳　早川書房(クリスティー・ジュニア・ミステリ1)　2007年12月

### マックス
ミュンヘン市郊外の一軒家で暮らす家族の五歳になる長男　「パパにつける薬」アクセル・ハッケ文;ミヒャエル・ゾーヴァ絵;那須田淳訳;木本栄訳　講談社　2007年11月

### マックス
作家のD. J. ルーカスにファンレターを書いた少年、想像力豊かだけどどこか影のある九歳の子ども　「お手紙レッスン」D.J.ルーカス(サリー・グリンドリー)作;トニー・ロス絵;千葉茂樹訳　あすなろ書房　2006年11月

### マックス
弟のレフティと屋根裏部屋にあった透明人間になれる不思議な鏡を見つけた十二歳の兄　「鏡のむこう側(グースバンプス6)」R.L.スタイン作;津森優子訳;照世絵　岩崎書店　2006年11月

### マックスウェル・アイロンズ
「マイティー・マフラー」のあたらしい工場長、社長のスタルギス夫人が出張のあいだかわって仕事をしている男　「ピザのなぞ(ボックスカー・チルドレン33)」ガートルード・ウォーナー原作;小中セツ子訳　日向房　2005年8月

### マックス・ブライアント
学校で幽霊を見た少女・ディッタの友だち、元気がない少年　「ポータブル・ゴースト」マーガレット・マーヒー作;幾島幸子訳　岩波書店　2007年6月

### マックス・レミー
シドニーに住む六年生、夏の間ミンダワラのおばさんの家ですごすことになった女の子　「マックス・レミースーパースパイ Mission1 時空マシーンを探せ!」デボラ・アベラ作;ジョービー・マーフィー絵;三石加奈子訳　童心社　2007年10月

### マックス・レミー
ロンドンの「スパイフォース」から招集を受けたシドニーに住む十一歳の女の子　「マックス・レミースーパースパイ Mission2 悪の工場へ潜入せよ!」デボラ・アベラ作;ジョービー・マーフィー絵;三石加奈子訳　童心社　2007年10月

### マッコーモ
ネコ語をしゃべるチャーリーを憎むベテランのライオン使い　「ライオンボーイⅢ カリブの決闘」ジズー・コーダー著;枝廣淳子訳　PHP研究所　2005年8月

### マッシーモ
モモの古くからの友だち、声のかん高いふとっちょの男の子　「モモ」ミヒャエル・エンデ作;大島かおり訳　岩波書店(岩波少年文庫)　2005年6月

### マッティ・カッティラコスキ
ヘイナとトッスとペッテリのパパ、平和をのぞむジャガイモ研究者　「トルスティは名探偵(ヘイナとトッスの物語2)」シニッカ・ノポラ&ティーナ・ノポラ作;末延弘子訳;佐古百美絵　講談社(青い鳥文庫)　2006年8月

### マッティ・カッティラコスキ
ヘイナとトッスとペッテリのパパ、平和をのぞむジャガイモ研究者　「大きいエルサと大事件(ヘイナとトッスの物語3)」シニッカ・ノポラ&ティーナ・ノポラ作;末延弘子訳;佐古百美絵　講談社(青い鳥文庫)　2007年11月

### マッティ・カッティラコスキ
ヘイナとトッスとペッテリのパパ、平和をのぞむジャガイモ研究者　「麦わら帽子のヘイナとフェルト靴のトッス−なぞのいたずら犯人(ヘイナとトッスの物語)」シニッカ・ノポラ&ティーナ・ノポラ作;末延弘子訳;佐古百美絵　講談社(青い鳥文庫)　2005年10月

まっと

## マット
オピウム国を支配する麻薬王のクローン 「砂漠の王国とクローンの少年」 ナンシー・ファーマー著;小竹由加里訳 DHC 2005年1月

## マッド
ローズウッド高校の二年生、スティーヴンとつきあいだしたがショーンには別格に憧れている女の子 「ガールズ・ハート」 ナタリー・スタンディフォード著;代田亜香子訳 主婦の友社 2006年10月

## マット・クルーズ
パリの飛行船アカデミーの訓練生、友だちのケイトたちと幽霊飛行船を追った少年 「スカイブレイカー」 ケネス・オッペル著;原田勝訳 小学館 2007年7月

## マット・クルーズ(クルーズくん)
豪華飛行船「オーロラ号」のキャビンボーイ、船長になることを夢見る貧しい少年 「エアボーン」 ケネス・オッペル著;原田勝訳 小学館 2006年7月

## マッド・ヘルガ
バーナムの森でギリーとネトルと共に暮らす老婆 「三番目の魔女」 レベッカ・ライザート著;森祐希子訳 ポプラ社 2007年5月

## マディ
ドラマを教えてくれる講座「ドラマクラブ」でお笑いタレントをめざすルーイと出会った女優をめざす少女 「両親をしつけよう!」 ピート・ジョンソン作;岡本浜江訳;ささめやゆき絵 文研出版(文研じゅべにーる) 2006年9月

## マティアス
ミーラという村のお百姓さんにひきとられたみなし子の小さな兄妹の兄 「赤い鳥の国へ」 アストリッド・リンドグレーン作;マリット・テルンクヴィスト絵 徳間書店 2005年11月

## マティアス・ゼルプマン
キルヒベルクにあるギムナジウム(寄宿学校)に入っている少年5人のひとり 「飛ぶ教室」 エーリヒ・ケストナー作;池田香代子訳 岩波書店(岩波少年文庫) 2006年10月

## マティアス・ゼルプマン
キルヒベルクのギムナジウム(高等学校)の寄宿舎の四年生、くいしんぼうでけんかが強い少年 「飛ぶ教室」 エーリヒ・ケストナー作;若松宣子訳;フジモトマサル絵 偕成社(偕成社文庫) 2005年7月

## マディソン・マーコウィッツ(マッド)
ローズウッド高校の二年生、スティーヴンとつきあいだしたがショーンには別格に憧れている女の子 「ガールズ・ハート」 ナタリー・スタンディフォード著;代田亜香子訳 主婦の友社 2006年10月

## マティルダ
サンタクロースのユレブックといっしょにいる女天使 「サンタが空から落ちてきた」 コルネーリア・フンケ著;浅見昇吾訳 WAVE出版 2007年12月

## マーティーン
父母を亡くし祖母のいるケープタウンの鳥獣保護区で暮らすことになった11歳の少女 「白いキリンを追って」 ローレン・セントジョン著;さくまゆみこ訳 あすなろ書房 2007年12月

## マーティーン・ダイヤモンド
四姉妹の長女、彼氏との永遠の愛に酔っている十六歳の少女 「ダイヤモンド・ガールズ」 ジャクリーン・ウィルソン作;尾高薫訳 理論社 2006年2月

## マーティン・モウルド
札つきのワルで大人と同じように酒を飲む凶暴という言葉がふさわしい十六歳の少年 「クレイ」 デイヴィッド・アーモンド著;金原瑞人訳 河出書房新社 2007年7月

268

### マテウシ
顔じゅうそばかすだらけのクレクス先生が飼っている物知りのしゃべるムクドリ 「そばかす先生のふしぎな学校」 ヤン・ブジェフバ作;ヤン・マルチン・シャンツェル画;内田莉莎子訳 学研 2005年11月

### マテオ・アラクラン（マット）
オピウム国を支配する麻薬王のクローン 「砂漠の王国とクローンの少年」 ナンシー・ファーマー著;小竹由加里訳 DHC 2005年1月

### マデライン
学校一の人気者のペギーのいちばんの仲よし、ポーランド移民の貧しい女の子・ワンダのクラスメート 「百まいのドレス」 エレナー・エスティス作;石井桃子訳 岩波書店 2006年11月

### マード・ミーク
SHHという特殊機関がつかんだ情報を高い値でよそに売る謎のスパイ 「スパイ少女ドーン・バックル」 アンナ・デイル著;岡本さゆり訳 早川書房(ハリネズミの本箱) 2007年5月

### マートル
月の近くに浮かぶ宇宙住居「ラークライト」で暮らす少女、アーサーの姉 「ラークライト伝説の宇宙海賊」 フィリップ・リーヴ著;松山美保訳;デイヴィッド・ワイアット画 理論社 2007年8月

### マドレーヌ
パンどろぼうでつかまり十九年刑務所に入っていた四十六歳の男 「レ・ミゼラブルーああ無情」 ビクトル・ユゴー作;大久保昭男訳 ポプラ社(ポプラポケット文庫) 2007年3月

### マトロ
偉大なるスピリットであるマタ・ヌイの命を救うという義務を背負ってうみだされた新たなるトーア 「バイオニクル5 恐怖の航海」 グレッグ・ファーシュティ著;バイオニクル研究会訳 主婦の友社 2005年4月

### マトロ
偉大なるスピリットであるマタ・ヌイの命を救うという義務を背負ってうみだされた新たなるトーア 「バイオニクル6 影の迷宮」 グレッグ・ファーシュティ著;バイオニクル研究会訳 主婦の友社 2005年4月

### マニー（マンジット）
インド系イギリス人一家の末っ子、親が決めた結婚に反発している十三歳の少年 「インド式マリッジブルー」 バリ・ライ著;田中亜希子訳 東京創元社(海外文学セレクション) 2005年5月

### マヌエル
十三歳の男の子・カルロスの親友、カルロスと同じユダヤ人の少年 「コルドバをあとにして」 ドリット・オルガッド作;樋口範子訳 さ・え・ら書房 2005年2月

### マネリトゥス
バルセロナの下町に住むなかよし六人組のひとり、人一倍勇気があって元気な少年 「ピトゥスの動物園」 サバスティア・スリバス著;宇野和美訳;スギヤマカナヨ絵 あすなろ書房 2006年12月

### マノリート
スペインで一番有名な八歳の男の子、おしゃべりといたずらがとても好きなめがねっこ 「あわれなマノリートーマノリート・シリーズ2」 エルビラ・リンド作;エミリオ・ウルベルアーガ絵;とどろきしずか訳 小学館 2006年7月

### マノリート
スペインで一番有名な八歳の男の子、おしゃべりといたずらがとても好きなめがねっこ 「ぼくってサイコー!?ーマノリート・シリーズ3」 エルビラ・リンド作;エミリオ・ウルベルアーガ絵;とどろきしずか訳 小学館 2007年3月

まのり

**マノリート**
スペインで一番有名な八歳の男の子、おしゃべりといたずらがとても好きなめがねっこ 「め
がねっこマノリート－マノリート・シリーズ1」 エルビラ・リンド作;エミリオ・ウルベルアーガ絵;
とどろきしずか訳 小学館 2005年7月

**マノロ・ガルシア・モレノ(マノリート)**
スペインで一番有名な八歳の男の子、おしゃべりといたずらがとても好きなめがねっこ 「あ
われなマノリート－マノリート・シリーズ2」 エルビラ・リンド作;エミリオ・ウルベルアーガ絵;と
どろきしずか訳 小学館 2006年7月

**マノロ・ガルシア・モレノ(マノリート)**
スペインで一番有名な八歳の男の子、おしゃべりといたずらがとても好きなめがねっこ 「ぼ
くってサイコー!?－マノリート・シリーズ3」 エルビラ・リンド作;エミリオ・ウルベルアーガ絵;と
どろきしずか訳 小学館 2007年3月

**マノロ・ガルシア・モレノ(マノリート)**
スペインで一番有名な八歳の男の子、おしゃべりといたずらがとても好きなめがねっこ 「め
がねっこマノリート－マノリート・シリーズ1」 エルビラ・リンド作;エミリオ・ウルベルアーガ絵;
とどろきしずか訳 小学館 2005年7月

**マヒタベルおばさん**
かつてメイン州の沖合の孤島の家に住んでいた老婦人、三人きょうだいのハナたちの大大
叔母さん 「孤島のドラゴン」 レベッカ・ラップ著;鏡哲生訳 評論社(児童図書館・文学の部
屋) 2006年10月

**マーヴィン**
〈ベイカー少年探偵団〉のスパローがはたらく劇場に新しく出演したアメリカ人霊能者、共演
している美少女メアリーの継父 「ベイカー少年探偵団 2－さらわれた千里眼」 アンソ
ニー・リード著;池央耿訳 評論社(児童図書館・文学の部屋) 2007年12月

**マーフィー**
リス、ラズベリーの町を抜け出した女の子・アレクサの旅の仲間 「エリオン国物語 2 ダーク
タワーの戦い」 パトリック・カーマン著;金原瑞人・小田原智美訳 アスペクト 2006年12月

**マーフィ教授　まーふぃきょうじゅ**
ミスティックの町にある居住跡地の発掘現場の調査団長をしている考古学者のひとり、マイ
ケル・ダーンズの上司 「呪われた森の怪事件(双子探偵ジーク&ジェン3)」 ローラ・E.ウィ
リアムズ著;石田理恵訳 早川書房(ハリネズミの本箱) 2006年6月

**ママ**
十三歳のヘックのママ、心に病をかかえている女性 「ひとりぼっちのスーパーヒーロー」
マーティン・リーヴィット作;神戸万知訳 鈴木出版(鈴木出版の海外児童文学) 2006年4月

**継母　ままはは**
二人の娘とともに義理の娘・シンデレラをいじめ召使のような仕事をさせていた継母 「シン
デレラ」 シャルル・ペロー原作;神田由布子訳 汐文社(ディズニープリンセス6姫の夢物
語) 2007年2月

**マーム**
親友の魔女ノシーとともに魔女島を追放されイギリスの静かな町にある教会に住みつき人
間と友だちになった魔女 「いたずら魔女のノシーとマーム 2 謎の猫、メンダックス」 ケイト・
ソーンダズ作;トニー・ロス絵;相良倫子訳;陶浪亜希訳 小峰書店 2005年9月

**マーム**
親友の魔女ノシーとともに魔女島を追放されイギリスの静かな町にある教会に住みつき人
間と友だちになった魔女 「いたずら魔女のノシーとマーム 3 呪われた花嫁」 ケイト・ソーン
ダズ作;トニー・ロス絵;相良倫子訳;陶浪亜希訳 小峰書店 2006年2月

**マーム**
親友の魔女ノシーとともに魔女島を追放されイギリスの静かな町にある教会に住みつき人
間と友だちになった魔女 「いたずら魔女のノシーとマーム 4 魔法のパワーハット」ケイト・
ソーンダズ作;トニー・ロス絵;相良倫子訳;陶浪亜希訳 小峰書店 2006年4月

**マーム**
親友の魔女ノシーとともに魔女島を追放されイギリスの静かな町にある教会に住みつき人
間と友だちになった魔女 「いたずら魔女のノシーとマーム 5 恐怖のタイムマシン旅行」ケ
イト・ソーンダズ作;トニー・ロス絵;相良倫子訳;陶浪亜希訳 小峰書店 2006年6月

**マーム**
親友の魔女ノシーとともに魔女島を追放されイギリスの静かな町にある教会に住みつき人
間と友だちになった魔女 「いたずら魔女のノシーとマーム 6 最後の宇宙決戦」ケイト・
ソーンダズ作;トニー・ロス絵;相良倫子訳;陶浪亜希訳 小峰書店 2006年7月

**マーム**
魔女島の赤タイツ組の魔女でいっしょの部屋に住むノシーのなかよし、なまいきでれいぎ知
らずの百五十歳のまだまだ若い魔女 「いたずら魔女のノシーとマーム 1 秘密の呪文」ケ
イト・ソーンダズ作;トニー・ロス絵;相良倫子訳;陶浪亜希訳 小峰書店 2005年9月

**豆タンク　まめたんく**
バルセロナの下町に住むなかよし六人組のひとり、食いしんぼうで気が弱い十一歳の少年
「ピトゥスの動物園」サバスティア・スリバス著;宇野和美訳;スギヤマカナヨ絵 あすなろ書
房 2006年12月

**マーラ・ウォーターズ**
夏にハンプトンズの超高級リゾート地で住み込み家政婦をすることになった少女、田舎のス
タープリッジから出てきた素朴でしっかりもの 「ガールズ!」メリッサ・デ・ラ・クルーズ著;代
田亜香子訳 ポプラ社 2005年6月

**マーリー**
オハイオ州のヘヴンで暮らす少女、フェザーという赤ちゃんのベビーシッター 「天使のす
む町」アンジェラ・ジョンソン作;冨永星訳 小峰書店(Y.A.Books) 2006年5月

**マーリー**
戦争で心に深い傷をおった父親を励ますために家族といっしょに美しい自然に囲まれた
メープルヒルへやってきた十歳の少女 「メープルヒルの奇跡」ヴァージニア・ソレンセン著
;山内絵里香訳; ほるぷ出版 2005年3月

**マリー**
フランス人医師、アフリカ医師団の医療センター長に命じられウイナイア村へむかった女性
「消えたオアシス」ピエール・マリー・ボード作;井村順一・藤本泉訳 鈴木出版(鈴木出
版の海外児童文学) 2005年4月

**マリー**
ミュンヘン市郊外の一軒家で暮らす家族のまもなく二歳になる二女 「パパにつける薬」ア
クセル・ハッケ文;ミヒャエル・ゾーヴァ絵;那須田淳訳;木本栄訳 講談社 2007年11月

**マリア**
アメリカ合衆国の有力な政治家メンドサ上院議員の次女 「砂漠の王国とクローンの少年」
ナンシー・ファーマー著;小竹由加里訳 DHC 2005年1月

**マリア**
モモの古くからの友だち、小さな妹をつれている女の子 「モモ」ミヒャエル・エンデ作;大
島かおり訳 岩波書店(岩波少年文庫) 2005年6月

**マリア**
第二次大戦中のドイツにいた十六歳の娘、ポーランド人の若者・マレクの恋人 「マレクとマ
リア」ヴァルトラウト・レーヴィン作;松沢あさか訳 さ・え・ら書房 2005年3月

まりあ

### マリーア
十二歳の誕生日にちいさなアフリカ人の奴隷・ココをパパからプレゼントされた少女 「真珠のドレスとちいさなココ」ドルフ・フェルルーン著;中村智子訳 主婦の友社 2007年7月

### マリアさま
曲芸師の少年バーナビーがひきとられた修道院の小さなチャペルの中の聖母像のマリアさま 「ちいさな曲芸師バーナビー」バーバラ・クーニー再話・絵;末盛千枝子訳 すえもりブックス 2006年6月

### マリア・ド・シルヴァ
町の有力者の娘だったという百年以上前に死んだゴースト、ジェシーの婚約者だった女性 「メディエータ ゴースト、好きになっちゃった」メグ・キャボット作;代田亜香子訳 理論社 2005年4月

### マリア・メリウェザー
古い領主館にひきとられた孤児の少女 「まぼろしの白馬」エリザベス・グージ作;石井桃子訳 岩波書店(岩波少年文庫) 2007年1月

### マリアンネ
廃屋をクラブハウスにしようと修理していたピオネールのグループの少女 「ちびポップの決断」B.プルードラ著;森川弘子訳 未知谷 2005年5月

### マリウス
パリの裏街に住んでいた貧しい弁護士、少女コゼットにひと目ぼれした若者 「レ・ミゼラブルーああ無情」ビクトル・ユゴー作;大久保昭男訳 ポプラ社(ポプラポケット文庫) 2007年3月

### マリエル
レッドウォール修道院にやってきた記憶をなくした娘ネズミ 「海から来たマリエル(レッドウォール伝説)」ブライアン・ジェイクス作;西郷容子訳 徳間書店 2006年4月

### マリオ
戦争で家族を失ったイタリア人、アフリカのサバンナで死にかけていた少年・キトを救ったお金持ちの男 「きっと天使だよ」ミーノ・ミラーニ作;関口英子訳 鈴木出版(鈴木出版の海外児童文学) 2006年3月

### マリオン・フレミング
ヴァージニア州にある厩舎ハートランドの馬を癒す力をもつ女主人、十五歳の少女エイミーの母親 「15歳の夏－ハートランド物語」ローレン・ブルック著;勝浦寿美訳 あすなろ書房 2006年9月

### マーリー・キャロル(モナ・フロイド)
オハイオ州の小さな町ヘヴンで家族四人とたくさんの動物たちとくらしている十四歳の女の子 「天使のすむ町」アンジェラ・ジョンソン作;冨永星訳 小峰書店(Y.A.Books) 2006年5月

### マリス・パリタクス
神聖都市サンクタフラクスの最高位学者のリニウス・パリタクスの娘 「崖の国物語8」ポール・スチュワート作 クリス・リデル絵;唐沢則幸訳 ポプラ社(ポプラ・ウイング・ブックス) 2007年11月

### マリーナ
銀翼コウモリ・シェードの父親探しの旅に協力した彩翼コウモリの少女 「サンウィングー銀翼のコウモリ2」ケネス・オッペル著;嶋田水子訳 小学館 2005年4月

### マリラ・カスバート
カナダのプリンスエドワード島で暮らす世間知らずな頑固者、孤児院から少女アンを引き取った兄妹の妹 「赤毛のアン」ルーシー・モード・モンゴメリ原作;ローラ・フェルナンデス絵;リック・ジェイコブソン絵;西田佳子訳 西村書店 2006年12月

## マーリン

タイムソルジャーのロブたちが古代イングランドで出会った魔法使いの老人 「キング・アーサー(タイムソルジャー4)」 ロバート・グールド写真;キャスリーン・デューイ文;ユージーン・エプスタイン画;MON訳 岩崎書店 2007年8月

## マーリン

十二歳で恐るべき力がめばえ失った記憶と自分をさがす旅に出た少年 「マーリン1 魔法の島フィンカイラ」 T.A.バロン著;海後礼子訳 主婦の友社 2005年1月

## マーリン

魔法の島フィンカイラの「死衣城」の王スタングマーと地上人エレンのひとり息子、大魔術師トゥアーハの孫 「マーリン3 伝説の炎の竜」 T.A.バロン著;海後礼子訳 主婦の友社 2005年7月

## マーリン

魔法の島フィンカイラの「死衣城」の王スタングマーと地上人エレンのひとり息子、大魔術師トゥアーハの孫 「マーリン4 時の鏡の魔法」 T.A.バロン著;海後礼子訳 主婦の友社 2005年10月

## マーリン

魔法の島フィンカイラの「死衣城」の王スタングマーと地上人エレンのひとり息子、大魔術師トゥアーハの孫 「マーリン5 失われた翼の秘密」 T.A.バロン著;海後礼子訳 主婦の友社 2006年1月

## マリン

「コーラル王国」の大事な仕事をするためにえらばれた「マーメイド・ガールズ」の人魚 「マーメイド・ガールズ1 マリンのマジック・ポーチ」 ジリアン・シールズ作;宮坂宏美訳;田中亜希子訳;つじむらあやこ絵 あすなろ書房 2007年7月

## マリン

「コーラル王国」の大事な仕事をするためにえらばれた「マーメイド・ガールズ」の人魚 「マーメイド・ガールズ2 サーシャと魔法のパール・クリーム」 ジリアン・シールズ作;宮坂宏美訳;田中亜希子訳;つじむらあやこ絵 あすなろ書房 2007年7月

## マリン

あみに引っかかったイルカを助けることにした「マーメイド・ガールズ」の人魚 「マーメイド・ガールズ3 スイッピーと銀色のイルカ」 ジリアン・シールズ作;宮坂宏美訳;田中亜希子訳;つじむらあやこ絵 あすなろ書房 2007年8月

## マリン

コーラル女王と海の生き物のためにたたかう「マーメイド・ガールズ」の人魚 「マーメイド・ガールズ6 ウルルと虹色の光」 ジリアン・シールズ作;宮坂宏美訳;田中亜希子訳;つじむらあやこ絵 あすなろ書房 2007年9月

## マリン

ゴミにおおわれた砂浜をきれいにしようとした「マーメイド・ガールズ」の人魚 「マーメイド・ガールズ5 エラリーヌとアザラシの赤ちゃん」 ジリアン・シールズ作;宮坂宏美訳;田中亜希子訳;つじむらあやこ絵 あすなろ書房 2007年9月

## マリン

仕事のとちゅうで伝説の難破船を見にいった「マーメイド・ガールズ」の人魚 「マーメイド・ガールズ4 リコと赤いルビー」 ジリアン・シールズ作;宮坂宏美訳;田中亜希子訳;つじむらあやこ絵 あすなろ書房 2007年8月

## マーリン(エムリス)

魔法の島フィンカイラの「死衣城」の王スタングマーと地上人エレンのひとり息子、大魔術師トゥアーハの孫 「マーリン2 七つの魔法の歌」 T.A.バロン著;海後礼子訳 主婦の友社 2005年4月

## まるが

### マルガリータ
スペイン・マドリードの王女、不具の少年バルトロメを人間犬としておもちゃにすることにした少女 「宮廷のバルトロメ」ラヘル・ファン・コーイ作;松沢あさか訳 さ・え・ら書房 2005年4月

### マルク
厳格な父に猛反対されながらも小説家になることを夢見る十六歳の少年 「16歳-夢と奇跡のはじまりの場所」マーク・フィッシャー著;池絵里子訳;佐々木ひとみ訳 ダイヤモンド社 2007年5月

### マルク・アキンブル
ラ・ヴィクトリン団地のそばにあるティエ池で野鳥の観察をしている耳が聞こえない男の人 「ナディアおばさんの予言」マリー・デプルシャン作;末松氷海子訳;津尾美智子絵 文研出版(文研じゅべにーる) 2007年3月

### マルコ
ミラノに住むふたごの兄、持ち手が白のカナヅチをいつも持ちあるいている少年 「マルコとミルコの悪魔なんかこわくない!」ジャンニ・ロダーリ作;関口英子訳;片岡樹里絵 くもん出版(くもんの海外児童文学) 2006年7月

### マルコ・キャンベル
超カッコいい男の子・ウィルの義理の兄、先生を殺そうとしたためアヴァロン高を退学になった少年 「アヴァロン 恋の<伝説学園>へようこそ!」メグ・キャボット作;代田亜香子訳 理論社 2007年2月

### マルコ・リヒト
小学生の男の子、おばけのゴロにいたずらされた少年 「かわいいおばけゴロの冒険 第2巻 ゴロのギリシャ旅行」ブリッタ・シュヴァルツ作;レギーナ・ホフシュタドゥラー=リーナブリュン画;ひやままさこ訳 セバ工房 2006年5月

### マルコ・リヒト
小学生の男の子、博物館の絵の中に住んでいるおばけのゴロの友だち 「かわいいおばけゴロの冒険 第4巻 ゴロとトビおじさん」ブリッタ・シュヴァルツ作;レギーナ・ホフシュタドゥラー=リーナブリュン画;ひやままさこ訳 セバ工房 2006年12月

### マルコ・リヒト
小学生の男の子、博物館の絵の中に住んでいるおばけのゴロの友だち 「かわいいおばけゴロの冒険 第5巻 ゴロのおかしな大作戦」ブリッタ・シュヴァルツ作;レギーナ・ホフシュタドゥラー=リーナブリュン画;ひやままさこ訳 セバ工房 2007年1月

### マルコルム
珊瑚の森にひらけた海底の世界の住民、住民の中心的存在で娘と妻と三人で暮らしている男 「ノーチラス号の冒険 3 深海の人びと」ヴォルフガンク・ホールバイン著;平井吉夫訳 創元社 2006年7月

### マルシア・オーバーストランド
生まれたばかりの王女を救うために平俗魔法使いサイラスに拾われるよう仕組んだ超越魔法使い、すべての魔法使いの頂点に立つ女 「セプティマス・ヒープ 第一の書 七番目の子」アンジー・セイジ著;唐沢則幸訳 竹書房 2005年4月

### マール・ストーン
パソコンが得意なしっかり者のアメリカ人の女の子、アウターネットと接続するための最後のサーバーを守ることになった少年ジャックの友だち 「アウターネット. 第1巻 フレンズかフォーか?」スティーブ・バーロウ作;スティーブ・スキッドモア作;大谷真弓訳 小学館 2005年11月

### マール・ストーン
パソコンが得意なしっかり者のアメリカ人の女の子、アウターネットと接続するための最後のサーバーを守ることになった少年ジャックの友だち 「アウターネット. 第2巻 コントロール」スティーブ・バーロウ作;スティーブ・スキッドモア作;大谷真弓訳 小学館 2006年4月

### マール・ストーン
パソコンが得意なしっかり者のアメリカ人の女の子、アウターネットと接続するための最後の
サーバーを守ることになった少年ジャックの友だち 「アウターネット. 第3巻 オデッセイ」ス
ティーブ・バーロウ作;スティーブ・スキッドモア作;大谷真弓訳　小学館　2006年11月

### マルセル
おてんばな姉妹の姉、妹といっしょに森の中でたおれていた目のみえない若い兵士をたす
けた十歳の少女 「銀のロバ」ソーニャ・ハートネット著;野沢佳織訳　主婦の友社　2006年
10月

### マルタ
ノールウェイの農場の子どもたち4人きょうだいの末の女の子 「牛追いの冬」マリー・ハム
ズン作;石井桃子訳　岩波書店(岩波少年文庫)　2006年2月

### マルタザール
闇の王国ネクロポリスを支配する悪魔 「アーサーとふたつの世界の決戦」リュック・ベッソ
ン著;松本百合子訳　角川書店　2006年3月

### マルタザール
闇の王国ネクロポリスを支配する悪魔 「アーサーとマルタザールの逆襲」リュック・ベッソ
ン著;松本百合子訳　角川書店　2005年7月

### マルティナ
アクアリアの街に避難してきた少女 「ペギー・スー 4魔法にかけられた動物園」セルジュ・
ブリュソロ著;金子ゆき子訳　角川書店(角川文庫)　2006年3月

### マルティン・アウジェーイチ(アウジェーイチ)
仕事ぶりがしっかりしている靴屋、福音書を読み神様のためにいきることにした年寄り 「愛
あるところに神あり」レフ・トルストイ著;北御門二郎訳　あすなろ書房(トルストイの散歩道
5)　2006年6月

### マルティン・ターラー
キルヒベルクにあるギムナジウム(寄宿学校)に入っている少年5人のひとり 「飛ぶ教室」
エーリヒ・ケストナー作;池田香代子訳　岩波書店(岩波少年文庫)　2006年10月

### マルティン・ターラー
キルヒベルクのギムナジウム(高等学校)の寄宿舎の四年生、成績がいつもトップの少年
「飛ぶ教室」エーリヒ・ケストナー作;若松宣子訳;フジモトマサル絵　偕成社(偕成社文庫)
2005年7月

### マルヴァ姫　まるばひめ
ガルニシ国唯一の王位継承者、結婚式前夜に城を逃げ出し冒険の旅に出た姫 「マルヴァ
姫、海へ!－ガルニシ国物語 上下」アンヌ・ロール・ボンドゥー作;伊藤直子訳　評論社(児
童図書館・文学の部屋)　2007年8月

### マレク
第二次大戦中のドイツにいたポーランド人の強制労働者、ドイツ人の娘・マリアの恋人 「マ
レクとマリア」ヴァルトラウト・レーヴィン作;松沢あさか訳　さ・え・ら書房　2005年3月

### マレフィセント
オーロラ姫の命は十六歳までと呪いをかけたみなのおそれる魔女 「眠れる森の美女」
シャルル・ペロー原作;鈴木尚子訳　汐文社(ディズニープリンセス6姫の夢物語)　2007年3

### マローラム
帝国軍の審問官でダース・ヴェイダーの部下 「スター・ウォーズ/ラスト・オブ・ジェダイ3 ア
ンダーワールド」ジュード・ワトソン著;西村和子訳　オークラ出版(LUCAS BOOKS)　2007
年4月

まろら

## マローラム
帝国軍の審問官でダース・ヴェイダーの部下 「スター・ウォーズ/ラスト・オブ・ジェダイ4 ナブーに死す」 ジュード・ワトソン著;西村和子訳 オークラ出版(LUCAS BOOKS) 2007年6月

## マロリー・グレース
グレース家の3人の子どもたちの姉の女の子 「スパイダーウィック家の謎 第5巻 オーガーの宮殿へ」 ホリー・ブラック作;トニー・ディテルリッジ絵 文渓堂 2005年1月

## マーロン
「ワイルド・サッカーキッズS．S」のミッドフィルダー、キャプテンのレオンのあにき 「サッカーキッズ物語10」 ヨアヒム・マザネック作;高田ゆみ子訳;矢島眞澄絵 ポプラ社(ポップコーン・ブックス) 2006年3月

## マンジット
インド系イギリス人一家の末っ子、親が決めた結婚に反発している十三歳の少年 「インド式マリッジブルー」 バリ・ライ著;田中亜希子訳 東京創元社(海外文学セレクション) 2005年5月

## マンディ・ラッシュトン
水の中に入ったときだけ人魚になるエミリーに何かと意地悪をしていた元クラスメート 「エミリーのひみつ」 リズ・ケスラー著;矢羽野薫訳 ポプラ社 2005年11月

## マンブル
南極のエンペラーランドに住む超オンチの皇帝ペンギン、天才ダンサーの男の子 「ハッピーフィート」 ケイ・ウッドワード著;高橋千秋訳 竹書房(竹書房ヴィジュアル文庫) 2007年3月

## マンブル
南極の王国で生まれた皇帝ペンギン、心の歌を歌うかわりに華麗なダンスをする男の子 「ハッピーフィート」 河井直子訳 メディアファクトリー 2007年3月

## マンフレッド・ブルーア
ブルーア学園の校長の息子、催眠術が使える演劇科の最上級生 「チャーリー・ボーンは真夜中に(チャーリー・ボーンの冒険1)」 ジェニー・ニモ作;田中薫子訳;ジョン・シェリー絵 徳間書店 2006年1月

## マンフレッド・ブルーア
ブルーア学園の校長の息子、催眠術が使える少年 「海にきらめく鏡の城(チャーリー・ボーンの冒険4)」 ジェニー・ニモ作;田中薫子訳;ジョン・シェリー絵 徳間書店 2007年5月

## マンフレッド・ブルーア
ブルーア学園の校長の息子、催眠術が使える少年 「空色のへびのひみつ(チャーリー・ボーンの冒険3)」 ジェニー・ニモ作;田中薫子訳;ジョン・シェリー絵 徳間書店 2006年3月

## マンフレッド・ブルーア
ブルーア学園の校長の息子、催眠術が使える少年 「時をこえる七色の玉(チャーリー・ボーンの冒険2)」 ジェニー・ニモ作;田中薫子訳;ジョン・シェリー絵 徳間書店 2006年2月

## 【み】

## ミーガン
クラスでいちばんお行儀がよく一生懸命勉強している十一歳の少女 「秘密のチャットルーム」 ジーン・ユーア作;渋谷弘子訳 金の星社 2006年12月

### ミーガン
高校で一番人気の女の子グループ「プリティ・リトル・デビル」のメンバー、女の子らしい
キュートな少女 「プリティ・リトル・デビル」 ナンシー・ホルダー著;大谷真弓訳;鯨堂みさ帆
絵 マッグガーデン 2006年12月

### ミーガン・ミード
両親の海外赴任をきっかけに七人も息子がいる家で暮らすことになった男の子が苦手な優
等生の十六歳の少女 「ボーイズ♥レポート」 ケイト・ブライアン作;露久保由美子訳 理論
社 2007年4月

### ミシェル
サンフランシスコの住む大家族・タナー家の四年生の末娘 「フルハウス1 テフ&ミシェル」
リタ・マイアミ著;キャシー・E.ドゥボウスキ著;リー玲子訳;大塚典子訳 マッグガーデン 2007
年2月

### ミーシャ(ミハイル・メシンスキー)
ニーナのイタリアのヴェネツィアに住んでいるロシア人のおじいちゃん、未来を読むことがで
きる経験豊かな錬金術師で哲学者 「ルナ・チャイルド1 ニーナと魔法宇宙の月」 ムー
ニー・ウィッチャー作 荒瀬ゆみこ訳;佐竹美保画 岩崎書店 2007年9月

### ミズ・エイムズ
「プリマス・ホテル」の支配人、明るい茶色の髪をしたうつくしい女性 「すみれ色のプールの
なぞ(ボックスカー・チルドレン38)」 ガートルード・ウォーナー原作;小中セツ子訳 日向房
 2006年4月

### ミスター
ある日突然「ぼく」といっしょに暮らしたいとやってきた毒舌家だけど憎めない犬 「なんでネ
コがいるの? 続 ぼくはきみのミスター」 トーマス・ヴィンディング作;ヴォルフ・エァルブルッ
フ絵;小森香折訳 BL出版 2007年8月

### ミスター・ウッド
双子のクリスとリンディの父が質屋から買ってきた腹話術人形 「わらう腹話術人形(グース
バンプス5)」 R.L.スタイン作;津森優子訳;照世絵 岩崎書店 2006年11月

### ミスター・フー
魔法が使えるおばあちゃん・リー先生の弟子、人間に変身するトラ 「虎の弟子」 ローレン
ス・イェップ著;金原瑞人・西田登訳;佐竹美保画 あすなろ書房 2006年7月

### ミスター・ラクシャサス
ニムロッドおじさんの家にあるランプの中で暮らしている老ジン、ジンの生き字引 「ランプの
精3 カトマンズのコブラキング」 P.B.カー著;小林浩子訳 集英社 2006年11月

### ミス・ティック
チョークの土地が苦手な魔女 「魔女になりたいティファニーと奇妙な仲間たち」 テリー・プ
ラチェット著;冨永星訳 あすなろ書房 2006年10月

### ミストラル
人間に変身するトラ・ミスター・フーの仲間、口はわるいけど心はやさしい龍 「虎の弟子」
ローレンス・イェップ著;金原瑞人・西田登訳;佐竹美保画 あすなろ書房 2006年7月

### 水の精　みずのせい
花姫をとうめいにして花姫になりすましているわるい水の精 「リトル・プリンセス とうめいな
花姫」 ケイティ・チェイス作;日当陽子訳;泉リリカ絵 ポプラ社 2007年6月

### ミス・パースピケイシア・ティック(ミス・ティック)
チョークの土地が苦手な魔女 「魔女になりたいティファニーと奇妙な仲間たち」 テリー・プ
ラチェット著;冨永星訳 あすなろ書房 2006年10月

みすひ

## ミス・ヒッコリー
ニュー・ハンプシャーの果樹園に住んでいたリンゴの小枝とヒッコリーの実でできた田舎娘のお人形「ミス・ヒッコリーと森のなかまたち」キャロライン・シャーウィン・ベイリー作;坪井郁美訳;ルース・クリスマン・ガネット画　福音館書店(福音館文庫)　2005年1月

## ミス・プリングル
魔女の夜間学校で出会ったミセス・マナリングと「幽霊派遣会社」をつくったおしゃべりな女の人「幽霊派遣会社」エヴァ・イボットソン著;三辺律子訳　偕成社　2006年6月

## ミス・ブレント
イギリスデヴォン州の孤島の邸宅に招待されやってきた老婦人「そして誰もいなくなった」アガサ・クリスティー著;青木久惠訳　早川書房(クリスティー・ジュニア・ミステリ1)　2007年12月

## ミス・マープル
イギリスの静かな村セント・メアリ・ミードにすむ村であったことは何でも知っている老婦人「牧師館の殺人―ミス・マープル最初の事件」アガサ・クリスティ作;茅野美ど里訳　偕成社(偕成社文庫)　2005年4月

## ミス・マープル
七十四歳で探偵デビューした人間観察やうわさ話が好きなイギリスの小さな村に住む老婦人「名探偵ポワロとミス・マープル5 クリスマスの悲劇 ほか」アガサ=クリスティー原作;中尾明訳;うちべけい絵　汐文社　2005年3月

## ミーズル・スタッブズ
ママを誘拐した魔法使い・ラスモンクと果敢にたたかう少年「ミーズルと無敵のドラゴドン(ミーズルの魔界冒険シリーズ)」イアン・オグビー作;田中奈津子訳;磯良一画　講談社　2005年7月

## ミセス・シェパード
中学生のカイルを誘拐した女のひと、ドールハウスが自慢の赤毛のおばさん「ドールハウスから逃げだせ!」イヴ・バンティング著;瓜生知寿子訳　早川書房(ハリネズミの本箱)　2006年1月

## ミセス・ボロボロ
いちばん人間に近いオバケ「ウスラ人」、一見ふつうのおばあちゃんだが売れっ子作家「グレイ・アーサー1 おばけの友だち」ルイーズ・アーノルド作;松本美菜子訳;三木謙次画　ヴィレッジブックス　2007年7月

## ミセス・マナリング
魔女の夜間学校で出会ったミス・プリングルと「幽霊派遣会社」をつくった大がらな親分肌の女性「幽霊派遣会社」エヴァ・イボットソン著;三辺律子訳　偕成社　2006年6月

## ミセス・リトル
古い屋敷で知的障害のある十歳の女の子・ナタリーの世話をする老婆「星の歌を聞きながら」ティム・ボウラー著;入江真佐子訳　早川書房(ハリネズミの本箱)　2005年3月

## 道の長(サルター・ガルヴァ)　みちのおさ(さるたーがるば)
アンサル市のガルヴァ家の当主で一族の血を引くメマーに教育を授けた人「ヴォイス―西のはての年代記2」ル=グウィン著;谷垣暁美訳　河出書房新社　2007年8月

## ミッキー
タイムソルジャーとなって仲間といっしょに古代エジプトへ冒険に出かけた少年「エジプトのミイラ(タイムソルジャー5)」ロバート・グールド写真;キャスリーン・デューイ文;ユージーン・エプスタイン画;MON訳　岩崎書店　2007年10月

## ミッキー
タイムソルジャーとなって仲間といっしょに昔のトーキョーであるエドへ冒険に出かけた少年「サムライ(タイムソルジャー6)」ロバート・グールド写真;キャスリーン・デューイ文;ユージーン・エプスタイン画;MON訳　岩崎書店　2007年10月

**みみず**

**ミッコ**
ビールバラ提督たちといっしょに地下の国へ行った子どもたちの一人 「フーさんにお隣さんがやってきた」 ハンヌ・マケラ作;上山美保子訳 国書刊行会 2007年11月

**三つ子　みつご**
あたらしくネバーランドにやってきた生まれたての三つ子の光の妖精たち 「満月の夜のフィラ」 ゲイル・ヘルマン作;小宮山みのり訳;ディズニーストーリーブックアーティストグループ絵 講談社(ディズニーフェアリーズ文庫) 2006年9月

**ミッチェル**
ミスティック小学校へやって来たサーカス団の一員、子どもの道化師 「消えたトラを追え!(双子探偵ジーク&ジェン4)」 ローラ・E.ウィリアムズ著;石田理恵訳 早川書房(ハリネズミの本箱) 2006年9月

**ミーナ**
〈唯一神〉の使いと称する謎の少女、さまざまな奇跡を見せ武勲を立てた暗黒騎士 「ドラゴンランス魂の戦争第1部　上中下　墜ちた太陽の竜」 マーガレット・ワイス著;トレイシー・ヒックマン著;安田均訳 アスキー 2005年4月

**ミーナ**
〈唯一神〉の使いと称する謎の少女、さまざまな奇跡を見せ武勲を立てた暗黒騎士 「ドラゴンランス魂の戦争第2部　喪われた星の竜」 マーガレット・ワイス著;トレイシー・ヒックマン著;安田均訳 アスキー 2007年1月

**ミーナ**
ティルヤたちの祖母、代々受け継がれている魔法が使えるおばあちゃん 「ザ・ロープメイカー」 ピーター・ディッキンソン作;三辺律子訳 ポプラ社(ポプラ・ウイング・ブックス) 2006年7月

**南の歌姫　みなみのうたひめ**
デルトラ王国の首都デルにひそんでいる大地を毒し歌声で人を死や絶望へと誘いこむ歌姫 「デルトラ・クエスト 3-4 最後の歌姫」 エミリー・ロッダ作;上原梓訳;はけたれいこ画 岩崎書店 2005年6月

**ミネルヴァ・シャープ**
ジャマイカにあるキングトン家の大農園「ファウンテンヘッド」の女奴隷の娘 「レディ・パイレーツ」 セリア・リーズ著;亀井よし子訳 理論社 2005年4月

**ミノー**
少年アモスが奴隷から解放してやったミノタウロス 「アモス・ダラゴン 6エンキの怒り」 ブリアン・ペロー作;高野優監訳;荷見明子訳 竹書房 2006年3月

**ミハイル**
辻堂のかげでこごえていた裸男、靴屋のセミヨンがあわれみ家に連れて帰った若い男 「人は何で生きるか」 レフ・トルストイ著;北御門二郎訳 あすなろ書房(トルストイの散歩道1) 2006年5月

**ミハイル・メシンスキー**
ニーナのイタリアのヴェネツィアに住んでいるロシア人のおじいちゃん、未来を読むことができる経験豊かな錬金術師で哲学者 「ルナ・チャイルド1 ニーナと魔法宇宙の月」 ムーニー・ウィッチャー作;荒瀬ゆみこ訳;佐竹美保画 岩崎書店 2007年9月

**ミミ(いじわるミミ)**
自分は本物のプリンセスだと思っているいばりんぼのプリンセス人形、世界一いじのわるいお人形 「アナベル・ドールと世界一いじのわるいお人形」 アン・M.マーティン作;ローラ・ゴドウィン作;三原泉訳;ブライアン・セルズニック絵 偕成社 2005年5月

**ミミズ**
巨大な桃の中にいた巨大なミミズ 「ロアルド・ダールコレクション1 おばけ桃が行く」 ロアルド・ダール著クェンティン・ブレイク絵;柳瀬尚紀訳 評論社 2005年11月

279

みゆげ

## ミュゲット
ベルドレーヌ家の四女オルタンスが出会った一風変わった少女 「ベルドレーヌ四季の物語 冬のマドモアゼル」 マリカ・フェルジュク作;ドゥボーヴ・陽子訳 ポプラ社(ポプラポケット文庫) 2007年2月

## ミュゲット
ベルドレーヌ家の四女オルタンスの親友、白血病治療のためスイスへいった少女 「ベルドレーヌ四季の物語 春のマドモアゼル」 マリカ・フェルジュク作;ドゥボーヴ・陽子訳 ポプラ社(ポプラポケット文庫) 2007年4月

## ミラ
氷民のファーレイダー族、氷民軍の大将になった少女 「セブンスタワー 6 紫の塔」 ガース・ニクス作;西本かおる訳 小学館 2005年3月

## ミラ
氷民のファーレイダー族の少女 「セブンスタワー 3 魔法の国」 ガース・ニクス作;西本かおる訳 小学館(小学館ファンタジー文庫) 2007年12月

## ミラ
氷民ファーレイダー族の少女 「セブンスタワー 1 光と影」 ガース・ニクス作;西本かおる訳 小学館(小学館ファンタジー文庫) 2007年10月

## ミラ
氷民ファーレイダー族の少女 「セブンスタワー 2 城へ」 ガース・ニクス作;西本かおる訳 小学館(小学館ファンタジー文庫) 2007年11月

## ミラース
ナルニア王、カスピアン王子のおじでむごい男 「カスピアン王子のつのぶえ(ナルニア国ものがたり2)」 C.S.ルイス作;瀬田貞二訳 岩波書店 2005年10月

## ミラベル・アンウィン
クレア学院二年の新入生、どうせやめるからとだだっ子のようにしている少女 「おちゃめなふたごの新学期」 エニド・ブライトン作;佐伯紀美子訳 ポプラ社(ポプラポケット文庫) 2006年5月

## ミランダ
ミラノ大公プロスペローの娘、父とともに十二年間無人の孤島でくらしていた十五歳の少女 「こどものためのテンペスト」 ロイス・バーデット著;鈴木扶佐子訳 アートデイズ(シェイクスピアっておもしろい!) 2007年7月

## ミリ
14歳のレイチェルの妹で魔女、勉強好きな変わり者でテコンドーの達人でベジタリアン 「マンハッタンの魔女」 サラ・ムリノフスキ著;松本美菜子訳 ヴィレッジブックス 2006年11月

## ミリエル司教　みりえるしきょう
フランスのディーニュの町の徳たかく慈悲深い司教さま 「レ・ミゼラブル－ああ無情」 ビクトル・ユゴー作;大久保昭男訳 ポプラ社(ポプラポケット文庫) 2007年3月

## ミルコ
ミラノに住むふたごの弟、持ち手が黒のカナヅチをいつも持ちあるいている少年 「マルコとミルコの悪魔なんかこわくない!」 ジャンニ・ロダーリ作;関口英子訳;片岡樹里絵 くもん出版(くもんの海外児童文学) 2006年7月

## ミルドレッド・ラトルダスト
いちばん人間に近いオバケ「ウスラ人」の女の子、「見えない友だち」訓練生 「グレイ・アーサー2 おばけの訓練生」 ルイーズ・アーノルド作;松本美菜子訳;三木謙次画 ヴィレッジブックス 2007年11月

むっし

**ミロ**
銀色の巨大な体となってコールドハーバーを守る少年 「シルバーチャイルド 2 怪物ロアの襲来」 クリフ・マクニッシュ作;金原瑞人訳 理論社 2006年5月

**ミロ**
銀色の巨大な体となってコールドハーバーを守る少年 「シルバーチャイルド 3 目覚めよ!小さき戦士たち」 クリフ・マクニッシュ作;金原瑞人訳 理論社 2006年6月

**ミロ**
荒れはてたゴミの街・コールドハーバーへとつぜんめざしはじめた六人の子どもの一人、異常な食欲におそわれ体が変異していった少年 「シルバーチャイルド 1 ミロと6人の守り手」 クリフ・マクニッシュ作;金原瑞人訳 理論社 2006年4月

**ミンチン先生　みんちんせんんせい**
お金持ちの娘セアラが特別寄宿生として入学した上流子女寄宿学校の先生 「小公女」 フランセス・エリザ・小ジスン・バーネット作;秋川久美子訳 ポプラ社(ポプラポケット文庫) 2007年1月

**ミンティ**
十二歳の少女ルルのパパの新しい恋人、背が高くて派手な元スーパーモデル 「ミラクル・クッキーめしあがれ!―魔法のスイーツ大作戦1」 フィオナ・ダンバー作;露久保由美子訳;千野えなが絵 フレーベル館 2006年7月

**ミンティ**
少女ルルのパパの元恋人、背が高くて派手な元スーパーモデル 「夢をかなえて!ウィッシュ・チョコ―魔法のスイーツ大作戦3」 フィオナ・ダンバー作;露久保由美子訳;千野えなが絵 フレーベル館 2007年2月

**ミンティ**
少女ルルのパパの元恋人、背が高くて派手な元スーパーモデル 「恋のキューピッド・ケーキ―魔法のスイーツ大作戦2」 フィオナ・ダンバー作;露久保由美子訳;千野えなが絵 フレーベル館 2006年11月

**ミンティーおばさん**
九歳と五歳の姉妹・オリヴィアとネリーを夏休みの間あずかったおばさん 「花になった子どもたち」 ジャネット・テーラー・ライル作;市川里美画;多賀京子訳 福音館書店(世界傑作童話シリーズ) 2007年11月

**ミーンリー**
聖トランタース・エンド教会のスネリング牧師の親せき、いじわるおばさんとよばれている牧師館の家政婦 「いたずら魔女のノシーとマーム 1 秘密の呪文」 ケイト・ソーンダズ作;トニー・ロス絵;相良倫子訳;陶浪亜希訳 小峰書店 2005年9月

## 【む】

**百足　むかで**
巨大な桃の中にいたたまげるくらいでっかい百足 「ロアルド・ダールコレクション1 おばけ桃が行く」 ロアルド・ダール著クェンティン・ブレイク絵;柳瀬尚紀訳 評論社 2005年11月

**ムース(マシュー・フラナガン)**
刑務所の島・アルカトラズ島に引っ越してきた少年 「アル・カポネによろしく」 ジェニファ・チョールデンコウ著;こだまともこ訳 あすなろ書房 2006年12月

**ムッシー**
ウィリーとアンガスが夜明けのパトロール中に見つけたこいむらさき色のたまごから生まれたドラゴン 「ドラゴン・スレイヤー・アカデミー 9 ドラゴンがうまれた!」 ケイト・マクミュラン作;神戸万知訳;舵真秀斗絵 岩崎書店 2005年8月

むるこ

## ムルコニャ親方　むるこにゃおやかた
靴屋の店主、見習い職人・フラピッチの意地の悪い親方　「見習い職人フラピッチの旅」　イワナ・ブルリッチ゠マジュラニッチ作;山本郁子訳;二俣英五郎絵　小峰書店(おはなしメリーゴーラウンド)　2006年4月

## ムンク
カリブ海の島にあるタバコ農園の息子、島に流れついた海賊の少女ジョリーを助けた十四歳の少年　「海賊ジョリーの冒険 1 死霊の売人」　カイ・マイヤー著;遠山明子訳;佐竹美保画　あすなろ書房　2005年12月

## ムンク
カリブ海の島に流れついた海賊の少女ジョリーとともに行動するようになった十四歳の少年、貝の魔法を操ることができミズスマシのひとり　「海賊ジョリーの冒険 3 深海の支配者」　カイ・マイヤー著;遠山明子訳;佐竹美保画　あすなろ書房　2007年7月

## ムンク
カリブ海の島に流れついた海賊の少女ジョリーを助けともに旅に出た十四歳の少年、貝の魔法を操ることができミズスマシのひとり　「海賊ジョリーの冒険 2 海上都市エレニウム」　カイ・マイヤー著;遠山明子訳;佐竹美保画　あすなろ書房　2006年8月

# 【め】

## メー
ジョージ牧場一のきかんぼうの子ヒツジ　「にげろや、にげろ」　ヘレン・アームストロング作;ハリー・ホース絵;岡田好惠訳　評論社(児童図書館・文学の部屋)　2005年12月

## メアリー
サウス・ダコダ州の大草原の家に住むローラの姉、猩紅熱のため目が見えなくなってしまった少女　「大草原の小さな町」　ローラ・インガルス・ワイルダー作;足沢良子訳　草炎社(大草原の小さな家)　2007年7月

## メアリー
ランプの精のごしゅじんさまのアリの親友、モンゴメリー小学校に通う四年生の少女　「ランプの精リトル・ジーニー 3」　ミランダ・ジョーンズ作;宮坂宏美訳;サトウユカ絵　ポプラ社　2006年6月

## メアリー
四姉妹の末娘のディクシーが友だちになった高級住宅地に住む小学生の女の子　「ダイヤモンド・ガールズ」　ジャクリーン・ウィルソン作;尾高薫訳　理論社　2006年2月

## メアリー
森で見つけたほうきに乗って魔女の学校に飛んでいった女の子　「小さな魔法のほうき」　M.スチュアート[著];掛川恭子訳　ブッキング(fukkan.com)　2006年6月

## メアリー・ジェイン
そうじきにのってきた魔女ヒルダを家にいれた女の子　「水曜日の魔女」　ルース・チュウ作;日当陽子訳　フレーベル館(魔女の本棚)　2005年4月

## メアリー・マーヴェル
アメリカの人気映画女優、〈西洋の星〉と呼ばれる大きなダイヤモンドの持ちぬし　「名探偵ポワロとミス・マープル 6 西洋の星盗難事件 ほか」　アガサ・クリスティー原作;中尾明訳;宮沢ゆかり絵　汐文社　2005年3月

## メアリ・レノックス
インドで両親をなくしてイギリスの叔父さんが住むミスルスウェイト屋敷に引きとられた女の子　「秘密の花園 上下」　バーネット作;山内玲子訳　岩波書店(岩波少年文庫)　2005年3月

めたる

**メイッパイゾウ**
5つの目をもつゾウのモンスター 「キョーレツ科学者・フラニー 4」 ジム・ベントン作;杉田七重訳 あかね書房 2007年9月

**メイビー**
願かけ井戸農場でくらす黒人の父と白人の母を持つ11歳の女の子、いつも「たぶん」と答える恥ずかしがり屋 「ストローガール」 ジャッキー・ケイ著;代田亜香子訳 求龍堂 2005年9月

**メイベル**
妖精の王国『フェアリー・レルム』にすむたてがみにリボンをつけた美しい小さな白馬 「フェアリー・レルム 1 金のブレスレット」 エミリー・ロッダ著;岡田好惠訳;仁科幸子絵 童心社 2005年6月

**メイベル**
妖精の王国『ノェアリー・レルム』にすむたてがみにリボンをつけた美しい小さな白馬 「フェアリー・レルム 2 花の妖精」 エミリー・ロッダ著;岡田好惠訳;仁科幸子絵 童心社 2005年6月

**メイベル**
妖精の王国『フェアリー・レルム』にすむたてがみにリボンをつけた美しい小さな白馬 「フェアリー・レルム 7 星のマント」 エミリー・ロッダ著;岡田好惠訳;仁科幸子絵 童心社 2006年11月

**メイベル**
妖精の王国『フェアリー・レルム』にすむたてがみにリボンをつけた美しい小さな白馬 「フェアリー・レルム 9 空色の花」 エミリー・ロッダ著;岡田好惠訳;仁科幸子絵 童心社 2007年7月

**メーガン**
六歳の女の子、パパとママが離婚することになりふたつの家を行き来している娘 「ふたつの家の少女メーガン」 エリカ・ジョング文;木原悦子訳;朝倉めぐみ絵 あすなろ書房 2005年10月

**メギー**
朗読すると物語が現実になる魔法の声を持つ少女、モーの娘 「魔法の文字」 コルネーリア・フンケ著;浅見昇吾訳 WAVE出版 2006年12月

**メグ**
マーチ家四人姉妹の長女、家庭教師をしている十六歳の少女 「若草物語」 ルイザ・メイ・オルコット作;小林みき訳 ポプラ社(ポプラポケット文庫) 2006年6月

**メークエン・バーリタン**
奴隷となった少女アリーが仕えることになった一家の主人、ルリアンの公爵 「アリーの物語 1 女騎士アランナの娘―きまぐれな神との賭けがはじまる」 タモラ・ピアス作;本間裕子訳 PHP研究所 2007年7月

**メーター**
小さな町のラジエーター・スプリングスに住んでいる古ぼけたレッカー車 「カーズ」 リーザ・パパデメトリュー作;橘高弓枝訳 偕成社(ディズニーアニメ小説版) 2006年6月

**メタルビーク**
世界征服をたくらむ悪の集団＜純血団＞のリーダー、仮面をつけたフクロウ 「ガフールの勇者たち 3 恐怖の仮面フクロウ」 キャスリン・ラスキー著;食野雅子訳 メディアファクトリー 2007年3月

**メタルビーク**
世界征服をたくらむ悪の集団＜純血団＞のリーダー、仮面をつけたフクロウ 「ガフールの勇者たち 4 フール島絶対絶命」 キャスリン・ラスキー著;食野雅子訳 メディアファクトリー 2007年7月

めだん

## メダン元帥　めだんげんすい
エルフ王国・クォリネスティの支配を任された暗黒騎士団の元帥 「ドラゴンランス魂の戦争第1部　上中下　墜ちた太陽の竜」 マーガレット・ワイス著;トレイシー・ヒックマン著;安田均訳　アスキー　2005年4月

## メダン元帥　めだんげんすい
エルフ王国・クォリネスティの支配を任された暗黒騎士団の元帥 「ドラゴンランス魂の戦争第2部　喪われた星の竜」 マーガレット・ワイス著;トレイシー・ヒックマン著;安田均訳　アスキー　2007年1月

## メドゥーサ
その目を見た者を石にしてしまうゴルゴン族の少女、少年アモスの仲間 「アモス・ダラゴン10ふたつの軍団」 ブリアン・ペロー作;高野優監訳;宮澤実穂訳　竹書房　2007年4月

## メドゥーサ
その目を見た者を石にしてしまうゴルゴン族の少女、少年アモスの仲間 「アモス・ダラゴン11エーテルの仮面」 ブリアン・ペロー作;高野優監訳;河村真紀子訳　竹書房　2007年7月

## メドゥーサ
その目を見た者を石にしてしまうゴルゴン族の少女、少年アモスの仲間 「アモス・ダラゴン12運命の部屋」 ブリアン・ペロー作;高野優監訳;荷見明子訳　竹書房　2007年10月

## メドゥーサ
その目を見た者を石にしてしまうゴルゴン族の少女、少年アモスの仲間 「アモス・ダラゴン6エンキの怒り」 ブリアン・ペロー作;高野優監訳;荷見明子訳　竹書房　2006年3月

## メドゥーサ
その目を見た者を石にしてしまうゴルゴン族の少女、少年アモスの仲間 「アモス・ダラゴン7地獄の旅」 ブリアン・ペロー作;高野優監訳;野澤真理子訳　竹書房　2006年7月

## メドゥーサ
その目を見た者を石にしてしまうゴルゴン族の少女、少年アモスの仲間 「アモス・ダラゴン8ペガサスの国」 ブリアン・ペロー作;高野優監訳;臼井美子訳　竹書房　2006年10月

## メドゥーサ
その目を見た者を石にしてしまうゴルゴン族の少女、少年アモスの仲間 「アモス・ダラゴン9黄金の羊毛」 ブリアン・ペロー作;高野優監訳;橘明美訳　竹書房　2006年12月

## メドゥーサ
人間や動物を石に変えることができるゴルゴン族の髪の毛が金色の蛇でできている少女 「アモス・ダラゴン1　仮面を持つ者」 ブリアン・ペロー作;高野優監訳;野澤真理子訳　竹書房　2005年6月

## メドゥーサ
人間や動物を石に変えることができるゴルゴン族の髪の毛が金色の蛇でできている少女 「アモス・ダラゴン4　フレイヤの呪い」 ブリアン・ペロー作;高野優監訳;宮澤実穂訳　竹書房　2005年1月

## メドゥーサ
人間や動物を石に変えることができるゴルゴン族の髪の毛が金色の蛇でできている少女 「アモス・ダラゴン5　エル・バブの塔」 ブリアン・ペロー作;高野優監訳;河村真紀子訳　竹書房　2005年12月

## メマー・ガルヴァ
アンサル市のガルヴァ家の血をひく娘、侵略者・オルド人を憎む少女 「ヴォイスー西のはての年代記2」 ル=グウィン著;谷垣暁美訳　河出書房新社　2007年8月

めるべ

### メラニー
課外活動の指導教官、「コーラル・キャンプ場」にいたわかい女性 「さんごしょうのなぞ（ボックスカー・チルドレン41）」ガートルード・ウォーナー原作;小野玉央訳 日向房 2006年11月

### メラニー・ビービ（メル）
交通事故でこの世を去った十三歳の女の子、「あの世」にある天使の学校・エンジェル・アカデミーの生徒 「聖なる鎖の絆(リンク)」アニー・ドルトン作;美咲花音訳;荒川麻衣子画 金の星社(フォア文庫) 2005年9月

### メリッサ・アンダソン
両親が旅行中にサリーおばさんと一週間を過ごしたアンダソン家の三人姉弟の長女、十歳の女の子 「サリーおばさんとの一週間」ポリー・ホーヴァス作;北條文緒訳 偕成社 2007年4月

### メリマン・リオン
十一歳の少年ウィルと同じ〈古老〉たちの力を引き継いだ大柄な男、〈古老〉としてめざめたウィルを導いてくれる人 「闇の戦い 1光の六つのしるし」スーザン・クーパー著;浅羽英子訳 評論社(fantasy classics) 2006年12月

### メリマン・リオン
十一歳の少年ウィルと同じ〈古老〉たちの力を引き継いだ大柄な男、〈古老〉としてめざめたウィルを導いてくれる人 「闇の戦い 3灰色の王」スーザン・クーパー著;浅羽英子訳 評論社(fantasy classics) 2007年3月

### メリマン・リオン
十一歳の少年ウィルと同じ〈古老〉たちの力を引き継いだ大柄な男、〈古老〉としてめざめたウィルを導いてくれる人 「闇の戦い 4樹上の銀」スーザン・クーパー著;浅羽英子訳 評論社(fantasy classics) 2007年3月

### メリマン・リオン（ガメリー）
十一歳の少年ウィルと同じ〈古老〉たちの力を引き継いだ大柄な男、〈古老〉としてめざめたウィルを導いてくれる人 「闇の戦い 2みどりの妖婆」スーザン・クーパー著;浅羽英子訳 評論社(fantasy classics) 2006年12月

### メル
「高地」のカスプロマントの首長・カノックの妻でオレックの母親、「低地」人 「ギフト―西のはての年代記1」ル＝グウィン著;谷垣暁美訳 河出書房新社 2006年6月

### メル
交通事故でこの世を去った十三歳の女の子、「あの世」にある天使の学校・エンジェル・アカデミーの生徒 「聖なる鎖の絆(リンク)」アニー・ドルトン作;美咲花音訳;荒川麻衣子画 金の星社(フォア文庫) 2005年9月

### メルテリュス
死者の町ブラハの裁判所の最高判事 「アモス・ダラゴン2 ブラハの鍵」ブリアン・ペロー作;高野優監訳;臼井美子訳 竹書房 2005年7月

### メルフィー　めるふぃー
ドジな女の子・アンナのまえにあらわれたいたずらなちび魔女 「ちび魔女メルフィー ドジはせいこうのもと」アンドレアス・シュリューター作;佐々木田鶴子訳;佐竹美保絵 旺文社(旺文社創作児童文学) 2006年4月

### メルヴェト
イスラエルの少女・ガリトと文通をはじめたパレスチナの12歳の少女 「友だちになれたら、きっと。」ガリト・フィンク作;メルヴェト・アクラム・シャーバーン作;いぶきけい訳 鈴木出版(鈴木出版の海外児童文学) 2007年6月

めるも

### メル・モイステン
中学生の便利屋「ティーン・パワー」のメンバー・トムの離婚した父親、バンヤン・ベイの町に引っ越した絵描き 「ティーン・パワーをよろしく8 危険なリゾート」 エミリー・ロッダ著;岡田好恵訳 講談社(YA!entertainment) 2007年2月

### メルラン・ギレスピー
ベルドレーヌ家にやってきた冷凍食品の配達係の若者、ひとのいいブ男 「ベルドレーヌ四季の物語 冬のマドモアゼル」 マリカ・フェルジュク作;ドゥボーヴ・陽子訳 ポプラ社(ポプラポケット文庫) 2007年2月

### メルラン・ギレスピー
ベルドレーヌ家の三女ベッチナをふった冷凍食品の配達係の若者、ひとのいいブ男 「ベルドレーヌ四季の物語 春のマドモアゼル」 マリカ・フェルジュク作;ドゥボーヴ・陽子訳 ポプラ社(ポプラポケット文庫) 2007年4月

### メロディ
ヴァージニア州にある厩舎ハートランドに預けられた妊娠十ヵ月の雌馬 「長い夜―ハートランド物語」 ローレン・ブルック著;勝浦寿美訳 あすなろ書房 2007年11月

### メロディ
フェアリーランドの記念式典のじゅんびをしていた音楽の妖精 「音楽の妖精(フェアリー)メロディ(レインボーマジック)」 デイジー・メドウズ作;田内志文訳 ゴマブックス 2007年8月

### メンダックス
牧師館に住む仕切りやで人間の言葉を話す黒猫、邪悪な魔女アバークロンビーの元スパイ 「いたずら魔女のノシーとマーム 3 呪われた花嫁」 ケイト・ソーンダズ作;トニー・ロス絵;相良倫子訳;陶浪亜希訳 小峰書店 2006年2月

### メンダックス
牧師館に住む仕切りやで人間の言葉を話す黒猫、邪悪な魔女アバークロンビーの元スパイ 「いたずら魔女のノシーとマーム 4 魔法のパワーハット」 ケイト・ソーンダズ作;トニー・ロス絵;相良倫子訳;陶浪亜希訳 小峰書店 2006年4月

### メンダックス
牧師館に住む仕切りやで人間の言葉を話す黒猫、邪悪な魔女アバークロンビーの元スパイ 「いたずら魔女のノシーとマーム 5 恐怖のタイムマシン旅行」 ケイト・ソーンダズ作;トニー・ロス絵;相良倫子訳;陶浪亜希訳 小峰書店 2006年6月

### メンダックス
牧師館に住む仕切りやで人間の言葉を話す黒猫、邪悪な魔女アバークロンビーの元スパイ 「いたずら魔女のノシーとマーム 6 最後の宇宙決戦」 ケイト・ソーンダズ作;トニー・ロス絵;相良倫子訳;陶浪亜希訳 小峰書店 2006年7月

### メンダックス(ティブルス)
魔女島を追放されたふたりの魔女が住みついた聖トランタース・エンド教会で飼われることになったやせこけた小さな黒猫 「いたずら魔女のノシーとマーム 2 謎の猫、メンダックス」 ケイト・ソーンダズ作;トニー・ロス絵;相良倫子訳;陶浪亜希訳 小峰書店 2005年9月

## 【も】

### モー
ジョージ牧場の雌牛、ネズミのラッティとは赤んぼうのころからの親友 「にげろや、にげろ」 ヘレン・アームストロング作;ハリー・ホース絵;岡田好恵訳 評論社(児童図書館・文学の部屋) 2005年12月

### モー
娘のメギーと同じく魔法の声を持つ父、古い本を修繕する仕事をしている男 「魔法の文字」 コルネーリア・フンケ著;浅見昇吾訳 WAVE出版 2006年12月

### モア
地底に住むメドレヴィング人、十三歳のニースの仲良しの十一歳の女の子 「メドレヴィング 地底からの小さな訪問者」キルステン・ボイエ著;長谷川弘子訳 三修社 2006年5月

### モイラ
呪われた町カーストンのスラム街ブロークン・タウンで暮らす13歳の貧しい盗賊の少女 「銀竜の騎士団－大魔法使いとゴブリン王」マット・フォーベック著;安田均監訳 アスキー(ダンジョンズ&ドラゴンズスーパーファンタジー) 2007年12月

### モウルディ(マーティン・モウルド)
札つきのワルで大人と同じように酒を飲む凶暴という言葉がふさわしい十六歳の少年 「クレイ」デイヴィッド・アーモンド著;金原瑞人訳 河出書房新社 2007年7月

### モーガン・パークス
イタリアで開催するゴーカートのグランプリレースに参戦する若きレーサー 「シークレット・エージェント・ジャック ミッション・ファイル04」エリザベス・シンガー・ハント著;田内志文訳 エクスナレッジ 2007年12月

### モーガン夫妻　もーがんふさい
サニー・オークス牧場のオーナー夫妻 「馬のなぞ(ボックスカー・チルドレン34)」ガートルード・ウォーナー原作;小野玉央訳 日向房 2005年8月

### モーキー・ジョー
次々に子どもたちを襲い街を恐怖におとしいれる宇宙からきた謎の怪物 「モーキー・ジョー 1 宇宙からの魔の手」ピーター・J・マーレイ作;木村由利子訳;新井洋行絵 フレーベル館 2005年7月

### モーキー・ジョー
少年ハドソンを殺す任務をおった宇宙からきた怪物、ハドソンの実の父親が発明した殺し屋マシン 「モーキー・ジョー 3 最後の審判」ピーター・J・マーレイ作;木村由利子訳;新井洋行絵 フレーベル館 2006年1月

### モーキー・ジョー
牢に閉じこめられていたが前より強力になった宇宙からきた怪物 「モーキー・ジョー 2 よみがえる魔の手」ピーター・J・マーレイ作;木村由利子訳;新井洋行絵 フレーベル館 2005年10月

### モグラ
魔法にかかっていたモグラ、少女ベットがたのまれて本を朗読して聞かせることになった相手 「川べのちいさなモグラ紳士」フィリパ・ピアス作;猪熊葉子訳 岩波書店 2005年5月

### モシエ
ユダヤ系アメリカ人の十二歳の少年、母親が監督になったリトルリーグチームのメンバー 「ベーグル・チームの作戦」E.L.カニグズバーグ作;松永ふみ子訳 岩波書店(岩波少年文庫) 2006年9月

### モス
妖精の谷ピクシー・ホロウの街頭や懐中電灯がわりになっているホタルの訓練をしている光の妖精 「満月の夜のフィラ」ゲイル・ヘルマン作;小宮山みのり訳;ディズニーストーリーブックアーティストグループ絵 講談社(ディズニーフェアリーズ文庫) 2006年9月

### モットモット一伯　もっともっと一はく
キンカタクサーン城にすむお金もち 「ドラゴン・スレイヤー・アカデミー 8 ほろびの予言」ケイト・マクミュラン作;神戸万知訳;舵真秀斗絵 岩崎書店 2005年5月

### モーディ
ドラゴン・キャンプの監督、どろレスリングのコーチ 「ドラゴン・スレイヤー・アカデミー 2-7 ドラゴン・キャンプ」ケイト・マクミュラン作;神戸万知訳;舵真秀斗絵 岩崎書店 2007年7月

もど

## モード
兄のネイサンとタモ・ホワイトと共にマダガスカルへ向かった内気な女の子 「海賊の息子」
ジェラルディン・マコックラン作;上原里佳訳 偕成社 2006年7月

## モードセット
現ダリッチ君主カーフュー子爵の従兄弟で元君主、古巣の都を訪れた男 「イルムア年代
記2 女神官ラークの陰謀」 デイヴィッド・L.ストーン著;日暮雅通訳 ソニー・マガジンズ
2005年6月

## モードセット大公　もーどせっとたいこう
イルムア大陸の野蛮人種・ティースグリット一族を始末しようと一計を案じた男 「イルムア年
代記3 サスティ姫の裏切り」 デイヴィッド・L.ストーン著;日暮雅通訳 ソニー・マガジンズ
2006年2月

## モードレッド校長　もーどれっどこうちょう
ドラゴン・スレイヤー・アカデミーの校長、けちで有名な男 「ドラゴン・スレイヤー・アカデミー
2-1 ドラゴンになっちゃった」 ケイト・マクミュラン作;神戸万知訳;舵真秀斗絵 岩崎書店
2006年8月

## モードレッド校長　もーどれっどこうちょう
ドラゴン・スレイヤー・アカデミーの校長、けちで有名な男 「ドラゴン・スレイヤー・アカデミー
4 ウィリーのけっこん!?」 ケイト・マクミュラン作;神戸万知訳;舵真秀斗絵 岩崎書店 2005
年1月

## モートン
ウォートンのきょうだい、料理がだいすきなヒキガエル 「ウォートンとモートンの大ひょうりゅう
－ヒキガエルとんだ大冒険6」 ラッセル・E・エリクソン作;ローレンス・ディ・フィオリ絵;佐藤凉
子訳 評論社(児童図書館・文学の部屋) 2007年11月

## モナ・フロイド
オハイオ州の小さな町ヘヴンで家族四人とたくさんの動物たちとくらしている十四歳の女の
子 「天使のすむ町」 アンジェラ・ジョンソン作;冨永星訳 小峰書店(Y.A.Books) 2006年5
月

## モモ
浮浪児の女の子 「モモ」 ミヒャエル・エンデ作;大島かおり訳 岩波書店(岩波少年文庫)
2005年6月

## モーラ・ショー
お金もうけが好きな6年生グレッグの幼なじみ、がんこな女の子 「お金もうけは悪いこと?」
アンドリュー・クレメンツ作;田中奈津子訳 講談社 2007年8月

## モリー・アスター
ネバーランド号の一等船室の乗客、船で孤児のピーターに出会った少女 「ピーターと星
の守護団 上下」 デイヴ・バリー著 リドリー・ピアスン著;海後礼子訳 主婦の友社 2007年3
月

## モリー・アスター
流星砂を守る「星の守護団」のメンバーである両親とロンドンに暮らしている女の子 「ピー
ターと影泥棒 上下」 デイヴ・バリー著 リドリー・ピアスン著;海後礼子訳 主婦の友社 2007
年7月

## モリアーティ教授　もりあーてぃきょうじゅ
犯罪界のナポレオン、名探偵ホームズの死んだと思われていた仇敵 「ベイカー少年探偵
団1－消えた名探偵」 アンソニー・リード著;池央耿訳 評論社(児童図書館・文学の部屋)
2007年12月

もりっ

**モリアーティ教授　もりあーてぃきょうじゅ**
犯罪界のナポレオン、名探偵ホームズの死んだと思われていた仇敵 「ベイカー少年探偵団 2－さらわれた千里眼」 アンソニー・リード著;池央耿訳 評論社(児童図書館・文学の部屋) 2007年12月

**モリー・シボーン・マクファーソン(メイビー)**
願かけ井戸農場でくらす黒人の父と白人の母を持つ11歳の女の子、いつも「たぶん」と答える恥ずかしがり屋 「ストローガール」 ジャッキー・ケイ著;代田亜香子訳 求龍堂 2005年9月

**モーリス**
村一番の美人・ベルの父親、発明家 「美女と野獣」 ボーモン夫人原作;竹内みどり訳 汐文社(ディズニープリンセス6姫の夢物語) 2007年1月

**モリー・スティーブンス**
十歳の少年ハドソンの大親友、決断力があってタフな十歳の少女 「モーキー・ジョー 1 宇宙からの魔の手」 ピーター・J・マーレイ作;木村由利子訳;新井洋行絵 フレーベル館 2005年7月

**モリー・スティーブンス**
少年ハドソンが生まれた星にいっしょに行くために宇宙船に乗りこんだ少女、ハドソンの大親友 「モーキー・ジョー 3 最後の審判」 ピーター・J・マーレイ作;木村由利子訳;新井洋行絵 フレーベル館 2006年1月

**モリー・スティーブンス**
少年ハドソンの大親友、決断力があってタフな中学生の少女 「モーキー・ジョー 2 よみがえる魔の手」 ピーター・J・マーレイ作;木村由利子訳;新井洋行絵 フレーベル館 2005年10月

**モーリッツ**
もとフルストルフFCのエース、転校し少年サッカーチーム「ブルーイエローSC」に入った四年生の男の子 「キッカーズ! 1 モーリッツの大活躍」 フラウケ・ナールガング作;ささきたづこ訳 小学館 2006年5月

**モーリッツ**
少年サッカーチーム「ブルーイエローSC」に入った四年生の転校生、エースストライカー 「キッカーズ! 2 ニコの大ピンチ」 フラウケ・ナールガング作;ささきたづこ訳 小学館 2006年7月

**モーリッツ**
少年サッカーチーム「ブルーイエローSC」に入った四年生の転校生、エースストライカー 「キッカーズ! 3 小学校対抗サッカー大会」 フラウケ・ナールガング作;ささきたづこ訳 小学館 2006年12月

**モーリッツ**
少年サッカーチーム「ブルーイエローSC」に入った四年生の転校生、エースストライカー 「キッカーズ! 4 仲間われの危機」 フラウケ・ナールガング作;ささきたづこ訳 小学館 2007年3月

**モーリッツ**
少年サッカーチーム「ブルーイエローSC」に入った四年生の転校生、エースストライカー 「キッカーズ! 5 練習場が見つからない」 フラウケ・ナールガング作;ささきたづこ訳 小学館 2007年6月

**モーリッツ**
少年サッカーチーム「ブルーイエローSC」に入った四年生の転校生、エースストライカー 「キッカーズ! 6 めざせ、優勝だ!」 フラウケ・ナールガング作;ささきたづこ訳 小学館 2007年9月

もりふ

**モリー・フェイス**
一世を風靡した「女海賊」、十六歳の娘アートの六年前に死んだ母親 「パイレーティカ女海賊アートの冒険 上下」 タニス・リー著;築地誠子訳;渡瀬悠宇絵 小学館(小学館ルルル文庫) 2007年7月

**モリー・ベーカー**
ロイヤルバレエスクール中等部の新入生、ミッドランズ地方のコヴェントリーからきた十二歳の少女 「ロイヤルバレエスクール・ダイアリー7 新しい出会い」 アレクサンドラ・モス著;阪田由美子訳 草思社 2007年2月

**モルテン**
小人になったニルスをのせて空を飛んだまっ白なわかいおすガチョウ 「ニルスのふしぎな旅上下」 セルマ・ラーゲルレーヴ作;菱木晃子訳;ベッティール・リーベック画 福音館書店(福音館古典童話シリーズ) 2007年6月

**モンキー**
人間に変身するトラ・ミスター・フーの仲間、雲に乗って天空をかけめぐる金色のサル 「虎の弟子」 ローレンス・イェップ著;金原瑞人・西田登訳;佐竹美保画 あすなろ書房 2006年7月

**モンスター・ナゼステター**
小学校のごみ箱にすてられたゴミから生まれたモンスター 「キョーレツ科学者・フラニー1」 ジム・ベントン作;杉田七重訳 あかね書房 2007年6月

**モンタギュー・エクアドル・サラアライ三世　もんたぎゅーえくあどるさらあらいさんせい**
イギリスでいちばん有名な「なりきり」、「見えない友だち」訓練生 「グレイ・アーサー2 おばけの訓練生」 ルイーズ・アーノルド作;松本美菜子訳;三木謙次画 ヴィレッジブックス 2007年11月

## 【や】

**ヤイプス**
小人、ラスベリーの町を抜け出した女の子・アレクサの旅の仲間 「エリオン国物語 2 ダークタワーの戦い」 パトリック・カーマン著;金原瑞人・小田原智美訳 アスペクト 2006年12月

**ヤコブ**
エイナールのとなりの農場の友だちの男の子 「牛追いの冬」 マリー・ハムズン作;石井桃子訳 岩波書店(岩波少年文庫) 2006年2月

**ヤサルとハシム**
ベドウィンの兄弟、イギリスの貴族のレディ・グランダスミスの無口な従者 「ノーチラス号の冒険 6 黒い同胞団」 ヴォルフガンク・ホールバイン著;平井吉夫訳 創元社 2007年5月

**野獣　やじゅう**
魔法使いに罰として呪いをかけられ醜い野獣のすがたにされた王子 「美女と野獣」 ボーモン夫人原作;竹内みどり訳 汐文社(ディズニープリンセス6姫の夢物語) 2007年1月

**野人　やじん**
モスクワで闇の者たちを殺害している「光」の魔術師、企業の会計検査官 「ナイト・ウォッチ」 セルゲイ・ルキヤネンコ著;法木綾子訳 バジリコ 2005年12月

**山高帽の男　やまたかぼうのおとこ**
発明好きな少年・ルイスをつけねらう謎の男 「ルイスと未来泥棒」 アイリーン・トリンブル作;メアリー・オーリン作;しぶやまさこ訳 偕成社(ディズニーアニメ小説版) 2007年11月

ヤン
学校に行くとちゅうで知りあったホームレスのおじさんのことが忘れられない男の子 「友だ
ちになろうよ、バウマンおじさん」 ピート・スミス作;佐々木田鶴子訳 あかね書房(あかね・
新読み物シリーズ) 2005年10月

## 【ゆ】

幽霊　ゆうれい
少年・マックスのコンピューターの画面の中にいたギラギラした歯の幽霊 「ポータブル・
ゴースト」 マーガレット・マーヒー作;幾島幸子訳 岩波書店 2007年6月

雪の女王　ゆきのじょおう
夜に雪といっしょにおりてきたまるで氷でできたような女王、悪い鏡のかけらをカイの心臓に
ささらせた女王 「雪の女王」 アンデルセン作;木村由利子訳 偕成社 2005年4月

ユージーン・オーガスタス・モンゴメリー・ハロルド・バートン(ハリー)
両親を事故で亡くし二人の大おばさんと暮らすことになった少年 「ハリーとしわくちゃ団」
アラン・テンパリー作;日当陽子訳 評論社(評論社の児童図書館・文学の部屋) 2007年11
月

ユースチス・クラレンス・スクラブ
いとこにあたるペベンシー家のエドマンドとルーシィもろとも絵の中に吸い込まれてナルニ
ア国へ行った男の子 「朝びらき丸東の海へ(ナルニア国ものがたり3)」 C.S.ルイス作;瀬
田貞二訳 岩波書店 2005年10月

ユースチス・スクラブ
チリアン王が救い手を呼んだすぐあとにナルニア国にもどってきた男の子 「さいごの戦い
(ナルニア国ものがたり7)」 C.S.ルイス作;瀬田貞二訳 岩波書店 2005年10月

ユースチス・スクラブ
ライオンのアスランに呼びよせられてナルニア国にいった男の子、ペベンシーきょうだいの
いとこ 「銀のいす(ナルニア国ものがたり4)」 C.S.ルイス作;瀬田貞二訳 岩波書店 2005
年10月

ユ スンウ博士　ゆ・すんうはかせ
カンボジアのアンコール遺跡プレア・カーンで失踪した考古学者で旅行家、頭脳明晰なヘ
ラムの父 「秘密の島」 ペソウン作;金松伊訳;キムジュヒョン絵 汐文社(いま読もう!韓国ベ
スト読みもの) 2005年3月

ユニコーン
真夜中のまほうで『ユニコーンのおやど』の看板からでてきたユニコーン 「真夜中のまほう」
フィリス・アークル文;エクルズ・ウィリアムズ絵;飯田佳奈絵訳 BL出版 2006年2月

ユニコーン
妖精の王国の『夢の森』にいるかしこく大きな力を持っているユニコーン、王国のなかでも
特別な存在 「フェアリー・レルム6 夢の森のユニコーン」 エミリー・ロッダ著;岡田好恵訳;
仁科幸子絵 童心社 2006年7月

ユ ヘラム　ゆ・へらむ
生命工学者になる夢を持つ頭脳明晰な13才の男の子、考古学者のユスンウ博士の息子
「秘密の島」 ペソウン作;金松伊訳;キムジュヒョン絵 汐文社(いま読もう!韓国ベスト読みも
の) 2005年3月

ユレブック
空から「霧の道」に落ちてきたキャンピングカーに乗った本物のサンタクロース 「サンタが
空から落ちてきた」 コルネーリア・フンケ著;浅見昇吾訳 WAVE出版 2007年12月

ゆんぼ

## ユンボギ
ガムを売って生計を立ててひとりで弟や病気の父親の世話をしている小学四年生 「あの空にも悲しみが。ー完訳「ユンボギの日記」」 イ・ユンボック著;塚本勲訳 評言社 2006年8月

# 【よ】

## 妖精　ようせい
シンデレラを守る妖精、シンデレラが舞踏会に行くために魔法で奇跡を起こしてくれた老女 「シンデレラ」 シャルル・ペロー原作;神田由布子訳 汐文社(ディズニープリンセス6姫の夢物語) 2007年2月

## 妖精たち　ようせいたち
妖精の王国『フェアリー・レルム』のおさなくていたずらばかりする小指ほどしかないとても小さな妖精たち 「フェアリー・レルム 2 花の妖精」 エミリー・ロッダ著;岡田好惠訳;仁科幸子絵 童心社 2005年6月

## ヨコシマ
ナルニア国の終わりごろ西ざかいの森に住んでいた年よりでずるがしこい大毛ザル 「さいごの戦い(ナルニア国ものがたり7)」 C.S.ルイス作;瀬田貞二訳 岩波書店 2005年10月

## ヨシイエ
タイムソルジャーのミッキーたちが訪れた江戸時代でケンドウの道場をひらいていたサムライ 「サムライ(タイムソルジャー6)」 ロバート・グールド写真;キャスリーン・デューイ文;ユージーン・エプスタイン画;MON訳 岩崎書店 2007年10月

## ヨーシュ
人間の世界に足を踏み入れたエルフ族のひとり、心やさしいちいさな少年 「ひとりぼっちのエルフ」 シルヴァーナ・デ・マーリ著;荒瀬ゆみこ訳 早川書房(ハリネズミの本箱) 2005年12月

## ヨシュカ
七歳になってついに「ワイルド・サッカーキッズS. S」の正式メンバーになった男の子、ディフェンダーのユーリの弟 「サッカーキッズ物語9」 ヨアヒム・マザネック作;高田ゆみ子訳;矢島眞澄絵 ポプラ社(ポップコーン・ブックス) 2005年12月

## ヨーナタン・トロッツ
キルヒベルクにあるギムナジウム(寄宿学校)に入っている少年5人のひとり 「飛ぶ教室」 エーリヒ・ケストナー作;池田香代子訳 岩波書店(岩波少年文庫) 2006年10月

## ヨナタン・トロッツ
キルヒベルクのギムナジウム(高等学校)の寄宿舎の四年生、作家になりたいと思っている少年 「飛ぶ教室」 エーリヒ・ケストナー作;若松宣子訳;フジモトマサル絵 偕成社(偕成社文庫) 2005年7月

## ヨーヌ公　よーぬこう
ブラテル・ラ・グランドの領主で「光の騎士」たちの長 「アモス・ダラゴン1 仮面を持つ者」 ブリアン・ペロー作;高野優監訳;野澤真理子訳 竹書房 2005年6月

## ヨーヌ公　よーぬこう
ブラテル・ラ・グランドを追放された元領主 「アモス・ダラゴン2 ブラハの鍵」 ブリアン・ペロー作;高野優監訳;臼井美子訳 竹書房 2005年7月

## ヨハネス・リッター
ハンブルクに母親と住む十二歳の少年、地底に住むメドレヴィング人に会った子ども 「メドレヴィング 地底からの小さな訪問者」 キルステン・ボイエ著;長谷川弘子訳 三修社 2006年5月

らいら

### ヨーラン
「心の声のひびくがままに」という父のことばを胸に西にむかってひとり旅にでた若者 「聖ヨーランの伝説」ウルフ・スタルク作 アンナ・ヘグルンド絵;菱木晃子訳 あすなろ書房 2005年9月

### ヨーリス
大好きなおじさんの死を前に戸惑っているサッカーが大好きな少年 「いっぱい泣くとのどがかわくよ」アンケ・クラーネンドンク著;長山さき訳;サスキア・ハルフマウイラスト; パロル舎 2005年3月

### 燕山王　よんさんおう
朝鮮王朝十代目の王、むなしくて気持ちがすさむ時やあせりといらだちで身のふりようがない時に詩を詠む君主 「チャングムの誓い－ジュニア版3」キムサンホン原作;金松伊訳;金正愛さし絵 汐文社 2007年2月

## 【ら】

### ライアン
ニューヨーク市にある動物園の人気もののライオン・サムソンの息子 「ライアンを探せ!」アイリーン・トリンブル作;しぶやまさこ訳 偕成社(ディズニーアニメ小説版) 2006年11月

### ライオン
ナルニア国の創造主で偉大なる王、豊かな金色のたてがみをもったライオン 「ナルニア国物語ライオンと魔女」C.S.ルイス原作;間所ひさこ訳 講談社(映画版ナルニア国物語文庫) 2006年2月

### ライオン
真夜中のまほうで『ライオンとヴァイオリンのおやど』の看板からでてきたライオン 「真夜中のまほう」フィリス・アークル文;エクルズ・ウィリアムズ絵;飯田佳奈絵訳 BL出版 2006年2月

### ライサンダー
貴族の青年ディミートリアスの結婚相手である娘ハーミアと恋仲の貴族 「こどものための夏の夜のゆめ」ロイス・バーデット著;鈴木扶佐子訳 アートデイズ(シェイクスピアっておもしろい!) 2007年6月

### ライトニング・マックィーン
稲妻のようなスピードをほこっている若い生意気なレーシングカー 「カーズ」リーザ・パパデメトリュー作;橘高弓枝訳 偕成社(ディズニーアニメ小説版) 2006年6月

### ライネケ
動物たちの国にいた悪知恵にたけたならずものの狐 「きつねのライネケ」ゲーテ作;上田真而子編訳;小野かおる画 岩波書店(岩波少年文庫) 2007年7月

### ライノ
十四歳の少年フェリックスの同級生、いつもポケットに爆竹をしのばせているワルガキ 「フェリックスと異界の伝説3 禁断の呪文」エリザベス・ケイ作;片岡しのぶ訳;佐竹美保画 あすなろ書房 2006年3月

### ライラ
イタリアのバレエ学校に通うプライドの高いフランス人の美少女 「バレエ・アカデミア 1バレエに恋してる!」ベアトリーチェ・マジーニ作;長野徹訳 ポプラ社 2007年6月

### ライラ
生まれつき太陽の光に対してアレルギーをもつ八歳の少女、太陽にあこがれる子 「クール・ムーンライト」アンジェラ・ジョンソン作;代田亜香子訳;横田美晴絵 あかね書房(あかね・ブックライブラリー) 2005年3月

らいら

## ライラ・コビントン
十五歳のリジーの隣に住んでいる高校三年生の少女、ゴールデンと呼ばれる人気者の生徒たちのリーダー 「オーラが見える転校生」ジェニファー・リン・バーンズ著;鹿田昌美訳 ヴィレッジブックス 2007年5月

## ラウラ
毎日つけている日記になんでも打ち明けている四年生の女の子 「ラウラの日記」ロベルト・ピウミーニ作;よしとみあや訳 さ・え・ら書房 2005年4月

## ラウル
パリのオペラ座の美しい歌手クリスチーヌを愛する青年 「オペラ座の怪人」G.ルルー作;K.マクマラン文;岡部史訳;北山真理絵 金の星社(フォア文庫) 2005年3月

## ラウール・ダベルニー
大金を所持する老人に目をつけパリ近郊の別荘を手に入れることにした怪盗、中年紳士 「カリオストロの復讐」モーリス・ルブラン作;長島良三訳 偕成社(偕成社文庫) 2005年9

## ラウール・ダンドレジー
デティーグ男爵の娘クラリスを愛する二十歳の青年 「カリオストロ伯爵夫人」モーリス・ルブラン作;竹西英夫訳 偕成社(偕成社文庫) 2005年9月

## ラーク
「遠吠え教団」の同じくヤウラー神を信奉する分派の女神官 「イルムア年代記 2 女神官ラークの陰謀」デイヴィッド・L.ストーン著;日暮雅通訳 ソニー・マガジンズ 2005年6月

## ラグナロク
死者の神バロン・サムディによってドラゴンになってしまった女の子 「アモス・ダラゴン 3 神々の黄昏」ブリアン・ペロー作;高野優監訳;橘明美訳 竹書房 2005年8月

## ラジャシンハ
セレンディップ王国の第三王子、平和を好む勇者であり行政を学んでいる若者 「セレンディピティ物語」エリザベス・ジャミスン・ホッジス著;よしだみどり訳・画 藤原書店 2006年4

## ラシュトン
天変地異後の世界で突然変異たちの研究施設「オバーニュウテイン」で農場監督を務める青年 「ミスフィットの秘密」イゾベル・カーモディー著;東川えり訳 小学館(小学館ルルル文庫) 2007年11月

## ラスカル
ウェントワースの森にいた母親のいないあらいぐまの子ども 「あらいぐまラスカル」スターリング・ノース原作;宮崎晃文 文渓堂(読む世界名作劇場) 2006年4月

## ラスキン
魔術師を目指し魔法学校に入学したエルダの友人、ドワーフの下層階級代表として送り込まれた革命家 「グリフィンの年 上下」ダイアナ・ウィン・ジョーンズ著;浅羽莢子訳 東京創元社(sogen bookland) 2007年11月

## ラース刑事　らーすけいじ
「ラクリッツ探偵団」のメンバー、心やさしい刑事 「ラクリッツ探偵団イエロー・ドラゴンのなぞ」ユリアン・プレス作・絵;荒川みひ訳 講談社 2006年3月

## ラスモンク
少年・ミールズのママを誘拐した凶暴な魔法使いたち 「ミーズルと無敵のドラゴドン(ミーズルの魔界冒険シリーズ)」イアン・オグビー作;田中奈津子訳;磯良一画 講談社 2005年7月

## ラチェット・クラーク
夏休みに遠縁の親戚のティリーおばさんとペンペンおばさんが住むメイン州を訪れた十三歳の少女 「ブルーベリー・ソースの季節」ポリー・ホーヴァート著;目黒条訳 早川書房(ハリネズミの本箱) 2005年5月

### ラックスベリー先生　らっくすべりーせんせい
ウェントワース・ハイスクールで美術を教えている生徒に人気の気さくな男性教師 「ラブ・レッスンズ」 ジャクリーン・ウィルソン作;尾高薫訳 理論社 2006年7月

### ラッセ
小さなやかまし村にすむ6人の子どもたちのひとり、中屋敷のリーサのにいさん 「やかまし村の子どもたち」 アストリッド・リンドグレーン作;大塚勇三訳 岩波書店(岩波少年文庫) 2005年6月

### ラッセ
小さなやかまし村にすむ6人の子どもたちのひとり、中屋敷のリーサのにいさん 「やかまし村の春・夏・秋・冬」 アストリッド・リンドグレーン作;大塚勇三訳 岩波書店(岩波少年文庫) 2005年12月

### ラッセ
小さなやかまし村にすむ6人の子どもたちのひとり、中屋敷のリーサのにいさん 「やかまし村はいつもにぎやか」 アストリッド・リンドグレーン作;大塚勇三訳 岩波書店(岩波少年文庫) 2006年12月

### ラッティ
ジョージ牧場に住んでいる頭のいいネズミ、雌牛のモーとは赤んぼうのころからの親友 「にげろや、にげろ」 ヘレン・アームストロング作;ハリー・ホース絵;岡田好惠訳 評論社(児童図書館・文学の部屋) 2005年12月

### ラディッち
〈カレ&フレンズ探偵局〉のメンバーでちびでおくびょうな男の子、少女シュテフィのふたごの弟 「名探偵の10か条 4と1/2探偵局 4」 ヨアヒム・フリードリヒ作 鈴木仁子訳;絵楽ナオキ絵 ポプラ社 2005年1月

### ラディッち
犬のタウゼントシェーンの飼い主の一人でちびでおくびょうな男の子、少女シュテフィのふたごの弟 「探偵犬、がんばる! 4と1/2探偵局 5」 ヨアヒム・フリードリヒ作;鈴木仁子訳;絵楽ナオキ絵 ポプラ社 2005年4月

### ラーデマッハー(ラディッち)
犬のタウゼントシェーンの飼い主の一人でちびでおくびょうな男の子、少女シュテフィのふたごの弟 「探偵犬、がんばる! 4と1/2探偵局 5」 ヨアヒム・フリードリヒ作;鈴木仁子訳;絵楽ナオキ絵 ポプラ社 2005年4月

### ラーナ
アメリカの小学校に入ったばかりの転校生、白いはだの母親と茶色いはだの父親をもつ少女 「いたずらニャーオ」 アン・ホワイトヘッド・ナグダさく;髙畠リサやく;井川ゆり子え 福音館書店(世界傑作童話シリーズ) 2006年6月

### ラニー
かつて自分の羽を犠牲にしてネバーランドを救った英雄、飛べないがただひとり泳ぐことができる水の妖精 「ティンカー・ベルのチャレンジ」 エレノール・フレモント作;小宮山みのり訳;ディズニーストーリーブックアーティストグループ絵 講談社(ディズニーフェアリーズ文庫) 2006年7月

### ラニー
かつて自分の羽を犠牲にしてネバーランドを救った英雄、飛べないがただひとり泳ぐことができる水の妖精 「マーメイド・ラグーンのラニー」 リサ・パパディメトリュー作;小宮山みのり訳;ディズニーストーリーブックアーティストグループ絵 講談社(ディズニーフェアリーズ文庫) 2006年3月

### ラニー
ネバーランドにある秘密の場所・ピクシーホロウにやってきた水の妖精 「貝殻の贈り物―ラニーの物語」 テナント・レッドバンク作;小宮山みのり訳 講談社(ディズニーフェアリーズファンタジーブック) 2007年3月

らに

### ラニー
ネバーランドにある妖精の谷・ピクシー・ホロウに住む水の妖精 「ラニーと三つの宝物」 キンバリー・モリス作;小宮山みのり訳 講談社(ディズニーフェアリーズ文庫) 2007年6月

### ラニー
ネバーランドのフェアリー・ヘイブンで暮らす水をあつかう才能がある妖精 「ディズニーフェアリーズ―プリラの夢の種」 ゲイル・カーソン・レビン作;デイビッド・クリスチアナ絵;柏葉幸子訳 講談社 2005年9月

### ラニー
魔法の島ネバーランドの妖精の谷ピクシー・ホロウに住む背中の羽をなくし空を飛べない水の妖精 「ラニーと魔法の杖」 ゲイル・カーソン・レビン著;デイビッド・クリスチアナ絵;柏葉幸子訳 講談社(ディズニーフェアリーズ) 2007年11月

### ラニ・アリーカイ
ジェンツーペンギン、美しくて気が強いライフセイバー 「サーフズ・アップ」 スーザン・コルマン著;番由美子訳 メディアファクトリー 2007年11月

### ラバー
水車小屋の便所に住みついている毛布好きな不気味な妖精 「トロール・ミル 下 ふたたび地底王国へ」 キャサリン・ラングリッシュ作;金原瑞人訳;杉田七重訳 あかね書房 2005年11月

### ラバー
水車小屋の便所に住みついている毛布好きな不気味な妖精 「トロール・ミル 上 不気味な警告」 キャサリン・ラングリッシュ作;金原瑞人訳;杉田七重訳 あかね書房 2005年11月

### ラバダシ王子　らばだしおうじ
ナルニア国の南のカロールメン国の若い王子、スーザン女王との結婚をのぞむわがままな暴君 「馬と少年(ナルニア国ものがたり5)」 C.S.ルイス作;瀬田貞二訳 岩波書店 2005年10月

### ラヴィニア・ルクレティア・マクスクリュー(ゲシュタポ・リル)
ハリーの乳母兼遊び相手兼家政婦としてやとわれていた女 「ハリーとしわくちゃ団」 アラン・テンパリー作;日当陽子訳 評論社(評論社の児童図書館・文学の部屋) 2007年11月

### ラファー
世界にふたつあるというケルヴィムの片割れ・黄金の像を探している謎の青年、ケルヴィムの秘密を握るアフリカ人 「シャドウマンサー」 G.P.テイラー著;亀井よし子訳 新潮社 2006年6月

### ラフィー・サドラー
ネコ語をしゃべるチャーリーを執拗に追う敵 「ライオンボーイⅢ カリブの決闘」 ジズー・コーダー著;枝廣淳子訳 PHP研究所 2005年8月

### ラブダ
としをとったしらがのおじいさん犬、むかしのチビ 「犬のラブダとまあるい花」 バーリント・アーグネシュ文;レイク・カーロイ絵;うちかわかずみ訳 冨山房インターナショナル 2006年4

### ラブデイ・ミネット
牧師館の美しい家政婦 「まぼろしの白馬」 エリザベス・グージ作;石井桃子訳 岩波書店(岩波少年文庫) 2007年1月

### ラヴォッロ
ネヴァーランドにいた大人、サーカスの団長 「ピーター★パンインスカーレット」 ジェラルディン・マコックラン作;こだまともこ訳 小学館 2006年12月

らんで

## ラモーナ・クインビー
アメリカのシダーハースト小学校四年生、幼いころからやっかいな子といわれてきた少女「ラモーナ、明日へ（ゆかいなヘンリーくんシリーズ）」ベバリイ・クリアリー作;アラン・ティーグリーン画;松岡享子訳 学習研究社 2006年1月

## ララ
ロイヤルバレエスクール中等部のエリーのルームメイトの一人、アイルランドからきた女の子「ロイヤルバレエスクール・ダイアリー2 信じて跳んで」アレクサンドラ・モス著;阪田由美子訳 草思社 2006年9月

## ラリー
ニューヨーク市にある動物園の大蛇、のんきできのいいヘビ「ライアンを探せ!」アイリーン・トリンブル作;しぶやまさこ訳 偕成社（ディズニーアニメ小説版） 2006年11月

## ラリー・デリー
ニューヨークにある自然史博物館の夜間警備員になった男、少年ニッキーの父親「小説ナイトミュージアム」レスリー・ゴールドマン著;ホンヤク社訳 講談社 2007年2月

## ラルス
エイナールの友だちの老人「牛追いの冬」マリー・ハムズン作;石井桃子訳 岩波書店（岩波少年文庫） 2006年2月

## ラルフ・エイリクソン
トロールズビークの村のてっぺんに住む娘ヒルデのバイキング船に乗って海に出た父親「トロール・フェル 下 地獄王国への扉」キャサリン・ラングリッシュ作;金原瑞人訳;杉田七重訳 あかね書房 2005年2月

## ラルフ・エイリクソン
トロールズビークの村のてっぺんに住む娘ヒルデのバイキング船に乗って海に出た父親「トロール・フェル 上 金のゴブレットのゆくえ」キャサリン・ラングリッシュ作;金原瑞人訳;杉田七重訳 あかね書房 2005年2月

## ラーン
漁師の若者ビヨルンとアザラシ女だとうわさされる美しい妻チェルスティンの赤ちゃん「トロール・ミル 上 不気味な警告」キャサリン・ラングリッシュ作;金原瑞人訳;杉田七重訳 あかね書房 2005年11月

## ラーン（エリ）
漁師の若者ビヨルンとアザラシ女だとうわさされる美しい妻チェルスティンの赤ちゃん「トロール・ミル 下 ふたたび地底王国へ」キャサリン・ラングリッシュ作;金原瑞人訳;杉田七重訳 あかね書房 2005年11月

## ランスロットキョウ
ふたごの弟・レオンにやとわれた魔女のモルガンにのろいをかけられた世界で一番かんぺきな騎士「ドラゴン・スレイヤー・アカデミー 6 きえたヒーローをすくえ」ケイト・マクミュラン作;神戸万知訳;舵真秀斗絵 岩崎書店 2005年3月

## ランスロット卿　らんすろっときょう
世界で一番かんぺきな騎士「ドラゴン・スレイヤー・アカデミー 2-6 ドラゴンじいさん」ケイト・マクミュラン作;神戸万知訳;舵真秀斗絵 岩崎書店 2007年4月

## ランスロット卿　らんすろっときょう
世界で一番かんぺきな騎士「ドラゴン・スレイヤー・アカデミー 5 あこがれのヒーロー」ケイト・マクミュラン作;神戸万知訳;舵真秀斗絵 岩崎書店 2005年3月

## ランディ
魔法学校を卒業して修行の旅に出た十五歳の少年「サークル・オブ・マジック 2」デブラ・ドイル著;ジェイムズ・D.マクドナルド著;武者圭子訳 小学館（小学館ファンタジー文庫） 2007年5月

## ラント
中学生のチキン・リトルの親友、体は大きいのにおくびょうなブタの少年 「チキン・リトル」
アイリーン・トリンブル作;橘高弓枝訳 偕成社(ディズニーアニメ小説版) 2005年11月

## ランドフォークさん
少女探偵サミーが逃がしてしまった犬・マリケの飼い主の女の人、根性悪の大金持ち 「少
女探偵サミー・キーズと小さな逃亡者」 ウェンデリン・V.ドラーネン著;加藤洋子訳 集英社
2005年2月

## ランドル(ランディ)
魔法学校を卒業して修行の旅に出た十五歳の少年 「サークル・オブ・マジック2」 デブ
ラ・ドイル著;ジェイムズ・D.マクドナルド著;武者圭子訳 小学館(小学館ファンタジー文庫)
2007年5月

## ランプ
昔はるか遠い国の大きな森にひとりで暮らしていた魔女に拾われた世にも醜い男の赤ん坊
「魔女の愛した子」 マイケル・グルーバー著;三辺律子訳 理論社 2007年7月

## ランプの精(オマールおじさま) らんぷのせい(おまーるおじさま)
天涯孤独の少女・アミナが手に入れた魔法のランプに宿っていた魔神 「Wishing Moon月
に願いを上下」 マイケル・O.タンネル著;東川えり訳 小学館(小学館ルルル文庫) 2007
年8月

## 【り】

## リア
魔法の島フィンカイラのドルマの森に住む少女、魔法の力を持つマーリンの双子の妹
「マーリン5 失われた翼の秘密」 T.A.バロン著;海後礼子訳 主婦の友社 2006年1月

## リア
魔法の島フィンカイラのドルマの森に住む少女、魔法の力を授かったマーリンの双子の妹
「マーリン3 伝説の炎の竜」 T.A.バロン著;海後礼子訳 主婦の友社 2005年7月

## リア
魔法の島フィンカイラのドルマの森に住む木や動物や川と話せる少女 「マーリン1 魔法の
島フィンカイラ」 T.A.バロン著;海後礼子訳 主婦の友社 2005年1月

## リア
魔法の島フィンカイラのドルマの森に住む木や動物や川と話せる少女 「マーリン2 七つの
魔法の歌」 T.A.バロン著;海後礼子訳 主婦の友社 2005年4月

## リアノン
ふわふわ巻き毛のフローラの親友、転校してきたばかりのスーザンに意地悪をしているクラ
ス一人気者の女の子 「キャンディ・フロス」 ジャクリーン・ウィルソン作;尾高薫訳 理論社
2007年12月

## リアム
秘密組織C2で育てられた天才児ジェシーのパートナー 「スパイ・ガール1 Jを監視せよ」
クリスティーヌ・ハリス作;前沢明枝訳 岩崎書店 2007年7月

## リアム
秘密組織C2で育てられた天才児ジェシーのパートナー 「スパイ・ガール2 なぞのAを探
せ」 クリスティーヌ・ハリス作;前沢明枝訳 岩崎書店 2007年9月

## リアム
秘密組織C2で育てられた天才児ジェシーのパートナー 「スパイ・ガール3 見えない敵を追
え」 クリスティーヌ・ハリス作;前沢明枝訳 岩崎書店 2007年11月

りさ

**リアンノン(リア)**
魔法の島フィンカイラのドルマの森に住む少女、魔法の力を持つマーリンの双子の妹
「マーリン5 失われた翼の秘密」T.A.バロン著;海後礼子訳 主婦の友社 2006年1月

**リアンノン(リア)**
魔法の島フィンカイラのドルマの森に住む少女、魔法の力を授かったマーリンの双子の妹
「マーリン3 伝説の炎の竜」T.A.バロン著;海後礼子訳 主婦の友社 2005年7月

**リアンノン(リア)**
魔法の島フィンカイラのドルマの森に住む木や動物や川と話せる少女 「マーリン1 魔法の島フィンカイラ」T.A.バロン著;海後礼子訳 主婦の友社 2005年1月

**リアンノン(リア)**
魔法の島フィンカイラのドルマの森に住む木や動物や川と話せる少女 「マーリン2 七つの魔法の歌」T.A.バロン著;海後礼子訳 主婦の友社 2005年4月

**リコ**
「コーラル王国」の大事な仕事をするためにえらばれた「マーメイド・ガールズ」の人魚
「マーメイド・ガールズ 1 マリンのマジック・ポーチ」ジリアン・シールズ作;宮坂宏美訳;田中亜希子訳;つじむらあやこ絵 あすなろ書房 2007年7月

**リコ**
「コーラル王国」の大事な仕事をするためにえらばれた「マーメイド・ガールズ」の人魚
「マーメイド・ガールズ 2 サーシャと魔法のパール・クリーム」ジリアン・シールズ作;宮坂宏美訳;田中亜希子訳;つじむらあやこ絵 あすなろ書房 2007年7月

**リコ**
あみに引っかかったイルカを助けることにした「マーメイド・ガールズ」の人魚 「マーメイド・ガールズ 3 スイッピーと銀色のイルカ」 ジリアン・シールズ作;宮坂宏美訳;田中亜希子訳;つじむらあやこ絵 あすなろ書房 2007年8月

**リコ**
コーラル女王と海の生き物のためにたたかう「マーメイド・ガールズ」の人魚 「マーメイド・ガールズ 6 ウルルと虹色の光」ジリアン・シールズ作;宮坂宏美訳;田中亜希子訳;つじむらあやこ絵 あすなろ書房 2007年9月

**リコ**
ゴミにおおわれた砂浜をきれいにしようとした「マーメイド・ガールズ」の人魚 「マーメイド・ガールズ 5 エラリーヌとアザラシの赤ちゃん」 ジリアン・シールズ作;宮坂宏美訳;田中亜希子訳;つじむらあやこ絵 あすなろ書房 2007年9月

**リコ**
仕事のとちゅうで伝説の難破船を見にいった「マーメイド・ガールズ」の人魚 「マーメイド・ガールズ 4 リコと赤いルビー」 ジリアン・シールズ作;宮坂宏美訳;田中亜希子訳;つじむらあやこ絵 あすなろ書房 2007年8月

**リーサ**
小さなやかまし村にすむ6人の子どもたちのひとり、中屋敷の女の子 「やかまし村の子どもたち」 アストリッド・リンドグレーン作;大塚勇三訳 岩波書店(岩波少年文庫) 2005年6月

**リーサ**
小さなやかまし村にすむ6人の子どもたちのひとり、中屋敷の女の子 「やかまし村の春・夏・秋・冬」 アストリッド・リンドグレーン作;大塚勇三訳 岩波書店(岩波少年文庫) 2005年12月

**リーサ**
小さなやかまし村にすむ6人の子どもたちのひとり、中屋敷の女の子 「やかまし村はいつもにぎやか」 アストリッド・リンドグレーン作;大塚勇三訳 岩波書店(岩波少年文庫) 2006年12月

りじ

### リジー
魔女のおばあさん・マザー・マルキンの孫、三十五くらいのほっそりした魔女 「魔使いの弟子(魔使いシリーズ)」ジョゼフ・ディレイニー著;金原瑞人・田中亜希子訳　東京創元社(sogen bookland) 2007年3月

### リジー・ジェームズ
祖母や母から受けついだ人のオーラが見えるという素晴らしい能力を毛嫌いしている十五歳の少女 「オーラが見える転校生」ジェニファー・リン・バーンズ著;鹿田昌美訳　ヴィレッジブックス　2007年5月

### リース
修行中の魔法使いランドルといっしょに旅をしている澄んだ歌声をもつ少女 「サークル・オブ・マジック2」デブラ・ドイル著;ジェイムズ・D.マクドナルド著;武者圭子訳　小学館(小学館ファンタジー文庫)　2007年5月

### リズ
時間がどんどんさかのぼる不思議な世界“ドコカ”で暮らすことになった交通事故で死んだ十五歳の少女 「天国からはじまる物語」ガブリエル・ゼヴィン作;堀川志野舞訳　理論社　2005年10月

### リズ
小説を書く青年デービッドの大家さん、陶器の龍に命を吹き込む力を持った陶芸家 「炎の星−龍のすむ家3」クリス・ダレーシー著;三辺律子訳　竹書房　2007年8月

### リストリディン騎士　りすとりでいんきし
ダホナウト王の放浪騎士、野生の森へ行ったまま帰ってこない男 「白い盾の少年騎士 上下」トンケ・ドラフト作;西村由美訳　岩波書店(岩波少年文庫)　2006年11月

### リーズ・ブララン
こわい夜にでたらめに電話をかけてつながった少年ニコラと友だちになった女の子、八歳のパリっ子 「もしもしニコラ!」ジャニーヌ・シャルドネ著;南本史訳　ブッキング(fukkan.com) 2005年2月

### リズ・フリー
中学生の仲良しグループが開業した便利屋「ティーン・パワー」株式会社のリーダー、元気な女の子 「ティーン・パワーをよろしく6 テルティス城の怪事件」エミリー・ロッダ著;岡田好惠訳　講談社(YA!entertainment)　2005年12月

### リズ・フリー
中学生の仲良しグループが開業した便利屋「ティーン・パワー」株式会社のリーダー、元気な女の子 「ティーン・パワーをよろしく7 ホラー作家の悪霊屋敷」エミリー・ロッダ著;岡田好惠訳　講談社(YA!entertainment)　2006年6月

### リズ・フリー
中学生の仲良しグループが開業した便利屋「ティーン・パワー」株式会社のリーダー、元気な女の子 「ティーン・パワーをよろしく8 危険なリゾート」エミリー・ロッダ著;岡田好惠訳　講談社(YA!entertainment)　2007年2月

### リズ・フリー
中学生の仲良しグループが開業した便利屋「ティーン・パワー」株式会社のリーダー、元気な女の子 「ティーン・パワーをよろしく9 犬のお世話はたいへんだ」エミリー・ロッダ著;岡田好惠訳　講談社(YA!entertainment)　2007年6月

### リズ・フリー
中学生六人でやっている便利屋「ティーン・パワー株式会社」のリーダー、元気印の少女 「ティーン・パワーをよろしく5 甘い話にご用心!」エミリー・ロッダ著;岡田好惠訳　講談社(YA!entertainment)　2005年3月

**りっき**

### リスベス女帝　りすべすじょてい
人間の最大の帝国であるオモワ帝国の支配者、十四歳のタラの父の姉　「タラ・ダンカン 3 魔法の王杖　上下」ソフィー・オドゥワン・マミコニアン著;山本知子訳　メディアファクトリー 2006年8月

### リーゼ
特別企画のドライブ・ホラーバスツアーに参加した四年生の女の子　「ホラーバス 1・2」パウル・ヴァン・ローン作;岩井智子訳;浜野史子絵　学研 2007年7月

### リゼッタ（リッリ）
第二次世界大戦中に町なかから北イタリアの村に疎開していた少女　「ジュリエッタ荘の幽霊」ベアトリーチェ・ソリナス・ドンギ作;エマヌエーラ・ブッソラーティ絵;長野徹訳　小峰書店（文学の森） 2005年7月

### リタガウル
すべてを支配する野望を持つ邪悪な神　「マーリン1 魔法の島フィンカイラ」T.A.バロン著;海後礼子訳　主婦の友社 2005年1月

### リタガウル
黄泉の国の極悪非道な軍神　「マーリン2 七つの魔法の歌」T.A.バロン著;海後礼子訳　主婦の友社 2005年4月

### リタガウル
黄泉の国の極悪非道な軍神　「マーリン5 失われた翼の秘密」T.A.バロン著;海後礼子訳　主婦の友社 2006年1月

### リタ・ネビル
テレビのプロデューサー、消えた村の発掘現場にあらわれたわかい女性　「消えた村のなぞ(ボックスカー・チルドレン37)」ガートルード・ウォーナー原作;小野玉央訳　日向房 2006年4月

### リチャード
自動車博物館で不思議なバスに乗りこんだ四人の子どものうちのひとり　「ホラーバス 呪われた部屋1・2」パウル・ヴァン・ローン作;岩井智子訳;浜野史子絵　学研 2007年12月

### リチャード
十五歳の時に南ウェールズの古い屋敷「ウィッシュハウス」で暮らす画家一家の娘・クリオと知り合った男　「ウィッシュハウス」セリア・リーズ作;三輪美矢子訳　理論社 2006年8月

### リチャード・ベスト
ポークストリート小学校で二どめの二年生をするらくだい生の男の子　「キャンディーかずあてコンテスト」パトリシア・ライリー・ギフ作;もりうちすみこ訳;矢島眞澄絵　さ・え・ら書房（ポークストリート小学校のなかまたち3） 2007年2月

### リチャード・ベスト
ポークストリート小学校で二どめの二年生をするらくだい生の男の子　「ぼくはビースト」パトリシア・ライリー・ギフ作;もりうちすみこ訳;矢島眞澄絵　さ・え・ら書房（ポークストリート小学校のなかまたち1） 2006年11月

### リチャード・ベスト
ポークストリート小学校で二どめの二年生をするらくだい生の男の子　「まほうの恐竜ものさし」パトリシア・ライリー・ギフ作;もりうちすみこ訳;矢島眞澄絵　さ・え・ら書房（ポークストリート小学校のなかまたち5） 2007年4月

### リッキー
寒さにうんざりして「冬」に文句をいいにいこうと思い立った少年　「トリ・サムサ・ヘッチャラーあるペンギンのだいそれた陰謀」ゾラン・ドヴェンカー作;マーティン・バルトシャイト絵;木本栄訳　ひくまの出版 2006年11月

## りっし

**リッシ**
クラスメイトで義理姉妹のティンカと秘密の魔女になったちりちり毛の少女 「男の子おことわり、魔女オンリー2 兄貴をカエルにかえる？」トーマス・ブレツィナ作;松沢あさか訳 さ・え・ら書房 2006年3月

**リッシ**
クラスメイトで義理姉妹のティンカと秘密の魔女になったちりちり毛の少女 「男の子おことわり、魔女オンリー3 いちばんすてきなママはだれ？」トーマス・ブレツィナ作;松沢あさか訳 さ・え・ら書房 2006年4月

**リッシ**
クラスメイトで義理姉妹のティンカと秘密の魔女になったちりちり毛の少女 「男の子おことわり、魔女オンリー4 うちはハッピーファミリー？」トーマス・ブレツィナ作;松沢あさか訳 さ・え・ら書房 2006年4月

**リッシ**
クラスメイトのティンカの義理姉妹になったちりちり毛の少女 「男の子おことわり、魔女オンリー1 きのうの敵は今日も敵？」トーマス・ブレツィナ作;松沢あさか訳 さ・え・ら書房 2006年3月

**リッチェル・ブリンクレイ**
中学生の仲良しグループが開業した便利屋「ティーン・パワー」株式会社のメンバー、メイクとおしゃれに夢中な学校一の美少女 「ティーン・パワーをよろしく6 テルティス城の怪事件」エミリー・ロッダ著;岡田好惠訳 講談社(YA!entertainment) 2005年12月

**リッチェル・ブリンクレイ**
中学生の仲良しグループが開業した便利屋「ティーン・パワー」株式会社のメンバー、メイクとおしゃれに夢中な学校一の美少女 「ティーン・パワーをよろしく7 ホラー作家の悪霊屋敷」エミリー・ロッダ著;岡田好惠訳 講談社(YA!entertainment) 2006年6月

**リッチェル・ブリンクレイ**
中学生の仲良しグループが開業した便利屋「ティーン・パワー」株式会社のメンバー、メイクとおしゃれに夢中な学校一の美少女 「ティーン・パワーをよろしく8 危険なリゾート」エミリー・ロッダ著;岡田好惠訳 講談社(YA!entertainment) 2007年2月

**リッチェル・ブリンクレイ**
中学生の仲良しグループが開業した便利屋「ティーン・パワー」株式会社のメンバー、メイクとおしゃれに夢中な学校一の美少女 「ティーン・パワーをよろしく9 犬のお世話はたいへんだ」エミリー・ロッダ著;岡田好惠訳 講談社(YA!entertainment) 2007年6月

**リッチョ・ランツァ**
リベッタ伯爵夫人の忠実な召使い、夫人のキスを戦場の良人に運んだ若者 「キスの運び屋」ロベルト・ピウミーニ作;長野徹訳 PHP研究所 2006年1月

**リップル**
海の地にある水晶のお城でくらす人魚の女の子 「フェアリー・レルム3 三つの願い」エミリー・ロッダ著;岡田好惠訳;仁科幸子絵 童心社 2005年9月

**リッリ**
第二次世界大戦中に町なかから北イタリアの村に疎開していた少女 「ジュリエッタ荘の幽霊」ベアトリーチェ・ソリナス・ドンギ作;エマヌエーラ・ブッソラーティ絵;長野徹訳 小峰書店(文学の森) 2005年7月

**リッレブルール**
スヴァンテソン家でいちばん年下の男の子、家のやねの上に住むようになった小さなふとったおじさんカールソンのなかよし 「やねの上のカールソンだいかつやく」リンドグレーン作;石井登志子訳 岩波書店(リンドグレーン作品集22) 2007年7月

りとる

## リッレブルール
スヴァンテソン家でいちばん年下の男の子、家のやねの上に住むようになった小さなふとったおじさんカールソンのなかよし 「やねの上のカールソンとびまわる」リンドグレーン作;石井登志子訳 岩波書店(リンドグレーン作品集17) 2006年10月

## リディア
自動車博物館で不思議なバスに乗りこんだ四人の子どものうちのひとり 「ホラーバス 呪われた部屋1・2」パウル・ヴァン・ローン作;岩井智子訳;浜野史子絵 学研 2007年12月

## リトル・ゴールディ・ガール
悪名高き海賊ゴールデン・ゴリアスの娘、か弱いふりをして媚を売るのが常套手段の最悪な美人 「パイレーティカ女海賊アートの冒険 上下」タニス・リー著;築地誠子訳;渡瀬悠宇絵 小学館(小学館ルルル文庫) 2007年7月

## リトル・ジーニー
修行中のランプの精霊、ごしゅじんさまの四年生のアリになんでもピンクにしてしまうまほうをかけたドジでおちゃめな女の子 「ランプの精リトル・ジーニー 3」ミランダ・ジョーンズ作;宮坂宏美訳;サトウユカ絵 ポプラ社 2006年6月

## リトル・ジーニー
修行中のランプの精霊、ごしゅじんさまの四年生のアリに変身し代わりに学校に行くことになったドジでおちゃめな女の子 「ランプの精リトル・ジーニー 2」ミランダ・ジョーンズ作;宮坂宏美訳;サトウユカ絵 ポプラ社 2006年3月

## リトル・ジーニー
修行中のランプの精霊、ごしゅじんさまの四年生のアリの遠足についていったドジでおちゃめな女の子 「ランプの精リトル・ジーニー 4」ミランダ・ジョーンズ作;宮坂宏美訳;サトウユカ絵 ポプラ社 2006年9月

## リトル・ジーニー
修行中のランプの精霊、ごしゅじんさまの四年生のアリの家族旅行につれていってもらったドジでおちゃめな女の子 「ランプの精リトル・ジーニー 5」ミランダ・ジョーンズ作;宮坂宏美訳;サトウユカ絵 ポプラ社 2007年4月

## リトル・ジーニー
修行中のランプの精霊、ごしゅじんさまの四年生のアリを連れてジーニーランドへワープしたドジでおちゃめな女の子 「ランプの精リトル・ジーニー 6」ミランダ・ジョーンズ作;宮坂宏美訳;サトウユカ絵 ポプラ社 2007年8月

## リトル・ジーニー
修行中のランプの精霊、ファッションショーに出場するごしゅじんさまの四年生のアリをパリに連れていったドジでおちゃめな女の子 「ランプの精リトル・ジーニー 7」ミランダ・ジョーンズ作;宮坂宏美訳;サトウユカ絵 ポプラ社 2007年12月

## リトル・ジーニー
修行中のランプの精霊、四十年ぶりに古いラバ・ランプから出てきたちょっとドジでおちゃめな女の子 「ランプの精リトル・ジーニー 1」ミランダ・ジョーンズ作;宮坂宏美訳;サトウユカ絵 ポプラ社 2005年12月

## リトル・ジョン
弓の名手ロビン・フッドの右腕で森の仲間、六尺棒使いの大男 「ロビン・フッドの冒険」ハワード・パイル作;小林みき訳 ポプラ社(ポプラポケット文庫) 2007年5月

## リトル・メアリー　りとるめありー
〈ベイカー少年探偵団〉のスパローがはたらく劇場に千里眼の演目で出演した十三歳くらいの美少女、アメリカ人霊能者マーヴィンの継子 「ベイカー少年探偵団 2-さらわれた千里眼」アンソニー・リード著;池央耿訳 評論社(児童図書館・文学の部屋) 2007年12月

りなお

**リナ・オズ**
親友のマッドとホリーとともにローズウッド高校に通う二年生、高校のシュルマン先生に夢中の女の子 「ガールズ・ハート」 ナタリー・スタンディフォード著;代田亜香子訳 主婦の友社 2006年10月

**リーネ・マケヴィー**
ハンブルグに父親と住む十二歳の少女、クラスメイトのヨハネスの幼なじみ 「メドレヴィング 地底からの小さな訪問者」 キルステン・ボイエ著;長谷川弘子訳 三修社 2006年5月

**リヴィアーニ・サルノ**
銀河競技会理事長、ユーセロン人の女性 「スター・ウォーズ/ジェダイ・クエスト3 危険なゲーム」 ジュード・ワトソン著;西村和子訳 オークラ出版(LUCAS BOOKS) 2007年4月

**リーピチーブ**
カスピアン王子につかえるからだの大きな戦士ネズミ 「カスピアン王子のつのぶえ(ナルニア国ものがたり2)」 C.S.ルイス作;瀬田貞二訳 岩波書店 2005年10月

**リーピチープ**
ナルニア国のものいうけものたちきっての勇士、ネズミの族長 「朝びらき丸東の海へ(ナルニア国ものがたり3)」 C.S.ルイス作;瀬田貞二訳 岩波書店 2005年10月

**リーフ**
デルトラ王国国王、真の王国継承者で正義感を持った少年 「デルトラ・クエスト 3-2 影の門」 エミリー・ロッダ作;上原梓訳;はけたれいこ画 岩崎書店 2005年2月

**リーフ**
デルトラ王国国王、真の王国継承者で正義感を持った少年 「デルトラ・クエスト 3-3 死の島」 エミリー・ロッダ作;上原梓訳;はけたれいこ画 岩崎書店 2005年4月

**リーフ**
デルトラ王国国王、真の王国継承者で正義感を持った少年 「デルトラ・クエスト 3-4 最後の歌姫」 エミリー・ロッダ作;上原梓訳;はけたれいこ画 岩崎書店 2005年6月

**リベッタ夫人　りべったふじん**
長年戦場に出かけているアルヴァオ伯爵の若い妻 「キスの運び屋」 ロベルト・ピウミーニ作;長野徹訳 PHP研究所 2006年1月

**りゅう**
かしこい男の子と友だち、丘のほらあなにすみついたこの世でいちばんおとなしくひかえめなりゅう 「のんきなりゅう」 ケネス・グレアム作;インガ・ムーア絵;中川千尋訳 徳間書店 2006年7月

**竜　りゅう**
メイン州の沖合の孤島のドレイクの丘で三人きょうだいのハナたちが出会った三つ頭の黄金の翼竜 「孤島のドラゴン」 レベッカ・ラップ著;鏡哲生訳 評論社(児童図書館・文学の部屋) 2006年10月

**竜　りゅう**
若者ヨーランの父の片目をうばった東の海にいるおそろしい竜 「聖ヨーランの伝説」 ウルフ・スタルク作 アンナ・ヘグルンド絵;菱木晃子訳 あすなろ書房 2005年9月

**劉備　りゅうび**
二世紀後半中国の漢王朝の予州長官、中山靖王の子孫 「三国志2 臥竜出廬の巻」 渡辺仙州編訳;佐竹美保絵 偕成社 2005年4月

**劉備　りゅうび**
二世紀後半中国の漢王朝末期に世なおしの声をあげた男、中山靖王の子孫 「三国志1 英傑雄飛の巻」 渡辺仙州編訳;佐竹美保絵 偕成社 2005年3月

りゅで

**劉備　りゅうび**
二世紀後半中国の後漢末期の英雄、漢中王を名のった男「三国志3 三国鼎立の巻」渡辺仙州編訳;佐竹美保絵　偕成社　2005年4月

**劉備　りゅうび**
二世紀後半中国の後漢末期の英雄、蜀を建国し帝位についた男「三国志4 天命帰一の巻」渡辺仙州編訳;佐竹美保絵　偕成社　2005年4月

**リュック・シャンボア（シャンボア）**
金属が専門の若きフランス人科学者「秘密作戦レッドジェリコ 上下」ジョシュア・モウル著;唐沢則幸訳　ソニー・マガジンズ　2006年5月

**リュディガー**
共同墓所からヤンマー谷にひっこした吸血鬼の子ども、人間の子ども・アントンの友だち「リトルバンパイア7 ぶきみなヤンマー谷」アンゲラ・ゾンマー・ボーデンブルク作;川西芙沙訳;ひらいたかこ絵　くもん出版　2006年6月

**リュディガー**
共同墓所にすんでいる吸血鬼の子ども、人間の子ども・アントンの友だち「リトルバンパイア1 リュディガーとアントン」アンゲラ・ゾンマー・ボーデンブルク作;川西芙沙訳;ひらいたかこ絵　くもん出版　2006年1月

**リュディガー**
共同墓所にすんでいる吸血鬼の子ども、人間の子ども・アントンの友だち「リトルバンパイア10 血のカーニバル」アンゲラ・ゾンマー・ボーデンブルク作;川西芙沙訳;ひらいたかこ絵　くもん出版　2006年12月

**リュディガー**
共同墓所にすんでいる吸血鬼の子ども、人間の子ども・アントンの友だち「リトルバンパイア12 清澄館のなぞ」アンゲラ・ゾンマー・ボーデンブルク作;川西芙沙訳;ひらいたかこ絵　くもん出版　2007年5月

**リュディガー**
共同墓所にすんでいる吸血鬼の子ども、人間の子ども・アントンの友だち「リトルバンパイア13 まぼろしの婚約指輪」アンゲラ・ゾンマー・ボーデンブルク作;川西芙沙訳;ひらいたかこ絵　くもん出版　2007年7月

**リュディガー**
共同墓所にすんでいる吸血鬼の子ども、人間の子ども・アントンの友だち「リトルバンパイア2 地下室のかんおけ」アンゲラ・ゾンマー・ボーデンブルク作;川西芙沙訳;ひらいたかこ絵　くもん出版　2006年1月

**リュディガー**
共同墓所にすんでいる吸血鬼の子ども、人間の子ども・アントンの友だち「リトルバンパイア3 きけんな列車旅行」アンゲラ・ゾンマー・ボーデンブルク作;川西芙沙訳;ひらいたかこ絵　くもん出版　2006年1月

**リュディガー**
共同墓所にすんでいる吸血鬼の子ども、人間の子ども・アントンの友だち「リトルバンパイア4 モンスターの巣くつ」アンゲラ・ゾンマー・ボーデンブルク作;川西芙沙訳;ひらいたかこ絵　くもん出版　2006年1月

**リュディガー**
共同墓所にすんでいる吸血鬼の子ども、人間の子ども・アントンの友だち「リトルバンパイア5 魅惑のオルガ」アンゲラ・ゾンマー・ボーデンブルク作;川西芙沙訳;ひらいたかこ絵　くもん出版　2006年1月

りゅで

**リュディガー**
共同墓所にすんでいる吸血鬼の子ども、人間の子ども・アントンの友だち 「リトルバンパイア 6 悪魔のなみだ」アンゲラ・ゾンマー・ボーデンブルク作;川西芙沙訳;ひらいたかこ絵 くもん出版 2006年5月

**リュディガー**
共同墓所にすんでいる吸血鬼の子ども、人間の子ども・アントンの友だち 「リトルバンパイア 8 ひみつの年代記」アンゲラ・ゾンマー・ボーデンブルク作;川西芙沙訳;ひらいたかこ絵 くもん出版 2006年8月

**リュディガー**
共同墓所にすんでいる吸血鬼の子ども、人間の子ども・アントンの友だち 「リトルバンパイア 9 あやしい患者」アンゲラ・ゾンマー・ボーデンブルク作;川西芙沙訳;ひらいたかこ絵 くもん出版 2006年10月

**リュディガー（ルドルフ）**
共同墓所にすんでいる吸血鬼の子ども、人間の子ども・アントンの友だち 「リトルバンパイア 11 真夜中の診察室」アンゲラ・ゾンマー・ボーデンブルク作;川西芙沙訳;ひらいたかこ絵 くもん出版 2007年3月

**リューン王　りゅーんおう**
ナルニア国と親しいアーケン国の王、コーリン王子のやさしい年とった父ぎみ 「馬と少年（ナルニア国ものがたり5）」C.S.ルイス作;瀬田貞二訳 岩波書店 2005年10月

**リリー**
ネバーランドにある秘密の場所・ピクシーホロウにやってきた植物の妖精 「世界で一番の花－リリーの物語」テナント・レッドバンク作;小宮山みのり訳 講談社(ディズニーフェアリーズファンタジーブック) 2007年5月

**リリー**
ネバーランドにある妖精の谷・ピクシー・ホロウに住む植物の妖精 「きえたクラリオン女王」キンバリー・モリス作;小宮山みのり訳 講談社(ディズニーフェアリーズ文庫) 2007年11月

**リリー**
ネバーランドにある妖精の谷・ピクシー・ホロウに住む植物の妖精 「ダルシーの幸せのケーキ」ゲイル・ヘルマン作;小宮山みのり訳 講談社(ディズニーフェアリーズ文庫) 2007年3月

**リリー**
自分の庭で植物を育てることにいちばん幸せを感じている花のように生き生きとした愛らしい植物の妖精 「リリーのふしぎな花」キルステン・ラーセン作;小宮山みのり訳;ジュディス・ホームス・クラーク&ディズニーストリーブックアーティストグループ絵 講談社(ディズニーフェアリーズ文庫) 2006年2月

**リリー**
転校生のデイジーの歩くこともしゃべることもできない姉 「アルファベットガールズ」ジャクリーン・ウィルソン作;ニック・シャラット画;尾高薫訳 理論社(フォア文庫) 2007年6月

**リリアーナ**
レストランの主人ニノのふとっちょのおかみさん 「モモ」ミヒャエル・エンデ作;大島かおり訳 岩波書店(岩波少年文庫) 2005年6月

**リリア・ランドフォーク（ランドフォークさん）**
少女探偵サミーが逃がしてしまった犬・マリケの飼い主の女の人、根性悪の大金持ち 「少女探偵サミー・キーズと小さな逃亡者」ウェンデリン・V.ドラーネン著;加藤洋子訳 集英社 2005年2月

**リリアン**
ナルニア国の王カスピアン十世の子、行方不明の王子 「銀のいす(ナルニア国ものがたり4)」C.S.ルイス作;瀬田貞二訳 岩波書店 2005年10月

306

## リリアン王妃　りりあんおうひ
「遠い遠い国」の王妃、怪物・シュレックと結婚したフィオナ姫の母親　「シュレック2」　ジェシー・レオン・マッカン作;杉田七重訳　角川書店(ドリームワークスアニメーションシリーズ)　2007年5月

## リリアン・カタンズ
母親から虐待を受けて育ったデイビッドを里子として受け入れた女性　「"It(それ)"と呼ばれた子－ジュニア版2」　デイヴ・ペルザー著;百瀬しのぶ監訳　ソニー・マガジンズ　2005年7月

## リリー・スイート
いたずら好きのエルフたちのことでやんでいるボブの部屋のとなりに引っ越してきた娘　「ボブとリリーといたずらエルフ」　エミリー・ロッダ作;深沢英介訳;宮崎耕平画　そうえん社(そうえん社フレッシュぶんこ)　2007年5月

## リングイニ
パリいちばんのレストラン「グストー」の新米コック、料理がまったくできない気の弱い青年　「レミーのおいしいレストラン」　キティ・リチャーズ作;しぶやまさこ訳　偕成社(ディズニーアニメ小説版)　2007年6月

## リンダ・ブラッドレー
ペンビナ・レーク・タウンの湖畔にあるカフェの女主人、三十六歳の未亡人　「ハートレスガール」　マーサ・ブルックス作;もりうちすみこ訳　さ・え・ら書房　2005年4月

## リンディ・パウエル
クリスと双子の姉、父が質屋で買ってきた腹話術人形のミスター・ウッドを手に入れた十二歳の少女　「わらう腹話術人形(グースバンプス5)」　R.L.スタイン作;津森優子訳;照世絵　岩崎書店　2006年11月

## リンデン・フランクリン
ロンドンの「スパイフォース」から招集を受けたミンダワラに住む十一歳の男の子　「マックス・レミースーパースパイ Mission2 悪の工場へ潜入せよ!」　デボラ・アベラ作;ジョービー・マーフィー絵;三石加奈子訳　童心社　2007年10月

## リンデン・フランクリン
夏休みにシドニーから来たマックスと知り合いになったミンダワラに住む十一歳の少年　「マックス・レミースーパースパイ Mission1 時空マシーンを探せ!」　デボラ・アベラ作;ジョービー・マーフィー絵;三石加奈子訳　童心社　2007年10月

## リンマ
ビールバラ提督たちといっしょに地下の国へ行った子どもたちの一人　「フーさんにお隣さんがやってきた」　ハンヌ・マケラ作;上山美保子訳　国書刊行会　2007年11月

# 【る】

## ルー
ニューヨークでの仕事を辞め事故で亡くなった母親の厩舎ハートランドを手伝うと決めた娘、エイミーの姉　「強い絆－ハートランド物語」　ローレン・ブルック著;勝浦寿美訳　あすなろ書房　2007年1月

## ルー
ニューヨークの銀行で働いている娘、厩舎ハートランドの主人である母親を事故で失くし妹のエイミーと厩舎を手伝っている姉　「わたしたちの家－ハートランド物語」　ローレン・ブルック著;勝浦寿美訳　あすなろ書房　2006年9月

## る

### ルー
厩舎ハートランドの娘エイミーのニューヨークの銀行で働いている姉、父親の落馬事故を引きずっている娘 「15歳の夏－ハートランド物語」 ローレン・ブルック著;勝浦寿美訳 あすなろ書房 2006年9月

### ルー
厩舎ハートランドの娘エイミーの姉、ニューヨークでの仕事を辞めて厩舎の経営を手伝っている娘 「吹雪のあとで－ハートランド物語」 ローレン・ブルック著;勝浦寿美訳 あすなろ書房 2007年2月

### ルー
厩舎ハートランドの娘エイミーの姉、ニューヨークでの仕事を辞めて厩舎の経営を手伝っている娘 「長い夜－ハートランド物語」 ローレン・ブルック著;勝浦寿美訳 あすなろ書房 2007年11月

### ルー
厩舎ハートランドの娘エイミーの姉、ニューヨークでの仕事を辞めて厩舎の経営を手伝っている娘 「別れのとき－ハートランド物語」 ローレン・ブルック著;勝浦寿美訳 あすなろ書房 2006年10月

### ルーイ
教育熱心な親ばかりいる「ガリ勉村」にひっこしてきた転校生、お笑いタレントをめざしている十二歳の少年 「両親をしつけよう!」 ピート・ジョンソン作;岡本浜江訳;ささめやゆき絵 文研出版（文研じゅべにーる） 2006年9月

### ルイーザ・レバウディ（レバウディさん）
北イタリアの村のはずれにある屋敷・ジュリエッタ荘に住む年配の独身女性 「ジュリエッタ荘の幽霊」 ベアトリーチェ・ソリナス・ドンギ作;エマヌエーラ・ブッソラーティ絵;長野徹訳 小峰書店（文学の森） 2005年7月

### ルイス
養護施設で暮らしている発明が大好きな十二歳の少年 「ルイスと未来泥棒」 アイリーン・トリンブル作;メアリー・オーリン作;しぶやまさこ訳 偕成社（ディズニーアニメ小説版） 2007年11月

### ルイーゼ・パルフィー
ウィーンで音楽家のおとうさんとくらす女の子 「ふたりのロッテ」 エーリヒ・ケストナー作;池田香代子訳 岩波書店（岩波少年文庫） 2006年6月

### ルイーゼロッテ（ケルナー夫人）　るいーぜろって（けるなーふじん）
ルイーゼとロッテのおかあさん、「ミュンヘン画報」出版社の編集者 「ふたりのロッテ」 エーリヒ・ケストナー作;池田香代子訳 岩波書店（岩波少年文庫） 2006年6月

### ルガ
ドレムの部族の族長のおい、片手のドレムを仲間はずれにする男の子 「太陽の戦士」 ローズマリ・サトクリフ作;猪熊葉子訳 岩波書店（岩波少年文庫） 2005年6月

### ルーカス
がんになったギゼラの息子、川かますを釣ろうと毎日アンナと兄のダニエルと釣りばかりしていた男の子 「川かますの夏」 ユッタ・リヒター著;古川まり訳 主婦の友社 2007年7月

### ルーキン
魔術師を目指し魔法学校に入学したエルダの友人、北の国王の息子 「グリフィンの年 上下」 ダイアナ・ウィン・ジョーンズ著;浅羽莢子訳 東京創元社（sogen bookland） 2007年11月

### ルーク
ヘルメスの息子、剣がうまくかっこいい十九歳くらいの少年 「パーシー・ジャクソンとオリンポスの神々 1盗まれた雷撃」 リック・リオーダン作;金原瑞人訳 ほるぷ出版 2006年4月

**るしあ**

**ルーク**
ロイヤルバレエスクール中等部二年生、エリーが好きになった長身で青い瞳の少年 「ロイヤルバレエスクール・ダイアリー7 新しい出会い」アレクサンドラ・モス著;阪田由美子訳 草思社 2007年2月

**ルーク**
ロイヤルバレエスクール中等部二年生、エリーのボーイフレンド 「ロイヤルバレエスクール・ダイアリー8 恋かバレエか」アレクサンドラ・モス著;阪田由美子訳 草思社 2007年3月

**ルーク・スカイウォーカー**
ダース・ヴェイダーとなったアナキンの息子 「スター・ウォーズ/ラスト・オブ・ジェダイ1 危険なミッション」ジュード・ワトソン著;西村和子訳 オークラ出版(LUCAS BOOKS) 2006年8月

**ルーク・スタントン**
すばらしい音楽の才能を持つ十四歳、知的障害の少女・ナタリーのためにピアノを弾く少年 「星の歌を聞きながら」ティム・ボウラー著;入江真佐子訳 早川書房(ハリネズミの本箱) 2005年3月

**ルーク・バークウォーター**
大地学者と大地学に幻滅して転向した大学学者がつくる連合「図書館司書学会」の若き司書勲士、森林で拾われた孤児 「崖の国物語6」ポール・スチュワート作 クリス・リデル絵;唐沢則幸訳 ポプラ社(ポプラ・ウイング・ブックス) 2005年7月

**ルーク・バークウォーター**
大地学者と大地学に幻滅して転向した大学学者がつくる連合「図書館司書学会」の若き司書勲士、森林で拾われた孤児 「崖の国物語7」ポール・スチュワート作 クリス・リデル絵;唐沢則幸訳 ポプラ社(ポプラ・ウイング・ブックス) 2006年5月

**ルーコラ**
五十年前の青い満月の夜に突然島とともにあらわれたすごい魔力の持ち主 「フェアリー・レルム3 三つの願い」エミリー・ロッダ著;岡田好惠訳;仁科幸子絵 童心社 2005年9

**ルーシー**
フェアリーランドの宝石の妖精のひとり、ダイヤモンドの妖精 「ダイヤモンドの妖精(フェアリー)ルーシー(レインボーマジック)」デイジー・メドウズ作;田内志文訳 ゴマブックス 2007年12月

**ルシア・ナタシェ**
アメリカ南部ニューオリンズからフランスにやってきた少年ガストンの親せき、インディアンの血を引く十二歳の少女 「ガストンとルシア1 3000年を飛ぶ魔法旅行」ロジェ・ファリゴ著;永島章雄訳 小学館 2005年4月

**ルシア・ナタシェ**
アメリカ南部ニューオリンズからフランスにやってきた少年ガストンの親せき、インディアンの血を引く十二歳の少女 「ガストンとルシア2 永遠の旅のはじまり」ロジェ・ファリゴ著;永島章雄訳 小学館 2005年5月

**ルシアン**
16世紀の架空都市タリア国一のストラヴァガンテの弟子、かつて21世紀のロンドンへストラヴァガントしていた少年 「ストラヴァガンザ―花の都」メアリ・ホフマン作;乾侑美子訳 小学館 2006年12月

**ルシアン**
16世紀の架空都市タリア国一のストラヴァガンテの弟子、かつて21世紀のロンドンへストラヴァガントしていた少年 「ストラヴァガンザ―星の都」メアリ・ホフマン作;乾侑美子訳 小学館 2005年8月

るしい

**ルーシィ**
チリアン王がひきあわされたナルニア国の女王 「さいごの戦い（ナルニア国ものがたり7）」 C.S.ルイス作;瀬田貞二訳 岩波書店 2005年10月

**ルーシィ**
ナルニア国によびもどされたペベンシー家の4人きょうだいの子どもたちのひとり 「カスピアン王子のつのぶえ（ナルニア国ものがたり2）」 C.S.ルイス作;瀬田貞二訳 岩波書店 2005年10月

**ルーシィ**
ロンドンから疎開したおやしきにあった衣装だんすを通ってナルニア国に行ったペベンシー家の4人きょうだいの子どもたちのひとり 「ライオンと魔女（ナルニア国ものがたり1）」 C.S.ルイス作;瀬田貞二訳 岩波書店 2005年4月

**ルーシィ**
兄のエドマンドといとこにあたるユースチスもろとも絵の中に吸い込まれてナルニア国にもどったペベンシー家の女の子 「朝びらき丸東の海へ（ナルニア国ものがたり3）」 C.S.ルイス作;瀬田貞二訳 岩波書店 2005年10月

**ルーシー・ペニーケトル（ルース）**
小説を書く青年デービッドの大家のひとり娘、やんちゃな十一歳の少女 「炎の星－龍のすむ家3」 クリス・ダレーシー著;三辺律子訳 竹書房 2007年8月

**ルーシー・ペベンシー**
ロンドンから地方へ疎開したペベンシー家4人きょうだいの末っ子、ナルニア国への入り口を見つけた少女 「ナルニア国物語ライオンと魔女」 C.S.ルイス原作;間所ひさこ訳 講談社（映画版ナルニア国物語文庫） 2006年2月

**ルシンダ**
エセルとふたごのおばあちゃんドラゴン 「ドラゴン・スレイヤー・アカデミー 2-5 ふたごのごたごた」 ケイト・マクミュラン作;神戸万知訳;舵真秀斗絵 岩崎書店 2007年2月

**ルース**
小説を書く青年デービッドの大家のひとり娘、やんちゃな十一歳の少女 「炎の星－龍のすむ家3」 クリス・ダレーシー著;三辺律子訳 竹書房 2007年8月

**ルーダカ**
群れをなして行動する蜘蛛の姿をした闇の生物の女王 「バイオニクル8 闇の勇者」 グレッグ・ファーシュティ著;バイオニクル研究会訳 主婦の友社 2005年4月

**ルチアーノ・クリナモルテ（ルシアン）**
16世紀の架空都市タリア国一のストラヴァガンテの弟子、かつて21世紀のロンドンへストラヴァガントしていた少年 「ストラヴァガンザ－花の都」 メアリ・ホフマン作;乾侑美子訳 小学館 2006年12月

**ルチアーノ・クリナモルテ（ルシアン）**
16世紀の架空都市タリア国一のストラヴァガンテの弟子、かつて21世紀のロンドンへストラヴァガントしていた少年 「ストラヴァガンザ－星の都」 メアリ・ホフマン作;乾侑美子訳 小学館 2005年8月

**ルツ・ロペス**
「イレギュラーズ」のメンバー、メカの天才 「キキ・ストライクと謎の地下都市」 キルステン・ミラー作;三辺律子訳 理論社 2006年12月

**ルディ**
貧しい少年ヘレの父親、第一次世界大戦に従軍し右腕をなくした男 「ベルリン1919」 クラウス・コルドン作;酒寄進一訳 理論社 2006年2月

るべん

## ルートヴィヒ・パルフィー
ルイーゼとロッテのおとうさん、作曲家でウィーン国立歌劇場の常任指揮者 「ふたりのロッテ」エーリヒ・ケストナー作；池田香代子訳 岩波書店（岩波少年文庫） 2006年6月

## ルドルフ
共同墓所にすんでいる吸血鬼の子ども、人間の子ども・アントンの友だち 「リトルバンパイア 11 真夜中の診察室」アンゲラ・ゾンマー・ボーデンブルク作；川西芙沙訳；ひらいたかこ絵 くもん出版 2007年3月

## ルドルフ・ケッセルバッハ
億万長者のダイヤモンド王、パリに滞在中に殺害されたケープタウンの支配者 「813 アルセーヌ・ルパン」モーリス・ルブラン作；大友徳明訳 偕成社（偕成社文庫） 2005年9月

## ルドルフ・ヴェーハ・ファン・アムステルフェーン
二十世紀のオランダからタイムマシーンにのって十三世紀のドイツへ行き少年十字軍に加わった十五歳の少年 「ジーンズの少年十字軍 上下」テア・ベックマン作；西村由美訳 岩波書店（岩波少年文庫） 2007年11月

## ルナ
ひどい火傷をした銀翼コウモリの少女、銀翼のグリフィンの同い年の友だち 「ファイアーウィング－銀翼のコウモリ3」ケネス・オッペル著；嶋田水子訳 小学館 2005年8月

## ルノマン部長　るのまんぶちょう
怪盗ルパンを追うパリ警視庁国家警察部長 「813 アルセーヌ・ルパン」モーリス・ルブラン作；大友徳明訳 偕成社（偕成社文庫） 2005年9月

## ルパン
死んだと思われていた有名な怪盗紳士 「813 アルセーヌ・ルパン」モーリス・ルブラン作；大友徳明訳 偕成社（偕成社文庫） 2005年9月

## ルパン
謎の人物『L・M』の手によって刑務所に放り込まれた有名な怪盗 「続813アルセーヌ・ルパン」モーリス・ルブラン作；大友徳明訳 偕成社（偕成社文庫） 2005年9月

## ルビー
フェアリーランドで呪いをかけられて追放された虹の妖精のひとり、赤の妖精 「赤の妖精（フェアリー）ルビー（レインボーマジック1）」デイジー・メドウズ作；田内志文訳 ゴマブックス 2006年9月

## ルーピー
パイロットのれんしゅうせいがのるこがたひこうき 「ルーピーのだいひこう」ハーディー・グラマトキーさく；わたなべしげおやく 学習研究社（グラマトキーののりものどうわ） 2005年10月

## ルーピー
小人の女の子アリエッティのおばさん 「川をくだる小人たち」メアリー・ノートン作；林容吉訳 岩波書店（岩波少年文庫） 2005年4月

## ルーファス
コネティカット州に住むモファット家の四人きょうだいのすえっ子、四年生の男の子 「モファット博物館」エレナー・エスティス作；松野正子訳 岩波書店（岩波少年文庫） 2005年

## ルベン・バード
十三歳の女の子・メルの親友、「あの世」にある天使の学校・エンジェル・アカデミーの生徒 「聖なる鎖の絆(リンク)」アニー・ドルトン作；美咲花音訳；荒川麻衣子画 金の星社（フォア文庫） 2005年9月

## ルーベン・ワインストック
とても腕の良いピアノ調律師、孫娘のデビーと二人きりで暮らすおじいさん 「ピアノ調律師」M.B.ゴフスタイン作・絵；末盛千枝子訳 すえもりブックス 2005年8月

311

るるべ

### ルル・ベイカー（ヌードル）
ケーキづくりが大好きな十三歳の女の子、父親とお手伝いのアイリーンと暮らしている娘
「夢をかなえて!ウィッシュ・チョコ─魔法のスイーツ大作戦3」フィオナ・ダンバー作;露久保
由美子訳;千野えなが絵 フレーベル館 2007年2月

### ルル・ベイカー（ヌードル）
ケーキづくりが大好きな十三歳の女の子、父親と二人ぐらしの娘 「恋のキューピッド・ケー
キ─魔法のスイーツ大作戦2」フィオナ・ダンバー作;露久保由美子訳;千野えなが絵 フ
レーベル館 2006年11月

### ルル・ベイカー（ヌードル）
ケーキづくりが大好きな十二歳の女の子、パパの新しい恋人ヴァラミンタに嫌われている娘
「ミラクル・クッキーめしあがれ!─魔法のスイーツ大作戦1」フィオナ・ダンバー作;露久保
由美子訳;千野えなが絵 フレーベル館 2006年7月

# 【れ】

### レア
アンジェールおばさんの娘、さびれた島に住む障害をもつ少女 「レアといた夏」マリー・ソ
フィ・ベルモ作;南本史訳;中村悦子絵 あかね書房（あかね・ブックライブラリー）2007年7
月

### レア
ノラの姉、生まれつき心臓に重い障害をもっており肺炎を起こして一歳にもならずに死んだ
女の子 「嵐の季節に」ヤーナ・フライ作;オスターグレン晴子訳 徳間書店 2006年11月

### レイ
医学の心得がありどんな言葉も話すバルマンの娘、マルヴァ姫とともにシスパジの皇帝の
生贄となった少女 「マルヴァ姫、海へ!─ガルニシ国物語 上下」アンヌ・ロール・ボン
ドゥー作;伊藤直子訳 評論社（児童図書館・文学の部屋）2007年8月

### レイ
空とぶじゅうたん売りの男の子、ランプの精のリトル・ジーニーのむかしからの友だち 「ラン
プの精リトル・ジーニー 2」ミランダ・ジョーンズ作;宮坂宏美訳;サトウユカ絵 ポプラ社
2006年3月

### レイチェル
ママと妹と三人でマンハッタンで暮らす高校生、オシャレが大好きな十四歳 「マンハッタン
の魔女」サラ・ムリノフスキ著;松本美菜子訳 ヴィレッジブックス 2006年11月

### レイチェル・ウォーカー
フェアリーランドに住む妖精たちの友だち、人間の女の子 「アメジストの妖精（フェアリー）
エイミー（レインボーマジック）」デイジー・メドウズ作;田内志文訳 ゴマブックス 2007年12
月

### レイチェル・ウォーカー
フェアリーランドに住む妖精たちの友だち、人間の女の子 「お楽しみの妖精（フェアリー）ポ
リー（レインボーマジック）」デイジー・メドウズ作;田内志文訳 ゴマブックス 2007年8月

### レイチェル・ウォーカー
フェアリーランドに住む妖精たちの友だち、人間の女の子 「プレゼントの妖精（フェアリー）
ジャスミン（レインボーマジック）」デイジー・メドウズ作;田内志文訳 ゴマブックス 2007年8
月

### レイチェル・ウォーカー
フェアリーランドに住む妖精たちの友だち、人間の女の子 「ムーンストーンの妖精（フェア
リー）インディア（レインボーマジック）」デイジー・メドウズ作;田内志文訳 ゴマブックス
2007年11月

**レイチェル・ウォーカー**
フェアリーランドに住む妖精たちの友だち、人間の女の子 「雨の妖精(フェアリー)ヘイリー
(レインボーマジック)」 デイジー・メドウズ作;田内志文訳 ゴマブックス 2007年4月

**レイチェル・ウォーカー**
フェアリーランドに住む妖精たちの友だち、人間の女の子 「雲の妖精(フェアリー)パール
(レインボーマジック)」 デイジー・メドウズ作;田内志文訳 ゴマブックス 2007年3月

**レイチェル・ウォーカー**
フェアリーランドに住む妖精たちの友だち、人間の女の子 「黄色の妖精(フェアリー)サフラ
ン(レインボーマジック)」 デイジー・メドウズ作;田内志文訳 ゴマブックス 2006年9月

**レイチェル・ウォーカー**
フェアリーランドに住む妖精たちの友だち、人間の女の子 「夏休みの妖精(フェアリー)サ
マー(レインボーマジック)」 デイジー・メドウズ作;田内志文訳 ゴマブックス 2007年8月

**レイチェル・ウォーカー**
風見どり・ドゥードルの魔法の羽根を友だちのカースティといっしょに探している女の子 「太
陽の妖精(フェアリー)ゴールディ(レインボーマジック)」 デイジー・メドウズ作;田内志文訳
ゴマブックス 2007年3月

**レイチェル・ウォーカー**
友だちのカースティといっしょにお天気を決めるニワトリの魔法の羽根を探している女の子
「雪の妖精(フェアリー)クリスタル(レインボーマジック)」 デイジー・メドウズ作;田内志文訳
ゴマブックス 2007年2月

**レイチェル・ウォーカー**
友だちのカースティといっしょにパーティの妖精たちの魔法のバッグを探している女の子
「おかしの妖精(フェアリー)ハニー(レインボーマジック)」 デイジー・メドウズ作;田内志文
訳 ゴマブックス 2007年8月

**レイチェル・ウォーカー**
友だちのカースティといっしょにパーティの妖精たちの魔法のバッグを探している女の子
「お洋服の妖精(フェアリー)フィービー(レインボーマジック)」 デイジー・メドウズ作;田内志
文訳 ゴマブックス 2007年8月

**レイチェル・ウォーカー**
友だちのカースティといっしょにパーティの妖精たちの魔法のバッグを探している女の子
「キラキラの妖精(フェアリー)グレース(レインボーマジック)」 デイジー・メドウズ作;田内志
文訳 ゴマブックス 2007年8月

**レイチェル・ウォーカー**
友だちのカースティといっしょにパーティの妖精たちの魔法のバッグを探している女の子
「ケーキの妖精(フェアリー)チェリー(レインボーマジック)」 デイジー・メドウズ作;田内志文
訳 ゴマブックス 2007年8月

**レイチェル・ウォーカー**
友だちのカースティといっしょにレインスペル島で虹の妖精を探している女の子 「あい色の
妖精(フェアリー)イジー(レインボーマジック)」 デイジー・メドウズ作;田内志文訳 ゴマ
ブックス 2006年11月

**レイチェル・ウォーカー**
友だちのカースティといっしょにレインスペル島で虹の妖精を探している女の子 「オレンジ
の妖精(フェアリー)アンバー(レインボーマジック)」 デイジー・メドウズ作;田内志文訳 ゴ
マブックス 2006年9月

**レイチェル・ウォーカー**
友だちのカースティといっしょにレインスペル島で虹の妖精を探している女の子 「みどりの
妖精(フェアリー)ファーン(レインボーマジック)」 デイジー・メドウズ作;田内志文訳 ゴマ
ブックス 2006年10月

れいち

**レイチェル・ウォーカー**
友だちのカースティといっしょにレインスペル島で虹の妖精を探している女の子 「むらさき
の妖精(フェアリー)ヘザー (レインボーマジック)」 デイジー・メドウズ作;田内志文訳 ゴマ
ブックス 2006年11月

**レイチェル・ウォーカー**
友だちのカースティといっしょにレインスペル島で虹の妖精を探している女の子 「青の妖
精(フェアリー)スカイ(レインボーマジック)」 デイジー・メドウズ作;田内志文訳 ゴマブック
ス 2006年10月

**レイチェル・ウォーカー**
友だちのカースティといっしょにレインスペル島で虹の妖精を探している女の子 「赤の妖
精(フェアリー)ルビー (レインボーマジック1)」 デイジー・メドウズ作;田内志文訳 ゴマブッ
クス 2006年9月

**レイチェル・ウォーカー**
友だちのカースティといっしょに妖精の女王様の魔法の宝石を探している女の子「エメラ
ルドの妖精(フェアリー)エミリー(レインボーマジック)」 デイジー・メドウズ作;田内志文訳
ゴマブックス 2007年11月

**レイチェル・ウォーカー**
友だちのカースティといっしょに妖精の女王様の魔法の宝石を探している女の子「ガー
ネットの妖精(フェアリー)スカーレット(レインボーマジック)」 デイジー・メドウズ作;田内志
文訳 ゴマブックス 2007年11月

**レイチェル・ウォーカー**
友だちのカースティといっしょに妖精の女王様の魔法の宝石を探している女の子「サファ
イアの妖精(フェアリー)ソフィ(レインボーマジック)」 デイジー・メドウズ作;田内志文訳 ゴ
マブックス 2007年12月

**レイチェル・ウォーカー**
友だちのカースティといっしょに妖精の女王様の魔法の宝石を探している女の子 「ダイヤ
モンドの妖精(フェアリー) ルーシー (レインボーマジック)」 デイジー・メドウズ作;田内志文
訳 ゴマブックス 2007年12月

**レイチェル・ウォーカー**
友だちのカースティといっしょに妖精の女王様の魔法の宝石を探している女の子「トパー
ズの妖精(フェアリー)クロエ(レインボーマジック)」 デイジー・メドウズ作;田内志文訳 ゴマ
ブックス 2007年11月

**レイチェル・ウォーカー**
友だちのカースティと一緒にフェアリーランドからきた妖精を助ける女の子「音楽の妖精
(フェアリー)メロディ(レインボーマジック)」 デイジー・メドウズ作;田内志文訳 ゴマブックス
2007年8月

**レイチェル・ウォーカー**
友だちのカースティと一緒にフェアリーランドのお天気の妖精を助けている女の子 「風の
妖精(フェアリー)アビゲイル(レインボーマジック)」 デイジー・メドウズ作;田内志文訳 ゴマ
ブックス 2007年2月

**レイチェル・ウォーカー**
友だちのカースティと一緒にフェアリーランドのお天気の妖精を助けている女の子 「霧の
妖精(フェアリー)エヴィ(レインボーマジック)」 デイジー・メドウズ作;田内志文訳 ゴマブッ
クス 2007年4月

**レイチェル・ウォーカー**
友だちのカースティと一緒にフェアリーランドのお天気の妖精を助けている女の子 「雷の
妖精(フェアリー)ストーム(レインボーマジック)」 デイジー・メドウズ作;田内志文訳 ゴマ
ブックス 2007年4月

れおん

### レイチェル・ウォーカー
妖精ジャック・フロストにぬすまれたサンタクロースのそりを探している女の子 「クリスマスの妖精(フェアリー)ホリー(レインボーマジック)」 デイジー・メドウズ作;田内志文訳 ゴマブックス 2007年11月

### レイナ
ヤク中の母親との葛藤でホームレス状態で高校に通う十六歳、文章を書くのは好きな女子高生 「グッバイ、ホワイトホース」 シンシア・D.グラント著;金原瑞人訳;坪香織訳 光文社 2005年1月

### レイナ・クイル
エイケリン抵抗組織の奇襲隊員、優秀な女性パイロット 「スター・ウォーズ/ラスト・オブ・ジェダイ2 闇の警告」 ジュード・ワトソン著;西村和子訳 オークラ出版(LUCAS BOOKS) 2006年8月

### レイニー
リバーハイツという町で開催される自転車レースのために雇われた警備員 「ナンシー・ドルー 戦線離脱」 キャロリン・キーン作;小林淳子訳;甘塩コメコ絵 金の星社 2007年3月

### レイヴンポー
もとサンダー族のタイガーグローの弟子で見習い猫、今はどの部族にも属さない雄猫 「ウォーリアーズ〔1〕−2 ファイヤポー、戦士になる」 エリン・ハンター作;金原瑞人訳;高林由香子訳 小峰書店 2007年2月

### レイヴンポー
もとサンダー族のタイガークローの弟子で見習い猫、今はどの部族にも属さない雄猫 「ウォーリアーズ〔1〕−4 ファイヤハートの挑戦」 エリン・ハンター作;金原瑞人訳;高林由香子訳 小峰書店 2007年6月

### レイヴンポー
もとサンダー族のタイガークローの弟子で見習い猫、今はどの部族にも属さない雄猫 「ウォーリアーズ〔1〕−5 ファイヤハートの危機」 エリン・ハンター作;金原瑞人訳;高林由香子訳 小峰書店 2007年9月

### レオさん
「ラクリッツ探偵団」のリーダー、探偵じむしょがあるラクリッツ屋の店長 「ラクリッツ探偵団イエロー・ドラゴンのなぞ」 ユリアン・プレス作・絵;荒川みひ訳 講談社 2006年3月

### レオナ
パズルが好きな超一流の魔法使い、スフィンクスのような姿をした異界のリドルポー 「フェリックスと異界の伝説2 世にも危険なパズル」 エリザベス・ケイ作;片岡しのぶ訳;佐竹美保画 あすなろ書房 2005年7月

### レオナルド・フィボナッチ・ダ・ピサ
イタリアのピサ出身の放浪学生、十三世紀へタイムトラベルした少年ドルフが最初に出会った少年 「ジーンズの少年十字軍 上下」 テア・ベックマン作;西村由美訳 岩波書店(岩波少年文庫) 2007年11月

### レオン
「ワイルド・サッカーキッズS.S」の突撃ドリブラー、チームのキャプテン 「サッカーキッズ物語8」 ヨアヒム・マザネック作;高田ゆみ子訳;矢島眞澄絵 ポプラ社(ポップコーン・ブックス) 2005年9月

### レオンおじいちゃん
13歳のADDの少年・トトをはげましつづけたおじいちゃん 「トトの勇気」 アンナ・ガヴァルダ作;藤本泉訳 鈴木出版(鈴木出版の海外児童文学) 2006年2月

れおん

## レオン・ザイセル
マンハッタンの1つ星ホテルに住む五年生、ポテトチップのコレクションをする男の子 「レオンとポテトチップ選手権 上下」 アレン・カーズワイル著;大島豊訳 東京創元社(sogen bookland) 2006年9月

## レオン・ザイセル
マンハッタンの1つ星ホテルに住む四年生、手作業に自信がない男の子 「レオンと魔法の人形遣い 上下」 アレン・カーズワイル著;大島豊訳 東京創元社(sogen bookland) 2006年1月

## レギス
いたずら好きでのんきなハーフリング族、人をあやつる魔法の宝石を持つ男 「アイスウィンド・サーガ2 ドラゴンの宝」 R.A.サルバトーレ著 アスキー 2005年1月

## レギス
いたずら好きでのんきなハーフリング族、人をあやつる魔法の宝石を持つ男 「アイスウィンド・サーガ3 水晶の戦争」 R.A.サルバトーレ著 アスキー 2005年7月

## レクトロ
新しい自分を夢見て風変わりな仕事につくがそのたびに奇妙な事件がふりかかり長続きしない男 「レクトロ物語」 ライナー・チムニク作;上田真而子訳 福音館書店(福音館文庫) 2006年6月

## レザ
イラクの難民キャンプでくらす少女・ザーラの弟、重い心臓病をもつ幼い子 「はばたけ!ザーラ」 コリーネ・ナラニィ作;トム・スコーンオーヘ絵;野坂悦子訳 鈴木出版(鈴木出版の海外児童文学) 2005年2月

## レジーナ
北イタリアの村のはずれにある屋敷・ジュリエッタ荘でかくまわれていたユダヤ人の少女 「ジュリエッタ荘の幽霊」 ベアトリーチェ・ソリナス・ドンギ作;エマヌエーラ・ブッソラーティ絵;長野徹訳 小峰書店(文学の森) 2005年7月

## レスリー・バーク
ラーク・クリーク小学校の五年生、となりに住んでいる少年ジェシーと秘密の場所・テラビシアをつくった少女 「テラビシアにかける橋」 キャサリン・パターソン作;岡本浜江訳 偕成社(偕成社文庫) 2007年3月

## レダ
イタリアの名門バレエ学校に通う少女ゾーエの親友でクラスメート、背が高いことを悩んでいる少女 「バレエ・アカデミア 1バレエに恋してる!」 ベアトリーチェ・マジーニ作;長野徹訳 ポプラ社 2007年6月

## レダ
イタリアの名門バレエ学校に通う背の高い少女、ゾーエのクラスメートで一番の親友 「バレエ・アカデミア 2きまぐれなバレリーナ」 ベアトリーチェ・マジーニ作;長野徹訳 ポプラ社 2007年9月

## レックス
「ぼく」が農場でアルバイトをしていた時に出会った農場犬 「いつもそばに犬がいた」 ゲイリー・ポールセン作;はらるい訳;かみやしん絵 文研出版(文研じゅべにーる) 2006年7月

## レックス
光のタイムトンネルを通って恐竜時代から現代の世界にきてしまったティラノサウルス 「REX2(タイムソルジャー2)」 ロバート・グールド写真;キャスリーン・デューイ文;ユージーン・エプスタイン画;MON訳 岩崎書店 2007年6月

### レッド
厩舎ハートランドに厩務員としてやってきたベンの馬、サラブレッドとハノーバー種の交配種「吹雪のあとで一ハートランド物語」ローレン・ブルック著;勝浦寿美訳 あすなろ書房 2007年2月

### レディ・グランダスミス
イギリスの貴族、一年の大部分を旅行ですごしているという明るく行動的な性格の未亡人「ノーチラス号の冒険 6 黒い同胞団」ヴォルフガンク・ホールバイン著;平井吉夫訳 創元社 2007年5月

### レーナ
ロードアイランド美術大学の一年生、幼なじみの3人と不思議な力を持ったジーンズを共有する女の子「ジーンズ・フォーエバー一トラベリング・パンツ」アン・ブラッシェアーズ作;大嶌双恵訳 理論社 2007年4月

### レーナ
高校を卒業してロードアイランド美術大学進学を控えた女の子、幼なじみの3人と不思議な力を持ったジーンズを共有する女の子「ラストサマー一トラベリング・パンツ」アン・ブラッシェアーズ作;大嶌双恵訳 理論社 2005年5月

### レニ
イルス国の港町デルハーバにある居酒屋「ホエールズボーンヤード」で働く赤髪の少女「ドラゴンラージャ6 神力」イ・ヨンド作;ホン・カズミ訳;金田榮路絵 岩崎書店 2006年8月

### レニ
ドラゴンラージャの資質をそなえていると思われる赤髪の少女「ドラゴンラージャ10 友情」イ・ヨンド作;ホン・カズミ訳;金田榮路絵 岩崎書店 2006年12月

### レニ
ドラゴンラージャの資質をそなえていると思われる赤髪の少女「ドラゴンラージャ11 真実」イ・ヨンド作;ホン・カズミ訳;金田榮路絵 岩崎書店 2007年2月

### レニ
ドラゴンラージャの資質をそなえていると思われる赤髪の少女「ドラゴンラージャ7 追跡」イ・ヨンド作;ホン・カズミ訳;金田榮路絵 岩崎書店 2006年8月

### レニ
ドラゴンラージャの資質をそなえていると思われる赤髪の少女「ドラゴンラージャ8 報復」イ・ヨンド作;ホン・カズミ訳;金田榮路絵 岩崎書店 2006年10月

### レニ
ドラゴンラージャの資質をそなえていると思われる赤髪の少女「ドラゴンラージャ9 予言」イ・ヨンド作;ホン・カズミ訳;金田榮路絵 岩崎書店 2006年10月

### レニー
エリオン国にある四つの町の創設者ウォーヴォルドの死去した妻、不思議な彫刻「ジョーカスタ」を遺した人「エリオン国物語 2 ダークタワーの戦い」パトリック・カーマン著;金原瑞人・小田原智美訳 アスペクト 2006年12月

### レバウディさん
北イタリアの村のはずれにある屋敷・ジュリエッタ荘に住む年配の独身女性「ジュリエッタ荘の幽霊」ベアトリーチェ・ソリナス・ドンギ作;エマヌエーラ・ブッソラーティ絵;長野徹訳 小峰書店(文学の森) 2005年7月

### レバンネン
元大賢人のゲドを敬愛するアースシーの王「ゲド戦記V アースシーの風」ル=グウィン著;清水真砂子訳 岩波書店 2006年5月

ればん

## レバンネン
大魔法使い・ゲドを師と仰ぐアースシーの王 「ゲド戦記IV 帰還」 ル=グウィン著;清水真砂子訳 岩波書店 2006年5月

## レフティ(ノア)
兄のマックスと屋根裏部屋にあった透明人間になれる不思議な鏡を見つけた十歳の左ききの弟 「鏡のむこう側(グースバンプス6)」 R.L.スタイン作;津森優子訳;照世絵 岩崎書店 2006年11月

## レベッカ(ベッキー)
少年キムの四歳の妹、手術後も眠り続けている少女 「メルヘンムーン」 ヴォルフガンク・ホールバイン作;ハイケ・ホールバイン作;平井吉夫訳 評論社 2005年10月

## レベッカ・マッケンジー(ベッカ)
弟のダグラスとともに後見人の伯父の船で旅をするおてんばでガンコな15歳の少女 「秘密作戦レッドジェリコ 上下」 ジョシュア・モウル著;唐沢則幸訳 ソニー・マガジンズ 2006年5月

## レマソライ
ケニアの小さな村で生まれたマサイ族の一員、アメリカで教師になった若者 「ぼくはマサイ ライオンの大地で育つ」 ジョゼフ・レマソライ・レクトン著;さくまゆみこ訳 さ・え・ら書房 (NATIONAL GEOGRAPHIC) 2006年2月

## レミ
旅芸人の一座・ヴィタリス一座のメンバー、捨て子だった女の子 「家なき子レミ」 エクトル・マロ原作;箱石桂子ノベライズ 竹書房(竹書房文庫) 2005年2月

## レミー
食べた人をしあわせな気分にする料理をつくる夢をもち自分の舌と鼻にはぜったいの自信をもっているネズミの男の子 「レミーのおいしいレストラン」 キティ・リチャーズ作;しぶやまさこ訳 偕成社(ディズニーアニメ小説版) 2007年6月

## レン
六〇〇〇年前のヨーロッパ北西部にいたワタリガラス族の少女、弓の名手 「クロニクル千古の闇2 生霊わたり」 ミシェル・ペイヴァー作;さくまゆみこ訳;酒井駒子絵 評論社 2006年4月

## レン
六〇〇〇年前のヨーロッパ北西部にいたワタリガラス族の少女、弓の名手 「クロニクル千古の闇3 魂食らい」 ミシェル・ペイヴァー作;さくまゆみこ訳;酒井駒子絵 評論社 2007年4月

# 【ろ】

## ロア
グラミスの将軍マクベスの夫人 「三番目の魔女」 レベッカ・ライザート著;森祐希子訳 ポプラ社 2007年5月

## ロア
星の彼方からやってきて子供たちをむさぶり食おうとしている宇宙の飢えた巨大な魔物 「シルバーチャイルド 2 怪物ロアの襲来」 クリフ・マクニッシュ作;金原瑞人訳 理論社 2006年5月

## ロア
星の彼方からやってきて子供たちをむさぶり食おうとしている宇宙の飢えた巨大な魔物 「シルバーチャイルド 3 目覚めよ! 小さき戦士たち」 クリフ・マクニッシュ作;金原瑞人訳 理論社 2006年6月

**ロイ・ブラウン**
アメリカのアイダビル町にすんでいる少年たんてい、アイダビル警察のブラウン署長の十歳のむすこ 「少年たんていブラウン 5 じゅうどうしめわざ事件」 ドナルド・ソボル作；花輪かんじ訳 偕成社 2006年3月

**老悪魔　ろうあくま**
馬鹿なイワンと兄弟が仲むつまじく暮らしていることがいまいましく小悪魔に三人の仲をかき乱すよう命じた老悪魔 「イワンの馬鹿」 レフ・トルストイ著；北御門二郎訳 あすなろ書房(トルストイの散歩道2) 2006年5月

**ローガン・ムーア**
義父との仲がうまくいかずいつもまわりのことすべてに腹を立てている十四歳の少年 「ラスト・ドッグ」 ダニエル・アーランハフト著；金原瑞人訳；秋川久美子訳 ほるぷ出版 2006年6月

**ロキ**
火と和の神 「アモス・ダラゴン4 フレイヤの呪い」 ブリアン・ペロー作；高野優監訳；宮澤実穂訳 竹書房 2005年1月

**ロクシー**
錬金術師のミーシャの実験室で勉強していた四人グループのひとり、十一歳の少女 「ルナ・チャイルド2 ニーナと神々の宇宙船」 ムーニー・ウィッチャー作；荒瀬ゆみこ訳；佐竹美保画 岩崎書店 2007年10月

**ローサー・ゲルト(ローフ)**
ぐうたらで自己チューなアメリカ人の少年、アウターネットと接続するための最後のサーバーを守ることになった少年ジャックの友だち 「アウターネット. 第1巻 フレンズかフォーか?」 スティーブ・バーロウ作；スティーブ・スキッドモア作；大谷真弓訳 小学館 2005年11月

**ローサー・ゲルト(ローフ)**
ぐうたらで自己チューなアメリカ人の少年、アウターネットと接続するための最後のサーバーを守ることになった少年ジャックの友だち 「アウターネット. 第2巻 コントロール」 スティーブ・バーロウ作；スティーブ・スキッドモア作；大谷真弓訳 小学館 2006年4月

**ローサー・ゲルト(ローフ)**
ぐうたらで自己チューなアメリカ人の少年、アウターネットと接続するための最後のサーバーを守ることになった少年ジャックの友だち 「アウターネット. 第3巻 オデッセイ」 スティーブ・バーロウ作；スティーブ・スキッドモア作；大谷真弓訳 小学館 2006年11月

**ロージー**
スコットランドにある大おばさんのお城のるすばんをたのまれた九歳の女の子 「リトル・プリンセス おとぎ話のイザベラ姫」 ケイティ・チェイス作；日当陽子訳；泉リリカ絵 ポプラ社 2007年3月

**ロージー**
スコットランドにある大おばさんのお城のるすばんをたのまれた九歳の女の子 「リトル・プリンセス ささやきのアザラ姫」 ケイティ・チェイス作；日当陽子訳；泉リリカ絵 ポプラ社 2007年3月

**ロージー**
スコットランドの大おばさんのまほうがおこるお城にすんでいる九歳の女の子 「リトル・プリンセス とうめいな花姫」 ケイティ・チェイス作；日当陽子訳；泉リリカ絵 ポプラ社 2007年6月

**ロージー**
スコットランドの大おばさんのまほうがおこるお城にすんでいる九歳の女の子 「リトル・プリンセス 雨をよぶイメナ姫」 ケイティ・チェイス作；日当陽子訳；泉リリカ絵 ポプラ社 2007年9月

ろじ

**ロージー**
スコットランドの大おばさんのまほうがおこるお城にすんでいる九歳の女の子 「リトル・プリンセス氷の城のアナスタシア姫」 ケイティ・チェイス作;日当陽子訳;泉リリカ絵 ポプラ社 2007年12月

**ロージー**
ロンドンの浮浪児集団〈ベイカー少年探偵団〉のメンバー、花売り娘をしている顔立ちのととのった愛くるしい少女 「ベイカー少年探偵団1−消えた名探偵」 アンソニー・リード著;池央耿訳 評論社(児童図書館・文学の部屋) 2007年12月

**ロージー**
ロンドンの浮浪児集団〈ベイカー少年探偵団〉のメンバー、花売り娘をしている顔立ちのととのった愛くるしい少女 「ベイカー少年探偵団2−さらわれた千里眼」 アンソニー・リード著;池央耿訳 評論社(児童図書館・文学の部屋) 2007年12月

**ロシェル・ダイヤモンド**
四姉妹の三女、スタイル抜群で成績優秀だが性格がとてもイジワルな十二歳の少女 「ダイヤモンド・ガールズ」 ジャクリーン・ウィルソン作;尾高薫訳 理論社 2006年2月

**ロジャー・アクロイド(アクロイド氏) ろじゃーあくろいど(あくろいどし)**
イギリスのキングズアボット村にあるファンリーパーク荘の主人、大成功をおさめた実業家 「アクロイド氏殺害事件」 アガサ・クリスティ作;花上かつみ訳 講談社(青い鳥文庫) 2005年4月

**ローズ**
夏休みにアンジェールおばさんと娘のレアが住むさびれた島にでかけた十三歳の少女 「レアといた夏」 マリー・ソフィ・ベルモ作;南本史訳;中村悦子絵 あかね書房(あかね・ブッククライブラリー) 2007年7月

**ローズ**
両親が画家のカッソン家の三女、マイペースな天才少女画家 「サフィーの天使」 ヒラリー・マッカイ作;冨永星訳 小峰書店(Y.A.Books) 2007年1月

**ロゼッタ**
魔法の島ネバーランドの妖精の谷ピクシー・ホロウに住む植物の妖精 「ロゼッタの最悪な一日」 リサ・パパディメトリュー作;ジュディス・ホームズ・クラーク他絵;小宮山みのり訳 講談社(ディズニーフェアリーズ文庫) 2007年11月

**ロックウッド氏 ろっくうっどし**
ロンドンのそうじ婦ハリスおばさんのお得意さん、ロシアから追放されロシア人の恋人と連絡が取れずとほうにくれている男 「ハリスおばさんモスクワへ行く」 ポール・ギャリコ著;亀山龍樹訳;遠藤みえ子訳 ブッキング(fukkan.com) 2005年7月

**ロッタ**
イヌという名のノラ犬が森で声をかけた人間の子ども、赤いズボンの女の子 「黄色いハートをつけたイヌ」 ユッタ・リヒター作;松沢あさか訳;陣崎草子絵 さ・え・ら書房 2007年9月

**ロッチェ**
「ワイルド・サッカーキッズS.S」の攻撃ミッドフィルダー、マーロンの大親友 「サッカーキッズ物語10」 ヨアヒム・マザネック作;高田ゆみ子訳;矢島眞澄絵 ポプラ社(ポップコーン・ブックス) 2006年3月

**ロッテ・ケルナー**
ミュンヘンで編集者のおかあさんとくらす女の子 「ふたりのロッテ」 エーリヒ・ケストナー作;池田香代子訳 岩波書店(岩波少年文庫) 2006年6月

**ロデリック・チルダーマス(チルダーマス教授) ろでりっくちるだーます(ちるだーますきょうじゅ)**
歴史学の教授、十三歳のジョニーのお向かいに住む親友 「ジョニー・ディクソン魔術師の復讐」 ジョン・ベレアーズ著;林啓恵訳 集英社 2005年2月

ろびん

**ロドニー**
仲よしのカルヴィンの妹・トゥルーディーにカルヴィンと催眠術をかけてみた男の子 「さあ、犬になるんだ!」C.V.オールズバーグ絵と文;村上春樹訳 河出書房新社 2006年12月

**ロード・ロス**
デモナータの魔将、熱狂的なチェスマニアでおおぜいの手下をしたがえている悪魔 「デモナータ1幕 ロード・ロス」ダレン・シャン作;橋本恵訳;田口智子画 小学館 2005年7月

**ロード・ロス**
デモナータの魔将、熱狂的なチェスマニアでおおぜいの手下をしたがえている悪魔 「デモナータ3幕 スローター」ダレン・シャン作;橋本恵訳;田口智子画 小学館 2006年9月

**ロナルド**
キレっぱなしのアル中の母・マキシンとスラムに住む知恵遅れの少年 「クレイジー・レディー!」ジェイン・レズリー・コンリー作;尾崎愛子訳;森脇和則画 福音館書店(世界傑作童話シリーズ) 2005年4月

**ロニー・パーカー**
ルイジアナ州でくらしている十二歳の少女タイガーの知的障害をもった父 「ルイジアナの青い空」キンバリー・ウィリス・ホルト著;河野万里子訳 白水社 2007年9月

**ロバータ・エリス(ボビイ)**
クレア学院一年の新入生、いたずら好きで活発な男の子のような少女 「おちゃめなふたごの探偵ノート」エニド・ブライトン作;佐伯紀美子訳 ポプラ社(ポプラポケット文庫) 2006年2月

**ロバータ・クインビー**
幼いころからやっかいな子といわれてきたラモーナの妹、生れて二ヶ月の赤ちゃん 「ラモーナ、明日へ(ゆかいなヘンリーくんシリーズ)」ベバリイ・クリアリー作;アラン・ティーグリーン画;松岡享子訳 学習研究社 2006年1月

**ロバート・ハウフォース卿　ろばーとはうふぉーすきょう**
海の向こうにあるという死の国の住人、クリスマスが近づいたある夜にホーンビー姉弟の前にあらわれた運命の騎士 「海駆ける騎士の伝説」ダイアナ・ウィン・ジョーンズ作;野口絵美訳;佐竹美保絵 徳間書店 2006年12月

**ロバート・バーンズ**
イギリス北部の海辺の小さな田舎町に住む少年、上流階級の子どもたちが通うセイクリッド・ハート中学校の一年生 「火を喰う者たち」デイヴィッド・アーモンド著;金原瑞人訳 河出書房新社 2005年1月

**ロバート・マラン**
突然失踪した若い物理学者クリストファーの父、似顔絵描きの画家 「スノードーム」アレックス・シアラー著;石田文子訳 求龍堂 2005年1月

**ローハン**
秘密組織C2のスパイ・ジェシーの死んだと聞かされたC2きょうだい 「スパイ・ガール3 見えない敵を追え」クリスティーヌ・ハリス作;前沢明枝訳 岩崎書店 2007年11月

**ロバン・マンジル**
初級魔術師、エルフと人間の混血で弓の名手の少年 「タラ・ダンカン 3 魔法の王杖　上下」ソフィー・オドゥワン・マミコニアン著;山本知子訳 メディアファクトリー 2006年8月

**ロビン**
古い領主館にひきとられた孤児マリアがロンドンで知りあった男の子 「まぼろしの白馬」エリザベス・グージ作;石井桃子訳 岩波書店(岩波少年文庫) 2007年1月

ろびん

## ロビン・グッドフェロー（パック）
妖精の王オーベロンに仕える小妖精、妖精の国のいつもふざけてばかりの人気者 「こどものための夏の夜のゆめ」ロイス・バーデット著;鈴木扶佐子訳 アートデイズ（シェイクスピアっておもしろい!) 2007年6月

## ロビンソン・クルーソー
十九歳のときに乗った船が大洋上で遭難し孤島にひとり流れ着いた青年 「ロビンソン漂流記」ダニエル・デフォー作;澄木柚訳 ポプラ社（ポプラポケット文庫） 2007年6月

## ロビンソン夫人　ろびんそんふじん
ロンドンの格調高いマンションを格安の家賃で借りられたという新婚の女性 「名探偵ポワロとミス・マープル 4 安すぎるマンションの謎 ほか」アガサ・クリスティー原作;新井眞弓訳;宮沢ゆかり絵 汐文社 2005年3月

## ロビン・フッド
イングランドのシャーウッドの森で仲間たちと暮らしている弓の名手、金持ちから奪った金品を貧しい人に分けあたえていた人気者 「ロビン・フッドの冒険」ハワード・パイル作;小林みき訳 ポプラ社（ポプラポケット文庫） 2007年5月

## ローフ
ぐうたらで自己チューなアメリカ人の少年、アウターネットと接続するための最後のサーバーを守ることになった少年ジャックの友だち 「アウターネット. 第1巻 フレンズかフォーか?」スティーブ・バーロウ作;スティーブ・スキッドモア作;大谷真弓訳 小学館 2005年11月

## ローフ
ぐうたらで自己チューなアメリカ人の少年、アウターネットと接続するための最後のサーバーを守ることになった少年ジャックの友だち 「アウターネット. 第2巻 コントロール」スティーブ・バーロウ作;スティーブ・スキッドモア作;大谷真弓訳 小学館 2006年4月

## ローフ
ぐうたらで自己チューなアメリカ人の少年、アウターネットと接続するための最後のサーバーを守ることになった少年ジャックの友だち 「アウターネット. 第3巻 オデッセイ」スティーブ・バーロウ作;スティーブ・スキッドモア作;大谷真弓訳 小学館 2006年11月

## ロブ
タイムソルジャーとなって仲間といっしょに海賊の時代へ冒険に出かけた少年 「パイレーツ（タイムソルジャー3)」ロバート・グールド写真;キャスリーン・デューイ文;ユージーン・エプスタイン画;MON訳 岩崎書店 2007年8月

## ロブ
タイムソルジャーとなって仲間といっしょに古代イングランドへ冒険に出かけた少年 「キング・アーサー（タイムソルジャー4)」ロバート・グールド写真;キャスリーン・デューイ文;ユージーン・エプスタイン画;MON訳 岩崎書店 2007年8月

## ロブ
夏休みに森の中でタイムトンネルを見つけ弟と仲間といっしょにうずまく光の中に入っていった少年 「REX1 (タイムソルジャー1)」ロバート・グールド写真;キャスリーン・デューイ文;ユージーン・エプスタイン画;MON訳 岩崎書店 2007年6月

## ロブ
夏休みに森の中でタイムトンネルを見つけ弟と仲間五人といっしょにうずまく光の中に入っていった少年 「REX2 (タイムソルジャー2)」ロバート・グールド写真;キャスリーン・デューイ文;ユージーン・エプスタイン画;MON訳 岩崎書店 2007年6月

## ロブコヴィッツ
イヌという名のノラ犬がお城の庭園で会った男、家なしの酔っぱらい 「黄色いハートをつけたイヌ」ユッタ・リヒター作;松沢あさか訳;陣崎草子絵 さ・え・ら書房 2007年9月

ろらい

## ロブ・ホートン
フロリダのケンタッキー・スター・モーテルに父親と住む少年 「虎よ、立ちあがれ」 ケイト・ディカミロ作;はらるい訳;ささめやゆき画 小峰書店(文学の森) 2005年12月

## ロベルト
カリフォルニアから不法滞在者としてメキシコへ強制退去させられた一家の息子、サンタマリアの小学校で用務員の仕事をしていた高校生の長男 「あの空の下で」 フランシスコ・ヒメネス作;千葉茂樹訳 小峰書店(Y.A.books) 2005年8月

## ロボフラニー
マッドサイエンティストのフラニーがつくった自分にそっくりのロボット 「キョーレツ科学者・フラニー6」 ジム・ベントン作;杉田七重訳 あかね書房 2007年11月

## ロボママ
ジェイムズの家事がまるでダメな母さんが作った家事をすべてまかせられるロボット 「ロボママ」 エミリー・スミス作;もりうちすみこ訳;村山鉢子画 文研出版(文研ブックランド) 2005年5月

## ロマン・カルブリス
代々船乗りの一族にうまれ父親を亡くし変人ビオレル氏にひきとられた少年 「ロマン・カルブリス物語」 エクトール・マロ作;二宮フサ訳 偕成社(偕成社文庫) 2006年9月

## ロミオ
キュピュレット家と対立しているベローナの貴族モンタギュー家の息子 「こどものためのロミオとジュリエット」 ロイス・バーデット著;鈴木扶佐子訳 アートデイズ(シェイクスピアっておもしろい!) 2007年7月

## ローラ
アフリカの少年兵・カニンダが里子に出されたロンドンの家の娘、十三歳の少女 「リトル・ソルジャー」 バーナード・アシュリー作;さくまゆみこ訳 ポプラ社(ポプラ・ウイング・ブックス) 2005年8月

## ローラ
バーナクル号の一等航海士だった娘・アラベラを連れ去ったフルール号船長の女海賊 「パイレーツ・オブ・カリビアンジャック・スパロウの冒険7 黄金の都市」 ロブ・キッド著;ジャン=ポール・オルピナス絵;ホンヤク社訳 講談社 2007年4月

## ローラ
モザンビークに住む十七歳の少女、十四歳のソフィアの姉 「炎の謎」 ヘニング・マンケル作;オスターグレン晴子訳 講談社 2005年2月

## ローラ
海賊船フルール号の船長、バーナクル号の一等航海士・アラベラの母親 「パイレーツ・オブ・カリビアンジャック・スパロウの冒険6 銀の時代」 ロブ・キッド著;ジャン=ポール・オルピナス絵;ホンヤク社訳 講談社 2007年3月

## ローラ
魔法をかけまちがえてさかさまになっている魔女にであった元気な少女 「さかさま魔女」 ルース・チュウ作;日当陽子訳 フレーベル館(魔女の本棚) 2005年6月

## ローラ・インガルス
インディアン居留地からミネソタ州のプラムクリークの川辺に移住したインガルス一家の八歳の娘 「プラムクリークの川辺で」 ローラ・インガルス・ワイルダー作;足沢良子訳 草炎社(大草原の小さな家) 2005年11月

## ローラ・インガルス
サウス・ダコダ州の大草原にすむインガルス一家の娘、教師の免許状がほしいと願う少女 「大草原の小さな町」 ローラ・インガルス・ワイルダー作;足沢良子訳 草炎社(大草原の小さな家) 2007年7月

ろらい

## ローラ・インガルス
プラムクリークの川辺からサウス・ダコタ州のシルバー湖のほとりに移住したインガルス一家の十三歳の娘 「シルバー湖のほとりで」 ローラ・インガルス・ワイルダー作;足沢良子訳 草炎社(大草原の小さな家) 2006年6月

## ローラ・インガルス
昔むかしウィスコンシン州にある大きな森の中の丸太で作った灰色の小さな家にすんでいたインガルス一家の娘 「大きな森の小さな家」 ローラ・インガルス・ワイルダー作;足沢良子訳;むかいながまさ画 草炎社(大草原の小さな家) 2005年7月

## ローラ・サンチェス
十三歳の女の子・メルの親友、「あの世」にある天使の学校・エンジェル・アカデミーの生徒 「聖なる鎖の絆(リンク)」 アニー・ドルトン作;美咲花音訳;荒川麻衣子画 金の星社(フォア文庫) 2005年9月

## ローラン
ドラゴンライダー・エラゴンの従兄、帝国アラゲイジアに父を殺された青年 「エルデスト一宿命の赤き翼 上下(ドラゴンライダー2)」 クリストファー・パオリーニ著;大嶌双恵訳 ソニー・マガジンズ 2005年11月

## ロラント・ガブレル
パリ近郊の別荘地に住む娘、仲の良かった姉エリザベートが殺された妹 「カリオストロの復讐」 モーリス・ルブラン作;長島良三訳 偕成社(偕成社文庫) 2005年9月

## ローランド・ダッチ・リヴァース(ダッチ)
超能力カウンセラーのアビーとお見合いサイトで知り合った青年、殺人捜査課の刑事 「超能力(サイキック)カウンセラーアビー・クーパーの事件簿」 ヴィクトリア・ローリー著;小林淳子訳 マッグガーデン 2006年12月

## ロリア
ドゴン族の魔術をあやつる元女王 「アモス・ダラゴン4 フレイヤの呪い」 ブリアン・ペロー作;高野優監訳;宮澤実穂訳 竹書房 2005年1月

## ロリア
ドゴン族の魔術をあやつる元女王 「アモス・ダラゴン5 エル・バブの塔」 ブリアン・ペロー作;高野優監訳;河村真紀子訳 竹書房 2005年12月

## ロリア
死者の神バロン・サムディによってつかわされたドゴン族の魔術をあやつる11歳の女王 「アモス・ダラゴン2 ブラハの鍵」 ブリアン・ペロー作;高野優監訳;臼井美子訳 竹書房 2005年7月

## ロリア
魔術をあやつるドゴン族の元女王、少年アモスに思いをよせる少女 「アモス・ダラゴン 10 ふたつの軍団」 ブリアン・ペロー作;高野優監訳;宮澤実穂訳 竹書房 2007年4月

## ロリア
魔術をあやつるドゴン族の元女王、少年アモスに思いをよせる少女 「アモス・ダラゴン 11 エーテルの仮面」 ブリアン・ペロー作;高野優監訳;河村真紀子訳 竹書房 2007年7月

## ロリア
魔術をあやつるドゴン族の元女王、少年アモスに思いをよせる少女 「アモス・ダラゴン 12 運命の部屋」 ブリアン・ペロー作;高野優監訳;荷見明子訳 竹書房 2007年10月

## ロリア
魔術をあやつるドゴン族の元女王、少年アモスに思いをよせる少女 「アモス・ダラゴン 6エンキの怒り」 ブリアン・ペロー作;高野優監訳;荷見明子訳 竹書房 2006年3月

わとそ

**ロリア**
魔術をあやつるドゴン族の元女王、少年アモスに思いをよせる少女 「アモス・ダラゴン 7地獄の旅」 ブリアン・ペロー作;高野優監訳;野澤真理子訳 竹書房 2006年7月

**ロリア**
魔術をあやつるドゴン族の元女王、少年アモスに思いをよせる少女 「アモス・ダラゴン 8ペガサスの国」 ブリアン・ペロー作;高野優監訳;臼井美子訳 竹書房 2006年10月

**ロリア**
魔術をあやつるドゴン族の元女王、少年アモスに思いをよせる少女 「アモス・ダラゴン 9黄金の羊毛」 ブリアン・ペロー作;高野優監訳;橘明美訳 竹書房 2006年12月

**ローリ・テイラー**
考古学者のマフィー教授の助手マイケル・ダーンズの助手 「呪われた森の怪事件(双子探偵ジーク&ジェン3)」 ローラ・E.ウィリアムズ著;石田理恵訳 早川書房(ハリネズミの本箱) 2006年6月

**ローリー・ファイヤーボール**
気球を操ることができる全身灰色の小さなメス竜 「ジェレミーと灰色のドラゴン」 アンゲラ・ゾマー・ボーデンブルク著;石井寿子訳;ペテル・ウルナール画 小学館 2007年12月

**ロレンス・ジョン・ウォーグレイヴ(ウォーグレイヴ判事) ろれんすじょんうぉーぐれいぷ(うぉーぐれいぷはんじ)**
イギリスデヴォン州の孤島の邸宅に招待されてやってきた退職したばかりの判事 「そして誰もいなくなった」 アガサ・クリスティー著;青木久惠訳 早川書房(クリスティー・ジュニア・ミステリ1) 2007年12月

**ロン**
七歳でベトナム戦争の孤児となった白人の父とベトナム人の母の混血の少年 「戦争孤児ロンくんの涙―さよなら、ぼくの国ベトナム」 アンドレア・ウォーレン著;もりうちすみこ訳 汐文社 2005年12月

**ロン・ウィーズリー**
魔法族の少年ハリー・ポッターの親友、ホグワーツ魔法学校で学ぶ魔法使いの少年 「ハリー・ポッターと謎のプリンス上下」 J.K.ローリング作;松岡佑子訳 静山社 2006年5月

**龍・山泰 ろんしゃんたい**
碧雲峰に住んでいる有名な林業の労働模範、七十歳をこえるおじいさん 「乱世少年」 蕭育軒作;石田稔訳;アオズ画 国土社 2006年11月

**ロン・ダンザ(ダンザ)**
漢の国の宮廷で飼われている老龍、魔法の力を持つ宮廷龍の最後の生き残り 「ドラゴンキーパー 最後の宮廷龍」 キャロル・ウィルキンソン作;もきかずこ訳 金の星社 2006年9月

**ロンバード大尉 ろんばーどたいい**
イギリスデヴォン州の孤島の邸宅に招待されてやってきた元陸軍大尉 「そして誰もいなくなった」 アガサ・クリスティー著;青木久惠訳 早川書房(クリスティー・ジュニア・ミステリ1) 2007年12月

## 【わ】

**若ライオン わからいおん**
ネコ語をしゃべるチャーリーの友だちのライオン 「ライオンボーイⅢ カリブの決闘」 ジズー・コーダー著;枝廣淳子訳 PHP研究所 2005年8月

**ワトソン先生 わとそんせんせい**
双子のきょうだいのジェンとジークが通っているミスティック小学校の理科の先生 「消えたトラを追え!(双子探偵ジーク&ジェン4)」 ローラ・E.ウィリアムズ著;石田理恵訳 早川書房(ハリネズミの本箱) 2006年9月

わに（

## 鰐（小型鰐）　わに（こがたわに）
アフリカで一番こげ茶色の泥んこの川にいた二匹の鰐のうちの小型鰐 「ロアルド・ダールコ
レクション8　どでかいワニの話」 ロアルド・ダール著クェンティン・ブレイク絵;柳瀬尚紀訳
評論社　2007年1月

## 鰐（どでかい鰐）　わに（どでかいわに）
アフリカで一番こげ茶色の泥んこの川にいた二匹の鰐のうちのどでかい鰐 「ロアルド・ダー
ルコレクション8　どでかいワニの話」 ロアルド・ダール著クェンティン・ブレイク絵;柳瀬尚紀
訳 評論社　2007年1月

## ワンダ・ペトロンスキー
「百まいのドレス」を持っていると言い張る貧しいポーランド移民の女の子 「百まいのドレ
ス」 エレナー・エスティス作;石井桃子訳　岩波書店　2006年11月

326

## 収録作品一覧（児童文学作家の姓の表記順→名の順→出版社の字順並び）

犬のラブダとまあるい花／バーリント・アーグネシュ文／冨山房インターナショナル／2006/04
とんぼの島のいたずら子やぎ／バーリント・アーグネシュ作／偕成社／2007/10
真夜中のまほう／フィリス・アークル文／BL出版／2006/02
タイムトラベラー―消えた反重力マシン／リンダ・バックリー・アーチャー著／ソフトバンククリエイティブ／2007/12
グレイ・アーサー1 おばけの友だち／ルイーズ・アーノルド作／ヴィレッジブックス／2007/07
グレイ・アーサー2 おばけの訓練生／ルイーズ・アーノルド作／ヴィレッジブックス／2007/11
にげろや、にげろ／ヘレン・アームストロング作／評論社（児童図書館・文学の部屋）／2005/12
クレイ／デイヴィッド・アーモンド著／河出書房新社／2007/07
火を喰う者たち／デイヴィッド・アーモンド著／河出書房新社／2005/01
ラスト・ドッグ／ダニエル・アーランハフト著／ほるぷ出版／2006/06
リトル・ソルジャー／バーナード・アシュリー作／ポプラ社（ポプラ・ウイング・ブックス）／2005/08
ウォーターシップ・ダウンのウサギたち上下／リチャード・アダムズ著／評論社（fantasy classics）／2006/09
ペリー・Dの日記／L.J.アドリントン作／ポプラ社（ポプラ・リアル・シリーズ）／2006/05
マックス・レミースーパースパイ Mission1 時空マシーンを探せ！／デボラ・アベラ作／童心社／2007/10
マックス・レミースーパースパイ Mission2 悪の工場へ潜入せよ！／デボラ・アベラ作／童心社／2007/10
秘密のドルーン 1&2／トニー・アボット著／ダイヤモンド社／2005/12
秘密のドルーン 3&4 呪われた神秘の島・空中都市の伝説／トニー・アボット著／ダイヤモンド社／2006/02
ファイヤーガール／トニー・アボット著／白水社／2007/06
ぼくによろしく／ガリラ・ロンフェデル・アミット作／さ・え・ら書房／2006/04
アラジン／アラビアンナイト原作／汐文社（ディズニープリンセス6姫の夢物語）／2007/02
コヨーテ老人とともに／ジェイム・デ・アングロ作・画／福音館書店（福音館文庫）／2005/06
フィード／M.T.アンダーソン著／ランダムハウス講談社／2005/02
最後の宝／ジャネット・S.アンダーソン著／早川書房（ハリネズミの本箱）／2005/06
ぼくのものがたり―アンデルセン自伝／アンデルセン著／講談社／2005/02
雪の女王／アンデルセン作／偕成社／2005/04
知るもんか！／イヒョンジュ作／汐文社（いま読もう！韓国ベスト読みもの）／2005/02
あの空にも悲しみが。―完訳「ユンボギの日記」／イ・ユンボック著／評言社／2006/08
ドラゴンラージャ1 宿怨／イ・ヨンド作／岩崎書店／2005/12
ドラゴンラージャ2 陰謀／イ・ヨンド作／岩崎書店／2005/12
ドラゴンラージャ3 疑念／イ・ヨンド作／岩崎書店／2006/02
ドラゴンラージャ4 要請／イ・ヨンド作／岩崎書店／2006/04
ドラゴンラージャ5 野望／イ・ヨンド作／岩崎書店／2006/06
ドラゴンラージャ6 神力／イ・ヨンド作／岩崎書店／2006/08
ドラゴンラージャ7 追跡／イ・ヨンド作／岩崎書店／2006/08
ドラゴンラージャ8 報復／イ・ヨンド作／岩崎書店／2006/10
ドラゴンラージャ9 予言／イ・ヨンド作／岩崎書店／2006/10
ドラゴンラージャ10 友情／イ・ヨンド作／岩崎書店／2006/12
ドラゴンラージャ11 真実／イ・ヨンド作／岩崎書店／2007/02
ドラゴンラージャ12 飛翔／イ・ヨンド作／岩崎書店／2007/04
見えざるピラミッド 赤き紋章の伝説 上下／ラルフ・イーザウ著／あすなろ書房／2007/07
ファンタージエン／ラルフ・イーザウ著／ソフトバンククリエイティブ／2005/10
虎の弟子／ローレンス・イェップ著／あすなろ書房／2006/07

幽霊派遣会社／エヴァ・イボットソン著／偕成社／2006/06

クリスマスの子犬／R・G・イントレイター作／文研出版（文研ブックランド）／2006/10

アビーとテスのペットはおまかせ！1 金魚はあわのおふろに入らない！？／トリーナ・ウィーブ作／ポプラ社（ポップコーン・ブックス）／2005/08

アビーとテスのペットはおまかせ！2 トカゲにリップクリーム？／トリーナ・ウィーブ作／ポプラ社（ポップコーン・ブックス）／2006/02

アビーとテスのペットはおまかせ！3 コブタがテレビをみるなんて！／トリーナ・ウィーブ作／ポプラ社（ポップコーン・ブックス）／2006/05

ジェリーの戦争／ジェフリー・ヴィタレ作／新読書社／2005/03

ルナ・チャイルド1 ニーナと魔法宇宙の月／ムーニー・ウィッチャー作／岩崎書店／2007/09

ルナ・チャイルド2 ニーナと神々の宇宙船／ムーニー・ウィッチャー作／岩崎書店／2007/10

魔のカーブの謎（双子探偵ジーク＆ジェン1）／ローラ・E.ウィリアムズ著／早川書房（ハリネズミの本箱）／2005/10

波間に消えた宝（双子探偵ジーク＆ジェン2）／ローラ・E.ウィリアムズ著／早川書房（ハリネズミの本箱）／2006/02

呪われた森の怪事件（双子探偵ジーク＆ジェン3）／ローラ・E.ウィリアムズ著／早川書房（ハリネズミの本箱）／2006/06

消えたトラを追え！（双子探偵ジーク＆ジェン4）／ローラ・E.ウィリアムズ著／早川書房（ハリネズミの本箱）／2006/09

謎の三角海域（双子探偵ジーク＆ジェン5）／ローラ・E.ウィリアムズ著／早川書房（ハリネズミの本箱）／2007/01

幽霊劇場の秘密（双子探偵ジーク＆ジェン6）／ローラ・E.ウィリアムズ著／早川書房（ハリネズミの本箱）／2007/01

おりの中の秘密／ジーン・ウィリス著／あすなろ書房／2005/11

星の降る村／パティ・C.ウィリス著／樹心社／2005/05

ドラゴンキーパー 最後の宮廷龍／キャロル・ウィルキンソン作／金の星社／2006/09

アルファベットガールズ／ジャクリーン・ウィルソン作／理論社（フォア文庫）／2007/06

ヴィッキー・エンジェル／ジャクリーン・ウィルソン作／理論社／2005/02

キャンディ・フロス／ジャクリーン・ウィルソン作／理論社／2007/12

クリスマス・ブレイク／ジャクリーン・ウィルソン作／理論社／2006/11

ダイヤモンド・ガールズ／ジャクリーン・ウィルソン作／理論社／2006/02

ラブ・レッスンズ／ジャクリーン・ウィルソン作／理論社／2006/07

シークレッツ／ジャクリーン・ウィルソン作／偕成社／2005/08

なんでネコがいるの？ 続 ぼくはきみのミスター／トーマス・ヴィンディング作／BL出版／2007/08

ブルーバック／ティム・ウィントン作／さ・え・ら書房／2007/07

涙のタトゥー／ギャレット・フレイマン・ウェア作／ポプラ社（ポプラ・リアル・シリーズ）／2007/07

曲芸師ハリドン／ヤコブ・ヴェゲリウス作／あすなろ書房／2007/08

ブラッカムの爆撃機／ロバート・ウェストール作／岩波書店／2006/10

クリスマスの幽霊／ロバート・ウェストール作／徳間書店（Westall collection）／2005/09

禁じられた約束／ロバート・ウェストール作／徳間書店（Westall collection）／2005/01

私のあしながおじさん／ジーン・ウェブスター原作／文溪堂（読む世界名作劇場）／2006/03

透明人間／H.G.ウェルズ作／ポプラ社（ポプラポケット文庫）／2007/09

宇宙戦争／H.G.ウェルズ作／偕成社（偕成社文庫）／2005/08

ひとりぼっちのねこ／ロザリンド・ウェルチャー作／徳間書店／2006/08

海底二万里 上下／ジュール・ヴェルヌ作／岩波書店（岩波少年文庫）／2005/08

うたうゆうれいのなぞ（ボックスカー・チルドレン31）／ガートルード・ウォーナー原作／日向房／2005/03

雪まつりのなぞ（ボックスカー・チルドレン 32）／ガートルード・ウォーナー原作／日向房／2005/03

ピザのなぞ（ボックスカー・チルドレン 33）／ガートルード・ウォーナー原作／日向房／2005/08

馬のなぞ（ボックスカー・チルドレン 34）／ガートルード・ウォーナー原作／日向房／2005/08

ドッグショーのなぞ（ボックスカー・チルドレン 35）／ガートルード・ウォーナー原作／日向房／2005/12

ドラモンド城のなぞ（ボックスカー・チルドレン 36）／ガートルード・ウォーナー原作／日向房／2005/12

消えた村のなぞ（ボックスカー・チルドレン 37）／ガートルード・ウォーナー原作／日向房／2006/04

すみれ色のプールのなぞ（ボックスカー・チルドレン 38）／ガートルード・ウォーナー原作／日向房／
　2006/04

ゆうれい船のなぞ（ボックスカー・チルドレン 39）／ガートルード・ウォーナー原作／日向房／2006/08

カヌーのなぞ（ボックスカー・チルドレン 40）／ガートルード・ウォーナー原作／日向房／2006/08

さんごしょうのなぞ（ボックスカー・チルドレン 41）／ガートルード・ウォーナー原作／日向房／2006/11

ネコのなぞ（ボックスカー・チルドレン 42）／ガートルード・ウォーナー原作／日向房／2006/11

ステージのなぞ（ボックスカー・チルドレン 43）／ガートルード・ウォーナー原作／日向房／2007/02

恐竜のなぞ（ボックスカー・チルドレン 44）／ガートルード・ウォーナー原作／日向房／2007/02

ヒトラーのはじめたゲーム／アンドレア・ウォーレン著／あすなろ書房／2007/11

戦争孤児ロンくんの涙－さよなら、ぼくの国ベトナム／アンドレア・ウォーレン著／汐文社／2005/12

リバウンド／E. ウォルターズ作／福音館書店／2007/11

イェンス・ペーターと透明くん／クラウス・ペーター・ヴォルフ作／ひくまの出版／2006/01

イェンス・ペーターと透明くんII　絶体絶命の大ピンチ／クラウス・ペーター・ヴォルフ作／ひくまの出版
　／2006/09

イェンス・ペーターと透明くんIII　タイムマシンに乗る／クラウス・ペーター・ヴォルフ作／ひくまの出版
　／2007/03

ジーヴスと朝のよろこび／P. G. ウッドハウス著／国書刊行会（ウッドハウス・コレクション）／2007/04

ハッピーフィート／ケイ・ウッドワード著／竹書房（竹書房ヴィジュアル文庫）／2007/03

マカロニ・ボーイ　大恐慌をたくましく生きぬいた少年と家族／キャサリン・エアーズ著／バベルプレス／
　2006/12

カーテンの陰の悪魔（イングリッドの謎解き大冒険）／ピーター・エイブラハムズ著／ソフトバンククリエ
　イティブ／2006/10

不思議の穴に落ちて（イングリッドの謎解き大冒険）／ピーター・エイブラハムズ著／ソフトバンククリエ
　イティブ／2006/04

ふしぎなロシア人形バーバ／ルース・エインズワース作／福音館書店（世界傑作童話シリーズ）／2007/01

One day 死ぬまでにやりたい 10 のこと／ダニエル・エーレンハフト著／ポプラ社／2005/03

百まいのドレス／エレナー・エスティス作／岩波書店／2006/11

モファット博物館／エレナー・エスティス作／岩波書店（岩波少年文庫）／2005/01

きかんぼのちいちゃいいもうと　その 1　ぐらぐらの歯／ドロシー・エドワーズさく／福音館書店（世界傑
　作童話シリーズ）／2005/11

きかんぼのちいちゃいいもうと　その 2　おとまり／ドロシー・エドワーズさく／福音館書店（世界傑作童
　話シリーズ）／2006/04

きかんぼのちいちゃいいもうと　その 3　いたずらハリー／ドロシー・エドワーズさく／福音館書店（世界
　傑作童話シリーズ）／2006/09

ウォートンとモートンの大ひょうりゅう－ヒキガエルとんだ大冒険 6／ラッセル・E・エリクソン作／評論
　社（児童図書館・文学の部屋）／2007/11

ウォートンとカラスのコンテスト－ヒキガエルとんだ大冒険 7／ラッセル・E・エリクソン作／評論社（児
　童図書館・文学の部屋）／2007/12

ヘブンショップ／デボラ・エリス作／鈴木出版（鈴木出版の海外児童文学）／2006/04

モモ／ミヒャエル・エンデ作／岩波書店（岩波少年文庫）／2005/06

エドガー＆エレン　観光客をねらえ／チャールズ・オグデン作／理論社／2006/03

エドガー&エレン 世にも奇妙な動物たち／チャールズ・**オグデン**作／理論社／2005/03

ミーズルと無敵のドラゴドン（ミーズルの魔界冒険シリーズ）／イアン・**オグビー**作／講談社／2005/07

愛と友情のゴリラ―マジック・ツリーハウス13／メアリー・ポープ・**オズボーン**著／メディアファクトリー／2005/02

ハワイ、伝説の大津波―マジック・ツリーハウス14／メアリー・ポープ・**オズボーン**著／メディアファクトリー／2005/06

ドラゴンと魔法の水―マジック・ツリーハウス15／メアリー・ポープ・**オズボーン**著／メディアファクトリー／2005/11

幽霊城の秘宝―マジック・ツリーハウス16／メアリー・ポープ・**オズボーン**著／メディアファクトリー／2006/02

聖剣と海の大蛇―マジック・ツリーハウス17／メアリー・ポープ・**オズボーン**著／メディアファクトリー／2006/06

オオカミと氷の魔法使い―マジック・ツリーハウス18／メアリー・ポープ・**オズボーン**著／メディアファクトリー／2006/11

ベネチアと金のライオン―マジック・ツリーハウス19／メアリー・ポープ・**オズボーン**著／メディアファクトリー／2007/02

アラビアの空飛ぶ魔法―マジック・ツリーハウス20／メアリー・ポープ・**オズボーン**著／メディアファクトリー／2007/06

パリと四人の魔術師―マジック・ツリーハウス21／メアリー・ポープ・**オズボーン**著／メディアファクトリー／2007/11

サンウィング―銀翼のコウモリ2／ケネス・**オッペル**著／小学館／2005/04

ファイアーウィング―銀翼のコウモリ3／ケネス・**オッペル**著／小学館／2005/08

エアボーン／ケネス・**オッペル**著／小学館／2006/07

スカイブレイカー／ケネス・**オッペル**著／小学館／2007/07

コルドバをあとにして／ドリット・**オルガッド**作／さ・え・ら書房／2005/02

シュクラーンぼくの友だち／ドリット・**オルガッド**作／鈴木出版（鈴木出版の海外児童文学）／2005/12

若草物語／ルイザ・メイ・**オルコット**作／ポプラ社（ポプラポケット文庫）／2006/06

魔術師アブドゥル・ガサツィの庭園／C.V.**オールズバーグ**絵と文／あすなろ書房／2005/09

さあ、犬になるんだ！／C.V.**オールズバーグ**絵と文／河出書房新社／2006/12

ランプの精2 バビロンのブルー・ジン／P.B.**カー**著／集英社／2006/04

ランプの精3 カトマンズのコブラキング／P.B.**カー**著／集英社／2006/11

ネズミ父さん大ピンチ！／ジェフリー・**ガイ**作／徳間書店／2007/12

トトの勇気／アンナ・**ガヴァルダ**作／鈴木出版（鈴木出版の海外児童文学）／2006/02

エヴァ先生のふしぎな授業／シェシュティン・**ガヴァンデル**［著］／新評論／2005/11

オオカミとコヒツジときいろのカナリア／ベン・**カウパース**作／くもん出版／2005/12

帰ろう、シャドラック！／ジョイ・**カウリー**作／文研出版（文研じゅべにーる）／2007/05

レオンとポテトチップ選手権 上下／アレン・**カーズワイル**著／東京創元社（sogen bookland）／2006/09

レオンと魔法の人形遣い 上下／アレン・**カーズワイル**著／東京創元社（sogen bookland）／2006/01

スパイガール／アリー・**カーター**作／理論社／2006/10

ヘンダ先生、算数できないの?―きょうもトンデモ小学校／ダン・**ガットマン**さく／ポプラ社／2007/09

気むずかしやの伯爵夫人（公園の小さななかまたち）／サリー・**ガードナー**作絵／偕成社／2007/05

ベーグル・チームの作戦／E.L.**カニグズバーグ**作／岩波書店（岩波少年文庫）／2006/09

エリオン国物語1 アレクサと秘密の扉／パトリック・**カーマン**著／アスペクト／2006/10

エリオン国物語2 ダークタワーの戦い／パトリック・**カーマン**著／アスペクト／2006/12

エリオン国物語3 テンスシティの奇跡／パトリック・**カーマン**著／アスペクト／2007/03

ミスフィットの秘密／イゾベル・**カーモディー**著／小学館（小学館ルルル文庫）／2007/11

闇の城、風の魔法／メアリアン・**カーリー**作／徳間書店／2005/04

ベラスケスの十字の謎／エリアセル・カンシーノ作／徳間書店／2006/05

ニッセのボック／オーレ・ロン・キアケゴー作／あすなろ書房／2006/11

森のリトル・ギャング／ルイーズ・ギカウ著／角川書店（ドリームワークスアニメーションシリーズ）／
2006/07

おわりから始まる物語／リチャード・キッド作／ポプラ社（ポプラ・ウイング・ブックス）／2005/11

パイレーツ・オブ・カリビアンジャック・スパロウの冒険 1　嵐がやってくる！／ロブ・キッド著／講談社
／2006/07

パイレーツ・オブ・カリビアンジャック・スパロウの冒険 2　セイレーンの歌／ロブ・キッド著／講談社／
2006/07

パイレーツ・オブ・カリビアンジャック・スパロウの冒険 3　海賊競走／ロブ・キッド著／講談社／
2006/08

パイレーツ・オブ・カリビアンジャック・スパロウの冒険 4　コルテスの剣／ロブ・キッド著／講談社／
2006/11

パイレーツ・オブ・カリビアンジャック・スパロウの冒険 5　青銅器時代／ロブ・キッド著／講談社／
2006/12

パイレーツ・オブ・カリビアンジャック・スパロウの冒険 6　銀の時代／ロブ・キッド著／講談社／
2007/03

パイレーツ・オブ・カリビアンジャック・スパロウの冒険 7　黄金の都市／ロブ・キッド著／講談社／
2007/04

パイレーツ・オブ・カリビアンジャック・スパロウの冒険 8　タイムキーパー／ロブ・キッド著／講談社／
2007/08

パイレーツ・オブ・カリビアンジャック・スパロウの冒険 9　踊る時間／ロブ・キッド著／講談社／
2007/12

ぼくはビースト／パトリシア・ライリー・ギフ作／さ・え・ら書房（ポークストリート小学校のなかまたち
1）／2006/11

きえたユニコーン／パトリシア・ライリー・ギフ作／さ・え・ら書房（ポークストリート小学校のなかまた
ち2）／2006/11

キャンディーかずあてコンテスト／パトリシア・ライリー・ギフ作／さ・え・ら書房（ポークストリート小
学校のなかまたち3）／2007/02

あたしの赤いクレヨン／パトリシア・ライリー・ギフ作／さ・え・ら書房（ポークストリート小学校のなか
またち4）／2007/04

まほうの恐竜ものさし／パトリシア・ライリー・ギフ作／さ・え・ら書房（ポークストリート小学校のなか
またち5）／2007/04

チャングムの誓い―ジュニア版1／キムサンホン原作／汐文社／2006/11

チャングムの誓い―ジュニア版2／キムサンホン原作／汐文社／2007/01

チャングムの誓い―ジュニア版3／キムサンホン原作／汐文社／2007/02

チャングムの誓い―ジュニア版4／キムサンホン原作／汐文社／2007/03

アヴァロン　恋の＜伝説学園＞へようこそ！／メグ・キャボット作／理論社／2007/02

メディエータ 2 キスしたら、霊界？／メグ・キャボット作／理論社／2005/06

メディエータ 3 サヨナラ、愛しい幽霊／メグ・キャボット作／理論社／2006/02

メディエータ　ゴースト、好きになっちゃった／メグ・キャボット作／理論社／2005/04

メディエータ0　episode1　天使は血を流さない／メグ・キャボット作／理論社／2007/08

メディエータ0　episode2　吸血鬼の息子／メグ・キャボット作／理論社／2007/10

セシルの魔法の友だち／ポール・ギャリコ作／福音館書店（世界傑作童話シリーズ）／2005/02

ハイラム・ホリデーの大冒険 上下／ポール・ギャリコ作／ブッキング／2007/06

ハリスおばさんニューヨークへ行く／ポール・ギャリコ作／ブッキング（fukkan.com）／2005/05

ハリスおばさんパリへ行く／ポール・ギャリコ作／ブッキング（fukkan.com）／2005/04

ハリスおばさんモスクワへ行く／ポール・ギャリコ作／ブッキング（fukkan.com）／2005/07
ハリスおばさん国会へ行く／ポール・ギャリコ作／ブッキング（fukkan.com）／2005/06
鏡の国のアリス／ルイス・キャロル作／福音館書店（福音館文庫）／2005/10
ぼく、カギをのんじゃった！（もう、ジョーイったら！1）／ジャック・ギャントス作／徳間書店／2007/08
バスの女運転手／ヴァンサン・キュヴェリエ作／くもん出版／2005/02
よくいうよ、シャルル！／ヴァンサン・キュヴェリエ作／くもん出版／2005/11
ナンシー・ドルー ファベルジェの卵／キャロリン・キーン作／金の星社／2007/03
ナンシー・ドルー 戦線離脱／キャロリン・キーン作／金の星社／2007/03
ぼくと原始人ステッグ／クライブ・キング作／福音館書店（福音館文庫）／2006/05
ワビシーネ農場のふしぎなガチョウ／ディック・キング＝スミス作／あすなろ書房／2007/09
ソフィーのさくせん／ディック・キング＝スミス作／評論社（児童図書館・文学の部屋）／2005/05
ソフィーのねがい／ディック・キング＝スミス作／評論社（児童図書館・文学の部屋）／2005/07
ソフィーは子犬もすき／ディック・キング＝スミス作／評論社（児童図書館・文学の部屋）／2005/01
ソフィーは乗馬がとくい／ディック・キング＝スミス作／評論社（児童図書館・文学の部屋）／2005/03
悲しい下駄／**クォンジョンセン作**／岩崎書店／2005/07
おばけのウンチ／**クォンジョンセン作**／汐文社（いま読もう！韓国ベスト読みもの）／2005/01
まぼろしの白馬／エリザベス・グージ作／岩波書店（岩波少年文庫）／2007/01
ちいさな曲芸師バーナビー／バーバラ・クーニー再話・絵／すえもりブックス／2006/06
闇の戦い 1 光の六つのしるし／スーザン・クーパー著／評論社（fantasy classics）／2006/12
闇の戦い 2 みどりの妖婆／スーザン・クーパー著／評論社（fantasy classics）／2006/12
闇の戦い 3 灰色の王／スーザン・クーパー著／評論社（fantasy classics）／2007/03
闇の戦い 4 樹上の銀／スーザン・クーパー著／評論社（fantasy classics）／2007/03
キング・コング／メリアン・C. クーパー原案／偕成社／2005/12
海のむこうのサッカーボール／モーリス・グライツマン作／ポプラ社（ポプラ・ウイング・ブックス）／
　2005/07
アイアンマン／クリス・クラッチャー作／ポプラ社（ポプラ・リアル・シリーズ）／2006/03
いっぱい泣くとのどがかわくよ／アンケ・クラーネンドンク著／パロル舎／2005/03
いたずらでんしゃ／ハーディー・グラマトキーさく／学習研究社（グラマトキーののりものどうわ）／
　2005/07
がんばれヘラクレス／ハーディー・グラマトキーさく／学習研究社（グラマトキーののりものどうわ）／
　2005/11
ちびっこタグボート／ハーディー・グラマトキーさく／学習研究社（グラマトキーののりものどうわ）／
　2005/07
ルーピーのだいひこう／ハーディー・グラマトキーさく／学習研究社（グラマトキーののりものどうわ）／
　2005/10
おこりんぼの魔女がまたやってきた！／ハンナ・クラーン著／早川書房（ハリネズミの本箱）／2006/12
おこりんぼの魔女のおはなし／ハンナ・クラーン著／早川書房（ハリネズミの本箱）／2005/07
グッバイ、ホワイトホース／シンシア・D. グラント著／光文社／2005/01
がんばれヘンリーくん（ゆかいなヘンリーくんシリーズ）／ベバリイ・クリアリー作／学習研究社／
　2007/06
ヘンリーくんとアバラー（ゆかいなヘンリーくんシリーズ）／ベバリイ・クリアリー作／学習研究社／
　2007/06
ラモーナ、明日へ（ゆかいなヘンリーくんシリーズ）／ベバリイ・クリアリー作／学習研究社／2006/01
名探偵ポワロとミス・マープル 4 安すぎるマンションの謎 ほか／アガサ・クリスティー原作／汐文社／
　2005/03
名探偵ポワロとミス・マープル 5 クリスマスの悲劇 ほか／アガサ・クリスティー原作／汐文社／2005/03
名探偵ポワロとミス・マープル 6 西洋の星盗難事件 ほか／アガサ・クリスティー原作／汐文社／2005/03

ABC 殺人事件／アガサ・クリスティ作／ポプラ社（ポプラポケット文庫）／2005/10

めぐりめぐる月／シャロン・クリーチ作／偕成社／2005/11

牧師館の殺人-ミス・マープル最初の事件／アガサ・クリスティ作／偕成社（偕成社文庫）／2005/04

アクロイド氏殺害事件／アガサ・クリスティ作／講談社（青い鳥文庫）／2005/04

オリエント急行の殺人／アガサ・クリスティー著／早川書房（クリスティー・ジュニア・ミステリ2）／
　2007/12

そして誰もいなくなった／アガサ・クリスティー著／早川書房（クリスティー・ジュニア・ミステリ1）／
　2007/12

白雪姫／グリム兄弟原作／汐文社（ディズニープリンセス6姫の夢物語）／2006/12

ウルメル氷のなかから現われる（URMEL 1）／マックス・クルーゼ作／ひくまの出版／2005/01

ウルメル宇宙へゆく（URMEL 2）／マックス・クルーゼ作／ひくまの出版／2005/05

ウルメル海に潜る（URMEL 3）／マックス・クルーゼ作／ひくまの出版／2005/08

魔女の愛した子／マイケル・グルーバー著／理論社／2007/07

のんきなりゅう／ケネス・グレアム作／徳間書店／2006/07

こねこのネリーとまほうのボール／エリサ・クレヴェン作・絵／徳間書店／2007/11

お金もうけは悪いこと?／アンドリュー・クレメンツ作／講談社／2007/08

ユーウツなつうしんぼ／アンドリュー・クレメンツ作／講談社／2005/03

ウッラの小さな抵抗／インゲ・クロー作／文研出版（文研じゅべにーる）／2005/02

ふたりのアーサー 3 王の誕生／ケビン・クロスリー・ホランド著／ソニー・マガジンズ／2005/01

フェリックスと異界の伝説1 羽根に宿る力／エリザベス・ケイ作／あすなろ書房／2005/03

フェリックスと異界の伝説2 世にも危険なパズル／エリザベス・ケイ作／あすなろ書房／2005/07

フェリックスと異界の伝説3 禁断の呪文／エリザベス・ケイ作／あすなろ書房／2006/03

ストローガール／ジャッキー・ケイ著／求龍堂／2005/09

ふたりのロッテ／エーリヒ・ケストナー作／岩波書店（岩波少年文庫）／2006/06

飛ぶ教室／エーリヒ・ケストナー作／岩波書店（岩波少年文庫）／2006/10

飛ぶ教室／エーリヒ・ケストナー作／偕成社（偕成社文庫）／2005/07

エミリーのひみつ／リズ・ケスラー著／ポプラ社／2005/11

きつねのライネケ／ゲーテ作／岩波書店（岩波少年文庫）／2007/07

ビースト／アリー・ケネン著／早川書房／2006/07

ぞうのドミニク／ルドウィク・J.ケルン作／福音館書店（福音館文庫）／2005/08

宮廷のバルトロメ／ラヘル・ファン・コーイ作／さ・え・ら書房／2005/04

ビッグTと呼んでくれ／K.L.ゴーイング作／徳間書店／2007/03

プチ・ニコラもうすぐ新学期（かえってきたプチ・ニコラ1）／ルネ・ゴシニ作／偕成社／2006/11

プチ・ニコラサーカスへいく（かえってきたプチ・ニコラ2）／ルネ・ゴシニ作／偕成社／2006/11

プチ・ニコラまいごになる（かえってきたプチ・ニコラ3）／ルネ・ゴシニ作／偕成社／2006/12

プチ・ニコラはじめてのおるすばん（かえってきたプチ・ニコラ4）／ルネ・ゴシニ作／偕成社／2006/12

プチ・ニコラの初恋（かえってきたプチ・ニコラ5）／ルネ・ゴシニ作／偕成社／2007/01

鏡の中のアンジェリカ／フランチェスコ・コスタ作／文研出版（文研じゅべにーる）／2007/04

ライオンボーイⅢ カリブの決闘／ジズー・コーダー著／PHP研究所／2005/08

ビー・ムービー／スーザン・コーマン作／角川書店（ドリームワークスアニメーションシリーズ）／
　2007/12

帰ってきた船乗り人形／ルーマー・ゴッデン作／徳間書店／2007/04

ピアノ調律師／M.B.ゴフスタイン作・絵／すえもりブックス／2005/08

コニー・ライオンハートと神秘の生物Vol.1 サイレンの秘密／ジュリア・ゴールディング作／静山社／
　2007/11

小説ナイトミュージアム／レスリー・ゴールドマン著／講談社／2007/02

ベルリン1919／クラウス・コルドン作／理論社／2006/02

ベルリン 1945／クラウス・コルドン作／理論社／2007/02

アルテミス・ファウル—永遠の暗号／オーエン・コルファー著／角川書店／2006/02

アルテミス・ファウル—オパールの策略／オーエン・コルファー著／角川書店／2007/03

サーフズ・アップ／スーザン・コルマン著／メディアファクトリー／2007/11

クレイジー・レディー！／ジェイン・レズリー・コンリー作／福音館書店（世界傑作童話シリーズ）／
　2005/04

プラネット・キッドで待ってて／ジェイン・レズリー・コンリー作／福音館書店（世界傑作童話シリーズ）
　／2006/04

パイレーツ・オブ・カリビアン／T. T. サザーランド作／偕成社（ディズニーアニメ小説版）／2007/05

歩く／ルイス・サッカー作／講談社／2007/05

銀の枝／ローズマリ・サトクリフ作／岩波書店（岩波少年文庫）／2007/10

太陽の戦士／ローズマリ・サトクリフ作／岩波書店（岩波少年文庫）／2005/06

第九軍団のワシ／ローズマリ・サトクリフ作／岩波書店（岩波少年文庫）／2007/04

ラバ通りの人びと／ロベール・サバティエ作／福音館書店（福音館文庫）／2005/08

アイスウィンド・サーガ 2 ドラゴンの宝／R. A. サルバトーレ著／アスキー／2005/01

アイスウィンド・サーガ 3 水晶の戦争／R. A. サルバトーレ著／アスキー／2005/07

クレリック・サーガ 1 忘れられた領域 秘密の地下墓地／R. A. サルバトーレ著／アスキー／2007/04

クレリック・サーガ 2 忘れられた領域 森を覆う影／R. A. サルバトーレ著／アスキー／2007/10

星の王子さま／アントワーヌ・ド・サンテグジュペリ著／集英社／2005/08

チェンジ！—ぼくたちのとりかえっこ大作戦／アレックス・シアラー著／ダイヤモンド社／2005/09

ぼくらは小さな逃亡者／アレックス・シアラー著／ダイヤモンド社／2007/05

スノードーム／アレックス・シアラー著／求龍堂／2005/01

ミッシング／アレックス・シアラー著／竹書房／2005/08

ラベルのない缶詰をめぐる冒険／アレックス・シアラー著／竹書房／2007/05

世界でたったひとりの子／アレックス・シアラー著／竹書房／2005/12

海から来たマリエル（レッドウォール伝説）／ブライアン・ジェイクス作／徳間書店／2006/04

しあわせになるドーナツの秘密／ボード・シェーファー著／求龍堂／2005/09

ちいさなドラゴンココナッツ／インゴ・ジークナー作／ひくまの出版／2007/11

ペーシング・マスタング—自由のために走る野生ウマ／アーネスト・トンプソン・シートン著／福音館書店
　（シートン動物記6）／2005/06

シルバーフォックス・ドミノ—あるキツネの家族の物語／アーネスト・トンプソン・シートン著／福音館書
　店（シートン動物記7）／2005/06

バナーテイル—ヒッコリーの森を育てるリスの物語／アーネスト・トンプソン・シートン著／福音館書店
　（シートン動物記8）／2006/05

グリズリー・ジャック—シェラ・ネバダを支配したクマの王／アーネスト・トンプソン・シートン著／福音
　館書店（シートン動物記9）／2006/05

9 番教室のなぞ幽霊からのメッセージ／ジュリア・ジャーマン作／松柏社／2005/12

もしもしニコラ！／ジャニーヌ・シャルドネ著／ブッキング（fukkan.com）／2005/02

ウルフィーからの手紙／パティ・シャーロック作／評論社／2006/11

デモナータ 1 幕 ロード・ロス／ダレン・シャン作／小学館／2005/07

デモナータ 2 幕 悪魔の盗人／ダレン・シャン作／小学館／2006/02

デモナータ 3 幕 スローター／ダレン・シャン作／小学館／2006/09

デモナータ 4 幕 ベック／ダレン・シャン作／小学館／2007/02

デモナータ 5 幕 血の呪い／ダレン・シャン作／小学館／2007/07

かわいいおばけゴロの冒険 第 1 巻 ゴロのお引越し／ブリッタ・シュヴァルツ作／セバ工房／2006/04

かわいいおばけゴロの冒険 第 2 巻 ゴロのギリシャ旅行／ブリッタ・シュヴァルツ作／セバ工房／2006/05

かわいいおばけゴロの冒険 第3巻 ゴロのネットサーフィン／ブリッタ・シュヴァルツ作／セバ工房／2006/09

かわいいおばけゴロの冒険 第4巻 ゴロとトビおじさん／ブリッタ・シュヴァルツ作／セバ工房／2006/12

かわいいおばけゴロの冒険 第5巻 ゴロのおかしな大作戦／ブリッタ・シュヴァルツ作／セバ工房／2007/01

大きなウサギを送るには／ブルクハルト・シュピネン作／徳間書店／2007/01

レベル4 子どもたちの街／アンドレアス・シュリューター作／岩崎書店（新しい世界の文学）／2005/09

レベル42 再び子どもたちの街へ／アンドレアス・シュリューター作／岩崎書店（新しい世界の文学）／2007/02

ちび魔女メルフィー ドジはせいこうのもと／アンドレアス・シュリューター作／旺文社（旺文社創作児童文学）／2006/04

ふたりきりの戦争／ヘルマン・シュルツ作／徳間書店／2006/09

ふたつの家の少女メーガン／エリカ・ジョング文／あすなろ書房／2005/10

ランプの精リトル・ジーニー 1／ミランダ・ジョーンズ作／ポプラ社／2005/12

ランプの精リトル・ジーニー 2／ミランダ・ジョーンズ作／ポプラ社／2006/03

ランプの精リトル・ジーニー 3／ミランダ・ジョーンズ作／ポプラ社／2006/06

ランプの精リトル・ジーニー 4／ミランダ・ジョーンズ作／ポプラ社／2006/09

ランプの精リトル・ジーニー 5／ミランダ・ジョーンズ作／ポプラ社／2007/04

ランプの精リトル・ジーニー 6／ミランダ・ジョーンズ作／ポプラ社／2007/08

ランプの精リトル・ジーニー 7／ミランダ・ジョーンズ作／ポプラ社／2007/12

カラザン・クエスト 1／V.M.ジョーンズ作／講談社／2005/04

騎士見習いトムの冒険 2 美しきエミリア！／テリー・ジョーンズ作／ポプラ社（ポプラ・ウイング・ブックス）／2005/01

うちの一階には鬼がいる！／ダイアナ・ウィン・ジョーンズ著／東京創元社（sogen bookland）／2007/07

グリフィンの年 上下／ダイアナ・ウィン・ジョーンズ著／東京創元社（sogen bookland）／2007/11

ダークホルムの闇の君 上下／ダイアナ・ウィン・ジョーンズ著／東京創元社（sogen bookland）／2006/07

海駆ける騎士の伝説／ダイアナ・ウィン・ジョーンズ著／徳間書店／2006/12

ウィルキンズの歯と呪いの魔法／ダイアナ・ウィン・ジョーンズ著／早川書房（ハリネズミの本箱）／2006/03

タリスマン1 イシスの涙／アラン・フレウィン・ジョーンズ著／文渓堂／2006/07

タリスマン2 嫦娥の月長石／アラン・フレウィン・ジョーンズ著／文渓堂／2006/09

タリスマン3 キリャの黄金／アラン・フレウィン・ジョーンズ著／文渓堂／2006/10

タリスマン4 パールヴァティーの秘宝／アラン・フレウィン・ジョーンズ著／文渓堂／2006/12

クール・ムーンライト／アンジェラ・ジョンソン作／あかね書房（あかね・ブックライブラリー）／2005/03

朝のひかりを待てるから／アンジェラ・ジョンソン作／小峰書店（Y.A.Books）／2006/09

天使のすむ町／アンジェラ・ジョンソン作／小峰書店（Y.A.Books）／2006/05

アイドロン1 秘密の国の入り口／ジェーン・ジョンソン作／フレーベル館／2007/11

両親をしつけよう！／ピート・ジョンソン作／文研出版（文研じゅべにーる）／2006/09

マーメイド・ガールズ 1 マリンのマジック・ポーチ／ジリアン・シールズ作／あすなろ書房／2007/07

マーメイド・ガールズ 2 サーシャと魔法のパール・クリーム／ジリアン・シールズ作／あすなろ書房／2007/07

マーメイド・ガールズ 3 スイッピーと銀色のイルカ／ジリアン・シールズ作／あすなろ書房／2007/08

マーメイド・ガールズ 4 リコと赤いルビー／ジリアン・シールズ作／あすなろ書房／2007/08

マーメイド・ガールズ 5 エラリーヌとアザラシの赤ちゃん／ジリアン・シールズ作／あすなろ書房／2007/09

マーメイド・ガールズ 6 ウルルと虹色の光／ジリアン・シールズ作／あすなろ書房／2007/09

オーバーン城の夏上下／シャロン・シン著／小学館（小学館ルルル文庫）／2007/12

錬金術師ニコラ・フラメル(アルケミスト1)／マイケル・スコット著／理論社／2007/11

恐怖の館へようこそ(グースバンプス1)／R.L.スタイン作／岩崎書店／2006/07

呪われたカメラ(グースバンプス2)／R.L.スタイン作／岩崎書店／2006/07

人喰いグルール(グースバンプス3)／R.L.スタイン作／岩崎書店／2006/09

ぼくの頭はどこだ(グースバンプス4)／R.L.スタイン作／岩崎書店／2006/09

わらう腹話術人形(グースバンプス5)／R.L.スタイン作／岩崎書店／2006/11

鏡のむこう側(グースバンプス6)／R.L.スタイン作／岩崎書店／2006/11

地下室にねむれ(グースバンプス7)／R.L.スタイン作／岩崎書店／2007/01

ゴースト・ゴースト(グースバンプス8)／R.L.スタイン作／岩崎書店／2007/01

となりにいるのは、だれ?(グースバンプス9)／R.L.スタイン作／岩崎書店／2007/04

鳩時計が鳴る夜(グースバンプス10)／R.L.スタイン作／岩崎書店／2007/04

チャーリーとの旅／ジョン・スタインベック著／ポプラ社／2007/03

聖ヨーランの伝説／ウルフ・スタルク作／あすなろ書房／2005/09

ガイコツになりたかったぼく／ウルフ・スタルク作／小峰書店（ショート・ストーリーズ）／2005/05

ガールズ・ハート／ナタリー・スタンディフォード著／主婦の友社／2006/10

小さな魔法のほうき／M.スチュアート[著]／ブッキング（fukkan.com）／2006/06

コービィ・フラッドのおかしな船旅（ファニー・アドベンチャー）／ポール・スチュワート作／ポプラ社／2006/09

ヒューゴ・ペッパーとハートのコンパス（ファニー・アドベンチャー）／ポール・スチュワート作／ポプラ社／2007/04

ファーガス・クレインと空飛ぶ鉄の馬（ファニー・アドベンチャー）／ポール・スチュワート作／ポプラ社／2005/11

崖の国物語6／ポール・スチュワート作／ポプラ社（ポプラ・ウイング・ブックス）／2005/07

崖の国物語7／ポール・スチュワート作／ポプラ社（ポプラ・ウイング・ブックス）／2006/05

崖の国物語8／ポール・スチュワート作／ポプラ社（ポプラ・ウイング・ブックス）／2007/11

ジキル博士とハイド氏／ロバート・ルイス・スティーブンソン作／ポプラ社（ポプラポケット文庫）／2006/12

シャバヌ　ハベリの窓辺にて／スザンネ・ステープルズ作／ポプラ社（ポプラ・ウイング・ブックス）／2005/05

バーティミアス 3 プトレマイオスの門／ジョナサン・ストラウド作／理論社／2005/12

すっとび犬のしつけ方／ジェレミー・ストロング作／文研出版（文研ブックランド）／2005/03

イルウマ年代記 2 女神官ラークの陰謀／デイヴィッド・L.ストーン著／ソニー・マガジンズ／2005/06

イルウマ年代記 3 サスティ姫の裏切り／デイヴィッド・L.ストーン著／ソニー・マガジンズ／2006/02

世にも不幸なできごと 10 つるつるスロープ／レモニー・スニケット著／草思社／2006/03

世にも不幸なできごと 11 ぶきみな岩屋／レモニー・スニケット著／草思社／2006/12

世にも不幸なできごと 12 終わりから二番めの危機／レモニー・スニケット著／草思社／2007/08

世にも不幸なできごと 9 肉食カーニバル／レモニー・スニケット著／草思社／2005/06

アルプスの少女ハイジ／ヨハンナ・スピリ作／講談社（青い鳥文庫）／2005/12

ロボママ／エミリー・スミス作／文研出版（文研ブックランド）／2005/05

ニンジャ×ピラニア×ガリレオ／グレッグ・ライティック・スミス作／ポプラ社（ポプラ・リアル・シリーズ）／2007/02

友だちになろうよ、バウマンおじさん／ピート・スミス作／あかね書房（あかね・新読み物シリーズ）／2005/10

ピトゥスの動物園／サバスティア・スリバス著／あすなろ書房／2006/12

セプティマス・ヒープ 第一の書 七番目の子／アンジー・セイジ著／竹書房／2005/04

天国からはじまる物語／ガブリエル・ゼヴィン作／理論社／2005/10

カモメに飛ぶことを教えた猫／ルイス・セプルベダ著／白水社（白水Uブックス）／2005/11

白いキリンを追って／ローレン・セントジョン著／あすなろ書房／2007/12

シュレック 3／キャサリン・W. ゾーイフェルド作／角川書店（ドリームワークスアニメーションシリーズ）
／2007/05

ちいさな天使とデンジャラス・パイ／ジョーダン・ソーネンブリック著／主婦の友社／2006/06

ティンカー・ベルとテレンス／キキ・ソープ作／講談社（ディズニーフェアリーズ文庫）／2007/06

ティンカー・ベルの秘密／キキ・ソープ作／講談社（ディズニーフェアリーズ文庫）／2005/09

少年たんていブラウン 5 じゅうどうしめわざ事件／ドナルド・ソボル作／偕成社／2006/03

ジュリエッタ荘の幽霊／ベアトリーチェ・ソリナス・ドンギ作／小峰書店（文学の森）／2005/07

メープルヒルの奇跡／ヴァージニア・ソレンセン著／ほるぷ出版／2005/03

いたずら魔女のノシーとマーム 1 秘密の呪文／ケイト・ソーンダズ作／小峰書店／2005/09

いたずら魔女のノシーとマーム 2 謎の猫、メンダックス／ケイト・ソーンダズ作／小峰書店／2005/09

いたずら魔女のノシーとマーム 3 呪われた花嫁／ケイト・ソーンダズ作／小峰書店／2006/02

いたずら魔女のノシーとマーム 4 魔法のパワーハット／ケイト・ソーンダズ作／小峰書店／2006/04

いたずら魔女のノシーとマーム 5 恐怖のタイムマシン旅行／ケイト・ソーンダズ作／小峰書店／2006/06

いたずら魔女のノシーとマーム 6 最後の宇宙決戦／ケイト・ソーンダズ作／小峰書店／2006/07

ヤング・サンタクロース／ルーシー・ダニエル＝レイビー著／小学館／2007/12

ロアルド・ダールコレクション 1 おばけ桃が行く／ロアルド・ダール著／評論社／2005/11

ロアルド・ダールコレクション 2 チョコレート工場の秘密／ロアルド・ダール著／評論社／2005/04

ロアルド・ダールコレクション 4 すばらしき父さん狐／ロアルド・ダール著／評論社／2006/01

ロアルド・ダールコレクション 5 ガラスの大エレベーター／ロアルド・ダール著／評論社／2005/07

ロアルド・ダールコレクション 6 ダニーは世界チャンピオン／ロアルド・ダール著／評論社／2006/03

ロアルド・ダールコレクション 7 奇才ヘンリー・シュガーの物語／ロアルド・ダール著／評論社／2006/10

ロアルド・ダールコレクション 8 どでかいワニの話／ロアルド・ダール著／評論社／2007/01

ロアルド・ダールコレクション 9 アッホ夫妻／ロアルド・ダール著／評論社／2005/09

ロアルド・ダールコレクション 15 こちらゆかいな窓ふき会社／ロアルド・ダール著／評論社／2005/07

ロアルド・ダールコレクション 18 ことっとスタート／ロアルド・ダール著／評論社／2006/03

ロアルド・ダールコレクション 19 したかみ村の牧師さん／ロアルド・ダール著／評論社／2007/01

炎の星－龍のすむ家 3／クリス・ダレーシー著／竹書房／2007/08

積みすぎた箱舟／ジェラルド・ダレル作／福音館書店（福音館文庫）／2006/09

Wishing Moon 月に願いを上下／マイケル・O. タンネル著／小学館（小学館ルルル文庫）／2007/08

ミラクル・クッキーめしあがれ！－魔法のスイーツ大作戦 1／フィオナ・ダンバー作／フレーベル館／
2006/07

恋のキューピッド・ケーキ－魔法のスイーツ大作戦 2／フィオナ・ダンバー作／フレーベル館／2006/11

夢をかなえて！ウィッシュ・チョコ－魔法のスイーツ大作戦 3／フィオナ・ダンバー作／フレーベル館／
2007/02

ハーモニカふきとのら犬ディグビー／コリン・ダン作／PHP 研究所／2006/04

リトル・プリンセス おとぎ話のイザベラ姫／ケイティ・チェイス作／ポプラ社／2007/03

リトル・プリンセス ささやきのアザラ姫／ケイティ・チェイス作／ポプラ社／2007/03

リトル・プリンセス とうめいな花姫／ケイティ・チェイス作／ポプラ社／2007/06

リトル・プリンセス 雨をよぶイメナ姫／ケイティ・チェイス作／ポプラ社／2007/09

リトル・プリンセス 氷の城のアナスタシア姫／ケイティ・チェイス作／ポプラ社／2007/12

ソヨニの手／チェジミン作／汐文社（いま読もう！韓国ベスト読みもの）／2005/01

小犬のカシタンカ／アントン・チェーホフ作／新風舎／2006/12

レクトロ物語／ライナー・チムニク作／福音館書店（福音館文庫）／2006/06

さかさま魔女／ルース・チュウ作／フレーベル館（魔女の本棚）／2005/06

水曜日の魔女／ルース・チュウ作／フレーベル館（魔女の本棚）／2005/04

魔女とふしぎな指輪／ルース・チュウ作／フレーベル館（魔女の本棚）／2005/02

アル・カポネによろしく／ジェニファ・チョールデンコウ著／あすなろ書房／2006/12

アントン―命の重さ／エリザベート・ツェラー著／主婦の友社／2007/12

愛をみつけたうさぎ／ケイト・ディカミロ作／ポプラ社／2006/10

虎よ、立ちあがれ／ケイト・ディカミロ作／小峰書店（文学の森）／2005/12

ザ・ロープメイカー／ピーター・ディッキンソン作／ポプラ社（ポプラ・ウイング・ブックス）／2006/07

シャドウマンサー／G.P.テイラー著／新潮社／2006/06

ジュリーの秘密／コーラ・テイラー作／小学館／2007/09

スパイ少女ドーン・バックル／アンナ・デイル著／早川書房（ハリネズミの本箱）／2007/05

魔使いの呪い（魔使いシリーズ）／ジョゼフ・ディレイニー著／東京創元社（sogen bookland）／2007/09

魔使いの弟子（魔使いシリーズ）／ジョゼフ・ディレイニー著／東京創元社（sogen bookland）／2007/03

ロビンソン漂流記／ダニエル・デフォー作／ポプラ社（ポプラポケット文庫）／2007/06

ナディアおばさんの予言／マリー・デプルシャン作／文研出版（文研じゅぺにーる）／2007/03

ひとりぼっちのエルフ／シルヴァーナ・デ・マーリ著／早川書房（ハリネズミの本箱）／2005/12

ガールズ！／メリッサ・デ・ラ・クルーズ著／ポプラ社／2005/06

REX1（タイムソルジャー1）／キャスリーン・デューイ文／岩崎書店／2007/06

REX2（タイムソルジャー2）／キャスリーン・デューイ文／岩崎書店／2007/06

パイレーツ（タイムソルジャー3）／キャスリーン・デューイ文／岩崎書店／2007/08

キング・アーサー(タイムソルジャー4)／キャスリーン・デューイ文／岩崎書店／2007/08

エジプトのミイラ（タイムソルジャー5)／キャスリーン・デューイ文／岩崎書店／2007/10

サムライ（タイムソルジャー6)／キャスリーン・デューイ文／岩崎書店／2007/10

ハリーとしわくちゃ団／アラン・テンパリー作／評論社（評論社の児童図書館・文学の部屋）／2007/11

コオロギ少年大ぼうけん／トー・ホアイ作／新科学出版社／2007/11

サークル・オブ・マジック 2／デブラ・ドイル著／小学館（小学館ファンタジー文庫）／2007/05

トリ・サムサ・ヘッチャラーあるペンギンのだいそれた陰謀／ゾラン・ドヴェンカー作／ひくまの出版／
　2006/11

シドニーの選択／マイケル・ド・ガズマン作／草炎社（Soensha グリーンブックス）／2007/03

最後の授業／アルフォンス・ドーデ作／ポプラ社（ポプラポケット文庫）／2007/06

少女探偵サミー・キーズと小さな逃亡者／ウェンデリン・V.ドラーネン著／集英社／2005/02

王への手紙 上下／トンケ・ドラフト作／岩波書店（岩波少年文庫）／2005/11

白い盾の少年騎士 上下／トンケ・ドラフト作／岩波書店（岩波少年文庫）／2006/11

この湖にボート禁止／ジェフリー・トリーズ作／福音館書店（福音館文庫）／2006/06

ヴィディアときえた王冠／ローラ・ドリスコール作／講談社（ディズニーフェアリーズ文庫）／2005/09

ベックとブラックベリー大戦争／ローラ・ドリスコール作／講談社（ディズニーフェアリーズ文庫）／
　2005/12

チキン・リトル／アイリーン・トリンブル作／偕成社（ディズニーアニメ小説版）／2005/11

パイレーツ・オブ・カリビアン デッドマンズ・チェスト／アイリーン・トリンブル作／偕成社（ディズニ
　ーアニメ小説版）／2006/07

パイレーツ・オブ・カリビアン 呪われた海賊たち／アイリーン・トリンブル作／偕成社（ディズニーアニ
　メ小説版）／2006/01

ライアンを探せ！／アイリーン・トリンブル作／偕成社（ディズニーアニメ小説版）／2006/11

ルイスと未来泥棒／アイリーン・トリンブル作／偕成社（ディズニーアニメ小説版）／2007/11

人は何で生きるか／レフ・トルストイ著／あすなろ書房（トルストイの散歩道1）／2006/05

イワンの馬鹿／レフ・トルストイ著／あすなろ書房（トルストイの散歩道2）／2006/05

人にはたくさんの土地がいるか／レフ・トルストイ著／あすなろ書房（トルストイの散歩道3）／2006/06

二老人／レフ・トルストイ著／あすなろ書房（トルストイの散歩道4）／2006/06

愛あるところに神あり／レフ・トルストイ著／あすなろ書房（トルストイの散歩道5）／2006/06

聖なる鎖の絆(リンク)／アニー・ドルトン作／金の星社（フォア文庫）／2005/09

時間のない国で 上下／ケイト・トンプソン著／東京創元社（sogen bookland）／2006/11

いたずらニャーオ／アン・ホワイトヘッド・ナグダさく／福音館書店（世界傑作童話シリーズ）／2006/06

ひずねずみくんへ／アン・ホワイトヘッド・ナグダさく／福音館書店（世界傑作童話シリーズ）／2005/06

はばたけ！ザーラ／コリーネ・ナラニィ作／鈴木出版（鈴木出版の海外児童文学）／2005/02

キッカーズ！1 モーリッツの大活躍／フラウケ・ナールガング作／小学館／2006/05

キッカーズ！2 ニコの大ピンチ／フラウケ・ナールガング作／小学館／2006/07

キッカーズ！3 小学校対抗サッカー大会／フラウケ・ナールガング作／小学館／2006/12

キッカーズ！4 仲間われの危機／フラウケ・ナールガング作／小学館／2007/03

キッカーズ！5 練習場が見つからない／フラウケ・ナールガング作／小学館／2007/06

キッカーズ！6 めざせ、優勝だ！／フラウケ・ナールガング作／小学館／2007/09

セブンスタワー 1 光と影／ガース・ニクス作／小学館（小学館ファンタジー文庫）／2007/10

セブンスタワー 2 城へ／ガース・ニクス作／小学館（小学館ファンタジー文庫）／2007/11

セブンスタワー 3 魔法の国／ガース・ニクス作／小学館（小学館ファンタジー文庫）／2007/12

セブンスタワー 6 紫の塔／ガース・ニクス作／小学館／2005/03

マザーツリー 母なる樹の物語／C.Wニコル著／静山社／2007/11

チャーリー・ボーンは真夜中に(チャーリー・ボーンの冒険 1)／ジェニー・ニモ作／徳間書店／2006/01

時をこえる七色の玉(チャーリー・ボーンの冒険2)／ジェニー・ニモ作／徳間書店／2006/02

空色のへびのひみつ(チャーリー・ボーンの冒険3)／ジェニー・ニモ作／徳間書店／2006/03

海にきらめく鏡の城(チャーリー・ボーンの冒険4)／ジェニー・ニモ作／徳間書店／2007/05

あらいぐまラスカル／スターリング・ノース原作／文溪堂（読む世界名作劇場）／2006/04

川をくだる小人たち／メアリー・ノートン作／岩波書店（岩波少年文庫）／2005/04

トルスティは名探偵（ヘイナとトッスの物語2）／シニッカ・ノポラ&ティーナ・ノポラ作／講談社（青い
　鳥文庫）／2006/08

大きいエルサと大事件（ヘイナとトッスの物語3）／シニッカ・ノポラ&ティーナ・ノポラ作／講談社（青
　い鳥文庫）／2007/11

麦わら帽子のヘイナとフェルト靴のトッス―なぞのいたずら犯人（ヘイナとトッスの物語）／シニッカ・ノ
　ポラ&ティーナ・ノポラ作／講談社（青い鳥文庫）／2005/10

フラッシュ／カール・ハイアセン著／理論社／2006/04

たのしいこびと村／エーリッヒ・ハイネマン文／徳間書店／2007/09

ロビン・フッドの冒険／ハワード・パイル作／ポプラ社（ポプラポケット文庫）／2007/05

バルトルの冒険／マルレーン・ハウスホーファー著／同学社／2007/06

エラゴン 遺志を継ぐ者（ドラゴンライダー1）／クリストファー・パオリーニ著／ヴィレッジブックス／
　2006/01

エラゴン 遺志を継ぐ者（ドラゴンライダー2）／クリストファー・パオリーニ著／ヴィレッジブックス／
　2006/10

エラゴン 遺志を継ぐ者（ドラゴンライダー3）／クリストファー・パオリーニ著／ヴィレッジブックス／
　2006/10

エルデスト―宿命の赤き翼 上下（ドラゴンライダー2）／クリストファー・パオリーニ著／ソニー・マガジ
　ンズ／2005/11

問題児／パクキボム作／汐文社（いま読もう！韓国ベスト読みもの）／2005/02

テラビシアにかける橋／キャサリン・パターソン作／偕成社（偕成社文庫）／2007/03

パパにつける薬／アクセル・ハッケ文／講談社／2007/11

こどものためのテンペスト／ロイス・バーデット著／アートデイズ（シェイクスピアっておもしろい！）／
　2007/07

こどものためのハムレット／ロイス・バーデット著／アートデイズ（シェイクスピアっておもしろい！）／
　2007/06

こどものためのマクベス／ロイス・バーデット著／アートデイズ（シェイクスピアっておもしろい！）／
　2007/08

こどものためのロミオとジュリエット／ロイス・バーデット著／アートデイズ（シェイクスピアっておもし
　ろい！）／2007/07

こどものための夏の夜のゆめ／ロイス・バーデット著／アートデイズ（シェイクスピアっておもしろい！）
　／2007/06

銀のロバ／ソーニャ・ハートネット著／主婦の友社／2006/10

小公女／フランセス・エリザ・ホジソン・バーネット作／ポプラ社（ポプラポケット文庫）／2007/01

秘密の花園 上下／バーネット作／岩波書店（岩波少年文庫）／2005/03

カーズ／リーザ・パパデメトリュー作／偕成社（ディズニーアニメ小説版）／2006/06

マーメイド・ラグーンのラニー／リサ・パパディメトリュー作／講談社（ディズニーフェアリーズ文庫）／
　2006/03

ロゼッタの最悪な一日／リサ・パパディメトリュー作／講談社（ディズニーフェアリーズ文庫）／2007/11

オットーと空飛ぶふたご／シャルロット・ハプティー作／小峰書店（オットーシリーズ 1）／2005/06

シャギー・ドッグ／ゲイル・ハーマン作／偕成社（ディズニーアニメ小説版）／2006/12

ナイチンゲールの歌―ベックの物語／ゲイル・ハーマン作／講談社（ディズニーフェアリーズファンタジー
　ブック）／2007/04

ソウル・サーファー／ベサニー・ハミルトン著／ソニー・マガジンズ／2005/03

牛追いの冬／マリー・ハムズン作／岩波書店（岩波少年文庫）／2006/02

小さい牛追い／マリー・ハムズン作／岩波書店（岩波少年文庫）／2005/10

楽園への疾走／J.G. バラード著／東京創元社（海外文学セレクション）／2006/04

ピーターパンの冒険／J.M. バリー原作／文溪堂（読む世界名作劇場）／2005/04

ピーターと影泥棒 上下／デイヴ・バリー著 リドリー・ピアスン著／主婦の友社／2007/07

ピーターと星の守護団 上下／デイヴ・バリー著 リドリー・ピアスン著／主婦の友社／2007/03

スパイ・ガール 1 　Jを監視せよ／クリスティーヌ・ハリス作／岩崎書店／2007/07

スパイ・ガール 2 なぞのAを探せ／クリスティーヌ・ハリス作／岩崎書店／2007/09

スパイ・ガール 3 見えない敵を追え／クリスティーヌ・ハリス作／岩崎書店／2007/11

シーソー／ティモ・パルヴェラ作／ランダムハウス講談社／2007/12

嵐の中のシリウス／J.H. ハーロウ作／文研出版（文研じゅべにーる）／2005/06

アウターネット. 第1巻 フレンズかフォーか？／スティーブ・バーロウ作／小学館／2005/11

アウターネット. 第2巻 コントロール／スティーブ・バーロウ作／小学館／2006/04

アウターネット. 第3巻 オデッセイ／スティーブ・バーロウ作／小学館／2006/11

マーリン 1 魔法の島フィンカイラ／T.A. バロン著／主婦の友社／2005/01

マーリン 2 七つの魔法の歌／T.A. バロン著／主婦の友社／2005/04

マーリン 3 伝説の炎の竜／T.A. バロン著／主婦の友社／2005/07

マーリン 4 時の鏡の魔法／T.A. バロン著／主婦の友社／2005/10

マーリン 5 失われた翼の秘密／T.A. バロン著／主婦の友社／2006/01

オオトリ国記伝 1 魔物の闇／リアン・ハーン著／主婦の友社／2006/06

オーラが見える転校生／ジェニファー・リン・バーンズ著／ヴィレッジブックス／2007/05

イングランド・イングランド／ジュリアン・バーンズ著／東京創元社（海外文学セレクション）／2006/12

名探偵アガサ＆オービル ファイル1／ローラ・J. バーンズ作／文溪堂／2007/07

名探偵アガサ＆オービル ファイル2／ローラ・J. バーンズ作／文溪堂／2007/07

名探偵アガサ＆オービル ファイル3／ローラ・J. バーンズ作／文溪堂／2007/08

名探偵アガサ＆オービル ファイル4／ローラ・J. バーンズ作／文溪堂／2007/09

ウォーリアーズ 〔1〕 －1 ファイアポー、野生にかえる／エリン・ハンター作／小峰書店／2006/11

ウォーリアーズ 〔1〕 －2 ファイアポー、戦士になる／エリン・ハンター作／小峰書店／2007/02

ウォーリアーズ 〔1〕 －3 ファイヤハートの戦い／エリン・ハンター作／小峰書店／2007/04

ウォーリアーズ〔1〕－4 ファイヤハートの挑戦／エリン・ハンター作／小峰書店／2007/06

ウォーリアーズ〔1〕－5 ファイヤハートの危機／エリン・ハンター作／小峰書店／2007/09

ウォーリアーズ〔1〕－6 ファイヤハートの旅立ち／エリン・ハンター作／小峰書店／2007/11

ドールハウスから逃げだせ！／イヴ・バンティング著／早川書房（ハリネズミの本箱）／2006/01

シークレット・エージェントジャック ミッション・ファイル01／エリザベス・シンガー・ハント著／エク
　スナレッジ／2007/12

シークレット・エージェントジャック ミッション・ファイル02／エリザベス・シンガー・ハント著／エク
　スナレッジ／2007/12

シークレット・エージェントジャック ミッション・ファイル03／エリザベス・シンガー・ハント著／エク
　スナレッジ／2007/12

シークレット・エージェントジャック ミッション・ファイル04／エリザベス・シンガー・ハント著／エク
　スナレッジ／2007/12

アリーの物語 1 女騎士アランナの娘－きまぐれな神との賭けがはじまる／タモラ・ピアス作／PHP 研究所
　／2007/07

アリーの物語 2 女騎士アランナの娘－守るべき希望／タモラ・ピアス作／PHP 研究所／2007/08

アリーの物語 3 女騎士アランナの娘－動きだす運命の歯車／タモラ・ピアス作／PHP 研究所／2007/10

アリーの物語 4 女騎士アランナの娘－予言されし女王／タモラ・ピアス作／PHP 研究所／2007/11

トムは真夜中の庭で／フィリパ・ピアス作／岩波書店／2006/04

川べのちいさなモグラ紳士／フィリパ・ピアス作／岩波書店／2005/05

夏星の子 ファイアブリンガー3／メレディス・アン・ピアス著／東京創元社（sogen bookland）／2007/01

キスの運び屋／ロベルト・ピウミーニ作／PHP 研究所／2006/01

ラウラの日記／ロベルト・ピウミーニ作／さ・え・ら書房／2005/04

キーパー／マル・ピート著／評論社／2006/05

ドールの庭／パウル・ビーヘル著／早川書房（ハリネズミの本箱）／2005/04

あの空の下で／フランシスコ・ヒメネス作／小峰書店（Y. A. books）／2005/08

モンスター・ハウス／トム・ヒューズ作／メディアファクトリー／2007/01

こんにちはアグネス先生 アラスカの小さな学校で／K. ヒル作／あかね書房（あかね・ブックライブラリ
　ー）／2005/06

アイスマーク赤き王女の剣／スチュアート・ヒル著／ヴィレッジブックス／2007/06

僕らの事情。／デイヴィッド・ヒル著／求龍堂／2005/09

バレリーナの小さな恋／ロルナ・ヒル作／ポプラ社（ポプラポケット文庫）／2006/04

ピンクのバレエシューズ／ロルナ・ヒル作／ポプラ社（ポプラポケット文庫）／2005/10

バイオニクル5 恐怖の航海／グレッグ・ファーシュティ著／主婦の友社／2005/04

バイオニクル6 影の迷宮／グレッグ・ファーシュティ著／主婦の友社／2005/04

バイオニクル7 悪魔の巣／グレッグ・ファーシュティ著／主婦の友社／2005/04

バイオニクル8 闇の勇者／グレッグ・ファーシュティ著／主婦の友社／2005/04

砂漠の王国とクローンの少年／ナンシー・ファーマー著／DHC／2005/01

ガストンとルシア 1 3000 年を飛ぶ魔法旅行／ロジェ・ファリゴ著／小学館／2005/04

ガストンとルシア 2 永遠の旅のはじまり／ロジェ・ファリゴ著／小学館／2005/05

16 歳－夢と奇跡のはじまりの場所／マーク・フィッシャー著／ダイヤモンド社／2007/05

友だちになれたら、きっと。／ガリト・フィンク作／鈴木出版（鈴木出版の海外児童文学）／2007/06

ベルドレーヌ四季の物語 夏のマドモアゼル／マリカ・フェルジュク作／ポプラ社（ポプラポケット文庫）
　／2007/07

ベルドレーヌ四季の物語 秋のマドモアゼル／マリカ・フェルジュク作／ポプラ社（ポプラポケット文庫）
　／2006/11

ベルドレーヌ四季の物語 春のマドモアゼル／マリカ・フェルジュク作／ポプラ社（ポプラポケット文庫）
　／2007/04

ベルドレーヌ四季の物語 冬のマドモアゼル／マリカ・フェルジュク作／ポプラ社（ポプラポケット文庫）
　／2007/02
真珠のドレスとちいさなココ／ドルフ・フェルルーン著／主婦の友社／2007/07
羽根の鎖／ハンネレ・フオヴィ作／小峰書店（Y. A. Books）／2006/09
EGR3／ヘレン・フォックス著／あすなろ書房／2006/04
銀竜の騎士団－大魔法使いとゴブリン王／マット・フォーベック著／アスキー（ダンジョンズ＆ドラゴンズ
　スーパーファンタジー）／2007/12
そばかす先生のふしぎな学校／ヤン・ブジェフバ作／学研／2005/11
嵐の季節に／ヤーナ・フライ作／徳間書店／2006/11
ボーイズ♥レポート／ケイト・ブライアン作／理論社／2007/04
Gold Rush!　ぼくと相棒のすてきな冒険／シド・フライシュマン作／ポプラ社（ポプラ・ウイング・ブッ
　クス）／2006/08
おばけのジョージーともだちをたすける／ロバート・ブライト作絵／徳間書店／2006/09
おちゃめなふたご／エニド・ブライトン作／ポプラ社（ポプラポケット文庫）／2005/10
おちゃめなふたごの新学期／エニド・ブライトン作／ポプラ社（ポプラポケット文庫）／2006/05
おちゃめなふたごの探偵ノート／エニド・ブライトン作／ポプラ社（ポプラポケット文庫）／2006/02
シークレット・セブン 1　ひみつクラブとなかまたち／エニド・ブライトン著／オークラ出版／2007/08
シークレット・セブン 2　ひみつクラブの大冒険!／エニド・ブライトン著／オークラ出版／2007/08
シークレット・セブン 3　ひみつクラブとツリーハウス／エニド・ブライトン著／オークラ出版／2007/10
シークレット・セブン 4　ひみつクラブと五人のライバル／エニド・ブライトン著／オークラ出版／2007/10
蒼穹のアトラス3　アルファベット二十六国誌－ルージュ河むこうの百王国連合から葦原の郷ズィゾートル
　まで／フランソワ・プラス作／BL出版／2006/01
魔女になりたいティファニーと奇妙な仲間たち／テリー・プラチェット著／あすなろ書房／2006/10
スパイダーウィック家の謎 第5巻 オーガーの宮殿へ／ホリー・ブラック作／文渓堂／2005/01
ジーンズ・フォーエバー－トラベリング・パンツ／アン・ブラッシェアーズ作／理論社／2007/04
ラストサマー－トラベリング・パンツ／アン・ブラッシェアーズ作／理論社／2005/05
天国（ヘヴン）にいちばん近い場所／E. R. フランク作／ポプラ社／2006/09
シェフィーがいちばん／カート・フランケン文／BL出版／2007/12
マチルダばあやといたずらきょうだい／クリスティアナ・ブランド作／あすなろ書房／2007/06
名探偵の10か条　4と1/2探偵局　4／ヨアヒム・フリードリヒ作／ポプラ社／2005/01
探偵犬、がんばる!　4と1/2探偵局　5／ヨアヒム・フリードリヒ作／ポプラ社／2005/04
ペギー・スー1 魔法の瞳をもつ少女／セルジュ・ブリュソロ著／角川書店（角川文庫）／2005/07
ペギー・スー 2 蜃気楼の国へ飛ぶ／セルジュ・ブリュソロ著／角川書店（角川文庫）／2005/09
ペギー・スー 3 幸福を運ぶ魔法の蝶／セルジュ・ブリュソロ著／角川書店（角川文庫）／2005/11
ペギー・スー 4 魔法にかけられた動物園／セルジュ・ブリュソロ著／角川書店（角川文庫）／2006/03
ペギー・スー5 黒い城の恐ろしい謎／セルジュ・ブリュソロ著／角川書店（角川文庫）／2006/06
ペギー・スー6 宇宙の果ての惑星怪物／セルジュ・ブリュソロ著／角川書店（角川文庫）／2006/12
ペギー・スー6 宇宙の果ての惑星怪物／セルジュ・ブリュソロ著／角川書店／2005/03
ペギー・スー7 ドラゴンの涙と永遠の魔法／セルジュ・ブリュソロ著／角川書店／2007/01
ペギー・スー8 赤いジャングルと秘密の学校／セルジュ・ブリュソロ著／角川書店／2007/07
ハートレスガール／マーサ・ブルックス作／さ・え・ら書房／2005/04
15歳の夏－ハートランド物語／ローレン・ブルック著／あすなろ書房／2006/09
強い絆－ハートランド物語／ローレン・ブルック著／あすなろ書房／2007/01
長い夜－ハートランド物語／ローレン・ブルック著／あすなろ書房／2007/11
吹雪のあとで－ハートランド物語／ローレン・ブルック著／あすなろ書房／2007/02
別れのとき－ハートランド物語／ローレン・ブルック著／あすなろ書房／2006/10
わたしたちの家－ハートランド物語／ローレン・ブルック著／あすなろ書房／2006/09

グステルとタップと仲間たち／B. プルードラ著／未知谷／2007/10

ちびポップの決断／B. プルードラ著／未知谷／2005/05

かかしと召し使い／フィリップ・プルマン作／理論社／2006/09

マハラジャのルビー サリー・ロックハートの冒険 1／フィリップ・プルマン作／東京創元社（sogen bookland）／2007/05

見習い職人フラビッチの旅／イワナ・ブルリッチ＝マジュラニッチ作／小峰書店（おはなしメリーゴーラウンド）／2006/04

ラクリッツ探偵団 イエロー・ドラゴンのなぞ／ユリアン・プレス作・絵／講談社／2006/03

ドリーム・アドベンチャー／テレサ・ブレスリン作／偕成社／2007/04

男の子おことわり、魔女オンリー 1 きのうの敵は今日も敵？／トーマス・ブレツィナ作／さ・え・ら書房／2006/03

男の子おことわり、魔女オンリー 2 兄貴をカエルにかえる？／トーマス・ブレツィナ作／さ・え・ら書房／2006/03

男の子おことわり、魔女オンリー 3 いちばんすてきなママはだれ？／トーマス・ブレツィナ作／さ・え・ら書房／2006/04

男の子おことわり、魔女オンリー 4 うちはハッピーファミリー？／トーマス・ブレツィナ作／さ・え・ら書房／2006/04

ストーンハート／チャーリー・フレッチャー著／理論社（THE STONE HEART TRILOGY）／2007/04

ティンカー・ベルのチャレンジ／エレノール・フレモント作／講談社（ディズニーフェアリーズ文庫）／2006/07

シャーロット姫とウェルカム・ダンスパーティ（ティアラ・クラブ 1）／ヴィヴィアン・フレンチ著／朔北社／2007/06

ケティ姫と銀の小馬（ティアラ・クラブ 2）／ヴィヴィアン・フレンチ著／朔北社／2007/06

デイジー姫とびっくりドラゴン（ティアラ・クラブ 3）／ヴィヴィアン・フレンチ著／朔北社／2007/08

アリス姫と魔法の鏡（ティアラ・クラブ 4）／ヴィヴィアン・フレンチ著／朔北社／2007/08

ソフィア姫と氷の大祭典（ティアラ・クラブ 5）／ヴィヴィアン・フレンチ著／朔北社／2007/09

エミリー姫と美しい妖精（ティアラ・クラブ 6）／ヴィヴィアン・フレンチ著／朔北社／2007/09

サンタが空から落ちてきた／コルネーリア・フンケ著／WAVE 出版／2007/12

ポティラ妖精と時間泥棒／コルネーリア・フンケ著／WAVE 出版／2007/11

魔法の文字／コルネーリア・フンケ著／WAVE 出版／2006/12

秘密の島／ペソウン作／汐文社（いま読もう！韓国ベスト読みもの）／2005/03

ちっちゃな魔女 1 ブンブとツッカの冬日記／アンネッテ・ヘアツォーク作／小峰書店／2005/10

ちっちゃな魔女 2 ブンブとツッカの夏休み／アンネッテ・ヘアツォーク作／小峰書店／2006/07

ちっちゃな魔女 3 ブンブとツッカの秋便り／アンネッテ・ヘアツォーク作／小峰書店／2006/10

ちっちゃな魔女 4 ブンブとツッカの春祭り／アンネッテ・ヘアツォーク作／小峰書店／2007/04

クロニクル千古の闇 2 生霊わたり／ミシェル・ペイヴァー作／評論社／2006/04

クロニクル千古の闇 3 魂食らい／ミシェル・ペイヴァー作／評論社／2007/04

ミス・ヒッコリーと森のなかまたち／キャロライン・シャーウィン・ベイリー作／福音館書店（福音館文庫）／2005/01

アシュリー／アシュリー・ヘギ著／フジテレビ出版／2006/02

クローカ博士の発明／エルサ・ベスコフ作・絵／ブッキング（fukkan.com）／2006/05

ジーンズの少年十字軍 上下／テア・ベックマン作／岩波書店（岩波少年文庫）／2007/11

アーサーとふたつの世界の決戦／リュック・ベッソン著／角川書店／2006/03

アーサーとマルタザールの逆襲／リュック・ベッソン著／角川書店／2005/07

きつねのフォスとうさぎのハース／シルヴィア・ヴァンデン・ヘーデ作／岩波書店／2007/09

カモ少年と謎のペンフレンド／ダニエル・ペナック著／白水社（白水Uブックス）／2007/06

タイの少女カティ／ジェーン・ベヤジバ作／講談社（講談社文学の扉）／2006/07

ベスの最高傑作／ララ・ベルゲン作／講談社（ディズニーフェアリーズ文庫）／2006/11

"It（それ）"と呼ばれた子―ジュニア版1／デイヴ・ペルザー著／ソニー・マガジンズ／2005/07

"It（それ）"と呼ばれた子―ジュニア版2／デイヴ・ペルザー著／ソニー・マガジンズ／2005/07

"It（それ）"と呼ばれた子―ジュニア版3／デイヴ・ペルザー著／ソニー・マガジンズ／2005/07

ヒルベルという子がいた／ペーター・ヘルトリング作／偕成社（偕成社文庫）／2005/06

海底二万海里 上下／J.ベルヌ作／福音館書店（福音館文庫）／2005/05

ダルシーの幸せのケーキ／ゲイル・ヘルマン作／講談社（ディズニーフェアリーズ文庫）／2007/03

呪われたシルバーミスト／ゲイル・ヘルマン作／講談社（ディズニーフェアリーズ文庫）／2007/09

満月の夜のフィラ／ゲイル・ヘルマン作／講談社（ディズニーフェアリーズ文庫）／2006/09

レアといた夏／マリー・ソフィ・ベルモ作／あかね書房（あかね・ブックライブラリー）／2007/07

ジョニー・ディクソン魔術師の復讐／ジョン・ベレアーズ著／集英社／2005/02

シンデレラ／シャルル・ペロー原作／汐文社（ディズニープリンセス6姫の夢物語）／2007/02

眠れる森の美女／シャルル・ペロー原作／汐文社（ディズニープリンセス6姫の夢物語）／2007/03

アモス・ダラゴン1 仮面を持つ者／ブリアン・ペロー作／竹書房／2005/06

アモス・ダラゴン2 ブラハの鍵／ブリアン・ペロー作／竹書房／2005/07

アモス・ダラゴン3 神々の黄昏／ブリアン・ペロー作／竹書房／2005/08

アモス・ダラゴン4 フレイヤの呪い／ブリアン・ペロー作／竹書房／2005/01

アモス・ダラゴン5 エル・バブの塔／ブリアン・ペロー作／竹書房／2005/12

アモス・ダラゴン6 エンキの怒り／ブリアン・ペロー作／竹書房／2006/03

アモス・ダラゴン7 地獄の旅／ブリアン・ペロー作／竹書房／2006/07

アモス・ダラゴン8 ペガサスの国／ブリアン・ペロー作／竹書房／2006/10

アモス・ダラゴン9 黄金の羊毛／ブリアン・ペロー作／竹書房／2006/12

アモス・ダラゴン10 ふたつの軍団／ブリアン・ペロー作／竹書房／2007/04

アモス・ダラゴン11 エーテルの仮面／ブリアン・ペロー作／竹書房／2007/07

アモス・ダラゴン12 運命の部屋／ブリアン・ペロー作／竹書房／2007/10

キョーレツ科学者・フラニー 1／ジム・ベントン作／あかね書房／2007/06

キョーレツ科学者・フラニー 2／ジム・ベントン作／あかね書房／2007/06

キョーレツ科学者・フラニー 3／ジム・ベントン作／あかね書房／2007/06

キョーレツ科学者・フラニー 4／ジム・ベントン作／あかね書房／2007/09

キョーレツ科学者・フラニー 5／ジム・ベントン作／あかね書房／2007/11

キョーレツ科学者・フラニー 6／ジム・ベントン作／あかね書房／2007/11

メドレヴィング 地底からの小さな訪問者／キルステン・ボイエ著／三修社／2006/05

ブルーベリー・ソースの季節／ポリー・ホーヴァート著／早川書房（ハリネズミの本箱）／2005/05

長すぎる夏休み／ポリー・ホーヴァート著／早川書房（ハリネズミの本箱）／2006/04

サリーおばさんとの一週間／ポリー・ホーヴァス作／偕成社／2007/04

星の歌を聞きながら／ティム・ボウラー著／早川書房（ハリネズミの本箱）／2005/03

ぼく、デイヴィッド／エリナー・ポーター作／岩波書店（岩波少年文庫）／2007/03

セレンディピティ物語／エリザベス・ジャミスン・ホッジス著／藤原書店／2006/04

西95丁目のゴースト（ちいさな霊媒師オリビア）／エレン・ポッター著／主婦の友社／2007/10

海時計職人ジョン・ハリソン―船旅を変えたひとりの男の物語／ルイーズ・ボーデン文／あすなろ書房／
　2005/02

ジェレミーと灰色のドラゴン／アンゲラ・ゾマー・ボーデンブルク著／小学館／2007/12

リトルバンパイア 1 リュディガーとアントン／アンゲラ・ゾンマー・ボーデンブルク作／くもん出版／
　2006/01

リトルバンパイア 2 地下室のかんおけ／アンゲラ・ゾンマー・ボーデンブルク作／くもん出版／2006/01

リトルバンパイア 3 きけんな列車旅行／アンゲラ・ゾンマー・ボーデンブルク作／くもん出版／2006/01

リトルバンパイア 4 モンスターの巣くつ／アンゲラ・ゾンマー・ボーデンブルク作／くもん出版／
　2006/01
リトルバンパイア 5 魅惑のオルガ／アンゲラ・ゾンマー・ボーデンブルク作／くもん出版／2006/01
リトルバンパイア 6 悪魔のなみだ／アンゲラ・ゾンマー・ボーデンブルク作／くもん出版／2006/05
リトルバンパイア 7 ぶきみなヤンマー谷／アンゲラ・ゾンマー・ボーデンブルク作／くもん出版／
　2006/06
リトルバンパイア 8 ひみつの年代記／アンゲラ・ゾンマー・ボーデンブルク作／くもん出版／2006/08
リトルバンパイア 9 あやしい患者／アンゲラ・ゾンマー・ボーデンブルク作／くもん出版／2006/10
リトルバンパイア 10 血のカーニバル／アンゲラ・ゾンマー・ボーデンブルク作／くもん出版／2006/12
リトルバンパイア 11 真夜中の診察室／アンゲラ・ゾンマー・ボーデンブルク作／くもん出版／2007/03
リトルバンパイア 12 清澄館のなぞ／アンゲラ・ゾンマー・ボーデンブルク作／くもん出版／2007/05
リトルバンパイア 13 まぼろしの婚約指輪／アンゲラ・ゾンマー・ボーデンブルク作／くもん出版／
　2007/07
消えたオアシス／ピエール・マリー・ボード作／鈴木出版（鈴木出版の海外児童文学）／2005/04
シーラス安らぎの時－シーラスシリーズ 14／セシル・ボトカー作／評論社（児童図書館・文学の部屋）／
　2007/09
魔法の国の扉を開け！／エマ・ポピック著／清流出版／2007/07
ぞうのオリバー／シド・ホフ作／偕成社／2007/01
ストラヴァガンザ－花の都／メアリ・ホフマン作／小学館／2006/12
ストラヴァガンザ－星の都／メアリ・ホフマン作／小学館／2005/08
美女と野獣／ボーモン夫人原作／汐文社（ディズニープリンセス 6 姫の夢物語）／2007/01
いつもそばに犬がいた／ゲイリー・ポールセン作／文研出版（文研じゅべにーる）／2006/07
ノーチラス号の冒険 1 忘れられた島／ヴォルフガンク・ホールバイン作／創元社／2006/04
ノーチラス号の冒険 2 アトランティスの少女／ヴォルフガンク・ホールバイン作／創元社／2006/04
ノーチラス号の冒険 3 深海の人びと／ヴォルフガンク・ホールバイン作／創元社／2006/07
ノーチラス号の冒険 4 恐竜の谷／ヴォルフガンク・ホールバイン作／創元社／2006/10
ノーチラス号の冒険 5 海の火／ヴォルフガンク・ホールバイン作／創元社／2007/01
ノーチラス号の冒険 6 黒い同胞団／ヴォルフガンク・ホールバイン作／創元社／2007/05
ノーチラス号の冒険 7 石と化す疫病／ヴォルフガンク・ホールバイン作／創元社／2007/11
メルヘンムーン／ヴォルフガンク・ホールバイン作／評論社／2005/10
プリティ・リトル・デビル／ナンシー・ホルダー著／マッグガーデン／2006/12
ルイジアナの青い空／キンバリー・ウィリス・ホルト著／白水社／2007/09
パディントンのラストダンス／マイケル・ボンド作／福音館書店（福音館文庫）／2007/09
パディントン街へ行く／マイケル・ボンド作／福音館書店（福音館文庫）／2006/07
マルヴァ姫、海へ！－ガルニシ国物語 上下／アンヌ・ロール・ボンドゥー作／評論社（児童図書館・文学の
　部屋）／2007/08
フルハウス 1 テフ＆ミシェル／リタ・マイアミ著／マッグガーデン／2007/02
海賊ジョリーの冒険 1 死霊の売人／カイ・マイヤー著／あすなろ書房／2005/12
海賊ジョリーの冒険 2 海上都市エレニウム／カイ・マイヤー著／あすなろ書房／2006/08
海賊ジョリーの冒険 3 深海の支配者／カイ・マイヤー著／あすなろ書房／2007/07
リサイクル／サンディ・マカーイ作／さ・え・ら書房／2005/12
ミストマントル・クロニクル 1 流れ星のアーチン／マージ・マカリスター著／小学館／2006/11
ミストマントル・クロニクル 2 アーチンとハートの石／マージ・マカリスター著／小学館／2007/05
かるいお姫さま／マクドナルド作／岩波書店（岩波少年文庫）／2005/09
ジュディ・モード、医者になる！／メーガン・マクドナルド作／小峰書店（ジュディ・モードとなかま
　ち）／2007/01

ジュディ・モード、有名になる！／メーガン・マクドナルド作／小峰書店（ジュディ・モードとなかまたち）／2005/06

ジュディ・モード、地球をすくう！／メーガン・マクドナルド作／小峰書店（ジュディ・モードとなかまたち）／2005/12

ジュディ・モード、未来をうらなう！／メーガン・マクドナルド作／小峰書店（ジュディ・モードとなかまたち）／2006/09

ジュディ・モードの独立宣言／メーガン・マクドナルド作／小峰書店（ジュディ・モードとなかまたち）／2007/03

青い惑星のはなし／アンドリ・スナイル・マグナソン作／学研／2007/04

アクセラレイション／グラム・マクナミー著／マッグガーデン／2006/12

シルバーチャイルド 1 ミロと6人の守り手／クリフ・マクニッシュ作／理論社／2006/04

シルバーチャイルド 2 怪物ロアの襲来／クリフ・マクニッシュ作／理論社／2006/05

シルバーチャイルド 3 目覚めよ！ 小さき戦士たち／クリフ・マクニッシュ作／理論社／2006/06

ゴーストハウス／クリフ・マクニッシュ作／理論社／2007/05

ペンドラゴン見捨てられた現実／D.J.マクヘイル著／角川書店／2005/08

ペンドラゴン未来を賭けた戦い／D.J.マクヘイル著／角川書店／2005/03

ドラゴン・スレイヤー・アカデミー 2-1 ドラゴンになっちゃった／ケイト・マクミュラン作／岩崎書店／2006/08

ドラゴン・スレイヤー・アカデミー 2-2 かえってきたゆうれい／ケイト・マクミュラン作／岩崎書店／2006/08

ドラゴン・スレイヤー・アカデミー 2-3 こわーい金曜日／ケイト・マクミュラン作／岩崎書店／2006/10

ドラゴン・スレイヤー・アカデミー 2-4 ケン王の病気／ケイト・マクミュラン作／岩崎書店／2006/12

ドラゴン・スレイヤー・アカデミー 2-5 ふたごのごたごた／ケイト・マクミュラン作／岩崎書店／2007/02

ドラゴン・スレイヤー・アカデミー 2-6 ドラゴンじいさん／ケイト・マクミュラン作／岩崎書店／2007/04

ドラゴン・スレイヤー・アカデミー 2-7 ドラゴン・キャンプ／ケイト・マクミュラン作／岩崎書店／2007/07

ドラゴン・スレイヤー・アカデミー 3 お宝さがしのえんそく／ケイト・マクミュラン作／岩崎書店／2005/01

ドラゴン・スレイヤー・アカデミー 4 ウィリーのけっこん!?／ケイト・マクミュラン作／岩崎書店／2005/01

ドラゴン・スレイヤー・アカデミー 5 あこがれのヒーロー／ケイト・マクミュラン作／岩崎書店／2005/03

ドラゴン・スレイヤー・アカデミー 6 きえたヒーローをすくえ／ケイト・マクミュラン作／岩崎書店／2005/03

ドラゴン・スレイヤー・アカデミー 7 のろいのルーレット／ケイト・マクミュラン作／岩崎書店／2005/05

ドラゴン・スレイヤー・アカデミー 8 ほろびの予言／ケイト・マクミュラン作／岩崎書店／2005/05

ドラゴン・スレイヤー・アカデミー 9 ドラゴンがうまれた！／ケイト・マクミュラン作／岩崎書店／2005/08

ドラゴン・スレイヤー・アカデミー10 きょうふのさんかん日／ケイト・マクミュラン作／岩崎書店／2005/08

フーさん／ハンヌ・マケラ作／国書刊行会／2007/09

フーさんにお隣さんがやってきた／ハンヌ・マケラ作／国書刊行会／2007/11

アキンボとアフリカゾウ／アレグザンダー・マコール・スミス作／文研出版（文研ブックランド）／2006/05

アキンボとライオン／アレグザンダー・マコール・スミス作／文研出版（文研ブックランド）／2007/06

ピーター★パンインスカーレット／ジェラルディン・マコックラン作／小学館／2006/12

海賊の息子／ジェラルディン・マコックラン作／偕成社／2006/07

空からおちてきた男／ジェラルディン・マコックラン作／偕成社／2007/04

サッカーキッズ物語7／ヨアヒム・マザネック作／ポプラ社（ポップコーン・ブックス）／2005/03

サッカーキッズ物語8／ヨアヒム・マザネック作／ポプラ社（ポップコーン・ブックス）／2005/09

サッカーキッズ物語9／ヨアヒム・マザネック作／ポプラ社（ポップコーン・ブックス）／2005/12

サッカーキッズ物語10／ヨアヒム・マザネック作／ポプラ社（ポップコーン・ブックス）／2006/03

バレエ・アカデミア 1 バレエに恋してる！／ベアトリーチェ・マジーニ作／ポプラ社／2007/06

バレエ・アカデミア 2 きまぐれなバレリーナ／ベアトリーチェ・マジーニ作／ポプラ社／2007/09

フラピッチのふしぎな冒険／マジュラニッチ作／新風舎（ことりのほんばこ）／2005/12

インディゴの星／ヒラリー・マッカイ作／小峰書店（Y.A.Books）／2007/07

サフィーの天使／ヒラリー・マッカイ作／小峰書店（Y.A.Books）／2007/01

シュレック 2／ジェシー・レオン・マッカン作／角川書店（ドリームワークスアニメーションシリーズ）／
2007/05

アナベル・ドールと世界一いじのわるいお人形／アン・M.マーティン作／偕成社／2005/05

ポータブル・ゴースト／マーガレット・マーヒー作／岩波書店／2007/06

タラ・ダンカン 2 呪われた禁書上下／ソフィー・オドゥワン・マミコニアン著／メディアファクトリー／
2005/08

タラ・ダンカン 3 魔法の王杖 上下／ソフィー・オドゥワン・マミコニアン著／メディアファクトリー／
2006/08

タラ・ダンカン 4 ドラゴンの裏切り 上下／ソフィー・オドゥワン・マミコニアン著／メディアファクト
リー／2007/08

通訳／ディエゴ・マラーニ著／東京創元社（海外文学セレクション）／2007/11

ハロルドのしっぽ／ジョン・ベーメルマンス・マルシアーノ作／BL出版／2005/12

モーキー・ジョー 1 宇宙からの魔の手／ピーター・J・マーレイ作／フレーベル館／2005/07

モーキー・ジョー 2 よみがえる魔の手／ピーター・J・マーレイ作／フレーベル館／2005/10

モーキー・ジョー 3 最後の審判／ピーター・J・マーレイ作／フレーベル館／2006/01

家なき子レミ／エクトル・マロ原作／竹書房（竹書房文庫）／2005/02

ロマン・カルブリス物語／エクトール・マロ作／偕成社（偕成社文庫）／2006/09

炎の謎／ヘニング・マンケル作／講談社／2005/02

イヤーオブノーレイン 内戦のスーダンを生きのびて／アリス・ミード作／鈴木出版（鈴木出版の海外児童
文学）／2005/01

サンタの最後のおくりもの／マリー＝オード・ミュライユ作／徳間書店／2006/10

キキ・ストライクと謎の地下都市／キルステン・ミラー作／理論社／2006/12

ひなぎくの冠をかぶって／グレンダ・ミラー作／くもん出版／2006/03

ワンちゃんにきかせたい3つのはなし／サラ・スワン・ミラー文／評論社（児童図書館・文学の部屋）／
2007/05

きっと天使だよ／ミーノ・ミラーニ作／鈴木出版（鈴木出版の海外児童文学）／2006/03

まだ名前のない小さな本／ホセ・アントニオ・ミリャン著／晶文社／2005/02

マンハッタンの魔女／サラ・ムリノフスキ著／ヴィレッジブックス／2006/11

旅するヤギはバラードを歌う／ジャン＝クロード・ムルルヴァ著／早川書房（ハリネズミの本箱）／2006/10

トメック さかさま川の水 1／ジャン＝クロード・ムルルヴァ作／福音館書店（世界傑作童話シリーズ）／
2007/05

ハンナ さかさま川の水 2／ジャン＝クロード・ムルルヴァ作／福音館書店（世界傑作童話シリーズ）／
2007/05

あい色の妖精（フェアリー）イジー （レインボーマジック）／デイジー・メドウズ作／ゴマブックス／
2006/11

アメジストの妖精（フェアリー）エイミー（レインボーマジック）／デイジー・メドウズ作／ゴマブックス
／2007/12

エメラルドの妖精（フェアリー）エミリー（レインボーマジック）／デイジー・メドウズ作／ゴマブックス
／2007/11

おかしの妖精（フェアリー）ハニー（レインボーマジック）／デイジー・メドウズ作／ゴマブックス／
2007/08

オレンジの妖精（フェアリー）アンバー（レインボーマジック）／デイジー・メドウズ作／ゴマブックス／
2006/09

お楽しみの妖精(フェアリー)ポリー（レインボーマジック）／デイジー・メドウズ作／ゴマブックス／
2007/08

お洋服の妖精(フェアリー)フィービー（レインボーマジック）／デイジー・メドウズ作／ゴマブックス／
2007/08

ガーネットの妖精（フェアリー）スカーレット（レインボーマジック）／デイジー・メドウズ作／ゴマブッ
クス／2007/11

キラキラの妖精(フェアリー)グレース（レインボーマジック）／デイジー・メドウズ作／ゴマブックス／
2007/08

クリスマスの妖精（フェアリー）ホリー（レインボーマジック）／デイジー・メドウズ作／ゴマブックス／
2007/11

ケーキの妖精(フェアリー)チェリー（レインボーマジック）／デイジー・メドウズ作／ゴマブックス／
2007/08

サファイアの妖精(フェアリー)ソフィ（レインボーマジック）／デイジー・メドウズ作／ゴマブックス／
2007/12

ダイヤモンドの妖精（フェアリー）ルーシー（レインボーマジック）／デイジー・メドウズ作／ゴマブック
ス／2007/12

トパーズの妖精(フェアリー)クロエ（レインボーマジック）／デイジー・メドウズ作／ゴマブックス／
2007/11

プレゼントの妖精(フェアリー)ジャスミン（レインボーマジック）／デイジー・メドウズ作／ゴマブックス
／2007/08

みどりの妖精（フェアリー）ファーン（レインボーマジック）／デイジー・メドウズ作／ゴマブックス／
2006/10

ムーンストーンの妖精(フェアリー)インディア（レインボーマジック）／デイジー・メドウズ作／ゴマブッ
クス／2007/11

むらさきの妖精（フェアリー）ヘザー（レインボーマジック）／デイジー・メドウズ作／ゴマブックス／
2006/11

雨の妖精(フェアリー)ヘイリー（レインボーマジック）／デイジー・メドウズ作／ゴマブックス／2007/04

雲の妖精(フェアリー)パール（レインボーマジック）／デイジー・メドウズ作／ゴマブックス／2007/03

黄色の妖精（フェアリー）サフラン（レインボーマジック）／デイジー・メドウズ作／ゴマブックス／
2006/09

音楽の妖精(フェアリー)メロディ（レインボーマジック）／デイジー・メドウズ作／ゴマブックス／
2007/08

夏休みの妖精(フェアリー)サマー（レインボーマジック）／デイジー・メドウズ作／ゴマブックス／
2007/08

青の妖精（フェアリー）スカイ（レインボーマジック）／デイジー・メドウズ作／ゴマブックス／2006/10

赤の妖精（フェアリー）ルビー（レインボーマジック 1）／デイジー・メドウズ作／ゴマブックス／
2006/09

雪の妖精（フェアリー）クリスタル（レインボーマジック）／デイジー・メドウズ作／ゴマブックス／
2007/02

太陽の妖精(フェアリー)ゴールディ（レインボーマジック）／デイジー・メドウズ作／ゴマブックス／
2007/03

風の妖精（フェアリー）アビゲイル（レインボーマジック）／デイジー・メドウズ作／ゴマブックス／
　2007/02

霧の妖精（フェアリー）エヴィ（レインボーマジック）／デイジー・メドウズ作／ゴマブックス／2007/04

雷の妖精（フェアリー）ストーム（レインボーマジック）／デイジー・メドウズ作／ゴマブックス／
　2007/04

夢の書　上下／O.R.メリング作／講談社／2007/05

秘密作戦レッドジェリコ　上下／ジョシュア・モウル著／ソニー・マガジンズ／2006/05

ロイヤルバレエスクール・ダイアリー1　エリーの挑戦／アレクサンドラ・モス著／草思社／2006/09

ロイヤルバレエスクール・ダイアリー2　信じて跳んで／アレクサンドラ・モス著／草思社／2006/09

ロイヤルバレエスクール・ダイアリー3　パーフェクトな女の子／アレクサンドラ・モス著／草思社／
　2006/10

ロイヤルバレエスクール・ダイアリー4　夢をさがして／アレクサンドラ・モス著／草思社／2006/11

ロイヤルバレエスクール・ダイアリー5　トップシークレット／アレクサンドラ・モス著／草思社／2006/12

ロイヤルバレエスクール・ダイアリー6　ステージなんかこわくない／アレクサンドラ・モス著／草思社／
　2007/01

ロイヤルバレエスクール・ダイアリー7　新しい出会い／アレクサンドラ・モス著／草思社／2007/02

ロイヤルバレエスクール・ダイアリー8　恋かバレエか／アレクサンドラ・モス著／草思社／2007/03

天使のつばさに乗って／マイケル・モーパーゴ作／評論社／2007/10

兵士ピースフル／マイケル・モーパーゴ著／評論社／2007/08

海をわたったベック／キンバリー・モリス作／講談社（ディズニーフェアリーズ文庫）／2006/11

きえたクラリオン女王／キンバリー・モリス作／講談社（ディズニーフェアリーズ文庫）／2007/11

ラニーと三つの宝物／キンバリー・モリス作／講談社（ディズニーフェアリーズ文庫）／2007/06

キルディー小屋のアライグマ／ラザフォード・モンゴメリ作／福音館書店（福音館文庫）／2006/07

赤毛のアン／ルーシー・モード・モンゴメリ原作／西村書店／2006/12

秘密のチャットルーム／ジーン・ユーア作／金の星社／2006/12

レ・ミゼラブル―ああ無情／ビクトル・ユゴー作／ポプラ社（ポプラポケット文庫）／2007/03

ウォーハンマーノベル1　ドラッケンフェルズ／ジャック・ヨーヴィル著／ホビージャパン（HJ文庫G）／
　2007/01

ウォーハンマーノベル2　吸血鬼ジュヌヴィエーヴ／ジャック・ヨーヴィル著／ホビージャパン（HJ文庫
　G）／2007/01

インド式マリッジブルー／バリ・ライ著／東京創元社（海外文学セレクション）／2005/05

ホリー・クロースの冒険／ブリトニー・ライアン著／早川書房（ハリネズミの本箱）／2006/11

三番目の魔女／レベッカ・ライザート著／ポプラ社／2007/05

花になった子どもたち／ジャネット・テーラー・ライル作／福音館書店（世界傑作童話シリーズ）／
　2007/11

おばあちゃんにささげる歌／アンナ・レーナ・ラウリーン文／ノルディック出版／2006/11

ニルスのふしぎな旅上下／セルマ・ラーゲルレーヴ作／福音館書店（福音館古典童話シリーズ）／2007/06

ガフールの勇者たち　1　悪の要塞からの脱出／キャスリン・ラスキー著／メディアファクトリー／2006/08

ガフールの勇者たち　2　真の勇気のめざめ／キャスリン・ラスキー著／メディアファクトリー／2006/12

ガフールの勇者たち　3　恐怖の仮面フクロウ／キャスリン・ラスキー著／メディアファクトリー／2007/03

ガフールの勇者たち　4　フール島絶対絶命／キャスリン・ラスキー著／メディアファクトリー／2007/07

ガフールの勇者たち　5　決死の逃避行／キャスリン・ラスキー著／メディアファクトリー／2007/12

リリーのふしぎな花／キルステン・ラーセン作／講談社（ディズニーフェアリーズ文庫）／2006/02

孤島のドラゴン／レベッカ・ラップ著／評論社（児童図書館・文学の部屋）／2006/10

ローズクイーン―ふたりはただいま失踪中！（ミッシング・パーソンズ1）／M.E.ラブ作／理論社／2006/06

チョコレート・ラヴァー―ふたりはこっそり変装中！（ミッシング・パーソンズ2）／M.E.ラブ作／理論社
　／2006/12

ダンシング・ポリスマン－ふたりはひそかに尾行中！（ミッシング・パーソンズ3）／M.E.ラブ作／理論社／
　2007/07

クリスマス・キッス－ふたりはまだまだ恋愛中！（ミッシング・パーソンズ4）／M.E.ラブ作／理論社／
　2007/11

トロール・フェル　上　金のゴブレットのゆくえ／キャサリン・ラングリッシュ作／あかね書房／2005/02

トロール・フェル　下　地獄王国への扉／キャサリン・ラングリッシュ作／あかね書房／2005/02

トロール・ミル　上　不気味な警告／キャサリン・ラングリッシュ作／あかね書房／2005/11

トロール・ミル　下　ふたたび地底王国へ／キャサリン・ラングリッシュ作／あかね書房／2005/11

スカルダガリー　1／デレク・ランディ著／小学館／2007/09

ウルフ・タワー　第一話　ウルフ・タワーの掟／タニス・リー著／産業編集センター／2005/03

ウルフ・タワー　第二話　ライズ　星の継ぎ人たち／タニス・リー著／産業編集センター／2005/03

ウルフ・タワー　第三話　二人のクライディス／タニス・リー著／産業編集センター／2005/05

ウルフ・タワー　最終話　翼を広げたプリンセス／タニス・リー著／産業編集センター／2005/05

パイレーティカ女海賊アートの冒険　上下／タニス・リー著／小学館（小学館ルルル文庫）／2007/07

ラークライト伝説の宇宙海賊／フィリップ・リーヴ／理論社／2007/08

ひとりぼっちのスーパーヒーロー／マーティン・リーヴィット作／鈴木出版（鈴木出版の海外児童文学）／
　2006/04

銃声のやんだ朝に／ジェイムズ・リオーダン作／徳間書店／2006/11

パーシー・ジャクソンとオリンポスの神々　1　盗まれた雷撃／リック・リオーダン作／ほるぷ出版／2006/04

パーシー・ジャクソンとオリンポスの神々　2　魔海の冒険／リック・リオーダン作／ほるぷ出版／2006/11

パーシー・ジャクソンとオリンポスの神々　3　タイタンの呪い／リック・リオーダン作／ほるぷ出版／
　2007/12

ウィッシュハウス／セリア・リーズ作／理論社／2006/08

レディ・パイレーツ／セリア・リーズ作／理論社／2005/04

レミーのおいしいレストラン／キティ・リチャーズ作／偕成社（ディズニーアニメ小説版）／2007/06

うそをついてしまったブリラ／キティ・リチャーズ作／講談社（ディズニーフェアリーズ文庫）／2006/05

ワンホットペンギン／J.リックス作／文研出版（文研ブックランド）／2005/02

ベイカー少年探偵団　1－消えた名探偵／アンソニー・リード著／評論社（児童図書館・文学の部屋）／
　2007/12

ベイカー少年探偵団　2－さらわれた千里眼／アンソニー・リード著／評論社（児童図書館・文学の部屋）／
　2007/12

黄色いハートをつけたイヌ／ユッタ・リヒター作／さ・え・ら書房／2007/09

川かますの夏／ユッタ・リヒター著／主婦の友社／2007/07

オトメノナヤミ／スー・リム著／講談社（講談社文庫）／2005/12

めがねっこマノリート－マノリート・シリーズ1／エルビラ・リンド作／小学館／2005/07

あわれなマノリート－マノリート・シリーズ2／エルビラ・リンド作／小学館／2006/07

ぼくってサイコー!?－マノリート・シリーズ3／エルビラ・リンド作／小学館／2007/03

やねの上のカールソンとびまわる／リンドグレーン作／岩波書店（リンドグレーン作品集17）／2006/10

やねの上のカールソンだいかつやく／リンドグレーン作／岩波書店（リンドグレーン作品集22）／2007/07

カッレくんの冒険／アストリッド・リンドグレーン作／岩波書店（岩波少年文庫）／2007/02

長くつ下のピッピ／アストリッド・リンドグレーン作／岩波書店（岩波少年文庫）／2007/10

やかまし村の子どもたち／アストリッド・リンドグレーン作／岩波書店（岩波少年文庫）／2005/06

やかまし村の春・夏・秋・冬／アストリッド・リンドグレーン作／岩波書店（岩波少年文庫）／2005/12

やかまし村はいつもにぎやか／アストリッド・リンドグレーン作／岩波書店（岩波少年文庫）／2006/12

サクランボたちの幸せの丘／アストリッド・リンドグレーン作／徳間書店／2007/08

赤い鳥の国へ／アストリッド・リンドグレーン作／徳間書店／2005/11

朝びらき丸東の海へ（ナルニア国ものがたり3）／C.S.ルイス作／岩波書店／2005/10

馬と少年（ナルニア国ものがたり5）／C. S. **ルイス**作／岩波書店／2005/10

カスピアン王子のつのぶえ（ナルニア国ものがたり2）／C. S. **ルイス**作／岩波書店／2005/10

銀のいす（ナルニア国ものがたり4）／C. S. **ルイス**作／岩波書店／2005/10

さいごの戦い（ナルニア国ものがたり7）／C. S. **ルイス**作／岩波書店／2005/10

ライオンと魔女（ナルニア国ものがたり1）／C. S. **ルイス**作／岩波書店／2005/04

魔術師のおい（ナルニア国ものがたり6）／C. S. **ルイス**作／岩波書店／2005/10

ナルニア国物語ライオンと魔女／C. S. **ルイス**原作／講談社（映画版ナルニア国物語文庫）／2006/02

とぶ船 上下／ヒルダ・**ルイス**作／岩波書店（岩波少年文庫）／2006/01

お手紙レッスン／D. J. **ルーカス**（サリー・グリンドリー）作／あすなろ書房／2006/11

ナイト・ウォッチ／セルゲイ・**ルキヤネンコ**著／バジリコ／2005/12

ゲド戦記Ⅰ　影との戦い／**ル=グウィン**著／岩波書店／2006/04

ゲド戦記Ⅱ　こわれた腕環／**ル=グウィン**著／岩波書店／2006/04

ゲド戦記Ⅲ　さいはての島へ／**ル=グウィン**著／岩波書店／2006/04

ゲド戦記Ⅳ　帰還／**ル=グウィン**著／岩波書店／2006/05

ゲド戦記Ⅴ　アースシーの風／**ル=グウィン**著／岩波書店／2006/05

ヴォイス―西のはての年代記2／**ル=グウィン**著／河出書房新社／2007/08

ギフト―西のはての年代記1／**ル=グウィン**著／河出書房新社／2006/06

813 アルセーヌ・ルパン／モーリス・**ルブラン**作／偕成社（偕成社文庫）／2005/09

カリオストロの復讐／モーリス・**ルブラン**作／偕成社（偕成社文庫）／2005/09

カリオストロ伯爵夫人／モーリス・**ルブラン**作／偕成社（偕成社文庫）／2005/09

続813 アルセーヌ・ルパン／モーリス・**ルブラン**作／偕成社（偕成社文庫）／2005/09

オペラ座の怪人／G. **ルルー**作／金の星社（フォア文庫）／2005/03

ぼくたちの砦／エリザベス・**レアード**作／評論社／2006/10

マレクとマリア／ヴァルトラウト・**レーヴィン**作／さ・え・ら書房／2005/03

ぼくはマサイ　ライオンの大地で育つ／ジョゼフ・レマソライ・**レクトン**著／さ・え・ら書房（NATIONAL
GEOGRAPHIC）／2006/02

貝殻の贈り物―ラニーの物語／テナント・**レッドバンク**作／講談社（ディズニーフェアリーズファンタジー
ブック）／2007/03

消えた太陽―フィラの物語／テナント・**レッドバンク**作／講談社（ディズニーフェアリーズファンタジーブ
ック）／2007/04

世界で一番の花―リリーの物語／テナント・**レッドバンク**作／講談社（ディズニーフェアリーズファンタジ
ーブック）／2007/05

ディズニーフェアリーズ―ブリラの夢の種／ゲイル・カーソン・**レビン**作／講談社／2005/09

ラニーと魔法の杖／ゲイル・カーソン・**レビン**著／講談社（ディズニーフェアリーズ）／2007/11

わたしは生きていける／メグ・**ローゾフ**作／理論社／2005/04

ウサギが丘のきびしい冬／ロバート・**ローソン**作／あすなろ書房／2006/12

マルコとミルコの悪魔なんかこわくない!／ジャンニ・**ロダーリ**作／くもん出版（くもんの海外児童文学）
／2006/07

秘密のメリーゴーランド／エミリー・**ロッダ**作／PHP研究所／2006/08

ボブとリリーといたずらエルフ／エミリー・**ロッダ**作／そうえん社（そうえん社フレッシュぶんこ）／
2007/05

デルトラ・クエスト 3-2 影の門／エミリー・**ロッダ**作／岩崎書店／2005/02

デルトラ・クエスト 3-3 死の島／エミリー・**ロッダ**作／岩崎書店／2005/04

デルトラ・クエスト 3-4 最後の歌姫／エミリー・**ロッダ**作／岩崎書店／2005/06

デルトラの伝説／エミリー・**ロッダ**作／岩崎書店／2006/09

ティーン・パワーをよろしく 5 甘い話にご用心!／エミリー・**ロッダ**著／講談社（YA!entertainment）／
2005/03

ティーン・パワーをよろしく6 テルティス城の怪事件／エミリー・ロッダ著／講談社
　（YA!entertainment）／2005/12
ティーン・パワーをよろしく7 ホラー作家の悪霊屋敷／エミリー・ロッダ著／講談社
　（YA!entertainment）／2006/06
ティーン・パワーをよろしく8 危険なリゾート／エミリー・ロッダ著／講談社 （YA!entertainment）／
　2007/02
ティーン・パワーをよろしく9 犬のお世話はたいへんだ／エミリー・ロッダ著／講談社
　（YA!entertainment）／2007/06
フェアリー・レルム 1 金のブレスレット／エミリー・ロッダ著／童心社／2005/06
フェアリー・レルム 2 花の妖精／エミリー・ロッダ著／童心社／2005/06
フェアリー・レルム 3 三つの願い／エミリー・ロッダ著／童心社／2005/09
フェアリー・レルム 4 妖精のりんご／エミリー・ロッダ著／童心社／2005/11
フェアリー・レルム 5 魔法のかぎ／エミリー・ロッダ著／童心社／2006/03
フェアリー・レルム 6 夢の森のユニコーン／エミリー・ロッダ著／童心社／2006/07
フェアリー・レルム 7 星のマント／エミリー・ロッダ著／童心社／2006/11
フェアリー・レルム 8 水の妖精／エミリー・ロッダ著／童心社／2007/03
フェアリー・レルム 9 空色の花／エミリー・ロッダ著／童心社／2007/07
フェアリー・レルム 10 虹の杖／エミリー・ロッダ著／童心社／2007/11
おはようスーちゃん／ジョーン・G・ロビンソン作・絵／アリス館／2007/09
ドリトル先生アフリカゆき／ヒュー・ロフティング作／岩波書店（ドリトル先生物語全集 1）／2007/05
超能力（サイキック）カウンセラーアビー・クーパーの事件簿／ヴィクトリア・ローリー著／マッグガーデン
　／2006/12
ハリー・ポッターと謎のプリンス上下／J.K.ローリング作／静山社／2006/05
もしもねこがしゃべったら…?／クロード・ロワさく／長崎出版／2007/05
飛んでった家／クロード・ロワさく／長崎出版／2007/07
ホラーバス 1・2／パウル・ヴァン・ローン作／学研／2007/07
ホラーバス 恐怖のいたずら 1・2／パウル・ヴァン・ローン作／学研／2007/09
ホラーバス 呪われた部屋 1・2／パウル・ヴァン・ローン作／学研／2007/12
シュレック 1／エレン・ワイス作／角川書店（ドリームワークスアニメーションシリーズ）／2007/05
ドラゴンランス魂の戦争第1部 上中下 墜ちた太陽の竜／マーガレット・ワイス著／アスキー／2005/04
ドラゴンランス魂の戦争第2部 喪われた星の竜／マーガレット・ワイス著／アスキー／2007/01
ボーイ・キルズ・マン／マット・ワイマン作／鈴木出版（鈴木出版の海外児童文学）／2007/05
シルバー湖のほとりで／ローラ・インガルス・ワイルダー作／草炎社（大草原の小さな家）／2006/06
プラムクリークの川辺で／ローラ・インガルス・ワイルダー作／草炎社（大草原の小さな家）／2005/11
大きな森の小さな家／ローラ・インガルス・ワイルダー作／草炎社（大草原の小さな家）／2005/07
大草原の小さな町／ローラ・インガルス・ワイルダー作／草炎社（大草原の小さな家）／2007/07
農場の少年／ローラ・インガルス・ワイルダー作／草炎社（大草原の小さな家）／2006/12
メジャーリーグ、メキシコへ行く／マーク・ワインガードナー著／東京創元社（海外文学セレクション）／
　2005/10
スター・ウォーズ／ジェダイ・クエスト 1 冒険のはじまり／ジュード・ワトソン著／オークラ出版（LUCAS
　BOOKS）／2006/12
スター・ウォーズ／ジェダイ・クエスト 2 師弟のきずな／ジュード・ワトソン著／オークラ出版（LUCAS
　BOOKS）／2006/12
スター・ウォーズ／ジェダイ・クエスト 3 危険なゲーム／ジュード・ワトソン著／オークラ出版（LUCAS
　BOOKS）／2007/04
スター・ウォーズ／ジェダイ・クエスト 4 ダークサイドの誘惑／ジュード・ワトソン著／オークラ出版
　（LUCAS BOOKS）／2007/08

スター・ウォーズ/ラスト・オブ・ジェダイ 1 危険なミッション／ジュード・ワトソン著／オークラ出版
　　（LUCAS BOOKS）／2006/08
スター・ウォーズ/ラスト・オブ・ジェダイ 2 闇の警告／ジュード・ワトソン著／オークラ出版（LUCAS
　　BOOKS）／2006/08
スター・ウォーズ/ラスト・オブ・ジェダイ 3 アンダーワールド／ジュード・ワトソン著／オークラ出版
　　（LUCAS BOOKS）／2007/04
スター・ウォーズ/ラスト・オブ・ジェダイ 4 ナブーに死す／ジュード・ワトソン著／オークラ出版
　　（LUCAS BOOKS）／2007/06
永遠の友だち／サリー・ワーナー著／角川書店／2006/08
ハッピーフィート／河井直子訳／メディアファクトリー／2007/03
三国志 1 英傑雄飛の巻／渡辺仙州編訳／偕成社／2005/03
三国志 2 臥竜出廬の巻／渡辺仙州編訳／偕成社／2005/04
三国志 3 三国鼎立の巻／渡辺仙州編訳／偕成社／2005/04
三国志 4 天命帰一の巻／渡辺仙州編訳／偕成社／2005/04
乱世少年／蕭育軒作／国土社／2006/11

## 世界の児童文学登場人物索引 単行本篇
## 2005-2007

2017年11月30日　第 1 刷発行

| | |
|---|---|
| 発行者 | 道家佳織 |
| 編集・発行 | 株式会社 Ｄ Ｂ ジャパン<br>〒 223-0058　神奈川県横浜市港北区新吉田東 3-11-53 |
| 電話 | 045- 453- 1335 |
| ファクス | 045- 453- 1347 |
| e-mail | books@db-japan.co.jp |
| 装丁 | Ｄ Ｂ ジャパン |
| 電算漢字処理 | Ｄ Ｂ ジャパン |
| 印刷・製本 | 大日本法令印刷株式会社 |
| 制作スタッフ | 後宮信美、加賀谷志保子、小寺恭子、<br>竹中陽子、野本純子、古田紗英子、<br>森田香 、森雅子 |

不許複製・禁無断転載
〈落丁・乱丁本はお取り換えいたします〉
ISBN 978-4-86140-032-2
Printed in Japan 2017

# DB ジャパン　既刊一覧

## 歴史・時代小説・・・・・・・・・・・・・・・・・・・・・・・・・・

● 歴史・時代小説登場人物索引 単行本篇 2000-2009
> 定価 22,000 円 2010.12 発行 ISBN978-4-86140-015-5

● 歴史・時代小説登場人物索引 アンソロジー篇 2000-2009
> 定価 20,000 円 2010.05 発行 ISBN978-4-86140-014-8

● 歴史・時代小説登場人物索引 遡及版・アンソロジー篇
> 定価 21,000 円 2003.07 発行 ISBN978-4-9900690-9-4

● 歴史・時代小説登場人物索引 単行本篇
> 定価 22,000 円 2001.04 発行 ISBN978-4-9900690-1-8

● 歴史・時代小説登場人物索引 アンソロジー篇
> 定価 20,000 円 2000.11 発行 ISBN978-4-9900690-0-1

## ミステリー小説・・・・・・・・・・・・・・・・・・・・・・・・・・

● 日本のミステリー小説登場人物索引 単行本篇 2001-2011 上下
> 定価 25,000 円 2013.05 発行 ISBN978-4-86140-021-6

● 日本のミステリー小説登場人物索引 アンソロジー篇 2001-2011
> 定価 20,000 円 2012.05 発行 ISBN978-4-86140-018-6

● 日本のミステリー小説登場人物索引 単行本篇 上下
> 定価 28,000 円 2003.01 発行 ISBN978-4-9900690-8-7

● 日本のミステリー小説登場人物索引 アンソロジー篇
> 定価 20,000 円 2002.05 発行 ISBN978-4-9900690-5-6

● 翻訳ミステリー小説登場人物索引 上下
> 定価 28,000 円 2001.09 発行 ISBN978-4-9900690-4-9

## 絵本・紙芝居 ・・・・・・・・・・・・・・・・・・・・・・・・・・・・・・・

- テーマ・ジャンルからさがす乳幼児絵本

  定価 22,000 円 2014.02 発行 ISBN978-4-86140-022-3

- テーマ・ジャンルからさがす物語・お話絵本① 子どもの世界・生活/架空のもの・ファンタジー

  定価 22,000 円 2011.09 発行 ISBN978-4-86140-016-2

- テーマ・ジャンルからさがす物語・お話絵本②

  民話・昔話・名作/動物/自然・環境・宇宙/戦争と平和・災害・社会問題/人・仕事・生活

  定価 22,000 円 2011.09 発行 ISBN978-4-86140-017-9

- 紙芝居登場人物索引

  定価 22,000 円 2009.09 発行 ISBN978-4-86140-013-1

- 紙芝居登場人物索引 2009-2015

  定価 5,000 円 2016.08 発行 ISBN978-4-86140-024-7

- 日本の物語・お話絵本登場人物索引 1953-1986 ロングセラー絵本ほか

  定価 22,000 円 2008.08 発行 ISBN978-4-86140-011-7

- 日本の物語・お話絵本登場人物索引

  定価 22,000 円 2007.08 発行 ISBN978-4-86140-009-4

- 日本の物語・お話絵本登場人物索引 2007-2015

  定価 22,000 円 2017.05 発行 ISBN978-4-86140-028-5

- 世界の物語・お話絵本登場人物索引 1953-1986 ロングセラー絵本ほか

  定価 20,000 円 2009.02 発行 ISBN978-4-86140-012-4

- 世界の物語・お話絵本登場人物索引

  定価 22,000 円 2008.01 発行 ISBN978-4-86140-010-0

- 世界の物語・お話絵本登場人物索引 2007-2015

  定価 15,000 円 2017.05 発行 ISBN978-4-86140-030-8

## 児童文学 ・・・・・・・・・・・・・・・・・・・・・・・・・・・・・・

- 日本の児童文学登場人物索引 民話・昔話集篇
  定価 22,000 円 2006.11 発行 ISBN978-4-86140-008-7
- 日本の児童文学登場人物索引 単行本篇 上下
  定価 28,000 円 2004.10 発行 ISBN978-4-86140-003-2
- 日本の児童文学登場人物索引 単行本篇 2003-2007
  定価 22,000 円 2017.08 発行 ISBN 978-4-86140-030-8
- 日本の児童文学登場人物索引 単行本篇 2008-2012
  定価 22,000 円 2017.09 発行 ISBN 978-4-86140-031-5
- 児童文学登場人物索引 アンソロジー篇 2003-2014
  定価 23,000 円 2015.08 発行 ISBN978-4-86140-023-0
- 日本の児童文学登場人物索引 アンソロジー篇
  定価 22,000 円 2004.02 発行 ISBN978-4-86140-000-1
- 世界の児童文学登場人物索引 単行本篇 上下
  定価 28,000 円 2006.03 発行 ISBN978-4-86140-007-0
- 世界の児童文学登場人物索引 アンソロジーと民話・昔話集篇
  定価 21,000 円 2005.06 発行 ISBN978-4-86140-004-9